GOLDMANN

Buch

Eine Frau, die weiß, was sie will und – vor allem, wie sie es auch bekommt. So erscheint die junge Hochschulabsolventin Francie Bollinger bei ihrem Vorstellungstermin beim Elektronik-Konzern Magnus Industries. Doch das allein ist es nicht, was Jack, Sohn des Hauses und Erbe des Imperiums, an dieser auf den ersten Blick so kühlen Schönheit fasziniert. Sein Kennerblick verrät ihm, daß unter der eisigen Schale ein Vulkan schlummert. Doch er hat nicht mit den Folgen des Vulkanausbruchs gerechnet: Als er Francie kurz vor dem geplanten Hochzeitstermin ohne eine Erklärung sitzenläßt, kennt die enttäuschte Braut nur einen Gedanken – Rache. Francie läßt sich auf ein riskantes Spiel ein, bei dem der Riese Magnus Industries droht, ihre kleine Computerfirma zu vernichten. Doch noch hat sie ihren letzten Schachzug nicht getan . . .

Autorin

Elizabeth Gage ist das Pseudonym einer bekannten amerikanischen Bestsellerautorin.

Außerdem von Elizabeth Gage bei Goldmann erschienen:
Feuer und Asche. Roman (41500)

ELIZABETH GAGE

Gefährliche Glut

ROMAN

Aus dem Amerikanischen
von Gabriela Prahm

GOLDMANN VERLAG

Die Originalausgabe erschien unter dem Titel »The Master Stroke«
bei Pocket Books/Simon & Schuster, New York

Umwelthinweis:
Alle bedruckten Materialien dieses Taschenbuches
sind chlorfrei und umweltschonend.
Das Papier enthält Recycling-Anteile.

Der Goldmann Verlag
ist ein Unternehmen der Verlagsgruppe Bertelsmann

Ungekürzte Taschenbuchausgabe September 1995

Umschlaggestaltung: Design Team München
Umschlagfoto: Bernd Schuler, München
Druck: Elsnerdruck, Berlin
Verlagsnummer: 42962
SK · Herstellung: Stefan Hansen
Made in Germany
ISBN 3-442-42962-5

1 3 5 7 9 10 8 6 4 2

Für meine Eltern.

Das Prinzip aller Spiele ist gleich: eine weniger starke Partei kann eine überlegene Partei besiegen, indem sie diese in eine Position bringt, in der die Stärke derselben sich gegen diese richtet. Doch läuft bei einem solchen Zug oder einer Serie von Zügen die schwächere Partei unentwegt Gefahr, durch den eigenen Schachzug vernichtet zu werden.

Das Meisterbuch der Spiele
Leipzig 1844

Danksagung

Die Autorin möchte den nachfolgend aufgeführten Personen, Firmen und Einrichtungen für die Zusammenarbeit und den Rat bei der Vorbereitung zu diesem Roman danken:

International Trade Administration, Department of Commerce
Council for Exceptional Children (Educational Resources Information Center)
IBM
Apple Computer Inc.
New York City Historical Society
Childhelp USA
Ernst H. Huneck, M.D.

Die Geschichte spielt in mehreren europäischen Hauptstädten und beleuchtet einen sehr kritischen Moment in der Geschichte der internationalen Finanzwirtschaft und Technologie. Ein solch komplexes Thema hätte ich ohne die Hilfe von Experten auf diesem Gebiet niemals erfolgreich untersuchen können. In Paris war mir Madame Marie Claire Lalande eine unentbehrliche Hilfe, als es galt, Türen der Verwaltung zu öffnen und notwendige Dokumentationen zu beschaffen. In London war Mr. Anthony MacAndrew ein geduldiger und so oft benötigter Führer durch die Komplexität der britischen Finanzwelt. In Lausanne ließ mich Madame Antoinette Vuillemin an ihren Erinnerungen an den wirtschaftlichen Aufschwung nach dem II. Weltkrieg und dessen Auswirkungen auf die europäische Wirtschaft teilhaben.

Meine von Herzen kommende Wertschätzung gilt Mrs. Tina Gerrad und Mr. Jon Kirsh für ihre unermüdliche und gründliche Hilfe bei meinen Recherchen. Dank auch an Mr. Bill Grose und Mrs. Claire Zion, meine Lektoren bei Pocket Books, für ihren kostbaren Rat und ebensolche Unterstützung. Und zu guter Letzt ein aufrichtiges Dankeschön an Jay Garon, meinen Agenten und Freund.

Inhalt

Prolog

1961

Der alte Mann starrte auf die Zeitung in seinem Schoß.
Er saß in seinem Rollstuhl, unfähig, die Seite umzublättern. Gerade eben erst war die Zeitung auf seine Knie gelegt worden. Alles, was er tun konnte, war, auf die Überschrift und das Foto daneben zu starren.
»In diesem Jahr wurde die Auszeichnung ›Geschäftsmann des Jahres‹ zum erstenmal in der Geschichte des Preises an eine Frau verliehen. Frances Bollinger, Vorstandsvorsitzende und Geschäftsführerin von CompuTel Inc. und anerkannte Nummer eins im Bereich Computer in der heutigen Geschäftswelt, nahm den Preis während eines Banketts im Waldorf-Astoria entgegen. Sie befand sich in Begleitung ihres Ehemannes.«
Der alte Mann schaute auf das Foto. Es zeigte zwei attraktive junge Menschen, den stolzen Ehemann neben seiner wunderschönen Frau. Sie sah erstaunlich unverbraucht und hübsch aus, sie hatte einen klaren, cremigen Teint und dunkles schulterlanges Haar. In ihren Augen spiegelte sich Stolz auf ihre Leistung, aber auch Bescheidenheit angesichts der großen Ehre, die ihr zuteil wurde.
Er wünschte, er hätte die Zeitung mit starken Händen zerknüllen und in Stücke reißen können. Vor langer Zeit, als er noch Gelegenheit dazu gehabt hatte, hätte er dieses Mädchen erwürgen sollen. Aber nun waren seine Hände nutzlos, unbeweglich und gefühllos, wie zwei fremde Stücke fahlen Fleisches in seinem Schoß. Er konnte nichts mit ihnen machen, nicht einmal die Seite umblättern, um zu sehen, was noch in dem Artikel stand.
Er konnte nur dasitzen, mit dem Gesicht dieser Frau vor sich; es schien wie ein spöttischer Fluch.
»Soll ich umblättern?«

Eine gutaussehende junge Frau war ins Zimmer gekommen. Im Gegensatz zu der großen Brünetten auf dem Foto war sie klein und wirkte zerbrechlich. Sie hatte seidiges blondes Haar. Er sah auf und schaute in ihre Augen. Ohne ein Wort blätterte sie die Seite der Zeitung um.

»Ich habe gedacht, du möchtest es bestimmt lesen«, sagte sie. »Sie hat es geschafft, trotz allem. Verdient hat sie es.«

In ihrer Stimme lag eine Fröhlichkeit, die nicht ohne eine Spur sadistischer Befriedigung war. Sie kannte seine mißliche Lage. Und sie freute sich darüber.

Er antwortete nicht. Er konnte sprechen, natürlich – das war die einzige Funktion seines zerfallenen Körpers, die noch seinem Willen gehorchte. Doch im Umgang mit ihr hatte er herausgefunden, daß Schweigen die einzige Möglichkeit war, sich den letzten Rest von Würde zu bewahren, der ihm geblieben war. Und es war tatsächlich die einzige Möglichkeit, sie zu bekämpfen.

Nicht, daß es ihm wirklich gelungen wäre. Denn auch wenn sie seinen hilflosen Körper versorgte, ihn wusch, ihn an- und auskleidete, hielt sie eine kühle, oberflächliche Art der Unterhaltung aufrecht, unter der er doch stets ihre Rebellion und ihren Triumph spürte. Der Artikel berichtete weiter von den Leistungen des Bollinger-Mädchens, ihrer Hochzeit, ihren geschäftlichen Erfolgen. Rasend vor Wut schloß er die Augen.

Der jungen Frau war das nicht entgangen; sie kam zurück und nahm die Zeitung aus seinem Schoß.

»Na ja, vielleicht willst du es lieber später lesen«, sagte sie.

Er war erleichtert. Die Brünette auf dem Foto und die hübsche Blonde hier im Zimmer waren seine beiden Folterer. Nun hatte er es wenigstens nur noch mit der Blonden zu tun.

»Zeit für dein Bad«, sagte sie.

Mit ungewöhnlich starken Armen hob sie ihn aus dem Rollstuhl und legte ihn auf das Bett. Starke Arme ... oder lag es daran, daß sein ausgemergelter Körper es ihr so leichtmachte?

Sie entkleidete ihn, zog ihm den Pyjama aus, die einzige Kleidung, die er noch trug.

Sorgfältig begann sie ihn zu waschen. Er konnte nicht fühlen, was sie tat. Er wußte, daß sie irgendwo dort unten gerade sein Ge-

schlecht berührte, daß sie ihn vom Urin säuberte und dabei feststellte, daß keine Reaktion mehr vorhanden war, daß ihre Berührungen nichts bewirkten.
Doch das schlimmste war, daß seine Männlichkeit im Geiste immer noch lebendig war. Er war deshalb so empfänglich wie eh und je für ihre Gegenwart, für den Geruch ihrer Lenden, für die blonde Frische ihres Körpers.
Und genau das war seine Qual und Pein. Obwohl seine Manneskraft für immer verloren war, hatte seine Männlichkeit überlebt. Und weil er körperlich unfähig war, wuchs seine Besessenheit. Er konnte nur in seinem eigenen Saft schmoren, wenn sie ihn mit ihrer Nähe quälte.
Und das wußte sie. Wie hätte es auch anders sein können? Schließlich kannte sie seine Bedürfnisse und sein Verlangen besser als jeder andere Mensch.
Ihr Wissen zeigte sich in der Kleidung, die sie trug, in den Farben, von denen sie wußte, das sie ihm damals an ihr gefallen hatten, in der Bluse, die ihre kleinen Brüste umschmeichelte. Es zeigte sich in ihren Bewegungen, wenn sie im Schlafzimmer mit dem Krankenhausbett vor ihm herging. Es schwang in ihrer Stimme mit, wenn sie vertraute Melodien summte, während sie ihn für seine tägliche Lesestunde mit den Zeitungen und Magazinen, die sie für ihn umblättern mußte, im Rollstuhl in den Wintergarten schob.
In ihrer Eifersucht wollte sie ihn ganz für sich allein haben. Sie erlaubte niemand anderem, außer seiner Frau, sich ihm zu nähern. Alle sprachen davon, wie hingebungsvoll sie war, wie wundervoll. Doch den wahren Grund für ihre Besorgtheit kannte nur sie. Und er allein wußte um ihre Rache, die sie, indem sie sich um ihn kümmerte in seiner Hilflosigkeit, langsam auskostete.
Und heute hatte sie Grund zu triumphieren, heute, da sie ihm das Bild des Erfolges des Bollinger-Mädchens zeigen und ihn damit quälen konnte.
Er sah auf zu ihr, während sie ihn wusch. Er verspürte eine vergessene kindliche Regung, wie damals, als seine Mutter sich auf diese Weise um ihn gekümmert hatte. Das war jetzt fünfundsiebzig Jahre her.
Er war jetzt genauso hilflos wie damals als Kind. Doch dazwischen

hatte er Präsidenten das Fürchten gelehrt, hatte dafür gesorgt, daß Staatsoberhäupter vor ihm auf den Knien krochen und daß mächtige Männer seine Macht fürchteten.
Nun lag alles hinter ihm, alles verbannt durch das Gesicht auf dem Foto, alles überdeckt von dem kühlen, lächelnden Gesicht der Frau, die seinen leblosen Leib säuberte.
»In Ordnung«, sagte sie. »Jetzt wollen wir dich mal wieder anziehen. Dann bringe ich dich runter. Du kannst ein bißchen fernsehen.«
Er schaute auf zu ihr, als sie sein Becken anhob, um die Pyjamahose hochzuziehen. In ihren Augen funkelte verstohlen, aber trotzdem hell wie ein Leuchtfeuer, der Haß, den sie schon so lange hegte und den sie nun nach Belieben ausleben konnte.
»Sind wir fertig?« fragte sie lächelnd.
Eine Träne trat in sein Auge und rollte über seine verhutzelte Wange.
»Aber wer wird denn traurig sein«, sagte sie mit gespielter Besorgtheit. »Dafür gibt es doch gar keinen Grund. Kopf hoch. Es ist ein wunderschöner Tag.«
Das schlimmste war, daß sie wußte, daß diese Träne keine Träne der Trauer war, sondern des Hasses und der Frustration. Und sie wußte, daß er ihr ausgeliefert war, für immer.
»Komm«, sagte sie. »Laß uns nach unten gehen und Zeitung lesen. Ich bin sicher, daß du auch noch den Rest des Artikels lesen möchtest.«
Er würgte das Stöhnen hinunter, das glühend heiß in seinem Hals brannte, und er spürte, wie sie seinen Rollstuhl anschob. Nun wartete die nächste höllische Stunde seines Schicksals auf ihn.

Buch I

Des Königs Bauer

I

New York City, sechs Jahre vorher

Wer in der Geschäftswelt Karriere machen wollte, für den kam nur Magnus Industries Inc. in Frage.

Dieses Unternehmen war nicht nur führend in sämtlichen Bereichen des Finanzwesens und der Produktion, auf die es sich in den zurückliegenden Jahrzehnten seines enormen Wachstums konzentriert hatte, sondern Magnus Industries genoß zudem ein Ansehen, mit dem sich höchstens noch Giganten wie General Motors, IBM und eine Handvoll anderer Firmen in der ganzen Welt messen konnten. Die Aktien des Konzerns waren erstklassig, die Finanzlage war seit dreißig Jahren gleichbleibend gut, selbst während der Depression hatte man keine roten Zahlen geschrieben.

Magnus Industries war ein aggressiver Innovator. Bahnbrechend bei der Einführung neuer Produkte und Methoden in den Bereichen Technik, Herstellung und Vermarktung, war das Unternehmen der Prototyp eines multinationalen Konglomerats mit Tochterfirmen in vierzig Ländern, von denen jede einzelne auf ihrem wirtschaftlichen Sektor marktführend war.

Die Zentrale des Unternehmens befand sich in einem siebzigstökkigen Komplex aus Stahl und Glas auf der Sixth Avenue; das Gebäude war 1931 nach einem Entwurf von Wallace Harrison errichtet worden. Es war ebenso zukunftsweisend wie die Firma, die es beherbergte. Von der schimmernden Fassade bis zur eleganten Lobby strahlte dieser Ort Prestige aus, einen stillen Stolz auf Erreichtes und gleichzeitig den Geist kühner Selbstsicherheit.

Kaum einem Besucher dieser etwas unpersönlichen Architektur entging die ständig spürbare Präsenz, die jedem einzelnen der hier Arbeitenden die Marschbefehle erteilte. Magnus Industries Inc.

war 1921 von Anton Magnus gegründet worden, damals ein breitschultriger, bäuerlich wirkender Einwanderer aus der Schweiz, der die Firma im Alleingang zu diesem Imperium aufbaute. Es hieß, er habe praktisch mit nichts angefangen und habe mittels undurchsichtiger Aktiengeschäfte, die er mit dem Geld anderer Leute tätigte, und mit einer sowohl eleganten als auch rücksichtslosen Vorgehensweise Markt um Markt erobert und Konkurrent um Konkurrent aus dem Feld geschlagen, bis Magnus Industries Mitte der zwanziger Jahre zu einem der am schnellsten wachsenden Unternehmen New Yorks geworden war.

Doch erst während der Depression machte Anton Magnus sein wirkliches Vermögen; er verstand es, die schlechte damalige Wirtschaftslage, die durch Mangel an Geld verursacht wurde, geschickt zu nutzen; damals kaufte er sich in Dutzende bankrotte und verschuldete Firmen ein, lavierte sie durch die mageren Jahre und verfügte somit nach 1939 über einen ungeheuren finanziellen Einfluß. Mit der ihm eigenen Mischung aus weltmännischem Charme der alten Welt und seiner Politik der eisernen Faust, die er stets dann bewies, wenn am wenigsten damit gerechnet wurde, hatte er die Kontrolle über diese Unternehmen erlangt. Er besaß die Gabe, das Vertrauen von Menschen zu gewinnen, während er ihre Schwachpunkte ausfindig machte, so daß sie auf die eine oder andere Weise von ihm abhängig wurden oder zu eingeschüchtert waren, um sich zu verweigern, wenn er sie um etwas Unangenehmes oder Schwieriges bat. Wer schwächer war als er selbst, den überrollte er einfach; die Stärkeren trickste er durch clevere Manipulationen aus, bis aus ihren Stärken Schwächen geworden waren, aus denen er seinen Vorteil ziehen konnte.

Bereits im Alter von dreizehn Jahren hatte es Anton Magnus in seiner alten Heimat zum Schachgroßmeister gebracht, und er verstand es, die strategische Denkweise, die sein geliebtes Spiel ihn gelehrt hatte, stets erfolgreich zu nutzen. Er war bekannt dafür, daß er seinen Gegenspielern immer um einige Züge voraus war und sie gnadenlos niedermachte, wenn sie sich nicht ausreichend verteidigten.

Anton Magnus spielte hart. Mehr als einen seiner geschäftlichen Widersacher trieb er durch seine skrupellosen Machenschaften in den Selbstmord. Es gab Gerüchte, die besagten, daß es ihm Spaß

machte, andere Menschen zu erniedrigen, und daß er solange nicht zufrieden war mit seinem Erfolg, bis er sicher sein konnte, daß seine Rivalen am Boden zerstört waren.
Sein persönlicher Sieg über die Depression war nur der Anfang. Der Einwanderer aus Europa hatte die Bedeutung der nationalsozialistischen Bewegung in Europa frühzeitig erkannt und den Krieg vorhergesehen. Lange bevor Deutschland in Polen einfiel, hatte Magnus bereits Fuß in der Schwerindustrie gefaßt, die, wie er richtig voraussah, für die Aufrüstung der amerikanischen Streitkräfte unentbehrlich war. Als die Regierung die Verträge für die Aufrüstung unterzeichnete, war Magnus bereit.
Bei Kriegsende war Magnus Industries ein riesiges Unternehmen. Als das zerstörte Europa nach dem Krieg wieder aufgebaut werden mußte, war Magnus Industries an vorderster Front mit dabei. Anton Magnus kaufte zu Spottpreisen europäische Unternehmen auf, so wie er es während der Depression mit amerikanischen Firmen getan hatte. Der riesige europäische Zweig des Magnus-Imperiums hatte seine Ursprünge in dieser Periode.
Kurz gesagt – Anton Magnus verdiente ebensoviel durch Nachkriegsgeschäfte mit den Achsenmächten wie zuvor, als er seinem neuen Vaterland geholfen hatte, eben jene durch Bomben zu zerstören. Er vermehrte seinen Reichtum im Krieg und in der Depression. Aus den Krisen, die andere Geschäftsmänner ruiniert hatten, war er erfolgreich und mächtig hervorgegangen.
Magnus war ein Mann, der sein Privatleben so geheimhielt wie seine Strategien, mit denen er seinen Konkurrenten immer einen Schritt voraus war. Obwohl er – eindrucksvolles Gesicht, stechende Augen, dunkle Brauen und silbernes Haar – der Öffentlichkeit durch Dutzende Fotografien mit Gouverneuren, führenden Köpfen aus der Wirtschaft, Senatoren und Präsidenten bekannt war, war über sein Privatleben in der Öffentlichkeit nichts bekannt. Genau so, wie Anton Magnus es wollte.
Im Laufe der Jahre hatte er zahlreiche Geliebte gehabt: es hatte nur wenige Frauen gegeben, die seiner eindrucksvollen Persönlichkeit, seinen markanten, attraktiven Zügen und dazu seinem Reichtum und seiner Macht widerstehen konnten.
Er war Mitte Dreißig, als er Viktoria Wetherell, Erbin eines enor-

men Produktions- und Schiffahrtvermögens, heiratete. Die Heirat war ein erstaunlicher Coup für einen Ausländer ohne Namen und Abstammung – um so mehr, da Cartan Wetherell, Viktorias Vater, als unverbesserlicher Snob galt, der seine Tochter bereits einem jungen Mann aus einer Bostoner Familie versprochen hatte, die seit über einhundertfünfzig Jahren als Stütze der Gesellschaft Neuenglands angesehen war. Keiner der vierhundert Gäste an diesem Tag konnte sich vorstellen, daß ein Vater wie er seine vergötterte Tochter guten Gewissens einem Einwanderer bäuerlicher Herkunft anvertrauen konnte. Es wurde getuschelt, Anton Magnus habe auf subtile und nicht ganz legale Weise Druck auf Cartan Wetherell ausgeübt. Wetherell, dessen Vermögen sich seit Generationen in der Familie befand, war völlig überrascht, als er von seinen engsten Vertrauten erfahren mußte, daß es Magnus gelungen war, einen Großteil des Wetherell-Vermögens an sich zu bringen, so daß er jetzt in der Lage war, seinen Schwiegervater in spe – wenn er gewollt hätte – in den Ruin zu treiben. Und Cartan Wetherell blieb angesichts seiner Lage nichts anderes übrig, als vor dem schlauen Emporkömmling zu kapitulieren.

In den Jahren nach der aufsehenerregenden Hochzeit von Mr. und Mrs. Anton Magnus kamen drei Kinder zur Welt. Gretchen, die Älteste, war ein Mädchen mit sanften Gesichtszügen, die es zu einigem Ruhm als Reiterin brachte, bevor sie in die Trowbridge-Familie aus Philadelphia einheiratete.

Jack, Absolvent von St. Paul's, Yale und der Harvard-Wirtschaftsuniversität, hatte sich bereits einen Namen als energische Führungskraft bei Magnus Industries gemacht und wurde allgemein als Nachfolger für Anton Magnus gehandelt, sobald dieser sich entschließen sollte, die Zügel aus der Hand zu geben.

Jack war zweiunddreißig, gutaussehend und eine schillernde Persönlichkeit. Er wurde mit vielen schönen Frauen aus dem Showbusiness, der Kunst, sowie den gehobenen Gesellschaftskreisen in Verbindung gebracht und galt als der begehrteste Junggeselle New Yorks.

Die jüngste Tochter, Juliet, war mehr als nur ein wenig ungestüm, sie war das »Problem« der Familie – ein Problem, von dem niemand außerhalb der Familie wußte, denn Anton Magnus bestimmte, was die Presse über seine Familie, sich selbst und sein Unternehmen berichtete.

Sie waren eine schillernde und erfolgreiche Familie. Cartan Wetherell hatte wesentlich mehr gewonnen als verloren, als er seine Tochter dem – damals noch – unbekannten, aber mächtigen und einflußreichen Magnus gegeben hatte. Im Laufe der Jahre wurden im Haus der Familie Magnus Parties gegeben, die überall Beachtung fanden; Parties, bei denen Künstler, Schriftsteller und Intellektuelle zugegen waren. Feste, um die die Familie von allen anderen Familien der gehobenen Gesellschaftsschicht beneidet wurde.

Das Haus der Magnus-Familie, ein extravaganter Marmorbau auf der Park Avenue, der einst einem exzentrischen Neffen Cornelia Vanderbilts gehört hatte, war mit Möbeln ausgestattet, die einem Königshaus gerecht geworden wären. Zu den unbezahlbaren Antiquitäten, die Anton Magnus sammelte, kamen kostbare und erlesene Gemälde, Porzellan und Skulpturen, so daß der privat erstellte Katalog bereits zwölf Bände umfaßte.

Anton Magnus sorgte dafür, daß nur die besten Veranstalter Manhattans seine verschwenderischen Parties ausrichteten. Seine Sommerfeste in Southampton waren noch berühmter; Hunderte von Gästen flanierten über die sechs Morgen umfassende Rasenfläche seines Landsitzes. Die Debütantinnenbälle für seine Töchter, die im Grosvenor-Ballsaal stattfanden, waren historische Anlässe.

Nicht einmal der Anschein von Neureichtum lag über der Magnus-Familie. Tatsächlich gaben sie sich so elegant und originell, daß selbst die borniertesten Klubmitglieder und Gesellschaftsmatronen nicht widerstehen konnten und ihre Aufwartung machten, um mit eigenen Augen zu sehen, was hinter dem ganzen Gerede steckte. Victoria Magnus wurde täglich von einer wahren Flut von Besuchskarten der Creme der High-Society heimgesucht.

Anton Magnus hatte seine niedrige Herkunft hinter sich gelassen und war zu einer Institution geworden. Seiner bloßen Macht, seiner Persönlichkeit und seinem Ehrgeiz war es zu verdanken, daß sein Haus in einer schwierigen Zeit zur begehrtesten Adresse an der gesamten Ostküste wurde. Präsidenten, Senatoren, Gouverneure gaben sich ebenso wie Staatsoberhäupter aus dem Ausland bei den Bällen der Magnus-Familie die Ehre. So erzählte man sich, daß Edward, Herzog von Windsor, und seine Gattin, Wallis Simpson, 1939 einen ganzen Abend lang von einem beflissenen Dienstmädchen im Southampton-Anwesen von Raum zu Raum geführt worden waren, um zu verhindern, daß sie dem britischen Botschafter begegneten, der sich weigerte, mit dem Herzog und seiner Frau zu sprechen. Diese spitzfindige Choreographie wurde überhaupt erst dadurch notwendig, daß weder der Herzog noch der Botschafter eine der berühmten Magnus-Parties versäumen wollten.

Es war dies der Beginn einer Dynastie, und jedermann war sich dessen bewußt. Die Magnus-Familie und ihr Imperium erstrahlten in einem Glanz, mit dem sich kein anderes Unternehmen messen konnte. Die Zukunft der High-Society sowie die der amerikanischen Hochfinanz und Industrie schien untrennbar mit der Zukunft der Familie Magnus verknüpft zu sein.

Sie hatte sich innerhalb einer Generation praktisch aus dem Nichts zur *Crème de la Crème* entwickelt.

An jenem Tag im Juni ging es in der Magnus-Zentrale geschäftig zu wie immer. Im Vorzimmer des Personaldirektors tummelten sich ehrgeizige Collegeabsolventen, die darauf hofften, bei *dem* Giganten der amerikanischen Geschäftswelt eine Stellung zu ergattern.

Miss Althea Drake war Assistentin des Vizepräsidenten für Personalangelegenheiten, doch täuschte dieser Titel leicht über die wahre Macht hinweg, die sie in ihrer Position innehatte. Insider bei Magnus bezeichneten sie als »die Hüterin der Tore«, denn kein Bewerber schaffte den Sprung in das Unternehmen, wenn Althea Drake nicht ihre Empfehlung in der entsprechenden Akte verzeichnet hatte, bevor sie diese dann weiterleitete.

Sie hatte diese Position aus mehreren Gründen inne. In erster Linie, weil sie bereits seit Gründung der Firma bei Magnus arbeitete. Sie war fünfundfünfzig, ledig, und hatte ihr ganzes Leben Anton Magnus und Magnus Industries gewidmet. Selber eine Familie zu haben, das hatte sie sich auch nie gewünscht. Einmal im Jahr besuchte sie ihre verheiratete Schwester in Phoenix, und damit hatte es sich. In den Anfängen des Unternehmens war sie

Anton Magnus' »Mädchen für alles« gewesen, hatte unermüdlich geschuftet, von morgens bis abends, ganz gleich, mit welcher Aufgabe er sie bedachte. Ihre Loyalität war fanatisch, ihre Energie grenzenlos.
Natürlich hatte Anton Magnus von Anfang an um ihre persönlichen Grenzen gewußt. So besaß sie überhaupt keine Kreativität und Vorstellungskraft. Und außerdem sprach ihr Geschlecht gegen sie, denn Magnus wäre es nie in den Sinn gekommen, eine Frau mit Führungsaufgaben zu betrauen. Und so betraute er sie im Laufe der Jahre mit unzähligen Verwaltungsaufgaben, wobei er stets dafür sorgte, daß sie einem Vorgesetzten verantwortlich war. Er gab ihr einerseits genügend Befugnisse, damit sie dem Unternehmen gegenüber weiterhin loyal blieb, hielt sie aber andererseits in einer Stellung, in der sie der Firma nicht schaden konnte.
Momentan wurden die Spitzenpositionen des Unternehmens durch Headhunting auf höchster Ebene besetzt. Miss Drake war für die Neuzugänge auf den unteren Ebenen zuständig. Ihr Urteilsvermögen war von größtem Wert, denn sie kannte den Typus Mitarbeiter, den Anton Magnus schätzte – den ehrgeizigen, jungen, intelligenten, aggressiven Collegeabsolventen, dem für das Unternehmen kein Opfer zuviel war. Sie leitete die Bewerbungen an die Mitarbeiter der Personalabteilung weiter. Wer ihr unsympathisch war, kam nicht über ihr Vorzimmer hinaus.
Auch jetzt studierte Miss Drake eine Bewerbung, die vor ihr auf dem Schreibtisch lag . Nach einer Weile schaute sie auf. Ihr gegenüber saß die Person, um die es in dieser Bewerbung ging.
Unwillkürlich hob Althea Drake eine Augenbraue. Die junge Frau war außergewöhnlich attraktiv, Anfang Zwanzig, mit vollem dunklem Haar und strahlenden aquamarinfarbenen Augen, die vor Intelligenz nur so blitzten. Sie hatte einen makellosen Teint und die Figur eines Models. Unter ihrem Jackett zeichneten sich die Konturen kleiner, fester Brüste ab. Ihre Beine waren lang, ihr Körper sportlich, durchtrainiert. Insgesamt vermittelte sie den Eindruck von ruhiger Geschäftsmäßigkeit, Ehrgeiz und dem Willen, hart zu arbeiten – genau den Eindruck, den ein Bewerber um einen wichtigen Posten vermitteln möchte.
Miss Drake blickte wieder auf die Unterlagen. Das Mädchen hieß

Frances Bollinger. Sie hatte ihr Studium der Betriebswirtschaft an der Universität von Pennsylvania mit summa cum laude abgeschnitten, ihre Nebenfächer waren Fremdsprachen und Mathematik gewesen. Den Unterlagen waren zahlreiche Empfehlungsschreiben ihrer früheren Collegeprofessoren und Kopien ihrer bemerkenswerten Arbeiten als Studentin beigefügt.

Kurz gesagt: dieses Mädchen hatte alles. Vielleicht ein wenig zuviel von allem, dachte Althea Drake bei sich, als sie von den Unterlagen auf das hübsche Wesen vor sich schaute.

Sie schloß die Bewerbungsunterlagen und räusperte sich.

»Miss ... Bollinger, Ihre Qualifikationen sind beeindruckend. Lassen Sie mich noch eines fragen: Warum haben Sie sich zu einer Bewerbung bei Magnus Industries entschlossen?«

Die junge Frau lächelte. »Es war immer mein Ziel, einmal hier zu arbeiten, schon seit ich mit dem College begonnen habe«, antwortete sie. »Einer meiner Professoren, Dr. Fiedler, war während des Krieges in Ihrem Unternehmen tätig. Er war in der Entwicklungsabteilung, die zusammen mit der Marine an dem Torpedolenksystem arbeitete, das später am Tag X zum Einsatz kam. Er war eine große Inspiration für mich. Ich war schon immer der Ansicht, daß es kein besseres Unternehmen gibt als Magnus. Es ist einfach das beste, also habe ich mir vor langer Zeit in den Kopf gesetzt, hier zu arbeiten.«

Miss Drake nickte, sah auf in die Unterlagen, schloß sie dann wieder und schob sie über den Tisch zurück.

»Wir wissen es zu schätzen, wie Sie über unser Unternehmen denken«, sagte sie. »Doch ich fürchte, wir stellen momentan in Ihrem Bereich niemanden mehr ein. Die Situation ist sehr angespannt dieses Jahr, und es gibt einen tatsächlichen Einstellungsstopp. Vielleicht versuchen Sie es im nächsten Winter noch einmal oder im Frühling. Mag sein, daß sich die Lage dann wieder ein wenig entspannt hat.«

Sie versuchte erst gar nicht, drumherum zu reden – sie lehnte das Mädchen schlichtweg ab.

Einen Moment lang zeichnete sich auf den Zügen der jungen Frau nichts als Enttäuschung ab. Über dem hübschen Gesicht, das eben noch voller Energie gestrahlt hatte, lag nun ein Hauch von Melan-

cholie. Dann hellten sich die Züge wieder auf, so als spüre sie, daß bei einer geschäftlichen Unterredung wie dieser eine derartige Gefühlsregung unangebracht war.
»Nun«, sagte sie, »einen Versuch war es wert. Vielen Dank für dieses Gespräch.«
Sie stand auf und streckte die Hand aus. Althea Drake war beeindruckt vom festen Händedruck der jungen Frau und ebenso von den forschen, festen Schritten, mit denen sie das Büro verließ. Geschmeidig wie ein Rennpferd, dachte sie bei sich.
Sie schloß die Tür, setzte sich wieder hinter ihren Schreibtisch und starrte eine Weile aus dem Fenster auf die Skyline von Manhattan. Sicher, sie hätte das Mädchen nach oben in Mr. Trasks Büro schikken können. Damit hätte sie die erste Hürde genommen. Trask hätte mit ihr über ihre Vorstellungen gesprochen und sie ein paar Tests machen lassen, die sie mit links bestanden hätte. Innerhalb von vierundzwanzig Stunden hätte sie einen Job als Management- oder Forschungstrainee gehabt.
Doch das Stellenangebot war in der Tat ein wenig knapp. Das Unternehmen stellte momentan nicht einfach jedermann ein, denn die eigene Stellung auf dem Markt erforderte die richtigen Leute am richtigen Platz.
Und Althea Drake fand, in ihrer ureigenen Sichtweise, daß jetzt nicht der richtige Augenblick war, ausgerechnet die wichtigen Positionen mit jungen Frauen zu besetzen.
Man konnte ihnen nicht vertrauen. Sie heirateten, wurden schwanger, verlangten bezahlten Urlaub, kündigten. Sie wurden immer emotional, wenn Schwierigkeiten bei der Arbeit auftauchten. Sie ließen sich mit ihren Vorgesetzten ein. Magnus Industries brauchte Leute, auf die hundertprozentig Verlaß war, die das Wohl der Firma über ihr Privatleben stellten, Leute, die keine Schwierigkeiten machten.
Und dieses Mädchen verhieß allein schon aufgrund ihres Äußeren Schwierigkeiten.
Althea Drake streckte sich hinter dem Schreibtisch. Auf ihre Art und Weise hatte sie ihre Arbeit getan – sie hatte das Unternehmen beschützt. Sie hatte alles im Lot belassen, dort, wo es hingehörte, und es vor einer winzigen Keimzelle geschützt, die das Ganze hät-

te schwächen können. Sie hatte das Unerwartete eliminiert und das Sichere und Vorhersehbare bewahrt.
»Mary«, sagte sie in die Gegensprechanlage, »schicken Sie den nächsten Bewerber herein.«

Vier Wochen später ging es geschäftiger zu als je zuvor. Althea Drake schwirrte förmlich der Kopf angesichts der vielen Arbeit und angesichts der vielen neuen Gesichter, die größtenteils durch ihr Büro gegangen waren.
Sie war deshalb mehr als nur ein wenig erstaunt, als sie ein Gesicht ausmachte, das nicht dazugehörte.
Es war ein heißer Dienstagmorgen im Juli. Althea Drake befand sich in der Eingangshalle, auf dem Weg zu ihrem Büro, als sie Frances Bollinger sah, das Mädchen, das sie abgewiesen hatte, und die soeben mit zwei anderen Mädchen vom zweiundzwanzigsten Stockwerk auf den Fahrstuhl zusteuerte.
Sie hörte, wie jemand sie Francie rief. Das Bollinger-Mädchen lächelte. Sie trug ein elegantes Kostüm, das ihre makellose Figur umschmeichelte, und hatte eine Aktentasche bei sich. Von ihrer Schulter baumelte eine kleine Handtasche. Neben ihren gewöhnlich aussehenden Freundinnen stach ihre Schönheit noch mehr hervor. Wie zwei häßliche Entlein neben einer Schönheitskönigin wirkten die beiden anderen Mädchen.
Es war eindeutig erkennbar, daß sie nicht zu Besuch hier war. Ihre energische Haltung, die geschäftsmäßige Kleidung – das ließ nur den Schluß zu, daß sie auf dem Weg zu ihrer Arbeit war.
Althea Drake eilte hinauf in ihr Büro und sah die Personalakten durch. Sie fand die gesuchten Unterlagen sofort. Einer ihrer Assistenten hatte die Einstellungsunterlagen von Frances Bollinger vor einer Woche weitergereicht. Sie war von Mr. Wilbur aus der Abteilung für Haushaltsprodukte eingestellt worden, ohne daß die Akte über ihren, Althea Drakes, Schreibtisch gegangen war.
Sie spitzte die Lippen, als sie auf die Unterlagen schaute. Wie hatte das Mädchen das geschafft?
Sie erinnerte sich an diesen frischen Teint, das volle Haar, das ihr über die Schultern fiel, an die schmalen Hüften, an die langen Beine und an diese unergründlichen Augen.

Mr. Wilbur war ein verheirateter Mann, eher gesetzt und verläßlich. Doch alle Männer ließen sich von einem hübschen Gesicht einfangen. Das war allgemein bekannt.
Mit einem Seufzer schloß Althea Drake die Akte.

2

Ganz so einfach war es nicht gewesen. Drei Wochen nachdem Francie von Althea Drake abgelehnt worden war, saß Raymond Wilbur hinter seinem Chefschreibtisch der Abteilung für Haushaltsprodukte und schüttelte verzweifelt den Kopf.
Raymond Wilbur war ein hart arbeitender und aufopferungsvoller Abteilungsleiter, wenngleich nicht der hellste Stern in der New Yorker Zentrale von Magnus Industries. Seit sechzehn Jahren war er beim Unternehmen und hatte seine Arbeit stets gut und verläßlich ausgeführt. Er besaß ein schönes Haus in Westchester, hatte eine Frau, die ihn liebte, und zwei Söhne, die soeben das Collegealter erreichten.
Raymond Wilbur kam mit seinem Gehalt bei Magnus Industries gut aus. Doch schon bald würde er die Collegegebühren mitberücksichtigen müssen – ein denkbar schlechter Zeitpunkt für eine Veränderung.
Doch wie das Schicksal es wollte, war Raymond Wilbur in Schwierigkeiten geraten, trotz größter Bemühungen, eben die zu vermeiden.
Rays Abteilung für Haushaltsprodukte hatte seit sieben Quartalen keine schwarzen Zahlen mehr geschrieben. Warum dem so war, konnte scheinbar niemand sagen. Eine Nachfrage war vorhanden, das Personal war kompetent, die Produkte schon lange im Markt eingeführt. Die Konkurrenz verhielt sich nicht sonderlich aggressiv.
Trotzdem blieb der Gewinn aus, und die Produktion hatte einen bedenklichen Tiefstand erreicht. Ray Wilbur hatte das Problem bereits nach dem ersten rückläufigen Quartal erkannt und eilig Sitzungen einberufen, in denen er zusammen mit seinen Mitarbeitern versuchte, dem Problem auf die Spur zu kommen.

Doch die Meetings hatten keine Früchte getragen. Da niemand einen Grund für den Geschäftsrückgang der Abteilung nennen konnte, die einmal eine der stärksten Abteilungen im Magnus-Unternehmen gewesen war, fand auch niemand die entsprechende Lösung.
Es war Ray Wilburs Aufgabe, seinen Vorgesetzten die traurigen Nachrichten über die letzten Quartale mitzuteilen, und sogar dem Vorstand während eines höllischen Meetings eines Montags im letzten Frühling Bericht zu erstatten. Er hatte sein Bestes versucht, das Versagen seiner Abteilung zu entschuldigen, hatte Fluktuation auf dem Markt angeführt, die Konkurrenz, die problematische Wirtschaftslage, doch die Skepsis in den Mienen der Führungskräfte machte mehr als deutlich, daß seine Verteidigungsrede niemanden beeindruckte.
Mittlerweile mußte er Tag für Tag das selbstgefällige Gesicht seines ersten Assistenten Gordon Hiller ertragen – dem Mann, der bereits jetzt als sein sicherer Nachfolger galt, für den Fall, daß es zu einer Umbesetzung kommen sollte. Gordons Genugtuung über Rays Ratlosigkeit war offensichtlich. Er wartete praktisch seine Zeit ab und hoffte, daß sich der Vorstand bald dazu durchringen würde, das Problem durch einen Personalwechsel an der Spitze der Abteilung zu lösen.
Ray Wilbur spürte, wie sich sein Magengeschwür verschlimmerte. Seit einem Monat hatte er nicht mehr richtig geschlafen, und seine Frau und er hatten seit Weihnachten nicht mehr miteinander geschlafen, so sehr nagten die Sorgen an ihm. An den Wochenenden streifte er ziellos mit seinem Ford, Baujahr 1948, durch die Gegend, starrte flehend auf die Vorstadtidylle, als suche er nach einer Antwort, die nicht kommen konnte. Er wußte, daß ihm die Zeit davonlief. Mit siebenundvierzig würde es nicht einfach werden, eine neue Stellung zu finden, wenn Magnus Industries ihn fallenließ.
Die Situation, einst so sicher, hatte sich innerhalb eines kurzen Jahres von problematisch zu kritisch gesteigert. Er lief über das dünnste Eis seit Beginn seiner Karriere.
Jetzt konnte ihm nur noch ein Wunder helfen.
Dieses Wunder erschien in Gestalt einer hübschen, jungen Besucherin in seinem Büro.

Seine Sekretärin kündigte ihm eine gewisse Frances Bollinger an. »Sie hat keinen Termin, Sir, aber sie ... nun, sie läßt sich nicht abweisen.«
Ray Wilbur seufzte, ließ dann jedoch bitten.
Als die Frau sein Büro betrat und ihn mit einem festen Handschlag begrüßte, war er von ihrer Schönheit überwältigt. Sie war groß, ihr Körper strahlte eine außergewöhnliche Mischung aus sportlicher Durchtrainiertheit und mädchenhafter Grazilität aus. Ihre Augen waren klar und ehrlich. In ihrem Handschlag lag eine warme, verführerische Weiblichkeit.
»Wem oder was verdanke ich die Ehre?« fragte er und versuchte, den Unterton der Ungeduld in seiner Stimme zu unterdrücken. »Meine Zeit ist begrenzt, Miss ... wie sagten Sie gleich noch, war Ihr Name?«
»Bollinger«, antwortete sie mit einem Lächeln. »Für meine Freunde Francie.«
»Nun, was kann ich für Sie tun?« Er deutete auf den Besucherstuhl. Sie stellte ihre Handtasche auf der Boden und öffnete die Aktenmappe.
»Ich habe mir Gedanken über die Ursachen der Probleme in Ihrem Bereich gemacht«, sagte sie vieldeutig. »Ich habe mich sozusagen auf das Problem der Wechselfunktionen spezialisiert. Geben Sie mir ein paar Minuten, und ich werde es Ihnen erläutern.«
Verblüfft bedeutete Ray Wilbur ihr, fortzufahren.
Sie nahm einen Graphikbogen und einige weitere Unterlagen aus ihrer Aktentasche und überreichte sie ihm.
»Die linke Kurve zeigt die Leistungen Ihrer Abteilung während der letzten acht Quartale. Die zweite Kurve basiert auf dem Konzept, das ich unter Berücksichtigung der Theorie und mathematischer Modelle ausgearbeitet habe.«
Sie lächelte. »Mathematik war mein Zweitfach auf der Universität von Pennsylvania«, sagte sie. »Verzeihen Sie mir, wenn ich in Rätseln spreche.«
»Was hat das alles zu bedeuten?« fragte Ray. Sein Blick wanderte verwirrt über die komplizierten Zahlen und Gebilde.
»Es bedeutet«, antwortete sie lächelnd, »daß das schlechte Abschneiden Ihrer Abteilung seine Ursachen im Markt selber hat. Se-

hen Sie, gleich hier, auf der Graphik. Niemand würde darauf kommen, dort nach den Ursachen zu suchen, da der Markt oberflächlich gesund erscheint und die Wirtschaftslage gut ist. Und trotzdem liegt es daran. Die einzige Möglichkeit, den Abwärtstrend umzukehren, liegt darin, diesen Faktor in die Kalkulationen mit einzubeziehen und ihn auszugleichen.«
»Ausgleichen? Aber wie?« fragte Ray Wilbur skeptisch.
»Nun, meiner Meinung nach«, antwortete das Mädchen, das ihre schönen Augen fest auf die Unterlagen geheftet hatte, und das ihn mit ihrem frischen Duft verwirrte, als sie sich zu ihm hinüberbeugte, um auf einige Zahlen zu zeigen, »wäre die korrekte Vorgehensweise, die Investition von Arbeitseinsatz hier, im Quadranten X, zurückzunehmen, und die Leistung hier, im Quadranten Y, zu verstärken. Gleichzeitig sollte der Bestand hier in der oberen Hälfte der Graphik im Verlauf von sechs Monaten mindestens um dreißig Prozent aufgestockt werden. Das Ergebnis wäre ein deutlicher Gewinnzuwachs, noch vor dem zweiten Quartal des nächsten Jahres.«
Ray Wilbur schaute auf die Graphik. Er war sprachlos. Was sie ihm da sagte, widersprach allen Gesetzen des Marktes.
»Ich weiß, es klingt verrückt«, fuhr sie fort. »Aber die Zahlen lügen nicht. Im Bereich X tun Sie zuviel und im Bereich Y erreichen Sie Ihr Ziel nicht einmal zur Hälfte. In der Theorie ist die Lösung des Problems nicht neu, doch meines Wissens fand sie in der Praxis noch keine Anwendung, weil die Umstände es bisher nicht erforderlich machten. Doch in der Nachkriegswirtschaft hat sich vieles geändert.«
Raymond Wilbur lehnte sich in seinem Stuhl zurück. Er studierte Frances Bollingers Gesicht, das von ihrer dunklen Haarpracht umrahmt wurde. Ihr Gesichtsausdruck war unverändert. Sie wirkte sachlich und respektvoll. Doch er konnte die Intelligenz hinter diesen Augen förmlich spüren, ebenso wie ihre absolute Sicherheit bezüglich ihrer Berechnungen und Präsentation. Sie wußte, wovon sie sprach.
»Wie kommt es, daß Sie sich Ihrer Sache so sicher sind?« fragte er. »Unsere Spezialisten sind auf dieses Problem angesetzt, und keiner von ihnen hat irgend etwas in dieser Richtung vorgeschlagen. Um

ganz offen zu sein, junge Dame – es widerspricht jedem mir bekannten Geschäftsprinzip.«
Sie zuckte mit den Schultern. Offensichtlich ließ sie sich von seinem Einwand nicht im geringsten aus der Bahn werfen.
»Auf jedem Gebiet kommt einmal die Zeit für innovative Ideen. In der Geschichte von Magnus Industries hat es im Interesse von Langzeitwachstum immer Risiken gegeben. Doch ich sehe diese Vorgehensweise gar nicht als Risiko an, eher als unbedingte Notwendigkeit.«
Sein Blick wanderte zu den Unterlagen zurück. Die Logik hinter ihren Berechnungen war ungewöhnlich, aber einfach zu zwingend, um den Vorschlag ohne eine nähere Betrachtung abzuweisen.
»Verraten Sie mir eines«, sagte Ray. »Wo sind Sie momentan beschäftigt?«
Sie lächelte. »Nirgends. Tatsächlich bin ich auf der Suche nach einer Anstellung.«
Wilbur wägte seine Situation ab. In den Unterlagen vor ihm befand sich möglicherweise die Lösung all seiner Probleme, die Lösung, die seine Abteilung aus dem Dilemma, in dem sie sich befand, führen, ihm seinen Job retten und Gordon Hiller für immer auf seinen Platz weisen konnte.
Dies war vielleicht das Licht am Ende des schrecklichen Tunnels, durch den er seit zwei langen Jahren kroch.
Er mußte lediglich der aufgezeigten Spur folgen.
Aber er konnte es nicht allein. Frances Bollinger, mit ihrem offenen Gesicht, ihrem unerschütterlichen Optimismus und der zwingenden Logik, was die Probleme seiner Abteilung betraf, war dabei unentbehrlich. Er durfte sie nicht einfach wieder gehen lassen.
Und niemand durfte von ihrem Plan erfahren. Sie mußte ihm allein gehören.
»Was würden Sie davon halten, ab sofort für uns zu arbeiten?« fragte er, bemüht, möglichst beiläufig zu klingen. »Selbstverständlich in meiner Abteilung.«
Sie lächelte und stand auf. Die ganze Pracht ihres zarten, jugendlichen Körpers erstreckte sich vor ihm.
»Ich dachte schon, Sie würden mich nie fragen.«

3

Was Raymond Wilbur allerdings nicht ahnen konnte, war, daß dieses so überzeugende Wesen, das ohne Vorwarnung in seinem Büro aufgetaucht war, selbst mindestens ebenso überrascht war wie er.
Bereits als sie sich den Plan zurechtlegte, wie sie die Klippe, die Althea Drake darstellte, umschiffen konnte, um einen Job bei Magnus Industries zu ergattern, war Frances über ihren kühl kalkulierten Ehrgeiz erstaunt gewesen. Noch nie in ihrem Leben hatte sie sich selbst für aggressiv oder gerissen gehalten. Und nun benahm sie sich, was die Tricks im Geschäftsleben anging, wie ein alter Hase.
Sie verbrachte viele Stunden in New Yorks öffentlichen Büchereien und staatlichen Informationsbüros, um eine Schwachstelle beim Giganten Magnus Industries zu finden. Das war keine leichte Aufgabe, denn große Unternehmen wuschen ihre schmutzige Wäsche nicht gerne in aller Öffentlichkeit, und zudem verstanden sich deren Finanzexperten nur allzu gut darauf, die finanziellen Probleme einer Abteilung durch die Gewinne einer anderen zu kaschieren.
Doch Francie fand die gesuchte Schwachstelle. Zehn Tage nach ihrem Gespräch mit Althea Drake gab sie sich plötzlich zu erkennen, nur wenige Minuten vor Schließung der öffentlich zugänglichen Abteilung des Finanzamtes. Sie fand sich in der Bilanz der Abteilung für Haushaltsprodukte von Magnus Industries, die per Gesetz öffentlich einsehbar sein mußte. Die Schwachstelle verbarg sich hinter einem wahren Wust von Papier, durch den sich Francie drei Tage lang gewühlt hatte.
Es gab keinen Zweifel – sie hatte gefunden, was sie suchte. Raymond Wilburs Abteilung für Haushaltsprodukte verzeichnete einen unerklärlichen Abwärtstrend bezüglich Gewinn und Produktivität. Die Abteilung war ein Schandfleck für das Unternehmen. Und Raymond Wilbur wurde immer mehr zu einer Beschämung für seine fordernden Vorgesetzten.
Raymond Wilburs Karriere stand auf dem Spiel. Er war der Mann, den Francie gesucht hatte.
Nun, da sie im Besitz der notwendigen Informationen war, mußte

Francie die Probleme, die Wilburs Abteilung zu schaffen machten, analysieren und im Alleingang eine Lösung für die Situation erarbeiten. Dies allein war Herausforderung genug und hätte jede andere junge Frau in Francies Position davon abgehalten, ihr Ziel weiter zu verfolgen.
Doch wie sich zum Glück herausstellen sollte, war es eine Herausforderung, bei der Francies stärkste Seite gefordert wurde.

Siebzehn Jahre vor dieser ersten Erfahrung mit Magnus Industries stellte man im Kindergarten fest, daß die fünfjährige Francie Bollinger nicht nur ein keckes und aufgewecktes Kind war, sondern auch ein Genie im Umgang mit Zahlen. Obwohl sie in allen Bereichen ein normal entwickeltes Mädchen war, hatte sie einen überdurchschnittlich hohen Intelligenzquotienten. Ihre Fähigkeit, technische und mathematische Aufgaben zu lösen, entsprach in etwa den Fähigkeiten eines sehr guten Collegestudenten.
Ihre Eltern wußten mit der erstaunlichen Intelligenz ihrer Tochter überhaupt nichts anzufangen. Marcus »Mac« Bollinger, der in der kleinen Stadt in Pennsylvania, Francies Geburtsort, als ein bescheidener Mann, guter Handwerker und Maurer galt, verstand nichts von Mathematik. Seine Frau Helen, Tochter eines ansässigen Farmers, war ebenso unbedarft wie er, was den Umgang mit einem hochbegabten Kind anging.
Die stolzen, aber verwirrten Eltern suchten Rat bei Francies Lehrern und Fachleuten für hochbegabte Kinder. Sie entschlossen sich, das kleine Mädchen weder mit dem Wissen zu belasten, daß sie etwas »Besonderes« war, noch sie von ihren Klassenkameraden zu trennen, was unweigerlich geschehen wäre, wenn sie sie auf eine Begabtenschule geschickt hätten.
Francie absolvierte die Grundschule im selben Zeitraum wie ihre Schulkameraden. Das einzige, was sie von ihren Mitschülern unterschied, waren ihre durchgängig hervorragenden Noten und die speziellen Kurse in Mathematik, die sie zweimal wöchentlich an einer Experimentalschule besuchte, an der Professoren der Universität unterrichteten.
Francie nahm ihre Begabung einfach als gegeben hin. Schon als kleines Mädchen zeigte sie sich von der Form der Zahlen fasziniert

und glaubte an ihre Magie. Ihr Vater hatte ihr in seiner Werkstatt eine gigantische 5 aus Holz geschnitzt. Diese 5 lehnte an der Wand ihres Zimmers, und Francie spürte, wie eine unheimliche Schwingung von der Zahl ausging, wenn sie abends ihren Schatten in den Raum warf.

Ihre Affinität zu der Zahl 5 blieb, und dazu gesellten sich bald besondere Gefühle für weitere Zahlen – 6, die Zahl, die für sie Frieden und Schlaf ausströmte; 7, die magische Zahl des Mythos und des Aberglaubens; 4, die ernste, schwere Zahl voller geheimnisvoller Weisheit; und 3, die auf mysteriöse Weise schon immer für sie selber gestanden hatte.

Jede dieser einstelligen Zahlen hatte ihren eigenen, einmaligen Charakter. Und die Kombinationen dieser Zahlen waren wie kosmische Hochzeiten. Die Vereinigung von 2 und 5 – 25 – war für Francie ebenso persönlich wie die Paarung der beiden Katzen der Familie, einer roten und einer schwarzen, was eine Tigerkatze ergab. Zahlen waren für sie wie Spielkameraden. Sie beschäftigte sich mit ihnen, und sie waren ihr ebenso vertraut wie ihre Freunde oder Eltern.

Nicht einmal die schwierigsten mathematischen Probleme oder Berechnungen konnten sie ins Schwitzen bringen. Sie betrachtete es als Spiel, als eine Art Denksportaufgabe, und genoß die Herausforderung. Abgesehen davon, begriff sie die Zahlen als ihre Freunde, die ihre Geheimnisse nicht vor ihr verbargen. Was andere als genial bezeichneten, war für Francie Hobby und Schutz vor der Einsamkeit – denn als Einzelkind war sie oft allein und mußte ihre eigenen Spiele erfinden.

Als Francie vierzehn war, starb ihre Mutter, Helen Bollinger, nach schwerer Krankheit. Das junge Mädchen blieb allein mit ihrem Vater zurück, doch bald fand sich eine burschikose irische Haushälterin namens Mollie Maguire, die sich um Francie kümmerte. Obwohl ihr Familienleben mit Mac Bollinger, einem hingebungsvollen und verständigen Vater, herzlich und glücklich blieb, empfand Francie das Erwachsenwerden wie eine Prüfung. Sie reifte früh zu einem sportlichen, talentierten jungen Mädchen von seltener Schönheit heran. Freundschaft schloß sie jedoch nur mit zwei Mädchen aus der Nachbarschaft, die anderen Mädchen in der

Schule hielten Distanz zu ihr. Ob aufgrund ihrer Schönheit oder wegen ihrer Intelligenz sollte sie nie herausfinden.
Was die Jungs anging – sie waren von Francies Aussehen völlig hingerissen, von ihrer üppigen Haarpracht, ihrem cremigen Teint, den verwirrenden grünen Augen –, wagte keiner es, sie um eine Verabredung zu bitten, da ihre Intelligenz alle abschreckte. Obwohl Francie sich den jungen Männern gegenüber humorvoll und entgegenkommend zeigte und durchaus Freundschaften mit einigen Jungs schloß, die sich sehnlichst wünschten, sie könnten ihre Schüchternheit in ihrer Gegenwart überwinden, war es ihr niemals gelungen, mehr als eine Freundschaft zu finden.
Dieser Mangel hatte seine Spuren hinterlassen. Sie bemerkte, daß andere Mädchen, die weit weniger hübsch waren als sie, die Jungs, für die sie sich interessierten, mit subtilen, weiblichen Verführungskünsten umgarnten und einfingen. Schon bald wurde Francie klar, daß das, was ihre Lehrer an ihr als »Genie« bezeichneten, nichts mit der typisch weiblichen Intelligenz zu tun hatte, mit der man Jungs derart manipulieren konnte, daß sie auf Kommando durch einen brennenden Reifen sprangen.
Zu ihrer eigenen Überraschung empfand Francie jedoch keinen Neid gegenüber ihren Mitschülerinnen. Sie verspürte nicht den Wunsch, das andere Geschlecht mit ihrer Schönheit zu betören. Sie wollte um ihrer selbst willen geliebt werden. Sie träumte von dem Mann, der einmal ihr Herz besitzen würde, von einem starken, freundlichen, gutaussehenden Mann, dessen Leben sich auf beinahe mystische Weise mit ihrem verbinden würde, ähnlich der Vereinigung der Zahlen, die sie so sehr faszinierten. Sie kam zu der Überzeugung, daß das Schicksal die wirklich große Liebe einfach noch nicht für sie vorgesehen hatte.
Sie konzentrierte sich auf die Vorbereitung für das College – eine Leistung, die in der Bollinger-Familie Seltenheitswert besaß, die ihre verstorbene Mutter sich jedoch für sie gewünscht hatte, und ein Ziel, das Mac Bollinger ungeachtet aller Kosten um jeden Preis verwirklichen wollte.
Wie sich herausstellen sollte, war ein finanzielles Opfer von Macs Seite überhaupt nicht notwendig. Dank ihrer überdurchschnittlichen Noten und ihres hervorragenden Abschneidens bei den Eig-

nungstests, wurde Francie ein Vollstipendium an der Universität von Pennsylvania angeboten. Sie entschied sich jedoch, Mathematik nicht als Hauptfach zu belegen, denn dieses Fach war so sehr ein Teil von ihr, daß sie es sich nicht als Beruf vorstellen konnte. Sie wollte hinaus in die wirkliche Welt, wo die Herausforderungen weniger abstrakt, dafür unerwarteter und somit spannender waren. Also wählte sie Betriebswirtschaft als Hauptfach, Mathematik und Fremdsprachen als Nebenfächer.

Schon früh war ihr bewußt geworden, daß sie eine Fremdsprache ohne Anstrengung in weniger als einem Jahr erlernen konnte, und bald belegte sie neben Französisch und Spanisch, das sie bereits an der High-School belegt hatte, noch Italienisch und Deutsch.

Bedauerlicherweise mußte Francie, nun zu einer achtzehnjährigen Schönheit herangewachsen, feststellen, daß sich die jungen Männer, die mit ihr zusammen an der Universität Mathematik studierten, angesichts ihrer Intelligenz verunsichert zeigten, ebenso wie vordem die Jungs in der High-School. Nur wenige wagten es, sie anzusprechen, und noch seltener kam es vor, daß jemand sie um eine Verabredung bat.

Was die Betriebswirtschaftler betraf – eine reine Männerclique –, waren sie forscher, aber auch weniger unterhaltsam. Viele von ihnen luden Francie zu einem Rendezvous ein, entpuppten sich dann jedoch als tolpatschige Verführer, deren Gier nach Francies Körper nicht mit einem ernsthaften Interesse an ihrer Person einherging. Francie wehrte diese Annäherungsversuche mit einem Lächeln ab, und es gelang ihr, zu einigen dieser jungen Männer, die sich nicht verunsichern ließen, wenigstens eine platonische Beziehung aufzubauen.

Bald war Francie in beiden Fachrichtungen als eine Art geniale Außenseiterin bekannt, als eine junge Frau, die sowohl intelligenter als auch schöner als alle anderen war, die jedoch trotz ihres offenen Wesens als unberührbar galt. Sie war beliebt, doch niemand ahnte, wie einsam sie hinter dieser sonnigen Fassade war – denn noch immer wartete sie vergebens auf den jungen Mann, mit dem sie ihre Hoffnungen, Träume und auch Sorgen teilen konnte.

Und so wuchs Francies Einsamkeit. Wenn sie in den Ferien nach Hause fuhr, verbarg sie ihre Gefühle vor ihrem Vater und versi-

cherte ihm statt dessen, daß sie jede Menge Freunde an der Universität habe. Und auch vor sich selbst versteckte sie ihre wahren Gefühle, konzentrierte sich auf die hohen Anforderungen des Studiums, und ihre Träume galten der Karriere, die vor ihr lag.
Dann bot sich überraschend eine neue Perspektive, die ihre knappe Zeit noch mehr ausfüllte.
Der Zufall wollte es, daß die Moore School für Elektrotechnik zur Universität von Pennsylvania gehörte; in eben dieser Schule hatte die revolutionäre neue Computerwissenschaft vor wenigen Jahren mit der Entwicklung des inzwischen legendären ENIAC von John Mauchly und J. Presper Eckert ihren Anfang genommen. Francies Zimmergenossin, eine hübsche, technisch hochbegabte junge Frau namens Dana Salinger, belegte einige Kurse an der Moore School und überredete Francie, doch einmal in diesen Bereich hineinzuschnuppern. Und schon sehr bald zeigte sich Francie von der Vorstellung einer dreißig Tonnen schweren Maschine voller Zahlen und unbegrenzter Kalkulationsmöglichkeiten begeistert.
Im Laufe der Zeit wuchs ihr Interesse an Computern, sie eignete sich immer mehr Wissen über die immer kompliziertere Technik der Geräte an, die an der Universität zugänglich waren, und nahm schließlich zusammen mit einigen anderen Studenten an einer Besichtigung des ersten, von Mauchly und Eckert 1951 entwickelten, kommerziell genutzten Computers, der den Namen UNIVAC erhalten hatte, teil. Sie besuchte Vorträge des legendären John von Neumann und las alles, was sie über Computer-Hardware und das neue Gebiet des Programmierens in die Finger kriegen konnte.
Als Francie ihren Abschluß an der Universität machte, sprühte ihr Geist förmlich vor neuer Ideen auf den Gebieten Wirtschaft, Mathematik und Computerwissenschaften. Ihre Gedanken schwirrten in kaleidoskopischen Farben und Formen. Darüber hinaus hatte sie ganz bestimmte Vorstellungen und Träume von ihrer Zukunft in der aufregenden Welt der Wirtschaft entwickelt, dort, und nur dort, würde sie nicht nur die berufliche Erfüllung finden, auf die sie sich all die Jahre vorbereitet hatte, sondern dort würde sie auch ohne Zweifel dem Mann ihrer Träume begegnen: dem Mann, dem sie bisher noch nicht begegnet war, weil sie zu jung gewesen war.

Zu all dem, zu ihrer Intelligenz und ihren Ideen, kam natürlich auch noch ein Dossier voller überschwenglicher Empfehlungsschreiben von ihren Professoren, die ihr bewundernd gegenüberstanden. Ihr Professor, Georg Fiedler, schrieb, sie sei: »... ohne Zweifel die begabteste Studentin, die ich in meiner fünfundzwanzigjährigen Lehrtätigkeit die Ehre hatte, unterrichten zu dürfen. Sie erwartet eine große Karriere, ganz gleich, für welchen Bereich sie sich auch immer entscheiden mag.« Dieses Empfehlungsschreiben, dessen Text Francie unbekannt war, hätte ihr in jedem Industrieunternehmen des Landes sofort einen Job auf gehobener Ebene verschafft – lediglich Althea Drake von Magnus Industries hatte sich unbeeindruckt gezeigt.
Francie war niedergeschlagen, denn seit Beginn ihres Studiums, als sie zum erstenmal von Magnus' brillanten Ergebnissen im Bereich der Forschung gehört hatte, von seiner einmaligen Stellung innerhalb der Unternehmen und den weitverstreuten Tochterunternehmen in fremden Ländern, die sie noch nie gesehen hatte, deren Sprache sie jedoch bereits beherrschte, hatte sie davon geträumt, für dieses Unternehmen zu arbeiten.
Irgend etwas schien in Francie einzurasten, als sie Althea Drakes unterkühltes Lächeln sah, mit dem diese ihre Unterlagen weglegte und ihr unmißverständlich erklärte, die Tore zu Magnus Industries seien für sie verschlossen. Solange sie sich erinnern konnte, waren ihre ernsthaften Bemühungen als Schülerin immer von der Belobigung ihrer Professoren und mit ausgezeichneten Noten belohnt worden. Doch die Welt, die sich in Althea Drakes unsympathischen Augen widerspiegelte, war eine andere als die, die Francie bisher gekannt hatte.
Wie durch ein Wunder gesellte sich ein neues Talent zu Francies natürlichen Begabungen. Oder vielleicht war es nicht unbedingt ein Talent – eher ein inneres Feuer –, das, nachdem es unerkannt in ihren Mädchenjahren geschwelt hatte, jetzt in Flammen emporloderte.
Sie akzeptierte ein Nein von Magnus Industries einfach nicht. Sie spürte, Althea Drakes Büro war nicht mehr als eine winzige Parzelle in diesem riesigen Gebäude in Manhattan. Es war das Portal zu einer Welt, in der die guten Dinge solange nicht geschahen, bis man sie selbst geschehen ließ, zu einer Welt, in der die Hürden erst dann verschwanden, wenn man sie eigenhändig einriß oder mit List und Initiative umschiffte.

Dieses Wissen gab Francie den entscheidenden Anstoß für ihre Marschroute.
Als sie Raymond Wilburs Büro in einem weiblichen, aber sachlichen Kostüm betrat, das sie für diesen Anlaß gekauft hatte, war sie mit all den Graphiken und Tabellen, die die Lösung für Wilburs Probleme beinhalteten, ausgestattet und fühlte sich wie neugeboren, wie eine gänzlich andere Person. Sogar die Schauer, die sie bei dem Gedanken an das, was sie vorhatte, empfand, wurden durch ihr forsches und eindrucksvolles Äußeres überspielt. Sie war entschlossen, jede erdenkliche Waffe anzuwenden, um das zu bekommen, was sie wollte.
Und zum erstenmal in ihrem jungen Leben befand sie sich in der Situation, daß sie ihre Weiblichkeit gezielt einsetzte, um den gewünschten Eindruck zu hinterlassen. Sie setzte ihr Auftreten, ihre Stimme und die subtilen Bewegungen ihres Körpers wie ein perfekt eingespieltes Orchester ein, um die mathematische Präsentation, die sie vorbereitet hatte, mit ihrer weiblichen Attraktivität zu unterstützen.
Als stünde sie neben sich, beobachtete sie, wie Raymond Wilbur vom Zauber ihrer körperlichen Präsenz und von ihren unbestreitbaren Berechnungen und ihrem Wissen gefangengenommen wurde. Angesichts der Waffen, die sie so sorgfältig geschärft hatte, bevor sie ihm gegenübergetreten war, tat er, was sie wollte. Er bot ihr eine Stelle an.
Und sie war nicht überrascht.
Die alte Francie wäre sprachlos gewesen über dieses Ergebnis und ihre eigene Aggressivität, mit der sie das Gewünschte provoziert hatte.
Doch die alte Francie existierte nicht mehr. Ein neues Wesen mit unerwarteten Talenten hatte ihren Platz eingenommen.
Francie verspürte ein kurzes Schaudern ob dieser inneren Metamorphose, als sie Raymond Wilburs Hand schüttelte, der ihr zu ihrer neuen Stelle gratulierte. Sie spürte, daß die Vergangenheit unter ihr weggezogen wurde, wie das Sprungbrett eines Springers, der in dünne Luft eintaucht. Wie ihre Zukunft aussehen würde, das lag nun allein bei ihr.

Am Abend noch rief sie ihren Vater in Pennsylvania an, um ihm die gute Neuigkeit mitzuteilen. Sie konnte die Erleichterung in seiner Stimme förmlich hören, als er sie beglückwünschte.
»Ich freue mich so sehr für dich, Frannie«, sagte er. Er nannte sie bei ihrem Spitznamen, der ihr seit der Kindheit eigen war. »Ich

wußte, daß du diese New Yorker im Sturm erobern würdest. Ich bin stolz auf dich.«

»Danke, Dad.« Ihre Aufgeregtheit überspielte die unausgesprochene Wahrheit. Sie hatte ihrem Vater nicht erzählt, daß sie von Magnus Industries schlichtweg abgelehnt worden war, als sie sich beworben hatte. Und er konnte auch nichts von dem wohldurchdachten Schachzug ahnen, den sie hatte anwenden müssen, um ihr Ziel zu erreichen.

»Und jetzt laß dich von der riesigen Stadt nicht unterkriegen«, warnte Mac. »Paß auf dich auf und werde glücklich.« Es war typisch für Mac Bollinger, daß er in diesem Gespräch mit Francie seine Sorgen und Ängste unausgesprochen ließ und ihr mit purer Ermutigung begegnete. Sie war alles, was ihm seit dem Tod seiner Frau geblieben war, doch er belastete sie nicht mit seinem Beschützerinstinkt, da er ihre Unabhängigkeit respektierte.

»Mach dir keine Sorgen um mich, Daddy. Mir geht's gut. Alles läuft nach Plan«, versicherte Francie ihm.

Als sie auflegte, mußte sie unwillkürlich daran denken, daß die große Stadt bereits ihre Spuren in ihr hinterlassen hatte. Sie hatte zum erstenmal zu Hause angerufen und ihrem Vater nicht nur eine gute Neuigkeit mitgeteilt, sondern ihm auch die Wahrheit darüber verschwiegen, wie es dazu gekommen war.

Dies war das erstemal, daß sie ihren Vater belogen hatte.

Francie dachte in dieser Nacht noch lange über diese Tatsache nach. Doch als sie am nächsten Morgen aufwachte, wartete so viel Arbeit und so viel Neues auf sie, daß sie ihre Lüge vergaß und ihre Konzentration auf die aufregende Zukunft richtete, die vor ihr lag.

4

Zunächst schien bei Magnus Industries für Francie alles bestens zu laufen.

Leichten Herzens und mit großen Hoffnungen ging sie zur Arbeit. Ray Wilbur hatte ihr ein eigenes Büro zugeteilt, und er erwartete, daß sie ihren Plan zur Neuorganisation so rasch wie möglich zu Papier brachte, damit er ihn dem Vorstand präsentieren konnte. Er untersagte ihr, mit den Angestellten in den Büros auf ihrer Etage über ihre Arbeit zu reden. Am Ende eines jeden Tages mußte sie ihm die Unterlagen bringen, damit er zu Hause alles noch einmal durchgehen konnte, bevor er es mit seinen eigenen Vorgesetzten besprach.

Ihre Arbeit hatte etwas Verschwörerisches an sich, und das amüsierte und reizte Francie. Sie mochte das Gefühl, an etwas Geheimem und Wichtigem zu arbeiten, an etwas, durch das ihr eine Sonderbehandlung von seiten des Abteilungsleiters zuteil wurde.

Und doch war sie aufgrund dieser Arbeit sehr isoliert, sowohl innerhalb ihrer Abteilung als auch im Gesamtkomplex von Magnus Industries. In ihrer Stellung als Spezialassistentin des Abteilungsleiters pflegte sie keinen Kontakt mit den gewöhnlichen Abteilungen, in denen die Angestellten in Teams arbeiteten. Sie verrichtete ihre Aufgabe allein und erstattete nur einem Mann Bericht – Raymond Wilbur. Sie hatte ihre eigene Sekretärin, eine freundliche, resolute junge Frau namens Marcia Bonner, doch selbst Marcia begegnete Francie mit einer gewissen Zurückhaltung, so als könne sie nicht genau einschätzen, mit wem sie es zu tun hatte.

Magnus Industries war in einem sehr geschmackvollen Gebäude untergebracht; die Korridore waren schmal, das Licht gedämpft, um keine Hektik aufkommen zu lassen, die Büros mit Sorgfalt eingerichtet. Es war ein stiller Ort – nie waren laute, erregte Stimmen zu hören, in keinem Gesicht spiegelte sich Unzufriedenheit oder Wut.

Und doch brauchte Francie nicht lange, um zu durchschauen, daß sich hinter dieser gefaßten, gedämpften Fassade eine kühle und unpersönliche Firma verbarg, die ihre neuen Angestellten wahrlich nicht mit offenen Armen empfing.

Die wenigen Kollegen, die Francie in ihren ersten Arbeitswochen kennenlernte, waren keinesfalls freundlich. Sie bedachten sie mit abschätzenden, mißtrauischen Blicken, und ihre Höflichkeitsfloskeln waren ohne jede Wärme.

Francie fragte sich, ob sie vielleicht von dem ungewöhnlichen Weg wußten, auf dem sie ihren Job bekommen hatte. Vielleicht, so dachte sie, nahmen sie an, daß sie aufgrund einer Liaison mit Mr. Wilbur eingestellt worden war. Vielleicht waren sie mißtrauisch, weil sie sie für diese verantwortungsvolle Position einfach für zu jung hielten. Was immer es auch war, sie behandelten Francie wie eine Außensei-

terin. Sie war in ihrem kleinen Büro ganz auf sich gestellt, fing früh am Morgen mit ihrer Arbeit an dem Plan an und hinterließ ihre Unterlagen abends bei Mr. Wilbur oder seiner Sekretärin.
Vier Wochen verstrichen auf diese Weise, dann acht. Francie war stolz auf ihre Arbeit und sicherer als je zuvor, daß ihr Plan, wenn er zum Einsatz kam, Früchte tragen würde. Doch sie fühlte sich bei Magnus Industries nicht zu Hause, und noch immer konnte sie nicht genau benennen, warum sie sich so unwohl fühlte.
Doch dann erhielt sie die Antwort auf all ihre Fragen.

Am fünfzehnten September, drei Monate nachdem sie mit ihrer Arbeit begonnen hatte, legte Raymond Wilbur ihren Vorschlag dem Vorstand vor, und er wurde akzeptiert. Die finanzielle Umorganisierung der Abteilung für Haushaltsprodukte wurde beschlossen und ihre Durchführung angeordnet. Ray Wilbur kam persönlich in Francies Büro, um ihr zu gratulieren.
»Sie haben gute Arbeit geleistet, weiter so! Ich bin sehr zufrieden«, sagte er. Seine Miene verriet, daß seine Vorgesetzten von Francies Leistung sehr angetan waren.
Der einzige Wermutstropfen bei der ganzen Sache war der, daß im internen Newsletter, in dem die Umorganisation und die Untersuchungen, die dazu geführt hatten, bekanntgegeben wurden, Francies Anteil daran mit keinem Wort erwähnt wurde. Ihre Analysen und Empfehlungen wurden zwar in allen Einzelheiten beschrieben, jedoch ausschließlich als Verdienst von Raymond Wilbur und »seiner Abteilung« bezeichnet.
Francie war neu und zögerte deshalb, viel Aufhebens davon zu machen. Es widerstrebte ihr jedoch, etwas gutzuheißen, was sie ärgerte. Sie sprach mit Raymond Wilbur über ihre Gefühle.
»Ich will damit nicht sagen, daß ich der Star der Show sein möchte«, sagte sie. »Aber ich finde, wenigstens mein Name sollte auftauchen, immerhin war es allein meine Idee und Arbeit.«
Ray Wilbur schmunzelte.
»Besser, Sie werden sich bald über ein paar Regeln dieses Konzerns bewußt, Francie«, entgegnete er. »Hier herrscht eine strenge Hierarchie. Der dem Namen nach Verantwortliche heimst alle Lorbeeren für das ein, was unter ihm geschieht. Wem, glauben Sie, wird eben

diese kleine Episode zur Ehre gereichen? Dem Vizepräsidenten für Finanzen, und Anton Magnus selbst. Niemand dankt Ray Wilbur für diese Arbeit. Wenn Sie weiterkommen wollen, Francie, machen Sie weiter so. Auf diese Weise werden Sie bald in einer verantwortlichen Position sein, und dann gehört das Lob Ihnen.«
Francie sah ihm in die Augen.
»Ich will keine Anerkennung für etwas, was ich nicht getan habe. Jetzt nicht – und später auch nicht.«
Raymond Wilbur zuckte lediglich die Achseln.
Am nächsten Tag, dank des Klatsches von Raymond Wilburs Sekretärinnen, hatten die Kollegen in der Firma Wind von Francies kleiner Auseinandersetzung mit ihrem Boß bekommen.
»Gut, daß Sie ihm die Meinung gesagt haben«, sagte Marcia Bonner, die sich in der Einsamkeit des Büros schließlich doch mit Francie angefreundet hatte. »Das sind solche Widerlinge. Die würden einer Frau doch niemals...«
Francie war verblüfft.
»Ist es das, was dahintersteckt?« fragte sie.
»Was denn sonst?« erwiderte Marcia mit einem bitteren Unterton. Sie wunderte sich über Francies Naivität. »So heißt das Spiel, das Anton Magnus spielt.«
Francie war schockiert. Es war ihr nie in den Sinn gekommen, daß das, was geschehen war, etwas mit ihrem Geschlecht zu tun gehabt haben könnte. Sie hatte angenommen, es seien lediglich die Regeln der Hierarchie, ihre untergeordnete Stellung innerhalb des Unternehmens, die ihr Schicksal bestimmt hatte.
»Aber woher wissen Sie das so genau?« fragte sie Marcia. »Woher wissen Sie, daß es einem Mann nicht genauso ergangen wäre wie mir?«
Marcia lächelte traurig. »Francie, wachen Sie auf«, sagte sie. »Verraten Sie mir, wieviel man Ihnen als Assistentin des Direktors bezahlt.«
Francie nannte ihr den Betrag.
»Wissen Sie, wieviel ein männlicher Neuankömmling als Management-Trainee im ersten Jahr verdient?« fragte Marcia.
Francie schüttelte den Kopf. Als Marcia ihr die Summe nannte, wurde sie blaß vor Wut. Es war nahezu das Doppelte ihres Gehalts.

»Begreifen Sie jetzt, was ich sagen will?« fragte Marcia. »Magnus Industries hält nicht viel von den Fähigkeiten seiner weiblichen Mitarbeiter. Dieses Unternehmen würde einer Frau ebensowenig Anerkennung für ihre Arbeit zollen, wie es eine Putzfrau zur Vizepräsidentin ernennen würde. So sieht's aus.«
Marcia zeigte Francie Artikel aus demselben Newsletter, in denen von Ray Wilbur und seinem Umorganisationsplan berichtet wurde. In mehr als nur einem Fall wurden die Namen junger, männlicher Mitarbeiter erwähnt, während Francies Name unerwähnt blieb.
Nach ihrer Unterhaltung mit Marcia sah sich Francie etwas genauer im Unternehmen um. Sie stellte fest, daß keine einzige Frau in einer verantwortlichen Position zu finden war. Es gab zwar einige Alibifrauen wie beispielsweise Althea Drake, die zwar mit eindrucksvollen Titeln, aber niemals mit echten Befugnissen ausgestattet waren – Assistentin des Vizepräsidenten für Public Relations, Assistentin für Verbraucheranalysen und so weiter.
Was Francie selber betraf – auch sie hatte einen sehr beeindrukkenden Titel, der verbarg, daß sie kaum mehr verdiente als eine Sekretärin auf der niedrigsten Ebene. Und das trotz ihres Finanzplanes, den sie eigenhändig und ohne fremde Hilfe erarbeitet hatte, eines Plans, der die Finanzstruktur einer der wichtigsten Abteilungen im Unternehmen revolutionieren konnte.
Francie war überwältigt von der Einsicht, daß ihr Geschlecht das bestimmende Moment ihres Schicksals innerhalb des Unternehmens sein sollte. Dieses Wissen machte sie wütend, denn sie hatte plötzlich das Gefühl, daß ihre Weiblichkeit ein Makel war, mit dem sie belastet war und der sie als weniger kompetent als ihre männlichen Kollegen brandmarkte.
Unfähig, ihren Zorn noch länger zu unterdrücken, ging sie ein zweites Mal zu Raymond Wilbur. Sie sprach sich gegen die Art aus, wie sie behandelt wurde, und erwähnte darüber hinaus auch ihre geringe Entlohnung.
»Ich habe für dieses Unternehmen ein entscheidendes Problem gelöst«, sagte sie. »Können Sie mir sagen, wieso ich nur die Hälfte dessen bekomme, was ein männlicher Management-Trainee im ersten Jahr verdient?«

Ray Wilburs Miene verdunkelte sich. Er sprach in einem leisen, warnenden Ton.

»Francie, ich habe einiges riskiert, als ich Sie einstellte, ohne den üblichen Weg zu gehen. Ob Sie sich dessen bewußt sind oder nicht – Sie haben eine hervorragende Stellung bei Magnus. Keine Frau hat, solange ich zurückdenken kann, jemals getan, was Sie getan haben. Aber wenn Sie jetzt in diesem Ton weitermachen wollen, in dem Sie gerade begonnen haben, werden Sie Ihren Job bald los sein, das können Sie mir glauben. Ich gebe Ihnen also den Rat: machen Sie keine Schwierigkeiten. Es wäre nur Ihr eigener Schaden.«

Mit neuer Besorgnis in den Augen sah er Francie nach, als sie aus dem Zimmer ging.

Raymond Wilbur hoffte, mit seiner ernsten Warnung das Problem Francie Bollinger aus der Welt geschafft zu haben.

Nicht im Traum hätte er daran gedacht, daß er genau damit den entscheidenden Anstoß zu einer der dramatischsten Episoden, die Magnus Industries je widerfahren waren, gegeben hatte.

Was Francie anging – sie erkannte, daß sie mit ihrer Beschwerde nur gegen Wände lief, und wandte sich unzufrieden wieder der Arbeit zu, die ihr schon bald unerträglich wurde.

Sie arbeitete vollkommen zurückgezogen. Ihre einzigen Freunde bei Magnus waren einige Sekretärinnen, die in Ray Wilburs Abteilung arbeiteten. Diese jungen Frauen schienen sie eher zu bemitleiden, als abzulehnen.

Niemand kam in ihrem Büro vorbei, um Hallo zu sagen, oder sich mit ihr zu unterhalten. Ab und an wurde sie in der Kantine oder auf den Korridoren von jungen männlichen Kollegen angesprochen, die sie wie eine Sekretärin behandelten und mit ganz bestimmten Hintergedanken zu einer Verabredung einluden. Wenn sie dankend ablehnte, wandte sich der verwirrte Mann lediglich mit einem Kopfschütteln ab und ging. Schließlich war es im Konzern allgemein bekannt, daß für die weiblichen Angestellten die einzige Chance weiterzukommen über das Bett ging.

Marcia Bonner verstand Francie und erzählte ihr Horrorgeschichten von jungen Frauen, die sich auf die Avancen solcher Männer eingelassen hatten. Avancen, die oftmals mit dem Versprechen der Ehe verbunden waren. In den meisten Fällen endeten die Verhältnisse damit, daß sie sitzengelassen wurden, oder mit noch Schlimmerem. Francie bemerkte bald, daß Marcia alles wußte, was es über das Leben hinter den Kulissen zu wissen gab, und daß sie eine Art Glucke für viele der weiblichen Angestellten war, deren Affären mit ungewollten Schwangerschaften und sonstigen Desastern geendet hatten.

Marcia mußte Francie nicht vor den Einladungen warnen, die sie erhielt. Nach einer Weile erhielt sie ohnehin keine mehr, denn der Klatsch über Francies Auseinandersetzungen mit Raymond Wilbur verbreitete sich wie ein Lauffeuer unter den Angestellten. Francie galt nicht länger als eine begehrenswerte Frau, sondern als Außenseiterin, die es galt zu meiden. Sie war eine *Persona non grata*, soweit es die obere Geschäftsebene – eine reine Männerclique – betraf. Francie versuchte ihre Sorgen zu vergessen, indem sie sich in die Arbeit stürzte. Doch nun, da der Umorganisationsplan von den Buchhaltern und Managern in die Tat umgesetzt wurde, war der kreative Aspekt ihrer Arbeit für Raymond Wilbur an einem toten Punkt angelangt. Es hieß, daß neue Projekte auf sie warteten, neue Herausforderungen vor ihr lagen. Doch wenn sie Raymond Wilbur darauf ansprach und fragte, worum es sich dabei handele und wann sie endlich anfangen könne, antwortete er mit hohlen Phrasen und bemühte sich, so gut es ging, einer Konfrontation mit ihr auszuweichen.

Francie wußte die Zeichen zu deuten. Das einzige, worauf sie sich freuen konnte, war die praktische Umsetzung ihrer eigenen Vorarbeit, der Umorganisation, und auf die Arbeit, die ihr Ray Wilbur zukommen lassen würde, denn sie würde keine offizielle Belobigung für ihre Leistung erhalten und auch nicht befördert werden, wie dies in einem solchen Fall normalerweise geschah. Es war viel wahrscheinlicher, daß ihr aufgrund ihres Benehmens und ihres schlechten Rufs innerhalb des Unternehmens bald gekündigt wurde. Beinahe konnte sie spüren, wie die Firma ihr den Rücken zukehrte. Sie hatte sich ihre Karriere bei Magnus Industries verscherzt, weil sie für Ärger gesorgt hatte. Wahrscheinlich würde man sie feuern, sobald der Finanzplan, den sie ausgearbeitet hatte,

vollständig in die Tat umgesetzt war. Erst hatte man sie ausgesaugt, dann würde sie gefeuert werden.
Francie dachte lange und ernsthaft über ihre Situation nach. Sie stellte fest, daß sie ihr Bild von Magnus Industries korrigieren mußte. Die Karriere, die sie sich erträumt hatte, würde ihr hier versagt bleiben.
Jede andere Frau an ihrer Stelle hätte aufgegeben und sich nach einem neuen Job umgesehen. Doch Francie spürte, wie durch die schlechte Behandlung, die ihr widerfuhr, ein Nerv in ihrem Innern getroffen wurde, derselbe Nerv, der getroffen worden war, als Althea Drake ihr so unmißverständlich erklärt hatte, daß die Tore von Magnus Industries für sie verschlossen blieben.
Es entsprach einfach nicht ihrem Wesen, die Dinge so zu belassen, wie sie waren. Ganz instinktiv und intuitiv mußte sie dagegen ankämpfen, etwas verändern, ganz gleich, wie hoch der Preis dafür auch sein mochte.
Und doch gab es scheinbar keinen Ausweg. Sie hatte bereits alles getan, und sie hatte verloren. Jetzt war sie nur noch ein kleines Rädchen in der riesigen Maschinerie des Unternehmens, vergessen, und unfähig, etwas zu bewegen.
So schien es jedenfalls.

5

Who's Who in Amerikas führenden Unternehmen, 55. Ausgabe
MAGNUS, Johan F. (Jack), Sohn von Anton Magnus. Geboren 1923. Zur Zeit Vizepräsident im Bereich Internationale Unternehmensentwicklung, Magnus Industries. Schulische Laufbahn: St. Paul's, Yale B.S., Harvard M.B.A. Vor seiner Ernennung zum Vizepräsidenten 1953 dreijähriger Aufenthalt in Europa als leitender Manager der dort ansässigen Tochterunternehmen. Er gilt als treibende Kraft für Innovationen innerhalb des Unternehmens, das sein Vater gründete, und wird darüber hinaus auf seine Position im übergreifenden Management vorbereitet. Er wird als sicherer Nachfolger von Anton Magnus gehandelt, Vorstandsvorsitzender und Vorstandssprecher des Unternehmens.

Ihm eilt ein Ruf als fairer, ehrgeiziger Manager voraus, dem das Wohl der Firma über alles geht. Gerüchte über ein Zerwürfnis mit seinem Vater aufgrund unterschiedlicher Auffassungen über die Firmenpolitik blieben unbestätigt. Jack Magnus, der sich gegenüber der Presse und selbst gegenüber seinen Geschäftskollegen bedeckt hält, wenn es um seine Pläne und Ideen in bezug auf das Unternehmen geht, ist ein Mann der Tat, ein Unternehmer, wie er im Buche steht.

Das Foto, das diesen Absatz über Jack Magnus vervollständigte, zeigte einen gutaussehenden dunkelhaarigen, jungen Mann, dessen Züge eine interessante Ähnlichkeit mit seinem Vater aufwiesen. Beide Männer hatten dunkle, eindringliche Augen und einen dunklen Teint. Doch im Gegensatz zu seinem Vater, der, ohne ausgesprochen gut auszusehen, eine grobe und ausgeprägte Maskulinität ausstrahlte, wirkte der Sohn attraktiv und fotogen. Er hätte mit seinen feingeschnittenen männlichen Zügen Fotomodell sein können.

Francie betrachtete das Foto sehr lange.

Sie hatte es sich zur Aufgabe gemacht, sämtliche verfügbaren Informationen über Jack Magnus, aus jeder nur erdenklichen Quelle innerhalb und außerhalb des Unternehmens, zu sammeln und zu studieren.

Was sie dabei herausgefunden hatte, verwirrte und beeindruckte sie gleichermaßen.

Oberflächlich betrachtet, schien Jack Magnus der geeignete Mann, Magnus Industries in der Zukunft zu leiten, so wie sein Vater es in der Vergangenheit getan hatte. Er war im Unternehmen aufgewachsen und hatte hervorragende persönliche Erfolge bei seiner Arbeit aufzuweisen. Er hatte sich als aggressiver, hart arbeitender Manager erwiesen; sämtliche Abteilungen, denen er seit seinem Abschluß an der Universität vorgestanden hatte, wiesen eindrucksvolle Umsatz- und Gewinnsteigerungen auf.

Dank seines enormen Wissens über das Unternehmen und seiner Fähigkeit als Vermittler war er mit immer größeren Aufgaben innerhalb des Konzerns betraut worden. Er hatte in Vertretung seines Vaters die ganze Welt bereist und als Bindeglied zwischen der

Magnus-Zentrale und den vielzähligen Tochterunternehmen fungiert, die der Konzern fortwährend aufkaufte.
Er beherrschte mehrere Sprachen und war Experte auf dem Gebiet der Wirtschaftsentwicklung Lateinamerikas und Europas.
In diesem Sinne war Jack Magnus wahrlich ein »Mann des Unternehmens«; er widmete sich voll und ganz dem Unternehmen, das seinen Namen trug, erwies sich als ausgezeichnete Führungskraft, der dem Ruf, der Magnus Industries vorausging, vollkommen gerecht wurde. Er zeigte Intelligenz, aggressives Vorgehen und keine Scheu, sich der Konkurrenz zu stellen. Er galt als der perfekte Nachfolger seines Vaters.
Auf der anderen Seite gab es unter dieser glatten Oberfläche winzige Anzeichen dafür, daß das Verhältnis zwischen Jack Magnus und seinem Vater nicht ganz ungetrübt war.
Innerhalb des Unternehmens hatte Jack Magnus den Ruf als Einzelgänger. Wann immer er mit einer Aufgabe betraut wurde, ging er seinen ganz eigenen Weg, der oftmals mit bitteren Streitigkeiten zwischen ihm und seinen Vorgesetzten, Männern, die die Wünsche und Vorgehensweise seines Vaters repräsentierten, verbunden war. Diese Streitigkeiten führten nicht selten zu Auseinandersetzungen mit seinem Vater, die zu leidenschaftlich waren, als daß sie innerhalb der Firma hätten bekannt werden dürfen.
Man flüsterte sich zu, daß Jack Gefallen daran fand, seine Ziele durch unübliche, risikoreiche Wege und Methoden zu erreichen. Er mied die eingefahrenen und erprobten Wege. In seinem ersten Projekt beispielsweise, einer neuerworbenen Consulting-Firma in Atlanta, feuerte er die gesamte Führung des Unternehmens, Angestellte, die erst zwei Jahre vorher von seinem Vater eingestellt worden waren, und ersetzte sie durch Mitarbeiter seiner eigenen Wahl. Diese Vorgehensweise hatte einen Proteststurm im Vorstand hervorgerufen, doch bereits ein Jahr später wies das Unternehmen eine einhundertprozentige Produktivitätssteigerung auf, und man vergab Jack.
Und so war es auch in allen anderen Fällen gewesen. Manche Beobachter waren der Meinung, Jack handle um jeden Preis gegen den Willen seines Vaters, nur um seine Unabhängigkeit von ihm und dem »Magnus-Stil« zu beweisen. Darüber hinaus wurde ge-

munkelt, daß Jack in den Bereichen, für die er verantwortlich war, keinerlei Einmischung duldete und selten einen Ratschlag annahm. Und es gab solche, die sich fragten, ob er, so eigensinnig, wie er sich zeigte, jemals die Zügel des Unternehmens in die Hand bekommen würde. Man vermutete, daß sein Drang nach Unabhängigkeit derart ausgeprägt war, daß er irgendwann sein eigenes Unternehmen aufbauen würde. Doch diejenigen, die solche Behauptungen aufstellten, hatten keine Erklärung dafür, warum er so lange bei Magnus Industries ausharrte. Schließlich war er mittlerweile Anfang Dreißig.

Diese Frage blieb unbeantwortet. Doch Jacks Rebellion gegen seinen Vater hatte noch einen anderen Grund. Es war weithin bekannt, daß Anton Magnus, der seine Finger überall im Spiel hatte, bereits eine Braut für seinen Sohn ausgewählt hatte. Im Hinblick auf das Wohl seines Unternehmens, das auch bei seiner eigenen Hochzeit und der Einheirat seiner Tochter Gretchen in die Trowbridge-Dynastie entscheidend gewesen war, hatte er vor einigen Jahren Belinda Devereaux für Jack ausgesucht. Das Devereaux-Ölimperium, das auch im Bereich Kommunikation Fuß fassen wollte, sollte der größte Coup werden, den der Gigant Magnus Industries zu diesem Zeitpunkt landen konnte.

Doch die Hochzeit hatte nicht stattgefunden. Jacks Verlobung mit Belinda Devereaux, mit der seit sechs Jahren täglich gerechnet wurde, war noch immer mit einem Fragezeichen behaftet. Jacks Ruf als Frauenheld war in diesen letzten Jahren ungebrochen, und viele glaubten deshalb weder an eine Heirat mit Belinda noch mit irgendeiner anderen Frau.

Jack arbeitete weiterhin hart für das Unternehmen seines Vaters und hatte bereits einen sicheren Platz im Vorstand, doch in der Öffentlichkeit gab er bezüglich seiner Intention, einmal den Platz seines Vaters an der Konzernspitze einzunehmen, nie eine Erklärung ab.

Und er würde auch nicht heiraten. Nicht so bald jedenfalls.

Je länger Francie Jacks Biographie studierte, desto mehr stellte sich bei ihr das Gefühl ein, ihn zu kennen. Jack war ein intelligenter und vorsichtiger Mann. Er lernte soviel wie möglich von Magnus Industries, doch er hielt sich alle Wege offen – eben wie ein cleverer Geschäftsmann es tat. Vielleicht würde er Magnus Industries eines Tages übernehmen – wenn es ihm paßte. Vielleicht würde er Belinda Devereaux heiraten – wenn *er* sich dazu entscheiden sollte. Er erlangte immer mehr Macht, Einfluß und Wissen, doch er gestattete niemandem, ihm Vorschriften zu machen. In diesem Sinn war er ganz der Sohn seines Vaters – dickköpfig, kreativ, ehrgeizig. Doch genau diese Eigenschaften brachten ihn gegen seinen Vater auf.

Man konnte sich Anton Magnus' Enttäuschung über die Art, wie sich sein Sprößling entwickelt hatte, vorstellen. Jack war seinem Vater einfach zu ähnlich, um sich dem Willen des Älteren zu beugen.

Das war einer der Gründe, weshalb Francie sich für Jack Magnus interessierte.

Der andere Grund, ein eher praktischer, war der, daß Jack quasi allen Tochterunternehmen in Europa vorstand.

Jack Magnus hatte es sich seit dem Krieg zum Ziel gesetzt, so viele marode Unternehmen in Europa wie nur möglich aufzukaufen. Seine Vertrautheit mit der europäischen Wirtschaftsstruktur und die stetig steigende Kaufkraft seines Unternehmens hatten ihm erlaubt, ein Finanzimperium in Europa aufzubauen, in einem Europa, das sich in den kommenden Jahrzehnten vom Krieg erholen und ein enormes Wachstum erleben würde. In diesem Europa wollte er einer der ganz Großen sein.

Es war nicht überraschend, daß Anton Magnus seinen Sohn als Bindeglied zwischen dem sich ständig erweiternden europäischen Konglomerat und der Zentrale in New York einsetzte. In den vergangenen fünf Jahren hatte Jack sich mit seiner ganzen Energie auf diese Aufgabe gestürzt, war über den Atlantik hin und hergejettet, um dem Vorstand von seinen Fortschritten zu berichten.

Jack war ein brillanter Manager und ein noch begabterer Troubleshooter. Und trotzdem konnte nicht einmal Jacks großes Geschick die Tatsache verbergen, daß es in Europa Ärger gab.

Die Tochterfirmen des Magnus-Unternehmens, viele davon altehrwürdige Firmen mit neuer Belegschaft oder junge, noch instabile Unternehmen mit unerfahrenem Management, waren über ein Dutzend Länder verteilt, durch unterschiedliche Sprachen, Gebräuche und Währungen getrennt. Viele dieser Länder hatten sich während des Krieges als Feinde gegenübergestanden. Die jeweiligen Verantwortlichen trauten einander nicht, und dieser Umstand machte eine effektive Kommunikation und Kooperation zwischen den Unternehmen mehr als schwierig, manchmal sogar unmöglich.

Im neuen, von den NATO-Mächten angestrebten Europa war die wirtschaftliche Zusammenarbeit eine absolute Notwendigkeit. Und Anton Magnus war bestrebt, Europas Wachstum zu seinem Vorteil zu nutzen. Doch bisher verhielten sich die Tochterfirmen zueinander eher wie zwistige Bettgenossen, um nicht zu sagen, wie erklärte Feinde, als wie Soldaten in einer vereinten Firmenarmee. Ihr Wachstum schien die Feindseligkeiten untereinander nur zu verstärken. Kurz gesagt: sie machten Verluste, da sie aufgrund der mangelnden Kommunikation die Möglichkeit nicht nutzten, einander mit Rohstoffen, Informationen und dergleichen auszuhelfen. Die europäischen Firmen verhielten sich wie ein Stall voller Hunde, deren Leinen sich hoffnungslos um die Beine der Mutterfirma gewickelt hatten.

Diese Situation, die zu chaotisch war, als daß sie durch die optimistischen Berichte an die Aktionäre hätte überdeckt werden können, weckte Francies Interesse genau in dem Moment, als sie eine Herausforderung dringend benötigte.

Francie, die sowohl Fremdsprachen als auch Wirtschaft lange studiert hatte, kam zu der Überzeugung, daß das Durcheinander innerhalb der europäischen Tochterfirmen nicht unbedingt von Nachteil sein mußte. Es ließ sich auf ein Mindestmaß reduzieren, vorausgesetzt, man besaß die Mittel, um die Gründe zu analysieren, zu korrigieren und zu entwirren.

In der beträchtlichen freien Zeit, über die sie neuerdings in Ray Wilburs Abteilung verfügte, begann Francie, eine praktische Lösung für das Problem zu erarbeiten, die sie theoretisch bereits kannte.

Sie verbrachte viele Stunden mit dem Studium der europäischen Firmen. Sie las jedes interne Memo und sämtliche Veröffentlichungen über die Magnus-Tochterfirmen in Frankreich, Großbritannien, der Schweiz, Belgien und den Niederlanden, Westdeutschland, Italien, Spanien und Portugal. Sie studierte deren Management, ihre Produktivität, ihre Gemeinkosten, ihre Beziehungen zueinander in bezug auf Konkurrenz und ihre grundlegende Zusammenarbeit. Zu den Tochterfirmen zählten Banken, Fabriken, Steuerberatungsfirmen, Minen, Versandunternehmen, Einzelhandelsunternehmen, Hotels und sogar Unternehmen der Unterhaltungsbranche. Daraus ergab sich ein verworrenes Muster, das einer Miniaturabbildung Europas schnellwachsender, aber unüberschaubarer Wirtschaft glich.

Francie schwirrte der Kopf angesichts der Fülle von Informationen. Doch die Herausforderung zog sie magisch an, ebenso wie ihre wachsende Erkenntnis, daß ihr intellektueller Background ihr eine mögliche Lösung dieses Problems in Europa gestattete.

Ein entscheidender Faktor ihres Studiums kam ihr nun, auf unerwartete Weise, mehr als je zuvor zugute – die Erfahrung mit Computern.

Francie war sich immer sicherer, daß die Schwierigkeiten in der Zusammenarbeit der europäischen Tochterfirmen durch eine computergesteuerte Interaktion gelöst werden konnten. Schließlich war die Computersprache etwas anderes als die gewöhnlichen, menschlichen Sprachen. Sie versachlichte jede Information und machte sie somit auf eine neue Art zugänglich und verwertbar. Unterschiede in Sprache oder Währung waren für einen Computer weit weniger unüberwindlich als für ein menschliches Wesen.

Falls es gelänge, die europäischen Firmen mittels der Computertechnologie zusammenzuschließen, inklusive Lohnzahlungsverfahren, Bilanzen, Rohstoffen und sogar Personal, wäre es möglich, innerhalb weniger Monate eine reibungslose Zusammenarbeit und Kommunikation über alle geographischen und sprachlichen Barrieren hinweg zu erreichen, die auf normalem Wege wahrscheinlich erst nach Jahren zu erreichen war.

Francie war von Tag zu Tag überzeugter von ihrer Idee und auch aufgeregter. Sie nutzte jede freie Minute, um daran zu arbeiten, und am Abend studierte sie alles, was ihr bei der Umsetzung ihres Plans behilflich sein konnte.

Magnus Industries hatte vor kurzem einen neuen UNIVAC-Computer angeschafft, der im vierundfünfzigsten Stock installiert worden

war. Bisher war das Gerät allerdings nahezu unbenutzt geblieben, denn das Management war mit der neuen Erfindung noch zu wenig vertraut, um sie für das Unternehmen effektiv zu nutzen.
Es gelang Francie, die Erlaubnis zu bekommen, den Computer für ihre eigenen Zwecke zu nutzen. Zunächst experimentierte sie mit einem speziellen Programm, das sie für die mögliche Verbindung zwischen den europäischen Tochterfirmen entworfen hatte. Die Arbeit gestaltete sich schwierig, und sie mußte mit großer Sorgfalt vorgehen, doch das bot ihrem Intellekt und ihrer Dickköpfigkeit einen nur noch größeren Anreiz. Bereits nach einigen Wochen war sie von der Funktionstüchtigkeit ihres Programms überzeugt.
Jetzt war sie vollends Feuer und Flamme. Sie stürzte sich auf die Erarbeitung eines Entwurfs, den sie bezüglich der notwendigen Veränderungen in Europa unterbreiten wollte, genau wie damals, als sie die Umorganisierung von Ray Wilburs Abteilung geplant hatte. Sie erstellte Tabellen und Graphiken, die exakt auf die unterschiedlichen Steuer- und Marketingstrukturen der jeweiligen Länder abgestimmt waren. Doch vor allem verfeinerte sie ihr Computerprogramm und verfaßte eine dazugehörige Erklärung, die seine Logik und praktischen Merkmale erläuterte.
Ihr Ziel war es, eine Idee zu präsentieren, die nicht nur einem technischen Laien einleuchtete, sondern darüber hinaus auch sämtliche wirtschaftlichen Faktoren berücksichtigte. Sie beabsichtigte, ihren Plan so zu unterbreiten, daß jeder davon überzeugt sein mußte.
Und das hieß vor allem und zuerst – Jack Magnus.
Francie besaß genügend Informationen über ihn, um zu wissen, daß er skeptisch reagieren würde. Schließlich kämpfte er bereits seit fünf Jahren gegen die chaotischen Zustände in Europa an, und sie durfte nicht erwarten, daß er sich gerne von einer Anfängerin in sein Geschäft dreinreden ließ.
Andererseits war Jack Magnus' Vorgehensweise im letzten Jahrzehnt stets innovativ gewesen. Und schließlich wußte jeder, daß er seine Ziele auf ungewöhnliche Art und Weise erreichte. Deshalb mußte er auch beeindruckt sein von diesem kreativen Lösungsansatz, selbst wenn er von einer Anfängerin stammte.

Vor allem aber hatte Jack Magnus großen Einfluß innerhalb des Unternehmens. Sollte er an Francies Ideen Gefallen finden, würde er sie so schnell und wirksam wie kein anderer bei Magnus Industries durchsetzen können.
Das war der Schlüssel zu Francies Plan.

Am zehnten November schloß Francie die Arbeit an ihrem detaillierten Entwurf für die computerisierte Vernetzung der europäischen Tochterfirmen ab.
Nun blieb nur noch eine einzige Vorgehensweise. Als Frau, das wußte Francie, würde sie innerhalb der Magnus-Hierarchie kein offenes Ohr finden. Und sollte sie den üblichen Weg der Mitteilung an ihre Vorgesetzten wählen, würde ihr Entwurf irgendwo hängenbleiben.
Deshalb mußte sie ihren Plan Jack Magnus persönlich vorlegen.
Das war keine leichte Sache. Jack war eine beinahe übermenschliche Person im Unternehmen, eine Person, die, wie sein Vater, von einer mystischen Aura umgeben war. Er war Vorstandsmitglied und befand sich ständig in Meetings mit den einflußreichsten Geschäftsleuten.
Doch wenn sie ihre niedrige und ausweglose Situation bei Magnus Industries verändern wollte, mußte sie einen Weg finden, um Jack Magnus' Aufmerksamkeit zu erringen. Er mußte sie anhören.
Nach sorgfältiger Abwägung ihrer Alternativen entschloß sich Francie zu einem eher zaghaften, aber direkten ersten Versuch. Sie schrieb ein Memo an Jack Magnus, auf dem Briefpapier, das sie als Ray Wilburs Assistentin auswies.

Sehr geehrter Mr. Magnus,
in den vergangenen Monaten habe ich mich mit der Möglichkeit einer computerisierten Vernetzung der europäischen Tochterunternehmen von Magnus Industries befaßt. Wie Sie wissen, sind die Beziehungen zwischen den verschiedenen Firmen sowohl vom steuerlichen als auch unternehmerischen Standpunkt aus angespannt. Meine Recherche hat mich dazu veranlaßt, einen Entwurf für ein computerisiertes Kommunikationsnetzwerk zwischen den Unternehmen auszuarbeiten.

Ich habe eine genaue Aufstellung der erforderlichen Hardware, der speziellen Programme, sowie einen Plan für die Installation dieses Netzwerkes erarbeitet und darüber hinaus die zu erwartenden Gewinne für die kommenden drei Steuerjahre eines solchen Programmes errechnet. Ich würde mich sehr freuen, wenn Sie diesem Entwurf Ihre geschätzte Aufmerksamkeit schenken würden. Sollte er Ihr Interesse finden, würde ich mich freuen, von Ihnen zu hören.
Hochachtungsvoll

Frances Bollinger, Direktionsassistentin
Abteilung für Haushaltsprodukte, 2235 B. Durchwahl 415

Francie steckte das Schreiben zusammen mit den Unterlagen in einen Hauspostumschlag und schickte es an Jack Magnus' Büro. Dann lehnte sie sich mit einem tiefen Seufzer zurück und wartete.

6

Eine Woche verging.
Dann zehn Tage, zwei Wochen.
Francie wußte genug über die Funktionsweise in der Firma, um zu merken, daß etwas schiefgelaufen war.
Sie schickte ein Memo an Jack Magnus' Büro, mit dem sie sich nach dem Verbleib des ersten erkundigte. Eine Antwort blieb aus. Dann schickte sie ein drittes Memorandum. Wieder keine Antwort.
Schließlich rief sie direkt im Büro von Jack Magnus an.
»Hier spricht Frances Bollinger aus der Abteilung für Haushaltsprodukte«, erklärte sie einer hektischen Sekretärin. »Ich habe Mister Magnus per Memo einen Bericht zukommen lassen, in dem es um die Beziehungen unserer europäischen Tochterfirmen geht. Bisher habe ich aber keine Antwort erhalten. Könnten Sie mir vielleicht Auskunft über den Verbleib meines Berichts geben?«
»Wie war noch mal Ihr Name?« fragte die Sekretärin.
Francie mußte ihren Nachnamen buchstabieren.

»Ich werde nachschauen«, sagte die Sekretärin. »Ich rufe dann zurück. In welcher Abteilung arbeiten Sie gleich noch?«

»In Mr. Wilburs Abteilung«, antwortete Francie. »2235 B.«

»2235 B, richtig«, bestätigte die Sekretärin. »Ich werde Sie so schnell wie möglich zurückrufen.«

So schnell wie möglich bedeutete: nach mehr als zwei Wochen. Schließlich erhielt Francie einen Einzeiler mit der Unterschrift der Sekretärin.

Ihr Bericht wird sorgfältig geprüft werden.

Diese Nachricht klang nicht sehr vielversprechend.

Francie wartete eine weitere Woche, dann entschloß sie sich, die Initiative zu ergreifen.

Am Ende dieser Woche ging sie persönlich zu Jack Magnus' Büro und fragte die Sekretärin am Empfangstisch, wen sie wegen des Berichts mit dem Aktenzeichen 4756 AA, das ihm zugeteilt worden war, sprechen müsse.

Danach mußte sie lange warten. Die Sekretärin führte mehrere Telefongespräche und ging dann aus dem Raum.

Endlich kam sie mit einem vagen Lächeln auf den Lippen zurück.

»Mr. Otis kümmert sich darum. Den Flur hinunter, Zimmer 511.«

»Danke sehr.«

Francie lief den Korridor hinunter und betrat Zimmer 511. Dort saß ihr ein junger Management-Trainee mit Brille gegenüber, der keinerlei Ahnung von dem Bericht zu haben schien und entsprechend verwirrt war.

»Es tut mir leid, Miss – wie sagten Sie gleich, war Ihr Name?«

»Bollinger«, antwortete Francie mit einem gezwungenen Lächeln. »Ich arbeite in Mr. Wilburs Abteilung.«

Der junge Mann blätterte in einer dünnen Akte, die er vor sich auf dem Tisch liegen hatte.

»Ah ja, da haben wir's«, sagte er mit einer gewissen Selbstzufriedenheit. »Interner Bericht, Aktenzeichen 4756 AA, Thema: Computerisierung der europäischen Tochterfirmen.«

»Das ist er.« Francie lächelte.

»Der Bericht wird gerade bearbeitet«, sagte der junge Mann. »Sie werden Bescheid bekommen, wenn wir ihn vollständig ausgewertet haben.«

»Wer geht ihn denn durch?« fragte Francie.
»Ähh ... nun, ich selber«, antwortete er mit einem verlegenen Lächeln.
»Und, was halten Sie bisher davon?« fragte Francie, noch immer tapfer lächelnd.
Er wirkte konsterniert.
»Nun, es wäre etwas voreilig, zu diesem Zeitpunkt schon etwas darüber zu sagen...«, lautete seine Antwort.
Francies Blick wanderte zu den überfüllten Regalen an seiner Bürowand. Sie quollen vor Berichten und Akten förmlich über.
»Verraten Sie mir doch bitte, Mr. Otis«, sagte Francie, eher amüsiert über die unschuldige Art des Mannes als frustriert von seiner Unverbindlichkeit, »ich werde bestimmt nicht böse – aber, stimmt es, daß Sie der einzige sind, der für die Durchsicht all dieser Berichte verantwortlich ist? Und gehe ich recht in der Annahme, daß Sie zu meinem noch gar nicht vorgedrungen sind? Und daß Sie auch in nächster Zukunft nicht die Zeit dafür finden werden? Habe ich nicht recht mit dieser Behauptung?«
Der junge Mann wurde merklich kühler, ein echter Bürokrat.
»Nein, damit haben Sie ganz und gar nicht recht«, sagte er. »Sie verschwenden meine Zeit und auch Ihre, Miss – wie Sie auch heißen mögen. Und Ihr Bericht wird um so schneller bearbeitet werden, je schneller Sie dieses Büro wieder verlassen und uns unsere Arbeit tun lassen.«
Francie lächelte und ging. Sie wußte, daß ihr Bericht nie gelesen werden würde. Er war einem inkompetenten Mitarbeiter überlassen worden, der offensichtlich nicht beabsichtigte, sich damit ernsthaft zu beschäftigen.
Der Bericht war im Papierwust untergegangen, der das Büro von Jack Magnus überzog.
Sie mußte die Sache anders angehen.
»In Ordnung«, sagte sie zu sich selbst. »Was Sie können, kann ich auch. Sie haben noch nicht das letzte Wort von mir gehört, Mister Magnus.«

Jack Magnus bewohnte ein Apartment im dreißigsten Stockwerk eines Gebäudes auf der East 68th Street. Dieses Gebäude gehörte

zu den begehrtesten Immobilien auf der Upper East Side, von hier bot sich ein phantastischer Ausblick auf den Central Park, die Innenstadt und den East River.
Der Besitzer dieses Apartments fand jedoch wenig Zeit, den Ausblick zu genießen. Jack Magnus war ein Workaholic, der sich die Arbeit mit nach Hause nahm und abends stundenlang Berichte studierte, Projekte überdachte, Memos durchsah, kaum die Zeit für eine Tasse Kaffee dabei fand, bis er, manchmal weit nach Mitternacht, in einen tiefen Schlaf fiel, der ihn für die Arbeit am kommenden Tag erfrischte.
Natürlich wußte Francie nichts von dieser Gewohnheit,als sie sich an einem Montagabend mit ihrem Bericht in der Tasche auf den Weg zu diesem Gebäude machte. Sie hüllte sich in ihren warmen Wollmantel, um sich vor der kalten Dezemberwitterung zu schützen.
Als sie an ihrem Ziel angelangt war, sah sie zu ihrer Bestürzung, daß das Gebäude einen Portier hatte. Er war im Foyer, geschützt durch eine Tafelglasscheibe, und las in einer Zeitschrift. Die Fahrstühle befanden sich dahinter.
Francie betrat das Foyer, eine kalte Brise durchwehte die Halle.
»Ich möchte zu Mister Magnus«, sagte Francie. »Er wohnt im dreißigsten Stock.«
»Ich weiß, wo er wohnt«, sagte der Portier mit einem sauren Lächeln. »Werden Sie erwartet?«
»Nun, ja und nein«, begann Francie. »Sehen Sie...«
»Ihr Name bitte?« unterbrach er.
»Bollinger. Frances Bollinger. Ich komme von Magnus Industries...«
Doch der Portier hatte sich bereits abgewandt und sprach in das Wandtelefon, das hinter seinem Tisch angebracht war. Er schaffte es, so leise zu reden, daß Francie nicht ein Wort von dem, was er sagte, verstehen konnte.
Schließlich hängte er ein und wandte sich ihr wieder zu.
»Sie werden nicht erwartet. Ich kann Sie nicht hinauf lassen«, sagte er. »Rufen Sie das nächste Mal vorher an.«
»Aber ich...«
Doch ehe Francie den Satz beenden konnte, klingelte das Wandtelefon, und der Portier nahm den Hörer ab.
Er stand mit dem Rücken zu ihr. Wer auch immer am anderen

Ende der Leitung sein mochte, der Portier sprach wieder in einsilbigem, gedämpftem Ton. In seiner Stimme schwang eine unterwürfige Note mit.
Er setzte das Gespräch fort, ohne sich um Francie zu kümmern, der er weiterhin den Rücken zuwandte. Vielleicht nahm er an, daß sie bereits gegangen sei.
Francies Blick wanderte zu den Fahrstuhltüren. Der Portier konnte sie aus seiner Position nicht sehen. Sie nutzte die Gelegenheit, ohne auch nur eine Sekunde lang zu zögern.
Der erste Fahrstuhl war glücklicherweise bereits da. Die Tür öffnete und schloß sich hinter ihr, bevor der Portier sie am Einsteigen hindern konnte. Sie drückte den Knopf für Jack Magnus' Stockwerk, und das Gefährt setzte sich mit einem Schub der Hydraulik in Bewegung.
Sie stieg aus und fand sich in einer nur mit einem großen Spiegel möblierten Halle wieder. Sie sah ein Fenster, durch das sie einen winzigen Schimmer der New Yorker Skyline, der Stadt, dreißig Stockwerke unter sich, erhaschen konnte.
Langsam schritt sie den Korridor hinunter. Es gab lediglich vier Türen. Sie dachte bei sich, daß die Apartments hinter diesen Türen sehr groß sein mußten. Bei der ersten Tür, die sie erreichte, war sie bereits an ihrem Ziel. Ein graviertes Schild und ein kleiner Klopfgriff zierte sie. Auf dem Schild las sie:

MAGNUS J.

Francie starrte auf das rätselhafte kleine Schild. Ihr war plötzlich heiß, von dem Fahrstuhl und der warmen Luft auf dem Flur. Sie stand eingehüllt in ihren Mantel, die Aktenmappe und Handtasche in der Hand.
Einer Eingebung folgend, eilte sie zurück zu dem großen Spiegel bei der Fahrstuhltür, um einen Blick hineinzuwerfen. Der Wind hatte ihr Haar zerzaust. Sie richtete es so gut es ging. Ihre Wangen waren von der Kälte gerötet. Sie nahm ein Puderdöschen aus ihrer Handtasche und tupfte sich das Gesicht. Schließlich, als sie mit sich zufrieden war, ging sie zurück zu der Tür und betätigte den Klopfer.

Kein Laut drang aus dem Apartment. Francie lauschte, doch so sehr sie sich bemühte, sie konnte nichts hören. Vielleicht hatte Jack Magnus Besuch. Vielleicht hatte er keine Lust, auf das Klopfen eines unangemeldeten Besuchers zu reagieren.
Dann vernahm sie ein gedämpftes Geräusch. Sie stand direkt unter dem Spion und fragte sich, wie sie wohl von der anderen Seite aussah.
Plötzlich überkam sie ein Gefühl der Scham und Angst. Jack Magnus war ein berühmter Mann und ein mächtiger dazu. Was war nur in sie gefahren, daß sie ihn derart überfiel?
Gerade wollte sie sich hastig davonmachen, als sich der Türknauf drehte und die Tür aufging.
Francie stockte der Atem.
Vor ihr stand der bestaussehende Mann, dem sie je begegnet war.

7

Jack Magnus stand hemdsärmelig und mit geöffnetem Kragen vor ihr. In der Hand hielt er eine aufgeschlagene Akte. Er blinzelte seine Besucherin an, so als müßten sich seine Augen erst noch von den Texten, die der Ordner enthielt, auf die junge Frau vor ihm umstellen.
»Ja bitte?« Seine Stimme klang verärgert.
»Es tut mir leid, daß ich Sie zu Hause störe«, entschuldigte sich Francie. »Ich hätte mir das niemals herausgenommen, aber Ihr Büro vertröstet mich seit mehr als fünf Wochen, und nun hatte ich das Gefühl, es sei an der Zeit, etwas zu unternehmen.«
»Mein Büro?«
»Ja.« Francie lächelte eifrig. »Ich habe einen Plan ausgearbeitet, in dem ich den Zusammenschluß der Magnus-Tochterfirmen in Europa durch Computerisierung darlege. Das umfaßt eine digitalisierte Bestandsaufnahme des Inventars, Gehaltsabrechnungen und vor allem eine Schematisierung der Marktpositionen im Produkt- und Dienstleistungsbereich. Mein Plan sieht die Installierung von drei Computern mittlerer Kapazität an zentralen Punkten wie, sagen wir, Paris, London und Lausanne vor, und darüber hinaus ein

Informationssystem, eine Art Newsletter, das ich speziell für dieses Projekt entworfen habe. Es ist ein vollkommen neues Programm, aber ich bin überzeugt, daß es funktioniert. Also habe ich ein Memo an Ihr Büro geschickt, aber es ist irgendwo verschwunden, und ich war sicher, daß Sie es nie zu Gesicht bekommen, und deshalb ...«

»Halt, halt«, warf Jack Magnus ein. Er starrte sie an. »Etwas langsamer, bitte. Wie, sagten Sie, heißen Sie?«

»Francie, Francie Bollinger. Ich arbeite in Ray Wilburs Abteilung. Haushaltsprodukte. Wie ich schon sagte, ich habe das Problem der europäischen Tochterfirmen ausführlich recherchiert, außerdem sind meine Spezialgebiete Computertechnik und Mathematik. Wenn Sie mir einige Minuten Ihrer Zeit opfern, bin ich sicher, daß ich Ihnen erklären kann ...«

»Würden Sie um Himmels willen einmal eine Pause einlegen?« sagte er.

Endlich kam Francie zur Besinnung und schwieg. Sie betrachtete den Mann, der vor ihr stand. Die Fotos waren ihm nicht gerecht geworden. Er war groß und athletisch gebaut und besaß die Anmut eines Matadors. Er hatte volles, dunkles Haar und durchdringende dunkle Augen, die prüfend auf ihr ruhten. Seine Sonnenbräune war nicht zu übersehen, und Francie fragte sich, ob er Wintersport betrieb.

Sie konnte das dunkle, krause Haar auf seiner Brust unter dem Hemd und an seinen Oberarmen sehen. Am Handgelenk glitzerte eine Rolex. Francie war beeindruckt von seiner Ausstrahlung, einer gewissen Härte und Energie.

»Wie haben Sie es geschafft, hier raufzukommen?« fragte er. »Wie sind Sie am Portier vorbeigekommen?«

Francie lächelte. Es war das charmante Lächeln eines Schulmädchens, das Jack sehr gut gefiel.

»Er telefonierte gerade. Also habe ich, na ja, ich bin eben auf eigene Faust hochgefahren.«

Einen langen Moment sah er sie einfach an. Francie fragte sich, ob er sie wohl hereinbitten oder ihr die Tür vor der Nase zuschlagen würde, sie vielleicht sogar festnehmen ließe.

»Ich schlage vor, Sie kommen erst mal rein.« Jack Magnus trat einen Schritt zurück und hielt ihr die Tür auf.

Francie betrat das Apartment und blieb sofort stehen, gebannt von dem phantastischen Ausblick, den die Fensterfront bot. Unter ihnen breitete sich Manhattan wie ein privates Schauspiel aus. Die Stadt schien zu ihr emporzuwachsen und durch die Fenster in das warme Apartment zu lächeln. Auf den Bäumen im Park lag Schnee, und die Straßen funkelten wie silberne Bänder im Licht der Laternen.

»Geben Sie mir Ihren Mantel«, sagte Jack Magnus.

Er nahm ihr den Mantel ab, und sie spürte die sanfte Berührung seiner Hände, als das wollene Kleidungsstück hinunterglitt. »Nehmen Sie Platz«, sagte er. Dann brachte er den Mantel zur Garderobe.

Sie setzte sich auf die tiefe Ledercouch und schaute sich um. Die Einrichtung des Apartments war schlicht – Ledersofas und Sessel, abstrakte Gemälde, breite, niedrige Tische, weiße Wände und ein flauschiger Teppich in einem undefinierbaren Farbton, der warm unter der Beleuchtung schimmerte. Die Ausstattung schien sich in ihrer Dezentheit absichtlich dem wunderschönen Ausblick auf die Stadt aus den beiden riesigen Fenstern zu fügen.

Francie saß lächelnd inmitten des verhaltenen Luxus, der sie umgab, und dachte an ihre eigene kleine überladene Wohnung in der West Side, die an einer lauten, belebten Straße lag. Ihr Büro bei Magnus Industries hatte überhaupt keine Fenster. An einen Ausblick wie diesen war sie einfach nicht gewohnt.

Schließlich kam Jack Magnus zurück. Sie mußte sich zusammenreißen, um ihn nicht anzustarren. Er sah unglaublich gut aus. In seiner bequemen Hose und in Hemdsärmeln wirkte er eleganter als die meisten Männer in einem Smoking.

Als er näher kam, ging ihr durch den Kopf, daß die Ähnlichkeit mit seinem Vater in Wirklichkeit wesentlich geringer war als auf den Fotografien. Das, was an seinen Vater erinnerte, wurde von seiner Ausstrahlung überlagert. Er war eine Persönlichkeit, die eigentlich niemandem ähnelte.

»Darf ich Ihnen etwas zu trinken anbieten?« fragte er.

Sie schüttelte den Kopf.

Er setzte sich in den Sessel gegenüber der Couch und schaute Francie an. Sie hielt ihren Bericht in den Händen und spürte, wie Jack Magnus' Blick über ihre Bluse, ihren Rock, die Beine und hin-

unter zu den Stöckelschuhen wanderte. Er ließ sich Zeit bei seiner Begutachtung und wirkte dabei ganz kühl.
»Also«, sagte er schließlich.
Schweigen. Einen Augenblick lang fand Francie keine Worte. Sie wußte, daß sie eine Menge zu sagen hatte, und daß dies ihre einzige Chance war.
Jack schien ihre Gehemmtheit zu spüren und kam ihr zu Hilfe. »Sie arbeiten also für Ray Wilbur«, sagte er.
»Ja.« Sie nickte. »Ich bin Spezialistin auf dem Gebiet der Marketing-Analyse. Ich habe ... ich meine, ich habe zusammen mit Mr. Wilbur an der Umorganisation der Finanzstruktur der Abteilung für Haushaltsprodukte gearbeitet.«
»Ich weiß«, sagte Jack. »Das war hervorragende Arbeit. Um ganz offen zu sein: etwas Derartiges hatten wir von Ray und seinen Leuten gar nicht erwartet.«
»Oh, ich habe nicht gedacht – ich meine, es ist mir nie in den Sinn gekommen, daß Sie etwas davon wissen.«
»Nun, ich sitze im Vorstand, und der hat den Plan genehmigt. Die Entscheidung ist uns leichtgefallen. Rays Plan, oder besser gesagt: der Plan Ihrer Abteilung«, fügte er vielsagend hinzu, »war mit absoluter Sicherheit der einzige Ausweg aus der schwierigen Lage.«
Francie lächelte ermutigt. Sie spürte jetzt, daß er interessiert war.
»Und was führt Sie jetzt zu mir?« fragte er. »Weshalb interessieren Sie sich für unsere europäischen Tochterfirmen? Sie haben doch bereits einen Platz in Ihrer Abteilung, nicht wahr?«
Francie knabberte nachdenklich an ihrer Unterlippe. Sie hatte diese Frage befürchtet und keine eindeutige Antwort parat.
»Nun, ich interessiere mich einfach für die Probleme im Kommunikationsbereich«, antwortete sie. »Wissen Sie, ich habe mich an der Universität hauptsächlich mit Mathematik und Computerwissenschaften befaßt, und ...«
»Von der Abteilung für Haushaltsprodukte ist es ein weiter Schritt bis nach Europa«, unterbrach er sie. »Haben Sie soviel freie Zeit bei Ihrer Arbeit?«
Sie zögerte. »Na ja, irgendwie schon. Die Umorganisation ist bereits in die Wege geleitet, und ich stecke jetzt sozusagen zwischen den Projekten. Mr. Wilbur sagt – «

»Ich möchte Sie etwas fragen«, unterbrach er erneut. »Wie sind Sie eigentlich zu dem Job bei Ray Wilbur gekommen?«
»Nun, ich habe mich darum beworben ...«
»Wie genau lautet Ihr Titel?« fragte er.
»Assistentin des Direktors«, antwortete Francie. Allerdings will das nichts besagen ...«
»Haben Sie sich auf eine Stellenanzeige hin beworben?« fragte Jack Magnus. »Oder wurden Sie von jemandem empfohlen?«
Sie schüttelte den Kopf. »Ich bin direkt zu Mr. Wilbur gegangen. Ich hatte einige Ideen, was die Probleme in seiner Abteilung betraf. Ich zeigte ihm mein Konzept, und er war so freundlich ...«
»Das entspricht ganz und gar nicht unserer Vorgehensweise bei Neueinstellungen«, sagte Jack. Ein Lächeln umspielte seine Lippen. »Wir stellen entweder durch die Personalabteilung ein oder durch direkte Empfehlung.«
»Na ja«, gab Francie zu. »Ich erhielt einen ablehnenden Bescheid von der Personalabteilung. Aber ich dachte, Mr. Wilbur hätte sicherlich Interesse ...«
»Was anscheinend ja auch so war ...«, beendete Jack den Satz.
»Nun ... ja.«
Er fixierte Francie, seine dunklen Augen verengten sich. »Und jetzt glauben Sie, ich könnte an Ihren neuen Plänen Interesse haben.«
Francie nickte unbehaglich. Mit seinem kurzen, scharfen Verhör hatte er ihre ganze Maskerade durchschaut und enthüllt, wie aggressiv sie auf ihrem bisherigen Weg bei Magnus Industries vorgegangen war.
»Sie scheinen wirklich eine Draufgängerin zu sein«, sagte er.
Sie lächelte so unschuldig wie sie konnte. »Seit ich mit dem College anfing, hatte ich mir in den Kopf gesetzt, für Magnus Industries zu arbeiten. Als ich abgelehnt wurde, konnte ich dieses Nein einfach nicht akzeptieren. Ich dachte mir, das beste wäre, wenn ich mit etwas Konkretem in den Händen zu Ihrem Unternehmen käme. Ich weiß, es war ein wenig unüblich ...«
Schweigen. Die dunklen, scharfen Augen bohrten sich in sie, während er ihr Gesicht studierte.
»Ich glaube, mich an den internen Newsletter erinnern zu können, in dem es um die Umorganisierung ging«, sagte er. »Ich habe ein

ziemlich gutes Namensgedächtnis – Ihr Name tauchte in dem Schreiben nicht auf, habe ich recht?«

Nach einem Moment des Überlegens sah Francie ihm in die Augen.

»Ja, Sie haben recht«, erwiderte sie schlicht.

Wieder entstand ein Schweigen, aber diesmal dauerte es länger an. Er bot ihr eine Zigarette aus der silbernen Schatulle an. Als sie den Kopf schüttelte, nahm er sich eine Zigarette und zündete sie an. Francie wünschte, sie hätte seine Gedanken lesen können, die sich hinter diesen dunklen Augen verbargen.

»Also«, sagte er schließlich, »Sie wollten mir etwas über die Computervernetzung unserer europäischen Tochterfirmen erzählen, inklusive einer – wie nannten Sie es noch? – digitalisierten Bestandsaufnahme des Inventars und einer Schematisierung der Marktpositionen im Produkt- und Dienstleistungsbereich.«

Sie lächelte. Er hatte also jedes Wort von dem, was sie ihm an der Tür gesagt hatte, behalten – und das trotz seines offensichtlichen Ärgers über den Überfall.

Sie nickte.

»Okay«, sagte er. »Sie haben meine volle Aufmerksamkeit. Sie haben einiges riskiert, um hierher zu kommen. Also verdienen Sie es auch, angehört zu werden. Verraten Sie mir, wie Ihr Plan funktionieren soll.«

Er drückte seine Zigarette aus, lehnte sich zurück und verschränkte die Hände im Nacken. Er wirkte sehr entspannt und gleichzeitig hellwach und aufmerksam.

Ohne einen Blick auf den Entwurf, den sie vor sich liegen hatte – denn sie kannte dessen Inhalt auswendig –, begann Francie zu sprechen, nachdem sie sich geräuspert hatte.

Ihr kleiner Vortrag dauerte etwa eine halbe Stunde, doch ihr kam es vor, als seien nur einige wenige atemlose Augenblicke verstrichen. Jack Magnus saß vollkommen still da, hörte ihr kommentarlos zu, doch sein Blick wich nicht einen Moment von ihr. Anfangs fiel es ihr schwer, seinem Blick standzuhalten, aus Angst, sie könne ihre Konzentration verlieren. Doch nach einer Weile öffnete sie sich einfach den schwarzen Pupillen, die sie fixierten, und ließ sich von dem

Strom der Worte, die sie beinahe zwei Wochen lang eingeübt hatte, unwiderstehlich mitreißen. Sie spürte förmlich die Logik und Wahrheit der Worte, obwohl Jack Magnus keinerlei Zeichen gab, daß auch er überzeugt war.

Als sie ihren Vortrag beendet hatte, sah er sie lange an.

»Sie sind bemerkenswert hübsch«, sagte er. Die Worte klangen kühl, wie die sachliche Feststellung eines Wissenschaftlers.

Francie runzelte die Stirn. »Steht mein Aussehen in irgendeiner Beziehung zu dem Entwurf, von dem ich gerade gesprochen habe?« fragte sie mit einem scharfen Unterton.

Er lächelte. »Magnus Industries hat nicht den Ruf, daß es hübsche junge Frauen dabei unterstützt, sich als Expertinnen im Marketing zu beweisen«, sagte er. »Und schon gar nicht als Spezialistinnen im Bereich der Mathematik und Computertechnik. Sie schwimmen da ein wenig gegen den Strom, nicht wahr, Miss Bollinger?«

Francie sah ihn mißtrauisch an.

»Ich versuche, in meinem Job mein Bestes zu geben«, erwiderte sie. »Um Ihre Frage aufrichtig zu beantworten – ja, es war sehr schwer für mich bei Magnus Industries.«

Er nickte nachdenklich. Dann breitete sich erneut dieses entwaffnende Lächeln auf seinem Gesicht aus.

»Nun, ich schätze Menschen, die gegen den Strom schwimmen«, sagte er. »Unser Unternehmen könnte mehr Mitarbeiter wie Sie gebrauchen.«

Sie antwortete mit einem Lächeln.

Er deutete auf ihren Bericht. »Dürfte ich ihn mal lesen?«

»Genau das versuche ich ja seit fünf Wochen zu erreichen«, sagte sie, überrascht von ihrer eigenen Offenheit.

»Nun, jetzt haben Sie es ja geschafft«, erwiderte er. »Lassen Sie mich einen Blick hineinwerfen, dann werde ich auf Sie zukommen. Haben Sie Ihre Durchwahl auf dem Bericht notiert?«

Sie nickte.

Er sah auf seine Armbanduhr. »Möchten Sie nicht doch etwas trinken? Vielleicht einen Kaffee?«

Sie schüttelte den Kopf. »Ich habe Ihnen schon genug Zeit gestohlen. Ich weiß es sehr zu schätzen, daß Sie mich angehört haben. Sie können dieses Exemplar behalten. Ich habe noch eins.«

Er stand auf, verließ den Raum und kam mit ihrem Mantel in der Hand zurück.
»Bitte«, sagte er und half ihr hinein.
Zum zweitenmal spürte sie die Berührung seiner Hände auf ihren Schultern. Es war der einzige körperliche Kontakt zwischen ihnen, seit sie das Apartment betreten hatte. Sie atmete seinen sauberen, männlichen Duft ein, als er nahe bei ihr stand. Es war ein sehr subtiler, maskuliner Duft, mit einem Hauch von After-shave und Tabak vermischt. Sie spürte die Macht seines Willens und seiner Intelli-genz. Ihre Knie wurden weich, doch nicht nur aufgrund ihrer anstrengenden Rede. Er war nicht nur der attraktivste Mann, der ihr je begegnet war, sondern auch der mächtigste.
»Ich möchte mich entschuldigen für die Art und Weise, wie mein Büro Sie behandelt hat«, sagte er. »Ich versuche, neuen Ideen gegenüber immer offen zu sein, besonders, wenn sie von unseren Mitarbeitern kommen. Wie gesagt, es ist unentschuldbar, wie man Sie behandelt hat.«
»Ach, ist schon in Ordnung«, erwiderte Francie lächelnd und drehte sich dabei zu ihm um. »Sie haben ja ...«
»Ja.« Er sah auf sie herunter, in seinen Augen spiegelte sich ein Hauch von Zuneigung und Verständnis.
»Nun, ich ...«, begann sie, nicht sicher, wie sie sich von ihm verabschieden sollte.
»Sie meinen, bis zum nächsten Mal?« fragte er und streckte ihr die Hand entgegen.
Sie sah, wie ihre eigene Hand in seiner verschwand. Ihre Knie wurden immer weicher. Sie konnte die Röte auf ihren Wangen spüren.
»Ja«, antwortete sie. »Bis zum nächsten Mal.«
»Vielen Dank, daß Sie gekommen sind. Sie hören von mir.«
Er wartete so lange, bis sie in den Fahrstuhl gestiegen war, und ging danach in das Apartment zurück. Dann nahm er den Hörer des Telefons und wählte die Nummer des Portiers.
»Seth, eine junge Dame wird gleich unten ankommen. Sie trägt einen dunklen Wollmantel und hat eine Aktentasche bei sich. Rufen Sie ihr ein Taxi und bezahlen Sie den Fahrer.«
»Sehr wohl, Sir«, kam die Antwort. In der Stimme des Portiers schwang ein Unterton wissenden Humors mit.

»Und Seth«, fügte Jack Magnus hinzu, »passen Sie das nächste Mal besser auf, wenn Sie Ihren Tisch verlassen, um zu telefonieren. Man kann nie wissen, ob nicht jemand unbemerkt durchs Foyer schlüpft.«

»Jawohl, Sir.« Jetzt klang er eher eingeschüchtert.

Jack Magnus hängte lächelnd ein, blieb einen Moment vor dem großen Fenster stehen und schaute hinaus auf die nächtliche Stadt. New York, dachte er bei sich, ist doch kein so uninteressanter Ort.

8

Francie ahnte nicht, daß die Stunde, die sie mit Jack Magnus verbracht hatte, ihr Leben verändern sollte.

Nach ihrem Besuch in seinem Apartment wandte sie sich wieder der Routine des Arbeitsalltags und des Wartens zu – nicht ganz ohne Skepsis, was die Auswertung des Berichtes und Jack Magnus' Antwort betraf.

Zu ihrer Überraschung erhielt sie jedoch bereits fünf Tage später einen Anruf. Seine Sekretärin bat Francie, am Nachmittag in Mr. Jack Magnus' Büro zu kommen.

Als Francie zu dem vereinbarten Termin erschien, wurde sie bereits von der Sekretärin erwartet. Jacks Vorzimmer war schlicht und modern eingerichtet; auch von hier hatte man einen wunderschönen Ausblick, in diesem Fall auf Lower Manhattan.

»Miss Bollinger ...« Die Sekretärin schien Francie gleich zu erkennen, was erstaunlich war, da die beiden Frauen sich zum erstenmal gegenüberstanden. »Mister Magnus erwartet Sie.«

Einen Augenblick später erschien Jack Magnus und führte Francie in sein Büro. Der Raum überraschte sie in seiner Schlichtheit. An der Wand hinter dem Schreibtisch stand ein großes Regal, in dem sich Berichte, Prospekte und Fachzeitschriften stapelten. Die meisten Unterlagen wiesen Eselsohren und Lesezeichen auf. Sein Schreibtisch dagegen war völlig aufgeräumt und sauber und außer einem Kalender, einem Aschenbecher und einem braunen Umschlag völlig leer.

Er blieb hinter dem Schreibtisch stehen und wartete, bis sie im Besuchersessel Platz genommen hatte. Wie bei ihrem ersten Treffen in seinem Apartment hatte er die Hemdsärmel aufgekrempelt, nur trug er heute eine Krawatte. Er wirkte auf eine gewisse Art noch beeindruckender, eine Spur Formalität ergänzte seine bestechende männliche Aura.

»Ich habe Ihren Bericht durchgearbeitet«, sagte er. »Morgen nachmittag findet ein Vorstandsmeeting statt. Ich habe ihn auf die Themenliste setzen lassen.«

Francie war sprachlos.

»Schon ... so bald?« fragte sie.

Er lächelte. »Wir haben Sie doch bereits sechs Wochen warten lassen. War das nicht lange genug?«

Doch sie war von der Neuigkeit derart überrascht, daß sie auf seine scherzhafte Bemerkung nicht einging.

»Das Meeting ist für vierzehn Uhr anberaumt«, sagte er. »Sie werden Ihren Plan vortragen, und der Vorstand wird darüber entscheiden.«

»Ich?« fragte sie. »Sie meinen, ich soll ...?«

Jack hob eine Augenbraue und fixierte Francie.

»Es ist doch Ihre Arbeit, nicht wahr? Niemand ist damit so vertraut wie Sie. Also sind logischerweise auch Sie diejenige, die dem Vorstand Rede und Antwort stehen sollte.«

Francie erbleichte. »Aber ich hatte noch gar keine Zeit, den Bericht ... auszufeilen. Folien zu erstellen, Graphiken ...«

Er schüttelte den Kopf. »Der Bericht ist ausgefeilt genug. Er ist vollkommen verständlich und überzeugend. Was wollen Sie mehr?«

»Aber wird der Vorstand nicht von vornherein all dem ablehnend gegenüberstehen? Ich meine – gegenüber einer Anfängerin?« Sie stellte sich die bedeutenden Männer vor, die über ihre in der Theorie entstandene Studie eines ungeheuer komplizierten Problems entschieden.

Jack Magnus lächelte. Es war ein persönliches Lächeln, als amüsiere ihn etwas, das sie gesagt hatte.

»Wenn sie Ihnen feindlich gegenüberstehen«, sagte er, »dann werden Sie sie eben für sich einnehmen. Das ist nun mal Ihr Job, nicht wahr?«

Francie nickte unsicher. »Ich ... ich denke schon.«

»Dann sehen wir uns morgen. Der Konferenzraum ist im vierundsechzigsten Stock. Nehmen Sie einfach den Fahrstuhl. Sie können den Raum nicht verfehlen. Meine Sekretärin wird sich um Kopien für sämtliche Vorstandsmitglieder kümmern. Seien Sie pünktlich um vierzehn Uhr da.«

Er hatte die ganze Zeit über gestanden. Sein Schweigen war das Signal für sie, ihm zu danken und sich zu verabschieden. In ihren kühnsten Träumen hatte sie sich nicht vorzustellen gewagt, daß ihr Bericht von einer scheinbar unerreichbaren Persönlichkeit wie Jack Magnus befürwortet werden würde.

Sie wollte schon aufstehen, zögerte dann aber.

»Ich ...«, begann sie, »würden Sie – ich meine, ich würde gerne wissen, was Sie persönlich davon halten. Von dem Bericht.«

Er warf einen Blick auf den Umschlag auf seinem Schreibtisch. »Er ist originell«, erwiderte er neutral. »Provokativ. Ob es funktioniert, kann ich nicht sagen. Warten wir ab, was der Vorstand dazu sagt.«

Sein Gesichtsausdruck war unergründlich. Es war eindeutig, daß er nicht mehr dazu sagen würde.

»Danke, Mr. Magnus«, sagte sie schwach. »Wir ... wir sehen uns dann morgen.«

Und dann war es schon vorüber. Francie ging benommen den Korridor zu den Fahrstühlen hinunter.

Als sie das zweiundzwanzigste Stockwerk erreichte, kam sie wieder zu sich. Sie würde die Tabellen und Graphiken von einer Druckerei heute noch vergrößern lassen, damit sie sich morgen von ihrer besten Seite präsentieren konnte.

Sie sah auf die Uhr. Es war halb drei.

Zeit genug, um schnell ein neues Kostüm für den Anlaß zu kaufen.

Ihr schwirrte der Kopf. Francie bereitete sich auf den wichtigsten Augenblick ihres Lebens vor.

Das Vorstandsmeeting fand planmäßig statt.

Pünktlich um vierzehn Uhr traf Francie ein. Sie trug ihr neues Kostüm, hatte das Haar zurückgesteckt und kaum Make-up aufgelegt. Mindestens zwanzig Vorstandsmitglieder waren anwesend. Es wa-

ren einschüchternde Männer, gesetzte, ältere Herren mit grauem Haar, in sehr teuren Anzügen und mit Lesebrillen, die sie zwischen den Fingern baumeln ließen, während sie zuhörten. Die meisten rauchten Zigarre. Der Raum verfügte über eine hervorragende Klimaanlage, daher blieb er angenehm kühl.
Frauen waren außer Francie nicht anwesend. Selbst der schriftführende Sekretär war ein Mann im mittleren Alter in einem eleganten dreiteiligen Anzug.
Am Kopfende des Tisches, eingerahmt von zwei Männern, die Francie von Dutzenden Fotografien des Firmenvorstands bekannt waren, saß eine Gestalt, deren Schweigen nicht über ihre offensichtliche Autorität über alle Anwesenden hinwegtäuschen konnte. Diese Gestalt war Anton Magnus.
Es war das erste Mal, daß Francie ihm persönlich begegnete. Schweigend saß er tief in seinem Sessel zurückgelehnt. Sein Haar war silbergrau, die Augenbrauen pechschwarz, sein Teint dunkel. Er trug einen grauen Nadelstreifenanzug. Seine Hände ruhten gefaltet auf dem Tisch. Er wirkte väterlich, unschuldig und zurückhaltend. Doch nur auf den ersten Blick, denn bei näherer Betrachtung erkannte Francie, daß sein Verhalten nur eine Maske war. Das flackernde Leuchten in seinen stechend schwarzen Augen verriet die Dominanz, mit der er über alle Vorgänge herrschte.
Francie wich seinem Blick verunsichert aus. Sie lauschte der Zusammenfassung des letzten Meetings und bemühte sich, nicht zu erröten, als ihr Bericht als zweiter Punkt auf der Tagesordnung angekündigt wurde.
»Wir beginnen mit Mister MacNamara«, erklärte der schriftführende Sekretär, der am anderen Ende des Tisches, vis-à-vis von Anton Magnus Platz genommen hatte.
»Vielen Dank«, sagte ein distinguiert aussehender Mann. Francie hörte seinem Bericht über Binnenpolitik, Steuergesetze und die augenblickliche Steuerlage aufmerksam zu, verstand jedoch nur bedingt, wovon er sprach. Sie beobachtete die anderen Vorstandsmitglieder. Sie konnte die enorme Macht, die sich hinter ihren ausdruckslosen Gesichtern verbarg, förmlich spüren, während der Rauch ihrer Zigarren und Pfeifen langsam nach oben stieg. Vereinzelt wurden Fragen gestellt.

Mit jedem verstreichenden Moment fühlte sich Francie unsicherer. Sie war eine blutige Anfängerin in diesem gewaltigen Unternehmen, einem der meistgefürchteten und respektierten Unternehmen der Welt. Und jetzt sollte sie die Frechheit besitzen, diesen Männern, die es gewohnt waren, in Multimillionenbeträgen zu denken, ihren Computerplan darzulegen. Sie fühlte sich wie ein Kind inmitten von schrecklich ernsten Erwachsenen.

MacNamara setzte seinen Bericht fort. Francie glaubte eine Spur Nervosität in seinem Gebaren zu erkennen. Offensichtlich repräsentierte der Steuerplan, den er vorlegte, die Hoffnungen vieler bedeutender Leute innerhalb des Unternehmens.

Sie wagte einen Blick zu Anton Magnus. Sein Ausdruck verriet, sofern das überhaupt möglich war, noch mehr Zurückhaltung als zuvor. Jetzt hielt er eine Zigarre zwischen den Fingern und wirkte wie ein gutmütiger, müder alter Mann. Sie entdeckte keinerlei Ähnlichkeit zwischen ihm und seinem Sohn. Anton Magnus verkörperte Alter in seiner ganzen Subtilität und Komplexität, während Jack, der nur wenige Armlängen von ihm entfernt saß, dem Ebenbild männlicher Attraktivität, eingefangen in der Blüte der Jugend und Stärke, entsprach.

Wie der Zufall es wollte, sah Francie genau in dem Augenblick zu Anton Magnus, als dieser seinem Beisitzer einen vielsagenden Blick zuwarf. Es war ein kurzer Seitenblick, der mit einer kaum sichtbaren Geste seiner Hand einherging.

»Vielen Dank, Mister MacNamara«, unterbrach dieser Herr unvermittelt den Redner. »Ich denke, wir haben genug gehört.«

Alle Anwesenden begriffen, daß damit gemeint war, Anton Magnus hatte genug gehört.

»Ich bitte um Abstimmung per Handzeichen«, ließ der Sekretär verlauten.

Zu Francies Erstaunen fiel die Abstimmung zwanzig zu null gegen den vorgeschlagenen Plan aus.

Sie konnte anhand dieses Ergebnisses, des geduckten Verhaltens des Opfers und dem beinahe hörbaren Seufzer der Erleichterung ob der angespannten Atmosphäre im Raum erkennen, daß dieser Bericht nie eine Chance gehabt hatte.

Und irgendwie wußte sie, daß es Anton Magnus war, der

den Bericht mit einem lautlosen Zeichen zunichte gemacht hatte. Welche Chance wird dann mir eingeräumt werden? fragte sie sich, und ihr Mut sank.

Nun war sie an der Reihe.

»Miss Frances Bollinger, Assistentin des Direktors der Abteilung Haushaltsprodukte, hat sich mit der Situation unserer Tochterunternehmen in Europa befaßt und einen Plan für einen Zusammenschluß durch Computerisierung dieser Konzerne erarbeitet. Miss Bollinger, bitte beginnen Sie mit Ihrem Bericht.«

Francie räusperte sich, während den Anwesenden Kopien ihres Berichts überreicht wurden. Ihre Hände waren eiskalt, doch irgendwie gelang es ihr, das Zittern zu unterdrücken.

»Guten Tag, meine Herren«, sagte sie leise. »Ich bin hier, um Ihnen meinen Plan für ein Computernetzwerk zwischen den europäischen Tochterunternehmen zu erläutern – «

»Könnten Sic vielleicht etwas lauter sprechen?« ertönte eine Stimme von irgendwoher. »Der Vorstand kann Sie nicht hören.«

Francie begann noch einmal. Sie mußte sich zwingen, forsch und selbstsicher in der Präsentation ihrer Arbeit zu klingen. Es hatte sie viele Stunden gekostet, den Text ihres Berichtes derart zu glätten, daß auch ein blutiger Laie auf dem Gebiet der Computertechnologie ihn verstehen konnte. Jetzt erschienen ihr ihre eingeübten Worte schwach und wenig überzeugend.

Sie sprach frei, orientierte sich lediglich an Stichpunkten und stand auf, um Zahlen auf den Graphiken, die sie hatte vergrößern lassen, zu erläutern. Ihr Blick wanderte von einer Seite des Tisches zur anderen auf der Suche nach Blickkontakt mit einem freundlich gesinnten Gesicht. Einige der Vorstandsmitglieder schienen desinteressiert, gedankenverloren. Andere wiederum hörten ihr aufmerksam zu. Francie stellte bald fest, daß es sich dabei um die Führungskräfte handelte, die mehr oder minder verantwortlich für das europäische Unternehmen waren und die deshalb mit dem Erfolg oder Scheitern ihres Planes in Verbindung standen.

Als sie endete, folgte ein langes Schweigen. Niemand lächelte. Niemand schien von ihr oder ihrem Bericht angetan. Sie wagte es nicht, Anton Magnus oder auch Jack, der neben seinem Vater saß und dessen Mimik nichts verriet, in die Augen zu schauen.

Plötzlich schwang einer der Anwesenden seine Brille und erhob die Stimme.

»Wenn ich mich recht entsinne, hat Central Electric etwas Ähnliches probiert und sich dabei die Finger verbrannt.« Er sprach dabei nicht Francie an, sondern seine Kollegen. »Sie ließen verlauten, daß die Technologie unter den Arbeitsbedingungen im Alltag versagte«, fügte ein anderes Vorstandsmitglied hinzu und sah dabei zu seinem Vorredner. »Irgendwas über tote Leitungen ... Zusammenbruch des Systems. Es klingt sowieso alles ein wenig nach Science-Fiction.«

»Ich fürchte, das würde bedeuten, eine schon schlechte Situation noch zu verschlimmern«, meinte ein Dritter. »Die Europäer arbeiten ohnehin schlecht zusammen. Kaum auszudenken, was geschehen würde, wenn ein Elektronengehirn, das keiner von uns wirklich versteht, auch noch die gesamten Bilanzen durcheinanderwürfeln würde. Es würde ein heilloses Durcheinander werden.«

Francie spürte, wie sich die Stimmung im Raum gegen sie richtete. Was noch schlimmer war, niemand schien ihre Verteidigung zu wünschen. Der Vorstand benahm sich, als sei sie überhaupt nicht existent.

Selbst Jack Magnus sah sie nicht an. Doch seine Augen schweiften wachsam von einem Mitglied zum anderen.

»Man sollte auch die Frage der Finanzierung nicht außer acht lassen«, gab einer der Männer zu bedenken. »Diese Computer kosten Millionen. Wir haben uns ohnehin schon aus dem Fenster gelehnt, was unseren Einsatz in Europa angeht. Wer kann uns garantieren, daß dieses Unterfangen sich überhaupt rechnet?«

»John, was halten Sie davon?« fragte einer der Männer seinen Kollegen. »Haben Sie schon irgendwelche Erfahrungen auf diesem Gebiet sammeln können? Wir brauchen etwas Konkretes, was die Kosten betrifft.«

Bei diesen Worten errötete Francie vor Zorn. Sie konnte die Herablassung, die ihr von dem gesamten Vorstand entgegengebracht wurde, förmlich spüren. Jene, die sich nicht den Kollegen widmeten, starrten unverhohlen ihren Körper an, um sich dann wieder den Notizen zu widmen.

Plötzlich verstand Francie den Grund für diese kollektive Ableh-

nung. Es lag an ihrem Geschlecht. Diese Männer ertrugen es nicht, daß eine Frau möglicherweise mehr vom Geschäft verstand als sie.
»Entschuldigen Sie bitte, Gentlemen«, warf sie plötzlich ein, und ihre grünen Augen funkelten. »Wenn Sie bitte einmal Seite siebenundsiebzig des Ihnen vorliegenden Berichts aufschlagen würden – dort finden Sie eine detaillierte Kostenaufstellung, sowohl was die Installierungskosten betrifft, als auch den langfristigen Unterhalt einer solchen Anlage. Ich denke, Sie werden schnell feststellen, daß ich hierbei alle Variablen, inklusive möglicher Zusammenbrüche der Hardware, berücksichtigt habe. Darüber hinaus habe ich im Anhang eine Aufstellung der Lebenserwartung von Vakuumröhren und den derzeitigen Entwicklungsstand der Computertechnologie aufgelistet. Ich glaube, ich kann diesen Teil in wenigen Worten zusammenfassen ...«
Francie erklärte schnell, wieso der derzeitige Stand der Computertechnik und Leistung unter Berücksichtigung der damit verbundenen Kosten für die sofortige Umsetzung ihres Planes sprachen. Sie zögerte jetzt nicht länger, von Fachausdrücken Gebrauch zu machen, um zu beweisen, daß all den aufgeworfenen Fragen bereits in ihrem Bericht Rechnung getragen wurde. Der schwelende Zorn in ihrer Stimme wurde von ihrem forschen, selbstbewußten Ton überdeckt. Es war augenscheinlich, daß sie wußte, wovon sie sprach.
»Ich würde mir nie erlauben, meine Herren, Ihnen einen Plan wie diesen vorzulegen«, schloß sie, »wenn ich nicht vollkommen sicher wäre, daß er unter allen zu berücksichtigenden Risiken vertretbar ist. Ich glaube, daß dieser Plan innerhalb von ein oder zwei Jahren eine zwanzigprozentige Umsatzsteigerung der Firmen in Europa gewährleisten wird. Doch noch wichtiger, es geht um die Zukunft. Die Computertechnologie wird die Buchführung und auch weitere Bereiche in nur einem Jahrzehnt revolutionieren. Wenn wir nicht in der Lage sind, diese Technologie zu beherrschen und Nutzen aus ihr zu ziehen, dann werden es unsere Konkurrenten tun. Und das könnte unsere Position nicht nur in Europa, sondern auf der ganzen Welt schwächen.«
Als sie fertig war, folgte wiederum Schweigen, doch diesmal war es

ein doppeldeutiges. Francie spürte, daß den Männern am Tisch, trotz ihrer Skepsis aufgrund ihrer Jugend und ihres Geschlechts, keine andere Wahl blieb, als ihr fachliches Wissen anzuerkennen.
Jack Magnus hatte noch immer nichts gesagt. Und das gleiche galt für seinen Vater.
Francies Intuition sagte ihr, daß sich jeder hier im Raum der schweigenden Präsenz am Ende des Tisches bewußt war. Niemand wagte es, eindeutig Stellung zu beziehen, bis man sich im klaren darüber war, was Anton Magnus von dem Plan hielt.
Doch Anton Magnus thronte am Kopfende des Tisches und schwieg.
Schließlich räusperte sich der Sekretär. Er hatte offensichtlich von irgendwoher ein Signal erhalten.
»Miss Bollinger«, sagte er, »wir danken Ihnen für Ihre Präsentation. Der Vorstand wird in dieser Angelegenheit beraten. Sie können sich jetzt zurückziehen.«
»Ich danke Ihnen für Ihre Aufmerksamkeit, Gentlemen.« Francie stand auf, sammelte ihre Unterlagen ein und verließ den Raum. Sie bemerkte, daß Jack ihr einen Seitenblick zuwarf, doch er vermied dabei jeglichen Augenkontakt und erhob sich auch nicht, um sie hinauszugeleiten. Er war jetzt einer von ihnen.
Als sich die Tür zum Konferenzraum hinter ihr schloß, spürte Francie förmlich, wie sich die Mitglieder vorbeugten, um ihren Vorschlag zu diskutieren.
Erst als sie auf dem Korridor stand, fiel ihr ein, wie merkwürdig es war, daß sie nicht in ihrer Anwesenheit abgestimmt hatten, so wie über den Steuerplan des unglückseligen Mr. MacNamara.
Jetzt war ihr egal, was geschah. Sie hatte sich völlig verausgabt, als sie ihren Plan gegen dieses offensichtlich feindlich gesinnte Publikum verteidigt hatte.
Sie wollte einfach nur allein sein.

Francie nahm den Fahrstuhl, fuhr hinunter in ihr Büro und setzte sich hinter ihren Schreibtisch. Dann lauschte sie eine halbe Stunde lang, die ihr wie ein Ewigkeit vorkam, dem heftigen Klopfen ihres Herzens. Plötzlich fiel ihr ein, daß sie den ganzen Tag noch nichts gegessen hatte. Sie ging in die Kantine, holte sich ein Sandwich und war doch zu nervös, um es zu essen. Sie entschloß sich zu einem Spaziergang auf der Sixth Avenue in der frischen Dezemberbrise. Doch danach fühlte sie sich keineswegs erfrischt, sondern eher so, als würde sie gleich ohnmächtig werden.

Vor dem Verkehr und den hetzenden Fußgängern flüchtend, eilte sie zurück in ihr Büro. Sie goß sich eine Tasse Kaffee ein, setzte sich auf die Tischkante, beobachtete den Dampf, der aus dem Becher aufstieg, und fühlte sich unfähig, einen Schluck zu trinken. Sie war wie gelähmt.

Francie rechnete ganz fest damit, daß man sie feuerte. Jemand dort oben im Vorstand würde einen Fehler in ihrem Bericht entdecken, einen fatalen und entwürdigenden Beweis ihrer Unfähigkeit. Sie konnte beinah den Beschluß des Vorstands hören, sich dieses Plans und damit auch dieser vorlauten Anfängerin zu entledigen. Sie stellte sich vor, wie sich die Männer über ihre Unverfrorenheit und den absurden Vorschlag lustig machten.

Bis um vier Uhr nachmittags quälte sie sich mit diesen schrecklichen Vorstellungen. Dann hörte sie ein forsches Klopfen an der Tür ihres Büros. Francie sprang bei dem Geräusch auf und verschüttete dabei fast ihren bereits kalten Kaffee.

Es war Jack Magnus. Er betrat den Raum, ohne die spärliche Einrichtung eines Blickes zu würdigen. Er trug noch immer den Seidenanzug, in dem er auch vorhin auf der Sitzung erschienen war. In seiner formellen Kleidung wirkte er fast zu perfekt, um wirklich zu sein. Er sah buchstäblich so aus, als sei er soeben einer Hochzeitstorte entstiegen.

Sein Ausdruck verriet, wie gewöhnlich, rein gar nichts.

»Nun?« fragte sie. »Spannen Sie mich doch nicht noch weiter auf die Folter ...«

Er stand vor ihr, fixierte sie. Francie konnte förmlich sehen, wie sie vor seinen Augen auseinanderfiel. Sie wollte ihn bei seinen schönen Schultern packen und die Wahrheit aus ihm herausschütteln.

Endlich sagte er etwas. Ein leichtes Lächeln umspielte seine Lippen.

»Sie haben eine Menge Arbeit vor sich.«

»Wie meinen Sie das?«

»Ich meine damit: der Vorstand hat sich dafür entschieden. Exakt so, wie Sie es vorgeschlagen haben. Nicht mehr und nicht weniger. Und sie wollen, daß Sie die Durchführung übernehmen. Sie haben sich soeben einen neuen Titel errungen – stellvertretende Vizepräsidentin, verantwortlich für das internationale System. Sie werden die Computervernetzung eigenhändig in die Wege leiten. Der Vorstand hat drei Hauptcomputer in den Niederlassungen Lausanne, London und Paris genehmigt. Man hat Ihnen das Personal und die Gelder, die Sie gefordert haben, bewilligt. Sie haben neun Monate Zeit, um das System zu installieren und zum Laufen zu bringen, dann müssen Sie dem Vorstand Bericht erstatten.«

»Sie meinen – Sie meinen, es hat ihnen gefallen?« fragte Francie, unfähig, so viele gute Neuigkeiten auf einmal aufzunehmen.

Er sah belustigt aus. »Sagen Sie nicht gefallen. Im Geschäftsleben gefällt niemandem etwas – sie kaufen etwas oder sie kaufen nicht. Glauben Sie mir, kaufen ist wesentlich eindeutiger als gefallen. Aber um Ihre Frage zu beantworten: sie haben es mit ihrer Stimme bestätigt. Sie sind im Geschäft, Miss Bollinger.«

Sie sprang von ihrem Tisch auf und umarmte Jack Magnus. Sie spürte, wie er ihr auf den Rücken klopfte. Seine Berührung war angenehm, aber unpersönlich. Und doch verriet sie eine Freude, die er nicht zu offen zeigen wollte, und etwas wie Stolz über ihren Erfolg. Francie spürte die Wärme seines gestählten Körpers unter dem Stoff seines Anzugs. Sie spürte ein impulsives Verlangen, sich an ihn zu lehnen. Bisher hatte sie nicht gewußt, wie extrem angespannt sie aufgrund des Vorstandstreffens gewesen war.

Dann rückte sie von ihm ab, beschämt über ihren plötzlichen Gefühlsausbruch.

Er sah forschend auf sie herunter. Seine Augen schienen sich angesichts ihrer Gefühle zu verdunkeln.

»Schauen Sie morgen früh bei mir vorbei«, sagte er. »Wir müssen noch einige Details besprechen. Übrigens, stimmt es, daß Sie mehrere europäische Sprachen beherrschen?«

Sie nickte. »Französisch, Spanisch, Italienisch, Deutsch – und ein wenig Portugiesisch.«

»Lernen Sie Holländisch«, sagte er. »Das müßte reichen. Sie werden in zwei bis drei Wochen nach Europa abreisen. Wir sehen uns morgen.«

In diesem Augenblick, vierzig Stockwerke höher, dachte ein Mann über Francie nach, ohne daß diese es ahnte. Dieser Mann war Anton Magnus.

Auf seinem riesigen Walnußholztisch lag ihr Bericht. Er blätterte abwesend darin herum, dann ließ er den Deckel zuklappen.

Seit über fünfzig Jahren war Anton Magnus im Geschäft. Während dieser Jahre hatte er Beschlüsse gefaßt, die unzählige Millionen von Dollar und die Karrieren von Hunderten brillanter, ehrgeiziger Angestellten gesteuert hatten. Er selbst hatte sich eine Karriere geschaffen, indem er die Ratschläge von wohlmeinenden Untergebenen berücksichtigte, seine eigene Entscheidung jedoch immer einsam und ganz allein gefällt hatte. Er hatte gelernt, alle Überlegungen, sowohl logische, finanzielle, wie auch personelle, einer einzigen, allumfassenden Prämisse zu unterstellen: dem Wohl seines Konzerns.

Heute, als er dem Vorstand erlaubt hatte, für den Plan des Bollinger-Mädchens zu stimmen, hatte er eine solche Entscheidung gefällt.

Doch er hatte es nicht unüberlegt getan. Er hatte es getan im Bewußtsein und der Kenntnis über die Position am Markt und der Menschen, die ihn umgaben.

Trotz der oberflächlichen Cleverneß des Plans hielt er das damit verbundene Risiko für zu groß. Die Idee war ihrer Zeit voraus. Es war zu früh für einen Konzern wie Magnus Industries, sich bei einem derart riskanten Versuch die Hände zu verbrennen. Vielleicht in ein paar Jahren, wenn genügend kleinere Firmen die Idee erprobt hatten, könnte die Lage sich geändert haben.

Und so war seine erste Reaktion, als er sah, wie überstürzt der Plan dem Vorstand vorgelegt wurde, von vornherein ablehnend gewesen. Die Jugend und die Ungeduld sowie die niedrige Stellung des Mädchens innerhalb des Unternehmens sprachen nur noch mehr gegen ihren Plan.

Und doch hatte ihm irgend etwas Einhalt geboten. Hinter diesem Plan steckte mehr. Zunächst einmal die Tatsache, daß der Entwurf unangekündigt und überstürzt auf die heutige Tagesordnung gesetzt worden war – etwas, das sehr selten geschah. Zweitens, nach genauer Begutachtung des Tenors während der Diskussion zwi-

schen den Mitgliedern und den sich abzeichnenden Stimmen, war Anton Magnus zweifelsfrei davon überzeugt gewesen, daß sein Sohn hinter der Angelegenheit stand. Jack hatte offensichtlich seinen Einfluß geltend gemacht und viele Vorstandsmitglieder zugunsten der Arbeit des Mädchens beeinflussen können.
Jack war der Verantwortliche für Europa. Er mußte überzeugt sein, daß der Plan funktionierte. Und er hatte dem Entwurf den Weg geebnet, indem er sich zuvor etlicher Stimmen versichert hatte. Jack tat niemals etwas ohne Grund.
Oder mehreren Gründen ...
Anton Magnus rätselte, welche Gründe das sein mochten.
Und deshalb hatte Anton Magnus keinen Gebrauch von seinem Vetorecht gegen das gesamte Unterfangen gemacht, das er, hätte er dies gewollt, seinem vertrautesten Untergebenen im Vorstand durch ein Signal bedeutet hätte. Er beschloß, dem Bollinger-Mädchen die Chance zu geben, ihren Plan innerhalb von neun Monaten erfolgreich durchzuführen.
Anton Magnus hatte nie etwas anderes getan, als diejenigen, die ihn umgaben – Freund oder Feind – derart zu manipulieren, bis sie das taten, was er von ihnen erwartete. Und das war ihm gelungen, weil er die Geduld eines Anglers und den Sinn für Strategie eines Meisters im Schach besaß. Und doch war er niemals einem schlaueren und willensstärkeren Kollegen als seinem eigenen Sohn, Jack Magnus, begegnet, dem Mann, den er selbst zu seinem Nachfolger auserkoren hatte. Und Jack, dieser brillante, ehrgeizige und rücksichtslose Arbeiter, wollte diesen Computerplan. Er wollte ihn mit der ganzen Fülle seiner Macht.
Also würde Anton Magnus sie ihm gewähren. Eines Tages, vielleicht schon bald, würde dieses kleine Präsent für eine Gegenleistung von seiten seines Sohnes gut sein, die dieses geringe Opfer mehr als nur aufwiegen würde. Niemand konnte in die Zukunft sehen. Das Opfer von heute konnte den Vorteil von morgen bedeuten.
Daneben bestand noch immer die Chance, wenn auch eine geringe, daß der Plan des Bollinger-Mädchens tatsächlich funktionierte. Die technischen und auch finanziellen Auswirkungen eines solchen Unterfangens würden enorm sein und könnten Anton Magnus,

seinen Sohn und den Konzern in unvorhergesehener Weise beeinflussen. Dies war ein Aspekt, der sehr wohl überdacht sein wollte. Doch in diesem Augenblick war Anton Magnus mit seinen Gedanken ganz woanders.
Er dachte nicht an den Bollinger-Plan, an die redegewandte und intelligente Art des Mädchens, wie sie ihn verkauft hatte, oder an ihre Fähigkeit, ihn in ihrer neugewonnenen Position durchzuführen.
Er dachte an den schlanken, jugendlichen Körper, der sich unter ihrem schlichten Kostüm verbarg. Sie war eine wirkliche Schönheit und eine außergewöhnliche dazu. Ihre Schönheit entsprang ebenso ihrer Aufrichtigkeit und Intelligenz wie ihrem Körper.
Und Anton Magnus dachte daran, wie Jack sie während des Meetings angesehen hatte. Jacks Miene hatte mehr verraten als tausend Worte. Er hatte sein Bestes versucht, so neutral wie möglich zu wirken. Doch ein Vater kennt seinen Sohn.
Manchmal besser als der Sohn sich selbst.
Mit dem Bild des Mädchens vor seinem inneren Auge stand Anton Magnus auf, wanderte zu dem schmalen Stück Wand, das sich zwischen den beiden hohen Fenstern seines Büros befand und vor dem ein Schachbrett stand. Er blickte auf die reglosen Schachfiguren hinab und lächelte.
Frances Bollinger, diese schöne und unschuldige junge Frau, gab einen perfekten Bauern ab.
Bauern, dachte Anton Magnus bei sich, sind wichtige Figuren. Man kann durch ihren Einsatz Spiele gewinnen oder verlieren.
Doch Bauern müssen geopfert werden, wenn sie ihre Aufgabe erfüllt haben.

9

27. Dezember 1955

Francie war noch immer dabei, sich vom Vorstandsmeeting zu erholen und über das unerwartete Ergebnis zu jubeln, als ein weiteres Ereignis eintrat, das weitreichende Konsequenzen für ihr Leben haben sollte. Jack rief sie in ihrem Büro an, als sie gerade mitten in

Reisevorbereitungen, Computer-Krimskrams und der Suche nach einem Holländischlehrer steckte, und lud sie zu einer Party im Anwesen seiner Eltern auf der Park Avenue ein.
»Es gibt zwei Anlässe für die Party«, erklärte er. »Zum einen hat meine Schwester Gretchen ein Baby bekommen. Es ist das erste Enkelkind meines Vaters, und er möchte es natürlich feiern. Zum anderen hat Magnus Industries kürzlich dank der Verbindung zu den Trowbridges, Gretchens Schwiegereltern, eine Versandfirma aufkaufen können. Also werden sich mein Vater und Graham Trowbridge gegenseitig zu ihren beiden neuen Babys beglückwünschen.«
Francie fragte sich unwillkürlich, wieso Jack bei einem derartigen Anlaß an sie gedacht hatte, doch sie schob den Gedanken beiseite und nahm die Einladung erfreut an.
»Es werden eine Menge Leute kommen«, erwähnte Jack beiläufig. »Einige davon sind ziemlich bekannt. Lassen Sie sich dadurch nicht verunsichern.«
Wie sehr Jack mit dieser Beschreibung untertrieben hatte, wurde Francie jedoch erst am Abend der Party klar.
Das Magnus-Anwesen auf der Park Avenue war einfach mehr als nur imposant. Es war ein sechsstöckiges Gebäude in griechischem Stil, ganz aus Marmor. Vor dreißig Jahren hatten es die Vanderbilts an die Stadt verkauft, da selbst für sie die Steuern für ein derartiges Anwesen zu hoch gewesen waren. So hatte Anton Magnus es gekauft, als sein Unternehmen zum drittgrößten des Landes avanciert war. Zu diesem Zeitpunkt hatte sein persönliches Vermögen bereits eine astronomische Höhe erreicht.
Er hatte das Haus vollständig renovieren lassen, und es erstrahlte in altem und neuem Glanz. Das gesamte Inventar, der Marmor, das Parkett, die Täfelung und auch die komplette Ausstattung waren aus Europa importiert worden. Die Gemälde an den Wänden stellten wahrscheinlich eine der erlesensten Privatsammlungen Amerikas dar. Francie bestaunte die Skulpturen, die Gobelins und Orientteppiche, das Porzellan und die Möbel, die sie bereits aus dem Katalog der Magnus-Sammlung kannte, den sie aus Neugier gekauft hatte.
Es war ein außergewöhnliches Anwesen, in dem ein Dutzend ver-

schiedener Stile und Perioden zu bewundern waren. Doch trotz der Vielfalt trug es die eindeutige Handschrift seines Besitzers, Anton Magnus. Es war schwer zu erklären, aber dieser Ort besaß eine spezielle männliche Eleganz, die sich hinter dem Schein des Charmes der Alten Welt verbarg. Die erlesene Einrichtung ließ keine Zweifel, welch männlicher Wille sie zusammengestellt hatte. Unwillkürlich stockte einem der Atem, wenn man dieses Haus betrat, denn man konnte die erschreckende Präsenz einer Macht spüren; einer Macht, die sich nicht in Szene setzen mußte, so sicher war sie sich ihrer Herrschaft über jeden, der mit ihr in Berührung kam.

Zurückblickend war Francie froh, daß sie nicht allein gekommen war. Jack hatte darauf bestanden, an diesem Abend ihr Begleiter zu sein. »Sie werden einen Verbündeten brauchen«, hatte er gesagt, »und ich kann mir niemanden vorstellen, mit dem ich lieber im Haus meines Vaters wäre. Sie werden es verstehen, wenn wir erst einmal da sind.«

Als er sie abholte, machte er ihr Komplimente über ihr eher schlichtes Kleid, das in seiner Geschmeidigkeit jedoch ihre schlanke Figur betonte und umspielte.

»Es ist nett von Ihnen, daß Sie mich heute abend unter Ihre Fittiche nehmen«, sagte sie, als sie das Anwesen betraten. In der Auffahrt parkten unzählige Limousinen, und Francie kam sich vor wie Aschenputtel am Abend eines Balls, auf dem sie nichts zu suchen hatte.

»Überhaupt nicht«, erwiderte Jack lächelnd. »Sie sind es, die mir einen Gefallen tut. Meine Gründe sind total egoistisch. Ich versuche, wann immer es mir möglich ist, das Haus meines Vaters zu meiden. Da es keine Möglichkeit gab, dem Anlaß heute abend zu entfliehen, wollte ich wenigstens mit jemandem zusammen sein, den ich respektieren kann. Glauben Sie mir, das ist etwas, was man bei Magnus Industries sehr selten findet.«

Francie war von seinen Worten geschmeichelt, aber auch verblüfft. Diese Worte verrieten Einsamkeit und Unglück, was ihr bei einem Mann mit einem solchen Ruf, wie ihn Jack Magnus genoß, ungewöhnlich erschien.

Doch sie wollte nicht weiter grübeln und bedankte sich einfach beim Himmel für Jacks Begleitung, als sie die Gäste sah, die Anton Magnus' Haus an diesem Abend bevölkerten.

Unzählige Würdenträger, darunter auch Delegierte der Vereinten Nationen, Größen aus der Politik, beide Senatoren von New York, der Vizegouverneur und ein Repräsentant des Weißen Hauses höchstpersönlich, der Gretchen ein Geschenk mit dem Siegel des Präsidenten überreichte.

Natürlich war auch die Creme der High-Society anwesend. Francie waren diese Personen natürlich nicht bekannt, doch Jack murmelte ihr verschwörerisch Erklärungen und Beschreibungen während der Vorstellungsrunde zu, und so begriff sie schnell, wie bedeutend diese Persönlichkeiten waren. Unter ihnen befanden sich viele Mitglieder der ältesten und gesellschaftlich angesehensten Familien des Landes – die Auchinclosses, die Gouverneurs und die Van Rensselaers aus New York, die Converses und Biddles aus Philadelphia, die Spreckels und Livermores aus San Francisco, die Thayers, Endicotts und Wetherells aus Boston, die McCormicks, Pulitzers und Ketterings aus Chicago und dem Mittleren Westen. Und der Ausdruck auf ihren Gesichtern verriet, daß dies kein obligatorischer Besuch einer Party für sie war, sondern daß sie voller Stolz waren, zu dieser Magnus-Zeremonie eingeladen worden zu sein.

Die Ansammlung dieser exotischen und berühmten Persönlichkeiten wollte kein Ende nehmen, es war beinah unglaublich in seiner Großartigkeit. Francie erkannte die Gesichter von Stars am Broadway und aus Hollywood, Stars von Konzertbühnen, Maler, Dichter, Schriftsteller, Verleger und Filmregisseure.

Mitten unter diesen seltenen Spezies befand sich eine weitere, eine Gruppe Männer, die Francie nicht sofort erkannte. Doch Jack machte sie auf sie aufmerksam und erklärte ihr, um wen es sich dabei handelte: es waren die Präsidenten und Vorstandsmitglieder der größten Unternehmen des Landes, Unternehmen wie IBM, General Electric und General Motors.

Es war eine grandiose Zusammenkunft, die alle Bereiche der Gesellschaft streifte, dabei aber nur das Beste repräsentierte. Francie konnte kaum ihren Augen trauen.

»Lassen Sie sich nicht zu sehr davon beeindrucken«, riet Jack ihr, während er sie durch die eleganten Salons führte, in denen leise Musik plätscherte und dicke Teppiche die ohnehin schon verhaltenen Gespräche der illustren Gäste dämpften. »Es sind auch nur Menschen, trotz ihrer imposanten Namen und Bankkonten. Und ich werde Ihnen noch ein Geheimnis verraten, Francie. Neun von zehn hier schulden meinem Vater einen Gefallen oder haben Angst vor den Konsequenzen, wenn sie eine Einladung wie diese ablehnten. Glauben Sie nicht, daß Sie hier Status und Ansehen vor sich haben. Sie sehen hier Macht und Einschüchterung, die auf vielfache und komplizierte Weise vermischt sind. Je vertrauter man damit ist, desto weniger beeindruckt ist man – dafür aber angewiderter.«

Francie war erstaunt über die Bitterkeit in seinen Worten. Doch vielleicht mußte sie erst erkennen, daß die Menschen aus der obersten Gesellschaftsschicht nicht besser waren als alle übrigen auch. Vielleicht waren die reich geschmückten Räume in Anton Magnus' Anwesen angefüllt mit allen menschlichen Schwächen, die man eben bei einer derart großen Zusammenkunft erwarten konnte. Vielleicht wußte Jack um all die kleinen Sünden, die sich hinter diesen schönen Masken verbargen, und fand deshalb alles so deprimierend.

Doch für Francie war es wie im Märchen, und sie vergaß bald ihre Unsicherheit, als sie all die berühmten Hände schüttelte, die berühmten Stimmen hörte, in die berühmten Gesichter sah, die sie bisher nur aus Zeitschriften, Zeitungen und von der Leinwand her gekannt hatte.

Was ihr ganz und gar nicht in den Sinn kam, war, daß sie an diesem Abend im Haus von Anton Magnus für mehr als eine Handvoll Gäste selber das Objekt beträchtlicher Neugier war.

Doch die Blicke, die sie begleiteten, als Jack sie durch die Menge führte, blieben von ihr nicht unbemerkt. Sie hatte von Jacks Ruf als großem Casanova gehört, bis jetzt jedoch nicht weiter darüber nachgedacht. Sie hatte nie versucht, sich die unsichtbare Seite seines Lebens vorzustellen, die außerhalb ihrer spärlichen Treffen mit ihm existierte. Sie kannte ihn lediglich von diesen wenigen Begegnungen, und schon das hatte ihr genügend Anlaß zum Nachdenken gegeben.

Jack führte sie durch die überfüllten Räume in einen reich möblierten Salon mit französischen Landschaftsbildern an den Wänden, in dem eine kleine grauhaarige Dame Platz genommen hatte und mit einigen ihrer Altergenossen plauderte.

Es war Jacks Mutter. Er stellte die beiden einander vor. Francie kannte sie nicht einmal vom Sehen, aber sie hatte viele Gerüchte über ihre ereignisreiche Vergangenheit und ihre Heirat mit Anton Magnus gehört. Viktoria Wetherell hatte als Debütantin und Absolventin von Vassar vor ihrer vielversprechenden Einheirat in den Bingham-Kosmetik-Konzern gestanden, als Anton Magnus 1920 buchstäblich aus dem Nichts auftauchte und sie aus den Armen ihrer liebenden Familie riß, die Einwände ihres Vaters einfach beiseite schob und Viktoria heiratete, während ihr nichts weiter übrigblieb, als dem Kampf zwischen den beiden Männern tatenlos zuzusehen.

Diese Heirat, mittlerweile eine Legende, hatte Viktoria Wetherell in Höhen katapultiert, die sie sich trotz ihrer privilegierten Vergangenheit nie erträumt hätte – und das, obwohl ihr doch alle Verwandten prophezeit hatten, es würde ihr Untergang sein.

Es hieß, der Kampf gegen Anton Magnus habe Cartan Wetherells Willen gebrochen, der auch bald nach der Hochzeit seiner Tochter starb, denn sie war seine einzige Tochter und sein Lieblingskind. Auf ähnliche Weise hatte Anton Magnus' gewaltsamer Eintritt in ihr Leben auch ihr den letzten verbliebenen Rest ihres eigenen Rückgrats geraubt, und seit sich der Staub ihrer umstrittenen Heirat gelegt hatte, trat Viktoria geschwächt, als typische Vertreterin ihres Geschlechts, in Erscheinung, wie eine schüchterne, verirrte Seele, die durch die gigantischen Räume des Anwesens streifte, während der unaufhaltsame Aufstieg der Familie um sie herum in unendliche Höhen wirbelte.

Die Geburt ihrer Kinder schien den Prozeß der Erschöpfung, der mit der Heirat selbst eingesetzt hatte, zu komplettieren, und sie erlangte keinerlei Autorität über sie, übergab sie Kinderschwestern und Lehrern, als sie klein waren, und wenn nötig, der Disziplin ihres Mannes, der die Richtung ihres Lebens bestimmte. Als Dame des Hauses widmete sie sich den unbedeutenden sozialen Verpflichtungen, einer ziemlich unsicheren Führung des Personals und an den schier endlosen Nachmittagen langen Telefonaten mit ihrer Mutter oder einer Handvoll vertrauter Wetherell-Cousinen, von denen keine sie wirklich ernst nahm.

Viktoria Magnus war wie ein Hügel ohne strategischen Wert, der im Kampf erst erobert und dann von der Armee, die ihn erstürmt hatte, verlassen wurde – eine leere Hülle, übriggeblieben aus dem Tauziehen ihres geliebten Vaters gegen Anton Magnus, das ihn in den Tod getrieben hatte. Wenn ihr dies bewußt wurde – sie war trotz alledem eine intelligente Frau – schien dieses Wissen ihre Hilflosigkeit nur zu vergrößern.

Von alldem hatte Francie, als sie der alten Dame gegenübertrat, keine Ahnung. Doch als sie sich mit ihr unterhielt, wurde ihr klar, daß Viktoria Magnus im Schatten der furchteinflößenden Macht ihres Gatten zu einem Nichts geschrumpft war, kaum fähig zu einer Konversation. Sie war höflich und mit allen gesellschaftlichen Attributen eines Menschen ihrer Gesellschaftsschicht behaftet, doch sie schien derart verängstigt über alles und jeden in ihrer Umgebung, daß Francie Mitleid für sie empfand.

Vor allem blieb ihr nicht verborgen, daß die alte Dame besonders über ihre Präsenz an Jacks Arm beunruhigt war. Als sie und Jack sich mit der Begründung von Jack verabschiedeten, Francie müsse noch so viele Gäste kennenlernen, glaubte sie ein sonderbares Schimmern der Besorgnis, vielleicht auch des Mißfallens in den Augen seiner Mutter zu erkennen.

»Täusche ich mich«, fragte Francie, als sie den Raum verlassen hatten, »oder war Ihre Mutter von meiner Anwesenheit wirklich nicht angetan?«

Jack antwortete nicht sofort. Er blickte auf eine Gruppe von Leuten, auf die sie sich zubewegten, nahe der Treppe im großen Ballsaal.

»Sie werden gleich eine Antwort auf Ihre Frage erhalten«, sagte er. »Es tut mir leid, daß Sie gezwungen sind, gleich soviel über meine nette, kleine Familie zu erfahren, aber – bitte – stehen Sie es mit mir zusammen durch.«

Sie näherten sich einer hübschen jungen Frau mit kastanienbraunem Haar und haselnußfarbenen Augen, die sich soeben von der Gruppe löste und ihnen entgegenkam, um Jack und seine Begleiterin zu begrüßen.

Jack beugte sich vor und küßte die junge Frau auf die Wange. Dann machte er die beiden Frauen miteinander bekannt.

»Belinda Devereaux. Belinda, ich möchte dir Francie Bollinger vorstellen. Sie arbeitet mit mir zusammen an einem Projekt für die europäischen Niederlassungen.«

Er wandte sich Francie zu: »Belinda ist eine sehr enge Freundin der Familie.« Seine Erklärung hörte sich ein wenig befangen an.

Er entschuldigte sich für einen Moment und ließ die beiden jungen Frauen allein. Francie und Belinda ergingen sich in belanglosem Geplauder über die Firma und die Gäste der Party, doch Belinda schien abgelenkt und nervös. Ihr Blick folgte Jack, als er weitere Gäste im Raum begrüßte. Francie war erleichtert, als er kurze Zeit später wieder zu ihnen kam und ihren Arm ergriff. Sie konnte Belindas Blick förmlich im Rücken spüren, als sie über die Türschwelle in den nächsten Salon gingen.

»Sie ist sehr nett«, sagte Francie.

Jack seufzte. »Ja, das ist sie wohl.«

Für einen Moment gingen sie schweigend weiter. Dann gab Jack einem Kellner, an dem sie vorbeikamen, ein Zeichen, nahm zwei Gläser Champagner vom Tablett und drängte Francie mit erstaunlicher Bestimmtheit in einen Raum, der fast leer war.

»Dieses Zimmer wird bei Parties nie benutzt«, erklärte er. »Hier soll es nämlich spuken. Während der Zeit der Vanderbilts hat sich hier irgendein Familiendrama abgespielt. Egal, es wird jedenfalls nicht benutzt. Als kleiner Junge habe ich immer hier gespielt, wenn ich alleine sein wollte.«

Er führte Francie zu einem Sofa und nahm ihr gegenüber Platz, das Champagnerglas in der Hand.

»Ich möchte, daß Sie sich ein Bild machen von dem, was hier vor sich geht«, sagte Jack. »Vor langer Zeit entschied mein Vater, daß ich seinen Platz einnehmen soll, wenn er sich zur Ruhe setzt. Er wählte zudem Belinda Devereaux als das Mädchen, das einmal meine Frau werden soll. Ihre Familie besitzt mehr Ölfelder und Kohleminen als jede andere in diesem Land. Dad war der Ansicht, daß eine Hochzeit zwischen mir und Belinda Devereaux genau das richtige für Magnus Industries sei. Wie Sie sehen – er ist es gewohnt, seinen Willen durchzusetzen.«

Er seufzte, stellte das Glas ab und fuhr sich durchs Haar.

»Ich habe ihm gesagt, er soll sich zum Teufel scheren«, fuhr er fort. »Ich habe ihm auch gesagt, daß ich seinen Platz bei Magnus nicht einnehmen werde. Wir hatten ziemlichen Streit deswegen. Und mehr als einmal, muß ich dazusagen. Am Ende bin ich in einem Punkt einen Kompromiß eingegangen. Ich sagte ihm, ich würde bis zu seinem siebzigsten Geburtstag in der Firma bleiben. Das sollte ihm genügend Zeit geben, einen passenden Nachfolger zu finden. Danach würde ich mich anderweitig orientieren, jedoch im Vorstand bleiben. Und ich würde, zum Teufel noch mal, heiraten, wen ich will und wann ich es will.«

Francie fühlte sich unbehaglich. Sie fragte sich, warum er ihr dies alles erzählte.

»Nun, das ist der Stand der Dinge«, schloß er. »Der alte Herr ist jetzt neunundsechzig. Er wartet darauf, daß ich meine Meinung ändere. Er setzt sein Alter als Druckmittel ein. Sie ahnen ja nicht, wie clever er ist, Francie, wie rücksichtslos und wie erfinderisch, wenn es darum geht, seinen Willen durchzusetzen.« Er lächelte. »Er ist ein Meister des Schachspiels. Er hat es uns Kindern beigebracht. Niemand von uns hat ihn jemals geschlagen. Ich war am dichtesten dran ...«

Er seufzte erneut. Augenscheinlich war dies kein angenehmes Thema für ihn.

»Was Belinda betrifft«, sagte er und runzelte dabei die Stirn, »ich treffe mich nie mit ihr, ausgenommen bei Anlässen wie diesem. Aber sie heiratet nicht. Sie wartet, wissen Sie. Wartet, wie alle anderen, wartet, um zu sehen, ob der alte Mann wie immer seinen Willen durchsetzen kann. Jeder, der Magnus kennt, wartet und beobachtet, wie neugierige Zuschauer, weil sie es unglaublich finden, daß sich jemand gegen Anton Magnus behaupten will.«

Francie fixierte ihn mit ihren klaren Augen.

»Warum erzählen Sie mir das alles?« fragte sie. »Es geht mich schließlich nichts an, oder?«

Er lächelte traurig. »Ich möchte nur, daß Sie einige der Blicke verstehen, mit denen Sie heute abend bedacht wurden. Verstehen, in was ich Sie hineingezogen habe. Die Leute sehen mich mit einer schönen jungen Frau wie Ihnen, und schon fangen die Spekulationen an. Meine Mutter sieht Sie und fängt an, sich Sorgen zu machen. Dann taucht Belinda auf und beäugt Sie mißtrauisch. Ich möchte einfach, daß Sie wissen: es hat nichts mit Ihnen zu tun. Es ist das weniger hübsche Privatleben der Familie Magnus.«

»Nun«, sagte Francie, »danke, daß Sie mich aufgeklärt haben. Aber das war eigentlich nicht nötig. Es ist schließlich ihr Leben.«

Er richtete sich auf.

»Es gibt noch einen anderen Grund«, sagte er. »Sie haben hervorragende Arbeit für unser Unternehmen geleistet. Schon zweimal haben Sie bewiesen, daß Sie etwas Besonderes sind; jemand, der Verantwortung und Unterstützung verdient. Und ... ich bin derjenige, der Sie für die Sache in Europa eingesetzt hat. Der Tag wird kommen – vielleicht schon bald – an dem ich nicht mehr bei Magnus bin. Aber Sie werden noch dort sein. Ich möchte nicht, daß sich meine Beziehung zu Ihnen einmal gegen Sie richten wird. Unternehmenspolitik ist eine gefährliche Sache, Francie. Gefährlicher als Sie ahnen. Etwas Unbedeutendes, das heute geschieht, kann Ihnen in vielleicht fünf Jahren zum Verhängnis werden, wenn ein paar Leute die Plätze getauscht haben. Die Leute, die mich nicht mögen, haben ein sehr gutes Gedächtnis.«

Francie runzelte die Stirn.

»Wegen so etwas mache ich mir keine Sorgen«, sagte sie.

»Wenn schlimme Dinge passieren, muß ich eben damit fertig werden. Aber ich kann mein Leben nicht im Schatten von potentiellen Feinden leben. Ich kann nicht mehr als hart arbeiten und auf das Beste hoffen. Ich will niemandem Schaden zufügen.«

Jack lächelte. »Dafür bewundere ich Sie ja. Es ist eine erfrischende Haltung. Vielleicht nicht die sicherste, aber immerhin eine aufrichtige.«

Francie musterte ihn und war gegen ihren Willen von seinem Aussehen fasziniert. Jetzt konnte sie die Ähnlichkeit zu seiner Mutter erkennen, an der Nase, dem Kinn, dem Haar. Doch wie bei seinem Vater hatten seine Züge etwas Unverwechselbares, als wäre er aus dem Nirgendwo entsprungen; ein perfekter Mann, ohne Vergangenheit und nur auf die Zukunft bedacht, um sie mit seinem starken Willen und seinem großen Talent zu beherrschen.

»Ihr Vater ist ein mächtiger Mann«, sagte Francie. »Ich gewinne langsam den Eindruck, daß jeder Angst vor ihm hat, ausgenommen Sie. Kann ein Mensch wirklich so mächtig sein?«

Jacks Lächeln verschwand. Ein Ausdruck tiefen Ernstes trat in seine Augen.

»Sie ahnen nicht, wie mächtig. Und wie gefährlich.«

Francie schwieg. Sie betrachtete den Ausdruck in Jacks Augen. Es war ein Ausdruck der Entschlossenheit und Herausforderung, als wüßte er, wer sein Gegenüber war, und wie er diesen Feind besiegen konnte. Er schien den Kampf zu genießen.

Francie verspürte einen leisen Schauer beim Anblick dieser tiefen Gefühle.

Gleichzeitig wunderte sie sich, warum sie Anton Magnus heute abend noch nicht begegnet war.

In einem ruhigen Büro, abgelegen vom Rest des Hauses, saß in diesem Augenblick der Bürgermeister von New York duckmäuserisch in einem überdimensionalen Ledersessel und sah zu Anton Magnus auf.

An seiner ganzen Haltung konnte man erkennen, daß er sich unwohl fühlte, er wirkte unterwürfig, mit den Nerven am Ende.

»Mister Magnus ... Anton.« Zögerlich sprach er seinen Gastgeber beim Vornamen an. Es war unmöglich, in dem undurchdringlichen Gesichtsausdruck des angesprochenen Magnaten zu erkennen, ob er diese Anrede guthieß oder nicht. Der Bürgermeister haßte seine Rolle als Bittsteller, doch ihm war bewußt, daß er sie heute abend mit seiner ganzen Überzeugungskraft spielen mußte.

»Anton«, begann er noch einmal, sichtlich unbehaglich. »Ich habe immer gedacht, wir hätten eine Abmachung, was dieses Wertpapiergeschäft angeht. Ich würde heute abend gerne mit dem sicheren Wissen nach Hause gehen, meinen Leuten sagen zu können, daß Sie hinter uns stehen. Es ist für uns alle von entscheidender Bedeutung.«

Magnus paffte an seiner Zigarre und sah absichtlich weg. Seine Augen bargen einen sonderbaren, kühlen Ausdruck, beinah unmenschlich in seiner Leere.

Hinter diesem Blick dachte Anton Magnus mit absoluter Klarheit nach.
Er wußte, daß der Bürgermeister in finanziellen Schwierigkeiten war. Der Finanzhaushalt der Stadt war in den letzten Jahren mehr und mehr aus der Balance geraten, und die chaotische Steuersituation wie auch die jämmerliche Verwaltung des Staates und der Stadt, in der Mauschelei und Schiebung an der Tagesordnung waren, hatten ihr übriges getan, um die Situation noch zu verschlimmern.
Kurz gesagt – die typische New Yorker Politik. Es änderte sich nie etwas. Doch in den letzten Jahren hatte sich das Blatt gegen die Stadt gewendet.
Jetzt sollte Anton Magnus die Rolle des Retters spielen. Es lag in seiner Hand, eine große Gruppe von Investoren zu beeinflussen – die alle auf verschiedenste Art und Weise von ihm abhängig waren – mehrere hundert Millionen Dollar in einen Wertpapierfonds anzulegen, der der Stadt aus der Klemme helfen sollte. Alle warteten nur auf ein Wort von ihm. Doch der Fonds würde den Investoren kurzfristig nicht annähernd soviel Gewinn einbringen wie einige andere Geschäfte an der Wall Street. Es war eine reine Frage des guten Willens und der Bürgerehre. Und der Überredungskunst.
Anton Magnus hatte seit Jahren auf diesen Moment gewartet.
Vor langer Zeit, als der Bürgermeister noch ein unbedeutendes, ehrgeiziges Stadtratsmitglied gewesen war, der auf jede erdenkliche Weise versuchte, an Wählerstimmen zu kommen, hatte er es sich in den Kopf gesetzt, den Magnus-Konzern mit Dreck zu bewerfen, indem er behauptet hatte, daß seine spezielle Steuerbegünstigung aufgrund der Monopolstellung die Stadt ausbluten würde. Er hatte seine gesamte erste Wahlkampagne für das Amt des Bürgermeisters dem Thema gewidmet, die Räuberbarone der Stadt zu stürzen. Und damit hatte er damals gewonnen.
Natürlich war dieses Versprechen schnell vergessen, als er erst einmal in Amt und Würden war, so schnell wie er – bekanntermaßen ein schwergewichtiger Mann, Gourmet und lustbetonter Esser und Trinker – die Kanapees verschlang, die vor den Dinners im Empire Room gereicht wurden. Niemand dachte mehr daran.
Doch Anton Magnus vergaß eine Kränkung niemals und schon gar

keine Wendung zum Schlechten. Er wußte, daß viele Anhänger des Bürgermeisters in ihm noch immer einen Verteidiger gegen das Böse des Big Business sahen und jederzeit Druck auf ihn ausüben konnten, um gewisse unangenehme Anti-Monopol-Gesetze verstärkt voranzutreiben.

Aus diesem Grund hatte Anton Magnus gewartet. Er hatte dieses Finanzproblem der Stadt bereits am Horizont aufziehen sehen, lange bevor die Finanzplaner selber die Situation erkannt hatten. Und er hatte sein Unternehmen ganz langsam in die Position manövriert, von der aus er im richtigen Augenblick größtmöglichen Einfluß haben würde.

Und dieser Augenblick war nun gekommen. Die Stadt war ein, höchstens noch zwei Jahre von der endgültigen Zahlungsunfähigkeit entfernt, und der Bürgermeister kam auf den Knien zu ihm gekrochen. Seine eigenen Berater hatten sich in der Vorlegung alternativer Rettungspläne erschöpft. Er hatte niemanden mehr – außer Anton Magnus.

Und so saß Anton Magnus heute, dank langjähriger behutsamer Planung, am entscheidenden längeren Hebel.

In genau der Position, in der er immer sein wollte.

»Werter Bürgermeister«, sagte er mit Respekt, der so hohl war, wie die Stimme, die ihn ausdrückte, voll und schwer war. »Ich kann Ihre Situation gut verstehen. Und ich würde gern helfen. Aber auch Sie müssen verstehen, daß ich erst meine Geschäftspartner konsultieren muß, bei denen es sich um clevere Investoren handelt, die ihr Geld in etwas investieren sollen, das ihnen nur einen mittelmäßigen Profit bringen wird. Bei dem derzeitigen wirtschaftlichen Status unseres Landes ist das sehr viel verlangt.«

»Ohne Ihre Hilfe könnte die Stadt untergehen«, erwiderte der Bürgermeister in einem leicht gereizten Ton. Er war von Natur aus ein Kämpfer und liebte es nicht, derart hingehalten zu werden. »Dann hängen wir alle mit drin.«

Anton Magnus warf dem Bürgermeister einen scharfen Blick zu. »Das sehe ich nicht ganz so, Herr Bürgermeister«, sagte er. »Die derzeitigen Steuerbestimmungen in New York sind überaus erschwerend. Ich habe ein Angebot aus Kalifornien, ein Magnus-Hochhaus mitten in Los Angeles zu errichten und quasi mietfrei

darin zu residieren. So sehr würden sich unsere Freunde an der Westküste freuen, Magnus Industries bei sich begrüßen zu dürfen.«
Der Bürgermeister errötete.
»Ich hoffe, Sie haben mit einem Nein geantwortet.«
Magnus hob eine Augenbraue.
»Natürlich habe ich mit einem Nein geantwortet«, erwiderte er. »Aber Sie wissen ja, wie es im Geschäftsleben ist, mein lieber Bürgermeister. Ein Nein von heute kann morgen schon ein Ja sein.«
Der Bürgermeister zückte ein Taschentuch und betupfte sich die Stirn.
»Anton«, sagte er, »was kann ich tun, um Sie umzustimmen? Wie kann ich Ihnen noch deutlicher meine Freundschaft beweisen? Sie wissen, wie wichtig Magnus Industries für unsere Stadt ist. Die ganzen Jahre habe ich versucht, Ihnen klarzumachen, daß Sie einen Freund in mir haben.«
»Ich wußte nicht, daß Sie auch Freunde unter den Räuberbaronen und Monopolisten haben«, antwortete Anton Magnus ironisch.
Der Bürgermeister errötete noch mehr. »Sie wollen doch nicht sagen, daß Sie irgend etwas davon geglaubt haben? Anton ... das war doch reine Politik. Sie kreiden mir das doch nicht etwa an, oder?«
Magnus wandte seinen Blick vielsagend ab.
»Was kann ich tun? Bitte, Anton ...«, flehte der Bürgermeister.
Magnus räusperte sich. »Meine Aktionäre fühlen sich erdrückt von den Steuergesetzen, die über unser Unternehmen verhängt wurden. Sie sind der Ansicht, wir machen uns nicht so gut in New York, wie wir könnten und sollten. Zum Beispiel die WR-52-Stadtsteuer ...«
Mehr brauchte er nicht zu sagen. Der Bürgermeister war sich von Anfang an darüber im klaren gewesen, daß dieses Gesetz zum Zankapfel werden würde. Er hatte es vor einem Jahr verabschieden lassen, und bisher hatte es der Stadt von Magnus Industries und ähnlichen Konzernen Millionen von Dollar eingebracht. Es war der erste Schritt der Stadt, sich gegen den finanziellen Ruin zu wehren.
»Es hat der Stadt viel gebracht, Anton«, sagte er. »Es hat maßgeblich dazu beigetragen, unseren stetigen Abstieg aufzuhalten.«
Magnus nickte und hob eine Augenbraue.

»Aber ich verstehe natürlich Ihr Problem«, fügte der Bürgermeister schnell hinzu. »Lassen Sie mich mit meinen Leuten reden. Ich bin sicher, wir werden eine Lösung finden.«
»Vor dem Ende dieses Steuerjahres?« fragte Anton Magnus leise.
»Absolut. Ich gebe Ihnen mein Ehrenwort darauf«, versicherte der Bürgermeister.
Anton Magnus stand auf und streckte ihm die Hand entgegen. Er hielt sie mit der Handfläche nach unten, beinahe so, als würde er erwarten, daß sein Gegenüber sie küßte. Zähneknirschend ergriff der Bürgermeister die Hand, drehte sie um neunzig Grad und schüttelte sie herzlich.
»Keine Sorge«, sagte er, »Sie können auf mich zählen, Anton. Ich kann Ihnen versichern, daß wir mit den Steuerleuten zu einer vernünftigen Übereinkunft kommen.«
»Ich freue mich, daß wir uns so gut verstehen«, sagte Magnus. »Es bedeutet mir viel. Nächste Woche werde ich mit meinen Partnern zusammentreffen, dann werden wir sehen, was wir für Sie in bezug auf diese Wertpapiere unternehmen können.«
»Ich danke Ihnen, Anton. Ich danke Ihnen sehr. Ich verspreche Ihnen – Sie werden es nicht bereuen.«
»Da ist noch etwas«, sagte Anton Magnus, als sei es ihm gerade eingefallen. »Meine Frau würde sehr gern Gracie Mansion einmal sehen. Sie wissen ja, wie Frauen sind ...«
»Aber Anton!« Der Bürgermeister war Feuer und Flamme, Magnus einen kleinen Gefallen erweisen zu können. »Wenn ich das geahnt hätte ... Wir würden Sie sofort liebend gern bei uns begrüßen. Wann wäre es Ihnen recht?«
»Nicht mir. Es geht nur um meine Frau. Vielleicht könnten Sie ein Essen für sie mit Ihrer Frau arrangieren. Aber – Sie wissen ja, wie die Presse ist ... Sie könnte vielleicht das eine oder andere Statement abgeben.«
»Aber selbstverständlich«, erwiderte der Bürgermeister. »Ich werde sofort meinen Pressesekretär damit betrauen. Ich möchte, daß die ganze Stadt weiß, wie wichtig Sie und Ihre Frau für uns sind. Es wird mir ein Vergnügen sein.«
»Das ist sehr zuvorkommend von Ihnen«, sagte Magnus. »Sie werden demnach anwesend sein, um meine Frau zu begrüßen?«

Der Bürgermeister schluckte. »Es ist mir eine Ehre. Überlassen Sie die Vorbereitungen getrost mir. Ich werde die Zeitungen vorab informieren lassen.«

»Nun«, sagte Anton Magnus, ich bin froh, daß wir uns einmal ausgesprochen haben.« Er deutete zur Tür. »Ich habe noch einige Telefonate zu erledigen, bevor ich mich meinen Gästen widmen kann. Warum grüßen Sie nicht Ihre Gattin von mir und machen sie schon mal mit meiner Frau bekannt? Wir sehen uns dann in ein paar Minuten ...«

»Selbstverständlich«, erwiderte der Bürgermeister und stand auf, um zu gehen, obwohl er sich bewußt war, daß diese Aufforderung ein Affront gegen seine Person und sein Amt war, während der große Anton Magnus hinter seinem Schreibtisch stehenblieb.

Doch er hatte keine Wahl. Als er die Tür hinter sich schloß, dachte er an die unglaubliche Macht, die der Mann, den er soeben verlassen hatte, ausüben konnte. Anton Magnus verfügte über den Einfluß, der Stadt innerhalb einer Woche eine Milliarde Dollar oder mehr zufließen zu lassen – wenn er wollte. Oder auch, sie zu verweigern, sollte er sich entschließen, der maroden Stadt diesen Gefallen nicht zu erweisen.

Der Bürgermeister gesellte sich wieder zu den Gästen, tupfte sich die Stirn und hielt den nächstbesten Kellner an, den er sah. Er nahm sich zwei Martinis vom Tablett. Der Kellner hatte sich noch nicht ganz umgedreht, da hatte der Bürgermeister den ersten Martini bereits geleert und das Glas auf dem George-III.-Walnußholztisch abgestellt. Den anderen Drink nahm er mit, als er sich auf die Suche nach seiner Frau machte, um ihr die gute Neuigkeit mitzuteilen.

An einem zentralen Punkt des großen Empfangssaals, zwischen den beiden geschwungenen Treppen, die hinauf zum Ballsaal führten, stand Gretchen Magnus-Trowbridge, begrüßte die Gäste und nahm deren Glückwünsche entgegen.

Jack stellte Francie Gretchen vor. Seine Schwester war eine angenehme junge Frau in den Dreißigern mit leiser Stimme und von überraschender Schüchternheit. Wäre nicht das exklusive Abendkleid gewesen, die sichtlich teure Frisur und das Make-up, für das offensichtlich keine Kosten gescheut wurden, hätte sie eher wie eine biedere Hausfrau gewirkt. Ihr Baby schlief friedlich in einer wunderschönen Wiege an ihrer Seite, ohne sich von dem Trubel ringsum stören zu lassen.

Durch den Klatsch im Büro hatte Francie bereits einiges über Jacks Schwestern erfahren. Gretchen war die Ältere der beiden Frauen, das erstgeborene Kind der Magnus-Familie, und somit war ihr natürlich eine vielversprechende Ehe vorbestimmt gewesen.

Als Kind war Gretchen ein Mädchen mit tadellosem Benehmen gewesen, doch als sie heranwuchs, gab es einigen Ärger um sie. Sie wurde rebellisch und lief mehrere Male von zu Hause fort. Zwischen ihr und ihren Eltern spielten sich derartige Szenen ab, daß sie auf ein Mädcheninternat geschickt wurde, das einer Besserungsanstalt für Kinder der oberen Zehntausend nahekam.

Gretchen war ein hübscher Teenager gewesen, mit kastanienrotem Haar, hellem Teint und üppiger Figur. Ihr aufsässiges Benehmen in der Schule hatte ein Jahr vor ihrem Debüt zu einem Familiendrama geführt.

Auf einer Atlantikkreuzfahrt mit ihren Eltern hatte sie einen jungen Mann kennengelernt. Er war der Sohn gutsituierter Eltern aus Chicago. Gretchen verliebte sich in ihn, was sie jedoch vor ihrer Familie verheimlichte.

Sie benutzte ihren Verstand, mäßigte ihr Benehmen und schaffte es, auf eine Schule für höhere Töchter in Lake Forest, im Norden Chicagos, geschickt zu werden. Dort gewöhnte sie sich schnell ein, schloß Freundschaften und bekam gute Noten. Ihre Eltern waren derart erfreut, daß sie Gretchen die Ausbildung dort beenden lassen wollten. Zudem kannten sie genügend Familien an der Nordküste, die ein Auge auf Gretchen hatten, und so fühlten sie sich sicher.

Dann flog alles auf. An einem Wochenende rief die Schule an, um mitzuteilen, daß Gretchen vermißt wurde. Anton Magnus schickte eine ganze Armee von Privatdetektiven los, die sich auf die Suche nach ihr machten. Schließlich wurde sie im nördlichen Wisconsin, nahe der kanadischen Grenze gefunden, wo sie ihre geheimen Flitterwochen mit dem Chicago-Boy vom Ozeankreuzer verbrachte. Gretchen hatte ein Schreiben von ihrer Familie gefälscht, in dem stand, sie würde für zehn Tage wegen einer Familienangelegenheit von der Schule abwesend sein, dann war sie mit dem Jungen durchgebrannt und hatte sich heimlich trauen lassen.

Als Anton Magnus von all dem erfuhr, sah er natürlich rot. Die Heirat wurde in aller Stille, und mit dem Einverständnis der Eltern des Jungen, annulliert. Gretchen wurde sofort von der Schule genommen, denn es lag auf der Hand, daß sie sich nur dort niedergelassen hatte, um ihrem Geliebten nahe zu sein. Dank des Einflusses des alten Magnus auf die Presse war die ganze Angelegenheit nie an die Öffentlichkeit gekommen.

Das einzige Haar in der Suppe war, daß Gretchen schwanger war. Aber auch dieses Problem wurde aus der Welt geschafft, und zwar durch eine Abtreibung in der Schweiz.

Nach dieser Episode waren die Tage der Unabhängigkeit für Gretchen vorbei. Sie erschien pflichtbewußt bei allen Familientreffen, schloß ihre Ausbildung in Vassar ab und heiratete Elliot Trowbridge, den jungen Mann, den ihre Eltern für sie ausgesucht hatten. Diese Verbindung hatte offensichtlich einen geschäftlichen wie auch gesellschaftlichen Grund, denn das Vermögen der Trowbridges war sprichwörtlich.

Gretchen wurde zu einer sanftmütigen jungen Frau, ein wenig plump vielleicht, eine angenehme Gesprächspartnerin, die aber »nie ganz da« war, um den Ausdruck ihrer Freundinnen zu gebrauchen. Sie verbrachte ihre Tage mit unwichtigen Besorgungen, Einladungen für die Familie und Freunde und zeigte lediglich etwas Begeisterung und Lebensfreude, als sie feststellte, daß sie mit ihrem ersten ehelichen Kind schwanger ging, dem kleinen Mädchen, zu dessen Ehren das heutige Fest stattfand.

Seit ihrer Hochzeit hatte Gretchen nichts Bedeutendes mehr erreicht, außer daß sie allen gesellschaftlichen Verpflichtungen nachkam und sich vereinzelt für wohltätige Zwecke engagierte, aber ihre Haushaltspflichten nahm sie sehr ernst, beinahe zu ernst. Ihr Haus war derart blitzblank geputzt, daß sich niemand wirklich darin wohl fühlte. Sie putzte und putzte noch einmal, wischte und schrubbte. Ihr Ehemann, ein verwöhnter junger Mann, der zuviel trank und spielte, schien es nicht zu bemerken. Diejenigen, die Gretchen gut kannten, empfanden Mitleid für sie. Ihre Intelligenz bewies sich nur gelegentlich in einigen scharfsinnigen Bemerkungen über die neuesten Shows am Broadway. Die Briefe, die sie ihren Freundinnen schrieb, lasen sich wie unpersönliche Geschäftsmitteilungen.

Doch von ihrem Baby schien sie begeistert. Freunde und Familienangehörige glaubten, es würde ihr die Lebensfreude zurückgeben. Sie hofften es zumindest. Andere, die weniger optimistisch oder freundlich gesinnt waren, waren der Meinung, dazu sei es zu spät. Sie erkannten in Gretchen die Unbeherztheit ihrer Mutter wieder. Sie schien so voller Lebensangst, so unbeteiligt. Wie es bei vielen Mädchen aus den Kreisen der Reichen der Fall ist, hatte sie die Chance gehabt, eine eigenständige Persönlichkeit zu werden, ihre Kräfte aber wohl in der rebellischen Phase ihrer Jugend erschöpft. Es blieb nichts weiter übrig, als der Form halber die gesellschaftlich angesehene Ehefrau und Mutter zu spielen.

Trotzdem sie von der unglücklichen Vergangenheit Gretchens wußte, mochte Francie sie auf Anhieb. Gretchen hatte so etwas Nüchternes, Verletzliches an sich, das ihr gefiel.

»Sie müssen sehr glücklich sein«, sagte Francie mit dem Blick auf das schlafende Baby und einem kleinen Stich des Neides angesichts der stolzen Mutter.

»Wir haben so lange darauf gewartet«, antwortete Gretchen. »Ich glaube, wir haben sämtliche Medikamente ausprobiert, die es überhaupt gibt, weil es lange Zeit gar nicht klappen wollte.«

Gretchen wurde schnell mit Francie warm und erzählte bald in aller Ausführlichkeit von den kleinen Kümmernissen ihrer Schwangerschaft. Doch plötzlich verdüsterte sich ihre Miene. Francie wandte sich unwillkürlich in die Richtung ihres Blickes, um zu sehen, was der Anlaß dafür war.

Anton Magnus war aus dem Nichts aufgetaucht und näherte sich seiner Tochter.

»Hallo, Dad«, sagte Jack und trat zwischen die beiden Frauen und seinen Vater. »Ich möchte dir Frances Bollinger vorstellen. Francie – Anton Magnus.«

Zum erstenmal sah Francie den großen Anton Magnus von nahem. Er war ein Mann von durchschnittlicher Statur und mittlerem Gewicht, mit einem breiten Brustkorb und eisgrauem Haar.

Unter seinen dichten schwarzen Augenbrauen funkelten dunkle Augen. Sein Teint war gebräunt. Er wirkte ähnlich zurückhaltend wie auf dem Vorstandstreffen.
»Ich habe schon viel von Ihnen gehört«, sagte er zu Francie. »Ihr Bericht vor dem Vorstand war ausgezeichnet. Wir setzen große Erwartungen in Sie. Ich wünsche Ihnen und Ihrer Computersache viel Glück.« Er wandte sich bereits wieder Gretchen zu, doch in dem kurzen Augenblick, als er ihre Hand drückte, spürte Francie die erstaunliche Eindringlichkeit seines Blickes, als ob sich seine Augen in ihre Seele bohrten und ihr ganz unverblümt eine bedeutende Frage stellten, auf die sie selbst die Antwort noch nicht kannte.
»Greti«, sagte er dann zu seiner Tochter, »wie geht es dir? Das Fest strengt dich doch hoffentlich nicht zu sehr an?«
Gretchens Antwort auf seine Frage war sonderbar. Irgendwie gelang es ihr, die höfliche Verneinung auszusprechen, ohne ihren Vater dabei anzusehen oder anreden zu müssen. Sie sah einfach geradeaus, ihre Miene blieb dabei ausdruckslos. Francie war über diese Vorstellung mehr als verblüfft.
»Und das Baby, schläft es gut?« fragte Magnus mit einem Blick in die Wiege.
Wieder reagierte Gretchen ähnlich und antwortete, scheinbar ohne seine Gegenwart wahrzunehmen. Sie hielt ihren Blick auf einen Punkt irgendwo hinter dem kleinen Kreis fixiert, irgendwo auf den Strom der Gäste gerichtet, der an ihr vorbeifloß.
Anton Magnus wandte sich Francie zu. »Mein erstes Enkelkind. Ich kann es gar nicht oft genug ansehen.«
Die Spannung zwischen Vater und Tochter war fast greifbar. Francie fiel auf, daß Gretchen ihn nicht einmal direkt angesehen oder angesprochen hatte. Etwas Stures, Verzweifeltes lag in ihrem Verhalten, so als wolle sie etwas sehr Schmerzliches verbergen.
Und doch schien Anton Magnus' väterliche Zuneigung unbeirrbar. »Ich würde sie gern mal auf den Arm nehmen, ich darf doch ...«, sagte er.
Gretchen wurde leichenblaß, unternahm aber nichts, als er das Baby aus der Wiege hob, dessen winzige Hände sich öffneten und schlossen, während sein Großvater es an die Brust drückte. Das

Schweigen innerhalb der kleinen Gruppe war erdrückend. Anton Magnus flüsterte dem kleinen Wesen etwas zu, lächelte und legte es zurück in die Wiege. Dann wandte er sich Jack zu.

»Kann ich dich einen Moment sprechen, mein Sohn?«

Der Blick zwischen Vater und Sohn war nicht minder vielsagend als das Verhalten zwischen Gretchen und ihm, wenn auch auf ganz andere Art und Weise. Es war ein Blick von Mann zu Mann, ein Blick, der besagte, daß es wichtige Angelegenheiten gab, die sie vereinten, ob es ihnen nun gefiel oder nicht. Dieser Blick war nicht unbedingt frei von Feindseligkeit, aber er drückte die Gemeinsamkeit an einer Sache aus, die zu wichtig war, um sie durch Animositäten zu gefährden.

Francie schob diesen Eindruck beiseite und unterhielt sich zehn Minuten lang angeregt mit Gretchen, die sich sichtbar entspannte, als ihr Vater gegangen war. Je mehr sich Gretchen öffnete, desto deutlicher wurde, daß sie eine intelligente, warmherzige, wenn auch von Sorgen geplagte junge Frau war. Sie und Francie waren auf dem besten Wege sich anzufreunden, als Jack zurückkehrte.

»Francie, ich möchte Ihnen noch einige Leute vorstellen. Bis später, Gretchen.«

Das ist also der legendäre Anton Magnus privat, dachte Francie. Jetzt hatte sie Gelegenheit gehabt, Anton Magnus von zwei Seiten kennenzulernen – zum einen den zurückhaltenden, stillen Mann auf dem Vorstandstreffen, der unterkühlt seine Zigarre rauchte, während sich seine nervösen Untergebenen um ihn scharten, und nun den freundlichen Patriarchen, vor dem die verheiratete Tochter scheinbar unsägliche Angst hatte.

Francie spürte Gretchens Blick im Nacken, auch sie schaute Jack mit derselben Neugier nach, die sich in den Augen so vieler Anwesender heute abend spiegelte. Francie wußte nicht, was sie davon halten sollte. Einerseits war sie geschmeichelt, die Begleiterin eines derart attraktiven, begehrenswerten jungen Mannes zu sein, doch durch irgend etwas im Haus der Magnus-Familie fühlte sie sich unbehaglich, etwas, das sich zu ihren Eindrücken all der illustren Gäste und den Eindrücken in der Firma hinzugesellte.

Sie mußte an ihren Heimatort in Pennsylvania denken und

wünschte sich für einen Moment, sie säße mit ihrem Vater auf der alten Veranda, wo alles so vertraut war, und die Liebe, die er ihr schenkte, so wohl tat und unkompliziert war.

Jack geleitete Francie sanft hinauf; sie durchquerten mehrere Salons, in denen weitere Gäste saßen, Champagner tranken und plauderten.

»Und, welchen Eindruck haben Sie bisher?« fragte er.

»Ihre Familie ist sehr nett«, lautete Francies diplomatische Antwort.

»Alle leben in Angst vor dem alten Mann.« Jack zuckte die Achseln. »Bei Gretchen ist es fast wie bei einer Parodie. Wie Sie sich denken können, hat er ihren Ehemann ausgesucht. Das ist es, was wir heute abend feiern – die Frucht seiner Kuppelei. Das arme Gretchen hat Elliot Trowbridge seit dem Tag der Geburt des Kindes nicht mehr zu Gesicht bekommen. Er treibt sich an der Riviera rum. Ein Spieler. Es ist traurig – Gretchen ist eigentlich ein sehr nettes Mädchen. Doch ich fürchte, sie wird wie meine Mutter werden. Frauen können gegen einen Mann wie meinen Vater eben nicht ankommen.«

»Nun, ich mochte sie trotzdem«, sagte Francie lächelnd.

»Das Beste kommt erst noch«, sagte Jack. »Oder das Schlimmste, ganz wie man es nimmt.«

Er führte Francie durch eine schier endlose Reihe von Salons, Lesezimmern, Wohnzimmern, allesamt wunderschön eingerichtet und von ebenso exklusiv gekleideten Gästen bevölkert. Er schien jemanden zu suchen. Auf ihrem Rundgang flüsterte er Francie kleine Episoden zu, passend zu den Gesichtern einiger der Gäste und klärte sie auch über deren Verbindungen zur Magnus-Familie auf.

Er berührte ihren Ellenbogen, als er sie in einen Raum führte, in dem eine junge Frau mit glattem blondem Haar, das von einer diamantenbesetzten Spange gehalten wurde, saß, eine Zigarette rauchte, und von deren Schönheit und Ausstrahlung drei junge Männer in Atem gehalten wurden. In der einen Hand balancierte sie ein Champagnerglas, trank jedoch nicht daraus. Francie mußte beinahe vor Bewunderung lächeln. Niemals zuvor war sie einer derart absoluten Personifikation eines Mädchens der oberen Zehntausend begegnet, das im Besitz aller Vorzüge und Gnaden ihrer Schicht war.

Julie Magnus – Francie erkannte sie von den Fotos aus der Presse – war beinahe zu schön, um wahr zu sein. Sie war eine kleine, zierliche Person mit einer perfekten Figur. Sie trug ein Kleid von Dior, das ihre schmale Taille und schlanken Arme vorteilhaft zur Geltung brachte. Sie war barfuß; ihre Pumps hatte sie abgestreift. Ihr Teint hatte die Farbe von Porzellan, und ihre Augen leuchteten in strahlendem Blau. Etwas Träges, fast Regungsloses war an ihr, während sie sich cool mit den drei Bewunderern unterhielt, die buchstäblich wie hypnotisiert von ihr waren.

Es erinnerte an das Bild einer Prinzessin, die Hof hielt. Julie war sich ihrer absoluten Macht, die sich in ihrer Schönheit und ihrer gesellschaftlichen Position gründete, offensichtlich vollauf bewußt, und sie spielte ihre Rolle perfekt. So wie Jack manchmal wirkte, als sei er soeben einer Hochzeitstorte entstiegen, wirkte Julie, als sei sie soeben anmutig vom Cover der Zeitschrift *Vogue* heruntergestiegen und in dieses abgelegene Wohnzimmer gegangen.

Doch da war noch etwas anderes, etwas, das sich schwer definieren ließ. Es lag eine gereizte Spannung in der Luft, als ahnten die jungen, gutaussehenden Männer, die Julie zu Füßen lagen, daß sich hinter ihrer gefaßten Fassade etwas Gefährliches verbarg. Diese Spannung zeugte von Erwartung, sogar von Ehrfurcht.

Als Julie Jack und seine Begleiterin entdeckte, entschuldigte sie sich bei den dreien und kam auf sie zu.

»Bruderherz«, sagte sie. »Lange nicht gesehen.« Sie tätschelte vertraulich Jacks hübsche Wangen, und diese Geste war nicht ohne eine Spur von Ironie. Dann trafen ihre wachen Augen Francies, und sie musterte ihr Gegenüber neugierig.

»Julie, dies ist die junge Dame, von der ich dir erzählt habe«, sagte Jack mit stolzem Ton in der Stimme. »Francie Bollinger – meine Schwester Juliet.«

»Nenn mich nicht so«, schalt sie ihn. Und zu Francie gewandt: »Er zieht mich gern mit diesem schrecklichen Namen auf, den man für mich ausgesucht hat, als ich noch zu klein war, um mich zu wehren. Eigentlich glaube ich, daß die Magnus-Clique erwartet hat, ich würde einen Montague heiraten und ihnen damit alle Pläne für mich verderben. Egal, ich freue mich, Sie kennenzulernen.« Ein freundliches Lächeln trat auf ihr Gesicht, als sie Francie die Hand entgegenstreckte. »Mein Bruder hat mir von Ihren Erfolgen berichtet. Wenn man ihm zuhört, sind Sie wohl das Beste, was der Firma im Laufe ihrer Geschichte passiert ist.«

»Oh, das bezweifle ich.« Francie spürte die schmale Hand in ihrer. »Aber ich freue mich auch sehr, Sie kennenzulernen. Ich habe schon soviel von Ihnen gehört ...«

Ihre Stimme erstarb, denn ein vielsagendes Lächeln umspielte die hübschen Lippen des anderen Mädchens. Niemand brauchte das, was auf der Hand lag, auszusprechen – daß das, was immer Francie gehört hatte, nur wenig schmeichelhaft sein konnte.

Julie Baker Magnus war, wenn man den Gerüchten Glauben schenkte, schon vor zu langer Zeit außer Kontrolle geraten, als daß man sie jetzt noch aufhalten konnte. Sie war der Prototyp eines wilden, jungen, reichen Mädchens, oder sogar mehr als das. Sie war von jeder Schule geflogen, auf die ihre Eltern sie gesteckt hatten. Sie war mit allen unseligen Männern liiert gewesen, die sie nur kriegen konnte. Im Augenblick wechselte sie gerade das College, denn ihre kleine Affäre mit dem Professor für Französisch, der ihrem schönen Körper und cleveren Verführungskünsten scheinbar nicht hatte widerstehen können, war aufgeflogen.

Seit ihrem neunten oder zehnten Lebensjahr hatte sie keine Ungezogenheit ausgelassen, für die die Kinder der Reichen bekannt waren. Sie war beim Ladendiebstahl erwischt worden, wegen Erregung öffentlichen Ärgernisses verhaftet und wegen ihrer gewalttätigen Streiche in der Schule zur Rechenschaft gezogen worden – einmal zündete sie die Perückensammlung ihrer Direktorin auf der Miss Compton's Academy für Mädchen an.

Sobald sie ihren Führerschein bestanden hatte, fuhr sie die Wagen ihrer Familie der Reihe nach zu Schrott, sie fügte den wertvollen Bentleys, Rolls-Royce, Ferraris und Mercedes, um nur einige zu erwähnen, dabei jedesmal beträchtlichen Schaden zu. Einmal verletzte sie einen Passanten schwer, als sie betrunken hinterm Steuer saß. Daraufhin wurde ein Verfahren eingeleitet, doch Anton

Magnus' gutbezahlte Anwälte erzielten einen stillen Vergleich, und die Sache geriet in Vergessenheit.
Als Julie in die Pubertät kam, spielte Alkohol bereits eine entscheidende Rolle bei ihren Eskapaden. Sie trat betrunken in der Öffentlichkeit auf, provozierte Zwischenfälle, bei denen die Polizei einschreiten mußte, und attackierte dann die Beamten sowohl verbal als auch körperlich. Es ging das Gerücht um, sie hätte auch mit gefährlichen Drogen experimentiert, mit Kokain und Benzedrin, das auf Rezept problemlos zu haben war für figurbewußte Frauen und in den Medizinschränken all ihrer Bekannten zu finden war.
Julies schlechtes Benehmen war grenzenlos und wirkte beinah kalkuliert. Nie unternahm sie ernsthaft den Versuch, unentdeckt zu bleiben. Ihre weniger unverschämten – oder besser gesagt ängstlicheren – Freundinnen in der Schule machten schon lange nicht mehr mit bei ihren Streichen, da es als sicher galt, daß Julie erwischt wurde, und sie mit ihr. Die Konsequenz war, daß sie sich Freundinnen aus immer niedrigerem Milieu suchte – gestörte Mädchen wie sie selbst oder Mädchen, die zu dumm waren, um Julie zu durchschauen. Verdorbene, selbstzerstörerische Mädchen, von Natur aus Außenseiterinnen wie sie selbst.
Jetzt, da sie älter war, führte sie ein Doppelleben, was das andere Geschlecht betraf. Sie ging oft mit jungen Männern aus den besten Familien aus, die ihrer Schönheit und ihrem Namen nicht widerstehen konnten, denn sie galt trotz ihrer Wildheit als hervorragende Partie für den, der sich zutraute, sie zu bändigen. Gleichzeitig umgab sie sich mit Gigolos, Schmarotzern und dem Abschaum aus der Gosse für ihre gewagteren Abenteuer.
Ihre Aktivitäten außerhalb des Magnus-Anwesens waren beinahe zu gewagt, als daß man sie bei einer höflichen Konversation erwähnen sollte. Sie war im Abstieg begriffen, obwohl trotz ihrer unzähligen Festnahmen bislang noch keine Akte bei der Polizei über sie geführt wurde – dank des großen Einflusses ihres Vaters bei der New Yorker Polizei.
Das einzige, was ihr bisher gelungen war, war, eine Schwangerschaft zu vermeiden. Ob durch Empfängnisverhütung, körperliche Besonderheit oder einfach nur pures Glück, wußte niemand zu sagen.

Mit all diesen Gerüchten im Hinterkopf war Francie von der Höflichkeit und Gefaßtheit dieser jungen Frau vor ihr erstaunt. Julies hervorstechendste Eigenschaft war, abgesehen von ihrer Schönheit, ihre Intelligenz. Jack hatte sich entschuldigt, um einige Gäste zu begrüßen, und Francie unternahm mit Julie, die ihre drei Anbeter zurückließ, einen kleinen Rundgang. Sie fragte Francie nach ihrer Arbeit.

Zu Francies Erstaunen kannte Julie die Moore School und hatte mehr als nur eine vage Vorstellung von Computerwissenschaften, denn wie sich herausstellte, hatte sie auf dem Smith College bei einem jungen Professor studiert, der Computer für die Technik der Zukunft hielt. Aber darüber hinaus erwies sich Julie als aufmerksame Zuhörerin. Sie lauschte Francies Erläuterungen, und ihre Bemerkungen dazu zeugten von einem Verständnis, das erkennen ließ – obwohl sie von ihrem eigenen zerrütteten Leben absorbiert war –, daß sie wirklich zuhörte und sich dafür interessierte.

Als sie Francie fragte, wie ihr die Arbeit bei Magnus gefalle und Francie kurz die kühle Atmosphäre innerhalb des Unternehmens und die ablehnende Haltung gegenüber Frauen dort beschrieb, zeigte Julie Verständnis.

»Sie haben Mut«, sagte sie. »Das ist ein Dschungel, in dem die Männer alle Waffen besitzen. Sie werden Ihren ganzen Verstand brauchen, um sich dort durchzuschlagen. Die Bestie Unternehmen ist ehrgeizig und rücksichtslos, aber eines ist sie nicht – clever. Das ist Ihr Vorteil.«

Sie deutete auf die wertvollen Gemälde, die die Korridore mit ihren Kommoden und Beistelltischchen zierten.

»Das sind unsere Ahnenporträts«, sagte sie mit einem trockenem Lächeln. »Sehen uns nicht sehr ähnlich, nicht wahr? Weil es alles Wetherells sind. Wir können keine Magnus-Porträts aufhängen, weil sie Banausen waren und gottweißwo begraben sind. Sie sehen, alles hier ist Geschichte, nur wir selber nicht. Und genau das würde mein Vater die Welt gerne vergessen machen.«

»Niemand würde darauf kommen«, sagte Francie, »wenn man Sie so anschaut. Sie sehen alle so – vornehm aus.«

Ein sonderbarer Ausdruck trat in Julies Augen, funkelte für einen Moment auf und verschwand dann wieder.

»Nun, wir stammen von einer langen Reihe von Banditen und Mördern ab«, erwiderte sie. »Jedenfalls stelle ich es mir so vor. Irgend etwas von einem Mörder muß meinem Vater in den Adern liegen, sonst hätte er es nicht soweit gebracht.«
Wieder flackerte etwas Merkwürdiges in den eisblauen Augen des Mädchens auf. Es erinnerte Julie an eine Katze, die die Krallen ausstreckte. Ein tiefverwurzelter, bleibender Groll gegen ihre Familie, ihren Vater, verbunden mit stiller Bewunderung. Als sei das ihr verhaßte Gefüge so gewaltig, daß sie nicht anders konnte, als seine Macht zu respektieren.
»Wir sind alle stolz auf Gretchen, daß es ihr gelungen ist, von diesem Ehemann ein Kind zu kriegen«, schloß sie. »Aber Anton Magnus hat noch immer keinen männlichen Erben, nicht wahr? Dieser kleine Job bleibt also meinem Bruder überlassen.«
Dann fragte sie Francie nach ihrem Lebensweg und schien überraschend neugierig, mehr über sie zu erfahren. Francie gab ihr einen kurzen Abriß, berichtete vom Tod ihrer Mutter, von dem zurückgezogenen Leben ihres Vaters, von ihrer Liebe zu ihm, von ihren Jahren an der Universität – und Julie lauschte ihr mit einer Art stiller Begeisterung.
»Na ja, es ist kein besonders aufregendes Leben.« Francie lachte. Ihr kam das außergewöhnliche Interesse der anderen Frau sonderbar vor.
»Im Gegenteil«, meinte Julie. »Es ist ein sehr interessantes Leben – und ein ganz besonderes. Ein glückliches Leben. Das ist sehr selten, Francie – ich darf Sie doch Francie nennen? – seltener, als Sie ahnen.« »Natürlich dürfen Sie Francie zu mir sagen.«
»Vielleicht könnten wir einmal zusammen essen ...«
Francie wollte gerade antworten, als sie bemerkte, wie sich der Ausdruck ihrer Begleiterin plötzlich änderte, so abrupt, daß sie völlig vergaß, was sie hatte sagen wollen. Julie sah besorgt aus und irgendwie sogar verängstigt. Die angenehme Stimmung, die sich zwischen den beiden Frauen entwickelt hatte, war verflogen.
Francie folgte dem Blick der jungen Frau. Als sie sich umdrehte, sah sie Jack mit seinem Vater auf sie zukommen. Der Vater, gut einen Kopf kleiner als sein Sohn, hatte die Hand auf Jacks Schulter gelegt und sah in die Richtung der beiden Frauen. Man konnte die

Macht, die Anton Magnus ausstrahlte, spüren, obwohl Jack, so athletisch und stolz, sich scheinbar eher aus Respekt führen ließ und nicht aus Einschüchterung.

Als sie näher kamen, konnte Francie Jacks Ähnlichkeit mit seinem Vater erkennen, sehr unterschwellig zwar, aber dennoch vorhanden, wie eine Zeichnung im Sand, die von einer Welle fast fortgespült war. In diesem Moment vereinte das Magnus-Erbe die beiden Männer wie ein geheimes Band. Jack schien diese Ähnlichkeit durch seine ganze Haltung leugnen zu wollen, so als sei sie ein Mal, das es abzuschütteln galt.

Jack lächelte Francie zu. »Nanu, was ist los? Hat man Sie allein gelassen? Das gefällt mir gar nicht.«

Überrascht wandte sich Francie zu Julie um.

Doch die war verschwunden. Beim Näherkommen ihres Vaters hatte sich Julie buchstäblich in Luft aufgelöst.

Der Rest des Abends verging im angenehmen Prickeln des Champagners, dezenter Musik und gedämpfter Konversation.

Jack erwies sich als derart perfekter Gastgeber, daß Francie das Grübeln bald vergaß. Langsam fühlte sie sich ihm näher, obwohl sich wegen der unzähligen illustren Gäste, die ihr vorgestellt wurden, kaum Gelegenheit für eine private Unterhaltung bot.

Die einzig unangenehme Begebenheit des Abends kam für Francie völlig überraschend.

Sie und Jack schlenderten über die Galerie, durchquerten einen großen Salon, als sie bemerkten, daß sich drinnen eine Szene abspielte. Jack berührte Francies Arm, hielt sie zurück.

»Ich kümmere mich darum«, sagte er. »Warten Sie einfach hier auf mich.«

Er verschwand in dem Raum, aus dem man die plötzliche Stille vernahm, die immer einer derartigen Szene folgte. Francie stand auf der Galerie und fragte sich, was dort drinnen geschah.

Einen Augenblick später erschien Jack mit seiner Schwester Julie auf dem Arm. Er trug sie zu der Treppe, die hinauf zu den Schlafzimmern führte. Zwei der drei jungen Männer, die mit Julie zusammengewesen waren, sahen gebannt und bestürzt zu, während der dritte Jack zur Treppe begleitete.

Francie beobachtete das Ganze verblüfft und besorgt. Julie war nicht ohnmächtig, doch ihr Körper war wie gelähmt. Und trotzdem spürte man ihren Willen und eine sonderbare Absicht in der tauben Haltung.

Francie sah Julies Augen, als Jack sie an ihr vorbeitrug. Sie wirkten leer. Es war nicht das geringste Zeichen des Erkennens in ihnen, Julie hätte auch einen total Fremden anstarren können. Diese Veränderung war erstaunlich und unheimlich. Jack hielt buchstäblich einen Korpus, einen leblosen Leib in den Armen.

»Ist sie krank?« fragte Francie einen der beiden jungen Männer.

»Nein, nur betrunken«, antwortete er. »Wahrscheinlich hat sie noch ein oder zwei Pillen eingeworfen, was die Sache nicht gerade besser macht.«

Francie schwieg. Sie hatte sich doch gerade noch mit einer völlig wachen und sehr charmanten Julie Magnus unterhalten.

»Passiert das ... oft?« fragte sie den jungen Mann.

Er zuckte mit den Achseln. »So ungefähr bei jeder Party. Punkt Mitternacht kippt sie um. Ihre Eltern haben sich schon darauf eingestellt, die etwas empfindlicheren Gäste von ihr fernzuhalten, wenn die Geisterstunde naht.«

Er bemerkte Francies entsetzten Blick.

»Sie brauchen sich keine Sorgen zu machen«, fuhr er fort. »Morgen früh geht es ihr wieder besser – nach ein paar Aspirin und einer Bloody Mary. Das ist eben Julies Vorstellung davon, Spaß zu haben.«

Francie gelang ein gequältes Lächeln. Es kam ihr vor, daß dieser Vorfall für Julies Eltern, die nur ein oder zwei Räume weiter die Gäste unterhielten, absolut peinlich sein mußte. Dieser Gedanke war psychologisch interessant, doch der Anblick von Julie in ihrer drogenschwangeren Apathie hatte Francie mitgenommen. Es war, als hätte sie einen kurzen Blick auf die vorsätzliche Zerstörung eines schönen und talentierten Mädchens erhalten. Francie würde dieses Bild nicht so leicht vergessen können.

Ein paar Minuten später kam Jack zurück.

»Ich möchte mich für meine Schwester entschuldigen«, sagte er. »Lassen Sie uns von hier verschwinden.«

Er nahm ihren Arm und führte sie von der noch immer bevölkerten Galerie, wo sie auf ihn gewartet hatte, fort und geleitete sie in einen abgelegeneren Teil des Hauses. Sie wollte ihn nach Julies plötzlichem Zusammenbruch fragen, aber er schien nicht darüber sprechen zu wollen.

»Hier entlang«, sagte er. »Ich zeige Ihnen einen meiner geheimen Plätze.«

Er führte sie durch eine Reihe von Räumen, darunter ein Schlafzimmer, einen Abstellraum und eine Art Speicher. Sie folgte ihm gehorsam, voller Ehrfurcht ob der schier endlosen Gänge und Nischen des Hauses.

Sie kamen auf einen schmalen Gang heraus, der hinter einer Luke lag, durch die man den großen Ballsaal überblicken konnte. Francie konnte sehen, wie die Gäste flanierten, jetzt stand Anton Magnus im Mittelpunkt der Gesellschaft; angeregt unterhielt er sich mit einem Mann, der irgendeine Art Botschafter sein mußte.

»Na, ist das nicht ein Ausblick?« fragte Jack. »Anton Magnus und sein Reich.« Er runzelte die Stirn. »Doch der Schein kann trügen. Dies ist das größte Rätsel, das Sie je sehen werden.«

»Sie mögen Ihren Vater nicht besonders, oder irre ich mich?« fragte Francie leise.

Plötzlich wirkte er ganz ernst, beinahe schwermütig. Er ergriff ihre Hände.

»Francie, nehmen Sie einen Rat von mir an. Kommen Sie nie in seine Nähe. Niemand kommt meinem Vater nahe, ohne dabei verletzt zu werden. Das ist ein Gesetz dieses Dschungels.«

Der Ausdruck auf seinem Gesicht war sonderbar, in ihm verband sich Haß und widerwilliger Respekt.

Dann, als er sich ihr zuwandte, wurde seine Miene weicher.

»Ich befürchte, wir müssen abstoßend auf Sie wirken«, sagte er. »Die Dekadenz der Reichen und so weiter ...«

Francie schüttelte in der Dunkelheit den Kopf. »Unglück macht auch mich unglücklich«, entgegnete sie. »Es tut mir weh zu sehen, daß Sie dort sind, wo Sie nicht sein möchten.«

Er blickte auf die Menge herab und murmelte: »Nicht mehr lange ...«

Plötzlich hellte sich seine Miene auf. »Ich habe nachgedacht«, sagte er. »Wenn ich gehe – vielleicht könnten Sie mitkommen. Wenn

es Ihnen recht wäre, meine ich. Ich werde gute Leute brauchen, wenn der Zeitpunkt gekommen ist. Vielleicht kann ich Sie abwerben, was meinen Sie?«
Francie lächelte. Sie war sprachlos.
»Sehen Sie, ich möchte Sie auch nicht unglücklich sehen. Sie gehören nicht in die Welt des Anton Magnus.«
Sie schwieg.
Er sah auf die Gäste hinunter.
»Als ich ein kleiner Junge war«, sagte er, »war ich der erste, der diesen Platz hier entdeckte. Gretchen wußte nichts davon. Ich glaube, meine Eltern auch nicht. Wahrscheinlich nur der Architekt selber. Vielleicht einige von den Vanderbilts, als sie noch Kinder waren. Ich bin immer hier heraufgekommen, um die Erwachsenen auszuspionieren, wenn es eine Party gab. Gott, sie wirkten auf mich damals so königlich. Die Bälle, die Orchester, die schönen Kleider der Frauen, die Musik, die bis hier heraufwehte, damals dachte ich, diese Welt sei voller Magie.«
Er wirkte nachdenklich. Der Schmerz in seinen Zügen war offensichtlich. Dann wandte er sich Francie zu.
»Ich wünschte, Sie wären damals hier gewesen.« Seine Worte machten sie traurig. Plötzlich wurde ihr bewußt, wie einsam das Leben eines Jungen in der Magnus-Welt gewesen sein mußte.
Er sah ihr in die Augen.
»Wünschen ist auch kein Trost, fürchte ich«, sagte er.
Sie berührte seine Wange, eine unwillkürliche Geste der Sympathie.
Sie spürte seine Hand, die sanft ihren Nacken streichelte. Ein sonderbares Wohlbefinden überkam sie, zärtlich und verführerisch. Dann, plötzlich, wie durch einen Magnetismus, von dessen Existenz sie nichts geahnt hatte, lag sie in seinen Armen, schmiegte sich eng an ihn und öffnete die Lippen, um den tiefsten Kuß ihres Lebens zu empfangen.
Ihre Arme fanden wie von selbst um seine Taille, und sie drängten sich enger, immer enger aneinander, sein Kuß erfüllte sie mit einem Feuer, während sich sein muskulöser Körper immer fordernder an sie schmiegte. Schauer der Schwäche stiegen ihre Beine und Lenden hinauf. In diesem Augenblick spürte sie, wie sich seine be-

schützende Haltung in männliches Verlangen verwandelte, und sie konnte ihm nichts entgegensetzen, denn ihr eigener Körper hatte sich nach diesem Moment gesehnt, seit sie ihn auf der Türschwelle seines Apartments, vor zwei Wochen, zum erstenmal gesehen hatte. Mit all ihren Sinnen hatte sie diesen Kuß herbeigesehnt, ohne daß es ihr bewußt gewesen war.

Sie versuchte nicht, sich zu widersetzen oder sich von ihm zu lösen, auch nicht, als ihr Körper sich wie von selbst in dem verbotenen Rhythmus weiblicher Lust gegen ihn drückte. Ihre Finger hatten sich in sein Haar geschlichen und vergruben sich in Entzücken darin, als er sie noch fester in die Arme schloß.

Ihr wurde bewußt, daß ihre Leidenschaft gefährlicher war, als sie vermutet hatte. Sie wollte ihn gehenlassen, ja, ihn zurückdrängen, doch irgendwie war es ihrem Körper gelungen, ihn an all den verbotenen Stellen zu berühren, Schenkel rieben sich an Schenkeln, ihre Brust preßte sich gegen seinen Brustkorb, ihre Hüften liebkosten ihn, kommunizierten in ihrer eigenen Sprache, erzählten von der weichen Haut, die sich unter dem Stoff verbarg, und von der Hitze weiblichen Verlangens tief in ihr.

Plötzlich umfaßte er ihre Taille, zog sie mit einem schrecklichen Hunger zu dem Zentrum seines Begehrens. Die Flamme in seinem Innern sprang auf sie über, kroch unter ihre Haut, und plötzlich, wie ein Aufzucken einer Urkraft kam das Stöhnen der Ekstase über ihre Lippen, das unwiderstehliche Lied der Lust, und es erstarb an seiner Brust, während ihr Körper in seiner Umarmung erschauerte. Schockiert über sich selbst, schmiegte sie sich eng an ihn, damit er ihr Gesicht nicht sehen konnte. Ihr stockender Atem war das einzig vernehmbare Geräusch.

Schließlich ließ er sie los. Sie sah sein Gesicht vor sich im Dunkel aufleuchten, einem Geist ähnlich, sichtbar jetzt, aber nicht weniger schwer zu ergründen als vor diesem fatalen und gleichzeitig wundervollen Kuß.

Er wich zurück, ließ die Hände auf ihren Schultern ruhen.

»Es tut mir leid«, sagte er. »Ich hätte das nicht tun dürfen. Sie kennen mich doch kaum ...«

»Nein ... Sie müssen sich nicht entschuldigen«, sagte sie. »Ich bin diejenige, die sich entschuldigen sollte. Ich – nun, ich bin eigentlich ein sehr altmodisches Mädchen. Glauben Sie nicht, daß ich mich regelmäßig an Männer ranschmeiße. Es wird nicht wieder vorkommen.«

Sie schaute weg, doch er hob ihr Kinn mit einem Finger an. Sein Lächeln war so voller Verständnis, daß sie es unwillkürlich erwiderte. Ihre Hand wanderte wie von selbst zu seinem Nacken und liebkoste ihn vertraut. Sie strich seine Krawatte gerade.

»Sie haben Lippenstift im Gesicht«, bemerkte sie.

»Wirklich?« fragte er, als würde er sich über diese Information freuen.

Sie nahm das Taschentuch aus seiner Jackentasche und wischte ihm damit die Lippen ab. Selbst diese Berührung erschien ihr schrecklich intim. Bevor sie das Taschentuch zusammenfalten und zurückstecken konnte, packte er ihre Handgelenke, hielt sie fest und küßte Francie erneut, diesmal eher zurückhaltend, aber nicht minder verführerisch.

Dann sah sie ihm in die Augen.

»Wir sollten zurückgehen, Ihre Eltern werden sich fragen, wo wir stecken.«

Er runzelte die Stirn. »Ja, Sie haben recht.«

»Sehe ich schrecklich aus?« fragte sie. »Muß ich mein Make-up auffrischen?«

»Sie müssen gar nichts. Sie sind perfekt.«

Neugierig schien er, als er sie ansah, und fasziniert. Und doch war etwas von dem vorherigen Ausdruck der Traurigkeit geblieben. Er fuhr mit dem Finger über ihre Wange und durch ihr Haar, Francie schloß die Augen. Dann ließ er von ihr ab.

Sie war noch ein wenig unsicher auf den Beinen, als sie die Empore verließen. Sie hatte mehr von der Welt der Magnus-Familie kennengelernt, als sie erwartet hatte, und in Gestalt des schönen Jack Magnus war sie von dieser Welt bereits berührt worden, wo sie es nicht gewollt hatte.

Als Jack sie heimfuhr, war sie froh, diese Welt hinter sich lassen zu können, doch als er ihr einen Gutenachtkuß gab, fragte sie sich, ob dem wirklich so war. Denn diese Welt schien bereits einen Teil von ihr erobert zu haben, der so verletzlich und intim war, daß sie ihn nie wieder würde loslassen können.

Sie fiel in einen unruhigen Schlaf, der Duft und Geschmack von Jack Magnus hüllte sie vollkommen ein, und zum erstenmal in ihrem Leben wußte Francie, was es hieß, gefährlich zu leben.

10

Gegen halb drei Uhr morgens vernahm Julie Magnus ein leises Klopfen an ihrer Zimmertür.

Sie wußte, daß das Fest vorüber war. Sie hatte gehört, wie sich die letzten Gäste verabschiedeten, denn sie war eine Stunde, nachdem Jack sie ins Bett gebracht hatte, aufgewacht. Champagner hielt nie lange vor bei ihr. Sie schien jedesmal wie ein Drachen im Wind emporzusteigen, gerade hoch genug, um irgendwelchen Ärger zu verursachen – und dann verschwand der Rausch, ließ sie ausgelaugt und mit Kopfschmerzen auf ihrem Bett zurück.

Heute abend war es wie immer gewesen. Als sie aufgewacht war, hatte sie ihren Pyjama angezogen und ein paar Aspirin genommen. Danach hatte sie sich ins Bett gelegt und auf Schlaf gehofft, benommen, aber unfähig einzudösen. Sie hatte gehört, wie es im Haus langsam leiser wurde, wie die Bediensteten die Reste des Festes wegräumten. Sie dachte an all die, die sie heute abend gesehen hatte und an die peinliche Situation, die sie verursacht hatte, und dann starrte sie ins Leere, nicht mehr wissend, was sie überhaupt denken sollte. Sie wartete auf die sanfte Hand des Schlafes, doch es konnte Stunden dauern.

Als sie das Klopfen hörte, versteifte sie sich. Sie antwortete nicht.

Langsam, zögernd, öffnete sich die Tür. Jemand trat ein und schloß die Tür mit einem leisen Klicken hinter sich. Sie glaubte zu hören, wie sie verriegelt wurde.

»Juliet...«

Es war dieselbe alte Stimme, voller Entschuldigung, sie gestört zu haben, voller schüchterner Annäherung, Sorge um ihr Wohlergehen und vor allem voller Traurigkeit darüber, wie sich alles entwickelt hatte.

Sie sagte keinen Ton.

Ihr Vater kam näher und setzte sich zu ihr auf die Bettkante.

»Juliet, wie geht es dir?«
Sie spürte, wie sich seine Hand um ihre schloß. Sie versteifte sich, sagte aber nichts.
»Dein Bruder hat dich entschuldigt«, fuhr er fort. »Niemand macht dir einen Vorwurf.«
Sie würde nicht antworten. Ein peinliches Schweigen breitete sich zwischen ihnen aus.
»Weißt du«, sagte er, »alle mögen dich, Juliet. All unsere Freunde, du mußt dich nicht immer so in Szene setzen. Alle respektieren dich. Du bist ein guter Mensch. Wir wissen das alle. Wenn du dich doch nur selbst etwas mehr respektieren würdest ...«
Sie starrte auf seine Silhouette in der Dunkelheit und atmete den vertrauten Duft aus Alkohol, teurem Eau de toilette und feinen Zigarren ein, der sie fasziniert hatte, als sie, ein kleines Mädchen, auf seinem Schoß saß, während er die Zeitung las.
»Als du klein warst«, begann er plötzlich, als könne er ihre Gedanken lesen, »waren wir immer so stolz auf dich. Ich konnte meinen Augen kaum trauen. Greti war schon groß, Jack ging bereits zur Schule, und da kam dieses süße blonde Bündel auf die Welt ... Ach, es war, als wäre eine Märchenfee in unserer Welt erschienen ...«
Seine Worte erstarben. Er ließ ihre Hand nicht los. Julies Handfläche war verschwitzt, seine kühl und ruhig wie immer. Sie lauschte seiner Rede mit einer Art schmerzvollen Faszination. So oft hatte sie sie schon gehört.
»Versuch dich zusammenzureißen, Juliet«, fuhr er fort. »Versuche, das Mädchen zu sein, zu dem du bestimmt bist. Wir halten dir nichts Vergangenes vor. Das wichtigste jetzt ist, die Vergangenheit zu vergessen und an die Zukunft zu denken. Du kannst alles tun. was du willst, alles sein, was du sein willst. Was meinst du?«
Er war zu taktvoll, um ihr offen zu sagen, daß sie ihr Leben mit den jungen Gigolos ruinierte, mit denen sie sich umgab. Tatsächlich war er, wenn sie sie mit nach Hause brachte, ausgesucht höflich zu ihnen, verbarg seine Abscheu mit Anstand. Anton Magnus war der Takt in Person. Er blieb selbst dann besonnen, wenn seine Tochter ihn bis an die Grenze seiner Geduld reizte.
»Deine Mutter meint, dir würde ein Tapetenwechsel guttun. Warum fliegst du nicht für ein paar Wochen nach Biarritz? Wenn du

willst, auch für länger. Nimm eine Freundin mit. Vielleicht finde ich die Zeit, mit deiner Mutter auf ein Wochenende zu dir zu kommen. Wir vermissen dich so sehr, wenn du zulange fort bist.«
Sie versteifte sich bei diesen Worten noch mehr, ließ aber ihre Hand in seiner ruhen, beobachtete, wie sie dort lag. Er konnte ihre Augen in der Dunkelheit nicht sehen.
»Nun, denk einmal darüber nach. Wir wollen, daß du glücklich bist, Juliet. Denk immer daran. Du bist unser hübsches Mädchen, und wir wollen nur das Beste für dich.«
Er faßte die Bettdecke und zog sie langsam herunter. Ihr Pyjamaoberteil kam zum Vorschein, es leuchtete blau in der Dunkelheit. Es war ein altmodischer Flanelpyjama, beinahe wie der eines kleinen Mädchens.
»Sag, daß du es versuchen wirst«, redete er ihr zu.
Julie schwieg.
Seine Finger wanderten zum obersten Knopf ihres Pyjamas und öffneten ihn. Dann, langsam, öffnete er auch die anderen Knöpfe. Sie sah schweigend zu, bis ihre Brüste entblößt waren.
»Juliet«, sagte er, »meine schöne Juliet.«
Ihre Augen starrten, weit geöffnet, leer in die Dunkelheit. Sie rührte sich nicht, als er sich zu ihr hinabbeugte, um ihre Brustwarzen zu küssen.

II

Im Wohnzimmer des kleinen Landhauses hielten sich drei Personen auf. Die Mutter saß in einem hochlehnigen Stuhl und strickte. Die Tochter, eine schlanke Vierzehnjährige, lag bäuchlings auf dem gewebten Teppich, kaute an ihrem Stift, während sie sich konzentriert Abschnitte aus dem Geschichtsbuch abschrieb, wackelte dabei mit den Waden und bloßen Füßen, die unter der Jeans hervorstaksten.
Der Vater saß, noch in Arbeitskleidung, auf dem Sofa. Er ignorierte das dudelnde Radio und betrachtete seine Familie. Weder seine Frau noch seine Tochter schauten auf und bemerkten so auch nicht den trüben Blick seiner grauen Augen.

Er war ein großer, beeindruckender Mann, sowohl von seiner Gestalt als auch von seinem Gebaren. Aus der Distanz wirkte er fast körperlich einschüchternd, doch kam man ihm näher, bemerkte man sofort seine verträumte, introvertierte Art, und man wußte, daß Mac Bollinger alles sein konnte, eines aber sicher nicht – ein Feind.
Tatsächlich galt er in der Gegend schon immer als ein wenig »anders«, als ein Mann, dessen Gedanken nicht immer in dieser Welt waren. Etwas Sonderbares, Exzentrisches lag in seinem innigen Verhältnis zu seiner Arbeit, in seinem Gefühl für Holz, seinem poetischen Sinn für Formen. Doch dank eben dieser Qualität und der unkonventionellen, erfinderischen Art, mit der er schwierige Aufgaben bei Tischler- und Bauarbeiten löste, war er ein gefragter Handwerker.
Mac war eine Art Poet für Holz und Stein, ein Handwerker des Geistes. Und wie alle Poeten war er ein Träumer. Er war ein wenig sonderbar darin, wie er seine Arbeit verrichtete und wieviel Zeit er dafür benötigte. Die Leute in der Gegend verstanden und akzeptierten ihn, ja, sie nahmen ihn gerade deshalb in Schutz.
Doch heute war nichts Verträumtes in der Art, wie Mac seine Familie anschaute. Es war ein klarer, brutaler Blick ins Angesicht der Realität, an die zu denken er kaum ertragen konnte.
Helen sah von ihrem Strickzeug auf, hinüber zu Francie, dann wieder in ihren Schoß. Für den Bruchteil einer Sekunde traf sich ihr Blick mit Macs, und ihre Augen schienen dabei zu lächeln. Schließlich widmete sie sich wieder ihrer Arbeit.
Wie unschuldig dieser Moment doch wirkte! Frau und Tochter mit ihrer Alltagsarbeit beschäftigt, und der Mann von seinem Tagwerk zurückgekehrt, hier in das Haus, das er mit eigenen Händen gebaut hatte, in dem Städtchen, in dem er das Licht der Welt erblickt hatte.
Eine häusliche, friedvolle Szene.
Doch das Schicksal hatte alles verändert. Helen strickte den Pullover in einer Größe, in die Francie noch hineinwachsen mußte. Das Mädchen befand sich im Wachstum und brauchte viel Kleidung. Helen strickte den Pullover für eine große Francie – eine Francie, die sie nicht mehr erleben würde.

Denn Helen würde bald sterben. Sie wußten es alle. Dieses würde ihr letzter Sommer mit ihrem Mann und ihrer Tochter sein. Sie strickte den Pullover als eine zarte Verbindung zu der Zukunft, die sie nicht teilen würde, und aus vergeblichem Protest gegen die Krankheit, die sie zerstörte.

Das war typisch für Helen. So zart sie auch schien, sie besaß ein Rückgrat aus Stahl und einen Sinn für schwarzen Humor, mit dem sie die grausamen Absurditäten des Lebens kommentierte. Es sah ihr ähnlich, völlig gelassen hier zu sitzen und ein Kleidungsstück zu fertigen, das erst nach ihrem Tode gebraucht würde.

Mutter und Tochter ähnelten sich auf merkwürdige Weise, die nicht physisch bedingt war. Helens lockiges, braunes Haar und ihre goldbraunen Augen hatten sich nicht auf die Tochter vererbt. Francie war eine auffallend hübsche Brünette mit blitzenden grünen Augen. Auch von Helens ovaler Gesichtsform und ihrem etwas fahlen Teint war bei ihrer Tochter nichts zu sehen. Francie hatte die Züge – wenn nicht sogar die außergewöhnliche Schönheit – von Macs Seite der Familie geerbt.

Die Ähnlichkeit der beiden war subtiler, beinahe im spirituellen Sinn. Es war Helens Charakter, der sich in Francie widerspiegelte. Helens ruhige, bestimmte Art, mit der sie der Welt gegenübertrat, Helens Weigerung, sich von der Welt unterkriegen zu lassen, war deutlich in Francie wiederzufinden.

Doch da, wo Helens Stärke mit einem Hauch von Traurigkeit gefärbt war, zeigte Francie einen Sonnenscheincharakter, ein lachendes Gesicht. Und während Francie Macs Kreativität geerbt hatte – alle sagten, Francies Begabung für Zahlen und Gleichungen stamme von Macs Talent als Spieleerfinder und Designer für nützliche Verbesserungen im Haushalt und auf den Farmen – war sie doch seinem Hang zur Lethargie entkommen. Mac war ein Träumer, der sich gerne zurücklehnte und dem Lauf der Welt zusah. Francie schöpfte ihr Glück aus ihrer nie versiegenden Energie. In dieser Hinsicht war sie ganz Tochter ihrer Mutter – forsch, ehrgeizig und unbeugsam.

Vielleicht, so überlegte Mac manchmal in seinem väterlichen Stolz, hatte Francie die besten Eigenschaften beider Eltern geerbt, und die schlechten waren ihr erspart geblieben. Optimistische Gedanken wie diese waren es, die Mac vor dem Verzweifeln bewahrten, als er seine Frau und seine Tochter jetzt betrachtete. Helen wurde immer dünner – das morgendliche Ritual des Wiegens war zu einem Alptraum geworden, der ihn fast unfähig machte, dem Rest des Tages entgegenzusehen – und schwächer. Mit jeder verstreichenden Woche spiegelte sich mehr Schmerz in ihren Augen, ein Schmerz, der eher aus dem Kummer resultierte, ihre Familie entgleiten zu sehen, als von der physischen Qual, die sie so tapfer erduldete.

Allein der Blick auf Francie und seiner Versicherung ihrer Kraft – eine Kraft, die wuchs, je mehr Zeit verstrich und je härter der Kampf gegen den bevorstehenden Kummer wurde – war es, was Mac befähigte, Helen gehen zu lassen, und was ihm das Gefühl gab, die Stärke zu besitzen, weiterzuleben und Francie großzuziehen.

Er sah jetzt seine Tochter an. Sie schien sich seiner Musterung bewußt, als sie still dort auf dem Teppich lag. Ihre schlanken Glieder verharrten, und sie sah lächelnd zu ihm auf. Mit aller Anstrengung gelang ihm ein kleines Zwinkern, ihr geheimes Zeichen seines Humors und seiner Verbundenheit mit ihr.

Er vergötterte sie ebensosehr, wie er Helen vergötterte. Doch er machte sich unwillkürlich Sorgen um sie. Trotz ihres Lächelns und ihrer Energie war sie sehr empfindsam. Sie mochte ein mathematisches Genie sein, doch sie besaß keine Waffen gegen die Grausamkeit anderer oder die Ungerechtigkeit der Welt. Ihr zurückgezogener, einsamer Status in der konkurrenzbetonten Welt der Schule war der Beweis dafür.

Und auch ihre Introvertiertheit, in der eine Spur von Macs Verträumtheit lag, beschützte sie nicht vor der Verschlagenheit, zu der willensstarke Männer fähig waren. Tatsächlich könnte ihre Schönheit sie zu schmerzlichen Erfahrungen verdammen, deren Ausmaß sich Mac nicht einmal vorstellen wollte.

Er konnte den Gedanken, daß Francie wehgetan wurde, nicht ertragen. Und Francie hatte dies schnell erkannt und immer ein Extralächeln für ihn parat. Sie hatte ihrer Persönlichkeit ein versicherndes, beinahe mütterliches Element hinzugefügt, um seine Ängste zu lindern.

Doch bald sollte ihr derart wehgetan werden, wie ihr noch nie wehgetan wurde. Und Mac konnte nichts dagegen unternehmen, außer sie zu beschützen. Denn seine eigene Welt stand vor dem Zusammenbruch, wenn Helen ging.

Er sah von der sterbenden Mutter zur wachsenden Tochter, die erst noch zur Frau werden mußte. Wie würde Francie mit dem Tod ihrer Mutter fertig werden? Was würde aus ihr werden, wenn die natürliche Verbindung zwischen Mutter und Tochter gewaltsam durch den Tod zerschlagen wurde? Würde sie ihre Enttäuschungen und ihren Schmerz hinter ihrer sonnigen Miene verbergen, so, wie Helen sie immer zu verbergen gewußt hatte? Oder würde sie sich in die verborgensten Winkel ihres Intellekts zurückziehen, so, wie Mac sich immer in seine Traumwelt zurückgezogen hatte?

Wer konnte sagen, was aus ihr werden würde, wenn sie den gefährlichen Weg des Erwachsenwerdens beschritt? Mac konnte es nicht sagen, nicht sehen. Konnte sie nicht beschützen.

Auf der anderen Seite war sie flexibel und mutig. Ihre natürliche Sturheit hatte sie schon mehr als einmal davor bewahrt, sich von Schmerz und Enttäuschung unterkriegen zu lassen, und sie stellte sich schwierigen Herausforderungen mit einem Selbstvertrauen, das weder ihr Vater noch ihre Mutter je wirklich besessen hatten. Sie war zum Glück geboren. Und sie schien es zu wissen, schien vorbereitet zu sein, den Kampf gegen das Unglück mit allen Mitteln ihres scharfen Verstandes und ihrer unverwüstlichen Persönlichkeit aufzunehmen. Vielleicht würde sie mit ihrem Einfallsreichtum ihre ganz eigene Lösung finden für das beängstigende Dilemma, in dieser Welt leben zu müssen.

Trotz dieses hoffnungsvollen Gedankens war Macs Herz schwer vor Vorahnung. Die einzigen Orte auf dieser Welt, an denen sich Mac zu Hause gefühlt hatte – dieses Heim und Helens Herz – sollten ihm genommen werden. Er fragte sich, ob er allein Francie eine Familie sein konnte, wenn Helen gegangen war. Es war eine Herausforderung, die ihm nie in den Sinn gekommen war.

Er beschloß, die Quelle in sich zu finden, durch die er Francie helfen konnte, in ihrer Zukunft zu bestehen. So, wie der Pullover, den Helen für Francie strickte, auf sie warten würde, bis sie groß genug war, ihn zu tragen, so würde auch das letzte und

beste von Macs Stärke auf seine Tochter warten, wenn sie eine Zuflucht brauchte und einen Beweis seiner Liebe.
Helen schaute noch einmal von ihrer Strickarbeit auf und erkannte im Ausdruck ihres Mannes, welche Gedanken in seinem Blick für seine Tochter lagen. Sie lächelte. Ihre Blicke trafen sich, und er wußte, daß sie ihn verstand. Seine Sorge wurde für einen kostbaren Moment gelindert, in einem Moment, in dem sie die Liebe zueinander und zu ihrer Tochter verband. Dann wurde Helen von ihrem eigenen Schmerz wieder einmal eingeholt, und sie wandte sich dem Strickzeug zu.
Das Mädchen, das auf dem Boden zwischen ihren Eltern lag, hatte von all dem nichts bemerkt. Die Jugend und die Hoffnung sangen ihr unsterbliches Lied in diesem zarten, jungen Körper. Und der Blick ihres Vaters blieb auf ihr ruhen. Hoffnung und Verzweiflung lieferten sich einen erbitterten Kampf in seinem Herzen, während er sie betrachtete.

Am 12. Januar reiste Francie nach Europa ab.
Ihr stand ein Büro in Paris zur Verfügung, in der größten und bedeutendsten europäischen Niederlassung des Magnus-Konzerns. Von hier aus sollte sie persönlich die Installierung der Computer in Lausanne, London und eben hier, in Paris, leiten. Es lag in ihrer Verantwortung, die Computer einsatzbereit zu machen, Fachpersonal einzustellen und anzulernen und das gesamte Netzwerk vor dem Termin im Herbst funktionstüchtig zu machen.
So groß diese Verantwortung auch sein mochte, Francie konnte es kaum erwarten, New York zu entkommen.
New York zu entkommen und Jack Magnus.
Die zwei Wochen nach der Party für Gretchen waren wie ein Traum gewesen. Francie hatte sehr hart gearbeitet, hatte ihre Zeit aufgeteilt zwischen vorbereitender Korrespondenz mit den europäischen Kontaktleuten und Reisen nach Armonk im Staate New York, wo sie sich mit Fachleuten von IBM traf, um alle Fragen bezüglich der drei Hauptcomputer zu klären, die in den nächsten Monaten in Europa installiert werden sollten.
Francies Tage waren mit unzähligen Details ausgefüllt, die sie völlig in Beschlag nahmen und ihr keine Zeit ließen, an etwas ande-

res zu denken als an die enorme Herausforderung, die sie erwartete. Doch die Nächte waren eine Qual gewesen. Jeden Abend, wenn sie im Bett lag und die Anstrengung des Tages nach und nach von ihr abfiel, erschien vor ihrem inneren Auge das Bild von Jack Magnus, das den Schlaf schier unmöglich machte.

Sie konnte sich an jedes seiner Worte auf der Party erinnern, an jedes Lächeln, an jede Geste. Sie erinnerte sich an seinen sonderbar bitteren Ton, als er über seine Familie sprach, an seine beinahe väterliche Zärtlichkeit gegenüber Gretchen, obwohl sie doch die ältere Schwester war, und an seine Besorgtheit um Julie, die vor Francies Augen buchstäblich zusammengebrochen war.

Sie hatte noch immer den eleganten Anzug vor Augen, den er an diesem Abend getragen hatte, sein gebräuntes Gesicht, sein Lächeln, mit dem er ihr die Gäste und die Mitglieder der Familien vorgestellt hatte, die kurzen Seitenblicke, mit denen er sie während der Party bedachte. Dies alles zeichnete sich mit ungewöhnlicher Schärfe in ihrem Gedächtnis ab.

Und all diese Erinnerungen führten unweigerlich zu dem plötzlichen und unerwarteten Moment der Intimität, den sie in Jacks Armen genossen hatte, hoch über dem Geschehen, heimlich und unentdeckt hinter der Luke, in dem Versteck, in dem er vor langer Zeit als frecher Junge gespielt hatte.

Die Erinnerung an diesen Kuß verfolgte Francie. Noch nie zuvor hatte sie Ähnliches empfunden. Während sich die schillernde Welt des Anton Magnus unter ihnen beiden wie eine nächtliche Kulisse ausgebreitet hatte, erhellt durch einen grellen Blitz, hatte sie das Gefühl gehabt, daß sich all die Kraft, die durch Jacks muskulösen Körper strömte, durch seine wissenden Lippen, seine Zunge und seine Finger in sie überströmte und entflammte. Sie hatte sich gefühlt, als würde sie sich verlieren, die Kontrolle verlieren, auf eine Weise, wie sie es nie für möglich gehalten hätte.

Sie konnte ihn noch immer schmecken, seinen muskulösen Körper spüren, sein männliches Verlangen, als er sie enger und enger an sich gezogen hatte, während das Lied der Lust in ihr aufstieg. Die Erinnerung daran machte sie benommen und schwindlig.

Und es ließ sich nicht leugnen, daß ihr Körper in einer Woge der Leidenschaft darauf geantwortet hatte. Sie war von sich selber vollkommen überrascht gewesen, wie ein Mädchen, das seine Fraulichkeit entdeckt, bevor es dafür bereit ist. Diese Fraulichkeit hatte sich Jack hingegeben, bevor sie sie erkennen und unter Kontrolle bringen konnte.

Sie rief sich ihre eigenen verängstigten, beschämten Worte in Erinnerung - »Ich bin ein altmodisches Mädchen« – und verfluchte ihre unausgegorene Unschuld nicht weniger als ihre heiße physische Selbstvergessenheit in Jacks Armen. Was mochte er jetzt von ihr denken? Lachte er bei der Erinnerung an ihre ungezügelte Sinnlichkeit und ihre offene Anspielung auf ihre Tugend?

Dieser Gedanke erfüllte Francie mit Verärgerung. Sie war eine stolze junge Frau und wollte bei Magnus Industries unbedingt auf eigenen Füßen stehen. Obwohl sie Jack dankbar war für die Hilfestellung gegenüber dem Vorstand, strebte sie an, es ganz allein zu schaffen, sich selber verdient zu machen und nicht von irgend jemandem protegiert zu werden. Der Gedanke, Jack könnte ihr Verhalten als eine Art Rückzahlung ihrer Schuld ihm gegenüber verstehen oder als eine kindische Reaktion auf seine Macht, war unerträglich für sie.

Egal, beruhigte sie sich selber, schließlich war das, was geschehen war, nicht mehr als ein Kuß zwischen Erwachsenen gewesen. Es hatte nichts bedeutet. Weniger als nichts.

Francie dachte an die charmante, zurückhaltende Belinda Devereaux, die sie auf dem Fest kennengelernt hatte. Belinda war Jack versprochen. Das allein war Beweis genug, daß Jack sein eigenes Leben führte und sie, Francie, keine Rolle darin spielte.

Und wenn es, glaubte man den Gerüchten, tatsächlich einen Konflikt zwischen Jack und seinem Vater wegen dieser Heirat gab, dann ging es Francie nichts an. Ebensowenig wie die scheinbar bestehenden geheimen Konflikte zwischen den übrigen Mitgliedern der Familie. All dies, sagte sie sich fest, ging sie nichts an. Tatsächlich war es lediglich ein zwingender Grund mehr, dem, was mit ihr und Jack geschehen war, keine Bedeutung beizumessen, es hinter sich zu lassen und sich voll und ganz ihrer Arbeit zu widmen.

Diese Gedanken hatten Francie in den vergangenen zwei Wochen veranlaßt, Jack zu meiden und nur schriftlich mit ihm zu verkehren, indem sie ihn über den Stand der Vorbereitungen für Europa

informierte. Und zu ihrer Überraschung und unfreiwilligen Enttäuschung ging er auf ihr Verhalten ein und meldete sich nicht bei ihr.
Während ihrer einsamen Abende saß Francie zu Hause und starrte unwillkürlich das Telefon an. Und wenn es nicht klingelte, verfluchte sie seine sture Stummheit und sich selbst für ihr kindisches Warten.
Sie konnte ihre Reise nicht erwarten. Ironischerweise war das unbekannte Europa jetzt zu einem Ort geworden, der sicherer war als die Magnus-Zentrale, wo Jack nur wenige Stockwerke und einen Telefonanruf entfernt saß, und wo die Macht ihrer Phantasie ihre ohnehin gereizten Nerven bis zum Zerreißen spannte.
Und deshalb bereitete Francie ihre Abreise mit fieberhafter Ungeduld vor. Doch so eindringlich ihre innere Stimme warnte und ihr riet, so schnell wie möglich aufzubrechen und in das erste Flugzeug zu steigen, so sehr sehnte sich ihr Körper danach, das Telefon abzuheben, Jacks Stimme zu hören und einen Weg zu finden, sich mit ihm zu treffen und ihm ihr Verlangen zu offenbaren, ihr Verlangen, seines zu empfangen ...
Es war höchste Zeit.
Francie nahm die Zehn-Uhr-Maschine nach Paris, in ihrem Gepäck stauten sich die Unterlagen. Sie war viel zu aufgeregt, um im Flugzeug zu schlafen, also beschäftigte sie sich mit der holländischen Grammatik und den Feinheiten des Computerprogramms.
Als das Flugzeug um sechs Uhr morgens in Paris landete, war sie erschöpft, aber zu aufgeregt wegen der vor ihr liegenden Herausforderung und des erregenden Gefühls, in Europa zu sein, um überhaupt auch nur an Schlaf zu denken.
Sie wartete bei der Gepäckausgabe auf ihre Koffer und Kisten voller Unterlagen, als sie eine sonderbar vertraute Stimme hinter sich hörte, die sie auf französisch ansprach.
»*Mademoiselle Bollinger? Vouz permettez ...?*«
Sie drehte sich um und erblickte einen gutaussehenden Franzosen, mit tadellos sitzendem Anzug und Mantel, der ihr zur Begrüßung lächelnd die Hand entgegenstreckte.
»Wie ... haben Sie mich erkannt?« fragte sie.
»Meine Spione in New York haben mir übermittelt, daß Sie außer-

gewöhnlich hübsch sind«, antwortete er auf englisch. »Gestatten Sie mir, daß ich mich vorstelle: Roland de Leaumes.«
»Oh, Sie sind das ...«, sagte Francie lächelnd. Sie hatte mit Roland de Leaumes in regem Schriftkontakt gestanden, seit Jack sie bei Magnus-Frankreich eingeführt hatte. Er war Vizepräsident der französischen Niederlassung und ihr wichtigster Ansprechpartner bei der Vorbereitung auf das, was sie in Frankreich zu erwarten hatte.
Jetzt verstand sie, weshalb ihr die Stimme so vertraut vorkam. Sie kannte sie von zwei Überseegesprächen, als sie Magnus-Frankreich über ihre Ankunft unterrichtet hatte.
Roland de Leaumes war die Verkörperung dessen, was sich ein durchschnittliches amerikanisches Mädchen unter einem typischen charmanten Franzosen vorstellte. Er hatte einen dunklen Teint, wirkte für seine fünfundvierzig Jahre äußerst jugendlich und athletisch, hatte dunkles Haar, graue Schläfen und dunkle Augen, die sowohl Sinnlichkeit als auch Herzenswärme und Intelligenz verrieten. Er sprach ein perfektes Englisch, ohne die Spur eines Akzents, und behandelte Francie mit ausgesuchter Höflichkeit.
Roland de Leaumes chauffierte Francie in einem Firmen-Citroën zu dem attraktiven Apartment in der Rue du Cherche-Midi, im Viertel der Rive Gauche, wo sie während ihres Aufenthalts in Europa wohnen sollte. Es war ein sehr altes und reizvolles Gebäude. Große Flügeltüren führten auf einen Hinterhof, es gab eine Concierge-Loge und eine kleine Rasenfläche, auf der eine weibliche Sphinx geduckt auf einem Steinsockel kauerte.
Ihr Apartment befand sich im vierten Stock. Der Fahrstuhl war winzig, und Roland mußte zweimal fahren, um ihr gesamtes Gepäck hinaufzuschaffen. Doch das Apartment selbst war phantastisch. Ein ehemaliges Künstleratelier mit drei Meter hohen Fenstern, die einen Ausblick über die Dächer von Paris mit ihren kleinen Schornsteinen boten.
Ganz in der Nähe konnte Francie die Zwillingskuppeln der Saint-Sulpice-Kirche ausmachen. Es war ein wundervoller Ausblick, der die Essenz des Pariser Charmes einfangen zu schien.
Als Francies Taschen und Koffer sicher im Wohnzimmer verstaut waren, wollte sich Roland de Leaumes zunächst von ihr verabschieden.

»Ich freue mich, daß Sie wohlbehalten angekommen sind«, sagte er.
»Es war sehr nett von Ihnen, daß Sie mich abgeholt haben. Ich wollte Sie nicht so früh aus dem Bett scheuchen.«
»Es war mir ein Vergnügen«, erwiderte er. »Sicher möchten Sie sich jetzt ein wenig ausruhen. Darf ich Sie später vielleicht anrufen?«
Francie schüttelte den Kopf. »Ich würde lieber gleich mit der Arbeit beginnen«, sagte sie. »Ich bin überhaupt nicht müde.«
»Sind Sie sicher?« fragte er. »Die Zeitverschiebung bei Atlantikflügen kann einem sehr zu schaffen machen.«
»Ich bin sicher«, beharrte Francie.
»Nun gut. Ich werde meine Mitarbeiter verständigen, daß wir uns zum Mittagessen treffen. Sagen wir ein Uhr? Ich werde Sie abholen.«
»Das klingt wunderbar.«
Während der nächsten drei Stunden überflog Francie ihre Unterlagen und überlegte sich eine Strategie für die französischen Kollegen. Sie duschte, bürstete sich sorgfältig das Haar und zog den strengen Rock und die Bluse an, die sie schon vor drei Wochen für diese Gelegenheit ausgewählt hatte.
Roland erschien pünktlich um ein Uhr.
»Lassen Sie sich nicht beunruhigen, wenn einige meiner Kollegen anfangs Schwierigkeiten haben, sich mit Ihnen anzufreunden«, warnte er sie, kurz bevor sie das Restaurant erreichten, in dem sie sich zum Essen trafen. »Sie müssen daran denken, daß sich unser Land noch immer von vielen Dingen erholen muß und wir noch nicht ganz so aufgeschlossen für geschäftliche Neuerungen sind wie ihr Amerikaner.« Er lächelte, als er Francie die Wagentür aufhielt. »Aber Sie werden sehen, Ihr Charme wird ihre Bedenken im Handumdrehen ausräumen«, schloß er.
Doch es sollte sich nicht ganz so einfach gestalten, wie Roland prophezeit hatte; das wurde Francie klar, als sie sich mit den acht argwöhnischen Franzosen zu Tisch setzte, deren freundliche Begrüßung nicht über ihr offensichtliches Mißtrauen gegenüber Francies Eindringen in ihre Welt hinwegtäuschen konnte.
»*Mademoiselle*«, begrüßten sie Francie der Reihe nach, standen höflich dabei auf, lächelten jedoch nicht.

»Très contents ...«
»Enchantée ...«
Dann begann, ohne weitere Höflichkeitsfloskeln, eine Tortur.
Zu ihrer Überraschung sah Francie sich mit weitaus heftigeren Einwänden gegen ihren Computerisierungsplan konfrontiert, als ihr vom Vorstand in New York entgegengebracht worden war. Und was die Situation noch verschärfte – die Fragen, allesamt im Fachjargon, wurden von den Franzosen, die scheinbar Francies Stehvermögen testen wollten, in einem ungeheuer rasanten Tempo gestellt.
»Si Mademoiselle avait bien voulu se renseigner sur le besoin de l'Europe ...«, sagte einer von ihnen in herablassendem Ton.
»Il faudrait quand même considérer les convenances ...«, warf ein zweiter ein.
»L'ordinateur est une machine infernale, entièrement inouie dans le commerce«, beharrte ein dritter, während er Francie stirnrunzelnd anschaute und den Rauch seiner Gitanes ausstieß.
Es war klar ersichtlich, daß die französischen Kollegen den neuen Computerplan ablehnten, der ihnen von der gefürchteten Mutterfirma aufgezwungen wurde, und daß sie der unerfahrenen jungen Frau, der eine enorme Verantwortung übertragen worden war, mit Mißtrauen begegneten.
Francie bemühte sich, den Einwänden gegen ihr System mit gelassenen vernünftigen Argumenten entgegenzutreten, ihnen die Vorzüge, die es bot, zu erläutern und deutlich zu machen, daß es eine minimale Veränderung ihrer Arbeitsroutine mit sich bringen würde. Sie erkannte, daß Taktgefühl hierbei entscheidend war, und versuchte, so freundlich und entgegenkommend wie möglich zu erscheinen.
Zu ihrer Bestürzung mußte sie sich eingestehen, daß ihr Schulfranzösisch einige technische Ausdrücke, die notwendig waren, um eine verständliche Erklärung des Systems zu liefern, nicht beinhaltete. Mehr als einmal war sie in der Situation, nicht die richtigen Ausdrücke zu finden. Die Erschöpfung durch den Nachtflug machte sich allmählich bemerkbar, während sie krampfhaft nach Antworten in der ungewohnten Sprache suchte. Der schwarze Rauch der französischen Zigaretten brannte ihr in den Augen, und die enge Atmosphäre des Restaurants nahm allmählich irreale Züge an.

Doch zum Glück kam ihr Roland de Leaumes zu Hilfe. Er beherrschte das vollständige Vokabular in bezug auf das, was die Franzosen *les ordinateur* nannten, und rettete sie nicht nur durch notwendige technische Termini, sondern auch mit eigenen Erläuterungen, die seine aufgeregten Kollegen beruhigen und überzeugen sollten.

Am Ende des Treffens war eine Art Pattsituation erreicht. Es war Francie gelungen, die Franzosen mit ihrem Fachwissen und ihrer freundlichen Art zu beeindrucken, doch sie legten offensichtlich eine Abwarten-und-Sehen-Haltung an den Tag, eine Scheu, an die Computerisierung zu glauben, bis sie ihre praktische Effektivität bewiesen haben würde.

Schließlich verabschiedeten sie sich mit Handschlag von ihr. Francie wurde achtmal zu ihrem perfekten Französisch beglückwünscht, was sie überraschte, denn sie hatte das Gefühl gehabt, den ganzen Nachmittag heiße Kartoffeln im Mund zu haben. Sie bedankte sich lächelnd und versprach, bald wieder mit ihnen zusammenzukommen.

»Danke, daß Sie mir zu Hilfe gekommen sind, als ich sie brauchte«, sagte sie zu Roland auf dem Rückweg zum Apartment. »Es war dumm von mir, daß ich es versäumte, mir das notwendige technische Vokabular anzueignen.«

»Aber nein«, sagte er mit einem Lächeln. »Ihr Französisch ist hervorragend, und die kleinen Probleme, die Sie mit dem Fachjargon hatten, machen Sie nur noch sympathischer. Glauben Sie mir, jetzt haben meine Kollegen einen Eindruck, wie ernst es Ihnen ist. Sie waren großartig. Aber ich glaube, Sie sollten sich jetzt wirklich ausruhen.« In seinem hübschen Gesicht zeichnete sich eine Spur Besorgnis wegen ihres erschöpften Zustandes ab.

»Dann bis morgen im Büro«, verabschiedete sich Francie, als er sie vor der Tür ihres neuen Zuhauses in der Rue du Cherche-Midi absetzte.

»Ich freue mich darauf.« Er wartete noch, bis die Concierge Francie hineingelassen hatte, winkte zum Abschied und fuhr dann in seinem lautlosen Citroën davon.

In ihrem Apartment angekommen, setzte sich Francie auf das Bett. Die Anstrengungen des Nachmittages hatten ihre letzten Reserven

aufgebraucht, doch trotz ihrer Müdigkeit schien es ihr unmöglich, Schlaf zu finden.
Sie stand am Fenster und schaute über die Dächer. Im warmen Licht der Nachmittagssonne wirkte die Rive Gauche wunderbar fremd und einladend. Einem plötzlichen Impuls folgend, beschloß sie, sich später auszuruhen und erst einmal auf Entdeckungsreise zu gehen. Laut ihres kleinen Stadtführers befand sie sich lediglich wenige Blocks vom Boulevard Saint-Germain und dem Quartier Latin entfernt. Sie würde den Nachmittag mit einem entspannten Spaziergang ausklingen lassen, nach einem leichten Abendessen zu Bett gehen und dann bis zum nächsten Morgen schlafen.
Sie zog Rock und Bluse aus und schlüpfte in Hose und Pullover. Dann nahm sie ihre geräumige Handtasche, verstaute die Kamera darin und machte sich bereit loszugehen.
Plötzlich wurde sie von einer sonderbaren Mattigkeit befallen, stärker als die beim Essen zuvor, und konnte sich kaum noch entschließen, den Raum zu verlassen. Sie wollte sich noch einen kleinen Augenblick auf das Bett legen, ehe sie aufbrach.
Sie schloß die Augen und spürte, wie die warme Luft im Zimmer ihre Wangen liebkoste.
Für eine Sekunde tauchte das Bild ihres ganz persönlichen Geistes, Jack Magnus, vor ihrem inneren Auge auf. Doch es schien sehr weit weg und weit weniger beunruhigend, nun da ein ganzer Ozean zwischen ihnen lag.
Und trotzdem näherten sich seine Lippen, umschlossen sie seine Arme, der scharfe männliche Duft, der sie am Abend der Party in Flammen gesetzt hatte, durchströmte ihre Sinne, und sie spürte seine feste Umarmung mit jeder Faser ihres Körpers.
Mit diesem verbotenen Bild, das jeden Winkel ihrer Träume eroberte, fiel Francie in einen schweren, erschöpften Schlaf.

Als sie erwachte, war es Mitternacht. Die Straßen waren ruhig und leer. Die Nachbarschaft schlief.
Lange Zeit blieb Francie wie betäubt liegen, unfähig sich zu bewegen. Ihr wurde bewußt, daß all ihre Träume von Jack gehandelt hatten und daß dreitausend Meilen scheinbar noch immer nicht reichten, um ihn aus ihren Gedanken zu verbannen.

Schließlich setzte sie sich auf und versuchte sich zu sammeln. Sie fühlte sich noch immer benommen und ein wenig schwindlig, doch hellwach, und an Schlaf war nicht mehr zu denken. Die innere Uhr ihres Körpers war noch weit davon entfernt, sich auf die Pariser Zeit umzustellen.

Also machte sie sich an die Arbeit. Sie nahm einige ihrer Unterlagen und ordnete sie. Dann verfaßte sie ein Memorandum, das morgen an die Kollegen gehen sollte. Sie dachte an die Herausforderung, sich ein eigenes Team zusammenzustellen.

Sie arbeitete die ganze Nacht durch; als sie sich bewußt wurde, daß der nächste Tag noch anstrengender werden würde, konnte sie gar nicht mehr einschlafen.

Pünktlich um acht Uhr erschien sie in der Magnus-Zentrale auf dem Boulevard de Montparnasse und richtete sich sofort in ihrem neuen Büro ein.

Ihre Sekretärin, eine attraktive junge Französin namens Antoinette, begrüßte sie herzlich und führte sie auf einem Rundgang durch das Gebäude.

»Haben Sie sonst noch etwas für mich?« fragte Antoinette, als Francie sich an die Arbeit setzte.

»Oh ja, eines noch, Antoinette: Ich möchte, daß Sie rüber zur Sorbonne gehen und mir die französischen Übersetzungen folgender Artikel über Computertechnologie besorgen.« Sie gab Antoinette eine Liste, die sie in der Nacht zuvor zusammengestellt hatte. »Das meiste, wenn nicht gar alles, finden Sie in den technischen Veröffentlichungen. Ich habe auch einige Periodika aus Holland, Spanien, Deutschland, Italien und Portugal aufgelistet. Versuchen Sie, auch davon Übersetzungen zu besorgen. Lassen Sie sich Zeit. Ich brauche Sie erst wieder am späten Nachmittag.«

»Oui, Mademoiselle«, antwortete die verblüffte junge Frau. *Soviel zum Computer-Fachjargon in Fremdsprachen,* dachte Francie.

Auch später, nach diesem ersten, verrückten Nachmittag in Paris, fand Francie nie wieder zu ihrem alten Schlafrhythmus zurück. Ihre innere Uhr war vollends außer Takt durch die neue Situation in Europa und den Druck der Arbeit, unter dem sie stand.

Doch im Herzen schon immer eine Kämpfernatur, nutzte Francie dieses Durcheinander zu ihrem Vorteil. Sie arbeitete in den späten Stunden, wenn die Franzosen schliefen. Sie bewältigte Berge von Arbeit, wenn um sie herum niemand außer ihr wach war. Sie schlief, wenn sie von der Müdigkeit übermannt wurde, und verbrachte die meiste freie Zeit arbeitend.

Es war ihr im Handumdrehen gelungen, ein effizient arbeitendes Büro für die Computerkoordination in der Pariser Zentrale aufzubauen. Hier wurde unter Francies persönlicher Aufsicht der erste IBM-650-Computer installiert von Technikern und Programmierern, die die Maschine bereits ungeduldig erwartet hatten.

Dann flog sie nach Lausanne und London, wo zwei kompatible Geräte angeschlossen wurden. Darauf folgten anstrengende Reisen nach Rom, Madrid, Lissabon und Den Haag, bei denen sie die Führungskräfte der Magnus-Niederlassungen über ihr System informierte und sie über die Vorteile aufklärte.

Während ihrer langen Abwesenheit übernahm Roland de Leaumes stellvertretend die Führung der Abteilung im Pariser Büro. Sehr schnell wurde Francie klar, daß Roland unentbehrlich für sie war. Obwohl er in seinem eigenen Bereich bei Magnus-Frankreich große Verantwortung trug, fand er die Zeit, sich mit Francies Leuten zusammenzusetzen und darauf zu achten, daß ihre Anweisungen reibungslos ausgeführt wurden. Sein enormes Wissen über Computertechnologie war dabei äußerst hilfreich.

Meist telefonierte Francie zweimal täglich mit ihm und ließ sich über die Fortschritte im Pariser Büro informieren. Es dauerte nicht lange, und sie stellte fest, daß sie sich jedesmal auf den sanften, wohlklingenden Ton seiner tiefen Stimme, die ihr sowohl moralische Unterstützung gab als auch harte Fakten mitteilte, freute. Er war beinah automatisch zu ihrem Vertrauten und ihrem Beschützer geworden.

»*Tenez bon*«, scherzte er mit ihr, wenn sie ihm von ihren Problemen mit dem einen oder anderen europäischen Kollegen erzählte. »Wie sagt ihr Amerikaner immer? *Halt die Ohren steif!* Keine Angst, Sie werden sie im Nu für sich gewinnen!«

Francie brauchte alle Ermutigung, die sie bekommen konnte. Wie sie befürchtet hatte, stellte es sich als nicht einfach heraus, die Europäer davon zu überzeugen, daß die Computervernetzung eine

Erleichterung und Vereinfachung für die Kommunikation zwischen den Tochterfirmen bedeuten würde. Die meisten Führungskräfte sahen Computer als undurchschaubare, komplizierte, kaum begreifbare Elektronengehirne an. Als futuristisches Spielzeug.
Dieselben Kollegen standen dem weit entfernten Mutterunternehmen mißtrauisch gegenüber und übertrugen diese Haltung schnell auf die intelligente junge Frau, die ihnen ihre Innovation in der jeweiligen Muttersprache nahebrachte. Mehr als einmal gewann Francie den Eindruck, daß man sie für viel zu jung, zu hübsch und zu fremd hielt, um sie ernstzunehmen.
Doch weit schlimmer als dieses Mißtrauen ihr gegenüber, an das sie sich bald gewöhnte, war das Mißtrauen untereinander.
In Rom, auf einer Galatour durch den Vatikan, das Kolosseum, die Galleria Nazionale d'Arte und einem abschließenden Mittagessen bei Andrea, wurde mitgeteilt, wie unmöglich die Spanier doch seien.
In Spanien, wo sie die unbezahlbare Velasques-Sammlung im Prado, das legendäre Escorial und die Altstadt von Aranjuez in der kastillianischen Ebene bewunderte, hörte sie, die Engländer seien Barbaren, ohne jede Ahnung von moderner Geschäftsführung.
In London, wo sie drei wundervolle Tage verbrachte und unter anderem das elegante Mayfair Viertel erkundete, das Britische Museum und den Garten im Regents Park besuchte, wurde ihr von den höflichen Angestellten von Magnus Industries England erklärt, wie schlimm es sei, daß man gezwungen war, zu den Franzosen (mit denen sich England in den vergangenen sechshundert Jahren – mit Ausnahme der letzten Dekaden – mehr oder minder im Krieg befunden hatte) Geschäftsbeziehungen aufzubauen.
Und zurück in Paris, wo ihr das Quartier Latin, die breiten, eindrucksvollen Alleen des Bois de Boulogne, die reizvolle Ile de la Cité, die Ile de St. Louis und der pittoreske Hügel des Montmartre vorgeführt wurden, vernahm sie von ihren Kollegen, wie schrecklich es sei, mit den Italienern zu verkehren, die drei riesige Magnus-Bergwerke kontrollierten und ein unzivilisierter Haufen von Banditen und Wilden seien.
Nach ihrer ersten Kurzreise quer durch Europa mußte Francie feststellen, wie schlecht es um die Beziehungen zwischen den europäi-

schen Tochterfirmen stand. Obwohl sie, geographisch gesehen, nicht weiter voneinander entfernt waren als die meisten amerikanischen Niederlassungen, schienen Welten zwischen ihrer jeweiligen Haltung zu liegen, und man begegnete einander mit einem Mißtrauen, das sich auf jahrhundertelange Konflikte gründete.
Doch genau dieses tiefe Mißtrauen bestätigte Francie in ihrer Überzeugung, daß ihr für Europa ausgearbeitetes Computernetzwerk die Art und Weise der Geschäftsbeziehungen der Magnus-Tochterfirmen untereinander revolutionieren und ihre Gewinne und Produktivität steigern konnte.
Selbst die kritischsten unter den europäischen Kollegen, denen sie ihr System erklärt hatte, mußten zugeben, daß ein Computer ihren persönlichen Verbindungen und sprachlichen Barrieren neutral gegenüberstand – Computersprache war allgemeingültig und wurde von allen Programmierern verstanden – und natürlich auch den Unterschiedlichkeiten in Temperament und Kultur.
Nach und nach, mit Geduld und Taktgefühl, gewann Francie immer mehr Mitstreiter für ihre Sache. Ohne Zweifel kamen ihr dabei ihre hervorragenden Sprachkenntnisse zugute, ebenso wie die Tatsache, daß die Erläuterungen von sehr sinnlichen Lippen und strahlend grünen Augen voller Weiblichkeit, die mindestens so bestechend waren wie ihr Intellekt, mitgeteilt wurden.
Die einzige bittere Note in der Partitur ihres neuen Lebens kam von unerwarteter Seite.
Die Europäer kannten Jack Magnus und hatten eine hohe Meinung von ihm. Seinem Fachwissen und seiner unermüdlichen Energie war es zu verdanken, daß die Unternehmen in Europa während der letzten fünf Jahre so gut gearbeitet hatten. Mehr als das – nur weil die Europäer wußten, daß Francie von Jack protegiert wurde, waren sie bereit, ihr überhaupt zuzuhören.
Folglich lag Jacks Name ständig auf den Lippen der Leute, mit denen Francie sich in den vergangenen Wochen unterhalten hatte. Sie waren voll des Lobes für ihn und erkundigten sich oft bei ihr nach seinem Befinden und fragten, wann er wieder einmal nach Europa käme.
Der Gedanke, Jack bald wiederzutreffen, erfüllte Francie mit gemischten Gefühlen. Zwar hegte sie keinerlei Befürchtungen, was seine mög-

liche Anwesenheit hier betraf, da sie sich darauf freute, ihm ihr System zu zeigen. Sie begrüßte sein kritisches Urteilsvermögen und die Herausforderung, ihm beweisen zu können, was sie geschafft hatte.
Doch ihre Vorfreude hatte auch eine zweite Seite. Darunter versteckte sich ihr Verlangen, ihn wiederzusehen, ihm nahe sein zu können und sich eventuell in einer Situation wiederzufinden, in der sein Verlangen seine natürliche Zurückhaltung überwältigte, so wie am Abend des Festes für Gretchen.
Ihre Sehnsucht machte Francie wütend. Es verging kein Tag, ohne daß ihr Körper sie ein dutzendmal daran erinnerte, daß sie sich mehr denn je nach seiner Berührung sehnte. In ihren Nächten wurde sie von seinem Bild und der Erinnerung an seine Umarmung verfolgt.
Was mag er wohl denken, fragte sie sich, wenn er in seinem New Yorker Büro die Neuigkeiten über meine Arbeit hier hört? Ob er sich an den Kuß erinnerte? Lächelte er bei dem Gedanken daran, oder spürte auch er einen Stich in seinem Innern, so wie sie ein Verlangen nach ihm verspürte?
Francie versuchte mit allen Mitteln, diese Gedanken zu verbannen. Immer wieder sagte sie sich, daß sie ein unabhängiger Mensch war, ehrgeizig, und daß kein Mann sie durch einen einzigen Kuß auf ein hilfloses Bündel voller unglückseliger Phantasien würde reduzieren können.
Und doch wußte sie, eines Tages würde Jack nach Europa kommen, um sich das Ergebnis ihrer Arbeit anzuschauen. Und diese Vorstellung, die Gedanken an diesen Tag erfüllten sie wie ein sonnendurchfluteter Traum voller Begierde und verbotener Lust.
Mit aller Macht verbannte Francie dieses Bild aus ihrem Bewußtsein und stürzte sich vehementer als je zuvor in ihre Arbeit.

12

New York, 13. Januar 1956
Juliet Baker Magnus betrat in einem schulterfreien Kleid von Chanel, das gerade schlicht genug wirkte, um in den Augen eines Uneingeweihten als ganz normales Kleidungsstück zu gelten, und das doch von den Wissenden sofort als teures Original erkannt wurde,

die Lounge eines Etablissements auf der Third Avenue, das den ungewöhnlichen Namen *Ophelia's* trug.

Julie war allein gekommen. Sie hatte den Nachmittag in ihrem Zimmer verbracht, *In einem andern Land* gelesen und die Stille im Haus genossen. Ihre Mutter hatte zuviel Angst, sie zu stören, denn wenn sie Julie zu nahe kam, konnte sich wieder eine Szene entwickeln wie die vor einigen Tagen, als Julie sie während einer bitteren Auseinandersetzung im Gossenton beschimpft und eine Wedgewood-Vase zerbrochen hatte, um dann für zwei Tage zu verschwinden, ohne etwas von sich hören zu lassen.

Vater war, wie immer, bei der Arbeit. Julie hatte mit dem Gedanken gespielt, Gretchen und dem Baby einen Besuch abzustatten, sich dann jedoch anders entschieden. Sie hatte nie ein besonders gutes Verhältnis zu ihrer Schwester gehabt, und das Baby, in seiner Hilflosigkeit, machte sie nervös.

Also hatte sie in der Stille ihres Zimmers in Hemingways Roman geblättert, manchmal über die selbstbewußte Haltung des Schriftstellers gelächelt und voller Konzentration die Stirn gerunzelt, als sie erkannte, wie ernst der Kern dessen war, was er versuchte auszudrücken. Sie hatte eine Zigarette nach der anderen geraucht, dabei an ihrer Tasse Tee, der längst kalt war, genippt. Schließlich hatte sie das Fenster geöffnet, um den Rauch abziehen zu lassen, und dabei den Strom der Passanten auf der Park Avenue beobachtet.

Gegen vier Uhr legte sie das Buch zur Seite und wanderte nervös im Zimmer auf und ab. Sie hatte sich so gut es ging abgelenkt. Die Spannung, die sich während des Nachmittags in ihr aufgebaut hatte, war kurz davor überzukippen. Sie mußte sich bewegen, etwas tun.

Das Abendessen brachte sie in einer relativ guten Stimmung und mit einer perfekten Vorstellung, wie müde sie sei, hinter sich. Mutter und Vater nahmen kaum Notiz von ihr; sie begnügten sich mit Small-talk über Gretchen und die Familie. Ein Seitenblick ihres Vaters, der den Beschwerden seiner Frau über einige Mitglieder des Wetherell-Clans nur mit halbem Ohr lauschte, war Julie nicht entgangen.

Als das Essen beendet war, ging Julie auf ihr Zimmer, schlüpfte in das Kleid, legte wahllos Ohrringe, Armband und Kette an und verschwand, ohne sich zu verabschieden, durch den Seiteneingang. Bis zur Ecke 65th Street war sie gelaufen, hatte sich dann ein Taxi herangewinkt und den Fahrer angewiesen, sie in die Innenstadt zu fahren. Sie hatte sich durch die Gegend kutschieren lassen, bis sie eine ziemlich heruntergekommene Ecke auf der Third Avenue erreicht hatten, an der sie sich absetzen ließ.

Jetzt saß sie an der Bar, nippte an einem trocknen Martini und beobachtete die Gäste im Spiegel über dem Flaschenregal.

Julie spielte ein Spiel, das sie erst kürzlich erfunden hatte. Sie studierte die Gäste und versuchte aus ihrer Haltung und den Gesprächsfetzen, die zu ihr herüberwehten, herauszufinden, welcher von ihnen es zuerst wagen würde, sie anzusprechen. Sie hatte absichtlich ein Kleid gewählt, das den Durchschnittsmann nervös machen mußte. Sie hatte sich als Köder herausstaffiert, als Köder für den Mann, der entschlossen oder mutig genug sein würde, sich ihr zu nähern.

Nur ein besonderer, vielleicht etwas verrückter Mann würde sich von seinen Kumpanen lösen und ihr auf halbem Wege entgegenkommen. Und so saß Julie da, schaute kühl in den Spiegel und wartete auf ihren Ritter in der glänzenden Rüstung, der sich aus dem Schatten erheben würde.

Sie sah ihn erst, als er nur noch wenige Schritte hinter ihr stand. Er hatte sie überrascht, denn er war aus einem Winkel des Lokals aufgetaucht, den sie im Spiegel nicht einsehen konnte. Doch an seinem selbstbewußten Gang und dem Ausdruck in seinen Augen erkannte sie, daß er ihr Mann war.

»Darf ich Ihnen einen Drink spendieren?« fragte er mit Brooklynakzent in seiner tiefen Stimme, in der etwas Gefährliches mitzuklingen schien.

Sie wandte sich um und sah ihn an. Er war jung und sah sehr gut aus. Mitte Zwanzig, das sorgfältig gestylte Haar vielleicht ein wenig lang. Der Kragen seines Hemdes war offen, das Sportsakko lässig über die Schulter geworfen. Er hatte einen breiten Brustkorb und muskulöse Arme. Wahrscheinlich trimmte er sich mit Gewichten.

Um sein Handgelenk baumelte ein Armband. Sie glaubte, eine Tätowierung auf seinem Unterarm erkannt zu haben. Seine Augen waren sehr dunkel, funkelnd. Sein Blick wirkte eine Spur zu arrogant. Er hatte lange, dunkle Wimpern, die seinem gebräunten Gesicht einen jungenhaften Zug gaben, doch selbst das schien seine männliche Ausstrahlung nur zu unterstreichen.

Julie war angetan von seiner katzenhaften Erscheinung und schaute ihm direkt in die Augen.

»Ich habe schon einen Drink.«

Ein Lächeln umspielte seine sinnlichen Lippen. Die schwarzen Augen funkelten jetzt abschätzend. Er verschränkte die Arme vor der Brust. Julie konnte sehen, wie eng seine Hose saß. Die Umrisse seiner Männlichkeit zeichneten sich deutlich ab; es war augenscheinlich, daß er sie gerne zur Schau stellte.

»Wie wär's mit einem Spaziergang?« fragte er völlig unbeeindruckt von ihrer Antwort.

»Und wohin sollten wir spazieren?« fragte sie und hob dabei eine Augenbraue, während sie ihren Blick über ihn wandern ließ.

»Zu Ihnen, zu mir – egal.« Er lächelte.

»Sie haben eine ziemlich hohe Meinung von sich, stimmt's?« fragte Julie und nippte an ihrem Martini.

»Ich denke, Ehre, wem Ehre gebührt, nicht wahr?«

In bezug auf Schlagfertigkeit stand er ihr offenbar in nichts nach. Hinter seinem groben Auftreten verbarg sich ein intelligenter Mann. Der Blick in seinen Augen ließ keinen Zweifel daran.

Intelligent, aber ungebildet. Sexy, anziehend, aber ungeschliffen.

Bisher hatte er noch keinen grammatischen Fehler gemacht. Sie konnte schon jetzt erkennen, daß er sich seines Auftretens sicher war. Obwohl seine Kleidung eher auf Frauen mehrere Schichten unter ihr ansprechend wirken mochte und obwohl sie über seine Intelligenz und seinen Ehrgeiz hinwegtäuschen mochte, betonte sie doch seinen perfekten Körper und sein Ego.

»Wie kommen Sie auf die Idee, ich würde Gesellschaft suchen?«

»Oh, das hat mir ein kleines Vögelchen zugezwitschert.«

Sie überlegte einen Moment. Dann wandte sie sich ihm zu und sah ihm in die Augen. »Sie vertrauen Ihrem Instinkt, nicht wahr?«

»Sie nicht?«

»Marcel Proust schrieb einmal«, sagte sie, »daß das Leben ein sich ständig wiederholender Fehler ist.«

Er lachte. Dann beugte er sich zu ihr herunter und fragte in verschwörerischem Ton und zwinkernd: »Ist der Junge etwa hier?«
Die literarische Anspielung schien ihn nicht im geringsten aus dem Gleichgewicht gebracht zu haben. Im Gegenteil, sie schien ihn zu amüsieren.
Julie mußte unwillkürlich lächeln. Er beobachtete, wie sich ihre Lippen formten. Er bewunderte ihr hübsches Gesicht und ihren köstlichen Duft.
»Ist auch egal«, meinte er, »Sie sind jedenfalls kein Fehler. Sie sind hier genau richtig.«
Sie konnte sein Brusthaar unter dem offenen Hemdkragen sehen, seinen Duft riechen, der eindringlich, aber männlich und sauber war, und konnte beinahe die Kraft seines muskulösen Körpers spüren. Sie fragte sich, ob der Inhalt hielt, was die Verpackung versprach.
Sie beschloß es herauszufinden.
»Zu mir können wir nicht«, sagte sie.
Er lachte. »Ist immer so, Darling. Aber keine Sorge, diese Welt steckt voller kleiner geheimer Orte.«
Er half ihr vom Barhocker. Sein Griff war fest, männlich. Von ihm berührt zu werden, war irgendwie intimer als mit den meisten jungen Männern zu schlafen, die sie bislang kennengelernt hatte.
Als sie den Ausgang erreichten, hielt sie inne.
»Ich weiß ja gar nicht, wie Sie heißen«, sagte sie.
»Johnny.« Er streckte ihr die Hand entgegen. »Johnny Marrante. Zu Ihren Diensten.« Wieder schien er sich auf seine selbstsichere Art über sie lustig zu machen. Oh, er war ein ganz Smarter – okay.
»Und Ihr Name?« fragte er, noch immer ihre Hand haltend.
Sie zögerte.
Er lächelte. »Schon gut, Baby. Machen Sie sich nicht die Mühe, extra einen für mich zu erfinden. Wir haben heute nacht bei Gott Wichtigeres zu tun.«
»Nennen Sie mich Julie«, sagte sie, ein wenig beschämt über ihre eigene Schüchternheit.
»Ein hübscher Name.« Er lächelte so, als würde er ihr nicht glauben. »Nun, dann lassen Sie uns gehen, Cinderella.« Er hielt ihr die

Tür auf. »Wir haben nur noch zwei Stunden, bis es Mitternacht schlägt und die Kutsche sich in einen Kürbis verwandelt.«
Irgendwie sagte ihr das Wort *Kürbis*, von seinen Lippen gesprochen, mit letzter Sicherheit, daß er gut sein würde. Sehr gut.
Er enttäuschte sie nicht.
Er brachte sie in seinem Wagen zu seinem Apartment, das nur wenige Blocks von dem Lokal entfernt lag. Die Wohnung war üppig, beinahe kitschig dekoriert, mit Aktgemälden an den Wänden und Möbeln, die den Eindruck vermittelten, daß er wirklich ein Casanova war. Es gab ein Wohnzimmer, eine Küche und ein Schlafzimmer mit einem breiten französischen Bett.
Sie bekam nicht viel von dem Wohnzimmer zu sehen, denn er knipste das Licht aus, kaum daß sie eingetreten waren. Dann schlang er den Arm von hinten um sie, genau unter ihrer Brust, preßte sie fest gegen sein Geschlecht und liebkoste ihren Nacken.
Welch merkwürdige Art sich zu umarmen, dachte Julie. Er stand hinter ihr und sein kräftiger Arm hielt sie bewegungslos, während er die weiche Haut ihrer Wange mit seinen Lippen streifte. Jetzt glitt seine freie Hand hinab zu ihren Hüften, und sie roch den süßen Duft von Bourbon und Tabak in seinem Atem. Seine Hand wanderte mit einer Art sanften Triumphes über ihre schmalen, runden Hüften, und sein hartes Geschlecht ruhte in der weichen Linie zwischen ihre Pobacken; es rieb sich nicht an ihr, es drängte sie nicht, es ruhte einfach dort, um ihr seine Präsenz und Absicht zu beweisen.
Unwillkürlich schloß sie die Augen, ein Seufzer kam ungewollt über ihre Lippen, und sie spürte einen Aufschrei ihrer Sinne, der weit tiefer war als alles, was sie sich für heute nacht zu fühlen erträumt hatte.
Er wußte, daß er sie bereits erobert hatte, und nutzte diesen Vorteil aus. Er legte ihr die Hand auf die Schulter und führte sie ins Schlafzimmer, dann zog er sie behutsam aus, faltete beinahe überkorrekt das Kleid und legte es auf den Stuhl, berührte wohlwollend ihre Unterwäsche.
Sie war im Handumdrehen nackt, stand mit dem Rücken zu ihm und schaute – ohne wirklich etwas zu sehen – aus dem Fenster auf die dunkle Straße. Sie spürte, wie seine Hände ihre Arme hinab-

wanderten, an ihren Fingern entlang, über ihre Schenkel und wieder hoch zu ihrer Taille, sie erforschten tastend ihre Zierlichkeit. Julie maß lediglich ein Meter sechzig, wog einhundert Pfund, sie war sehr zierlich und hatte etwas Zerbrechliches an sich.

Dann hörte sie, wie ein Reißverschluß geöffnet wurde und Kleidung raschelte. Ihr stockte der Atem, als ihr klar wurde, daß auch er sich auszog.

Sie drehte sich um und betrachtete ihrer beider nackter Körper im Spiegel. Er stand hinter ihr. Sie konnte sein erigiertes Geschlecht sehen. Etwas in der gespannten Erwartung des Glieds wirkte auf obszöne Art melodramatisch. Dieser Eindruck steigerte jedoch nur ihr Verlangen.

Seine warmen Hände wanderten zu ihren Schultern, massierten sie sanft. Und seine Lippen berührten im selben Moment ihr Ohrläppchen, wie sein Geschlecht ihre Lenden.

»Komm, Cinderella«, flüsterte er ihr ins Ohr. »Zeit für einen Tanz.«

Zum erstenmal seit Jahren war Julie Magnus von einem Mann überrascht. Johnny war ein Meister der Verführung. Anders als die ungeschickten, betrunkenen High-Society-Boys, die auf den Rücksitzen ihrer Autos an ihr herumgefummelt hatten, anders als die schmierigen Gigolos, mit denen sie ihre Familie schockieren wollte, bewies sich Johnny als ein Meister der höchsten Kunst – der Kunst, eine Frau zum Orgasmus zu bringen.

Seine Berührungen waren wohlüberlegt, fest und männlich. Sein Hunger nach jedem Winkel ihres Körpers war unersättlich. Doch er erforschte sie sanft und langsam, versicherte sich ihrer geheimsten Stellen und ihrer Bereitschaft, bevor er erst ihr und dann sich selber Lust verschaffte.

Jeder Zentimeter seines Körpers war so hart und zugleich weich, und schon bald war sie nicht mehr in der Lage, die Körperteile oder selbst seinen ganzen Körper von dem einen zwischen seinen Beinen zu unterscheiden. Denn er gab sich voll und ganz der Erforschung jedes Winkels ihrer Fleisches hin. Er begrüßte ihre leisen Seufzer und ihr Stöhnen mit sonderbarer Vertrautheit, als würde er sie schon sein ganzes Leben lang in- und auswendig kennen.

Er spreizte ihre Beine und drang vorsichtig, triumphierend in sie ein. Er füllte sie völlig aus und ihre Schenkel schlangen sich voller Lust um seine Taille, während er tiefer und tiefer in sie hineinstieß. Beinahe augenblicklich begann sie zu erschaudern, denn er schien das Zentrum ihres Orgasmus entdeckt zu haben, bevor sie spürte, daß sie kam.
Und jede Bewegung, selbst die kleinste, war auf ihre Art eine Entweihung, vielleicht sogar eine Schändung – denn er wußte um ihre gesellschaftliche Herkunft, er wußte, daß sie sich durch ihn mit dem gemeinen Volk einließ, und er wollte ihr eine Lektion erteilen.
Er bat sie nicht, ihn zu berühren, führte kein einziges Mal ihre Hand oder ihre Lippen zu sich. Er war der Herr, sie die Sklavin, und sie war ihm völlig ergeben, flehte und stöhnte und flehte um mehr, mehr und mehr.
Sie konnte nicht sagen, wie lange es so ging, denn sie war in der Lust verloren, die er ihr gab. Doch ihre Erregung wurde immer größer, wuchs mit jedem Orgasmus, bis sie, als sie spürte, daß er mit den letzten Stößen unendlich tief in sie eindrang, noch immer langsam, noch immer grausam wissend, völlig außer sich war.
»O Gott ...«, stöhnte sie, ihre Scham rieb sich wie von Sinnen an ihm, ihre Hände griffen nach seiner Taille, um ihn enger an sich zu pressen. »O Gott ...«
»Ruhig, Baby«, flüsterte er, lächelte auf sie herab, während er sich langsam in sie versenkte. »Ruhig, Honey.« Und diese Worte, so voller spöttischem Mitleid und intimer Kenntnis, entfachten den letzten, gewaltigen Schauer in ihr. Sie schrie vor Ekstase auf, ihre Hände flogen zitternd gegen sein Fleisch.
»Oh«, murmelte sie an seiner Brust, noch immer außer Atem, obwohl es schon lange vorbei war. »Oh ...«
»Was ist?« fragte er.
»Ich habe mich noch nie ...«, sie stockte, suchte nach einem passenden Wort, fand keines. »Ich habe mich noch nie so vollkommen gefickt gefühlt.«
»Dafür bin ich hier, Baby«, murmelte er.
»Du bist gut.« Sie seufzte. »Sehr gut.«
»Wie ich schon sagte ...« Er fand zu seiner grausamen Ironie zurück. »Ehre, wem Ehre gebührt ...«

Sie schnurrte, griff zwischen seine Beine, um ihn in die Hand zu nehmen.
Plötzlich, zum erstenmal in ihrem Leben, verspürte sie eigene Unzulänglichkeit.
»War ich ...?« fragte sie.
Er lachte, als er ihre Unsicherheit spürte. Jetzt hatte er die Gewißheit, daß sie da war, wo er sie haben wollte. Er hatte ihren Stolz gebrochen, war zu dem bebenden Mädchen, das sie im Kern war, vorgedrungen, und sie glühte vor neugefundener Unschuld, die sein Fleisch ihr gegeben hatte.
»Du bist ein süßes, kleines Ding«, sagte er. »Du mußtest nur einmal von einem richtigen Mann gefickt werden, das ist alles.«
Er küßte sie auf die Wange, während sie diese Worte aufnahm.
»Nimm's leicht, Cinderella. Laß mir einfach deinen Schuh hier, und ich werde da sein, wenn du mich brauchst.«
»Das hoffe ich«, erwiderte sie mit der Ehrlichkeit einer Jungfrau.
Sie hatte sich noch nie zuvor so gefühlt. Sie erinnerte sich, wie sein hübsches Gesicht plötzlich im Spiegel der Bar aufgetaucht war. Sicher, sie hatte sich jemanden vorgestellt, der ein wenig frecher, vielleicht ein wenig verrückter als all die anderen war.
Doch sie hatte weit mehr als das bekommen.
Wie Cinderella befand sie sich jetzt weit von ihrer vertrauten Welt entfernt, an einem Ort, an dem neue, berauschende Lüste auf sie warteten, vielleicht aber auch Gefahren, die sie nicht vorhersehen konnte.
Doch die Gefahr, die Johnny Marrante ausstrahlte, war genau das, was ihn so sexy machte.

13

Paris, 15. Juli 1956
Schließlich war der große Tag gekommen.
Die Hauptcomputer in Paris, Lausanne und London waren einsatzbereit und mit von Francie persönlich ausgebildetem Personal besetzt. Diese Programmierer hatten die Computer in den vergangenen zwei Wochen mit Hunderten von Informationen über die

europäischen Niederlassungen gefüttert. Dort waren mittlerweile Büros eingerichtet worden, von denen die Daten per Fernschreiber zu den Computerbasen geschickt werden sollten.
Nun war der Moment gekommen, das System einzuschalten und zu sehen, ob es funktionierte.
Francie befand sich mit Roland de Leaumes und einem guten Dutzend weiterer Beobachter im Hauptbüro in Paris. Sie wußten, daß sich in den beiden anderen Städten ebenfalls einige Neugierige eingefunden hatten. Topkräfte von Magnus Industries Europa beobachteten mit Skepsis, ebenso wie ihre Konkurrenten, ob die exzentrische Idee einer großangelegten Computerisierung eventuell Erfolg hatte.
Francie lächelte, doch das Herz schlug ihr bis zum Hals. Mehr als je zuvor war ihr bewußt, daß sie allein das gesamte Unternehmen entworfen hatte und die Verantwortung dafür tragen würde. Wenn, dann lag der Schwarze Peter bei ihr. Sollte das System nicht effizient arbeiten, konnte sie niemand anderem die Schuld geben, denn das Programm stammte von ihr, und sie war für seine Funktion verantwortlich.
Ebenso war sie sich bewußt, daß die New Yorker auf das heutige Ergebnis warteten. Bei Magnus ging das Gerücht, der Vorstand blicke mit besonderem Interesse auf sie, und nicht nur, weil die Abstimmung, die Francie Grünes Licht gegeben hatte, eng und heißumkämpft gewesen war. Der Erfolg oder Mißerfolg des Unternehmens würde auch auf Jack abfärben, sosehr wie er sich dafür eingesetzt hatte, und das war weit bedeutender als das Schicksal einer Francie Bollinger.
Und es gab eine noch weitreichendere Überlegung. Sollte Francies System wirklich wie geplant funktionieren, dann hätte das enorme Auswirkungen auf das gesamte Konzept für die Geschäftskommunikation. Es könnte eine weltweite Revolution in der Geschäftswelt einläuten, und die finanziellen wie praktischen Konsequenzen waren dabei nicht abzuschätzen.
Und so stellte dieser heutige Tag einen Wendepunkt dar.
Francie stand neben Roland de Leaumes im Computerzentrum. Die Fernschreiberleitungen nach Lausanne und London waren offengehalten worden. Wenn Francie das Startsignal gab, würden alle drei

Computer gleichzeitig die Arbeit aufnehmen, und der Chefprogrammierer hier in Paris würde die erste Frage in die Geräte eingeben. Über diese Frage war bereits entschieden worden. Es war eine simple Frage, eine Bitte um einen Vergleich über das Inventar zweier europäischer Tochterfirmen, einer in Italien und einer in Portugal. Die Antwort sollte innerhalb von zwei Sekunden aus dem Drukker kommen.

Francie schaute zu Roland, der ihr ermutigend zulächelte. Er war heute morgen ganz er selbst, ruhig und ausgeglichen. In seinen schönen, dunklen Augen spiegelte sich sein Vertrauen in Francie. Sie war froh, daß er ihr in diesem wichtigem Augenblick zur Seite stand. In den vergangenen Monaten war sie regelmäßig in seinem hübschen Haus in Passy zu Gast gewesen und hatte sich mit seiner Frau und seinen Töchtern angefreundet. Die Familie Leaumes war für Francie wie ihre eigene geworden. Und Roland war ihr bester Freund. Sie brauchte ihn jetzt mehr denn je.

»London ist bereit«, sagte eine Sekretärin lächelnd zu Francie mit dem Hörer am Ohr.

»Lausanne ebenfalls«, sagte eine zweite.

»Okay.« Francie kreuzte die Finger. »Starten wir.«

Sie beobachtete, wie die Sekretärinnen in die Hörer sprachen. Der Programmierer bewegte mehrere Schalter und tippte etwas in die Tastatur.

Stille. Verschiedene Lichter blinkten kurz auf. Die Magnetspulen bewegten sich, als die maschinengetippte Frage in Computersprache übersetzt wurde. Nach ein paar Sekunden ratterte kurz der Drucker, und dann war alles still.

Der Programmierer stand auf, um sich die Antwort anzusehen und blickte dann zu Francie. Sie eilte an seine Seite und starrte auf das Blatt mit den Computerschriftzeichen und den rudimentären Brocken herkömmlicher Sprache.

Es stand nur eine einzige Zeile da.

DATEN NICHT VERFÜGBAR EINGABE KONTROLLIEREN.

Francie runzelte verblüfft die Stirn. »Was sagt London?« fragte sie die Sekretärin.

Die Sekretärin sprach in den Hörer und schaute dann zu Francie auf.

»Keine Funktion.«
Francie sah zu der anderen Sekretärin. Der Ausdruck auf ihrem Gesicht ließ keinen anderen Schluß zu, als daß die Antwort aus Lausanne genauso lautete.
»Wir versuchen es noch einmal«, entschied Francie. »Ich werde es selber machen.«
Sie setzte sich an die Tastatur und instruierte den Computer sorgfältig, die einfache Frage zu bearbeiten, die sie eingab.
Das Ergebnis war dasselbe.
DATEN NICHT VERFÜGBAR EINGABE KONTROLLIEREN, antwortete der Computer ohne Verzögerung.
Wieder sprachen die Sekretärinnen mit London und Lausanne und schüttelten dann den Kopf, um zu bedeuten, daß auch die anderen Computer nicht funktioniert hatten.
Francie versuchte es ein drittes Mal. Es war ein absurd simpler Befehl, so simpel, daß es undenkbar war, der Computer könnte Schwierigkeiten mit der Bearbeitung haben.
Wieder lautete die Antwort DATEN NICHT VERFÜGBAR EINGABE KONTROLLIEREN.
Francie errötete. Sie warf den Zuschauern im Raum einen Blick zu. Die meisten schienen verwirrt, doch in mehr als nur einem Gesicht spiegelte sich kaum verhohlener Triumph. Insgeheim waren sie schadenfroh, daß das grandiose System, für das soviel Zeit und Geld verschwendet worden war, vor ihren Augen versagte – und daß seiner ehrgeizigen, selbstbewußten Erfinderin die Erniedrigung widerfuhr, die sie aufgrund ihrer Unerfahrenheit und Arroganz verdiente.
Sie hatte vorgehabt, die Geschäfte für vierzig Firmen in Europa, das sie bis vor ein paar Monaten noch nicht einmal gesehen hatte, zu revolutionieren! Sie hatte allen erklären wollen, wie das Geschäft funktionierte! Sie hatte die Welt verändern wollen ...
Nun, soviel zur Computerrevolution.
Francie konnte den Spott und die Überheblichkeit im Raum spüren.
Sie versuchte ein Zittern zu unterdrücken und wandte sich den Kollegen zu. Sie wollte etwas sagen, doch ihre Stimme versagte. Die gesamte französische Sprache schien sie, ebenso sicher wie der

Computer, auf den sie alle Hoffnungen gesetzt hatte, im Stich gelassen zu haben.
Es war Roland de Leaumes, der ihr zu Hilfe kam.
»*Allez, les enfants*«, sagte er autoritär, den anderen zugewandt. »*Au boulut.* Zurück an die Arbeit. Sie haben auch schon früher Unfälle gesehen. Es gibt nichts zu gaffen. Wir werden Sie wissen lassen, wenn das System funktioniert.«
Mit Seitenblicken und spöttischem Gemurmel verließen die Zuschauer den Raum.
Roland sah Francie an. In seinen dunklen Augen zeigte sich jetzt Besorgnis.
»Kann ich irgendwie helfen?« fragte er.
»Nein, danke«, lehnte Francie ab. Sie versuchte, ganz ruhig zu wirken. »Lassen Sie mich einfach den Rest des Nachmittags arbeiten. Ich werde versuchen herauszufinden, was schiefgelaufen ist.«
»Sind Sie sicher?« hakte er nach und berührte sie sanft am Ellenbogen. »Vielleicht könnte ich Ihnen ein wenig moralische Unterstützung geben?«
Sie schüttelte den Kopf. »Es würde Sie nur langweilen.«
»Sie meinen, ich bin im Weg.« Er lachte. »Das haben Sie nett ausgedrückt. Gut, ich verstehe den Wink. Aber übertreiben Sie es nicht. Versprochen?«
»Versprochen. Ich bleibe höchstens noch bis um sieben.«
Einen Moment später war er, wie alle anderen auch, verschwunden. Francie entließ die beiden Programmierer und setzte sich selber an den Computer. Sie war froh, daß niemand sehen konnte, wie sehr ihre Hände dabei zitterten.

Der Rest des Tages verlief für Francie in stiller Agonie, und in geheimer Freude für diejenigen, die ihrer Innovation von Anfang an skeptisch gegenübergestanden hatten und sie selbst mißtrauisch als attraktiven, aber unerfahrenen Fremdkörper von der amerikanischen Mutterfirma beäugt hatten.
Francie arbeitete allein am Computer, gab Befehle ein, studierte die Reaktion des Programms, telefonierte Instruktionen nach Lausanne und London durch. Sie konnte das Geflüster über ihren Mißerfolg und spektakulären Fehlschlag förmlich im Haus hören. Doch

dann gelang es ihr, sich den Gedanken daran aus dem Kopf zu schlagen.
Innerhalb einer Stunde fand sie heraus, wo der Fehler steckte. Er lag in der Schematisierung bestimmter Informationsrelais und in der vernichtenden Tatsache, daß der Computer die Logik dieser Schematisierung nicht ganz verstanden hatte.
Doch das Problem zu lokalisieren, war eine Sache, es zu lösen, eine ganz andere. Zu ihrer Bestürzung erkannte Francie, daß das heutige Fiasko kein Unfall gewesen war, sondern in einem Fehler im Kern des Programms selbst begründet lag. Schlimmer noch – Francie hatte während ihres Studiums der Computerwissenschaft keinerlei Lösungsmöglichkeit für dieses Problem gelernt. Sie mußte improvisieren, wenn sie es lösen wollte. Wenn es überhaupt gelöst werden konnte.
Sie war derart in der Arbeit versunken, daß sie jedes Zeitgefühl verlor. Sie arbeitete fieberhaft, testete eine Funktion nach der anderen und notierte sich Stichpunkte auf einem gelben Block. Als sie kurz zu der Wanduhr aufschaute, war es beinahe Mitternacht.
Plötzlich schien alle Energie von ihr abzufallen. Sie sank in den Drehstuhl vor dem Computer und stellte fest, daß sie es für heute übertrieben hatte. Der Job, der vor ihr lag, würde mühsam sein. Sie mußte lernen, ihre Kräfte einzuteilen, denn es konnte Wochen dauern, bis sich der Erfolg einstellte.
Sie verließ den Computerraum und ging den stillen Flur zu ihrem eigenen Büro hinunter. Sie schloß auf, ging an Antoinettes Tisch vorbei in ihr eigenes Büro und schaltete das Licht ein.
Auf ihrem Schreibtisch stand ein riesiger Blumenstrauß. Daran war eine Nachricht befestigt. Die Handschrift war französisch, doch der Wortlaut selber in englisch verfaßt.
Herzlichen Glückwunsch zum Geburtstag und alles Gute.
Gezeichnet Jack.
Francie stockte der Atem. Sie hatte ihren Geburtstag völlig vergessen. Heute in einer Woche würde sie dreiundzwanzig werden. Woher wußte Jack davon? Weshalb machte er sich die Mühe, ihr vom fernen Kontinent aus zu gratulieren?
Beim Lesen der Fußnote errötete Francie.
P.S. Ich würde ihn gerne mit Ihnen zusammen verbringen, sollten Sie noch nichts geplant haben. Wir sehen uns Donnerstag.

Ihre Hand, in der sie den Zettel hielt, zitterte. Jack kam hierher, um sie zu sehen!

Francie ließ sich auf ihren Stuhl sinken und starrte benommen auf die Blumen.

Jack kam nach Paris!

Es war nicht die Nachricht von seiner Ankunft, die sie schockierte. Damit hatte sie gerechnet, denn Europa war sein Gebiet, und ihr Unternehmen unterlag seiner Aufsicht.

Nein, es war die Tatsache, daß er ausgerechnet jetzt kam, in dem Moment, da ihre berufliche Karriere in einer tiefen Krise steckte. Sie würde ihm den Fehlschlag ihres Systems erklären müssen, ein System, das unter seiner Schirmherrschaft geboren worden war. Dieser Fehlschlag betraf alle europäischen Unternehmen, deren Wohlergehen wiederum Jacks Verantwortung unterlag. Und deshalb würde er auch Auswirkungen auf Jacks Position im Konzern haben.

Francies eigenes Versagen würde auf den Mann zurückfallen, der sie als einziger bei Magnus Industries unterstützt hatte.

Auf den Mann, von dem sie in den vergangenen sechs Monaten, seit sie New York verließ, geträumt hatte. Nacht für Nacht.

Und daran war ein einziger, unvergeßlicher Kuß schuld, den sie auf Anton Magnus' Party getauscht hatten. Ein Kuß, den Jack vielleicht schon vergessen hatte, der aber wie ein glühender Scheit in Francies Sinnen brannte, heißer als je zuvor, denn mit dem Verstreichen der Zeit hatte sich ihr Verlangen nur noch vertieft.

Und nun kam Jack nach Paris. Sie mußte versuchen, ihn zu überzeugen, daß es ihr gelingen würde, das System zum Funktionieren zu bringen und daß ihre großen Versprechungen, was die Computerisierung betraf, mehr waren als nur fromme Wünsche. Mehr noch – sie mußte ihn vergessen lassen, daß die Frau, der er vor sechs Monaten sein Vertrauen und seine Aufmerksamkeit geschenkt hatte, die Urheberin dieses grandiosen Fehlschlags war, dem Tagesgespräch bei Magnus-Frankreich.

Das war fast unmöglich. Francie mochte ein Mathematikgenie sein, aber sie war keine gute Schauspielerin.

Sie wußte nicht sicher, ob es ihr gelingen würde.

Alles hing von Jack ab.
Mit diesem Gedanken im Hinterkopf und mit zitternden Händen steckte sie die Nachricht zurück in den kleinen Umschlag und schloß ihn in ihrer Schreibtischschublade ein.
Doch das Zittern ihrer Hände breitete sich plötzlich in ihrem ganzen Körper bis zu ihrem Zentrum aus.
Jack kam nach Paris! Um ihren Geburtstag mit ihr zu feiern.
Doch vielleicht, so überlegte sie, hatte sein Kommen noch andere Gründe. Vielleicht hatte er ihren gemeinsamen Abend doch noch nicht vergessen; vielleicht kam er zu ihr, endlich, als Mann und nicht als Vorgesetzter.
Dies war der verwirrendste und köstlichste Gedanke von allen.
Sich davon zu lösen, war vielleicht das Schwierigste, das sie je in ihrem Leben getan hatte.
Gut, er soll kommen, dachte sie schließlich, als sie aufstand, um das Büro zu verlassen. Es kommt alles, wie es kommen muß.
Sie ließ die Nachricht in der Schublade zurück und fuhr heim, um ein wenig zu schlafen, denn am nächsten Tag wollte sie sich weiter auf die Suche nach dem Fehler in ihrem Programm machen.

14

Francie sah Jack erst, als er völlig überraschend an ihrer Bürotür auftauchte.
Es war Mittwochnachmittag, der Tag vor ihrem Geburtstag. Sie hatte damit gerechnet, daß Jack erst morgen, mit der TWA-Maschine aus New York, eintreffen würde.
Doch nun stand er in der Tür, gebräunt wie immer, in einem grauen Seidenanzug, der die harten Konturen seines Körpers unterstrich, und seine dunklen Augen funkelten, als er Francie zulächelte.
»Was machen Sie denn schon hier?« fragte sie erstaunt und verschluckte sich beinahe, so gut sah er aus. »Ich habe Sie erst morgen früh erwartet.«
»Ich habe einen früheren Flug kriegen können«, sagte er ohne weitere Erklärung. »Wie geht es Ihnen, Francie?«

Der Klang ihres Namens von seinen Lippen weckte ein Gefühl des Verlangens in ihr, und sie mußte sich zwingen aufzustehen.
»Sehr gut, danke«, antwortete sie mit einem brüchigen Lächeln. »Und Ihnen?«
»Fein. Was macht die Arbeit?«
Sie spürte, wie ihre selbstsichere Fassade bröckelte. Er war sofort zur Sache gekommen.
»Ehrlich gesagt, läuft es im Moment nicht so gut.« Sie hatte beschlossen, ihm die ganze Wahrheit zu sagen. Er war nicht die Sorte Mann, der falsche Versprechungen schätzte.
»Wirklich? Probleme?« fragte er.
»Ich würde es Ihnen gerne erklären. Das heißt, wenn Sie nicht zu müde vom Flug sind.«
»Ich kann prima im Flugzeug schlafen. Lassen Sie uns ruhig gleich loslegen.«
Francie ging mit ihm in die Computerzentrale und zeigte ihm das Programm. Dann erklärte sie ohne Umschweife und offen heraus, daß es ein ernstes Problem gab, das noch nicht gänzlich geklärt war, und daß sie ihre Arbeit komplett überprüfen mußte.
Als sie ihm alles erklärt hatte, wich sie einen Schritt zurück und sah Jack in die Augen.
»So, jetzt es ist raus«, sagte sie. »Es tut mir leid, Mister Magnus. Ich bin davon ausgegangen, daß das System schon letzte Woche funktionsfähig sein würde. Jetzt bleibt uns nichts anderes übrig, als Funktion für Funktion durchzugehen und dann das Programm neu zu schreiben, bis es funktioniert.« Sie hielt inne. »Es war ein ziemlicher Schock für mich ...«
Er fixierte sie.
»Glauben Sie, daß Sie es bis zum Termin schaffen?«
Sie zwang sich, ihm in die Augen zu sehen.
»Ich weiß es nicht. Ich kann es nur versuchen.«
Er sah zum Computer, dann wieder zu ihr. »Sie scheinen wirklich angeschlagen zu sein.«
Sie lächelte. Es war ein kurzes, unsicheres Lächeln, voller Furcht und Verzweiflung.
»Ich ... ich bin angeschlagen.« Sie wollte noch etwas hinzufügen,

doch ihre Stimme versagte. Sie fühlte sich wie ein Kind, das einem strengen Lehrer einen Fehler beichtet.
Jetzt hatte sein Blick etwas Abschätzendes. »Zu angeschlagen, um den Job durchzuführen?«
Francie standen Tränen in den Augen, doch sie kämpfte tapfer dagegen an.
Das letzte, was sie wollte, war, Jack Magnus ihre Gefühle zu zeigen. Er hatte sie eingestellt. Sie wollte, daß er sie respektieren konnte. Um jeden Preis.
»Nein«, antwortete sie fest. »Deshalb müssen Sie sich keine Sorgen machen.«
Er deutete auf das Programm. »Sind Sie immer noch überzeugt, daß es funktionieren wird?«
Sie folgte der Richtung seines Blickes zu dem Stapel Unterlagen und Notizen, in die sie soviel investiert hatte, und die einen furchtbaren Fehler beinhalteten, den sie noch immer nicht ganz identifiziert hatte.
Sie holte tief Luft.
»Ich bin überzeugt«, sagte sie, »daß der Fehler nicht im System liegt. Ich habe irgend etwas Technisches übersehen, doch das kann korrigiert werden. Da bin ich völlig sicher.«
Das war nicht die ganze Wahrheit, und Francie wußte das. Der Fehler in ihrem Programm saß so tief, daß er eben das Konzept angriff, auf dem ihr System basierte. In den bisher existierenden Programmen gab es keinerlei Regeln oder Anleitungen, die ihr einen Ausweg aus dem Dilemma hätten zeigen können. Jeder andere Programmierer hätte bereits aufgegeben.
Doch Francie spürte eine sonderbare Gewißheit, daß sie der Lösung nahe war – auch wenn es der Suche nach der berühmten Nadel im Heuhaufen ähnelte. Ihr mathematisches Wissen, das sie seit ihrer Kindheit noch nie getäuscht hatte, sagte ihr, daß sie dieses Problem lösen konnte, wenn sie nur offen und erfinderisch genug an die Sache heranging. Jetzt lag der Schlüssel in der Kreativität, nicht in der Technik. Sie konnte einfach nicht aufgeben, bevor sie nicht herausgefunden hatte, wo sie den Fehler gemacht hatte.
Doch sie belog Jack, denn sie versicherte ihm etwas, dessen sie selbst sich nicht sicher war. Sie wußte, Jack war für Europa verant-

wortlich. Er mußte die Entscheidung treffen, ob es sich lohnte, noch mehr Zeit und Geld in dieses Projekt zu investieren, oder ob er es abbrach und die damit verbundenen Anstrengungen möglichst schnell vergaß.

Er hatte Francie nicht aus den Augen gelassen. Sie konnte buchstäblich spüren, wie er die Glaubwürdigkeit ihrer Erklärung abschätzte. Ein Mann in seiner Position und mit seiner Erfahrung konnte leere Versprechungen seiner Untergebenen sofort durchschauen.

»In Ordnung«, sagte er schließlich. »Das ist ausreichend für mich.«

Überrascht sah Francie zu ihm auf.

»Sie meinen ... Sie werden mich nicht ...?«

Plötzlich lachte er. »Sie feuern? Ihnen den Kopf abreißen? Jemand anders besorgen oder noch einmal von vorn anfangen? Man merkt, daß Sie nicht viel von Management verstehen, Francie. Ein guter Manager weiß, wie man die besten Leute kriegt und wie sie ihr Bestes leisten. Er drückt nicht gleich auf den Alarmknopf, wenn Verzögerungen oder Probleme auftauchen. Wenn er es täte, würde er nie etwas erreichen.«

Er berührte den Computer. »Was Sie hier tun, ist sehr komplex und sehr bedeutend. Es war fast unvermeidlich, daß Probleme auftauchen. Bleiben Sie am Ball. Es wird klappen. Ich bin sicher.«

Sie wägte die Bedeutung seiner Worte ab.

»Nun, ich ... ich weiß Ihr Vertrauen zu schätzen.«

»Sie wären nicht hier, wenn Sie es nicht verdient hätten.« Er sprach ruhig und kontrolliert.

Sie schwiegen. Jack warf einen Blick auf die Wanduhr.

»Ich will Sie nicht länger von der Arbeit abhalten«, sagte er. »Ich muß mich heute nachmittag noch mit einigen Leuten kurzschließen. Würden Sie heute abend mit mir essen gehen?«

»Ich ... sehr gern.«

»Dann hole ich Sie um acht Uhr ab.«

Francie nickte. »Wissen Sie denn, wo ...?«

»Ihre Sekretärin hat mir die Adresse gegeben«, schnitt er ihr das Wort ab. »Ich kenne mich ganz gut aus in der Gegend. Ich werde es schon finden.«

Wieder entstand eine Pause. Ein nervöses Lächeln huschte über Francies Lippen, das sie nicht beabsichtigt hatte, doch sie konnte sich Jacks Charme und seinem unbeschreiblich guten Aussehen einfach nicht entziehen.

»Nun, dann sehen wir uns heute abend.«

»Ja.«

Sie standen gleichzeitig auf. Jack lächelte Francie an, zugleich geschäftsmäßig und auch privat. Es war ihr unmöglich, das Lächeln zu deuten.

Dann, mit einem letzten Nicken, verabschiedete er sich.

Wieder allein mit dem Computer, holte Francie tief Luft.

Sollte es wirklich wahr sein? Jack Magnus hatte sie mit einem Streich von ihren Sünden reingewaschen, ihrem Leben eine neugefundene Leichtigkeit gegeben und vor allem ihre Furcht in eine Freude verwandelt, die sie seit ihrer letzten Begegnung nicht mehr verspürt hatte.

Noch völlig verwirrt, dachte Francie über ihre Erleichterung und ihr Glück nach.

Und darüber, daß sie Jack heute abend wiedersehen würde.

Er holte sie zur vereinbarten Uhrzeit ab und führte sie zum Essen ins Lasserre aus. Francie bewunderte die erlesene Einrichtung des legendären Restaurants, die livrierten Kellner und Oberkellner und fragte Jack, warum er sie in ein derart elegantes Lokal eingeladen hatte.

»Nun, es ist ein wichtiger Abend. Sie wollen doch nicht behaupten, Sie hätten es vergessen?«

Sie sah ihn erstaunt an.

»Ihr Geburtstag, oder nicht?« fragte er.

»Ach das!« lachte sie. »Was um alles in der Welt hat Sie dazu gebracht, an meinen Geburtstag zu denken?«

»Sagen wir einfach: ich weiß eben gerne über alles Bescheid.« Er lächelte. »Wahrscheinlich weiß ich mehr über meine Mitarbeiter als gut ist. Na ja, egal. Ich bin jedenfalls hier.«

Er hob sein Champagnerglas und stieß mit Francie an. Sie errötete unwillkürlich und erwiderte sein Lächeln.

Das Essen verlief ruhig. Sie plauderten über die Firma und andere

Neuigkeiten, nichts, was den aufkommenden Sturm in Francies Sinnen hätte aufhalten können. Ihre Erleichterung über Jacks Beurteilung ihrer Arbeit hatte eine sonderbare Erregung freigelegt, die durch ihr Zusammensein mit ihm in diesem eleganten, intimen Restaurant noch gesteigert wurde.

Sie war froh, als das Essen beendet war und sie an die frische Luft kamen. Jack war in einem Firmenwagen von Magnus-Frankreich gekommen, und er fuhr um den Place de la Concorde, bewunderte mit Francie zusammen den eindrucksvollen Champs-Elysées bis zum Arc de Triomphe, bevor er über den Pont de l'Alma in die engen Straßen der Rive Gauche einbog.

In der Nähe von Francies Apartment war kein Parkplatz zu finden, und Jack fuhr im gemäßigten Tempo um den Block, bis er eine Lücke in der malerischen Rue de Dragon fand, einer engen Straße, die von unzähligen Antiquitätengeschäften gesäumt wurde. Zusammen spazierten sie bis zur Ecke des Boulevard Saint-Germaine, um einen Blick auf das rege Nachtleben zu erheischen, dann zurück zum Carrefour de la Croix Rouge, mit seiner Ansammlung kleiner Geschäfte, bis sie schließlich die dunkle Rue de Cherche-Midi erreichten.

»Würden Sie gern sehen, wo ich wohne?« fragte Francie etwas nervös. »Es ist wirklich ein hübsches kleines Apartment. Roland de Leaumes hat es für mich angemietet, solange wie ich in Paris bin.« Bei der Erwähnung von Roland flackerte kurz ein merkwürdiger Ausdruck in Jacks Augen auf, um dann gleich wieder zu verschwinden. Francie wußte nicht, was er zu bedeuten hatte. Jetzt wirkte sein Blick wieder vollkommen neutral, unergründlich.

»Ich weiß allerdings nicht, ob ich Ihnen einen kleinen Schlummertrunk anbieten kann. Nach diesem wundervollen Essen haben Sie sicher einen verdient.«

»Ich will Sie nicht vom Schlafen abhalten«, meinte Jack. »Sie scheinen furchtbar hart gearbeitet zu haben. Sie sind wirklich dünn geworden.«

»Ach, machen Sie sich darum keine Sorgen.« Francie zuckte die Achseln.

Sie hatten die Loge der Concierge und den kleinen Innenhof mit der Sphinx passiert und standen vor dem Fahrstuhl im Foyer. Das

Licht der Minuterie, der intervallgesteuerten Flurbeleuchtung aller französischen Miethäuser, warf einen sonderbaren Schatten auf Jacks Gesicht. Alles wirkte weich und golden.

»Vielleicht sollte ich Sie doch besser zu Bett gehen lassen«, sagte Jack.

Francie schwieg, lächelte ihm jedoch plötzlich zu, mit einem Lächeln, das sich wie durch Magie in seinen edlen Zügen widerspiegelte.

Sie drückte gerade auf den Fahrstuhlknopf, als das Licht ausging. Das kleine Foyer lag in völliger Dunkelheit. Irgendwo an der Wand neben ihr, das wußte Francie, befand sich der Lichtschalter.

Sie erreichte ihn nicht mehr, denn bevor sie ihn finden konnte, war sie in Jacks Armen.

Es blieb keine Zeit zu fragen, ob sie den ersten Schritt gemacht hatte oder ob er seine Arme von sich aus um sie geschlungen hatte. Sie wußte nur, daß der Kuß in Anton Magnus' Haus, der ihr Leben verändert hatte, sich soeben wiederholte, ja, sogar noch heißer als beim ersten Mal. Er entsandte Funkenschauer über ihren Rücken, wie ein Komet, dessen Schweif aus den Hunderten intimen Momenten bestand, die sie seit ihrem ersten Kuß in ihren Träumen mit Jack durchlebt hatte.

Eine Stimme in ihrem Innern warnte sie vor diesem Schritt, der nicht mehr rückgängig zu machen war. Doch diese Warnung wurde von der Macht des Kusses zum Verstummen gebracht. Sie hielt Jack fest, spürte, wie ihr Körper an seinem bebte, und hörte dieses sonderbare weibliche Stöhnen, das wie von selbst ihrer Kehle entsprang, während die Dunkelheit sie beide vereinte.

Dann, irgendwie, waren sie im Fahrstuhl. Der enge Raum schien sie noch näher aneinanderzudrängen, und die Hitze in Francies Sinnen stieg schneller als der Fahrstuhl den Schacht hinauf. Sie hatte die Augen geschlossen, doch ihre Hände fuhren tastend, wie von selbst, wissend und ermutigend über seinen Körper. Sie fanden ihren Weg unter sein Hemd, bis zu den Rippen seines breiten Brustkorbs und erkundeten bewundernd die Kraft seines Körpers.

Sein Kuß wurde immer fordernder, während der Fahrstuhl höher und höher stieg. Sie spürte, wie seine Hände fest ihre Taille umfaßten. Diese Berührung machte sie wahnsinnig. Sie bewegte sich gegen ihn, fiel in einen Rhythmus der Verführung, bedeutete ihm mit jedem Teil ihres Körpers ihr Verlangen. Irgendwie sagten ihm die schmalen Hüften, die sich unter seiner Umarmung wanden, daß sie ihm schon jetzt erlaubte, sie intimer zu berühren; und er zog sie mit seinem festen Griff unterhalb ihrer Taille noch enger an sich. Ihre Zunge hieß seine willkommen, neckte sie, rieb sich an seiner, und ein Stöhnen der Lust entfloh seiner Kehle.

Später sollte sie sich fragen, wie sie es vom Fahrstuhl in ihr Apartment geschafft hatten, wie sie ihren Schlüssel gefunden hatte. Sie würde sich nicht daran erinnern können, denn die Leidenschaft machte sie allem andren außer Jack gegenüber blind.

Die einzige Erinnerung, die ihr an diesen Moment blieb, war die Dunkelheit, die sie beide umgab, seine Hände, die ihre Schultern, Brüste, Schenkel liebkosten, und die beinahe schmerzliche Sehnsucht ihrer Haut, nackt für ihn sein zu wollen. Das einzige Geräusch im Apartment war das Geräusch ihres Atems, stockend vor Verlangen, und die leise Sprache ihrer Hände, als sie einander erkundeten.

Francie wußte, daß etwas Ehrfurchtgebietendes und Langersehntes geschehen würde. Sie wäre vor Lampenfieber verglüht, wäre da nicht die unerwartete Weisheit ihres Körpers gewesen, der sich die ganze Zeit auf diesen Moment vorbereitet hatte und exakt wußte, was zu tun war.

Sie ließ die Hände unter seinem Jackett hinauf zu seinen Schultern schlüpfen und streifte es ab. Sie küßte ihn wieder, und jetzt öffneten sich die Knöpfe seines Hemdes. Sie spürte, wie im selben Moment ihr Kleid fiel. All die Kleidungsstücke, die sie voneinander trennten, fielen wie von selbst herunter, wie Blütenblätter, die herabfielen, um sich gegenseitig zu befruchten.

Sie geleitete ihn langsam zum Schlafzimmer, hielt immer wieder inne, um ihn zu küssen, zu berühren. Als sie das Bett erreichten, war sie bereits nackt. Sie legte sich hin, beobachtete, wie er vor ihr türmte, seine Silhouette sich gegen das nächtliche Paris abzeichnete; er wirkte wie die Statue eines Fruchtbarkeitsgottes, als auch er die letzten Kleidungsstücke abstreifte und auf Francie niederblickte.

Sie streckte die Arme nach ihm aus.

Er ließ sich auf sie gleiten und bedeckte sie mit seinem Körper. Sie schmeckte die Süße seiner Zunge und im selben Moment fühlte sie die Härte seines Geschlechts sanft an ihre Pforte stoßen.
Sie wurde von einer Art Wildheit überwältigt, ihr Körper, hilflos in seiner Lust, reagierte mit forschen, wissenden Bewegungen. Sie konnte spüren, wie auch seine Erregung rasend bis zum Siedepunkt stieg, und selbst dieses harte Drängen seines männlichen Verlangens konnte sie nicht überraschen, denn ihr Körper wußte, wie von selbst, was er tun mußte.
Sie umfaßte seine Hüften, führte ihn langsam und vertiefte gleichzeitig ihren Kuß. Ein sanftes Auf und Ab vereinte sie, sinnlich und langsam, brachte ihn unvermeidlich näher, so daß seine Spitze an das weiche Fleisch ihrer Scham stieß, schon öffnete sich ihre Pforte, immer, immer mehr. Dann spürte sie, schaudernd, wie er in sie eindrang.
Selbst der Stich des Schmerzes, der sie durchfuhr, als sie ihn empfing, war für sie ein Gefühl der Lust, der Ekstase. Sie hörte, wie er aufstöhnte, und sie stimmte mit kleinen, lustvollen Schreien ein, gab sich ihm hin, hob die Hüften, um ihn tiefer in sich aufzunehmen, streichelte seine festen Schenkel, reckte ihm die Brüste entgegen, um das krause Haar auf seinem Brustkorb mit ihren Brustwarzen zu spüren.
Dann schien alles zu explodieren. Der Jack, von dem sie so lange geträumt hatte, war in dem Sturm, der in ihrem Inneren ausbrach, verloren, und all ihre Gedanken über sich selbst wurden fortgerissen von dem heißen Fluß, der sie durchströmte. Sie wußte nicht mehr, wer sie war, noch, was irgend etwas zu bedeuten hatte, doch es war ihr egal. Ihr Körper gehörte nicht mehr ihr selbst.
Sie konnte nicht sehen, was Jack erblickte, als sie unter ihm lag: eine hübsche, schlanke Nymphe, die sich durch Lust verwandelte, deren Fleisch verführerisch nach ihm rief. Die heißen kleinen Brustwarzen tanzten unter seinen Stößen, die süßen Frauenhände drängten seine Hüften näher an sich, die langen, weichen Schenkel liebkosten ihn in immer sinnlicherem Rhythmus, immer unwiderstehlicher.
Doch ihr wurde bewußt, daß ihre Hingabe ein schreckliches Feuer in ihm entfachte, denn mit beinahe übermenschlicher Kraft stieß er immer tiefer und tiefer in sie, mit jedem Stoß wurde seine Lei-

denschaft in immer größere Höhen geschaukelt, bis schließlich selbst ihre Schreie der Ekstase in diesem Tumult untergingen.
Als das Feuer heißer und heißer wurde, wußte Francie nicht länger zu sagen, ob ihn ihre eigene Selbstvergessenheit dazu brachte oder ob er selbst die Kontrolle verloren, seine eigene reale Welt verlassen hatte, um sich mit ihr in diesem Fleischeskampf zu vereinen, diesem Triumph der Lust über den Verstand.
Sie dachte, es würde niemals enden. Und dann wurde sie von seinen letzten Stößen überrascht, er hob sie in Höhen, die sie sich nicht einmal in ihren sündigsten Phantasien erträumt hatte. Er drang tiefer und tiefer, und mit einer gewaltigen Zuckung ihres Körpers öffnete sich ihm die letzte Pforte.
Sie hörte ein tiefes, brodelndes Stöhnen in seiner Kehle. Ein heißer, süßer Strom schoß auf einmal in sie, und ein plötzliches Erzittern ihrer intimsten Sehnen antwortete ihm. Dann war es vorbei.
Benommen, wie betäubt, lag sie in seinen Armen.
Ein Kuß berührte ihre Stirn, dann ein weiterer und noch einer. Sie streichelten sanft ihre Lider, ihre Wangen. Sie schlang Jack die Arme um den Nacken und hielt ihn fest im Arm.
Jetzt wußte sie, worauf sie ihr ganzes Leben lang gewartet hatte.

Die Nacht verging wie in einem Traum. Francie wußte nicht mehr, wie oft sie sich liebten. Sie wußte nur, daß es jedesmal anders war und daß sie sich ihm jedesmal auf eine andere Art, mit ihrem ganzen Selbst, hingab. Es war, als hätte das Wunder seiner Berührungen unzählige neue Persönlichkeiten in ihr erweckt, jede einzelne bisher verborgen und nur geboren, um ihm zu gehören, ihn zu erregen und ihm zu gefallen, auf eine Art, der sie sich nie für fähig gehalten hatte.
Es war ein langer, wunderschöner Prozeß des sich Verlierens. Und für die Francie, die seit dreiundzwanzig Jahren von ihrem starken Willen gelebt hatte, war es eine beängstigende Erfahrung, denn es war Hingabe im wahrsten Sinne des Wortes. Doch sie hatte ja Jack, der sie hielt und der ihre Befürchtungen wieder und wieder mit seinem schönen Körper auslöschte. Er war ebenso unersättlich wie sie, und etwas in ihm, das spürte sie, gab sich auch ihr, im Angesicht dieses wilden Verlangens, das sie vereinte.

Als es vorbei war, wurden sie beide von einer köstlichen Müdigkeit erfaßt. Das fahle Mondlicht fiel durch das Fenster, und sie lag neben ihm und sah, wie es seine schönen Züge badete. Schlafend wirkte er noch geheimnisvoller und attraktiver als wach. Sein Schlaf hatte etwas Rätselhaftes, Kindliches.
Sie sah, wie sich auf seinem Gesicht ein Traum spiegelte. Ehrfürchtig beobachtete sie, wie sich sein Arm nach ihr ausstreckte, um sie legte, sie eng an sich zog. Sie wagte es, seine Wangen, seine Lippen zu küssen. Er hielt sie fest umschlungen, und sie wünschte, sie könnte seinen Traum teilen, damit sie auch jetzt vereint wären, so, wie in der Lust zuvor.
Sie fragte sich, ob er etwas von der Revolution ahnte, die in dieser Nacht in ihr stattgefunden hatte. Sie wußte, daß sie nach der heutigen Nacht niemals wieder dieselbe sein würde.
Und sie war froh, daß es dieser Mann war, der schönste von allen, der ihr die Jungfräulichkeit genommen und sie zur Frau gemacht hatte.
Was es alles zu bedeuten hatte und wohin es führte, konnte sie nicht sagen. Sie wußte nur, daß die Vergangenheit für immer vertrieben war und sich die Zukunft wie ein endloser Ozean der Lust vor ihr erstreckte.
Mit diesem Gedanken sank Francie in einen süßen, traumlosen Schlaf.

Als sie erwachte, lag sie allein im Bett.
Voller Angst setzte sie sich auf und sah sich um. Die Zeiger der Uhr standen auf sieben Uhr.
Sie fühlte sich benommen und hilflos. Hatte sie alles nur geträumt? War sie vielleicht doch alleine nach Hause gekommen und in eine Art wahnsinnige Phantasie abgedriftet?
Doch das Glühen in ihrem Körper erinnerte sie, daß alles wirklich geschehen war.
Sie wurde langsam wach, spürte, wie die Laken ihren nackten Körper streichelten. Sie lauschte nach einem Geräusch von Jack im Apartment. Nichts.
Sie stand auf, ging ins Badezimmer und betrachtete ihr Spiegelbild. Ihr Haar war zerzaust. Ihre Gesichtszüge verrieten die Spu-

ren der Leidenschaft. Die nackten Schultern und Brüste im Spiegel waren ihre eigenen, und doch glaubte sie, eine Fremde zu sehen. Eine nagende Furcht überkam Francie, die im Pulsieren ihrer Sinne wurzelte und ihr Echo durch alle Windungen ihres Verstandes sandte. Sie wußte, daß das, was sie mit Jack getan hatte, unwiderruflich war. Und nun war er fort. Sie war allein gelassen mit der Überlegung, was zwischen ihnen geschehen war.

Sie verharrte, starrte ihr Spiegelbild an. Jetzt verabscheute sie dieses Gesicht, denn es gehörte einer leichtsinnigen Kreatur, die Francie zu etwas gebracht hatte, was nicht rückgängig zu machen war, und sie zu Gefühlen getrieben hatte, zu denen sie nicht das Recht besaß.

Sie wandte sich ab, stellte sich unter die Dusche und drehte das Wasser auf. Sie spürte, wie der Strom des Wassers sie reinigte, heiß und stechend. Doch es konnte nicht ihre Erinnerungen an Jack fortspülen. Und sie wußte, daß Jack, wo immer er sein mochte, jetzt ihr wirkliches Ich kannte.

Schließlich, als sie im Bademantel und mit einem Handtuch um den Kopf aus dem Bad kam, war sie überzeugt, daß sie den größten Fehler ihres Lebens begangen hatte. Sie konnte Jack niemals wieder mit dem Selbstbewußtsein gegenübertreten, das sie einmal gehabt hatte.

Als sie die Küche betrat, schrie sie beinahe auf.

Jack saß am Tisch und schaute sie an. Er lächelte.

»Schön, Sie hier zu treffen ...«, sagte er.

Francie starrte ihn überrascht an. »Ich dachte ...«, stammelte sie. »Ich dachte, du ...«

Er sagte nichts. Sein Blick wanderte über ihren Körper. Er trug die Hose und das Hemd von letzter Nacht. Der Kragen seines Hemdes stand offen und enthüllte seinen breiten Brustkorb, den sie vor wenigen Stunden mit ihren Küssen bedeckt hatte. Die dunklen Augen, die sie anschauten, waren voller Wissen. Sie konnten die hemmungslose Nymphe, die sie in der letzten Nacht gewesen war, beinahe in ihren Tiefen erkennen.

»Ich ...«, begann sie beschämt. »Ich meine ...«

Er sah ihre Verwirrung und stand auf. Francie zitterte am ganzen Leib. Jack legte ihr die Hände auf die Schultern und zog sie an

sich. Sie konnte die Wärme seines Körpers durch ihren Bademantel spüren. Beinahe augenblicklich gesellte sich das Verlangen zu dem Schmerz in ihren Gefühlen, und sie war hoffnungslos hin- und hergerissen.
Sie hätte ihn jetzt angefleht zu gehen, sie zu vergessen, wäre nicht etwas Unerwartetes geschehen.
Er nahm sie in die Arme, hob sie einfach hoch, wie ein Kind, und trug sie zurück ins Schlafzimmer. Er legte sie aufs Bett und sah lächelnd auf sie herab. Sie schaute ihn an.
Dann streichelte er sanft ihre Wange, ihre Brauen, ihr nasses Haar. Seine Liebkosung schien sie zu beruhigen. In dem Ausdruck seiner Augen spiegelte sich eine Mischung sanfter Melancholie und puren Glücks; sie war wie hypnotisiert.
Er fuhr fort, besänftigte sie mit seinen Liebkosungen; der Blick aus seinen Augen schien sich tiefer und tiefer in ihre Gefühlswelt einzugraben. Obwohl er nichts von seiner eigenen, geheimnisvollen Welt mit diesem Blick verriet, spürte sie doch, daß sich sein Innerstes in seinen Augen spiegelte.
Er nahm ihre Hände und hielt sie sanft. Seine Lippen teilten sich. Sie fragte sich, was er wohl sagen könnte, um ihre Bestürzung zu lindern. Vielleicht suchte er nach taktvollen Worten, mit denen er ihren Verdruß mildern konnte, bevor er ging.
Doch die Worte, die kamen, verblüfften sie völlig.
»Ich liebe dich«, sagte er.
Francies Augen wurden weit. Sie konnte nicht glauben, was sie hörte.
»Willst du mich heiraten?« fragte er und drückte dabei fester ihre Hände.
Francie war wie betäubt. Die Worte klangen, als kämen sie von einem anderen Planeten, aus einem anderen Leben. Hätte er sie nicht so fest bei den Händen gehalten, hätte sie gefürchtet, er könnte sich so abrupt in Luft auflösen wie Aschenputtels Pferde und Kutsche bei Schlag Mitternacht.
»Du sagst doch nicht nein, nicht wahr?« fragte er. »Wenn du es tust, bin ich am Ende.«
Er sah sie erwartungsvoll an. Ein Kaleidoskop der Gefühle überzog ihr Gesicht, erst Schockiertheit, Alarmiertheit, dann wachsendes, unwiderstehliches Glück.

Das Lächeln, in das es schließlich mündete, war das eines Kindes, und das Strahlen in ihren grünen Augen war wie der erste Sonnenaufgang einer neuen Jahreszeit.
»Oh, Jack«, flüsterte sie. »O mein Gott ...«
Plötzlich zog er sie zu sich heran. Seine großen Hände hielten sie fest. Ihr Gesicht lehnte an seiner Brust. Sie konnte seinen schnellen Herzschlag spüren.
»Sag es«, murmelte er. Seine Worte klangen belegt. »Was immer es sein mag, sag es. Ich muß es wissen, Francie. Ich liebe dich, seit ich dir zum erstenmal an der Tür meines Apartments gegenüberstand. Es war, als würde ich keine Luft mehr kriegen. Und mit jedem Tag wird es schlimmer. Ich konnte es dir damals noch nicht sagen, denn wir hatten uns erst kennengelernt, und du warst so neu in der Firma. Ich wollte dich nicht verwirren, dich nicht auseinanderreißen ... Aber jetzt kann ich nicht mehr länger warten. Es bringt mich um, Francie. Bitte, Francie ...«
»Ja«, antwortete sie. Das Wort kam wie von selbst über ihre Lippen, so sicher wie die Leidenschaft ihres Körpers in der vergangenen Nacht; ein Wort, das sich leicht über ihre gequälten Gedanken erhob, das Geheimnisse in sich trug, die sie all diese Zeit versucht hatte, vor sich selber zu verstecken, die jedoch nicht mehr geleugnet werden konnten.
»Ja, du heiratest mich? Ja, du liebst mich?« fragte er.
»Ja, ja, ja«, antwortete sie. Jubel klang in ihrer Stimme. »Oh, Jack ...«
Er umarmte sie fester, schaukelte sie in seinen Armen vor und zurück. Es schien, als würde die Erde wie dünnes Eis unter ihr einbrechen. Und gleichzeitig hatte sie das Gefühl, als sei er der Grund, auf dem sie von nun an gehen würde. Jack, und nur Jack. Für immer. Ihre Umarmung wurde enger und enger. Der Jubel, den Francie verspürte, raubte ihr den Atem. Das gleiche schien für ihren Geliebten zu gelten, dessen Herz heftig an ihrer Brust pochte. Die Offenbarung, die soeben zwischen ihnen geschehen war, schien zu intensiv, um sie ertragen zu können.
Langsam ließ er Francie auf die Laken gleiten. Sie sah zu ihm auf, ihre Augen leuchteten mit sonderbarer Intensität. Er schaute wie hypnotisiert auf sie.

Dann öffnete er sanft ihren Bademantel und betrachtete ihren nackten Körper. In seinen Augen spiegelte sich Ehrfurcht und unendliche Bewunderung.
Ein letztes Mal überdachte Francie diesen Wirbelsturm des Schicksals, der sie innerhalb einer kurzen Nacht aus ihrem bisherigen Leben gerissen und an einen fremden Ort, Welten von all ihren kühnsten Träumen entfernt, gebracht hatte. Sich so zu verlieren, wäre ihr Untergang gewesen, wären da nicht diese Augen, die auf sie herabschauten, Augen, die ihr ein neues Leben und neue Träume versprachen, die so schön waren, daß sie gerne bereit war, alles, was sie vorher gewesen war, dafür zu opfern.
Und so verabschiedete sie sich von der Vergangenheit, die sie so gut gekannt hatte, und begrüßte eine Zukunft, von der sie nichts kennen konnte außer einer Lust fernab aller Worte. Francie zog Jack Magnus an ihre Brust.

15

New York, 27. Juli 1956
Belinda Devereaux saß im zweistöckigen Haus ihrer Eltern am Sutton Place beim Abendessen und beobachtete ihre Mutter, die sich angeregt mit Viktoria Magnus unterhielt.
Einen Moment zuvor hatten sich ihr Vater, Brent Devereaux, und Anton Magnus vom Tisch erhoben, um sich in der Bibliothek einen Drink und eine Zigarre zu genehmigen. Die Frauen widmeten sich derweil dem Dessert und zogen sich dann ins Wohnzimmer zurück, um den neuesten Klatsch auszutauschen. Sahrah Devereaux strickte an einem Pullover für ihre Nichte, Viktoria Magnus blätterte in einer Modezeitschrift.
Es war die übliche Routine, wie immer, wenn Mr. und Mrs. Magnus zu Besuch vorbeischauten. Obwohl Anton Magnus und Brent Devereaux zu den mächtigsten Männern des Landes zählten und ihre Frauen in den höchsten Kreisen der Gesellschaft verkehrten, verhielten sich beide Paare wie gesetzte Leute aus der Mittelschicht, dem leiblichen Wohl und der Langeweile zugetan.
Die Zusammenkünfte fanden immer hier statt, es sei denn, die

Magnus-Familie führte Belinda und ihre Eltern zum Dinner ins Plaza oder Pierre's aus. Irgendwie war es zu peinlich, Belinda in das Anwesen auf der Park Avenue einzuladen, wenn Jack dabei fehlte und Julie jederzeit zu einer Szene fähig war. Das Ganze war hier einfach sicherer.

Und Belinda mußte es über sich ergehen lassen, fühlte sich wie das häßliche sitzengelassene Entlein, ein fünftes Rad am Wagen, und träumte die ganze Zeit von Jack. Denn Jack war die unausgesprochene raison d'être dieser unerträglichen kleinen Dinner, der unsichtbare Geist und auch das menschliche Wesen, das sie selbst in einer Million Jahre nicht mit seiner Anwesenheit beehrt hätte.

An diesem Abend hielt er sich in Paris auf, wo er sich um das neue Computersystem von Magnus-Frankreich kümmerte. Doch selbst wenn er sich in New York aufgehalten hätte, wäre er heute nicht hier erschienen. Er fand immer eine Ausrede, diesen Treffen fernzubleiben. Niemals würde er seine Unabhängigkeit opfern, um bei einem obligatorischen Essen mit seinen zukünftigen Schwiegereltern aufzutauchen, nur weil Anton Magnus es angeordnet hatte.

Nein, Jacks ausgeprägte Persönlichkeit ließ es einfach nicht zu, einer derartigen Beschneidung seiner Freiheit nachzugeben. Ironischerweise respektierte Belinda ihn genau deshalb, ja, sie bewunderte ihn sogar dafür.

Wenn sie selbst doch nur solchen Mut aufbringen könnte! Wer weiß, wie ihr Leben dann verlaufen wäre?

Doch da sie es nicht konnte – da sie sich nicht in der Lage fühlte, sich von der geringen Hoffnung loszusagen, daß Jack sie doch noch erwählen würde, da sie die Sklavin der Zukunft war, die Anton Magnus und ihr Vater für sie bestimmt hatten, war sie gezwungen, dieses sich stetig wiederholende Ritual durchzustehen.

Heute abend war es wie immer gewesen. Höflicher Plausch beim Cocktail, wobei natürlich die Männer den Ton angaben. Freundliche Worte von Mrs. Magnus – ein eingeschüchtertes Wesen, das vor allem und jedem schreckliche Angst zu haben schien und zitterte wie ein kleiner Vogel im goldenen Käfig – und von Anton Magnus ein väterlicher Begrüßungskuß auf die Wange. Sein Blick auf Belinda drückte Sympathie und eine besondere Verbundenheit aus, als wolle er sagen: »Du und ich, wir sind die beiden Hauptpersonen hier. Du und ich, wir haben noch etwas zu erledigen. Und ich bin hier, um dafür zu sorgen, daß wir es zu einem erfolgreichen Abschluß bringen.«

Small talk beim Cocktail, ein köstliches Essen, vom Koch der Devereauxs zubereitet, und schließlich deutlich erkennbare Langeweile auf den Gesichtern der Männer, als die Frauen die Konversation an sich zogen und die neuesten Gerüchte austauschten. Dann die abrupte Entschuldigung der Herren, die sich endlich über ihre Geschäfte unterhalten wollten, während Sahrah und Mrs. Magnus sich Klatschgeschichten über Freunde, Bekannte und Hunderte gemeinsame Verwandte erzählten, denn die Devereauxs waren auch mit den Trowbridges, Gretchens Schwiegereltern, verwandt.

»Gay Swinerton und Rollie lassen sich scheiden«, sagte Sahrah. »Ist das zu fassen, nach all den Jahren?«

»Mein Gott, und ich dachte, die beiden seien so vernarrt ineinander«, entgegnete Mrs. Magnus. »Erst letzten Monat habe ich sie in Newport getroffen. Und ihre Kinder sind doch so entzückend.«

»Na ja, du weißt, wie Lea Widener ist. Wenn sie sich einen Mann in den Kopf setzt, hat er keine Chance. Nicht einmal ein wirklich treuer Kerl wie Rollie. Es ist eine Schande.«

»Wenn du mich fragst, ich weiß nicht, wie sie es macht. Man sieht ihr die Jahre doch an, selbst ihre Liftings sind geliftet.«

Belinda brachte es nicht fertig, sich an diesem belanglosen, leeren Geplapper zu beteiligen. Sie war von Natur aus keine Klatschtante, sondern ein eher ruhiges und gebildetes junges Mädchen, das intellektuelle Anreize suchte.

Sie hatte ihren Abschluß in Englisch auf dem Swarthmore gemacht und arbeitete seit vier Jahren auf ihren Doktortitel an der Columbia hin. Sie hatte die vage Vorstellung, Professorin für Englisch zu werden und die Art Literatur zu lehren, die sie liebte, vor allem die Romantiker, einschließlich Brontës, Georges Sand, Byron – falls es nötig werden sollte.

Belinda befand sich in einem Zwiespalt, der mit jedem Tag erdrükkender wurde. Denn sie hatte nicht wirklich den Wunsch, Professorin zu werden. Alles, was sie wollte, war Jack Magnus.

Aber sie konnte ihr Wissen, daß Jack sie nur dann heiraten würde, wenn sein Vater den Kampf gegen ihn gewann, nicht leugnen, und Jack kämpfte mit seinem ganzen Stolz und seiner Dickköpfigkeit. Sollte Jack als Verlierer aus diesem Kampf hervorgehen, würde sie nicht länger darüber nachdenken müssen, Englischprofessorin zu werden. Aber sie würde darüber nachdenken müssen, mit einem Mann verheiratet zu sein, der sie nicht wollte. Und das war die Pforte zu einem Leben unvorstellbaren Herzschmerzes.

Andererseits – sollte Jack sie trotz allem nicht heiraten, würde sie ihr Studium abschließen und einen Lehrauftrag annehmen. Sie würde ihre Schüler die Höhenflüge der Romantik lehren, die sie in den Arbeiten ihrer Lieblingsautoren gefesselt hatten.

Ein einsames Leben würde das sein, gewiß, aber kein sinnloses. Es würde ein Trost sein für das, was sie verloren hatte.

Beide Lösungen bargen ihre Gefahren. Es war schwer zu sagen, was schlimmer sein würde. Der einsame, sichere Weg ohne Jack oder die weitaus gefährlichere Möglichkeit, gegen seinen Willen seine Frau zu werden.

Also bewegte sich Belinda auf einem schmalen Grat, rechts und links lauerten Untiefen, während sich im Hintergrund das sinnlos leere Geschwätz zwischen ihrer Mutter und Mrs. Magnus fortsetzte, und sie fragte sich, wie sie nur in all dies hatte hineingeraten können.

Belinda war ein gesundes, normal entwickeltes Kind gewesen, wenn auch ein wenig zurückhaltend. Sie war bei weitem die intelligenteste der Devereaux-Töchter – ihre beiden Schwestern waren wesentlich älter und hatten schon vor langem in reiche Familien eingeheiratet – und auch die isolierteste. Als Kind hatte sie gelernt, ihre eigenen Spiele zu erfinden, ihr Zimmer zu schmücken, ihre Bücher auszuwählen und sich in ihren Phantasien, ohne die Störung durch die Außenwelt, zu verlieren. Die Einsamkeit hatte eine Art Unabhängigkeit mit sich gebracht.

Mit vierzehn war sie zu einem schüchternen, aber selbstbewußten Mädchen herangewachsen, nicht ohne Stolz, nicht ohne Vertrauen in die Zukunft.

Dann war plötzlich Jack aufgetaucht. Damals war er bereits zwanzig und ein brillanter, schneidiger Student. Er war zusammen mit seinen Eltern zu Simones, Belindas älterer Schwester, Hochzeit eingeladen gewesen und ihr auf dem Rasen vor dem Southampton-Anwesen der Devereauxs vorgestellt worden.

Belinda sollte diesen Tag niemals vergessen, denn er hatte ihr sowohl die Freude als auch den Fluch gebracht, mit dem der Rest ihres Lebens behangen war.

Der zwanzigjährige Jack Magnus war der attraktivste Mann, dem Belinda je begegnet war. Er war die Reinkarnation der Perfektion, eine lebendig gewordene Skulptur von Michelangelo. Ihr jungfräuliches Herz, das bis zu diesem Moment dem männlichen Geschlecht eher gleichgültig gegenüber geschlagen hatte, war plötzlich erwacht und hatte sich gänzlich an Jack verloren. Es gibt nur eine erste Liebe, und für Belinda war es Jack.

Nervös hatte sie ihn überzeugen können, ihm das Anwesen zu zeigen. Er war froh gewesen, den Hochzeitsgästen entfliehen zu können und hatte sich nach ihrer Schule und ihren Interessen erkundigt. Mit kindlicher Offenheit zeigte sie ihm ihr Zimmer. Auf ihrem Schreibtisch lag eine Arbeit von ihr, die sie für den Englischunterricht verfaßt hatte. Ihr Titel lautete: »Was Poesie für mich bedeutet.« Er las es aufmerksam und stellte ihr respektvolle Fragen über den einen oder anderen Gedanken, den sie darin zum Ausdruck gebracht hatte. Er schien Belinda zu mögen. Er neckte sie sogar ein wenig. Und seine Aufmerksamkeit ließ sie bis in die Haarspitzen erröten.

Sie glaubte, eine bestimmte Vertrautheit zwischen ihnen zu spüren. Als sie ihr Zimmer verließen und durch das Haus streiften, überkam Belinda der Wunsch, ihn näher kennenzulernen und seine Freundin zu werden, mehr als alles andere auf der Welt.

Und dann passierte es. Sie spazierten zum Rasen zurück, wo sie bereits von Anton Magnus und Belindas Vater erwartet wurden. Auf den Gesichtern der beiden formell gekleideten Männer spiegelte sich das Lächeln der Kuppler, als das Pärchen sich ihnen näherte. Jack erkannte diesen Ausdruck und wandte sich zu Belinda um. Vorbei war es mit dem freundlichen Geplänkel, vorbei mit seinem Lächeln. Seine hübschen Züge wirkten plötzlich sehr kalt.

Jack richtete danach kein einziges Wort mehr an Belinda. Er schien etwas zu wissen, was ihr verborgen geblieben war, etwas, was seine Gefühle zu ihr völlig verändert hatte.

Er verließ die Party frühzeitig und ohne sich von Belinda zu verabschieden.
Erst viel später, durch eine Reihe von Bemerkungen ihrer Mutter und ein Telefongespräch mit einer Schulfreundin, erfuhr Belinda die Wahrheit. Auf dieser Hochzeitsfeier war es zwischen Anton Magnus und ihrem Vater zu einer Abmachung gekommen. Brent Devereauxs jüngste Tochter war Jack Magnus versprochen worden. Für Belindas Vater, der bereits seine beiden älteren Töchter Valerie und Simone gewinnbringend verheiratet hatte, war dieser Deal sein größter Coup. Und im Hause Magnus, so hieß es, war man begeistert von diesem Plan.
Alles war arrangiert.
Von diesem Tag an verhielt sich Jack gegenüber Belinda äußerst reserviert. Für immer verschwunden war seine charmante Aufmerksamkeit, mit der er ihren Aufsatz gelesen hatte, nie wieder sahen seine Augen sie zärtlich neckend an, nie mehr hörte sie seine tiefe, respektvolle Stimme, nie mehr zeigte er Neugier, was sie betraf, oder – welche Ironie! – die Tatsache, daß er sie mochte.
Weder wurde sie von Jack ernst genommen, noch spürte sie sein interessiertes Lächeln auf sich. Denn nicht Jack selbst, sondern sein Vater war es, der sie erwählt hatte.
Sie war zur Schachfigur im Krieg geworden, den Jack und sein Vater austrugen; zwei Männer, die entschlossen waren, sich niemals unterkriegen zu lassen, zwei, die nie aufgeben würde.
Und in dieser Position war Belinda seit damals immer geblieben.

Dieser eine schicksalhafte Tag hatte Belindas Herz in Höhen gehoben, wie sie niemals erträumt hatte, und es dann in einen Abgrund fallen lassen, den sie in ihrem zarten Alter nicht für möglich gehalten hatte.
Noch lange nach diesem Tag fragte sie sich, wie sie mit der ihr auferlegten Last fertig werden sollte. Doch als sie älter wurde und somit gezwungen war, Jack bei zahllosen offiziellen Anlässen zu begegnen, und in seinen Augen dieselbe Gleichgültigkeit erkannte, wenn sie den ersten Nachmittag, an dem er so nett zu ihr gewesen war, erwähnte, fand Belinda zu der einzig möglichen Lösung ihres Problems.

Sie bewahrte ihre Liebe zu Jack Magnus sicher auf, verschwendete sie nie für einen anderen Mann. Und dasselbe galt für ihren Körper.

Sie wußte, Jack würde ihre Liebe nicht wollen, doch das machte ihr nichts aus. Im Gegenteil – es erhöhte nur die Edelmütigkeit ihres Verhaltens. Mit beinahe klösterlicher Selbstkasteiung hegte sie ihre Liebe und ließ sie in sich wachsen; sie brauchte seine Erwiderung nicht, gab sich ihm jedoch uneingeschränkt hin.

Irgendwie dachte Belinda mit ihrem romantischen Herzen, daß das Schicksal sie eines Tages vielleicht doch belohnen und Jack und sie zusammenführen würde, wenn sie ihm auch dieses letzte Opfer erbrachte, wenn sie alles andere aufgab und nichts und niemandem außer ihm erlaubte, ihr Herz zu besitzen.

Und, so überlegte sie weit berechnender, sollte Anton Magnus den Kampf gegen seinen Sohn gewinnen und Jack zu einer Heirat mit ihr zwingen, dann würde die Macht und Reinheit ihrer Liebe zu ihm sicher bald über seine Gleichgültigkeit siegen.

Belinda hatte viele Berichte über Länder gelesen, in denen es Brauch war, daß die Eltern die Ehepartner auswählten. Sie spürte eine beruhigende Wärme in sich aufsteigen, wenn einander als Kinder versprochene Ehefrauen und -männer berichteten, wie die Liebe zwischen ihnen mit der Zeit gewachsen war, so als hätten sie einander selbst gewählt.

Belinda träumte diesen Traum für Jack und sich. Sie wußte nicht, ob er jemals wahr werden würde, aber sie hielt sich seinetwillen rein. Mit jedem Tag wuchs ihre Liebe, und die Tatsache, daß diese Liebe im verborgenen bleiben mußte, unentdeckt von dem Mann, dem sie galt, gab Belinda Mut. Falls Jack sie akzeptieren sollte, würde sie ihm eine große Liebe entgegenbringen, eine Liebe, die stark genug war, seinen Panzer der Rebellion gegen seinen Vater schmelzen zu lassen.

Und Belinda konnte nichts weiter tun, als abzuwarten, ob dieser Tag kam. Sie wußte, daß sie in der Zwischenzeit nur eine halbe Persönlichkeit war und nicht der Mensch, zu dem sie unter anderen Umständen hätte heranwachsen können. Aber auch dieses Opfer brachte sie gern für Jack.

Also saß sie heute abend hier, fühlte sich wie immer als fünftes

Rad am Wagen, im Wissen, daß ihre Erniedrigung und Einsamkeit für alle sichtbar war, im Wissen, daß der Tratsch der älteren Frauen zu ihrem Schutz gehalten wurde, im Wissen, daß sich die Männer in die Bibliothek zurückgezogen hatten, um der peinlichen Begegnung mit ihr zu entkommen – und sie nahm dies alles hin, denn sie liebte Jack, und diese Liebe würde sie alle Proben bestehen lassen.
Doch heute abend fiel die Probe schlimmer aus als sonst. Denn Jack befand sich in Paris, wo, wie Belinda wußte, die schöne Angestellte namens Francie Bollinger jetzt arbeitete. Francie, das wunderschöne, intelligente, sinnliche Mädchen, das am Abend von Gretchens Party an Jacks Seite war; der Anblick hatte Belinda beinahe das Herz gebrochen. Denn sie gaben wirklich ein perfektes Paar ab, Jack und Francie. Beide so hoch aufgeschossen, energisch und intelligent. Menschen, die gemeinsam durch ein aufregendes Leben fliegen konnten, Menschen, die für einander geschaffen waren – wenn sie die Freiheit hatten, einander selbst zu wählen.
Belinda hatte sich an diesem Abend wie eine Aussätzige gefühlt. Nicht nur, weil Francie so wunderschön war oder weil sie das Funkeln in Jacks Augen gesehen hatte, wenn er Francie anschaute – sondern weil Belinda wußte, daß ihr eigener Makel, der Makel, ungewollt zu sein, ihr im Gesicht geschrieben stand wie ein Mal, für alle sichtbar, für alle zu bezeugen, als Jack sie mit Francie bekannt machte.
Sie hatte die Unterhaltung so schnell sie konnte beendet und war ihrer Gegenwart entflohen. Dieses Fest hatte eine Wunde in ihr Herz gerissen, die noch Wochen danach blutete und niemals wirklich verheilte.
Und heute abend – wie jeder wußte – war Jack in Paris, während Belinda hier alleine saß und als Gesellschafterin eines alternden, besorgten, hoffnungsvollen Quartetts agierte; Eltern, für die sie eine stille, schüchterne Last war, die sie mit ihrer Unterhaltung und ihrem falschen Gelächter überspielten.
Doch selbst das würde Belinda durchstehen. Selbst diese schlimmste aller Entwürdigungen würde sie um Jacks willen ertragen.
Schließlich war es für das Magnus-Ehepaar Zeit zu gehen. Anton Magnus trat aus der Bibliothek, er wirkte ruhig und selbstsicher.

Belindas Vater schien wie immer eingeschüchtert von Magnus, obwohl Brent Devereaux seinen Gast um etliches an Körpergröße überragte. Ein bemühtes Lächeln der Unterwürfigkeit und Beflissenheit lag auf Devereaux' Gesicht, als er Viktoria Magnus zum Abschied auf die Wange küßte und Anton Magnus die Hand schüttelte.

»Wir sehen uns bald wieder«, versicherten alle einander. »Ruf mich nächste Woche an. Herrliches Essen ... Danke ... Danke ...«

Anton Magnus entfernte sich von der Gruppe und näherte sich Belinda, um sich zu verabschieden. Er nahm ihre Hand und küßte sie sanft auf die Wange.

»Du siehst hübsch aus, meine Liebe«, sagte er, »wie immer.«

Und dann beugte er sich zu ihr herab, um nicht von den anderen gehört zu werden. »Nur Mut, mein Kind. Alles wird sich zum Besten entwickeln. Das verspreche ich dir.«

Belinda nickte mit einem schwachen Lächeln. Er stupste ihr unter das Kinn, wie bei einem kleinen Kind, und fügte hinzu: »Es ist alles arrangiert. Vertraue mir.«

16

Paris, 20. August 1956

Lieber Dad,

ich habe wundervolle Neuigkeiten. Für mich sind sie jedenfalls wundervoll, aber ich glaube, Du wirst Dich auch sehr darüber freuen.

Das Computersystem, an dem ich die letzten Monate gearbeitet habe, funktioniert endlich. Es war ein langer Weg bis dahin, ich hatte etliche Probleme, doch wir konnten sie alle beheben, und in einigen Wochen starten wir den ersten Lauf.

Ich habe Dich sehr vermißt. So oft stehe ich abends am Fenster, schaue über die Dächer von Paris, denke an Dich und daran, wie wir am Ende eines Tages gemeinsam in unseren Schaukelstühlen auf der Veranda gesessen haben. Paris ist wunderschön und aufregend, aber es ist nicht Zuhause. Keine Stadt kann das sein, glaube ich, außer unserem Zuhause.

Ich kann es kaum erwarten, meine Aufgabe hier zu beenden und zu Dir nach Hause zu kommen. Vielen Dank für Deine Briefe. Ich weiß, daß du nicht unbedingt zu denen gehörst, die gern schreiben, deshalb also ein besonderes Dankeschön, auch für die Bilder, die Du geschickt hast. Sie haben Heimweh in mir geweckt, mich aber auch glücklich gemacht.

In Liebe, Francie

Francie verschloß den Brief an ihren Vater und schickte ihn ab, bevor sie jemand anderem von ihrem Durchbruch erzählte. Sie wollte, daß er als erster die gute Neuigkeit erfuhr.
Vor drei Tagen, als sie allein im Computerzentrum in dem Labyrinth ihres Programms geforscht hatte, war sie auf die fehlende logische Verbindung gestoßen, die den Zusammenbruch ihres Systems verursacht hatte. Das Problem war weitaus vertrackter, als Francie angenommen hatte. Sie hatte für das gespeicherte Sprachprogramm ein völlig neues Konzept entwickeln müssen, um es zu lösen. Nichts in ihrer Ausbildung hatte sie auf eine derartige Herausforderung vorbereitet oder ihr die notwendige Inspiration mitgegeben, mit der sie dem Problem begegnete.
Sie war von ihrer eigenen Erfindungsgabe überrascht, und sie wäre stolz auf ihre Arbeit gewesen, wäre da nicht der Gedanke an das komplette Desaster aufgetaucht, das eintreten konnte, bevor sie die Lösung gefunden hatte.
Ihrem Vater hatte sie nichts von dem verheerenden Fehlstart verraten, der sie vor ihren französischen Kollegen blamiert und sogar Zweifel in ihr hatte aufkommen lassen, ob sie ihrer Aufgabe überhaupt gewachsen war. Sie fand, es war wesentlich leichter, ihrem Vater zu sagen, wie gut alles lief, als ihm zu berichten, wie instabil ihr Leben geworden war, seit sie bei Magnus Industries angefangen hatte.
Aus derselben Überlegung heraus hatte sie ihrem Vater auch nichts von Jack erzählt. Und dies, mehr als alles andere, gab ihr ein unbehagliches Gefühl, als sie den Brief abschickte. Sie fragte sich, ob ihr Vater zwischen den Zeilen herauslesen konnte, daß sie etwas vor ihm verheimlichte.

Jack hatte Francie schwören lassen, ihre Verlobung mit ihm geheimzuhalten. Er wollte, daß sie ihre Arbeit erfolgreich abschloß, bevor sie die Welt von ihren Heiratsplänen wissen ließen.

»Mein Vater wird meinen Alleingang nicht sehr schätzen«, sagte er. »Ich will ihn vor vollendete Tatsachen stellen, was unsere Hochzeit betrifft. Ich habe nicht vor, dich in unserem Kampf als Waffe einzusetzen. Ich will dich da raushalten. Aber es ist wichtig, daß dein System funktioniert, bevor wir heiraten. Ich will, daß du die Sache abschließt, um deiner Karriere und deiner selbst willen. Du hast dies alles getan, und dir gebührt die Ehre.«

»Bis jetzt habe ich es noch nicht getan«, protestierte sie.

»Aber du wirst. Daran habe ich keinen Zweifel. Nichts darf dir im Weg stehen. Wir müssen meinen Vater mit zwei Tatsachen konfrontieren, gegen die er nichts unternehmen kann – zunächst, daß du hervorragende Arbeit für das Unternehmen geleistet hast, und dann, daß du meine Frau bist.«

Francie hatte die Bedingungen akzeptiert.

Und nun, da sie den Durchbruch geschafft hatte, konnte sie sich gleich auf zwei Dinge freuen. Darauf, daß diese große Herausforderung endlich Realität werden würde, denn sie hatte nicht mehr den leisesten Zweifel, daß das System für Europa funktionierte. Als Ingenieurin wußte sie, daß sie die Lösung gefunden hatte.

Und sie wußte auch, daß der Heirat mit Jack nun nichts mehr im Weg stand.

Jack hatte nach ihrer schicksalhaften Nacht zweimal darauf bestanden, wieder nach Europa zu kommen, um Francie zu besuchen. Sie hatte versucht, es ihm auszureden, führte als Argument an, ihre Kollegen könnten mißtrauisch werden, wenn er soviel Zeit in Paris verbrachte, doch er hatte ihre Bedenken zerstreut.

»Niemand bei Magnus sagt mir, was ich zu tun habe. Ich komme und gehe, wann es mir gefällt. Abgesehen davon«, fügte er mit einem Lächeln hinzu, »halte ich es nicht aus, so lange von dir getrennt zu sein. Ich werde verrückt dabei.«

Jede ihrer weiteren Begegnungen war magischer als die zuvor. Seine Besuche waren kurz, doch diese Kürze vergrößerte nur die außergewöhnliche Intensität, die sie beide verband. Sie ergötzten sich an ihrer beider Körper mit einem Hunger, der fast an Verzweiflung grenzte. Die körperliche Seite ihrer Nähe war so überwältigend, daß sie alle Gedanken auslöschte.

Etwas in Francie warnte sie, daß es gefährlich sein könnte, derart den Boden unter den Füßen zu verlieren. Doch sie konnte nicht anders. Der Klang von Jacks Stimme am Telefon, seine Handschrift auf den kurzen Notizen, die er ihr zukommen ließ, genügte, ihren Willen zu lähmen. Und wenn sie ihm in Fleisch und Blut gegenüberstand und seine Arme um sich spürte, schien die ganze Welt um sie herum zu versinken.

Wenn sie voneinander getrennt waren, träumte sie die ganze Nacht von ihm, beschwörte die Erinnerung an ihn während der Arbeit herauf, verweilte bei jedem Detail seines Gesichtes, seines Körpers. Doch wenn sie ihm gegenüberstand, stellte sie fest, daß ihre Erinnerung nie ganz mit der Realität seiner Umarmungen, Küsse und Liebkosungen übereinstimmte. So ist es also, dachte sie, wenn man sein Herz an einen Mann verliert. Es glich einem schwindelerregenden Sturzfluß, der sich in der Geschwindigkeit immer mehr steigerte und einem den Atem raubte.

Und wenn sie sich liebten, spürte sie, wie besessen er von ihrem Körper war, von ihrer Leidenschaft, so wie in der ersten Nacht, die sie zusammen verbracht hatten. Es war etwas Unersättliches in seinem Verlangen. Er schien sie mit all seinen Sinnen in sich aufzunehmen, als wäre er sein ganzes Leben lang nie wirklich ganz gewesen und erst durch sie zu seiner wahren Männlichkeit erwacht.

In ihren ruhigen nächtlichen Gesprächen lernte sie viel über ihn. Sie erfuhr von seinen Träumen, seinen Ansichten, seinen Hoffnungen für seine Zukunft als unabhängiger Unternehmer.

Und sie erfuhr von seiner schwierigen Kindheit, die er im Schatten seines Vaters verbracht hatte, von seinem Kampf, sich gegen den übermächtigen und manipulierenden Charakter seines Vaters zu einer eigenständigen Persönlichkeit zu entwickeln. Jack war das einzige Mitglied der Familie, das es gewagt hatte, sich gegen Anton Magnus aufzulehnen. Gegenüber seiner Mutter und seinen Schwestern, die sich seinem Einfluß nie entzogen hatten, hegte er beschützende Gefühle und auch Mitleid. Jack nahm innerhalb der Familie eine sehr einsame Stellung ein.

Francie erfuhr all dies und noch viel mehr über Jack Magnus.

Doch je mehr sie über ihn wußte, desto geheimnisvoller wirkte er. Er war eher introvertiert, gewohnt, seine persönlichen Angelegenheiten für sich zu behalten; ein Mann der Tat, dem es nicht leicht fiel, seine innersten Gedanken auszusprechen. Nur im Feuer ihrer Liebesnächte hatte Francie das Gefühl, daß sie ihn wirklich im Kern berührte.

Und so erschien es ihr, als würde sie ihn gut kennen, beinah zu gut, und doch wieder überhaupt nicht. Und diese schwelende Ungewißheit verstärkte nur ihr Verlangen, seine Frau zu werden, damit sie auch noch den Rest von ihm kennenlernen und ihn ganz lieben konnte. Sie begriff, wie tief er durch das Leben in der Magnus- Familie verletzt worden war. Sie wollte ihm helfen, diese Wunden zu heilen und diese Welt hinter sich zu lassen.

Der große Tag war nicht mehr fern. Bald würde sie zu Jack gehören, vollkommen und für immer.

Als sie hinunter zur Loge der Concierge ging, verspürte sie ein weiteres Mal den Stich, der sie jedesmal, seit sie Jacks Antrag angenommen hatte, durchfuhr, wenn sie ihrem Vater einen Brief schickte. Sie fragte sich, ob Mac Bollinger, ein sensibler Mann, der sie beinahe besser kannte als sie sich selbst, in ihren Briefen spürte, daß sie verliebt war. Sie hatte sich bemüht, die Briefe so entspannt und frisch wie möglich klingen zu lassen, aber die Freude in ihr war so groß, daß sie vielleicht in jedem ihrer Worte mitschwang.

Ihre Unbehaglichkeit war um so größer, da sie sich danach sehnte, die Neuigkeit mit Mac zu teilen. Sie brauchte seine Unterstützung bei diesem gewaltigen Schritt, der ihr bevorstand.

Und sie hatte Schuldgefühle, weil sie ihm die Wahrheit verschwieg. Sie hatte ihre konservative Auffassung von Mac selber geerbt. Sie wußte, daß er im Grunde seines Herzens ihren jungen Mann kennenlernen wollte, um sicherzugehen, daß seine einzige Tochter wirklich geliebt wurde, und um sie, in aller Form, Jack anzuvertrauen. Wenn es nach ihr gegangen wäre, hätte sie Jack am liebsten mit nach Hause, nach Pennsylvania, genommen, damit er bei ihrem Vater um ihre Hand anhalten konnte.

Doch sie mußte um Jacks willen schweigen. Mächtige Kräfte konnten ihrer Heirat im Weg stehen. Sie mußte warten, bis die Heirat vollzogen war, bevor sie irgend jemanden davon unterrichten konnte.

Mit diesen Gedanken im Kopf rief Francie Jack in New York an, gleich nachdem sie den Brief aufgegeben hatte.

Das Timing war perfekt. Es war vier Uhr nachmittags in Paris, zehn Uhr morgens in New York. Jack befand sich in seinem Büro.

»Darling«, sagte sie aufgeregt, »ich habe es geschafft. Es wird klappen. Ich bin sicher.«

»Wundervoll.« Jacks Stimme klang unnatürlich klar. »Das sind großartige Neuigkeiten. Obwohl ich gestehen muß, daß es mich nicht wirklich überrascht. Ich habe damit gerechnet, daß es dir früher oder später gelingen würde.«

»Und da ist noch etwas«, fügte sie hinzu.

»Und was?«

»Ich liebe dich.«

Sie hörte, wie er lachte.

»Ich hoffe, es hört keiner mit«, sagte er.

»Mir ist egal, ob es einer hört«, rief sie aufgelöst. Sie fühlte sich ihm so nahe. »Ich liebe dich, ich liebe dich, ich liebe dich!«

»Ebenso«, sagte er, eher zurückhaltend. Sie fragte sich, ob vielleicht seine Sekretärin im Raum war. »Das zählt doppelt«, fügte er mit einem Lächeln in der Stimme hinzu.

»Ich habe für nächste Woche einen Probelauf anberaumt«, sagte sie. »Wenn alles klappt, können wir das System schon bald laufen lassen.«

»Ich möchte gerne dabeisein«, antwortete Jack. »Es bedeutet mir mindestens genausoviel wie dir.«

»Ja.« Sie lachte, hektische Euphorie schwang in ihrer Stimme mit. »Ich möchte dich so gern hierhaben, wenn wir es versuchen. Darling, Darling ...«

»Ruhig, ruhig«, lachte er. »Paß auf dich auf und bleib in Kontakt. Wir sprechen uns vorher noch einmal.«

Sie verabschiedeten sich voneinander. Noch eine Weile hielt Francie den Hörer in der Hand, spürte die Magie der Stimme, die sie soeben vernommen hatte.

Dann kehrte sie auf den Boden der Realität zurück und ging in Ro-

land de Leaumes' Büro, um ihm die gute Neuigkeit mitzuteilen.
»Alles ist bereit«, sagte sie. »Würden Sie bitte alle unterrichten, daß wir es heute in einer Woche noch einmal probieren?«
»Bin schon auf dem Weg«, versprach Roland.
Francie dankte ihren Sternen für Roland. Er war es gewesen, der den Führungskräften von Magnus-Europa wieder und wieder versichert hatte, daß das System trotz seines blamablen Fehlstarts ein sensationeller Erfolg werden würde. Dank seiner unermüdlichen Anstrengungen glaubten die Europäer nun daran, daß die Computerisierung ein großer Schritt in die Zukunft sein würde. Mit Ausnahme von Jack war Roland Francies einziger wahrer Verbündeter innerhalb des Unternehmens.
Glühend vor Aufregung schloß Francie das Programm und fuhr nach Hause, um zu schlafen. In dem Monat, der hinter ihr lag, hatte sie nie mehr als fünf Stunden geschlafen. Jetzt war sie erschöpft. Ihre Nerven vibrierten aufgrund ihres Durchbruchs und auch wegen der bevorstehenden Hochzeit. Sie hatten geplant, ihre Hochzeitsreise auf den griechischen Inseln zu verbringen. Zu Hause angekommen, fiel sie in einen tiefen Schlaf.
Woran sie nicht gedacht hatte, war, ihr Programm zu sichern.

17

New York, 24. August 1956

In einem Büro in der Zentrale von Magnus Industries auf der Sixth Avenue saßen sich zwei Männer an einem großen Schreibtisch gegenüber.
Auf dem Tisch zwischen ihnen lag eine Akte, die vier Tage zuvor von einem Sonderkurier aus Paris überbracht worden war.
Der Besucher, der in dem Sessel vor dem Tisch saß, blickte von der Akte auf sein Gegenüber. Er wartete auf die Frage, die einfach unvermeidlich war. Die Frage, die auch der Grund für seine Anwesenheit hier war.
Sie kam ohne weitere Verzögerung.
»Was meinen Sie«, fragte der Mann hinter dem Schreibtisch. »Womit haben wir es zu tun?«

Der Besucher räusperte sich. »Wir haben es mit etwas weitaus Bedeutenderem zu tun, als Sie angenommen haben.«
Stille.
»Wieviel bedeutender?« fragte der Mann hinter dem Schreibtisch. Seine Augen verengten sich.
Der Besucher rutschte unruhig in seinem Sessel hin und her. Die spürbare Macht des anderen war ihm etwas unangenehm, obwohl er sich seiner eigenen Wichtigkeit durchaus bewußt war.
Sein Name war Alexander Caulfield, und er war Vizepräsident der Entwicklungs- und Forschungsabteilung einer der größten Computerhersteller der Welt. Er war hier, weil er der Beste auf seinem Gebiet war. Kein anderer Mensch auf der Welt wußte mehr über Computer und ihre Funktion als er. Nur wenige hatten wie er die zukünftige Bedeutung der Computertechnologie analysiert, die Caulfield in einer Handvoll schwer zugänglicher Artikel in Fachzeitschriften erläutert hatte.
Er hatte den Bericht auf dem Tisch gelesen und eine große Summe Geld dafür erhalten, daß er sowohl den Inhalt wie auch seine Meinung dazu absolut geheimhielt.
Er deutete auf die Akte und wählte seine Worte sehr bedächtig.
»Um zu verstehen, welche Bedeutung ein derartiges Projekt hat«, sagte er, »muß man wissen, wie jung das Gebiet der Computertechnologie ist. Es ist jung, aber zukunftsweisend. Heute betrachtet man Computer noch als Kuriositäten, Elektrohirne. In zehn oder fünfzehn Jahren werden sie aber genauso gewöhnlich und alltäglich sein wie Fernsehapparate heute. Was das in bezug auf Geld zu bedeuten hat, ist schwer zu sagen.«
Er hielt inne, suchte nach den richtigen Worten. Sein Gegenüber sagte nichts, fixierte ihn lediglich mit seinen dunklen, stechenden Augen.
»Wir alle wissen, wieviel das Patent auf eine gewöhnliche Bildröhre für Fernsehapparate heutzutage wert ist«, fuhr Alexander Caulfield fort. »Jeder, der Fernseher herstellt, muß Tantiemen dafür bezahlen. Nun, bei dem, was Sie mir zu lesen gegeben haben, handelt es sich um eine ähnliche Sache. Oberflächlich betrachtet, ist es natürlich ein System, das für einen speziellen Zweck erarbeitet wurde – für die Vernetzung einiger euro-

päischer Firmen. Doch das Programm selbst beinhaltet einige logische Geheimnisse, die meines Wissens völlig neu in der Computertechnologie sind. Niemand hat bisher in der Art darüber nachgedacht – obwohl, hätte man es getan, wäre es revolutionär gewesen.«

Er legte die Handflächen meditativ aneinander. »In ein paar Jahren wird es Dutzende derartiger Kommunikationssysteme geben, nicht nur in der Geschäftswelt, sondern auch im Bildungswesen, beim Militär, bei den Banken und so weiter. Und jedes von ihnen wird auf den logischen Zusammenhängen basieren, die dieses System hier aufweist. Wenn wir davon ausgehen, daß dieses Programm durch ein Patent oder ein Markenzeichen geschützt wird, müssen dem Erfinder jedesmal, wenn sein System oder ein analoges zum Einsatz kommt, Tantiemen bezahlt werden.«

Der Mann auf der anderen Seite des Tisches räusperte sich. »Wieviel?«

»Sie meinen, wieviel es wert ist?« fragte Alexander Caulfield.

Sein Gegenüber nickte schweigend.

Caulfield zuckte die Achseln, hob eine Augenbraue und starrte aus dem Fenster auf die Skyline von New York.

»Mehrere zehn Millionen, mindestens. Wenn nicht gar mehrere Hundert Millionen. Es kommt darauf an, wie schnell das Wachstum der Computertechnologie voranschreitet und wie gut das Produkt vermarktet wird.« Er lehnte sich zurück und wartete, bis sich seine Worte gesetzt hatten.

Es entstand eine Pause, die Caulfield unendlich lang vorkam. Der Mann hinter seinem Tisch hatte nicht aufgehört, ihn anzustarren. Schließlich deutete er auf den Bericht.

»Was halten Sie von der Person, die das Programm entwickelt hat?«

Caulfield lächelte.

»Das ist einfach zu beantworten. Wer immer er ist – er ist ein Genie. Ich weiß nicht, ob er sich bewußt ist, was er geschaffen hat. Ich weiß nur, daß ich viel darum geben würde, ihn einmal persönlich kennenzulernen.«

Sie meinen »sie«.

Der Mann hinter dem Tisch sprach dies jedoch nicht aus.
Kurz darauf war Alexander Caulfield gegangen. Der Mann hinter dem Tisch war allein, schaute auf die Skyline von Manhattan.
Mehrere Hundert Millionen ...
Wie sehr er sie unterschätzt hatte!
Aber Ende gut, alles gut, dachte er.
Er griff zum Hörer seines Telefons.
»Ja bitte, Sir?« erklang die Stimme seiner Sekretärin.
»Bestellen Sie John Dorrance aus der Patentabteilung für heute nachmittag in mein Büro«, sagte er. »Nicht später als fünfzehn Uhr.«
»Ja, Sir.«
»Noch etwas«, fügte er hinzu. »Ich möchte, daß Sie eine Zahlung von meinem persönlichen Konto abwickeln. Die Firma hat nichts damit zu tun. Haben Sie das verstanden?«
»Ja, Sir. An wen soll das Geld gehen?«
»Roland de Leaumes, Magnus-Frankreich, Paris. Seine Privatadresse finden Sie in seiner Akte. Die Überweisung ist vertraulich. Erledigen Sie es nicht über den Firmenweg.«
»Und wieviel, Sir?«
»Fünfundzwanzigtausend Dollar.«
»Sehr wohl, Sir.«
Er legte auf. Dann blieb er einige Minuten sitzen und dachte nach. Alles hatte sich verändert. Es gab jetzt so vieles zu bedenken. Die Situation hatte sich verlagert. Nun war Vorsicht geboten.
Er griff erneut zum Telefon.
»Eines noch«, sagte er.
»Ja, Sir?«
»Arrangieren Sie ein Mittagessen mit Belinda Devereaux. Sagen Sie ihr, es ist wichtig. Wenn möglich, machen Sie einen Termin für morgen aus.«
»Jawohl, Sir.«
Mit einem Seufzer der Erleichterung hängte er ein und schloß die Augen.
Belinda, dachte er, *natürlich.*
Sie mußte informiert werden. Wenn Alexander Caulfield der erste Schritt gewesen war, dann war Belinda der logische zweite.

18

Paris, 2. September 1956

Zwei Tage blieben noch bis zum offiziellen Startschuß für Francies System.

Der zweite Testlauf der Computer war ein voller Erfolg gewesen. Jedes Element des Programmes hatte perfekt funktioniert und damit Francie die Bestätigung ihres Triumphes über die mathematischen und technischen Probleme, mit denen sie konfrontiert gewesen war, gegeben. Nun war der Augenblick gekommen, die ganze Operation in die Tat umzusetzen und eine neue Ära der kostensparenden Kommunikation zwischen den europäischen Magnus-Niederlassungen zu eröffnen.

Francie konnte sich kaum auf die Arbeit konzentrieren, so aufgeregt war sie. In der vergangenen Woche hatte sie kaum geschlafen, hatte jede Sekunde ihres Arbeitstages genutzt, hatte über ihrem Programm gebrütet oder mit den weitverstreuten Magnus-Technikern in Kontakt gestanden, die verantwortlich sein würden, wenn das System installiert war.

Und wen sie nicht an das Programm dachte, war sie mit ihren Gedanken bei Jack.

Sie erwartete jeden Moment, von seiner Ankunft in Paris zu hören. Sie wußte, Jack wollte, daß ihr System fertig eingerichtet war, bevor er sie vom Pariser Hauptquartier aus auf eine kurze Hochzeitsreise zu den griechischen Inseln entführte. Ihre Abreise unterlag strengster Geheimhaltung. Niemand würde von ihrer Hochzeit erfahren, bis sie wieder zurück waren.

So wollte es Jack. Er war der Meinung, es sei der einzig sichere und auch der romantischste Weg. Es würde ihm erlauben, jedem Einwand, den sein Vater eventuell gegen die Heirat vorzubringen hatte, aus dem Weg zu gehen und gleichzeitig totale Freiheit und Abgeschiedenheit mit Francie zu genießen.

»Ich will dich nicht in der Bartholomäus-Kirche in New York heiraten«, sagte er, »in Anwesenheit aller Verwandten von Magnus und Wetherell oder sonst irgend jemandem aus der sogenannten High-Society, der meint, unsere Heirat würde ihn irgendwas angehen. Das ist nicht die passende Art für den Beginn unseres gemeinsamen Lebens.«

Jack wollte, daß diese Heirat der endgültige Schritt aus der Welt von Anton Magnus war. Francie hatte nichts dagegen einzuwenden, denn sie wußte, wie sehr er die vollständige Unabhängigkeit von seiner Familie, und speziell von seinem Vater, brauchte.
Abgesehen davon wollte Francie Jack für sich ganz allein haben.
Und jetzt hatte das lange Warten ein Ende. Ihr Traum, und damit auch Jacks, würde endlich Realität werden.
Während sie mitten in der Arbeit in ihrem Büro steckte, erhielt Francie plötzlich ein Telegramm. Der Text lautete:
sofortige rückkehr zur magnus-zentrale new york stop sämtliche einsatzpläne bis auf weiteres ruhen lassen stop

Unterzeichnet hatte Sanford Ewell, Vizepräsident für innerbetriebliche Angelegenheiten und, wie jeder wußte, Anton Magnus' rechte Hand im Vorstand. Francie versuchte, Ewell telefonisch in New York zu erreichen, denn es war der denkbar ungünstigste Zeitpunkt für sie, Paris zu verlassen. Doch seine Sekretärin teilte ihr mit, er sei nicht zu sprechen, habe aber die Instruktion hinterlassen, sie möge sofort zurück in die Zentrale kommen.
Völlig durcheinander versuchte Francie, Jack zu erreichen. Aber auch er war nicht zu sprechen. Also buchte sie einen Flug, packte eine kleine Reisetasche und informierte Roland, er solle die Programmierer und Techniker anweisen, mit dem System in Wartestellung zu gehen, bis er mehr von ihr hörte.
Der lange Flug war ermüdend und geriet zu einer Tortur für Francie, die sich Sorgen um das machte, was in New York auf sie wartete. Vielleicht, so überlegte sie, war eine Entscheidung auf höchster Ebene gefällt werden, die den Zeitplan ihrer Operation verschob. Vielleicht wollte der Vorstand einen abschließenden Bericht von ihr fordern, bevor er grünes Licht für das System geben wollte.
Erschöpft und benommen traf sie um fünf Uhr nachmittags in New York ein und rief sofort in der Zentrale an. Doch das Büro war bereits geschlossen. Sie hatte es knapp verpaßt.
Francie fuhr in ihr Apartment auf der West Side. Aufgrund ihrer langen Abwesenheit wirkte die Wohnung sonderbar fremd. Acht Monate war sie nicht mehr hier gewesen, und sie fühlte sich elend.

Sie versuchte, Jack in seiner Wohnung zu erreichen, doch er antwortete nicht. Sie ging einkaufen, verstaute die Lebensmittel im Kühlschrank und nahm eine heiße Dusche. Dann bereitete sie sich ein einfaches Abendessen zu und rief erneut bei Jack an. Noch immer keine Antwort.

Francie schaltete den Fernseher im Wohnzimmer an und schaute sich das Vorabendprogramm an, doch die Shows erschienen ihr bizarr und surrealistisch. Schließlich wurde ihr bewußt, daß sie einen Kulturschock erlitt.

Letzte Nacht war sie noch in einem charmanten kleinen Apartment am linken Seineufer zu Hause gewesen, hatte Mozart gehört und im Radio den Nachrichten gelauscht, Politik und Wetter in Paris.

Nun sah sie Lucille Ball und Dezi Amaz, die eine schrille Ulknummer vor einem kreischenden Studiopublikum aufführten.

Es war einfach zuviel für Francie. Sie schaltete das Gerät aus, ging zu Bett und löschte das Licht.

Draußen lärmte New York, Sirenen heulten auf, der Klang von Autohupen und quietschenden Reifen drang durch die Fenster – sie war Welten entfernt von der ruhigen kleinen Rue du Cherche-Midi. Sie fühlte sich fehl am Platz, allein und verloren.

Wenn Jack doch nur hier wäre. Er könnte alles erklären und ihre Nerven beruhigen.

Und sie in seine Arme schließen ...

Nach zwei weiteren fruchtlosen Anrufen in seinem Apartment gab Francie auf. Ihre Energie war erschöpft. Sie schloß die Augen und fiel in einen tiefen Schlaf voll unruhiger Träume.

Am nächsten Morgen erschien sie in aller Frühe in der Magnus-Zentrale.

Sie zeigte dem Sicherheitspersonal am Eingang ihren Ausweis und wurde überraschenderweise gebeten zu warten. Kurz darauf trat ein Mann, dem sie noch nie zuvor begegnet war, aus dem Fahrstuhl, kam auf sie zu und streckte ihr die Hand entgegen.

»Howard Aldrich«, stellte er sich vor. »Ich vertrete das Unternehmen, Miss Bollinger. Ich würde gern einen Moment mit Ihnen unter vier Augen sprechen, bevor Sie jemand anderen sehen. Warum gehen wir nicht in mein Büro?«

Er begleitete sie in ein leeres Büro im Parterre des Gebäudes, nur wenige Schritte vom Sicherheitsposten entfernt. Dort bedeutete er ihr, auf einem harten Holzstuhl Platz zu nehmen.

Seine Miene war ernst.

»Miss Bollinger«, sagte er, »ich will nicht groß drumherum reden. Magnus Industries kündigt Ihren Vertrag mit sofortiger Wirkung auf. Ich bin hier, um Ihnen in dieser Situation zur Seite zu stehen und dafür zu sorgen, daß alles reibungslos abläuft. Glauben Sie mir, Ihr heutiger Abschied von unserem Unternehmen kann und wird unvorhersehbare Auswirkungen auf Ihr weiteres berufliches Fortkommen haben.«

Francie starrte ihn ungläubig an. Sie konnte einfach nicht fassen, was er ihr gerade gesagt hatte.

Er förderte ein Blatt Papier zutage.

»Ich möchte, daß Sie sich das hier durchlesen. Es ist ein Empfehlungsschreiben, unterzeichnet vom Vizepräsidenten der Personalabteilung.«

Francie nahm das Blatt und bemühte sich, sich auf dessen Inhalt zu konzentrieren.

Hiermit bestätigen wir, daß Frances Bollinger vom 25. Juni 1955 bis zum 3. September 1956 bei Magnus Industries angestellt war. Während dieses Zeitraums war Miss Bollingers Arbeitseinsatz beispielhaft. Sie erwies sich als unermüdliche und aufopferungsvolle Angestellte, die den besten Interessen des Unternehmens mit großer Energie und Effektivität diente.

Wir können Miss Bollinger mit großem Nachdruck als Mitarbeiterin empfehlen und sind gern bereit, unser Schreiben bei telefonischer Anfrage zu bestätigen.

Francie war zu überrascht von dem, was hier geschah, um zu bemerken, daß dem glühenden Empfehlungsschreiben jeglicher Hinweis auf ihre Fähigkeiten im Bereich der Computertechnologie oder auf ihre Ausarbeitung des Systems fehlte.

Sie sah zu dem Fremden auf.

»Ich verstehe nicht ganz«, sagte sie. »Wenn das Unternehmen eine derart hohe Meinung von mir hat, warum feuert man mich dann?« Es lag kein Sarkasmus in ihrem Ton. Sie war wirklich überrascht.

Der Mann lächelte. »Niemand kann die Gedanken der Unternehmensführung lesen. Sagen wir einfach, Sie paßten nicht in das Konzept.«

Francie dachte an Paris.

»Ich habe eine sehr komplizierte Operation in Europa zurückgelassen«, sagte sie, ungeachtet ihrer Gefühle. »Wir wollten morgen ein sehr wichtiges neues System einweihen. Ich habe es auf Eis legen lassen, weil ich hierherkommen mußte. Es ist eine schwierige Operation. Ich weiß nicht, ob die Mitarbeiter dort eventuell auftretende Probleme bewältigen können.«

Das kühle Lächeln auf dem Gesicht des Fremden – sie hatte seinen Namen schon wieder vergessen – machte ihr ihre Situation allmählich bewußt.

»Dafür ist gesorgt«, sagte er. »Machen Sie sich darüber keine Gedanken.«

Sie seufzte. »Nun, dann werde ich wohl mal mein Büro räumen gehen.«

Er schüttelte den Kopf. »Ist bereits geschehen. Ihre Sachen sind gepackt und werden zu Ihnen nach Hause gebracht, oder wo immer Sie sie hinhaben möchten.«

Francie wurde zunehmend blasser. Sie schaute ihm in die Augen.

»Ich habe noch eine Menge geschäftliche und auch private Dinge in Paris ...«, begann sie.

»Die Sachen werden in diesem Moment zusammengepackt«, antwortete er. Seine Augen konnten ein feines sadistisches Funkeln nicht verbergen. »Man wird sie Ihnen hierher nachsenden. Das Apartment in Paris fällt an das Unternehmen zurück. Ich möchte noch hinzufügen, daß Ihre Unbedenklichkeitsbescheinigung für Paris und die anderen europäischen Städte, ebenso wie für hier, außer Kraft gesetzt wurde. Das ist natürlich kein Infragestellen Ihrer Integrität. Reine Routine.«

Francie verstand. Von nun an war sie für Magnus Industries eine *Persona non grata.* Sie konnte weder zu ihrem Computersystem in Paris zurückkehren, noch die Treppe dieses Gebäudes erklimmen. Zum Beispiel zu Jacks Büro ...

»In Ordnung.« Sie klammerte sich in Gedanken an Jack, während sie in die seelenlosen Augen des Fremden blickte. Sie wollte einfach

nur so schnell wie möglich hier raus. Jack würde wissen, was das alles zu bedeuten hatte. Sie mußte sofort mit ihm sprechen.
Der Fremde begleitete Francie zum Seitenausgang an der Sixth Avenue und hielt ihr die Tür auf.
Francie war zu geschockt, um sich von ihm zu verabschieden. Sie war aus Europa herzitiert worden, um gefeuert und unter Aufsicht aus dem Gebäude geworfen zu werden.
Sie hielt ein Taxi an und gab dem Fahrer ihre Adresse.

Kaum war sie zur Tür herein, als sie zum Telefon griff und die Nummer von Magnus Industries wählte. Als sich der Empfang meldete, fragte sie nach Jack Magnus.
Es klickte, dann hörte sie es mehrere Male läuten.
»Büro von Mr. Magnus?«
»Hallo. Ich ... ist Mister Magnus im Moment zu sprechen?«
»Und wen darf ich melden?«
»Frances Bollinger.«
Es folgte eine bedeutsame Stille.
»Nun, Miss Bollinger«, sagte die Sekretärin merklich unterkühlt, »ich fürchte, Mr. Magnus ist momentan unabkömmlich.«
»Es ist wirklich dringend«, sagte Francie schnell. »Ich bin überraschend aus Europa zurückgerufen worden. Es geht um das neue Computersystem, das wir unter Jacks – unter Mr. Magnus – Leitung entwickelt haben. Ich muß ihn sofort sprechen.«
»Ich fürchte, ich kann Ihnen nicht behilflich sein, Miss Bollinger. Mr. Magnus ist nicht im Land. Er ist für niemanden erreichbar.«
Francie schüttelte den Kopf. »Es ist wirklich schrecklich dringend«, beharrte sie. »Können Sie mir nicht sagen, unter welcher Adresse ich ihn erreichen kann?«
»Das darf ich leider nicht. Er nimmt keine Gespräche an.«
Stille.
»Um ehrlich zu sein«, fügte die Sekretärin hinzu, »er ist ... nun, er befindet sich auf seiner Hochzeitsreise.«
Francie erstarrte.
Die Sekretärin sagte noch irgend etwas, doch die Worte verschwammen. Francie hängte einfach ein.
Sie starrte aus dem Fenster hinunter auf die Straße. Nichts sah

mehr vertraut oder einladend aus. Sie hatte niemals wirklich hier gelebt. Die Ereignisse bei Magnus hatten sich derart überstürzt, daß sie sich nie wirklich hier niedergelassen hatte.
Jetzt wirkte die Welt dort draußen einfach nur fremd.
Sie wußte nicht, wie lange sie so saß und beobachtete, wie der Tag sich dem Ende zu neigte. Müdigkeit und der Schock verwirren sie. Die Gedanken, die wie wahnsinnig durch ihren Kopf rasten, waren ebenso sinnlos wie die Objekte, die sie um sich herum wahrnahm.
Das Telefon klingelte. Francie nahm den Hörer ab in der Hoffnung, es könnte jemand am anderen Ende sein, der ihr zu Hilfe kam. Doch es war nur die Lagerfirma, die ihre Sachen abgeholt hatte. Sie fragten, wann ihr die Lieferung ihrer Sachen passen würde. Benommen antwortete Francie, daß es am Nachmittag recht sei.
Eine Stunde später brachten die Möbelpacker die Kisten mit ihren Unterlagen, Büchern und persönlichen Dingen aus dem Büro bei Magnus Industries, das sie seit acht Monaten nicht mehr betreten hatte. Alles, was jetzt geschah, geschah mit einer brutalen Effektivität. Francie quittierte die Lieferung, registrierte benommen, wie die Männer wieder gingen, und starrte auf die Kisten in ihrem Wohnzimmer.
Schließlich erkannte sie, daß sich auch ein kleiner Stapel Post bei den Unterlagen befand. Das meiste davon waren Memos und Reklameschreiben. Doch dann fand sie eine Nachricht, deren Handschrift ihr sofort vertraut vorkam. Sie trug kein Datum.
Mit zitternden Fingern öffnete sie den Umschlag.

Liebste Francie,
ich schreibe Dir, um Dir das Wichtigste mitzuteilen, was ich je in meinem Leben einem Menschen mitgeteilt habe.
Ich habe einmal versucht, Dich vor den Gefahren zu warnen, die sowohl auf mich wie auch auf Dich bei Magnus Industries lauern. Jetzt, viel zu spät, weiß ich, daß ich sie noch unterschätzt habe.
Mein Vater ist ein mächtiger Mann, wesentlich mächtiger, als wir beide angenommen haben. Das, und nur das, ist der Grund dafür, wie sich die Dinge entwickelt haben.
Der Schein trügt. Meine Heirat mit Belinda ist nicht das, wonach es aussieht. Eines Tages werde ich wieder frei sein. Wenn dieser Tag

gekommen ist, werde ich Dich suchen und Dich um Deine Vergebung und Deine Liebe bitten.
Bis zu diesem Zeitpunkt habe ich nicht das Recht, Dein Leben durch meine Präsenz zu komplizieren.
Ich bitte Dich nicht, mir zu vergeben, doch ich bitte Dich, Dein Herz und Deinen Verstand für den Gedanken zu öffnen, daß das, was geschehen ist, nicht wirklich ist, anders als das, was zwischen uns geschehen ist.
Ich möchte Dir sagen, daß ich Dich liebe und Dich stets mehr als mich selbst lieben werde, mehr als mein Leben.
Jack
Francie starrte auf den Brief. Das Papier war tränengetränkt. Dann knüllte sie ihn zusammen, preßte ihn lange an ihr Herz und warf ihn schließlich in den Papierkorb.
Sie setzte sich wieder und beobachtete, wie der Nachmittag verstrich. Die verstreichenden Minuten waren wie Messer, die sich in eine offene Wunde in ihrem Herzen bohrten. Sie war sich weder ihrer Benommenheit noch ihres Apartments bewußt.
Als der Abend wie ein dunkler Schatten in das Zimmer kroch, stand sie auf, fischte den Brief aus dem Papierkorb, glättete ihn und legte ihn zwischen zwei Seiten ihres Lieblingsbuches im Regal. Irgend etwas sagte ihr, daß sie den Brief nicht aus den Händen geben durfte.
Sie sah zu, wie es in ihrer kleinen Wohnung immer dunkler wurde. Selbst in ihrem schlimmsten Kummer war ihr Verstand noch in der Lage zu arbeiten.
In diesem Brief lag eine Lektion. Mehr noch – in dem, was ihr widerfahren war, lag eine Lektion. Sie wußte, daß sie noch zu jung, zu unschuldig und naiv war, um die Lektion bereits jetzt zu verstehen.
Doch mit der Zeit würde sie begreifen.
Denn sie hatte jetzt sehr viel Zeit zur Verfügung.
Oder doch nicht?
Das eine, was Jack Magnus nicht hatte wissen können, als er diesen Brief geschrieben hatte, kehrte mit einem Schlag in Francies Bewußtsein zurück.
Sie war schwanger.

Western Union, 4. September 1956
Absender: Anton Magnus, New York City
Adressat: Jack Magnus, an Bord der M.S. Kungsholm, en route nach Athen.

LIEBER JACK

GLÜCKWÜNSCHE ZU DEINER HOCHZEIT STOP GENIESST EURE HOCHZEITSREISE STOP HOFFE DU BIST NICHT NACHTRAGEND STOP

DAD

Absender: Jack Magnus, an Bord der M.S. Kungsholm
Adressat: Anton Magnus, New York City

LIEBER DAD

BIN NICHT NACHTRAGEND STOP GESCHÄFT IST GESCHÄFT STOP BELINDA IST SEHR GLÜCKLICH STOP SEHEN UNS WENN ICH ZURÜCK BIN STOP

JACK

Buch II

Die Königin am Zug

20

Wall Street Journal, 10. September 1956

MAGNUS GIBT ENTSCHEIDENDEN DURCHBRUCH
IN DER COMPUTERTECHNOLOGIE BEKANNT

Die Sprecher der European Division von Magnus Industries gaben den Start eines revolutionären neuen Computersystems bekannt: eine Vernetzung der europäischen Tochterfirmen, die in dieser Weise einzigartig ist.
Robert A. Bach, Vizepräsident für den Bereich Internationale Systeme, gab diese Erklärung gestern auf einer Pressekonferenz ab.
Laut Bach haben Computerspezialisten hier in New York, in Paris, Lausanne und London ein System entwickelt, das die Magnus-Niederlassungen über Sprach- und Währungsbarrieren hinweg durch ein innovatives Programm, gespeist in IBM-650-Computer, untereinander verbindet, und zwar in den Bereichen Marketing, Material und Finanzen.
»Wir erwarten uns von der europäischen Operation mindestens eine zwanzigprozentige Produktivitätssteigerung, wenn nicht weit, weit mehr«, sagte Bach. »Wir sind der Ansicht, daß den Magnus-Computerspezialisten ein epochaler Durchbruch in der Computertechnologie gelungen ist. Diese Technik wird die gesamte Zukunft der Geschäftswelt verändern.«

Francie saß alleine in ihrem Apartment und starrte benommen auf den Artikel im *Journal*. Sie wunderte sich, daß Jacks Name keiner-

lei Erwähnung gefunden hatte. Das war eine Ironie an sich, stand er doch im Zentrum der ganzen Sache – so wie Francie selber auch.
Ihre Welt wirbelte um sie herum, nahm Formen an, die sie nie erträumt hatte. Alle Regeln waren außer Kraft gesetzt. Alle Bilder, die sie bisher von sich selbst, ihrer Vergangenheit, ihrer Zukunft, ihren Lebenszielen gehabt hatte, war ausgelöscht. An ihre Stelle war etwas neues, ungeheuer Schmerzliches getreten, wie ein zerbrochener Spiegel, dessen verzerrtes Bild die einzig wirkliche Wahrheit war.
Und der Kern dieser Wahrheit war Verrat.
Neben dem *Journal*-Artikel lag die Heiratsanzeige von Jack und Belinda aus der *Times*. Die Meldung war schon vor einer Woche erschienen, doch Francie verfügte jetzt über ausreichend Zeit, und sie hatte sich aus der Bücherei eine Kopie geholt.
Der Text war sehr kurz gefaßt. Ein Bild des Hochzeitspaares, eine kurze Erwähnung ihrer berühmten Familien und natürlich ein paar Worte über Jacks beispielhafte Karriere bei Magnus Industries. Keine Erwähnung der langen Verlobungszeit des Paares. Nicht einmal ein Leser, der das Paar sehr gut kannte, konnte aus den Zeilen etwas über die Geschichte der so lange aufgeschobenen Hochzeit erfahren, die sich dahinter verbarg.
Kannte Francie die ganze Wahrheit?
Dieser Gedanke begleitete sie, als sie aufstand, zu ihrem Bücherregal ging, das Buch fand, in dem sie Jacks Nachricht aufbewahrt hatte, und das zerknitterte Blatt herausnahm. Obwohl ihr bei dem Gefühl des Papiers in der Hand übel wurde, zwang sie sich, den Text noch einmal zu lesen.
Fast augenblicklich fand sie die Zeile, nach der sie gesucht hatte.
Die Dinge sind nicht so, wie sie erscheinen.
Francie dachte lange über diese Worte nach und verglich sie dann im Geiste mit dem, was im *Journal* und in der *Times* gestanden hatte, mit den Bildern von Jack und Belinda, beinah so, als seien es Teile eines Puzzles, das sie nur erfassen konnte, wenn sie alles aneinanderfügte.
Als sie das Bild von Jack betrachtete – die Times hatte dasselbe Foto verwendet, das sie schon aus dem Magnus-Verzeichnis kannte –

entdeckte sie, daß Jacks Ähnlichkeit mit seinem Vater doch verblüffend war.
Sie fragte sich, weshalb sie das so lange hatte übersehen können. Etwas im Ausdruck dieser dunklen Augen von Vater und Sohn stimmte überein, weit mehr als die bloße Ähnlichkeit ihrer Züge. Sie waren, trotz allem, vom selben Fleisch und Blut.
Und während Francie die Fotos studierte – ihr Blick war erkaltet, wie auch ihr Herz – hörte sie das Echo von Jacks Worten, die er in Paris zu ihr gesagt hatte. Hatte er sie nicht schwören lassen, über ihre Beziehung und ihre Hochzeitspläne Stillschweigen zu bewahren?
Laß uns unsere Pläne geheimhalten, hatte er gesagt.
Francie lächelte über ihre eigene Naivität. Das beinahe biblische Wort »nichts ist so, wie es scheint«, war perfekt darauf zugeschnitten, sie ihrer eigenen Dummheit und Schande zu strafen.
Jetzt verstand sie, warum Jack sie hatte schwören lassen. Sie begriff, warum es nie einen Ring gegeben hatte, nie einen soliden Beweis, daß Jack wirklich die Absicht hatte, sie zu heiraten. Er hatte es niemals vorgehabt.
Aber was war dann seine Absicht gewesen?
Ich möchte, daß du deine Arbeit fertigstellst, bevor wir unsere Pläne bekanntgeben.
Zum erstenmal, seit sie Jack begegnet war, wandte sich ihr Verstand von dem Bild seines schönen Gesichts ab und konzentrierte sich auf seine Handlungen und deren Folgen. Jetzt war alles klar. Man mußte sich nur das Ergebnis anschauen, um auf Jacks Motivation zu stoßen. Magnus Industries war im Besitz eines revolutionären Computersystems, und zwar dank Francies geheimgehaltenen Arbeitseinsatzes.
Und Jack war mit Belinda verheiratet.
Deshalb hatte er gewollt, daß sie ihre Arbeit zu Ende führte, bevor er Belinda heiratete. Und er wollte sich solange es ging an Francies Körper und ihrer Leidenschaft berauschen, bevor der unvermeidliche Augenblick seines Verrats an ihr gekommen war.
Das war die einzig logische Folgerung aus den Ereignissen, die Francie ihren Lebensunterhalt gekostet und ihr Herz gebrochen hatten.

Und all das hatte Jack getan.
Francie war ihm gegenüber gutgläubig wie ein Kind gewesen.
Nun, ein Kind war sie jetzt nicht mehr.

Zwei Wochen waren seit ihrer Rückkehr aus Europa vergangen. In diesen zwei Wochen hatte sie praktisch nichts gegessen, kaum geschlafen, und in den nächtlichen Stunden ihre Gedanken wieder und wieder durch die vergangenen Ereignisse streifen lassen, die schrecklichen Fakten über sich, Jack und Magnus Industries reflektiert.
Sie hatte in ihrem bisherigen behüteten Dasein nichts über die teuflischen Tiefen, mit denen sie sich jetzt konfrontiert sah, erfahren. Doch diese Erfahrung hatte ihr die Augen geöffnet. Sie spürte, wie mit jedem verstreichenden Augenblick eine immer größer werdende Klarheit in ihr aufstieg.
Sie wußte, daß sie diese Episode irgendwie überstehen mußte, um weiterzuleben. Sie wußte, daß sie aus härterem Holz geschnitzt war als die totale Verzweiflung, die sie momentan verschlang. Sie war jung. Sie hatte noch das ganze Leben vor sich. Das Wichtigste war jetzt, sich nicht von dem zerstören zu lassen, was Jack ihr angetan hatte. Sie mußte überleben.
Das alles sah sie mit absoluter Klarheit, als stünde sie neben sich. Doch sie sah auch noch etwas anderes, etwas weit Schrecklicheres und Dringenderes.
Sie konnte kein neues Leben beginnen, ehe sie nicht zerstört hatte, was Jack ihr angetan hatte. Denn als er ihr Herz stahl, um es zu brechen, pflanzte er auch seinen Samen in sie.
Und dieser Samen mußte vernichtet werden, bevor sie ihr Leben weiterleben konnte.

Am zwanzigsten September erreichte Marcia Bonner, die noch immer ihren Job als Sekretärin in Raymond Wilburs Abteilung bei Magnus Industries hatte, ein Anruf. Die Stimme am anderen Ende war ihr vertraut.
»Marcia, hier spricht Francie.«
»Francie! Wie schön ... Ich meine, es ist toll, von dir zu hören!« Marcia gab ihr Bestes, um ihre Verblüffung zu verbergen. »Wie geht es dir?«

»Marcia«, sagte Francie in einem kühlen, ungerührten Ton, »du hast mir einmal gesagt, daß ich auf dich zurückkommen kann, wenn ich etwas in New York brauche. Erinnerst du dich?«
»Ich ... sicher, Francie.« Es war schon lange her, und Francie war noch fremd in New York gewesen, als Marcia ihr angeboten hatte, sie so gut sie konnte durch den Dschungel der Großstadt zu führen. Nun, da Francies Aufstieg und Fall bei Magnus eine vollendete Tatsache war, überraschte es Marcia, von ihrer alten Freundin so unvermittelt zu hören.
»Natürlich helfe ich dir, Francie. So gut ich kann. Es ist mir eine Freude ...«
Dann folgte eine Pause zwischen den beiden Frauen. Als Francie schließlich sprach, klang ihre Stimme so hohl, daß Marcia den Anlaß dieses Telefonats beinahe erahnte.
»Das wird für uns beide keine Freude werden«, sagte Francie. »Kann ich heute abend zu dir in deine Wohnung kommen? Sagen wir um acht?«
»Natürlich, Francie.« Marcia war nervös. »Mach dir bis dahin keine Sorgen, okay?«
»Keine Angst. Wir sehen uns dann um acht.«

Zehn Tage nach dem Telefonat mit Marcia Bonner betrat Francie das Büro von Dr. Eugene Brandt, dem Internisten, den sie vor eineinhalb Jahren für eine Routineuntersuchung konsultiert hatte. Der junge, attraktive Arzt begrüßte sie herzlich; er erinnerte sich noch gut, wie er sich bei Francies erstem Besuch sofort heillos in sie verliebt hatte. Doch sein Lächeln verschwand, als er den Ausdruck in ihren Augen sah und feststellte, wie abgemagert sie war.
»Was ist geschehen?« fragte er besorgt.
Der Blick in ihren Augen verblüffte ihn. Es war der kälteste Blick, den er je gesehen hatte. Er hatte Francie als eine strahlende, freundliche junge Frau in Erinnerung und konnte seinen Augen kaum trauen. Es war, als hätte sie sich über Nacht in ein anderes Wesen verwandelt.
»Ein Unfall«, antwortete sie leise.
Sie weigerte sich, weitere Fragen zu beantworten. Dr. Brandt untersuchte sie gründlich und befand, zu ihrer Erleichterung, daß die

Abtreibung, der sie sich unterzogen hatte, korrekt ausgeführt worden war und es keine Anzeichen für eine Infektion gab. Er überwies sie an einen Gynäkologen im selben Haus und verordnete ihr zehn Tage Bettruhe. Danach sollte sie zu einer Nachuntersuchung vorbeischauen.
Sie kam, wie befohlen, und der Arzt konstatierte, daß alles sehr gut verheilte. Doch ihr Verhalten bereitete ihm weiterhin Sorge. Sie hatte etwas derart Ruhiges an sich, das sie beinahe unmenschlich machte. In ihrer Blässe sah sie unglaublich schön aus, gleichzeitig aber auch gehetzt, geisterhaft, so als hätte sie eine Qual durchgestanden, die zu schrecklich war, um sie preiszugeben.
Der Arzt konnte nicht wissen, daß Francie in dem Glauben erzogen worden war, eine Abtreibung sei ein unverzeihliches Verbrechen; er wußte nicht, daß die junge Frau die letzten Wochen nur überlebt hatte, indem sie ihren unendlichen Haß in ihrem Innern auf alles konzentrierte, was ihrem Körper und dem ungeborenen Kind angetan wurde. Die Tortur hatte sie auf eine Weise verändert, die sie selbst nicht ganz begreifen konnte. Sie wußte, daß sie ihre Unschuld und ihr Vertrauen für immer verloren hatte. Aber sie konnte nicht wissen, welche Person jetzt an ihre Stelle treten würde. Sie konnte nur darauf hoffen, daß die Zukunft ihr eine neue Identität geben würde, eine Identität, mit der sie überleben konnte.
Denn sie wollte überleben. Sie hatte noch etwas zu erledigen.
Der junge Arzt, der noch unverheiratet war, hatte sich vom ersten Moment an, als Francie vor eineinhalb Jahren in seiner Praxis erschienen war, in sie verliebt. Und jetzt war er im Herzen stärker mit ihr verbunden als je zuvor, und er machte sich unwillkürlich Sorgen um sie. Die Intensität, mit der diese hellgrünen Augen funkelten, alarmierte ihn. Eine außerordentliche Fähigkeit zur Liebe schienen sie auszustrahlen – aber auch zum Haß.
Der Doktor entschied sich, keine Meldung über diese offensichtlich illegal vorgenommene Abtreibung zu erstatten. Beinah fürchtete er die Nachuntersuchungstermine, die Francie bei ihm wahrnahm. Er war froh, daß er nicht mehr über die Geschichte wußte, als ohnehin schon.
Als er Francie schließlich für vollkommen genesen befand, dankte sie ihm, schüttelte ihm die Hand und kam nie wieder. In seinen ein-

samen Nächten zu Hause träumte er von ihr. Doch jetzt waren seine Phantasien über ihre Schönheit vom Mitgefühl für ihr Leiden eingeholt worden und von Ehrfurcht gegenüber ihrer kühlen Bestimmtheit, die ihre vormals fröhliche Persönlichkeit ersetzt hatte.
Francie sorgte in den folgenden Monaten gut für sich. Sie aß ausreichend, nahm Vitaminpräparate zu sich und trieb Sport, als sie sich wieder dazu in der Lage fühlte. Sie unternahm lange Spaziergänge durch Manhattan, genoß die Herbstluft und tankte soviel Sonne, wie sie konnte.
Dann rief sie ihren Vater an. Sie erzählte ihm, daß sie wegen mehrerer Infektionen nach New York zurückgekehrt sei, daß es ihr aber bereits wieder besser ginge. Um das Computersystem in Paris, sagte sie ihm, würden sich andere Leute kümmern, bis sie sich vollständig erholt hätte. Sie sagte, das sei doch die perfekte Gelegenheit für einen kleinen Besuch daheim, und ihr Vater stimmte ihr freudig zu bei der Aussicht, seine Tochter wiederzusehen.
Mac Bollinger holte Francie vom Bahnhof ab. Sollte er gesehen haben, wie sehr sie sich in den vergangenen Monaten verändert hatte, dann verstand er es, seine Gefühle gut zu verbergen. Er brachte sie nach Hause, half ihr, sich in ihrem alten Zimmer, das sich seit ihrem Weggang nicht verändert hatte, einzurichten, und bereitete mit ihr dann zusammen ein Abendessen zu.
Zehn Tage lang lebten sie in der Intimität, die einstmals ihr Leben gewesen war. Sie kauften gemeinsam ein, Francie nähte für Mac, und sie fuhren spazieren. Sie kamen an Mennoniten-Familien vorbei, die in ihren Kutschen gemächlich über die Landstraßen schaukelten. Die Farben des Herbstes glühten in den Bäumen Pennsylvanias, und die betäubenden Düfte der Jahreszeit, die sowohl für den Tod wie auch für die Geburt standen, lagen überall in der Luft. Breite Birken und Pinien flankierten die Weiden wie stumme Wachposten.
Am Abend saßen Francie und ihr Vater auf der Veranda im Schaukelstuhl und plauderte über die Neuigkeiten, die sich in den vergangenen Monaten zugetragen hatten.
Francie fand es in ihrem geschwächten Zustand schwer, ihren Vater anzulügen. Und doch war jedes Wort über ihre Karriere bei Magnus eine Lüge. Die Lüge, mit der sie begonnen hatte, als sie

ihrem Vater damals erzählte, wie sie zu dem Job gekommen war, schien sich jetzt wie ein Spinnennetz unendlich auszuweiten. Sie schilderte ihm eine entspannte Arbeitsatmosphäre in Paris, erzählte von ihren Freunden dort und in den anderen europäischen Städten und von der plötzlichen Krankheit, die sie in ein französisches Krankenhaus gebracht hatte, bevor sie zurückgekommen war. Sie erzählte Mac vom Erfolg ihres Computersystems und brachte es sogar fertig, ihm einzureden, ihre vielversprechende Karriere bei Magnus würde sich fortsetzen, wenn sie wieder nach New York zurückkehrte.

Der Einfallsreichtum, der für so viele Lügen notwendig war, erschöpfte Francie, und einige Tage lang, als sie im Haus herumstöberte und ihrem Vater das Essen zubereitete, sah es so aus, als würde sie schwächer und nicht stärker werden.

Dann fing sie an, sich besser zu fühlen.

Mac Bollinger konnte nicht wissen, daß ihre wiedergefundene Energie auf neuen Gedanken basierte, die ihrem fruchtbaren Verstand entsprangen.

Francie begann Pläne zu schmieden.

Der reißende Strom der Ereignisse, der sie im letzten Jahr aus dem Gleichgewicht geworfen hatte, war versiegt. Sie wurde sich ihrer Narben, aber auch ihrer Stärke wieder bewußt. Der Plan in ihrem Kopf nahm bereits Konturen an.

Nach zehn Tagen verabschiedete sie sich von ihrem Vater mit der Begründung, sie müsse zurück nach New York. Sie sagte ihm noch, daß sich die telefonische Durchwahl ihres Arbeitsplatzes geändert habe und daß er sich noch etwas gedulden müsse, wenn er sie erreichen wollte. Natürlich blieb ihre Privatadresse dieselbe.

Traurig, ihren Vater zu verlassen, aber auch froh, dem Netz der Lügen entfliehen zu können, zu denen sie ihm gegenüber gezwungen war, kehrte Francie nach Manhattan zurück.

Sofort nach ihrer Ankunft begann sie die Stellenanzeigen zu studieren. Sie kleidete sich neu ein und aß viel, um zu Kräften zu kommen und gesund auszusehen. Dann startete sie ihre Bewerbungen bei den Großkonzernen.

Fast jeder Versuch brachte ihr das Angebot einer Stelle ein, doch sie lehnte stets ab.

Ihr wurde klar, daß sie sich bei allen Großkonzernen mit denselben Vorurteilen gegenüber Frauen würde abgeben müssen wie bei Magnus Industries.
Sie hätte alle möglichen Stellen antreten können, doch die Entlohnung lag jeweils klar unter dem Einkommen eines männlichen Management-Trainees. Der Kampf um Anerkennung und Karriere würde sich bei jedem einzelnen dieser Unternehmen als mühsam und frustrierend erweisen. Es wäre, als würde sie noch einmal ganz von vorn beginnen.
Diese Erkenntnis zwang Francie zum Umdenken, was ihre Pläne betraf. Der Zeitfaktor, an den sie dachte, würde ein derart langsames Vorankommen nicht erlauben.
Sie würde es also anders versuchen müssen.
An einem windigen Tag im November, acht Wochen nachdem sie ihr Kind verloren hatte und zweieinhalb Monate nach dem Verrat, der ihr Leben veränderte, betrat Francie zuversichtlich die Handelskammer in Manhattan. Sie trug ein strenges, schlichtes Kostüm und hatte das Haar zu einer üppigen Mähne gebürstet, die unter dem blassen Bürolicht schimmerte.
»Ich würde gern wissen, was ich tun muß, um eine eigene Firma in Manhattan zu gründen«, sagte sie zu dem Angestellten.
»In Ordnung«, meinte er. »Ich werde Ihnen ein paar Informationsbroschüren holen.«
Lächelnd nahm sie das Material entgegen. Der Angestellte war zu sehr von Francies Schönheit geblendet, um zu bemerken, daß es nicht sein Gesicht war, in das sie schaute.
Es war das Gesicht von Jack Magnus.
Und dahinter erschien wie ein Bild, das durch eine Übermalung verdeckt wurde, das Gesicht von Anton Magnus.

21

Anton Magnus war lebendig begraben.
Der Sarg war enger, als er sich jemals vorgestellt hatte. Es war unmöglich, sich zu bewegen oder zu atmen. Das Satin, übelriechend und erstickend, klemmte ihn von allen Seiten ein.

Er konnte sich nicht wehren, nicht schreien, konnte sich keinen Zentimeter rühren, um aus diesem fauligen Gefängnis zu entkommen, und doch war er am Leben!
Ein Irrtum war es, ein verhängnisvoller Irrtum. Ein harmloser Unfall hatte sich zugetragen, ein unbedeutendes physisches Versagen war es gewesen. Er war gelähmt, ja – aber er lebte! Doch die idiotischen Ärzte mit ihren Brillen und Stethoskopen waren gekommen, hatten irgend etwas gemurmelt, leise, besorgt – denn er war schließlich ein wichtiger Mann, und sie wußten, daß sein Tod ein bedeutendes Ereignis war –, und dann hatten sie ihn in ihrer kollektiven Inkompetenz für tot erklärt und es zugelassen, daß man ihn in diesen Sarg legte.
Sein ganzes Leben hatte er mit dem Wissen gelebt, niemandem außer sich selbst trauen zu können, denn er war sich darüber im klaren, daß die Menschen konfuse und schwache Kreaturen waren. Und nun war sein Leben durch eine grausame Wendung des Schicksals in die Hände dieser Menschen gelegt worden, und in ihrer beängstigenden Dummheit hatten sie ihn diesem Todeskampf ausgesetzt.
Er war ein bedeutender Mann, der bedeutendste von allen. Und deshalb war auch sein Sarg aus kostbarem Metall und Holz hergestellt, dem feinsten Material, das man für Geld kaufen konnte. Auf Drängen der Hinterbliebenen war er maßgefertigt worden. Und jetzt lag das Opfer hier eingeschlossen, hilflos, unfähig zu sprechen – aber lebendig!
Erst einmal unter der Erde, hielt diese erlesene polierte Kiste aus feinen Materialien jedoch den stetigen Attacken der Kreaturen der Erde, den zersetzenden Gasen, Bakterien und Pilzen nicht stand. Der Sarg war nicht länger Schutz, er verrottete und war zu einem Gefängnis geworden.
Der Gestank hier drinnen war ekelerregender als alles, was er je in seinem Leben gerochen hatte. Schlimmer als alles, was er im Krieg, in seiner erbärmlich ärmlichen Kindheit, in seinen schrecklichsten Alpträumen gerochen hatte. Es war ein süßlicher Geruch, faulig und unbeschreiblich penetrant. Er kroch in seinen Körper und umhüllte ihn gleichzeitig wie ein Leichentuch.
Jetzt wurde im klar, warum er ihm so vertraut war, dieser grausa-

me Geruch. Es war der Geruch seiner eigenen Verwesung, des langsamen Zerfalls seiner Zellen, der Verrottung seiner Sehnen und seines Fleisches. Es war der Gestank der stillen, ekelerregenden Zersetzung seines Selbst.
Er hätte seine Wut herausgeschrien, seine Panik und Qual mit aller Wucht herausgebrüllt, doch die Essenz seiner Bestrafung lag in der Stille und der Starre. Er war unfähig, sich zu bewegen, konnte noch nicht einmal winseln. Doch seine Nerven waren kurz davor zu bersten. Sein ganzes Dasein wandt sich im Innern unter der panischen Zuckung seines einzigen Gedankens – dem Gedanken an Flucht –, während sein Organismus wußte, daß die schlimmste all seiner Ängste wahr geworden war, daß dieses Raubtier schließlich doch gesiegt hatte, in grausamem Triumph.
Und er konnte nichts anderes tun, als hier zu liegen und diesen letzten, brüllenden, unendlichen Augenblick des Schreckens zu erleiden, sich ihm zu ergeben, wie einem still nagenden Wurm.
Damit wurde ihm das Ausmaß seines Horrors erst wirklich bewußt. Denn der Wurm war kein bloßes Hirngespinst. Er war Realität. Ein langer, schleimiger Erdwurm, der sich mit unendlicher Geduld zu ihm vorbohrte, sich langsam durch die verfaulten Bretter des Sarges fraß, sich seinen Weg durch die Ausstaffierung bahnte, sich leicht durch das gemusterte Satin biß, bis er das schutzlose, unbewegliche Fleisch erreichte.
Und es war nicht nur ein Wurm, es waren Hunderte, Tausende. Sie alle näherten sich in diesem Augenblick seinem Gefängnis, kamen näher und immer näher, bewegten ihre Fleischringe, gruben sich durch die Erde, das Holz, das Satin, mit winzigen, aber klar hörbaren Geräuschen des Grabens, Knabberns, Reibens.
Denn Würmer haben Zähne, starke kleine Zähne, die nagen und knabbern, und sie haben Verdauungssäfte, die zersetzend und zerstörend wirken. Es sind keine schwachen Kreaturen, sondern mächtige Zerstörer, mächtige Aasfresser.
Und sie kamen näher und näher. Der erste krabbelte seine Brust hinauf, erreichte seinen Nacken, seine Wange, kroch mit grausamen, schleimigen, wellenförmigen Bewegungen über seine Nase hinweg, mit Geduld und Präzision auf sein Auge zu.

Plötzlich erwachte Anton Magnus.
Mit leerem Blick starrte er ins Nichts, noch immer geblendet von dem grausamen, aber doch schon so vertrauten Alptraum.
Dann, sein Atem ging immer noch schnell, wurde er sich langsam seiner Umgebung bewußt. Er fand sich in seinem Arbeitszimmer, saß in dem bequemen Sessel vor dem Schachtisch. Er mußte nach dem Abendessen eingedöst sein, als er die Schachpartie zwischen Capablanca und Czerniak vom Buenos Aires Turnier im Jahr 1939 nachgespielt hatte.
Er sah auf die Uhr. Mitternacht. Demnach mußte er eineinhalb Stunden geschlafen haben. Natürlich hatte niemand an die Tür geklopft. Er hatte die strenge Anordnung erlassen, daß er, wenn er sich alleine in sein Arbeitszimmer zurückzog, unter keinen Umständen gestört werden durfte.
Abende wie dieser, allein mit seinem Schachspiel, gaben Anton Magnus Gelegenheit und Muße, die unzähligen Anforderungen und Detailfragen, die an ihn gestellt wurden, zu überdenken, sie im siedenden Kessel seines Urteils kochen zu lassen, um am nächsten Tag oder in der nächsten Woche bereit zu sein, Entscheidungen zu fällen, die über unzählige Menschen oder Millionen Dollar bestimmen würden.
Er saß gern bei einem reifen Calvados – der würzige Apfelschnaps erinnerte ihn an seine Jugend auf dem Bauernhof – und spielte bedächtig die großen Schachpartien nach; Partien, deren Züge er auswendig kannte. Er mochte die kühle Stummheit der Schachfiguren, die Hand in Hand ging mit der brutalen Macht und Kraft, die ihre Position auf dem Brett haben konnte.
Schach war trotz seiner Eleganz ein grausames Spiel. Durch die unendlich kleinen Schritte der leblosen Figuren auf dem Brett konnte man seinem Gegenüber die Schlinge um den Hals legen und ziehen, bis er seinen Atem ausgehaucht hatte.
Im wirklichen Leben war es genauso. Schach hatte Anton Magnus gelehrt, wie man die Macht seiner Feinde zu ihrem Nachteil umkehren konnte, wie man ihre eigene Kraft gegen sie einsetzen konnte, wie man sie über ihre eigene Initiative und Intelligenz stolpern lassen konnte, so daß immer Magnus als der Gewinner hervorging; Magnus, der den Todesstoß ausführte, der die Schlinge zuzog und den Sieg davontrug.

Anton Magnus seufzte beim Anblick seiner geliebten Schachfiguren. Sie waren von einem der besten Bildhauer Italiens speziell für ihn angefertigt worden; Figuren aus Türkisen, Jade, Onyx und anderen wertvollen Steinen. Das Schachbrett selber war aus Marmor. An der Zimmerdecke war eine Reihe Speziallampen installiert, die die wunderschönen Stücke in ein Licht tauchten, das ihre Farben und Facetten betonte, ohne die Augen zu ermüden.
Die Figuren nur anzuschauen, bereitete einem ein ästhetisches Vergnügen. Wohingegen es ein strategisches Vergnügen war, eine Partie mit ihnen zu spielen. Anton Magnus entspannte sich. Sein Alptraum verblaßte, er saß sicher in seinem Arbeitszimmer und hatte, wie immer, alles im Griff.
Er studierte die Stellung der Figuren. Er blickte auf ein erbittertes, stummes Gefecht. Czerniak hatte im Herzen des mittleren Spiels mit einer Serie verzweifelter Züge Capablancas Attacken abgewehrt und stand kurz davor, die Situation auszugleichen. Doch Capablanca, dem selbst die subtilsten Schwächen in der Strategie seines Gegners nicht entgingen, hatte ihn mit einem einzigen Zug seines Springers gestoppt und vierzehn Züge später besiegt.
Es war ein großes Spiel, ein Meisterstück der Logik und Strategie. Und Anton Magnus hatte in den letzten Jahren sehr viel daraus gelernt. Es war ihm wie ein alter Freund, doch als er älter wurde, erschien es immer weniger wie ein Ideal, das es zu imitieren galt, sondern eher als ein Spiegelbild seines eigenen Lebensweges, eine Art Beweis seines eigenen Genies.
Denn Anton Magnus war, auf seine Art, ein Genie.

Im Wissen, daß er seinen Alptraum nun hinter sich hatte, schloß er die Augen und erinnerte sich an den allerersten Zug; an jenen Zug, der ihn in die Geschäftswelt katapultiert und mit dem er die Saat für Magnus Industries ausgestreut hatte.
Es war so einfach gewesen! Damals war Anton Magnus ein vierundzwanzigjähriger Immigrant gewesen, dessen Ersparnisse nicht einmal für einen Ford Modell T reichten. Sein Gegenspieler war ein gewisser James Q. FitzGerald, ein gewitzter und gieriger Chicagoer Geschäftsmann, der immer auf schnellverdientes Geld aus war.

FitzGerald besaß eine lukrative Einzelhandelskette in Chicago. Er hatte Magnus als Geschäftsführer für eine neue Filiale auf der State Street eingestellt. Als Ausgleich für seine Großzügigkeit erwartete er, daß Magnus der Firma dreihundert Dollar zukommen ließ – eine Summe, die Magnus' gesamte Ersparnisse aufgebraucht hätte. Magnus sollte das Geld zurückbekommen, sobald die Filiale schwarze Zahlen schrieb.
Natürlich hatte FitzGerald in Wirklichkeit vor, das Geld in die eigene Tasche zu stecken. Nach einem angemessenen Zeitraum würde er Magnus entlassen und ein neues Opfer finden, irgendeinen vertrauensvollen Immigranten, der für den Job dankbar war und für das Privileg gerne bezahlte. Mit Taktiken wie dieser hatte sich FitzGerald ein kleines Vermögen erwirtschaftet.
Doch Magnus hatte den Plan durchschaut. Und er hatte sich einen eigenen zurechtgelegt.
James FitzGerald war in eine hübsche katholische Kellnerin namens Mary O'Shea verliebt. Er hatte sie schon eine ganze Weile hofiert, doch sie hatte seine Annäherungsversuche bislang immer abgewehrt, indem sie ihn einerseits an seine Frau und seine drei Kinder erinnerte und andererseits dezent auf ihre Jungfräulichkeit hinwies, die sie sich bis zu dem Tag, an dem sie ihren Traumprinzen heiraten würde, bewahren wollte. Doch das Flackern in ihren Augen und die subtilen Signale, die ihr Körper in FitzGeralds Gegenwart aussendete, ließen ihn hoffen und schürten sein Verlangen nach ihr bis zum Siedepunkt.
Anton Magnus fand die Sache mit dem Mädchen heraus und verbrachte einen Abend allein mit ihr. Er setzte seinen ganz besonderen Charme und Einfluß bei ihr ein, die sich durch Welten von den tolpatschigen Schmeicheleien FitzGeralds unterschieden.
Am Ende dieses Abends war der Plan besiegelt. Als FitzGerald Mary O'Shea das nächste Mal traf, willigte sie ein, die folgende Mittwochnacht mit ihm in einem noblen Hotel auf der Michigan Avenue zu verbringen. FitzGerald, außer sich vor Freude, vergaß zu fragen, was der Anlaß für diesen plötzlichen Wandel des Mädchens war. Die Sinnesfreuden, die er in dieser Nacht in den Armen des Mädchens erfuhr, waren mehr als eine Entschädigung für sein langes Warten. Sie erwies sich als kokette, erfahrene Liebhaberin

und gab sich ihm so vollkommen hin, daß er vor Lust beinah verbrannte.

Am Morgen nach ihrer Liebesnacht entdeckte FitzGerald, daß der Schlüssel zu seinem Büro im Lager an seinem Schlüsselring fehlte. Er mußte einen Schlosser kommen lassen, um sich Zugang zu seinem eigenen Besitz zu verschaffen, um dann festzustellen, daß Papiere im Wert von mehreren Tausend Dollar in der Nacht gestohlen worden waren.

FitzGerald verdächtigte natürlich sofort Mary O'Shea des Diebstahls. Doch er konnte sie nicht verhaften lassen, ohne das Geheimnis ihrer Liebesnacht preiszugeben. Das hätte bedeutet, daß nicht nur FitzGeralds Frau die Wahrheit erfuhr – keine besonders tragische Sache –, sondern auch seine Eltern in der Alten Heimat würden davon hören. Und ohne die Wertschätzung seiner Eltern und der übrigen Familienmitglieder konnte FitzGerald nicht leben. Also machte er sich persönlich auf den Weg zu dem möblierten Zimmer der jungen Frau in der Absicht, ihr die Wertpapiere wieder abzuverlangen im Austausch mit dem Versprechen, auf eine Anzeige zu verzichten.

Doch Mary O'Shea war bereits ausgezogen und hatte keine Nachsendeadresse hinterlassen.

FitzGerald blieb nichts weiter übrig, als seinen Verlust hinzunehmen und sich wieder seinen Geschäften zuzuwenden.

Während FitzGerald sein Pech verfluchte, legte Anton Magnus die gestohlenen Wertpapiere clever an und verwandelte die wenigen tausend Dollar FitzGeralds in einhunderttausend Dollar.

Nun war der Zeitpunkt für den Meisterzug gekommen.

Anton Magnus ging zu FitzGerald und gab seinen Diebstahl offen zu. Er nannte seine Armut und sein Bestreben, endlich in die Geschäftswelt einsteigen zu wollen, als Grund, erwähnte seine Investition und gab FitzGerald die geliehenen Papiere zurück.

Doch FitzGerald wurde von seiner eigenen Gier übermannt. Er verlangte von Magnus, ihm neunzig Prozent des Gewinnes aus dem Diebstahl zu überlassen, und im Gegenzug würde er, FitzGerald, darauf verzichten, Magnus den Behörden zu melden.

Ein Lächeln, das später einmal die mächtigsten Männer zusammenzucken lassen sollte, umspielte Anton Magnus' Lippen. Seine

schwarzen Augen bohrten sich in James FitzGerald, als er ihm ruhig einen Gegenvorschlag unterbreitete. Er, Magnus, würde FitzGerald für die Summe von fünfzigtausend Dollar aufkaufen und selbst Besitzer der Handelskette werden – ein Preis, der ungefähr einem Viertel des tatsächlichen Wertes der Ladenkette entsprach. Wie vorauszusehen, lachte FitzGerald den Immigranten aus.
Doch das Lachen verging ihm, als er die Trumpfkarte sah, die Anton Magnus in der Hand hielt.
Es war ein brauner Umschlag, in dem sich eine Serie von Fotografien befand, Fotos von der Liebesnacht mit Mary O'Shea. Die Kamera hatte jeden Teil ihrer verschlungenen Körper und jede ihrer Positionen liebevoll eingefangen.
Neben den Fotografien befand sich in dem Umschlag auch noch ein Vertrag, der die Übertragung des Besitzrechtes für die Ladenkette von FitzGerald an Anton Magnus besiegelte.
Magnus gab FitzGerald zwei Minuten, um das Dokument zu unterzeichnen. Sollte er sich weigern, würden die vernichtenden Fotos in der morgigen Ausgabe des Chicagoer *Tribune* erscheinen, zusammen mit einem ausführlichen Interview mit Mary O'Shea, in dem sie bestätigte, daß der mächtige Geschäftsmann FitzGerald sie zu einer gemeinsamen Nacht in dem »Liebesnest« verführt hatte.
FitzGeralds Unterschrift befand sich in weniger als einer Minute auf dem Dokument.
Damit war Anton Magnus ab sofort alleiniger Inhaber einer lukrativen Ladenkette und zudem Besitzer von fünfzigtausend Dollar, der anderen Hälfte des Geldes, das er mit den »geliehenen« Papieren FitzGeralds an der Börse erwirtschaftet hatte.
Im folgenden Jahr gelang es Magnus, durch das florierende Wertpapiergeschäft aus den fünftausend Dollar eine Million zu machen. Innerhalb von fünf Jahren verwandelte er die Ladenkette zu einem Handels- und Produktionsimperium, das sich über den gesamten Mittelwesten erstreckte. Bald darauf nannte er eine Silbermine in Nevada und zwei vermeintlich trockene Ölquellen in Texas sein eigen, die kurz nach dem Erwerb zu sprudeln begannen.
Am Ende dieser Dekade war Magnus Industries – so hatte Magnus mittlerweile sein Imperium getauft – mehr als dreißig Millionen Dollar wert.

Ungefähr zu dieser Zeit beging FitzGerald Selbstmord, ein von der Geschäftswelt längst vergessener, ruinierter Mann, der seine Ersparnisse verspielt hatte und dem Alkohol verfallen war. In seiner Chicagoer Wohnung steckte er den Kopf in den Herd und drehte den Gashahn auf.

Damals hatte Anton Magnus die Gier und die sexuelle Schwäche seines Opfers genutzt und sie gegen ihn gerichtet. Er hatte seine Hausaufgaben gründlich gemacht. Er wußte alles über FitzGeralds Geschäftsgebaren, über seine Methode, arme Immigranten auszunehmen. Und er wußte, als er seinen ersten Schritt unternahm, von FitzGeralds Ehe und wieviel es ihm bedeutete, daß seine Familie eine gute Meinung von ihm hatte.

Mehr als das – in seinem ersten Gespräch mit Mary O'Shea hatte er herausgefunden, daß ihre Jungfräulichkeit schon lange dem Leben in der Großstadt zum Opfer gefallen war.

Nach der Episode mit FitzGerald machte sich Magnus zu größeren und immer größeren Ufern auf. Doch er blieb seiner ursprünglichen Strategie treu: er ließ sich nie mit seinen Gegnern ein, ehe er nicht all ihre Schwächen kannte. Und er machte niemals Gefangene. In den ersten zehn Jahren seiner Karriere schickte er gut und gerne ein Dutzend Männer in den Tod, denn wenn es um Geld ging, ging er keine Kompromisse ein. Er wollte alles.

Heute, vierzig Jahre später, hatte Anton Magnus viele Feinde. Doch sie konnten sich nur die Wunden lecken, die er ihnen zugefügt hatte, denn er war zu mächtig, als daß sie mit dem Gedanken an Rache gespielt hätten. Magnus war das wahrscheinlich größte Kunststück in der Arena der Geschäftswelt gelungen: alle fürchteten ihn. Und da Furcht Unterwürfigkeit hervorruft, wagte es niemand, ihm mit einem Nein zu entgegnen.

Die Jahre waren gut zu Anton Magnus gewesen. Er hatte eine Frau aus einer der angesehensten Familien des Landes – wenn er auch ihren Vater mit einer besonderen Taktik überzeugen mußte, sie freizugeben –, einen brillanten Sohn und zwei hübsche Töchter. Er war ganz oben.

Er hatte sein Leben in den vollsten Zügen genossen, hatte all die Frauen gehabt, die er wollte, jede Lust gelebt. Doch nichts davon konnte sich mit dem Schachspiel des Lebens selbst messen. Große Männer wie Anton Magnus lebten nicht nur für die Freude selbst. Sie lebten für die Herausforderung, und ihre Erfüllung fanden sie, indem sie Erfolg auf Erfolg schichteten. Es ist ihre unersättliche Gier nach Bestätigung, die sie groß macht, während niedrigere Lebewesen, die sich mit der banalen Lust zufrieden gaben, nichts in der Welt hinterließen.

Anton Magnus war der personifizierte Erfolg.

Sicher, sein ständig wiederkehrender Alptraum war vor vielen Jahren, irgendwann während dieser ersten Dekade in Amerika, aufgetaucht. Und seitdem beherrschte dieser Traum seinen Schlaf. Doch er lebte mit diesem Umstand, denn jedesmal, wenn er aus den schrecklichen Klauen dieses Traumes erwachte, erinnerte er sich, daß es nur ein Traum war und daß er im wirklichen Leben frei war zu tun, was er tun wollte.

Andererseits neigten sich seine Jahre jetzt dem Ende zu. Zu viele schon waren vergangen, verflossen in einem stetigen Strom, den er nicht aufhalten konnte. Wie viele mächtige Männer mußte Anton Magnus mit der grausamen Ironie leben, daß ihre Macht und ihr Einfluß auf die Welt sich nicht auf ihren eigenen Körper erstreckte oder auf den Fluß der Zeit, der ihn immer mehr schwächte.

Und deshalb hatte sein vertrauter Alptraum jetzt beängstigendere Formen für ihn angenommen, denn er erinnerte ihn an das Schicksal, das ihn erwartete, wenn der Tod kommen würde.

Aufgrund dieses Traumes hatte er sich vor langer Zeit für eine Einäscherung entschieden, wenn es soweit war. Er hatte zudem strikte Anordnungen erteilt, was die physischen Untersuchungen nach einem eventuellen Unfalltod oder einer Krankheit betraf. Er hatte sogar die Ärzte namentlich festlegen lassen, die gerufen werden sollten. Er frischte diese Klausel in seinem Testament konstant auf. Die Klausel besagte, daß er innerhalb einer Stunde nach Feststellung seines Todes eingeäschert werden mußte.

Diese Sicherheit, daß das Schicksal seines Traumes sich nicht bewahrheiten würde, gab Anton Magnus das beruhigende Gefühl, das er brauchte. Er schämte sich seiner Ängste, die ihn dazu motivierten, doch er befand, daß jeder Mensch das Recht hatte, den Tod zu fürchten.

Doch solange er atmen und denken konnte, würde er die Welt um sich beherrschen. Ebenso würde seine Macht über den Tod hinaus reichen, denn er hatte der Welt und den Menschen darin bereits seinen Stempel aufgedrückt. Und auf diejenigen, die ihn betrogen oder sich seinen Zorn zugezogen hatten, warteten die verschiedensten Pläne, die er in sein Imperium eingearbeitet hatte. Vielen seiner Statthalter hatte er bereits strikte Anweisung erteilt; Instruktionen, die nach seinem Ableben die fortgesetzte Bestrafung derjenigen beinhalteten, die er zu ewiger Armut verdammt hatte. Lebendig oder tot – Anton Magnus stellte eine Macht dar, mit der man rechnen mußte.

Er sah vom Schachbrett zu der antiken Uhr auf dem Bücherregal. Viertel nach zwölf.
Auf der anderen Seite der Stadt lag Gretchen, erschöpft von ihrer Mutterschaft, bestimmt in tiefem Schlaf. Magnus fragte sich, ob ihr nichtsnutziger Ehemann wohl zu Hause war. Wahrscheinlich nicht. Wahrscheinlich war gerade dabei, irgendein Starlet zu bumsen oder sein Geld zu verspielen. Diese Heirat war ein Fehler gewesen. Doch sie hatte ihren finanziellen Zweck erfüllt.
Was Jack betraf – er war entweder zu Hause, bei Belinda, oder im Büro bei der Arbeit. Niemand arbeitete härter als Jack.
Weil niemand besser als Jack wußte, wie wichtig das Geschäft war. Das hatte er von seinem Vater gelernt und niemals vergessen.
Anton Magnus war stolz auf seinen Sohn. Was jedoch nicht hieß, daß er ihm vertraute. Er wußte sehr gut, daß Jack seinen Flirt mit dem hübschen Bollinger-Mädchen nur aufgegeben und statt dessen Belinda geheiratet hatte, weil er wußte, daß es nicht der richtige Zeitpunkt war, es sich mit seinem Vater zu verscherzen. Es war ein strategisch notwendiger Zug seinerseits gewesen.
Jack spielte auf Zeit. Er tat, was sein Vater von ihm verlangte, weil er wußte, daß der Moment kommen würde, in dem Anton Magnus ihm die Zügel des mächtigsten Unternehmens des Landes würde übergeben müssen.
Jack glaubte zu Recht, daß die Zeit für ihn arbeitete. Wenn er seinen Vater für eine kurze Zeit glücklich machte, würden die Zügel automatisch in seine Hände übergehen, wenn Anton Magnus

durch das Alter gezwungen war, sie fallen zu lassen. Dann würde Jack seinen eigenen Weg gehen, ohne einen Gedanken an die Wünsche seines Vaters zu verschwenden. Im Grunde seines Herzens dachte Jack – genau wie sein Vater auch – nur an sich selbst.
Diese stille Vereinbarung paßte Anton Magnus, denn er wollte, daß das Unternehmen in der Familie blieb und jemand an dessen Spitze stand, den er kannte und dessen Handeln er berechnen konnte.
Es war eine interessante Schachpartie zwischen einem Vater, dessen Macht unweigerlich von der Zeit begrenzt wurde, doch dessen Intellekt und Schlauheit unvermindert waren, und einem klugen Sohn, der glaubte, er müsse nur darauf warten, daß ihm die Schlüssel zum Königreich in die Hände fielen.
Anton Magnus beabsichtigte, diese Partie zu gewinnen, ungeachtet seines Alters. Er bewunderte Jacks Fähigkeiten und hatte vor, sie voll und ganz auszunutzen. Er hatte Pläne mit Jack und mit Magnus Industries, die weit über seinen Rücktritt hinausgingen. Als Meister des Schachs war er es sich schuldig, die Fäden in der Hand zu behalten, auch wenn er nicht mehr an der Spitze stand.
Jack hatte natürlich andere Pläne. Er konnte es kaum erwarten, seinen Vater loszuwerden und eigene Wege zu gehen.
Doch Jack, mochte er auch noch so qualifiziert sein, konnte seinem Vater nicht das Wasser reichen.

Und wo mochte Juliet in diesem Moment sein?
Sicher irgendwo auf Achse. Ohne Zweifel hing sie betrunken mit irgendeinem Hallodri herum, betäubte sich mit Drogen und brachte sich absichtlich in Schwierigkeiten.
Doch irgendwann bald würde sie nach Hause kommen.
Anton Magnus beschloß, sie heute nacht noch zu besuchen.
Er erlaubte seinen Gedanken, durch die frühen Jahre seiner Ehe zu streifen, als er schon längst jegliches Interesse, das er vielleicht einmal für seine Frau hegte, verloren hatte, und als seine allzu leichten Eroberungen ungezählter ehrgeiziger junger Frauen ihn langsam zu langweilen begannen.
Das war der Zeitpunkt, an dem zum erstenmal sein Interesse an dem kleinen Gretchen geweckt wurde.

Sie war ein hübsches Kind, mit ihren neun Jahren intelligent und sonderbar sittsam. Vielleicht war es das, was ihn an ihr faszinierte, und zudem der Anblick ihrer schlanken Schenkel, den zarten Händen und dem köstlichen kindlichen Duft.

Er hatte mit dem Gedanken gespielt, sie zu verführen, dann aber doch gezögert. Schließlich war sie sein eigen Fleisch und Blut. Ein wehrloses Kind ...

Dann, ebenso um seine eigenen Skrupel zum Verstummen zu bringen, wie auch um sich an ihrem Körper zu weiden, war er eines Nachts in ihr Zimmer gegangen, hatte sie geweckt und sie verführt.

Sie hatte sich ihm fügsam hingegeben, mit Ehrfurcht in ihrem Blick, und wortlos seine Warnung, niemandem zu erzählen, was zwischen ihnen geschehen war, akzeptiert. Und die Lust, die ihr Körper ihm bescherte, war nichts verglichen mit dem erregenden Gefühl, das Verbot des Inzests zu brechen.

Später wurde Gretchen schwierig, und er wußte, daß ihr Verhalten aus dem resultierte, was er ihr angetan hatte. Doch das konnte ihn nicht aufhalten. Und als Juliet, die unvergleichlich schöner und lebendiger als Gretchen war, sechs wurde, tat er ihr dasselbe an.

Mit Juliet war das erregende Gefühl der Sünde und Gefahr weit größer, denn hinter dem Schrecken und der Ehrfurcht in ihren Augen verbarg sich eine Wildheit, die ihn faszinierte. Als sie größer war, wurde diese Wildheit selbstzerstörerisch und gewalttätig. Selbst heute nacht bestimmte es ihre Schritte und führte sie in große Schwierigkeiten.

Und auch das hatte seine Ursache in Anton Magnus.

Als seine Mädchen erwachsen wurden – Gretchen so verschreckt und passiv, wie Juliet ausschweifend und unkontrollierbar – fragte er sich manchmal, ob er irgendeine Art Bestrafung für das erfahren würde, was er ihnen angetan hatte. Schließlich war Inzest eine moralische Sünde. Selbst ein Mann wie Anton Magnus verspürte Ehrfurcht bei dem Gedanken, gegen die Natur gehandelt und unberechenbaren Schaden angerichtet zu haben.

Doch selbst dieser Gedanke schmeichelte seinem Stolz.

Er dachte daran, daß in vielen Gesellschaftsformen, selbst in der christlichen Welt vor nur wenigen Jahrhunderten, Inzest mit

Töchtern als ein Vorrecht des Mannes gesehen worden war, der König auf seinem Schloß war. Erst in den modernen Zeiten war ein Verbot über diesen Brauch verhängt worden, so daß Inzest zu einem unaussprechlichen Verbrechen gestempelt wurde. Anton Magnus sah sich als Vertreter der alten Zeit, in der es einem starken Mann noch erlaubt war, unter seinem eigenen Dach mit seinem Besitz, also mit all seinen Frauen, zu verfahren, wie es ihm gefiel.

Das war seine Rechtfertigung. Er war anders als gewöhnliche Männer und mußte sich deshalb auch nicht deren Gesetzen unterwerfen. Und so befriedigte er seine Lust erst an Gretchen, dann an Juliet, ohne deshalb schlaflose Nächte zu haben.

Schließlich, so sagte er sich, waren sie nur Frauen. Schließlich waren sie keine männlichen Erben. Schließlich waren sie nicht Jack.

Mit diesem Gedanken stand er auf, duschte sich und las dann so lange in seinem Bett, bis er hörte, daß Juliet nach Hause kam.

Mit einem zufriedenen Seufzer knipste Magnus das Licht über dem Schachbrett aus. Die Bauern standen genau dort, wo er sie haben wollte. Er hatte sie dort hingestellt – und dort würden sie bleiben, bis er sich wieder zu einem Zug entschieden hatte.

Er war der Herrscher über seine Welt.

22

Während Anton Magnus gähnend vor seinem Schachbrett saß, lag seine Tochter zwischen zerwühlten Bettlaken auf dem Bauch und stieß erstickte Schreie der Ekstase in ein Kopfkissen.

Johnny war in ihr, so tief, daß sie glaubte, er habe ihren Körper völlig in Besitz genommen. Seine langsamen Stöße überwältigten sie mit einer Kraft und Intensität, daß ihre kleinen Schreie eine sinnliche Mischung aus Qual und Entzücken waren.

Er beherrschte sie, bearbeitete ihr Fleisch, aber sanft, stieß nicht einfach zu, wie vielleicht ein anderer Mann sich zwischen ihre schlanken Schenkel gewühlt hätte, sondern tastete, forschte, entflammte jeden ihrer Winkel, bewies mit jedem Stoß, daß sie sein war, seine Sklavin, daß keine ihrer geheimsten Stellen jemals seine

Berührung vergessen oder ihr Verlangen nach ihm jemals würde versiegen können.
Sie hörte, wie er flüsterte: »Komm, Baby, komm ...« Er grub sich noch tiefer in sie, so sehr, daß sie glaubte, sie würde zerreißen.
»O Gott!« schrie sie in das Kissen. »O Gott ...« Doch ihre Schreie waren keine Beschwerden, nicht wirklich. Es waren Schreie des Entzückens, des Entzückens eines stolzen Mädchens, das sich niemals irgendeinem Mann freiwillig hingegeben hätte, und dessen Hingabe für den Mann, der sie schließlich von ihr erzwang, um so heißer und bedingungsloser war.
»Baby«, schmeichelte er, im Wissen, daß sie kurz vor der endgültigen Ekstase stand und ihre Anspannung auskostete. »Komm, zeig's Daddy, zeig's mir.«
Seine Worte waren der letzte Anstoß. Sie wimmerte ihre Lust in das Kissen, sie gab ihm ihr letztes Stöhnen und brach in einem erschütternden Orgasmus zusammen. Tränen rannen ihr über die Wangen.
Erst jetzt gab er sich ganz seiner eigenen Lust hin, hielt Julie mit seinen großen Händen fest umklammert und ließ den weißen Strom seiner Ekstase in sie fließen.
»O Gott«, wiederholte sie völlig außer sich. »O Gott ...«
Sie verharrten noch lange in dieser Stellung, seine Hände auf ihren Hüften, sein Geschlecht ganz in ihr begraben, pulsierend, ohne daß seine Erregung im geringsten verebbte. Er genoß das Gefühl, sie völlig auszufüllen und ganz und gar zu besitzen.
Er schaute auf sie herab und sah, wie sich ihre kleinen Hände in das Kissen krallten und dann wieder entspannten. Er studierte die sanfte Kurve ihres Rückens, ihr zartes Rückgrat, die schmalen Schulterblätter, die hübschen, mädchenhaften Halbkugeln, zwischen die er sich gegraben hatte. Wie entzückend sie war! Welch eine weiche, sanfte Kreatur er in seinen Armen hielt, und doch verbarg sich hinter diesen kühlen blauen Augen ein starker Wille. Ein Wille, den zu brechen er genoß. Und auch die Intelligenz – eine Intelligenz, die er nach Lust und Laune auf die Unterwürfigkeit eines Tieres reduzieren konnte.
Doch ganz so einfach war es nicht.
Jetzt, da er Julie besser kannte, spürte er, daß er auch sie brauchte,

auf eine Weise, wie er noch nie eine Frau gebraucht hatte. Etwas faszinierte ihn an ihrer Zerbrechlichkeit, ihrer porzellangleichen Haut. Und er war beeindruckt von ihrem perversen Verlangen nach ihm, mit dem sie ihn an ihren intimsten Stellen willkommen hieß.

Sie war etwas Besonderes, nicht nur in ihrer eigenen Treibhauswelt, sondern auch für einen Mann wie Johnny, der aus einer ganz anderen Welt kam. Sie war wie eine seltene, aufregende Blume.

»Du hast dich schon eine ganze Weile nicht mehr blicken lassen, Prinzessin. Was hast du so getrieben?«

Sie seufzte, drehte sich auf den Rücken, legte die Hand unter den Kopf und schnurrte wie eine zufriedene Katze, die gerade an einem Topf Sahne geschleckt hat.

»Nicht viel ...«

Es war eine ausweichende Antwort, und das ärgerte Johnny. Ihm war aufgefallen, wie rigoros sie ihre eigene Welt bei ihren Liebestreffen aussparte. Sie hatte ihm von ihrer berühmten Familie erzählt, sie in wenigen Worten skizziert, Worte, die voller Verachtung waren. Doch er hatte gespürt, daß ihre Beschreibung nicht nur deshalb so knapp war, weil sie ihre Familie haßte, sondern auch, weil sie ihn von all dem fernhalten wollte. Zunächst war ihm diese Haltung mehr als recht gewesen. Er genoß den Gedanken, daß ihr Kontakt zu ihm soviel intimer war als der, den sie zu den High-Society-Schwuchteln hegte. Ihr Benehmen im Bett ließ daran keinen Zweifel.

Doch jetzt war er sich seiner Gefühle in diesem Punkt nicht mehr sicher. Gewiß, sie zeigte sich ihm gegenüber von einer Seite, die kein anderer Mann kannte. Doch einen Teil ihres Selbst schirmte sie vor ihm ab.

Und dieser unsichtbare Teil fing an, ihn zu beunruhigen.

»Nicht viel, so?« sagte er. »Fällt mir schwer zu glauben.«

Julie schwieg. Sie sah ihm in die Augen, nicht ohne Besorgnis, aber mit Sicherheit ohne Furcht.

»Nun?« fragte er.

Ihre lieblichen Brauen krümmten sich, als sie die Stirn zusammenzog.

»Frage ich dich etwa über dein Privatleben aus?« gab Julie zurück.

»Du bist doch wohl nicht eifersüchtig, Liebling? Nur weil wir'n bißchen ausgeflippt rumgebumst haben?«
Johnny wurde ärgerlich. Ihr Ton klang verächtlich.
Er sah sie an. Wie sehr sie sich doch von den anderen Mädchen, die er im Lauf seiner Tage gehabt hatte, abhob. Sie hatte eine köstliche statuenhafte Eleganz an sich, die er noch an keiner Frau erlebt hatte. Und darunter verbarg sich eine Zerbrechlichkeit, eine Verängstigung, die ihren Bewegungen, ihren Worten, ihrem Lächeln eine besondere Note verlieh. Sie war ein vielschichtiges Wesen. Und sie war verletzt worden, das war leicht zu durchschauen. Unter ihrer zynischen Oberfläche war sie äußerst sensibel. Diese Sensibilität war es, die ihn zu ihr hinzog. Doch mit Worten teilte sie ihm dies nie mit.
Und dafür gab es einen Grund. Julie war ein stolzes Mädchen und war sich ihrer Herkunft bewußt. Johnny spürte sehr genau, daß sie sich mit ihm als Außenseiter einließ, einem Außenseiter, der niemals ihrer Schicht angehören, der das Glashaus niemals von innen erleben würde.
Mehr noch – er spürte, daß sie mit jeder Faser ihres Körpers und ihrer ganzen Seele in diese Glashauswelt gehörte. Diese Welt hatte Julie geformt, und somit war sie ihre Kreatur. Und vom Standpunkt ihrer Gesellschaftsschicht aus gesehen – wie sehr sie sie auch verachten und hassen mochte – war er selbst eine billige, niedrige, absonderliche Figur, ein Mann aus der Gosse.
Dies, so vermutete er, war auch ein fester Bestandteil der Lust, die sie an ihm verspürte – sich unters gemeine Volk zu mischen. Ihr war klar, daß keiner der milchgesichtigen Bubis ihrer Gesellschaftsschicht sie jemals so befriedigen würde wie er. Doch selbst diese Tatsache, selbst ihre flehende Unterwerfung ihm gegenüber, die damit einherging, war nur ein weiterer Beweis, daß sie ihn als Freak sah, als eine Art Hengst aus einem ihr fremden Stall, eine Kreatur, deren sexuelle Gaben sich in das Puzzle zu seinem Brooklynakzent, seinem billigen Eau de Cologne, seinem rohen, ungeformten Intellekt fügten.
Und deshalb konnte er sie auch befriedigen, konnte sie sogar dominieren, und doch würde sie nie im Traum daran denken, ihm denselben Respekt zu zollen, den sie den Männern aus ihrer Schicht

entgegenbrachte. Ganz abgesehen davon, ihm ihr verletztes Herz zu öffnen ...

Und wenn die Zeit gekommen war, würde es einer dieser Männer sein, eine dieser aalglatten, hohlen, kaltäugigen Schwuchteln, den sie heiraten und dessen Kinder sie zur Welt bringen würde.

Diese Gedanken erfüllten Johnny mit Ekel und Frustration. Er haßte sich für seine eigene Sensibilität, und er haßte Julie, weil sie diese Gefühle in ihm wachrief.

Deshalb ließ er sie los, lehnte sich mißmutig an das Kopfende des Bettes und zündete sich eine Zigarette an.

Julie spürte, in welch schlechter Stimmung er war, richtete sich auf, nackt, und zündete sich ebenfalls eine Zigarette an. Wie schön sie war, so blond, so zierlich! Selbst jetzt noch spürte sie seine Samen zwischen ihren Schenkeln, das ließ sich deutlich aus ihren zufriedenen Zügen deuten.

Doch ihr Blick war besorgt. Sie spürte intuitiv, daß Johnny sich von ihr zurückzog. Sie saß da, rauchte, schaute ihn an.

»Möchte wissen, was du gerade denkst ...«, sagte sie. Er schwieg, starrte auf den Rauch seiner Zigarette, der sich wie ein Vorhang zwischen ihn und dem nackten Mädchen legte.

»Komm schon, Liebling«, sie streichelte sein Knie. »Du warst Spitze, wie immer. Was zieht dich so runter?«

Er sah sie an, konnte keine Worte finden für das, was er fühlte. Der Schmerz in seinem Innern war zu tief, denn er berührte seinen Stolz, und sein Stolz war die Basis seines Lebens. Schwächen oder Gefühle durfte er nicht zugeben.

Plötzlich sagte er: »Erzähl mir von deinem Vater.«

Sie war verblüfft. »Von meinem Vater?«

»Ja. Wie ist er so?«

Sie sah ihn mit Schmerz, beinahe Wut in den Augen an. Er spürte, daß er ein Tabu berührt hatte. Deshalb hatte sie noch nie darüber gesprochen. Vielleicht hatte er es genau deshalb jetzt erwähnt – um sie zu verunsichern, sie zu erniedrigen.

»Wieso fragst du?« fragte sie mißtrauisch.

»Es interessiert mich«, erwiderte er, ein wenig dickköpfig. Julie seufzte.

»Er ist ein Arschloch«, sagte sie. »Beantwortet das deine Frage?«

Schweigen.
Johnny schüttelte langsam den Kopf. »Nicht ganz, Baby. Welche Art von Arschloch?«
Sie seufzte erneut. Es war ihr sichtlich unangenehm. »Von der schlimmsten Art. Die schlimmste, die es auf der Welt gibt ... mein Gott, Johnny. Warum mußtest du davon anfangen?«
Er lächelte beharrlich. »Er ist dein Vater. Ich bin dein Mann. Dein einziger Mann. Ich habe das Recht, etwas über ihn zu erfahren.«
Er konnte sehen, wie sie in der Dunkelheit vor Zorn errötete.
»Das Recht?« fragte sie.
Er spürte, wie sich ihr ganzer Wille gegen ihn auflehnte. Er wußte durch ein paar versteckte Andeutungen ihrerseits in der Vergangenheit, daß sie ihren Vater haßte, fürchtete, aber gleichzeitig verehrte. Johnny konnte es verstehen, denn Anton Magnus war eine sehr beeindruckende Persönlichkeit. Vielleicht hatte Johnny deshalb jetzt den alten Mann erwähnt. Weil er wußte, daß der Alte eine besondere Rolle in Julies Leben spielte, einen besonderen Platz in ihren Gedanken einnahm. Und Johnny wollte an diesen Gedanken teilhaben, so wie er an ihrem Körper teilhatte.
Er sah, daß sie wütend und aufgebracht war. Also entschloß er sich, es auf die Spitze zu treiben.
»Ja, das Recht.« Er sah sie an. »Ich bin ein Teil deines Lebens. Ich habe das Recht, ein bißchen mehr über dich zu erfahren.«
Sein Gerede von Recht hatte Julie irritiert. Sie warf ihm einen wütenden Blick zu.
»Da liegst du falsch, mein Lieber«, erwiderte sie mit haßerfüllter Stimme. »Du bist ein großartiger Ficker, aber das gibt dir auf gar nichts ein Recht.«
»Was soll das heißen?«
Ihre Lippen verzogen sich zu einem geringschätzigen Grinsen.
»Ich besitze einen großartigen Hengst, oben bei den Forest Hill-Stallungen. Er ist ein erstklassiges Reitpferd, das beste im ganzen Land. Doch das bedeutet nicht, daß ich mit ihm meine Probleme diskutiere. Denk mal darüber nach, Johnny.«
Ihre letzten Worte schnitten wie eine Klinge in sein Fleisch. Sie hatte einen Fehler gemacht. Sie hatte seinen Intellekt beleidigt. Das hatte er noch niemandem erlaubt und würde es auch niemals tun.

Er streckte die Hand nach ihr aus, streichelte ihre Schultern und griff plötzlich in ihr Haar. Er zwang ihr Gesicht so grob auf das Bett, daß sie aufschrie. Ihr Körper war nach vorne gebogen, ihr Gesicht zwischen ihre gespreizten Schenkel gepreßt, sie schrie vor Schmerz.

»Hör gut zu, Kätzchen«, zischte er zwischen seinen zusammengepreßten Zähnen. »Ich bin kein Hengst. Falls du mich wirklich so siehst, bist du in größeren Schwierigkeiten, als du denkst.«

Er ließ ihr Haar los und schlug ihr ins Gesicht, ehe sie reagieren konnte. Seine große Handfläche erwischte ihr Ohr, ihre Wange und ihre Lippen. Er war überrascht, als ihr Blut aus dem Mundwinkel rann. Er hatte nicht gemerkt, daß der Schlag so hart gewesen war. Sie war so zierlich, so zerbrechlich ... Ihre Augen füllten sich mit Tränen. Bei dem Anblick ihrer Verletzbarkeit empfand er Mitleid mit ihr.

Doch sie sah ihn mit einer Mischung aus Furcht und etwas unendlich Beleidigenderem an. Sie war von der Wucht seines Schlages und seiner Wut geschockt, doch sie warf ihm einen abschätzenden, verächtlichen Blick zu mit solcher Verachtung und Geringschätzung, wie vor einem Jahrhundert eine weiße Herrin wohl einen starken Sklaven auf dem Verkaufspodest angesehen haben mußte. In ihrer Angst spiegelte sich keinerlei Respekt. Ihre Furcht war nicht tief, nicht echt. Sie blickte vom Elfenbeinturm ihrer Schicht auf ihn herab, einen Turm, den er niemals so leicht würde erobern können wie ihren Körper.

»Nun?« fragte er, die Hände gespannt für einen nächsten Schlag.

»Das war das erste Mal, daß du mich geschlagen hast.«

»Vielleicht nicht das letzte Mal. Du weißt doch, worauf du dich eingelassen hast, Prinzessin. Auch das gehört zu der wirklichen Welt.«

»Was soll das heißen?«

Er sah sie abschätzend an. Ein draufgängerisches Funkeln leuchtete in seinen Augen.

»So toll kann er nicht sein«, sagte er. »Was gehört schon dazu, den Leuten das Geld aus der Tasche zu ziehen und ein paar Arschlöchern von Angestellten Angst einzujagen? Ich wette, nicht viel.«

Er spürte, wie sie bei diesen Worten zusammenzuckte. Doch sie schwieg.

»Vielleicht lerne ich ihn mal kennen«, fuhr er fort.
Als sie noch immer schwieg, fügte er hinzu: »Vielleicht klemme ich mich dahinter, ihn mal zu treffen.«
»Du wirst ihm niemals auch nur nahe genug kommen, um ihm ein Hallo über den Times Square zuzurufen. Und wenn du es tätest, würde er dich wie eine Fliege zerquetschen.«
Sie bedauerte ihre Worte beinahe augenblicklich. Sie spürte, daß etwas Unschuldiges, Jungenhaftes in seinem Übermut gelegen hatte. Alles, was sie hätte tun müssen, wäre, seine Wut zu lindern, seinen verletzten Stolz wieder aufzurichten, ihm zu versichern, daß er ihr mehr bedeutete, als Anton Magnus es jemals getan hatte. Doch ihre Worte waren wie von selbst über ihre Lippen geschlüpft. Und jetzt war es zu spät.
Johnny griff mit seiner starken Hand nach ihrem nackten Körper und zog sie in seinen Schoß. Die Stelle, an der er ihren Arm umklammerte, schmerzte. Sie wußte, daß er ihr mit einer Drehung den Arm brechen konnte. Er langte mit der anderen Hand nach ihrem Haar und riß den Kopf nach hinten. Sie wimmerte, schrie auf wie ein kleines Kind.
Er hob eine Hand, um Julie zu schlagen. Er würde ihr eine Lektion erteilen.
Doch dann wanderte sein Blick unwillkürlich an ihrem zierlichen Körper herunter und verweilte auf der süßen, geheimnisvollen Stelle zwischen ihren Beinen. Seine kleine, wütende Nymphe. Die Panik und der Schmerz, die sich in ihren Augen spiegelten, berührten ihn.
Er zog ihr Gesicht nahe an seines heran. Noch immer tröpfelte ein wenig Blut aus ihrem Mundwinkel. Er zog sie langsam an den Haaren nahe zu sich und leckte das Blut von ihrem Kinn. Es schmeckte heiß, scharf und sonderbar. Er leckte sie wie eine Katze ab, säuberte die Wunde, die er ihr zugefügt hatte.
Ihre Augen wurden dunkel. Ein Seufzen kam über ihre Lippen. Dann vereinte sich ihre kleine Zunge mit seiner, sie leckte ihr eigenes Blut von ihm, sie spielten einen Augenblick, und er hörte das tiefe Stöhnen in ihrer Kehle, dessen Bedeutung er zu gut kannte.
Er küßte sie heftiger und stieß sie auf die Laken. Ihre Wut und ihr

Schmerz spiegelten sich noch immer in ihrem Gesicht, wurden aber ausgelöscht von einem Ausdruck der Begierde, so wie der kleine Rinnsal Blutes von seinem klaren Speichel weggewaschen wurde.
Er griff nach ihren Brustwarzen, streichelte sie zärtlich und beobachtete dabei die Reaktion in ihren Augen. Er fuhr mit einem Finger ihren Bauch hinunter, zog einen Kreis um den Bauchnabel, sanft, so als habe er nicht die Absicht, sie zu erregen, aber seine Berührung war so sinnlich, daß er spürte, wie ein Schauer ihre Lenden durchflutete.
Er lächelte. Sein Finger hielt inne, streichelte die daunenweichen Härchen auf ihrem Bauch, tastete sich dann weiter hinunter, liebkoste die zarte Haut unter ihrem Bauchnabel, bis er den goldenen Hügel zwischen ihren Beinen erreichte. Er ließ sie nicht aus den Augen, ließ seinen Finger weiter herunterwandern, bis er ihre Feuchtigkeit spürte, sie war heiß und bereit für ihn. Er sah, wie sie die Augen halb geschlossen hielt.
»Und jetzt?« fragte er leise.
»Bitte, Johnny«, bettelte sie. »Es tut mir leid, daß ich dich so wütend gemacht habe. Komm, laß mich nicht warten.«
Der Finger neckte zärtlich ihr weiches Geschlecht, das so gierig nach seiner Berührung war. Er fühlte, wie sie ihren Rücken durchbog, sah, wie ihre kleinen Brüste zitterten und bemerkte den winzigen Blutstropfen an ihrem Mund.
Seine Lippen näherten sich ihren, und er leckte den Tropfen behutsam ab, gleichzeitig fand sein Glied die anderen, versteckten Lippen, und er drang tief in sie ein.
Das Stöhnen aus ihrer Kehle klang beinah verzweifelt.
»Oh«, flüsterte sie, »o Gott, Johnny. O bitte.«
Jetzt war er sich ihrer Unterwerfung sicher, griff mit beiden Händen unter ihre Pobacken, hob sie wie eine Puppe hoch, um sie in die richtige Position für seine Stöße zu bringen und begann, sich in sie zu versenken. Sie zitterte, schrie und stöhnte ihre Lust hinaus, wand sich und zuckte unter seinem Griff. Ihr Orgasmus kam schnell, aufgrund der brutalen Art, mit der er sie nahm. Diese heiße Vereinigung war ihre Versöhnung.
Und irgendwie ließ ihr Schmerz und ihre Auflehnung seine eigene Lust schneller ansteigen, denn er wollte und mußte sie ihr geben

und im Gegenzug ihre empfangen. Jetzt war sie ihm unter die Haut gegangen, sie war nicht mehr nur das Mädchen aus reichem Hause, mit dem er vor seinen Freunden geprahlt hatte. Sie bedeutete ihm etwas, ihr Körper, ihre Wut, ihre Verletzlichkeit.
Und doch fühlte er zum hundertsten Mal, als er sie mit seiner Macht über sie neckte und spürte, wie sich ihr Körper in unerschöpflichem Verlangen nach ihm wand, daß ein kleiner Teil von ihr sich vor ihm zurückzog, der Teil, den er weder im guten noch im bösen erreichen konnte.
Er dachte an ihren Vater. Irgendwo in den Tiefen, in denen sich Julie versteckte, war auch ihr Vater, der Mann, der Tausend-Dollar-Anzüge trug, der gekrönte Häupter und Politiker bewirtete, den er von unzähligen Fotos kannte, dieser Mann war es, der sie besaß und bei dem ihre Gedanken waren. Der Blick in ihren Augen bestätigte es ihm, selbst wenn das Zittern ihres Körpers die Herrschaft, die Johnny über sie hatte, bestätigte.
Johnny würde dies niemals vergessen. Was heute nacht geschehen war, war unbeabsichtigt gewesen, doch es hatte den ersten Keil zwischen sie getrieben. Er würde es niemals vergessen. Dazu war es zu spät.
Der Zorn, den er auf sie verspürte, war untrennbar von der verbotenen Zärtlichkeit, die er empfand, eine Zärtlichkeit, die nicht nur nach physischer Macht verlangte, sondern nach Liebe.
Und so kam es, daß er, im selben Moment wie sich sein Samen in Julie ergoß, zum erstenmal das scharfe Messer der Eifersucht in seinem Herzen spürte. Johnny war in seinem Leben noch nie so erschüttert gewesen wie in dieser letzten Zuckung seines Orgasmus. Er hatte zuviel gefühlt und zuviel gegeben. Und dieses Wesen in seinen Armen, das ihm ein Rätsel blieb, hatte seinen Samen gestohlen, ohne ihm ihre Seele zu öffnen.
Wie erregend es war, ihren weichen Körper in seinen Armen zu spüren! Doch die Wut, die ihn dazu gebracht hatte, sie nur vor wenigen Momenten noch zu schlagen, stieg erneut in ihm auf, nahm Besitz von seinen Armen, mit denen er sie an sich preßte. Er konnte sie nicht mehr leugnen. Sie sollte für immer bleiben.
Mit diesem beunruhigenden Gedanken im Hinterkopf zog Johnny Julie noch enger an sich und küßte ihre Lippen.

23

New York, 25. Januar 1957

Acht Wochen waren vergangen.

Es war ein kalter und windiger Montagmorgen. Die Stadt schien sich unter der tiefen Wolkendecke vor dem ersten ernsthaften Wintereinbruch zu ducken.

In einem winzigen Ladengeschäft in der 40th Street, nicht weit von der Seventh Avenue, saß Francie an einem abgewetzten Schreibtisch. Dies war ihr neuer Arbeitsplatz.

In dem Raum stand nichts weiter als dieser Tisch, ihr Drehstuhl, ein Aktenschrank, ein hölzerner Besucherstuhl, ein Standaschenbecher und ein Arbeitstisch. An den Wänden hingen ein paar Poster, die IBM Computer anpriesen.

Im Schaufenster des Ladens prangte ein Schild, das Francie eigenhändig gemalt und angebracht hatte.

COMPUTEL INC.
Computerberatung

Die Miete für den Laden hatte Francie gerade noch aufbringen können, viel war ihr von ihren Ersparnissen des einen Jahres bei Magnus Industries nicht geblieben. Sie wußte, ohne Aufträge würde sie höchstens ein paar Monate überleben können.

Nachdem sie das Büro eingerichtet hatte, gab sie kleine Annoncen in Fachzeitschriften auf und wartete nun auf Rückmeldung. Sie konnte ihre Untätigkeit einfach nicht ertragen und vergrub sich deshalb in jede technische Publikation und Fachzeitschrift für Computer, die sie in die Hände kriegen konnte. Sie hielt sich ständig auf dem neuesten Stand der Entwicklung im Bereich der Computertechnolgie und Programmierung. Sie war sich bewußt, daß ihr Lebensunterhalt davon abhing, daß sie das nötige Wissen im richtigen Moment parat hatte.

Ebenso war sie sich darüber im klaren, daß sie, sollte sich tatsächlich jemand in ihrem Beratungsbüro einfinden, in der Lage sein mußte, innerhalb kürzester Zeit ein Programm zu erstellen, das für einen Betrieb mittlerer Größenordnung effektiv und rentabel arbeitete. Diesem Aspekt hatte sie sich bereits gewidmet, hatte Konzepte entworfen, bei denen sie sich manchmal auf ihre Arbeit bei Magnus Industries bezog, und von denen sie sicher war, daß sie funktionierten.

Doch da war noch immer die Frage der Hardware. Francie besaß natürlich keinen eigenen Computer, und nur mit viel Glück würde sich ein Unternehmen bei ihr melden, das bereits über einen solchen verfügte. Sie hatte sich nach einer möglichen anteiligen Nutzung von Computern erkundigt und herausgefunden, daß man sie tatsächlich nutzen konnte, allerdings nur gegen eine hohe Mietgebühr. Es würde ihr nichts anderes übrigbleiben, als diese Kosten ihren Klienten in Rechnung zu stellen, wenn und falls welche kämen. Es würde ihre Arbeit viel kostspieliger machen, als sie es sich erhofft hatte.

Das war ein Problem, das nicht einmal Francie lösen konnte.

Und doch entschied sie sich durchzuhalten, bis ihre Firma Boden unter den Füßen gefaßt hatte. Sie wußte einfach, daß Computer die zukünftige Technologie Amerikas waren, und beabsichtigte, an vorderster Front der Computerentwicklung zu verharren, komme, was da wolle.

Bis dahin würde sie schon irgendwie überleben.

Und doch fragte sie sich manchmal, ob ihre Firma überhaupt ihren ersten Kunden erleben würde.

In den ersten zwei Wochen nach der Eröffnung hatte sie ihren Mut angesichts der Tatsache, daß niemand erschienen war, nur mit größter Anstrengung aufrechterhalten. Ihr einziger Besucher war der Postbote, der ihr die Telefonrechnung und ein paar Reklamesendungen brachte. Die einzigen Anrufer waren Leute, die sich verwählt hatten, oder Möbelvertreter, die ihr Büroeinrichtungen verkaufen wollten.

Die Tage waren eine Qual, sie saß alleine in ihrem Büro und lauschte dem Verkehrslärm von draußen. Nachts fiel sie in einen unruhigen Schlaf, voller Bilder aus der Vergangenheit, die sie nicht ertragen konnte, und einer Zukunft, die so undurchsichtig war wie ein dunkler Kristall.

Sie wußte, daß ihr größter Feind die Mutlosigkeit war, und um die zu bekämpfen, schaute Francie immer wieder auf die Presseausschnitte, die sie an ihre Pinnwand geheftet hatte, Ausschnitte aus der Fachpresse, die vom großen Erfolg der Computervernetzung der europäischen Tochterfirmen von Magnus Industries berichteten.

Sie wußte, daß es ihr Plan gewesen war, die Frucht ihrer Intelligenz. Sie allein hatte die Operation durchgeführt; sie würde es auch für andere Unternehmen bewerkstelligen können. Es war ihr Können und auch ihre Idee gewesen.

Ich kann etwas, sagte sie sich immer wieder. *Ich bin etwas wert. Ich habe etwas zu geben.*

Doch mit jedem Mal mehr mußte sie sich mehr bemühen, es auch zu glauben.

An diesem Tag saß sie hinter ihrem Schreibtisch, beobachtete mit zusammengepreßten Zähnen die Passanten vor ihrem Laden und versuchte, sich auf die Technikzeitschrift zu konzentrieren, die aufgeschlagen vor ihr lag.

Zu ihrer Überraschung blieb jemand aus der vorbeiströmenden Menge vor ihrem Schaufenster stehen und betrachtete ihr Schild. Es war ein junger Mann in den Zwanzigern, gekleidet in Jeans und Lederjacke. Im gleißenden Sonnenlicht wirkte er eher zerknittert und etwas ungepflegt.

Er musterte das Schild und spähte dann durchs Fenster. Er schien zu zögern. Doch nach einem kurzen Augenblick öffnete er die knarrende Tür und trat ein. Die Glocke verkündete hohl seine Ankunft.

Francie sah lächelnd zu ihm auf.

»Kann ich Ihnen behilflich sein?«

Sein Blick wanderte über die Poster zu dem abgenutzten Mobiliar.

»Ich weiß nicht«, sagte er. »Nach Ihrer Annonce in der Zeitung hatte ich mir eher ein größeres Unternehmen vorgestellt.«

Francie hob eine Augenbraue.

»Für das, was wir tun, sind wir groß genug«, erwiderte sie mit einem zuversichtlichen Lächeln auf den Lippen.

Er kam auf Francie zu, blieb hinter dem Besucherstuhl stehen, stützte die Hände auf die Lehne.

»Und was wäre das?« fragte er.

»Bitte?«

»Welche Art Beratung führen Sie durch?« In seinem Blick lag Skepsis, aber keine Respektlosigkeit.
Francie räusperte sich und versuchte so gut sie konnte zu lügen.
»Ich ... ich meine, wir«, begann sie, »wir entwickeln Computersysteme für Unternehmen. Wir können Ihnen ein Programm auf Ihre besonderen Wünsche hin zuschneiden. Die Hardware mieten wir in der Stadt, es sei denn, Sie besitzen eigene Geräte.«
Er schaute auf sie hinunter, offensichtlich gänzlich unbeeindruckt von ihrer sorgsam gewählten Lüge.
Dann stellte er die Frage, die sie am meisten gefürchtet hatte.
»Für wen haben Sie denn schon gearbeitet?«
Francie räusperte sich erneut. Dann gab sie ihm die einzig mögliche Antwort. Es war nicht die ganze Wahrheit, aber auch keine direkte Lüge.
»Wir haben bereits für Magnus Industries gearbeitet. Vielleicht haben Sie schon davon gehört. Eine Computervernetzung ihrer europäischen Niederlassungen. Wir haben sowohl die Idee entwickelt als auch das fertige Konzept erstellt und verwirklicht.«
Jetzt spiegelte sich Zweifel in seiner Miene.
»Ich wußte gar nicht, daß ein Unternehmen wie Magnus mit Outsidern zusammenarbeitet.«
»Nun, in diesem Fall haben sie es getan.« Francie bemühte sich, nicht zu erröten.
Zum Glück kam er auf ein anderes Thema zu sprechen.
»Wie viele Angestellte beschäftigen Sie denn?«
»Hmm, sieben – mich selbst eingeschlossen«, antwortete sie, ohne ihm in die Augen zu schauen. Er zog den Stuhl zurück und setzte sich. Francie bemerkte dabei, daß er leicht übergewichtig war, eine Tatsache, die sich zu seinem zerknitterten Äußeren gesellte. Seine Haarfarbe war sandbraun, vielleicht blond. Seine Augen waren braun und verschlagen intelligent. Er fixierte sie.
»Sie würden mich doch nicht anlügen, nicht wahr?«
»Ich weiß nicht ganz, was Sie meinen«, sagte Francie.
»Sie sind doch nicht ganz allein hier, oder?«
»Heute bin ich schon allein«, antwortete sie tapfer. »Die anderen sind bei der Arbeit. Draußen. Jemand muß ja im Büro bleiben.«
»Aha.« In seinen Augen spiegelte sich Belustigung. »Nun, ich

freue mich zu hören, daß es bei Ihnen so gut läuft. Aber ... ich glaube doch nicht, daß ich hier richtig bin.«

»Wirklich?« Francie versuchte, sich ihre Enttäuschung nicht anmerken zu lassen. »Sind Sie sicher, daß wir Ihnen nicht doch helfen können?«

»Na ja, es sei denn, Sie haben einen Job für mich. Tatsache ist – ich suche Arbeit. Ich sah Ihre Annonce in der Zeitung und dachte, Sie könnten vielleicht noch jemanden brauchen.«

Jetzt war Francie wirklich enttäuscht.

»Oh«, sagte sie, »tja, in diesem Fall könnten Sie recht haben. Wir, äh, wir stellen momentan leider keine neuen Kräfte ein.«

Er sah sie abschätzend an. Wieder spiegelte sich ein belustigtes Flackern in seinen Augen, und diesmal überzog es auch sein Gesicht. Er holte eine Zigarette hervor und zündete sie sich an, ohne Francie dabei aus den Augen zu lassen. Der Rauch schlängelte sich in der ohnehin abgestandenen Büroluft zur Decke.

»Ich würde wirklich gerne mehr über die Arbeit erfahren, die Sie für Magnus gemacht haben«, sagte er. »Ich kann mir vorstellen, daß das ein sehr aufwendiger Job war.«

Francie schwieg. Sie fragte sich, warum er nicht endlich ging.

Er sah sich um. »Stehle ich Ihnen etwa Ihre Zeit?« fragte er. »Haben Sie gerade etwas anderes zu tun?«

»Ich – nein. Nun, bei der Arbeit für Magnus lag das Problem hauptsächlich beim Programm. Wir hatten die Hardware von IBM, und ich – wir – ich schrieb die Programme für die Vernetzung.«

»Was für eine Codierung haben Sie benutzt?«

Francie hob eine Augenbraue. »Eine Variation des 422. Mit einem algebraischen Compiler, den wir selbst entwickelt haben.«

Sie fuhr mit ihrer Beschreibung fort, scheute sich nicht, technische Ausdrücke zu verwenden, denn sie wollte ihm beweisen, daß sie sich auskannte und daß ihre Arbeit genial gewesen war.

Er unterbrach sie zweimal mit Fragen, die direkt auf den Punkt trafen. Seine Ausdrucksweise war genauso fachspezifisch wie ihre, und sie mußte sich anstrengen, mit ihm Schritt zu halten. Es war eine Art intellektueller Wettkampf, der sie gleichzeitig stimulierte und alarmierte. Als sie mit ihren Ausführungen fertig war, wußte sie, daß sie es bei ihm mit einem Computerexperten zu tun hatte.

Und sie wußte ebenfalls, daß er sie ernst nahm. Er drückte seine Zigarette aus.

»Ihr Name ist in der Presse nicht aufgetaucht, habe ich recht?« fragte er.

Sie zögerte. »Nun, das ist eine lange Geschichte. Es braucht Sie nicht zu beschäftigen.«

Er sah sie prüfend an.

»Nun, das wichtigste ist ja auch, daß Ihre Firma jetzt gut läuft.«

Francie nickte mit einem matten Lächeln.

»Aber«, sagte er und stand auf, »wenn Sie momentan niemanden brauchen, dann muß ich mich eben damit abfinden.« Er wandte sich um und wollte gehen.

Francie stand auf, um ihn zur Tür zu begleiten. Als sie neben ihm stand, fiel ihr seine sonderbare Erscheinung auf. Obwohl er gebräunt war wie jemand, der draußen arbeitete und auch seine Jeans und die Lederjacke diesem Image entsprachen, hatte er doch etwas Sensibles und Nachdenkliches an sich. Es wurzelte in seinen verträumten braunen Augen und schien sich auf seinen ganzen Körper auszudehnen. Er war kaum der ideale Begleiter für eine Cocktailparty, aber er bewegte sich mit einer Leichtigkeit, die auf eine Art maskulin wirkte, wie es ihr noch nie begegnet war.

Irgendwie tat es ihr leid, daß er sich schon verabschiedete. Sie hatte es genossen, ihren aufgestauten Erinnerungen an den Magnus-Job freien Lauf zu lassen und auch zu sehen, daß er von ihrem Fachwissen beeindruckt war.

Vielleicht konnte er ihre Gedanken lesen, denn er hielt plötzlich vor der Tür inne und drehte sich zu ihr um.

»Ich mache Ihnen einen Vorschlag«, sagte er. »Wenn Sie mich schon nicht einstellen – wie wär's dann mit einem gemeinsamen Mittagessen?«

Francie zögerte, sah ihm in die Augen.

»Ich würde mich dann besser fühlen. Wenn Sie selbst schon mal die Tour gemacht haben, dann wissen Sie ja, wie es ist, auf Jobsuche zu gehen.«

Er warf einen Blick auf das Büro hinter ihr. »Aber Sie müssen bestimmt die Stellung halten, bis Ihre Kollegen eintreffen. Wie wär's, wenn wir uns später treffen? Sagen wir, um sieben?«

Francie sah auf ihre Uhr. »Ich denke, das könnte klappen. Woran hatten Sie gedacht?«
»An das Selbstbedienungsrestaurant auf der Zweiundvierzigsten, Ecke Dritte.«
Sie sah ihn unsicher an.
»Wir Jobsucher müssen ein wenig an unsere Brieftasche denken.« Er schmunzelte.
In seinen Augen lag immer noch Ironie, sie zeigten aber auch eine Selbstsicherheit, die Francie imponierte. Ihre Unterhaltung über Computer hatte sie beeindruckt. Dies und die Erwähnung des Selbstbedienungsrestaurants gaben ihr den letzten Ruck.
»Abgemacht.«

Drei Stunden später saß Francie an einem der abgenutzten Resopaltische des Selbstbedienungsrestaurants. Sie hatte Sam Carpenter – das war sein Name – dabei zugeschaut, wie er einen großen Teller Spaghetti und ein Stück Apfelkuchen verschlungen hatte, während sie sich mit einem Käsesandwich begnügte. Jetzt saß sie vor einer Tasse Kaffee, und Sam steckte sich die dritte Zigarette des Abends an.
»Sie rauchen zuviel.«
Er nickte träge, der Rauch zog an seinem gebräunten Gesicht vorbei. Sie bemerkte, daß seine Hände grob waren, beinah wie die eines Arbeiters.
»Und Sie essen nicht genug«, gab er zurück.
Sie lächelten.
Bisher war ihre Unterhaltung eher spärlich ausgefallen und hatte sich auf das Wetter und das teure Leben in New York konzentriert.
»Erzählen Sie mir von sich«, sagte Francie.
Er zuckte die Achseln.
»Gibt nicht viel zu erzählen. Bin in Ithaca, New York, aufgewachsen, beim Cayuga See. Hab' dann das Northwestern Institut für Technik besucht. Hab' da ein Mädchen geheiratet. Ein Mädchen aus dem Mittelwesten. Als sie mich einzogen, als es in Korea losging, hab' ich's geschmissen.«
Er hielt inne, um an seiner Lucky Strike zu ziehen.
»In der Armee hab' ich an den Flugbahntafeln für die Bodenrake-

ten gearbeitet«, erzählte er. »Die waren computergesteuert. So bin ich zu Computern gekommen. Als ich nach Hause kam, wartete meine Frau mit den Scheidungspapieren in der Hand. Sie meinte, die Zeit hätte sich zwischen uns gestellt. Jedenfalls drückte sie sich so ähnlich aus. Ich hab' keinen großen Aufstand gemacht. Ich hab' ihr in die Augen geschaut und gesehen, daß sie einen anderen hatte.«
Wieder hielt er inne.
»Kinder?« fragte Francie.
Er schüttelte den Kopf. An dem kurzen Aufflackern in seinen Augen sah Francie, daß er diesen Umstand bedauerte.
»Egal«, fuhr er fort. »Ich hatte 'ne Menge Erfahrung mit Computern auf dem Buckel, also entschloß ich mich, Northwestern zu vergessen und mich nach Arbeit umzusehen. Ich fand einen Job bei einem der großen Unternehmen, und ein paar Jahre ging alles gut. Dann wurde mir plötzlich klar, daß der Dschungel hier nicht weniger schlimm ist als der da drüben. Eigentlich noch schlimmer. Im Krieg weißt du, wer dein Feind ist. In einem Konzern fängst du irgendwann an dich zu fragen, ob du überhaupt Freunde hast.«
Francie mußte bei diesen Worten ein bitteres Lächeln unterdrükken. Es war, als hätte er ihre eigenen Erfahrungen beschrieben.
»Also hab' ich gekündigt«, fuhr er fort. »Hab' dann mal hier herumgehangen und mal dort, manchmal als Selbständiger gearbeitet und ein paar von den anderen Großen ausprobiert. Dann hab' ich's ganz hingeworfen, bin nach Hause gefahren und war oft fischen. Und jetzt bin ich wieder hier.«
Er sah Francie an.
»Und was ist mit Ihnen?«
Sie räusperte sich. Sie wollte ihm nicht die ganze Wahrheit erzählen, mit Sicherheit nichts über Magnus. Außerdem vermutete sie, daß auch er ihr nur die Umrisse seines Lebens geschildert hatte.
»Na ja«, begann sie. »Ich komme aus einer kleinen Stadt in Pennsylvania. Mein Vater war Tischler und Maurer. Er ist es immer noch, richtig gesagt. Er hat ein bißchen was von einem Zigeuner und einem Träumer. Ich wette, er würde Ihnen gefallen«, fügte sie hinzu. Sie sah in Sams verträumte Augen und stellte sich vor, wie die beiden zusammen fischen gingen. »Er ist eher praktisch veran-

lagt. Er arbeitet gern mit den Händen, aber er versteht nichts von Geld. Meine Mutter hat sich darum gekümmert, bis zu ihrem Tod. Wahrscheinlich hätte er den lieben langen Tag mit den Farmern geplaudert, wenn sie ihm nicht Feuer gemacht hätte.«

»Wann ist sie gestorben?«

»Als ich vierzehn war.« Francie versuchte erst gar nicht, die Traurigkeit zu verbergen, die sich auf ihre Züge senkte. »Das war vor zehn Jahren. Es kommt mir vor, als sei es schon viel länger her.«

Sie spürte sein Nicken. Dann entstand eine Pause.

»Meine Geschichte ist wesentlich konventioneller als Ihre, wie Sie sehen. Ich besuchte die Penn Universität, und von da ging ich direkt zu Magnus. Ich hatte ein ziemlich produktives Jahr dort ...«

»Wer war Ihr Boß bei Magnus?« fragte Sam plötzlich.

Francie errötete.

»Ich ... wie bitte?«

»Ich meine, wer hat Sie auf die Sache in Europa angesetzt? Der Plan muß eine Menge Geld gekostet haben.«

Francie versuchte, ihre Panik zu unterdrücken. Sie wollte nicht über Magnus reden. Auf der anderen Seite verlangte Sams Frage nach einer simplen Antwort, und sie konnte sich schlecht weigern, ihm eine zu geben.

»Jack Magnus, nehme ich an«, sagte sie mit gespielter Gleichgültigkeit. »Seine Leute haben letztendlich auch das Lob dafür erhalten. Aber es war meine Idee. Wie Sie schon sagten: in einem Konzern ist es wie im Dschungel ...«

Sie schwieg einen Moment. Sie wollte um jeden Preis das Thema wechseln.

»Ist das nicht der Sohn vom Boß?« fragte Sam. »Ich habe schon in der Zeitung von ihm gelesen.«

Francie nickte. Sie wurde unwillkürlich rot.

»Wie auch immer«, sagte sie. »Sie entließen mich, und ich habe eine Weile überlegt, was ich anfangen sollte. Dann entschloß ich mich, CompuTel zu gründen.«

Ihr Blick traf sich mit Sams. Obwohl sich sein Ausdruck unterschwelliger Neugierde nicht verändert hatte, glaubte Francie doch zu erkennen, daß er versuchte, ihre Worte zu deuten, und daß er möglicherweise Schlüsse aus ihnen zog, die ihr mehr als nur un-

angenehm waren. Ihr wurde bewußt, daß sie bereits mehr von sich verraten hatte, als sie vorgehabt hatte, und daß sie ihre Lügen von vorhin, aus dem Büro, bereits teilweise enttarnt hatte.
Und doch sagte er nichts. Seine nicht ganz ausgedrückte Zigarette schmorte im Aschenbecher vor sich hin.
»Sehen Sie, wir sind doch sehr verschieden«, sagte er schließlich. »Ich an Ihrer Stelle wäre erst mal für ein, zwei Jahre nach Pennsylvania zurückgegangen. Fischen. Sie haben sich sofort wieder in die Arbeit gestürzt.«
Francie überdachte seine Worte. Er hatte einen wunden Punkt angesprochen, den sie zuvor noch nie so bewußt an sich gesehen hatte. Sie war tatsächlich ein getriebener Mensch. Ihr fehlte die verträumte Sicht ihres Vaters. Sie war nicht dafür geschaffen, in einem Schaukelstuhl auf der Veranda zu dösen oder in einem Fischerboot zu sitzen und den Sonnenuntergang zu genießen. Sie schien die sture Zielgerichtetheit ihrer Mutter geerbt zu haben, ihr Bestreben, stets alles unter Kontrolle zu haben, und das gewürzt mit einer gehörigen Portion Ehrgeiz.
Sie sah über den Tisch hinweg zu Sam. Er strahlte eine sonderbare Mischung aus Intelligenz und einer trägen Weigerung, sich von der Welt in ein Hamsterrad sperren zu lassen, aus, die sie an das Bild ihres Vaters in seinen Jugendtagen erinnerte. Sie beneidete ihn um seine unerschütterliche Gelassenheit.
»Haben Sie Geschwister?« fragte Francie.
Er schüttelte den Kopf. »Sie?«
Auch Francie schüttelte den Kopf.
Wieder Schweigen. Der seltsame Zauber zwischen ihnen schien sich zu vertiefen. Es schien, als hätten sie genug gesagt. Die wenigen gewechselten Worte hatten eine sonderbare Nähe geschaffen. Obwohl Francie Sam kaum kannte, fühlte sie sich bereits weniger allein als noch ein paar Stunden zuvor. Er schien ihre Einsamkeit zu teilen, ohne sich in ihr Leben einzumischen. Es war ein angenehmes Gefühl. Das Selbstbedienungsrestaurant, so unromantisch wie es war, schien der ideale Ort für den Beginn einer Freundschaft zu sein.
Francie starrte auf den erkalteten Kaffee vor sich. Sie verspürte einen Stich. Bis jetzt war ihr nicht bewußt geworden, wie einsam sie

in den vergangenen drei Monaten gewesen war – und auch schon davor.
Sam sah sie an. Sein Ausdruck war ernst, aber auch freundlich.
»Sie haben gar keine Mitarbeiter, stimmt's?« fragte er. »Sie haben geschummelt, oder?«
Francie zögerte. Ein Teil von ihr wollte aufstehen und so schnell wie möglich vor diesem Mann fliehen. Sie hatte schon viel zuviel von sich verraten und war sicheren Schrittes in die Fallen getappt, die er für sie ausgelegt hatte.
Doch die Sympathie in seinen Augen nahm ihr den Mut.
»Es gibt keine Mitarbeiter«, sagte sie leise.
Er nickte, blickte auf die müden Gäste im Restaurant, die entweder mechanisch ihr Essen kauten oder ins Leere starrten.
Dann lehnte er sich vor.
»Haben Sie's eilig, nach Hause zu kommen?«
Francie sah auf ihre Uhr. Es war halb neun.
»Na ja ... was haben Sie denn vor?« fragte sie.
»Wenn Sie Zeit haben, würde ich gerne mit Ihnen mit der U-Bahn zur Spring Street fahren. Ich möchte Ihnen etwas zeigen.«
»Äh ... wohnen Sie dort?« Sie mußte diese Frage einfach stellen.
»Ja, aber es ist nicht das, was Sie denken.« Er grinste. »Ich will Ihnen nicht meine Briefmarkensammlung zeigen ...«
Stille.
»Was dann?«
»Einen Computer.«
Zum erstenmal, seit sie ihm begegnet war, sah Francie so etwas wie kindliche Aufgeregtheit in seinen Augen flackern.

Eine halbe Stunde später stand Francie in einem großen, frostigen Loft, hinter dessen vereisten Fenstern sich die Umrisse der Fabriken und Lagerhäuser der Lower West Side im Dunkel erhoben.
Der Loft war riesig, und es herrschte ein fürchterliches Durcheinander, ein Spiegelbild seines Bewohners. In der Mitte des Raumes, verteilt über zwanzig Quadratmeter oder mehr, stand etwas, das vage an einen Computer erinnerte. Es handelte sich um eine Reihe von Kästen, Kabeln, Schalttafeln und anderer Utensilien, bunt zusammengewürfelt wie eine Erfindung im Hobbykeller eines Teenagers.

»Ist es das, was Sie mir zeigen wollten?« fragte Francie.
Sam nickte. »Ich nenne ihn 9292. Nach meiner alten Adresse in Ithaca. Es ist ein Hochleistungscomputer, voll funktionsfähig. Ich habe ihn aus einer Reihe ausgemusterter Rechner von hier, Boston und New Jersey zusammengebaut. Er sieht nicht nach viel aus, aber er kann alles, was ein IBM oder UNIVAC kann – und noch ein bißchen mehr.«
Francie betrachtete die Maschine fasziniert.
»Magnetwalze, nehme ich an?«
»Zweitausend Worte permanente Speicherfähigkeit«, sagte er nikkend. »Er schafft eine Multiplikation in zwei Millisekunden.«
Francie war völlig gefesselt. Die schiere Größe der Maschine beeindruckte sie ebenso wie die Sicherheit ihres Erfinders.
»Stürzt er oft ab?« fragte sie.
»Ab und an.« Er nickte. »Besteht ungefähr zu fünfzig Prozent aus Vakuumröhren. Der Rest ist solide. Stürzt ab, wenn die Röhren weich werden. Aber ich kriege ihn wieder hin. Wir beide verstehen uns.«
Francie betrachtete die riesige, scheinbar schlampig konstruierte Maschine.
»Groß genug dafür ist er bestimmt«, sagte sie, ohne sich bewußt zu sein, daß sie bereits Sams vermenschlichte Sicht von dem Gerät übernahm.
»Sie hätten ihn mal vor fünf Monaten sehen sollen«, sagte Sam stolz. »Da war er noch fast doppelt so groß. Ich habe ein paar Experimente wegen seines Umfangs gemacht. Es ist erstaunlich, wie viele Funktionen man in dem kleinen Raum, den eine Vakuumröhre in Anspruch nimmt, unterbringen kann. Und das ist erst der Anfang. In einem Jahr ist der 9292 wahrscheinlich schon kleiner als ein Ford Fairlane – oder zumindest als ein Lincoln Continental«, fügte er lächelnd hinzu.
Francie starrte immer faszinierter auf das Gerät, denn sie erkannte seine Bedeutsamkeit.
»In Europa«, sagte sie, »haben wir drei IBM 650 benutzt, mit magnetischem Input und Teletype. Wir brauchten eine Menge Speicherkapazität.«
Sam nickte, nahm sich eine Zigarette. »Der 9292 könnte es alleine«, sagte er mit Überzeugung.

»Natürlich«, fuhr Francie fort, »habe ich, was meine Pläne für die hier ansässigen Firmen betrifft, etwas weit Bescheideneres im Kopf. Was ich erreichen möchte, ist, daß ein mittlerer Unternehmer ein Programm für seinen Warenbestand, die Bilanzen, Personalkosten und so weiter bekommt, ohne selber ein eigenes Gerät besitzen zu müssen. Ich dachte an einen Zentralcomputer, in den die Daten des Kunden gefüttert werden ... Aber die Miete für so ein Gerät ist natürlich enorm.«

Sam lächelte.

»Ich war noch nie ein guter Programmierer«, sagte er.

»Hardware, Gerätekonstruktion, das ist mein Metier. Aber ich sehe, Sie kommen langsam drauf. Mit Ihrem Wissen über Programme und meinem 9292 hier ...«

Francies Verstand arbeitete fieberhaft. Doch selbst jetzt war ihr Sam immer einen Schritt voraus. In diesem Raum stand die Hardware, nach der sie immer gesucht hatte.

Sie sah zu ihm auf. Er zog cool an seiner Zigarette und lächelte Francie an. Wie sehr er hier zu Hause wirkte, zwischen all den Geräteteilen und Kabeln! Er war in seinem Element.

»Versuchen Sie, meine Gedanken zu lesen?« fragte er.

»Vielleicht«, antwortete Francie. »Die kleineren Kunden, die ich ansprechen möchte, können sich mit Sicherheit keinen eigenen Computer leisten. Aber so könnte ich ihnen die Hardware und das Programm liefern und ihnen meine Dienste für eine monatliche Miete zur Verfügung stellen ...«

»Und damit würden Sie Angebot und Nachfrage vereint haben«, schloß er für sie.

Sie sah auf den 9292. »Aber er gehört Ihnen. Ich kann Sie doch schlecht darum bitten ...«

»Sie müssen anders darüber nachdenken«, fiel er ihr ins Wort. »Sie brauchen einen Computer, und ich brauche einen Job. Das dürfte doch reichen, um uns zusammenkommen zu lassen, oder?«

»Glauben Sie, es würde funktionieren?« fragte sie zögernd.

»Warum es nicht ausprobieren?« Er lächelte. »Sie mögen doch Abenteuer, oder?«

Sie starrte Sam an. Er lehnte gegen einen ramponierten Tisch, die Zigarette zwischen den Fingern, und wirkte genauso entspannt und

selbstsicher wie bei ihrem ersten Blick auf ihn. Nur fünf Stunden nachdem sie sich kennengelernt hatten, forderte er sie auf, ihr Leben völlig umzukrempeln.
Doch seine Logik war einfach zwingend.
»Sie rauchen zuviel«, sagte sie mit einem angedeuteten Lächeln.
Er zuckte die Achseln. »Das läßt sich ändern. Vielleicht üben Sie ja einen guten Einfluß auf mich aus.«
Sie konnte nicht anders, als sein Schmunzeln zu erwidern. Sein Humor war einfach entwaffnend.
»Und, haben wir eine Abmachung?« fragte er.
Ich kenne ihn doch kaum, dachte Francie im stillen.
Doch irgendwie hatte sie das Gefühl, daß sie Sam Carpenter gut genug kannte, um sich mit ihm einzulassen. Abgesehen davon waren ihre eigenen Geschäftsaussichten so trübe, daß sie ihm für diese Chance dankbar sein mußte.
Sie durchquerte den Raum, um in seine ausgestreckte Hand einzuschlagen.
»Wenn Sie es wirklich mit mir riskieren wollen«, sagte sie, »bin ich bereit, mein Geld in uns beide und in 9292 zu investieren.«
»Hört sich gut an.« Er schüttelte ihre Hand.
Es war die erste Berührung zwischen ihnen. Seine Hand war warm und trocken, sein Griff fest und zugleich sanft. Die ruhigen braunen Augen, die Francie als erstes beeindruckt hatten, als sie ihm begegnete, fixierten sie. In ihnen spiegelte sich Intelligenz und eine andere Qualität, die Francie noch nicht eindeutig benennen konnte. Vielleicht war es Humor, vielleicht auch pure Freundlichkeit.
Francie hatte das Gefühl, einen Freund gefunden zu haben. Sie beschloß, auf dieses Gefühl zu setzen.

24

Johnny Marrante ließ die nackten Schultern unter ihm los und bog langsam den Rücken durch.
Der einzige Kontakt zwischen ihm und dem Mädchen war nun sein Penis, der bis zum Schaft in ihr steckte.

Er hörte ihr Seufzen, als er tiefer in sie stieß. Sie roch nach ziemlich billigem Parfüm, vermischt mit dem Moschusduft weiblicher Begierde, der ihn immer zu erregen vermochte.
Sie hatte stumpfes, ausgefranstes Haar, trug viel zuviel Make-up, und ihre Figur war alles andere als perfekt, vor allem um die Hüften, doch ihre Brüste waren wundervoll, mit Brustwarzen wie Rosenknospen, und er genoß es immer, so lange an ihnen zu saugen, bis sie ihn anflehte, endlich in sie einzudringen.
Ihr Name war Angela, sie kam aus der Nachbarschaft in Brooklyn, wohnte ganz in der Nähe, wo er selber zur Welt gekommen war. Sie war ein guter Fick, wenn auch auf die grobe Art. Sie gierte auf eine animalische Weise nach Sex, beinah zu gierig. Johnny besuchte sie, wenn ihm nach weiblicher Begierde in Reinform war.
Doch heute abend, auch wenn er sich durch ihren Körper erregt fühlte, war er unbefriedigt. Er nahm das rauhe Stöhnen nicht mehr wahr, sah weder den etwas molligen Bauch noch die braunen Schenkel, die sich unter ihm spreizten.
Er dachte an Julie.
Seit ihrer wütenden Auseinandersetzung wegen ihres Vaters hatte er sie nicht mehr gesehen – eine Auseinandersetzung, die in blutigem, heißem Sex geendet war, den er noch immer in all seinen Gliedern spürte.
Seit jenem Streit war er jeden Abend ins Orphelia's gegangen in der Hoffnung, Julie könnte dort auftauchen. Doch sie war nicht gekommen.
Er vermutete, daß das, was zwischen ihnen geschehen war, sie wütender machte, als er angenommen hatte – vielleicht schämte sie sich auch. Er wollte den Streit aus der Welt schaffen und die Dinge zwischen ihnen klären.
Schließlich, fast verzweifelt in seinem Verlangen, sie wiederzusehen, hatte er bei ihr zu Hause angerufen.
»Miss Magnus ist momentan nicht im Haus«, hörte er die forsche Stimme der Haushälterin mit dem englischem Akzent. »Darf ich fragen, wie ihr Name ist?«
Beim ersten Mal hatte ihn die Frage so geschockt, daß er einhängte. Doch später hatte er sich gesagt, daß er sich von einer Haushälterin nicht ins Bockshorn jagen lassen durfte. Also rief er ein

zweites Mal an und hinterließ seinen Nachnamen. Mr. Marrante. Julie hatte nicht zurückgerufen.
Er rief noch einmal an, und die englische Haushälterin versicherte ihm, die Nachricht weitergegeben zu haben.
»Miss Magnus hat Ihre Nachricht erhalten, Mr. Marrantee.« Sie sprach seinen Nachnamen absichtlich falsch aus. »Und ich werde sie natürlich auch von diesem Anruf in Kenntnis setzen.«
Danach hatte er es noch einige Male versucht. Keine Antwort. Offensichtlich war sie für ihn nicht zu sprechen.
Das machte Johnny äußerst ungehalten. Ihm wurde klar, daß Julie ein zweites Leben führte, das sie mit allen Mitteln gegen ihn abschirmte. Sie versteckte sich hinter den Schutzwällen dieses Lebens, benutzte sie, um ihn abzuwehren.
Ihr Verhalten ärgerte ihn mit jedem Tag mehr, denn er vermißte Julie schrecklich.
Und jetzt, während Angela gierig ihre Schenkel um sein pulsierendes Geschlecht preßte, war es nicht ihr Körper, der ihn erregte. Johnny war in Gedanken bei Julie. Das Bild von ihr hatte sich vollkommen vor diese gewöhnliche Kreatur in seinen Armen geschoben, und das war es, sie, Julie war es, die ihn erregte, die die Flamme des Feuers in seinen Lenden entzündet hatte.
»O Schatz, oh, noch mehr bitte, bitte Baby, oh ...«, wimmerte Angela.
Er sah auf sie herunter, betrachtete gleichgültig das nackte Fleisch, ein ärmlicher Ersatz für die goldblonde Prinzessin, der seine Phantasien galten und deren Bild dieses heftige, unerwartete Feuer in ihm geschürt hatte.
Plötzlich, völlig unvermittelt, kam er, sein Körper wurde von den Wellen seines gewaltigen Orgasmus erschüttert, er vernahm gereizt, mit geschlossenen Augen, das Stöhnen und Wimmern des Mädchens unter ihm; vor seinem inneren Auge existierte nur das Bild von Julie.
Er hatte sie Cinderella genannt, anfangs nur zum Spaß. Doch sie hatte wirklich etwas Magisches an sich, sie war wie eine Figur aus einem Märchen, ihre Attraktivität entsprang der Tatsache, daß sie nicht real war, nicht in der gewöhnlichen Welt zu Hause wie die arme Angela.

Deshalb war sie so einmalig, so unvergeßlich, wie die Cinderella im Märchenbuch, deren Charme den Prinzen zwang, unter all den gewöhnlichen Frauen im Königreich nach ihr zu suchen.
Johnny wartete einen angemessenen Augenblick, löste sich dann von Angela und zündete sich eine Zigarette an. Angela kuschelte sich an ihn, ein großes Mädchen mit kräftigem Körper. Ihr Haar roch irgendwie fettig. Er tätschelte abwesend ihre Schulter und die Brust.
»Honey«, flüsterte sie. »Danke. Du bist der Beste ...«
»Du mußt mir nicht danken, Baby«, erwiderte Johnny. »Du warst Klasse.«
»Das hoffe ich, Baby. Ich möchte so gern die Größte für dich sein. Immer.«
Ihre Unterwürfigkeit machte ihn wütend. Sie war so schal und charakterlos. Sie hatte einfach kein Rückgrat. Sie war nichts weiter als eines von den billigen Mädchen aus Brooklyn, eines von der schnellen Sorte, die dem strikten Moralkodex ihrer Familie entfliehen wollten, und deren Körper, wenn sie ihn erst einmal seinem Verlangen geopfert hatte, nicht länger wertvoll oder zu erobern war.
Sie gehörte zu seiner Schicht. Sie paßten zueinander wie der Deckel auf den Topf. Eines Tages würde er eine Frau wie sie heiraten, aber eine Jungfrau, die ihren Körper bis zur Hochzeitsnacht aufgespart hatte, bevor sie ihr Leben dem ihres Mannes unterordnete.
Eine Frau mit olivfarbener Haut, schlechtem Englisch, billiger Kleidung, billigem Geschmack und einem ganzen Koffer voller italienischem Aberglauben, Mythen und Angewohnheiten, die so vorhersehbar waren wie der ölige Geruch der Gosse, der Maschinen und der überfüllten Kneipen, die die Straßen der Nachbarschaft säumten.
Das war Johnnys Schicksal. Das war es, was ihn erwartete.
Vielleicht war das der Grund, warum heute abend etwas in ihm rebellierte, nicht nur gegen den vertrauten Körper in seinen Armen, sondern gegen die ganze Welt, die dieses Mädchen verkörperte, gegen die Vergangenheit und die Zukunft.
Und vielleicht hatte er deshalb heute abend das Bild von Julie vor Augen gehabt, einer Frau, die ihm ihren Körper mit einer Mi-

schung aus Rebellion, Ehrfurcht und auch Selbstzerstörung hingegeben hatte – einer Frau voller Geheimnisse.
Denn Julie kam nicht aus seiner Welt. An jenem Abend, als er sie kennengelernt hatte, hatte er sofort gespürt, daß sie auf der Suche nach Abenteuern war, furchtlos, und daß etwas Verrücktes in ihr sie zu diesem Schritt veranlaßt hatte. Das hatte ihn ebenso erregt wie ihr köstlicher kleiner Körper.
Er hatte ihr einen guten Fick bieten wollen, einen, den sie nie vergessen würde. Das war ihm gelungen, und er war stolz auf seine Potenz gewesen. Doch Julie war ihm, trotz ihrer physischen Unterwerfung, unter die Haut gegangen. Denn sie hatte sich ihm nur mit ihrem Körper unterworfen, nicht aber mit ihrer Seele. Selbst in ihrer intimsten Umarmung blieb sie exotisch und irgendwie unnahbar.
Und jetzt dachte Johnny darüber nach, daß sie an jenem Abend, wäre er nicht aufgetaucht, einen anderen Mann ausgewählt hätte. Es war nicht er, Johnny, gewesen, nach dem sie gesucht hatte. Es hätte jeder Mann sein können, der gut bestückt war und aus einer Schicht weit unter ihrer eigenen stammte, um den Abend für sie interessant zu gestalten.
Nun war sie fort, versteckte sich hinter den Mauern ihres Schlosses auf der Park Avenue.
Sie hatte, wie Aschenputtel im Märchen, das Herz des Prinzen gestohlen und war in die Nacht verschwunden. Damit war es jetzt an ihm, mit dem Glasschuh durch das Königreich zu streifen und nach ihr zu suchen.
Doch war dieses Bild nicht zu schmeichelhaft für ihn? War nicht Johnny selbst in diesem Fall ein Aschenputtel, gewählt für ein paar Nächte, jedesmal nur, um seine Seifenblase um Mitternacht platzen zu sehen, um dann wieder in seine schmierige, fettige Welt geschubst zu werden, um trotz allem die Hoffnung nicht aufzugeben, daß *sie* eines Tages kommen würde, um *ihn* zu holen?
Ja, sie war die Prinzessin, die sich hinter den Granitwällen ihres Schlosses versteckte, und er war der Almosenempfänger, der diese Wälle niemals einreißen konnte.
Und jetzt war sie wütend auf ihn, nicht wegen seiner physischen Grobheit, die sie eher genossen hatte, sondern wegen seiner Neugier auf ihren Vater.

Sie hatte ihn ausgeschlossen. Sie war auf und davon, in ihre glitzernde Welt, mit ihren schönen, reichen Knaben, und er war zurückgeblieben in seiner schleimigen Existenz mit Angela und den anderen Mädchen, die so waren wie sie.
Johnny zog an seiner Zigarette, nahm einen Schluck aus der Bierflasche auf dem Nachttisch und fällte eine Entscheidung.
Er würde die Wälle einreißen und zu ihr gehen. Er war nicht so leicht abzuspeisen, wie sie glaubte.
Johnny Marrante war niemandes Hengst. Er war ein menschliches Wesen.
Es war an der Zeit, ihr zu zeigen, wer der Boß war.

25

In den ersten Wochen sah es so aus, als sei das Team Francie und Sam Carpenter auch nicht erfolgreicher als Francie allein.
Sie hatten keine Kunden, und sie hatten auch kein Geld mehr für Anzeigen, um CompuTel als neue, aufstrebende Firma anzupreisen. Die Idee der Computerisierung war so neu und unerprobt, daß die Geschäftsleute das Konzept naserümpfend kommentierten. Computer galten als teure, ja unerschwingliche »Elektrohirne«, die eine Bedrohung für die heutige Gesellschaftsform darstellten, und nicht als nützliche Werkzeuge, die einem den alltäglichen Job erleichterten.
Francie und Sam versuchten alles, um Kunden zu werben. Sie plakatierten Firmenwerbung, groß, klein und mittel im gesamten Innenstadtbereich. Sie steckten unzählige Flugblätter in Briefkästen, auf denen mit CompuTels einmaligem und auch bezahlbarem Service geworben wurde. Sie brachten Stunden dafür auf, eine überzeugende Verkaufsargumentation auszuarbeiten, die auch dem stursten Geschäftsmann das Mißtrauen gegenüber Computern nehmen mußte. Sie brachten das Büro auf Hochglanz und liefen sich die Füße wund, um herauszufinden, warum die Stadt ihrem Angebot so gleichgültig gegenüberstand.
Nichts von all dem brachte Erfolg. Es schien, als sei CompuTel als Firma eine Totgeburt. Die Idee war ihrer Zeit scheinbar viel zu weit voraus und schien deshalb keine Chance zu haben.

Doch dann bot sich eine Gelegenheit.
An einem Montag, Mitte März, kam Sam aufgeregt ins Büro, die zusammengefaltete Ausgabe der *New York Times* unterm Arm.
»Sieh dir das an«, sagte er zu Francie.
Er schlug die Zeitung auf, blätterte sie hastig durch, blieb dann an einer ganzseitigen Anzeige einer bekannten Drogeriekette namens Discount Drugs hängen. Die Seite war mit dem Sonderangebot der Woche aufgemacht, das Sortiment reichte von Haushaltswaren bis zu Drogerieartikeln, ein breiter Extrastreifen versprach zudem Großhandelspreise für verschreibungspflichtige Arzneien.
»Warum zeigst du mir das?« fragte Francie. »Jeder kennt Discount Drugs. Ich kaufe selber meine Kosmetik da.«
»Zwei Gründe«, sagte Sam. »Erstens: denk mal an die Probleme, die ein derartiges Unternehmen mit seinem Warenbestand hat. Allein im Stadtbereich gibt es fünfzig Filialen. Unzählige verschiedene Artikel in jeder Filiale, ganz zu schweigen von den Medikamenten. Kann man sich einen idealeren Kunden für uns vorstellen?«
Francie nickte. »Ich verstehe, worauf du hinaus willst. Sie sind geradezu perfekt für uns. Wenn wir einen Kunden wie diesen an die Angel kriegen könnten, wären wir einen großen Schritt weiter.«
Sam lächelte sie an.
»Und?« fragte sie. »Was ist der zweite Grund?«
»Ich hab' sie bereits am Haken«, sagte Sam. »Ich habe mich am Wochenende mit Sol Saperstein unterhalten. Er ist der Besitzer der Kette. Ich habe es einfach probiert. Es stellte sich heraus, daß er gar nicht so schwer zu erreichen ist. Ist ein netter Typ. Sehr zugänglich und vernünftig. Ich fand ihn am Samstag in einer der Filialen in Manhattan. Ich glaube, er hat Interesse. Aber wir müssen dem Schicksal noch ein bißchen nachhelfen ...«
»Und wie?«
»Tja, da kommst du ins Spiel.« Sam schmunzelte.

Sol Saperstein war seit dreißig Jahren im Pharmageschäft tätig und mischte seit fünfzehn Jahren an der Spitze mit.
Er hatte drei Söhne durch das College geschleust, die Tochter mit dem Sohn einer der prominentesten jüdischen Familien der Stadt verheiratet, und er gab ein Vermögen für seine riesige Familie, in-

klusive der Verwandten seiner Frau aus; bis zum Tod seiner Mutter vor vier Jahren hatte er seinen Eltern einen Platz in einem privaten Pflegeheim finanziert.

Sol war ein guter, treuer Ehemann, vielleicht stand er ein wenig zu sehr unter der Fuchtel seiner Frau als gut für ihn war. Sie arbeitete Hand in Hand mit ihm zusammen, kümmerte sich um die gesamte buchhalterische Seite der Firma und stand ihrem Mann in jeder Situation zur Seite.

Ihr Name war Irene, sie war eine zierliche, energische Person, die in ihrer Jugend einmal sehr schön gewesen war, und die jetzt, da ihre Schönheit unweigerlich welkte, peinlich genau auf ein perfektes, untadeliges Äußeres achtete. Sie erledigte den Einkauf all der Kosmetika, die Discount Drugs im Sortiment führte. Tatsächlich war es dieser umfangreichen Kosmetiklinie zu verdanken, daß Discount Drugs der Hauptkonkurrenz, Potamkin Pharmacies, einer Manhattaner Drogeriekette, die in den letzten zehn Jahren ungeheuer expandierte, immer um eine Nasenlänge voraus war.

Sol war sich bewußt, daß er alles, was er hatte, Irene verdankte. Sie war seine Verbündete und seine Partnerin. Sie war aber auch eine strenge, fordernde Ehefrau, die ihn gnadenlos vorantrieb. Und Sol war ein müder Mann. Der Kampf, Discount Drugs aus dem Nichts zu stampfen, hatte ihn sein Bestes gekostet. Der Kampf, der darauf folgte, seinem unerbittlichen Konkurrenten Potamkin Pharmacies und dessen agressiven Besitzer Phil Potamkin immer einen Schritt voraus zu sein, hatte ihm auch die letzten Energien geraubt.

Sol war ein Mann, der dringend eine Pause brauchte.

Sam Carpenter hatte die meisten seiner Informationen aus dem einen kurzen Gespräch mit Saperstein erhalten, denn Sol war von Natur aus jemand, der sich gern beklagte.

»Sehen Sie sich das an«, hatte Sol gejammert und mit der Hand eine ausschweifende Geste über die riesige Verkaufsfläche der Filiale in der Innenstadt gemacht, »dreißig Angestellte, Waren im Wert von einer Million Dollar, die Miete steigt mit jedem Monat, und alle paar Minuten ein Ladendiebstahl. Wie soll ein Mann in einem Irrenhaus wie diesem noch bei gesundem Verstand bleiben?«

Das war das Stichwort für Sam gewesen, Sol die Vorzüge der CompuTel-Dienste zu schildern.
»Sie können ein Programm für Ihren gesamten Warenbestand haben und auch für die Buchführung«, hatte Sam erklärt.
»Wenn das erstellt ist, erhalten Sie auf Knopfdruck alle notwendigen Informationen für Neubestellungen und Nachbestellungen. Für die Buchführung brauchen Sie höchstens noch die Hälfte der Zeit, und damit hätten Ihre Filialleiter endlich Zeit, sich um die Wünsche der Kunden zu kümmern, anstatt sich um den Warenbestand zu sorgen. Und das Beste ist: wir können die Filialen untereinander vernetzen. Sie verfügen dann über exakte Informationen, wie gut sich ein x-beliebiges Produkt in welcher Filiale verkauft. Nachbestellungen sind dann ein Klacks.«
»Und wieviel würde mich das kosten?« kam sofort die Frage des Geschäftsmannes.
An diesem Punkt der Unterhaltung hatte Sam einen Geistesblitz.
»Das sollte am besten mein Partner mit Ihnen besprechen«, sagte er. »Für die Kostenseite ist Frances zuständig.«
»Und wann kann ich diesen Francis treffen?« fragte Sol Saperstein.
»Jederzeit. Sagen Sie, wann. Wir werben damit, immer erreichbar zu sein. Das hat uns dahin gebracht, wo wir jetzt stehen.«
»In Ordnung«, hatte Saperstein zugestimmt. »Machen Sie ein Treffen mit ihm am Donnerstagnachmittag aus. Es kann ja nichts schaden, es mir mal anzuhören.«
Sam entschloß sich, nachdem er im Geiste eine Münze geworfen hatte, Saperstein nicht zu sagen, daß er sich bei »Francis« im Geschlecht geirrt hatte.
Das Beste würde sein, wenn er sich überraschen ließe.

Sol Saperstein war angemessen überrascht, als eine hübsche junge Frau, die ein verführerisches Parfüm und ein strahlendes Lächeln trug, zum vereinbarten Termin erschien und sich als Frances Bollinger vorstellte.
»Ich verstehe nicht ganz«, sagte er, »*Sie* sind Frances?«
»Sie können mich Francie nennen«, bot sie ihm an und schüttelte ihm die Hand. »Das tun alle meine Freunde.«

»Ich ... äh, sicher, Francie«, stotterte Sol Saperstein. »Kommen Sie doch in mein Büro und erzählen Sie mir von CompuTel.«
Sol Saperstein gelang es gerade noch, sich auf die umwerfende Erscheinung des Mädchens einzustellen, doch worauf er nicht gefaßt war, war das unwiderstehliche Angebot, das sie ihm unterbreitete. Der Service, den CompuTel Discount Drugs anbot, war schlicht revolutionär, er garantierte ihm quasi eine zwanzigprozentige Kosteneinsparung innerhalb des ersten Jahres. Darüber hinaus würde der Service überraschend preiswert sein und leicht steuerlich abzuschreiben, wie Francie ihm anhand von Tabellen und Zahlen bewies, die ihre Argumentation unterstrichen.
Sol Saperstein war beeindruckt. Dennoch schreckte er zurück bei dem Gedanken, sein Geschäft einem Computer zu überlassen. Wie die meisten Leute, so hatte auch Sol Angst vor den »Elektrohirnen«. Er hatte keine Ahnung, was Computer tatsächlich waren – simple, wenn auch hochentwickelte Rechner. Er glaubte, es seien abstruse technische Monster, die den Menschen das Denken abnehmen und die sich irgendwann selbständig machen würden.
Doch Francie befreite ihn von diesen Vorurteilen, bezauberte ihn mit ihrer liebenswerten, vernünftigen Art und beeindruckte ihn mit ihrem Fachverständnis für seine Geschäftsprobleme. Am Ende dieser Unterrichtsstunde war er mehr als nur ein wenig verliebt in sie und zumindest halb davon überzeugt, daß ihn niemand anders als CompuTel von den Magengeschwüren kurieren konnte, die ihm das Geschäft bereitete.
Aber halb hieß nicht ganz. Sol Saperstein war ein vorsichtiger Mann.
»Es ist ein zu großes Risiko, als daß ich es alleine entscheiden möchte. Lassen Sie mich erst einmal mit Irene darüber reden. Sie kümmert sich um die Buchführung. Wenn sie auch der Meinung ist, daß es in Ordnung geht, werden wir Ihnen eine Chance geben.«
Francie hatte den Stolperstein erreicht, der die ganze Zeit für sie bereitgelegen hatte. Sol Saperstein fällte nie eine wichtige Entscheidung, ohne zuvor seine Frau konsultiert zu haben.
Nun lag alles bei Irene.
Das Glück wollte es, daß Irene gerade auf Besuch bei ihrer krän-

kelnden Mutter in Miami war und erst in einer Woche zurückkehren würde. Ein Essen wurde zu ihrer Rückkehr arrangiert, bei dem Francie ihr das Konzept nahelegen sollte.
Francie wußte die Wartezeit klug zu nutzen. Sie bereitete nicht nur eine maschinengeschriebene, erweiterte Version ihres Angebots vor, die speziell auf die Bedürfnisse von Discount Drugs zugeschnitten war, sondern holte sogar Erkundigungen über die Sapersteins ein – ein Schritt, von dem sie nicht einmal Sam erzählte.

Am 27. März kehrte Irene aus Florida zurück. Zwei Tage später führte Sol sie, Francie und Sam in ein ruhiges Restaurant in der Innenstadt aus, nicht weit von der Discount Drugs-Filiale, in der Sam Sol kennengelernt hatte.
Mehr als eine Stunde sprachen die vier über den Vorschlag von CompuTel. Irene, eine kleine, penible Person, deren blaue Augen vor Intelligenz funkelten, fixierte Sam und Francie, während sie redeten. Sie behandelte sie höflich und mit Respekt, zögerte aber nicht, ganz direkte Fragen zu stellen. Was, wenn das gesamte System abstürzt? Was, wenn der Speicher durch einen Stromausfall, vielleicht durch eine Naturkatastrophe, gelöscht wird? Welche Garantien konnte CompuTel geben, daß der eventuelle Verlust durch ein solches Ereignis nicht auf Kosten von Discount Drugs ging?
Francie war beeindruckt von Irene Saperstein und verstand jetzt, wieso sie für ihren Ehemann so wichtig war. Im Verlauf des Essens glaubte sie zu spüren, daß ihr Respekt gegenüber Irene auf Gegenseitigkeit beruhte.
Zum Schluß nahm Irene Francie beiseite und machte ihr Komplimente bezüglich ihres Aussehens, aber auch ihrer Arbeit.
»Es tut gut, eine junge Frau zu sehen, die ihre Sache versteht und sich in einer Männerwelt durchsetzen kann. Ach, übrigens – würden Sie mir verraten, welches Eau de Cologne Sie benutzen?«
»Aber gern«, antwortete Francie. »Le Bonheur. Ich habe es bei Discount Drugs gekauft. Hat mir zweieinhalb Dollar gespart, die ich bei Ihrer Konkurrenz mehr bezahlt hätte.«
»Zwei Dollar und einundsechzig Cents«, korrigierte Irene. »Unser einziger Konkurrent ist Phil Potamkin von Potamkin Pharmacies. Er wird uns nie unterbieten – nur über meine Leiche.«

Francie nickte voller bewundernder Zustimmung bei diesem Kommentar und fügte hinzu, daß sie ihre gesamte Kosmetik sowie auch ihr Parfüm bei Discount Drugs kaufe.
Francie und Sam verabschiedeten sich in dem fast sicheren Gefühl, ihren ersten Kunden gewonnen zu haben.
»Die haben dich geliebt, alle beide«, sagte Sam. »Sol war ohnehin schon auf unserer Seite, aber wegen Irene habe ich mir Sorgen gemacht, bis ich gesehen habe, wie sie dich angeschaut hat. Ich glaube, du hast Mutterinstinkte in ihr geweckt. Wir haben's in der Tasche, Francie.«
Francie lächelte nur.
Die Zeit wird es zeigen, dachte sie im stillen.

Drei Tage später kam die schlechte Nachricht.
Sam hatte den Anruf entgegengenommen und Francie dann die böse Überraschung mitgeteilt.
»Das war gerade Sol Saperstein. Er sagte, es täte ihm leid, aber sie könnten das Risiko nicht eingehen. Er meinte, die Konkurrenz würde nur darauf warten, daß er sich auf was einläßt, das schiefgehen kann. Tut mir leid, Francie. Sieht so aus, als ob Sol doch nicht der Typ ist, für den ich ihn gehalten habe.«
Francie nickte lediglich.
Sie kannte den wahren Grund für die Absage.
Der Grund hieß Irene Saperstein.
Vom ersten Moment an hatte Francie gespürt, daß Irene eine eifersüchtige, herrschsüchtige Frau war. Hinter ihrem mütterlichen, zuvorkommenden Äußeren verbarg sich ein tiefes Mißtrauen gegenüber dem Enthusiasmus ihres Mannes für das Angebot, das von diesem jungen, attraktiven Mädchen unterbreitet wurde. Francies Geschäftstüchtigkeit hatte sie tatsächlich beeindruckt, aber nicht genug, um die Bedenken, ihr Mann könne ein Auge auf die junge Frau werfen, zu zerstreuen.
Vielleicht, so dachte Francie, hätte Sam den Vertrag unter Dach und Fach gebracht, wenn ich mich nicht eingemischt hätte.
Andererseits wäre es Sam allein nicht gelungen, Sols ernsthaftes Interesse zu wecken. Dafür war Francies Schönheit und Jugend notwendig gewesen.
Sie lernte ihre erste wichtige Lektion, was Erfolg im Geschäftsle-

ben betraf. Genau die Waffe, die man anfangs einsetzt, um wertvollen Boden zu erobern, kann sich gegen einen wenden und zur Falle werden. Wer mit Discount Drugs ins Geschäft kommen wollte, mußte einen Weg finden, sowohl Sol als auch Irene zu überzeugen. In diesem Punkt hatten Francie und Sam versagt.

Doch Francie verzweifelte nicht wegen der schlechten Nachricht, die ihr Sam überbracht hatte. Tatsächlich betrachtete sie die Erfahrung als einen weiteren Trumpf im Ärmel. Ihr hervorragender Geschäftssinn war bereits durch die bittere Episode bei Magnus Industries geschärft worden, und in ihrem neuen, eigenen Unternehmen war sie zu jeder Herausforderung bereit.

»Mach dir nichts draus, Sam«, sagte sie. »Wir haben noch eine Chance. Da bin ich ganz sicher.«

Sam konnte nicht ahnen, wie schnell sich Francies optimistische Worte als wahr erweisen sollten.

Noch keine Woche war seit der Absage von Discount Drugs vergangen, als Francie forsch ins Büro kam und Sam, der niedergeschlagen hinter seinem Schreibtisch saß, ein Papier auf den Tisch schleuderte.

»Überraschung!«

Sam starrte das Papier an. Es war ein Vertrag mit Potamkin Pharmacies für den Zeitraum von sechs Monaten. Für alle Filialen im gesamten Stadtgebiet.

Der Vertrag war bereits von Phil Potamkin, Präsident von Potamkin Pharmacies, und Francie selbst unterzeichnet.

»Du mußt neben meinem Namen unterschreiben«, sagte sie und drückte Sam einen Kugelschreiber in die Hand.

Sam starrte sie ungläubig an.

»Soll das ein Witz sein?«

»Kein Witz«, entgegnete Francie. »Phil Potamkin erwartet uns im Sardi's zum Lunch, um den Abschluß zu feiern. Er ist schon ganz versessen darauf, dich kennenzulernen. Ich habe ihm eine Menge über dich erzählt.«

Benommen unterzeichnete Sam den Vertrag und begleitete Francie zu dem berühmten Restaurant auf der West 44 Street, wo sie ihm Phil Potamkin, einen großen gebräunten Mann Ende Fünfzig, vorstellte.

»Freut mich, Ihre Bekanntschaft zu machen, Sam«, begrüßte Mr. Potamkin ihn mit einem breiten Grinsen. »Diese junge Lady hier hat mir schon viel über Sie und ihren 9292 Computer erzählt. Ich will Ihnen nicht verschweigen, daß ich nicht leicht zu überzeugen war, aber Francie hat mir versprochen, daß Sie und Ihre Leute mir helfen können, Sol und Irene einzuholen. Seit fünfzehn Jahren bin ich hinter Discount Drugs her, und wenn es sein muß, klettere ich persönlich auf das Empire State Building, um sie zu übertrumpfen.«
Sam starrte von Phillip Potamkin zu Francie. Ihm schwante, auf welche Weise dieser Deal zustande gekommen war, doch er mußte sich bis zum Ende ihres höflichen Beisammenseins gedulden, um die Wahrheit zu erfahren.
Sobald er und Francie wieder allein waren, stellte er ihr die Frage, die ihm den ganzen Tag auf der Zunge gebrannt hatte.
»Wie hast du das geschafft?«
Francie lächelte.
»Purer Geschäftssinn«, sagte sie. »Ein cleverer Geschäftsmann schaut immer, was die Konkurrenz macht. Discount Drugs hat alles unternommen, um Potamkin immer einen Schritt voraus zu sein. Mir wurde einfach klar, daß es Irene und Sol nicht ganz einleuchtet, wozu sie uns brauchen, um Potamkin zu überbieten, während Potamkin viel darum geben würde, endlich Discount Drugs zu überholen. Ich habe ihn letzte Woche angerufen, habe ihm unseren Vorschlag unterbreitet und – gewonnen.«
Sam schüttelte verblüfft den Kopf.
»Ich wußte ja, daß du clever bist«, sagte er, »aber nicht, *wie* clever. Hattest du diesen Plan schon im Kopf, als wir mit Sol und Irene essen waren?«
Francie zuckte bestätigend die Achseln.
»Na, meinen Glückwunsch.« Sam umarmte sie, impulsiv und herzlich. »Du bist eine höllisch gute Pokerspielerin, wenn ich das so sagen darf.«
»Danke für das Kompliment. Willst du wissen, was meine Trumpfkarte war?«
Sam sah Francie abschätzend an. »Ich komme nicht drauf. Verrat's mir.«

Francie sah ihm in die Augen.
»Phil Potamkin hat keine Frau«, sagte sie. »Er ist Witwer.«
Sam hob eine Augenbraue. In diesem Moment erkannte er nicht nur, wie entscheidend Irene Sapersteins Rolle bei der ablehnenden Entscheidung gewesen war, sondern auch, wie sehr Francie ihm gedanklich voraus war.
»Ich sollte dich besser im Auge behalten«, meinte er. »Du bist ja gerissener, als ich dachte.«
Francies Antwort war ein Lächeln. In ihren Augen spiegelte sich Freundschaft zu Sam – und auch verschmitzter Triumph. Doch dahinter verbarg sich etwas Fernes, Kompliziertes, das Sam mit einer Mischung aus Bewunderung und Alarmiertheit erfüllte.
Kein Zweifel – in Francie Bollinger hatte er eine Frau gefunden, die man nicht unterschätzen durfte.

26

New York, 10. April 1957
Julie Magnus befand sich im Waldorf Astoria auf einer Wohltätigkeitsveranstaltung der Junior League.
Sie langweilte sich zu Tode und wünschte, sie wäre weit weg. Bedrückende Stille herrschte im Ballsaal, während Mrs. Chillingsworth, die Gründerin dieser jährlich stattfindenden Veranstaltung, ihren schier endlosen Vortrag über unterprivilegierte Kinder und die Verantwortung der Wohlhabenden ihnen gegenüber hielt.
Julie nippte an ihrem Tee und überlegte sich gerade, wie sie sich dezent aus der Affäre ziehen und davonstehlen könnte, als ein Page des Hotels ihr leise eine Nachricht überbrachte.
»Ein Mr. Marrante für Sie, Miss«, flüsterte er. »In der Lobby.«
Julie starrte auf den Zettel. Wut verdunkelte ihre Augen.
Johnny, du Bastard, dachte sie. *Wie dreist von dir!*
»Das muß ein Irrtum sein«, sagte sie dem Pagen. »Ich kenne niemanden mit diesem Namen.«
»Sehr wohl, Miss«, sagte er und verschwand.
Julie schüttelte wütend den Kopf. *Das wird dir eine Lektion sein, du Hengst.*

Dennoch machte sie sich Sorgen. Es war ihr nie in den Sinn gekommen, Johnny könne den Nerv besitzen, sie auf ihrem Territorium zu suchen.
Sie hörte abwesend Mrs. Chillingsworth' Rede zu, die sich gottlob dem Ende näherte. Bald würde sie draußen sein.
Der Page kehrte zurück, als der Schlußapplaus ertönte.
»Mr. Marrante besteht darauf, Sie zu sehen«, sagte er. »Soll sich jemand vom Hotel darum kümmern?«
Er war ausgebildet worden, seinen Gästen unliebsame Fremde vom Hals zu schaffen. Kurz gesagt: er wollte Johnny vor die Tür setzen lassen.
Doch Julie hatte es sich anders überlegt.
»Danke, ich kümmere mich darum.«
Sie entschuldigte sich und ging mit wütenden Schritten in die Hotellobby.
Unwillkürlich stockte ihr der Atem, als sie Johnny sah.
Er trug einen Trenchcoat, der seinen athletischen Körper perfekt betonte, aber keinen Zweifel an seiner Herkunft ließ, und stand lächelnd in der Mitte des mit Teppich ausgelegten Raumes. Unter dem Mantel trug er ein dunkles Hemd, eine Krawatte und eine engsitzende Hose, die seine Männlichkeit unverfroren zur Schau stellte. Als ihre Blicke sich trafen, deutete er eine Verbeugung an.
Julie schaute sich um und sah, wie Mrs. Lydecker, Mrs. Bishop und die anderen auf die Flügeltüren des Ballsaales zuströmten. Jeden Moment würden sie die Lobby betreten. Sie mußte schnell handeln.
Sie eilte an Johnnys Seite.
»Wie hast du mich gefunden?«
Er lächelte. »Das war nicht schwer. Du bist bekannt, Cinderella.«
Julie blickte sich ängstlich um. Sie konnte es sich nicht leisten, an einem Ort wie diesem mit Johnny gesehen zu werden.
»Komm hier entlang.« Sie zog ihn hinter eine Säule auf der anderen Seite der Lobby.
Als sie außer Sicht waren, warf sie ihm einen wütenden Blick zu.
»Was hast du hier zu suchen?«
»Ich habe dich vermißt. Kam mir so vor, als hätte meine kleine

Cinderella ihren hübschen Prinzen vergessen. Ist es wegen des blöden Streits, den wir neulich hatten?«

Julie spürte, wie ihr Körper auf seine Nähe reagierte, hier, an diesem verbotenen Ort. Sein plötzliches Auftauchen hatte sie schokkiert.

Doch es war ihr Stolz, der sich jetzt regte.

»Mach, daß du hier verschwindest. Wage es nie wieder, mich an einem Ort wie diesem aufzusuchen. Ich weiß, wo ich dich finde, wenn ich dich brauche. Bleib da, wo du hingehörst.«

Er faßte ihren Arm mit eisernem Griff. Der Blick in seinen Augen erschreckte Julie. Er verriet schwelenden Zorn, der mindestens ebenso mächtig war wie seine unterschwellige Sinnlichkeit.

»Was würden deine feinen Damen hier wohl davon halten, den Mann kennenzulernen, mit dem du deine Nächte verbringst?« fragte er. »Ich bin nicht schüchtern, Cinderella.«

Sie wurde blaß. Es war ihm ernst. Sie glaubte ihm, daß er fähig war, sie durch die Lobby zu zerren und sich selbst ihren Freundinnen vorzustellen. Julie hatte schon viele wilde Sachen getan, doch immer mit Männern ihrer eigenen Schicht. Ihr wurde übel bei der Vorstellung, von Johnny Marrante durchs Waldorf gezerrt zu werden.

Verzweifelt suchte sie nach einer Möglichkeit, ihn hier rauszubekommen.

»Wenn ich dir verspreche, heute abend ins Ophelia's zu kommen, gehst du dann endlich?« bettelte sie.

Er sah sie lange an, Mißtrauen mischte sich mit der wissenden Ironie in seinem Ausdruck.

Dann, langsam, ließ er sie los.

»Halb zehn. Und komm nicht zu spät, Prinzessin.«

Sie schluckte, nickte bestätigend. Er lächelte, als er von ihr zurückwich. Sein Finger berührte ihre Lippen. Auf eine gewagte Art sah er extrem gut aus. Julie spürte, wie sich unwillkürlich Verlangen nach ihm zu ihrer Angst gesellte.

Er mußte ihre Gefühle mit seiner geschärften Intuition gespürt haben, denn er nahm ihre Hand, schaute sich vorsorglich im Raum um, führte dann ihre schmalen Finger zwischen seine Schenkel. Julie wurde feuerrot, als sie sein erigiertes Glied unter der engen Hose spürte.

»Johnny!« zischte sie panisch.
»Wir sehen uns zur Geisterstunde.« Er grinste, ließ sie los.
Ihr zitterten die Knie, als sie sich von ihm abwandte und in Richtung Damentoilette hastete.
»Julie!« rief Mrs. Bishop. »Ich habe Sie schon überall gesucht! Wo haben Sie denn gesteckt?«
»Ich ... ich habe mir nur die Nase gepudert«, antwortete Julie mit einem unsicheren Lächeln. Sie wagte nicht, sich umzudrehen, aus Furcht, sie könnte Johnny noch einmal sehen.
»Kommen Sie«, sagte die ältere Frau. »Ich möchte Sie jemandem vorstellen.«
Julie folgte ihr mit einem Seufzer und mit wackeligen Knien.
Sieben Stunden später lag sie in Johnnys Armen.
Die dunklen Wände des Apartments mit den sinnlichen Aktbildern und das vertraute Aroma, ein Gemisch aus Zigarettenrauch, Bier, Whisky und dem Duft seines nackten Körpers an ihrer Seite, umschwirrten sie.
Die Laken waren warm, das Gefühl seines muskulösen Arms um ihren Nacken war betörend wie immer, und der heiße Kuß seiner Lippen auf ihre Brustwarzen sandte Schauer der Erwartung durch ihren Körper.
»Tut mir leid, daß ich dich heute so angemacht habe, Baby«, murmelte er. Seine Zunge spielte auf der seidigen Haut ihrer Brüste.
»Vergiß es.« Sie seufzte und zog ihn fest an sich. Ihr wurde klar, wie sehr ihr Körper ihn seit der Nacht ihrer Auseinandersetzung vermißt hatte. Irgendwie hatte sie das Gefühl, daß sein abgeschmacktes Apartment ein sicherer Hafen für ihre Emotionen war, so wie sein unglaublicher Körper ein Geschenk für ihre Sinne war. Bei Johnny konnte sie sich gehenlassen wie nie zuvor.
Sie war beinahe froh, daß er heute im Waldorf aufgetaucht war. Nur seine unverhohlene Drohung hatte über ihren Stolz triumphieren und sie heute abend in seine Arme treiben können.
»Versteck dich nie wieder vor mir, Baby«, flüsterte er. »Dazu brauche ich dich zu sehr.«
»Ich verspreche es.«
Seine Lippen begannen, sie jetzt frech zu erforschen, und seine

kräftigen Hände liebkosten ihre Schenkel. Julies Gedanken wurden von purer Lust überflutet.
Dann vergaß sie sich selbst. Sie konnte nicht ahnen, woran Johnny dachte, als er sie streichelte.
Er war nicht aus reinem Übermut im Waldorf aufgetaucht.
Er hatte es getan, weil sein Verlangen nach Julie einen Höhepunkt erreicht hatte. Und weil er den sonderbaren Schmerz in seinem Herzen, so lange von ihr getrennt zu sein, nicht mehr ertrug.
Sie wußte nicht, daß sich unter seinem arroganten Auftreten heute im Hotel eine Sehnsucht nach ihr verbarg, die er sich nicht einzugestehen wagte. Als er sie aus dem Ballsaal hatte kommen sehen, so zierlich und hübsch in ihrer adretten Bluse und ihrem Rock, schien sie die ganze Welt mitgebracht zu haben, in die er um jeden Preis gehören wollte, nur um mit ihr zusammen sein zu können.
Doch es war ihre Welt, nicht seine. Und selbst wenn sie aus dieser Welt auftauchte, ihr hübsches Gesicht verzerrt vor Wut und Scham, schloß sie ihn aus. Sie war eine verbotene Prinzessin, die ihn über eine unüberwindliche, selbstgegrabene Schlucht mit Blikken durchbohrte. Diese Erkenntnis hatte ihn ins Herz geschnitten, als er sie erblickt hatte; sie erinnerte ihn an seinen Groll und gab ihm den Mut zu diesem Machoauftritt im Waldorf Astoria.
Und selbst jetzt, als er sie in seinen Armen hielt, fiel es ihm nicht leicht, den Meisterverführer zu spielen, der neckisch mit ihrem Körper spielte. Denn er spürte eine große Welle der Erleichterung ob ihrer wiedergefundenen Intimität.
Johnny fragte sich, wie er es so lange ohne Julie ausgehalten hatte und ob er es noch einmal ertragen würde.
Das Gefühl, daß er sie brauchte, ließ sich nicht mit seinem Stolz vereinbaren. Der Gedanke, sich selbst vor ihren Damen aus der Gesellschaft als Kuriosität aus der Gosse zur Schau zu stellen, hatte ihm nicht gefallen. Die Vorstellung ihrer abschätzigen Blicke und hochgezogenen Augenbrauen, während sie ihn als Julies aufgegabelten Lover begutachteten, machte ihn wütend.
Er hatte sich in der eleganten Lobby des Waldorfs inmitten dieser untadelig gekleideten Gäste äußerst unwohl und fehl am Platze gefühlt.

Doch er war bereit gewesen, sich für Julie auf fremdes Territorium zu begeben. Er hatte es getan, weil er wußte, daß er sie zu Hause nicht erreichen konnte und weil sie es nicht zugelassen hätte, daß sie sich irgendwo anders trafen.
Er fühlte sich erniedrigt, weil er sich für sie in eine prekäre Lage gebracht hatte.
Aber jetzt war sie wieder hier, und er hatte vor, diese Tatsache zu genießen und es Julie ebenfalls genießen zu lassen – bis sie ihn anbettelte um das, was nur er ihr geben konnte.
»Komm schon, Prinzessin«, murmelte er. Dann spreizte er sanft ihre Schenkel. »Laß uns das Vergangene als vergangen betrachten und ein bißchen Spaß haben.«
Er hörte ihr Stöhnen der Kapitulation, als seine Finger ihre geheimen Stellen erforschten. Er legte sich auf sie und drang langsam, Zentimeter für Zentimeter ganz tief in sie ein.
Er musterte ihr Gesicht und sah, wie ein plötzlicher Orgasmus ihre Züge verzerrte. Sie hatte die Augen geschlossen, ihre Hände krallten sich in seine Hüften. Jetzt wußte er, wie sehr sie ihn während ihrer Zeit der Trennung vermißt hatte.
Aber war er es, den sie brauchte? War es Johnny, der Mann, oder nur sein perfekter Körper? Die Lust, die sich auf ihrem Gesicht spiegelte, gab ihm keine Antwort.
Bei diesem Gedanken stieß er noch tiefer in sie, Wut und Frustration verliehen seinen Stößen eine Heftigkeit, die Julie erneut aufstöhnen ließ. Und bei dem Klang ihrer Leidenschaft schwoll seine eigene, so lange aufgestaute Lust an und vereinte sich mit ihrer.
Und so krallten sie sich ineinander, beide getrieben von einem nie gekannten Verlangen, aber blind für die Gefühle des anderen.
Sie spürten, daß etwas Entscheidendes in ihnen vorging, und dieses Wissen, das jeder nur für sich erfuhr, trieb sie in nie erreichte Höhen der Lust.
Johnny spürte, daß er kurz davor war zu kommen. Er stieß ein letztes Mal in sie. Julies Züge waren vor Leidenschaft verzerrt. Ihm stockte der Atem bei der Erkenntnis, wie sehr er sich dieser Frau hingab. Eine dunkle Ahnung des Schicksals überkam ihn.
Julie bog den Rücken, um Johnny tief in sich aufzunehmen. Ihr zierlicher Körper erschauderte unter seinem Stoß. Die Lust, die sie

empfand, schien aus einer anderen Welt zu kommen. Für einen langen Augenblick vergaß sie, wo sie war, es existierte nur noch der männliche Körper, der sie beherrschte.
Dann, als die Ekstase abebbte, kehrte die reale Welt zurück und machte ihre Autorität geltend. Während ihr Geliebter sie streichelte und ihre Brauen mit Küssen bedeckte, fragte sie sich, in wessen Lager sie sich eigentlich gebettet hatte, und ob es genauso leicht sein würde, herauszukommen, wie sie hineingekommen war.

27

»Ein Unglück kommt selten allein«, sagte Francie zu Sam.
Eine Woche nachdem der Vertrag mit Phil Potamkin von Potamkin Pharmacies unter Dach und Fach war, wurden Sol und Irene Saperstein von dem Gedanken getrieben, sie könnten gegenüber ihrem verhaßten Konkurrenten zuviel wertvollen Boden verlieren. Das hatte, reichlich überraschend, zum Ergebnis geführt, daß Discount Drugs CompuTels zweiter Kunde wurde, nur zwei Wochen nachdem sie ihr erster Fehlschlag gewesen waren.
Francie überlegte nicht lange und nahm die Herausforderung an, die beiden größten Drogerieketten der Stadt mit Computertechnologie auszustatten.
Angesichts des Entwicklungsstandes der Computertechnologie war das keine einfache Aufgabe. Doch Francie war dem gewachsen. Sie kümmerte sich persönlich um jeden einzelnen Aspekt der elektronischen Datenverarbeitung der beiden Unternehmen. Die Programme, die sie entwickelte, liefen reibungslos. Francie hatte nach ihrem ersten gravierenden Fehler bei Magnus ihre Hausaufgaben gründlich gemacht und vermied jegliche Art von Fehlprogrammierungen oder Fallen, die eine derartige Technik mit sich bringen konnte.
Was Sams 9292 betraf, er funktionierte perfekt, nur ein geringer Teil seiner enormen Speicherkapazität wurde überhaupt genutzt.
Innerhalb weniger Wochen führte die Neuerung für beide Drogerieketten zu großem Erfolg. Obwohl die Konkurrenz der beiden sich jetzt, da der Unkostenfaktor weitgehend eingedämmt war,

weiter verschärfte, lobten sie unisono CompuTel in den höchsten Tönen.
Dank der Mund-zu-Mundpropaganda durch die Sapersteins und Phil Potamkin gewannen Francie und Sam weitere Kunden hinzu. Bald zählten eine Schuhhauskette und ein Molkereiprodukte-Unternehmen zu CompuTels Kunden.
Doch Francie war nicht zu halten. Sie hatte größere Pläne. Sie und Sam liefen sich die Hacken ab bei ihren Verkaufsgesprächen mit potentiellen Kunden. Mit der Zeit wurden sie zu Marketingexperten und lernten, ihre Erfolge bei Potamkin und Discount gegenüber Unternehmen, die sich von der Idee einer Computerisierung fasziniert, aber auch mißtrauisch zeigten, perfekt einzusetzen.
Dabei ergänzten sie sich hervorragend. Wenn Sams bodenständige Freundlichkeit keinen Erfolg hatte, kam die schöne, intelligente Francie ins Spiel, und meistens brachte diese Taktik den gewünschten Erfolg.
Francie und Sam zogen wertvolle Erfahrungen aus dem Konkurrenzkampf zwischen den Sapersteins und Potamkin. Wenn sie einen erfolgreichen Unternehmer angingen, versäumten sie es nie, ihm gegenüber anzudeuten, daß er dank ihrer Technik seine Konkurrenten leicht überholen konnte. Es passierte häufig, daß sie sich deshalb mit einem Unternehmer einig wurden, weil er Angst hatte, seine Konkurrenz könnte schneller sein.
Die Kombination aus cleverer Verkaufstaktik, hervorragender Dienstleistung und der Mundpropaganda zahlte sich bald aus. Ein bedeutendes Bekleidungsunternehmen reihte sich in den Kreis ihrer Kunden ein. Dann schlug ein großes Haushaltswarengeschäft zu, ein Multimillionen Dollar schwerer Elektronikgerätehersteller folgte.
Dann gelang Sam ein entscheidender Coup. Er erwähnte beiläufig die Art seines Unternehmens bei einem Gespräch mit dem Vizepräsidenten der Hausbank von CompuTel. Der Vizepräsident, der um die rapide ansteigenden Umsätze von CompuTel wußte, witterte eine Chance, seine Vorgesetzten zu beeindrucken, und entwikkelte mit Sams Hilfe einen Vorschlag zur computergesteuerten Kontenabwicklung, durch das sich Hunderttausende Dollar Bearbeitungsgebühren würden einsparen lassen.
Einen Monat später, nach mehreren Sitzungen des Bankvorstandes

mit Francie und Sam, war das Geschäft perfekt. CompuTel verwaltete jetzt offiziell die Kontenabwicklung der First National samt all ihrer Zweigstellen. Noch ehe sich der Winter ankündigte, wurden Francie und Sam von drei weiteren Banken mit der Aufgabe betraut, auch bei ihnen ein gleiches System einzurichten.
Das Geschäft florierte. Über Nacht war CompuTel von einem obskuren Unternehmen zu einer festen Größe in der Manhattaner Geschäftswelt geworden.
Francie führte lange Gespräche mit Sam darüber, wie sie mit dem enormen Wachstum ihres Unternehmens Schritt halten sollten. Ihr Kundenkreis wurde immer anspruchsvoller, und die Arbeit nahm überhand. Mehr und mehr Geld floß, und mehr und mehr Verantwortung lastete auf CompuTel, das bereits zwölf Programmierer und Schreibkräfte eingestellt hatte, um die große Menge an hereinströmenden Daten bewältigen zu können.
Der erste Schritt war, zwei neue IBM-Computer in Manhattan zu leasen. Die Investition war gewaltig, gewaltiger als Francie sie sich vor ein paar Monaten hatte vorstellen können.
Doch der 9292 allein reichte nicht mehr aus. Sie benötigten weitere Hardware. CompuTel hatte sich mit der Anschaffung der Geräte finanziell stark belastet, aber Francie und Sam sahen darin die einzige Möglichkeit, die Firma effizient auszubauen.
Auf Sams Vorschlag hin zog CompuTel aus dem Ladenbüro in ein strahlendes neues Büro auf der Cedar Street, nicht weit von der Wall Street. Die Etage war mit Teppichboden ausgelegt, farbenfrohe Gemälde schmückten die Wände, es gab mehrere kleine Büroräume für den Mitarbeiterstab, die untereinander telefonisch verbunden waren, und einen großen Konferenzsaal für Sitzungen mit den Kunden und Interessenten.
CompuTel erhielt in dieser neuen Umgebung endlich den Anstrich, der ihm gebührte – nämlich den eines jungen, aufstrebenden Unternehmens mit großer Zukunft.
Die Verantwortung, die auf Sams und Francies Schultern lastete, war enorm, denn nur sie beide entwickelten die speziell zugeschnittenen Programme für die unterschiedlichen Kunden. Jedes Programm war anders, und Programmierung an sich war noch eine Kunst, für die es keinerlei feste Regeln gab.

Merkwürdigerweise lernte Francie Sam durch dieses Programmieren besser kennen. Sie arbeiteten oft an zwei verschiedenen Bereichen eines Programms und tauschten sich erst in der letzten Phase aus. Durch Sams Arbeit erfuhr Francie viel über seinen Charakter und seine Denkweise. Es war eine extrem logische Denkweise, aber keine aggressive. Anstatt den Gordischen Knoten mit kräftigen Hieben zu durchtrennen, wie Francie es tat, bastelte und entwirrte Sam stetig und mit großer Geduld die verknoteten Fäden. Er hatte eine sanfte Art, Probleme zu lösen, eine Bereitschaft, sich mit dem Strom der Daten und Zahlen treiben zu lassen, die Francie fehlte. Sie ging ein Problem frontal an, zerrte und verbiß sich darin wie ein Hund an einem Knochen und mühte sich so lange, bis sie schließlich eine Lösung fand.

Sams innere Gelassenheit ermöglichte Francie auch, die stetig steigende Spannung, die mit der Firma verbunden war, besser zu ertragen. Sam bemerkte, daß Francie sich manchmal zuviel zumutete, also nahm er sie nach Feierabend oder an den Wochenenden mit in seinen Loft und befahl ihr, sich hinzusetzen und auszuruhen, während er an seinem 9292 herumbastelte. Er verfeinerte das ohnehin schon ausgefeilte System und verkleinerte das Gerät, indem er die schweren Vakuumröhren gegen Schalttafeln mit Halbleitertransistoren austauschte. Mit jeder Woche wurde der 9292 leistungsstärker und dabei kleiner – wenn nicht gar hübscher. Es entspannte Francie, Sam bei der Arbeit zuzusehen, denn es gelang ihr nie ganz, sich gedanklich vom Büro zu lösen. Allein zu Hause hätte sie keine Ruhe gefunden.

Sie unterhielten sich, während Sam arbeitete – nicht über CompuTel, sondern über Francies Jugend in Pennsylvania, ihre Eltern oder über Sams Verwandte in New York. Er schien eine glückliche Kindheit verbracht zu haben, war ein Wunschkind gewesen und fühlte ich weit weniger zum Erfolg getrieben als Francie; doch offensichtlich konnte er sich nicht zwischen einem gesunden Hunger nach Abenteuern und seinem tiefen Bedürfnis nach einer Familie entscheiden.

Aus diesem Grund, so glaubte Francie, mußte es der schwerste Schlag in Sams Leben gewesen sein, als er aus Korea zurückkehrte und seine Ehe gescheitert war. Francie vermutete, daß es sein größtes Glück gewesen wäre, eine Frau zu finden, die ihn liebte,

und Vater sein zu können. Das würde ihm mehr bedeuten als jeder berufliche Erfolg.
Sie genoß es, mehr über ihn zu erfahren und ihm auch etwas über sich zu erzählen. Ihre Freundschaft zueinander vertiefte sich und wurde komplexer.
Sie liebte es, ihm zuzuschauen, wenn er arbeitete, in seinem schmuddeligen T-Shirt und mit der brennenden Zigarette im Aschenbecher neben sich. Leise Musik perlte aus dem Radio und tanzte als Echo von den Wänden des riesigen Lofts. Sams Anwesenheit war wie ein Herd, der Wärme in dieses unpersönliche Zuhause brachte.
Manchmal sonntags nahm Sam sie in einem Leihboot zum Fischen nach Long Island mit. Es amüsierte ihn zu sehen, wie wenig sie sich für ein Freizeitvergnügen wie dieses eignete. Es mangelte ihr an Geduld zu warten, bis die Fische anbissen. Sie haßte es, sich Umständen ausliefern zu müssen.
»Du bis haargenau das, was mein Vater eine Zappelliese nannte.« Sam lächelte. Er räkelte sich im Boot, genoß die kühle Frühlingsbrise. »Du bist zu Großem fähig, Francie, aber manche Dinge geschehen nur, wenn du lernst zu warten. Ich glaube, es ist mein Job, dir beizubringen, wie man ein Fischer wird.«
Er seufzte zufrieden. »Dort, wo ich herkomme, gibt es einen winzigen See namens Firefly Lake. Er ist so klein, daß du jemanden am Ufer von der Mitte des Sees aus zurufen kannst, daß du zu Mittag kommst. Ich wette, ich kenne die Hälfte der Fische im See persönlich. Die meisten sind zu schlau, als daß sie sich fangen ließen. Und wenn man sie fängt, bringt man's nicht übers Herz, sie zu essen, also wirft man sie wieder zurück. Als ich aus dem Krieg nach Hause kam, bin ich einen Monat lang jeden Tag rausgefahren. Ich saß sieben, acht Stunden auf dem Wasser, fuhr dann nach Hause und hörte mit meinen Eltern Radio. Ich habe eine Menge von diesem See gelernt.«
Francie fühlte sich von seinen Worten merkwürdig berührt. Sie fragte sich, welcher Mensch von einem See in der Stille der Wälder etwas für das wirkliche Leben lernen konnte. Doch sie kannte Sam gut genug, um seine Gedanken zu respektieren. Die Worte gingen ihr nicht so schnell wieder aus dem Kopf.

»Vielleicht werde ich den See eines Tages einmal sehen«, sagte sie.
»Ja, vielleicht.« Sam nickte.
Francie lächelte ihm zu. Sie wußte, daß er sein Bestes versuchte, ein wenig von seiner Gelassenheit auf sie zu übertragen. Doch es gelang ihm nie ganz.
Aber sie wußte seine Bemühungen zu schätzen. Und sie freute sich jeden Morgen, wenn sie mit dem Gedanken erwachte, daß CompuTel nicht ihr allein, sondern auch Sam gehörte. Wenn die Essenz ihres Daseins und Tuns ein Drahtseilakt war und gleichzeitig der Versuch, einen Absturz zu verhindern, dann war Sam die feste Balance, die ihr die notwendige Verbindung zur Schwerkraft der Erde bot. Und eben das erlaubte ihr weiterzugehen.
So lernte Francie Sam Carpenter jeden Tag ein wenig mehr schätzen, auf neue und überraschende Weise.

So glücklich sie beide über den schwindelerregenden Aufstieg ihres Unternehmens waren, mußten sie sich irgendwann doch eingestehen, daß sie die Arbeit nicht mehr alleine bewältigen konnten. Die Anforderung, gleichzeitig Programme zu entwickeln und die drei neuen Computer einzurichten, war zu groß.
An diesem Punkt, als die Last der Aufträge sie zu erdrücken drohte, kam ihnen ein glücklicher Zufall zu Hilfe.
An einem Donnerstagmorgen – Francie steckte mitten in der Arbeit – kam überraschender Besuch: Dana Salinger, Francies Zimmergenossin und engste Freundin auf der Universität. Dana war eine schlanke, ruhige junge Frau, die ihr attraktives Äußeres hinter ihrer Brille und ihrer Besessenheit von Mathematik und Wissenschaften versteckte. Sie hatte sich kein bißchen geändert, war immer noch so schlank und besonnen wie damals.
Sie hatte eigentlich vorgehabt, nur kurz vorbeizuschauen und hallo zu sagen. Sie hatte die Anzeige von CompuTel in der Zeitung entdeckt, und als sie von einer gewissen Frances Bollinger las, der Präsidentin von CompuTel, wollte sie wissen, ob das etwa ihre Freundin von früher war.
Sie aßen zusammen zu Mittag in einem nahegelegenen Restaurant und plauderten über alte Zeiten. Francie erzählte von ihrem Werdegang, war jedoch bemüht, die unangenehme Episode mit Ma-

gnus Industries möglichst unerwähnt zu lassen. Dana berichtete auf die ihr eigene lakonische Art, daß sie ihr Studium an der Penn Uni abgeschlossen und auf dem Massachusetts Institut für Technologie graduiert hatte, bevor sie in eine Consulting-Firma in Connecticut eingestiegen war.

»Wir sind Industrieberater. Hauptsächlich Elektronik. Ich konzentriere mich auf mathematische Anwendungsmodelle. Ist nicht übel. Aber ich vermisse die Computer. Du hast Glück, du mischst ganz vorne mit.«

Francie erinnerte sich, daß Dana an der Penn Universität eine besondere Begabung für Computertechnik gezeigt hatte. Viele Abende hatte sie zusammen mit den Professoren von der Moore School über den Problemen der Hochleistungsrechner gebrütet.

Dana sah keinen Tag älter oder äußerlich verändert aus. Sie hatte noch immer dasselbe weiche braune Haar, denselben hellen Teint, dieselbe schlanke Figur und dieselben ruhigen braunen Augen hinter der Brille.

»Und die Männer?« fragte Francie.

»Nichts, was der Rede wert wäre.« Dana lächelte.

Immer noch die alte Dana, dachte Francie. Sie war damals schon immer derart in die Wissenschaft vertieft, daß ihr nie wirklich die Zeit für eine ernsthafte Romanze blieb. Sie schien einen Teil von sich hinter der Studierbrille und ihrer introvertierten Art zu verbergen.

An der Uni hatte Francie sich schon oft gefragt, ob Dana Angst vor Männern hatte oder sie einfach nicht ernst nahm. Doch sie war ihr nie nahe genug gekommen, um eine Antwort auf diese Frage zu erhalten.

»Und was ist mit dir, Francie? Du scheinst glücklich zu sein. Gibt es da jemand Besonderen in deinem Leben?«

Das sah Dana gar nicht ähnlich, eine derart direkte Frage zu stellen, aber schließlich hatte Francie das Thema aufgebracht.

»Nein, ich fürchte nicht«, antwortete sie möglichst neutral, in der Hoffnung, sie würde Dana die Wahrheit über ihr Abenteuer und die Narben, die sie davongetragen hatte, verschweigen können.

Sie wechselten das Thema. Während sie plauderten, erhielt Francie den Eindruck, daß Dana in ihrer jetzigen Tätigkeit keine wirkliche

Befriedigung fand. Dies und ihr Wissen, daß ihre Freundin auch persönlich nicht gebunden war, führte Francie dazu, ihr ein überraschendes Angebot zu machen.
»Dana«, sagte sie, »Sam und ich brauchen dringend Unterstützung bei CompuTel. Ich meine, auf der Entscheidungsebene. Wir ertrinken förmlich in Arbeit. Es ist schwer, Schritt zu halten. Wir sind die einzigen Programmierer und müssen uns auch noch ums Geschäft kümmern. Außerdem muß Sam 9292 am Laufen halten und sich gleichzeitig um die übrigen Computer kümmern. Dana, ich weiß, das kommt ziemlich plötzlich, aber was würdest du davon halten, deinen Job an den Nagel zu hängen und bei uns anzufangen?«
Dana schaute Francie an, ohne im geringsten überrascht zu wirken. Das war typisch für sie, das war die Dana, die Francie kannte. Sie zeigte niemals ihre Gefühle. Selbst in einer persönlichen Krise wirkte sie beinahe unmenschlich gefaßt.
Francie dachte, daß es genau diese besonnene, unerschütterliche Qualität war, die sie jetzt brauchten. Darüber hinaus war Dana ein Genie in Computertechnik.
Doch ihre Freundin schien zu zögern.
»Laß mich ein paar Tage darüber nachdenken.«
»Okay, genug davon.« Francie lächelte. Sie versuchte weder Dana zu überzeugen noch zu umgarnen, denn sie wußte, daß ihre ehemalige Studienkollegin keine Freundin vieler Worte war, die aber meinte, was sie sagte.
Wie sich herausstellen sollte, hatte Francie Glück.
Exakt eine Woche nach ihrem Treffen rief Dana aus Connecticut an.
»Wenn das Angebot noch gilt, Francie, kann ich in zehn Tagen bei euch sein. Ich muß hier noch ein Projekt abwickeln, aber dann bin ich frei.«
»Hurraaa!« rief Francie in den Hörer. »Ich kann's kaum erwarten, Dana. Es wird wie in alten Zeiten ... und Sam wird dir gefallen!«
Nach vierzehn Tagen trat Dana ihre neue Stelle an. Augenblicklich stürzte sie sich auf die Entwicklung der Programme für die neuen Kunden. Dana war froh, endlich wieder mit Computern arbeiten zu können, und sie widmete sich der neuen Herausforderung mit

großem Enthusiasmus. Jeden Morgen, wenn Francie zur Arbeit kam, seufzte sie erleichtert auf, denn in Dana hatte sie eine Partnerin gefunden, der sie hundertprozentig vertrauen und auf deren Schultern sie ein Drittel der anfallenden Arbeit abladen konnte. Dana beschwerte sich nie und fand sich sofort in ihrem Aufgabenbereich zurecht. Wenn sie Schwierigkeiten hatte, kam sie zu Francie oder Sam – zu dem sie nach kurzer Zeit ein freundschaftliches Verhältnis entwickelte. Sie wog die Ratschläge ihrer Kollegen mit ihrem scharfen Intellekt sorgsam ab und wandte sich dann ohne ein weiteres Wort wieder ihrer Arbeit zu. Francie war begeistert über ihren Neuzugang, denn Dana wurde zu einer unschätzbaren Hilfe. Nun konnte sich CompuTel weiterentwickeln, ohne daß seine Angestellten dabei völlig verschlissen wurden. Zum erstenmal seit zwei Jahren fühlte sich Francie wieder inmitten von Freunden. Mehr als das – sie gewann ein Gefühl zurück, das lange Zeit unter dem Ziel ihrer privaten Mission brachgelegen hatte.

Francie war glücklich.

28

27. August 1957

Belinda Magnus schaute auf die Uhr.

Eine Geste, die ihr in letzter Zeit leider allzu vertraut geworden war.

Einundzwanzig Uhr dreißig, halb zehn Uhr abends. Jack war noch im Büro, wie so oft, und arbeitete. Er arbeitete bis spät in die Nacht. Hart und wie besessen.

Sie wußte um Jacks Position bei Magnus Industries, wußte, daß er Verantwortung trug für viele Menschen und zahlreiche komplexe und heikle Projekte. Sie wußte auch, daß Jack eines Tages die Verantwortung für den gesamten Konzern übernehmen würde. Doch das allein erklärte noch nicht seine ewigen Überstunden. Jemand anders an seiner Stelle hätte soviel Verantwortung wie möglich an seine Mitarbeiter delegiert, um so mehr, da er als Sohn des Inhabers und Erbe des Unternehmens unter keinerlei Beweiszwang seines Könnens stand.

Doch Jack schuftete wie ein Hund. Er kannte jedes einzelne Rädchen im Getriebe des Konzerns und nicht nur den Teil, der seiner direkten Kontrolle unterlag. Bei seinen Mitarbeitern war er berühmt und berüchtigt für seine schier unerschöpfliche Energie und seine Humorlosigkeit, mit der er die Herausforderungen in Angriff nahm, die er sich selbst zum Ziel gemacht hatte. Immer war er allen einen Schritt voraus, testete Konzepte, prüfte Verträge, überarbeitete alle Strukturen und entwarf neue. Es schien, als trüge er bereits jetzt den gesamten Konzern auf seinen Schultern.
Belinda wußte, daß Jack nicht glücklich war bei seiner Arbeit. Es war nicht die Befriedigung aus seinen Erfolgen, die ihn weiter vorantrieb. Etwas anderes, Unsichtbares und Unausgesprochenes verbarg sich hinter seiner Besessenheit.
Und er war auch kein glücklich verheirateter Mann – obwohl er sein Bestes gab, so zu tun, als sei er einer.
Jack war ein aufmerksamer Ehemann. Er überhäufte Belinda mit Umarmungen, liebevollen Küssen, kleinen Geschenken und unzähligen Beweisen seiner Zuneigung zu ihr, um die jede andere Frau sie beneidet hätte. Er spaßte mit ihr, las gemeinsam mit ihr die Morgenzeitung und half ihr bei der Zubereitung des Abendessens, wenn die Köchin ihren freien Tag hatte. Er nahm sie auf jede seiner Geschäftsreisen mit, und wenn es die Arbeit erlaubte, fuhren sie zum Skifahren in die Adirondacks oder zum Baden auf die Bahamas.
Nur Belinda wußte, wie trügerisch dieses Bild war. Wann immer sich ihnen die Gelegenheit bot zusammenzusein und sie die Zeit allein hätten verbringen können, sorgte Jack dafür, daß Freunde oder Bekannte dabei waren. Und er schien es mit Absicht zu tun. Jedes ihrer freien Wochenenden war ausgebucht mit Dinner oder Abendessen mit Geschäftsfreunden oder Bekannten, die gerade in der Gegend waren.
Clever, fast brillant, verstand es Jack, die Dinge so zu arrangieren, daß er so gut wie nie allein mit seiner Frau war.
Und in den wenigen ungestörten Momenten wirklichen Beisammenseins lenkte er ihre Unterhaltung auf subtile Weise so, daß die einzig wirklichen Themen tunlichst umgangen wurden: wie sie beide über ihre Beziehung dachten, über das Leben und ihre Gefühle zueinander – und vor allem über Kinder.

Jack hatte Belinda nahegelegt, mit Kindern noch zu warten, wenigstens so lange, bis er sein Wissen über das Unternehmen vervollständigt habe, was hieß: für die nächsten drei Jahre. Zunächst hatte sie eingewilligt, denn sie wollte ihren Ehemann zuvor noch besser kennen- und verstehenlernen. Doch wenn sie geahnt hätte, zu welch leerer Hülse sich diese Ehe entwickeln sollte, hätte sie niemals zugestimmt.

Nicht, daß es keine hübsche Hülse war. Im Gegenteil – Belinda führte ein angenehmes und bequemes Leben. Jack war ein sehr attraktiver Mann, ein perfekter Ehemann und ein wunderbarer Liebhaber.

Jack war zärtlich und einfühlsam im Bett. Seine Liebkosungen waren perfekt; er hatte den weichen Körper seiner Frau nach kurzer Zeit erforscht, wußte um die geheimen Stellen, wußte, wie er ihre Lust erwecken konnte. Doch genau diese Perfektion, mit der er sie wie eine Harfe spielte, schien zu beweisen, daß er nicht mit seinem Herzen dabei war.

Und wenn er in sie eindrang, sie mit seinen langsamen Stößen zu höchster Lust brachte, wenn er ihr seinen Samen schenkte, dann kam es ihr vor, als sei selbst sein Vergnügen dabei nur eine Maske, eine Wand, die sie voneinander trennte. Er verwandelte sich in diesen Augenblicken zu einem puren männlichen Tier, ohne Herz hinter seinen atemlosen Bewegungen.

Es war nicht der Jack, von dem sie geglaubt hatte, sie würde ihn lieben. Nicht der Jack, für den sie sich all die Jahre bewahrt und auf den sie gewartet hatte. Er war ein Fremder.

Aber Belinda gab nicht ihm allein die Schuld daran.

Denn wie konnte er auch etwas anderes als ein Fremder sein? Seit dem Tag, an dem er herausgefunden hatte, daß sie von anderen füreinander ausgewählt worden waren, war er ihr aus dem Weg gegangen, hatte sie gemieden und nie wirkliches Interesse an ihr gezeigt. Wie also hätte sie ihn kennenlernen sollen, so wie eine junge Braut den Mann kennenlernt, der sie hofiert, sich ihr mitteilt, ihr seine Träume und Wünsche erzählt?

Ja, Jack war ein Fremder. Doch die Schuld daran traf das Schicksal und nicht Jack selber.

Für eine junge Ehefrau ist es die schlimmste aller Qualen, wenn der Mann, den sie liebt und der ihr Herz besitzt, ihre Liebe nicht erwidert. Belinda durchlitt diese Qual allein zu Hause, während Jack bei der Arbeit war, und sie kämpfte dagegen an in den langen, schlaflosen Nächten, während er neben ihr lag.

Belinda war eine intelligente junge Frau. Von Anfang an hatte sie gespürt, daß etwas nicht stimmte, als Jack ihr vor einem Jahr den Antrag gemacht hatte. Trotz der Ernsthaftigkeit, ja, Leidenschaft seines Antrags war ihr bewußt gewesen, daß es keinen Sinn ergab, daß er sie nun plötzlich erwählt hatte, nachdem er sie jahrelang gemieden hatte. Es war, als sei er nach einem geheimen Zeitplan vorgegangen, den sie nicht kannte.

Ein Teil von Belinda hatte seitdem das Schlimmste befürchtet. Doch der andere Teil in ihr liebte Jack zu sehr, als daß sie hätte ablehnen können; liebte ihn genug, um ihn unter jeder Bedingung zu nehmen und wider besseren Wissens zu hoffen, ihre Ehe könnte ein Erfolg werden.

Und in den Augen der Welt dort draußen war sie das in der Tat.

Zu Beginn ihrer Ehe, als Belinda spürte, wie sich der Vorhang zwischen ihnen langsam senkte, hatte sie versucht, mit Jack darüber zu sprechen. Sie hatte ihm von der Distanz, die sie spürte, erzählt.

»Es tut mir leid, Liebling«, hatte er geantwortet. »Es ist die Arbeit. Ich übertreibe es. Laß es nicht zu ...«

Und er hatte sie in die Arme geschlossen, hatte mit derart innigen Küssen ihre Lippen versiegelt, daß jeder Beoabachter angenommen hätte, sie wären in tiefer Liebe vereint.

Einen Monat später, als sie es wagte, das Thema ein zweites Mal anzuschneiden, war seine Antwort schon ernster ausgefallen.

»Vielleicht fließt mehr Magnus-Blut in meinen Adern, als ich mir eingestehen möchte«, sagte er. »Wir können unsere Gefühle nur schwer zeigen, Belinda. Glaub mir einfach – ich liebe dich, will dich. Manchmal kann ich es nicht so ausdrücken, wie ich gerne würde. Aber glaube mir, ich liebe dich.«

In seinen Worten hatte ein solcher Ton von Endgültigkeit mitgeschwungen, daß sie das Thema seitdem nie mehr angeschnitten hatte.

Und nichts hatte sich seitdem geändert, alles lief weiter wie bisher. Anton Magnus und seine Frau kamen jetzt ins hohe Alter, und sie hatten viele der sozialen und gesellschaftlichen Verpflichtungen an Jack und Belinda abgetreten. Jack erfüllte seine Aufgabe pflichtbewußt, denn er wußte, daß er bald allein regieren würde. Es konnte nichts schaden, schon jetzt einige Beziehungen zu gewissen Leuten, mit denen Magnus zu tun hatte, zu festigen.

Belinda oblag die Pflicht, eine perfekte Ehefrau und Gastgeberin zu sein, und sie erfüllte die Rolle instinktiv durch die Familie, aus der sie stammte, und dieser Instinkt hatte sich geschärft und verfeinert durch fünf Generationen, von denen jede die Schulen Europas absolviert hatte.

Sie hätte diese Pflicht sogar liebend gern erfüllt, wenn ihre Ehe nur echt gewesen wäre.

Doch unter diesen Umständen, um die nur sie wußte, war es die schlimmste Qual, die sie sich vorstellen konnte.

Belinda befand sich ständig auf der Klippe zwischen den beiden Abgründen ihres Selbst. Ein Teil von ihr fühlte sich, als sei sie Gottes niedrigste Kreatur, die geschaffen worden war, einen unschuldigen Mann unglücklich zu machen. Sie verfluchte sich für ihre eigene Feigheit, zugelassen zu haben, daß ihr Vater und Anton Magnus sie Jack aufgedrängt hatten, während er sie nicht gewollt hatte. Sie fühlte sich wie ein leeres Gefäß, wie ein purer Ersatz für die Art Frau, die Jack wirklich haben wollte.

Auf der anderen Seite war Belinda verletzt und wütend. Sie hatte ihren Stolz. Sie wußte, daß sie intelligent und kreativ sein konnte. Sie hatte der Welt viel zu geben. Ihr Stolz erinnerte sie an ihren eigenen Wert und verlieh ihr eine gesunde Abneigung, als Schachfigur in einem Spiel benutzt zu werden, das sie nicht begonnen hatte. Sie war es sich selbst schuldig, sich durch das Dilemma mit Jack nicht selbst zerstören zu lassen. Sie hatte nicht vor, ihr Leben in einer Tragödie enden zu lassen, wenn sie es irgendwie verhindern konnte.

Also blieb sie aktiv. Sie las und belegte Fortbildungskurse in Literaturwissenschaft, unterrichtete unentgeltlich Lesen und Schreiben an einer Schule für behinderte Kinder und fand sogar genug Selbstachtung und Ehrgeiz, um Kurzgeschichten und manchmal ein Gedicht zu verfassen, die sie in einem privaten Notizbuch in der Bibliothek fest verschlossen aufbewahrte.

Sie hielt alle obligatorischen Verpflichtungen ein, die ihre Position als Jacks Gattin von ihr verlangten, nahm sie jedoch nicht ernst und ließ es auch nicht zu, sich von der Oberflächlichkeit anstecken zu lassen.
Sie klammerte sich an ihre Selbstachtung und gab ihr Bestes, sie nicht ganz zu verlieren, obwohl ihr bewußt war, daß ihr jetziges Leben unvermeidlich zu ihrem Verlust beitrug.
Das war keine leichte Aufgabe, denn mit jedem Tag, an dem sie versuchte, ihrem Leben eine andere Richtung zu geben, fühlte sie sich ein wenig leerer, hilfloser, ein wenig mehr der Hoffnung auf eine Zukunft beraubt.
Manchmal fragte sie sich, wie ihr Leben wohl ausgesehen hätte, wenn sie in eine ganz normale amerikanische Familie hineingeboren worden wäre, eine Familie aus der Mittelschicht, ohne großen Reichtum oder soziales Ansehen.
Tränen überschwemmten Belindas Augen, wenn sie an ein derart bescheidenes, einfaches, himmlisches Dasein dachte. Denn wenn sie ein ganz normales Mädchen gewesen wäre, hätte sie sich ihren Mann selbst aussuchen können. Es wäre ein ganz normaler Mann gewesen, ein Mann, der sie liebte und den sie liebte. Sie hätten sich aussuchen können, wo sie leben wollten, und sie hätten Freunde unter den Nachbarn finden können. Sie hätte einkaufen gehen können, ihren Erstgeborenen im Wagen vor sich herschiebend und neue Gardinen für die Küche aussuchen können, billige Gardinen, aber Gardinen, die sie selbst gewählt hätte. Gardinen, die nicht dazu gedacht waren, die Freundinnen aus der High-Society zu beeindrucken, sondern solche, die einfach hübsch aussahen. Gardinen, die ein Zuhause gemütlich machten.
Ein ganz normales, glückliches Leben! Wie dumm waren doch die normalen Leute, daß sie ein solches Leben als selbstverständlich ansahen und immer in der Vorstellung lebten, die Reichen hätten es besser, hätten etwas, das wünschenswert war! Wenn sie doch nur ahnten, wie es war, in eine Ehe gezwungen zu sein, die zwei wohlhabende Familien vereinte, und in ein Dasein, in dem man nur eine Rolle ohne Inhalt spielte. Es war ein grausames Spiel, ein Spiel, dessen Gewinn aus dem steigenden Wert von Aktien an der Börse bestand und der auf Kosten zweier Herzen ging.

Belinda hätte dieses ganze gräßliche Spiel schon längst aufgegeben und wäre in ihr altes, einsames Dasein zurückgekehrt, wenn sie Jack nicht so sehr geliebt hätte.
Das war der springende Punkt, die fatale Ironie, die ihr die Kraft raubte, ihre Situation zu ändern oder ihr zu entfliehen.
Also versuchte Belinda, ihre Rolle als Ehefrau so perfekt zu spielen, wie sie nur konnte. Sie kaschierte ihre Scham und ihre Verletztheit mit Humor, Zuneigung und Aufmerksamkeit, ihrem Ehemann zuliebe. Sie zwang sich in die Rolle einer aktiven, erfahrenen Liebhaberin. Sie tat all die kleinen Dinge, die eine Frau tut, um ihren Mann spüren zu lassen, daß sie ihn begehrt und braucht.
Sie akzeptierte ihn wie er war und wartete auf bessere Zeiten.
Sie betete, der Tag möge kommen, an dem auch er sie begehrte.
Vielleicht würde die perfekte Imitation von Liebe, die er ihr jetzt bot, dann der Vergangenheit angehören.
Sie war gewillt, auf diesen Augenblick zu warten und darauf hinzu- arbeiten.

Und wie so viele Frauen aus der High-Society vor ihr, ließ sie ihn beobachten.
Sie wußte um seinen Ruf als Casanova. Doch das war es nicht, was sie veranlaßt hatte, seine Schritte durch diskrete Detektive überwachen zu lassen.
Ihre weibliche Intuition war es, die Belinda gewarnt hatte, daß Jack sich zu dem Mädchen hingezogen fühlte, das sie in Anton Magnus' Haus anläßlich der Feier für Gretchen kennengelernt hatte, eine gewisse Francie Bollinger. Die Art, wie er das Mädchen angesehen hatte, hatte keine Zweifel daran gelassen. Und was seine Reisen nach Paris betraf, zu der Zeit, als das Bollinger-Mädchen dort arbeitete, hatte er sich ihr gegenüber immer ausgeschwiegen, was ihre Vermutungen natürlich schürte.
Es war Belinda nie gelungen, Francie zu vergessen. Francie war so frisch, so hübsch gewesen, und sie und Jack gaben ein perfektes Paar ab. Mehr als das, Francie versprühte soviel natürlichen, unverdorbenen Charme, gepaart mit hoher Intelligenz, daß es nahezu unmöglich war, ihr zu widerstehen.

Wer sie kennenlernte, konnte Jack nur zu seinem guten Geschmack gratulieren. Und dieser Gedanke hatte Belinda bis zum heutigen Tag keine Ruhe gelassen.
Sie war schlau genug, um sich auszurechnen, daß Jack, wenn er sie, Belinda, gegen seinen Willen hatte heiraten müssen, sich noch immer mit diesem Mädchen treffen mußte.
Doch zu ihrer Überraschung war das nicht der Fall.
Die Detektei wußte zu berichten, daß Jack sich mit niemandem heimlich traf. Er verbrachte seine Abende tatsächlich hart arbeitend im Büro. Die Erschöpfung, die sich auf seinem Gesicht abzeichnete, wenn er spät nach Hause kam, stammte von harter Arbeit, nicht von irgendwelchen Vergnügungen.
Oberflächlich betrachtet war das ein gutes Zeichen. Jack betrog sie nicht. Doch wenn man es genauer betrachtete, konnte sich etwas weitaus Bedenklicheres hinter seinem Verhalten verbergen. Vielleicht nutzte Jack selbst dies, die Treue, als Mittel zum Zweck in seinem Plan, den perfekten Gatten und Unternehmer zu mimen.
Das war es, was Belinda Sorgen bereitete. Jacks tadellose Imitation einer glücklichen Ehe hatte keine Schwachpunkte. Keine, die man von außen erkennen konnte.
Es gab keine Lösung in diesem Spiel, außer der Zeit. Belinda hatte einen starken Willen, doch sie war eine Gefangene der Regeln ihrer Schicht und ihrer eigenen Liebe.
Also wartete, liebte und hoffte sie.
Jack kam um zehn. Er küßte seine Frau, schenkte sich einen Drink ein und setzte sich zu ihr auf das Sofa, einen Arm um ihre Schulter gelegt.
Er lächelte, doch er schien müde. Seine Augen waren von der Überarbeitung gerötet.
»Harter Tag?« fragte Belinda.
»Nicht mehr als sonst«, antwortete er. »Vielleicht bin ich nicht in Form. Ich sollte mehr Sport treiben.«
In der Stille, die darauf folgte, überdachte Belinda seine Ausrede.
Dann hellte sich Jacks Miene auf.
»Wir sind heute mit den Plänen für Kolumbien durchgekommen. Wahrscheinlich läuft die Sache am Ersten nächsten Jahres an.

Drück die Daumen, sieht so aus, als könnten wir bald eine nette kleine Reise in den Süden unternehmen.«

»Das wäre wundervoll.« Belinda bemühte sich, begeistert zu klingen. Sie wußte, wie diese Geschäftsreisen abliefen. Sie würde Jack kaum zu sehen bekommen und den ganzen Tag mit Vorbereitungen für Gesellschaften am Abend verbringen. Dazu kam auch noch die Sprachbarriere.

Aber sie wußte, wie stolz Jack auf das neue Tochterunternehmen in Kolumbien war. Er hatte es selbst geplant, vom ersten bis zum letzten Schritt durchdacht und mit seinen eigenen Leuten ausgeführt, ohne Hilfe innerhalb der Firma. Es war ein Beweis seiner Initiative, seiner Fähigkeiten und seiner Unabhängigkeit von seinem Vater.

Doch all das machte es Belinda nicht leichter.

»He«, sagte er plötzlich. »Wieso hocken wir hier eigentlich so trübsinnig rum? Laß uns feiern! Es geschieht schließlich nicht jeden Tag, daß ein Mann eine neue Firma aus dem Boden stampft.«

Er nahm sie in die Arme und küßte sie überraschend hart. Sie glaubte, sein Verlangen nach ihr in diesem Kuß zu spüren. Sie kuschelte sich in seinen Schoß, schmiegte sich ganz eng an und fuhr ihm mit der Hand durchs Haar.

Es war spät. Sie könnten sich lieben, danach ein wenig essen und es sich gemütlich machen, nur sie beide, vielleicht noch ein wenig plaudern, so wie sie es auf ihrer Hochzeitsreise oft getan hatten. Belinda fühlte sich allmählich etwas besser.

»Hört sich gut an«, murmelte sie.

Er ließ sie los.

»Warum rufst du nicht einfach die Billingtons an?« fragte Jack lächelnd. »Ich weiß, es ist schon spät, aber die haben bestimmt nichts vor. Ich sterbe vor Hunger. Wir könnten uns mit ihnen im Plaza zum Essen treffen. Na, was hältst du davon?«

Belinda tat ihr Bestes, um ihre Enttäuschung zu verbergen. Sie lächelte tapfer.

»In Ordnung, Jack. Ich werde die Billingtons anrufen.«

29

16. September 1957

Julie Magnus hatte fest versprochen, sich von ihrer besten Seite zu zeigen.

Die Party, die in einem altehrwürdigen doppelstöckigen Anwesen auf der Fifth Avenue stattfand, wurde von den Cousins ihrer Mutter gegeben und zwar zu Ehren des fünfzigsten Geburtstages ihrer Schwester Eunice Childs, die an einer schweren degenerativen Nervenkrankheit litt. Die Ärzte und auch die Familie wußten, daß es ihr letzter Geburtstag sein konnte.

Julie hatte Eunice immer gemocht. Als kleines Mädchen war sie oft zu Besuch auf dem Anwesen der Childs auf Hilton Head Island gewesen, wo sie die Alligatoren, das Hängemoos und die Seevögel bestaunt hatte. Mit Eunice hatte sie lange, vertraute Gespräche über die Dinge des Lebens geführt, während sie die weiten, einsamen Strände nach verbuddelten Muscheln absuchten. Es war sehr romantisch und tropisch gewesen, denn Eunice und Geoff, ihr Mann, führten ein Leben wie die Eingeborenen, spielten stundenlang Karten oder Puzzle auf der Veranda ihres idyllischen alten Hauses.

Die Besuche hatten ein Ende gehabt, als Geoff vor zehn Jahren an einem Herzinfarkt gestorben war und Eunice sich mehr und mehr zurückzog und keine Gesellschaften mehr gab. Doch sie blieb Julie eine treue Gesprächspartnerin, und Julie erinnerte sich gern an die Zeiten, in denen Eunices' und Geoffs Haus eine Zufluchtsstätte für sie gewesen war.

Und so begrüßte sie Eunice, die überhaupt nicht krank aussah, wäre da nicht die Pflegerin gewesen, die ihr für den Fall einer plötzlichen Schwäche zur Seite stand, und sie verbrachten eine innige Stunde zusammen, bevor sich Julie wieder von ihr verabschiedete. Eunice war freundlich und witzig wie immer, doch in ihren Augen lag ein besorgter Blick, als sie Julie ansah. Sie hatte, wie viele andere auch, Gerüchte über Julies wildes Leben gehört und nahm an, daß sie nicht ganz unbegründet waren. Julie wollte gerade das Fest verlassen, als sie in der Menge das vertraute Gesicht ausmachte, das sie seit beinahe zwanzig Jahren nicht mehr gesehen hatte.

Sein Name war Scott Monteagle. Er stammte von den Monteagles aus Philadelphia ab, die eine feste Größe in der Gesellschaft gewesen waren, bis sie während der Zeit der großen Depression alles verloren und der Vater sich aus einem Fenster über der Broad Street gestürzt hatte.

Julie hatte Scott – oder Scotty, wie er damals genannt wurde – als kleines Mädchen kennengelernt. Sie hatte sich damals sofort in ihn verliebt. Scotty war ein sensibler, eher empfindsamer Junge gewesen, und Julie hatte seine zurückhaltende Art sehr charmant gefunden. Als sie sich bei zwei oder drei weiteren Familienanlässen wiedertrafen, wurden sie zu unzertrennlichen Freunden, und als seine Mutter ihn und seine Schwester mit zurück, nach England, ihrem eigentlichen Zuhause, nahm, blieben sie weiter Brieffreunde, bis der Kontakt schließlich ganz abbrach.

Julie erinnerte sich noch lebhaft an eine Situation, als sie sich bei einer Gartenparty auf dem riesigen Landsitz der Monteagles im Park versteckt und im Schatten eines Kastanienbaums wie die Großen geküßt hatten. Sie war es gewesen, die ihn dazu verführt hatte, frühreif wie sie war. Doch auch er war damals von dem zarten blonden Mädchen fasziniert gewesen und hatte die Situation als sehr romantisch empfunden. Julie hatte es niemals vergessen.

Heute, auf dem Fest für Eunice, erkannte sie Scott nicht sofort. Zuviel Zeit war vergangen. Und doch stellte sie schon nach drei Minuten Unterhaltung mit ihm fest. daß auch er ihre kleine Romanze nicht vergessen hatte. Sie sah es in seinen Augen und spürte es an der zärtlichen Fürsorglichkeit, mit der er ihr begegnete.

Er hatte sich zu einem gutaussehenden jungen Mann mit perfekten Umgangsformen entwickelt. Er sprach mit einem leichten englischen Akzent, und im Verlauf ihrer Unterhaltung erkannte Julie den verträumten, schüchternen Jungen wieder, in den sie sich als junges Mädchen verliebt hatte. Es zeigte sich, daß ihm das tragische Schicksal seiner Familie dennoch gutgetan hatte. Er schien glücklich mit seiner bescheideneren Stellung in der Welt – er war als Rechtsanwalt in London tätig – und zeigte einen charmanten Sinn für Humor, der es Julie leichtmachte, sich in seiner Gegenwart sehr wohl zu fühlen.

Julie genoß die Unterhaltung mit ihm und blieb noch mehr als

eine Stunde länger. Sie erzählten einander von ihrem unterschiedlichen Leben. Scott hatte zwei Schwestern, die ältere war verheiratet, und die jüngere studierte, mit finanzieller Hilfe von Scott. Seine Mutter arbeitete ganztags als Chefsekretärin und bewohnte ein bescheidenes Apartment in einem Vorort Londons. Sein bisheriger Werdegang war kurz, klar und nicht sonderlich aufregend, aber Julie fand es faszinierend, denn es war ein so geordnetes Leben mit ehrenwerten Motiven, Mut und bescheidenen Ansprüchen.
Während sie ihm zuhörte, spürte sie seltsamerweise dieselbe mädchenhafte Zuneigung für ihn, die sie als Kind empfunden hatte. Das machte sie schüchtern. Als sie ihm von sich erzählte, vermied sie so gut es ging die Wahrheit über ihr ausschweifendes Leben, denn sie wollte nicht, daß er sie in einem schlechten Licht sah. Plötzlich wollte sie wieder das kleine Mädchen sein, das er vor so langer Zeit gekannt hatte.
Das war eine völlig neue Erfahrung für Julie, denn ihr ganzes Leben lang hatte sie aus ihren Exzessen eine große Show gemacht. Doch ihre Beschämung darüber erfüllte sie mit einer sonderbaren, aber angenehmen Trägheit. Der aufmerksame, bewundernde Blick in Scotts Augen und die Erinnerung an das Geheimnis ihrer kindlichen Romanze wärmte sie tief in ihrem Inneren. Sie wollte diesen Zauber auf keinen Fall zerstören.
Dann überraschte er sie mit dem Wunsch, sie wiederzusehen.
»Hast du nicht Lust, mit mir essen zu gehen?« fragte er sie. »Ich würde liebend gern mehr über alte Zeiten plaudern und soviel wie möglich über dich erfahren.«
Julie wußte nicht recht, wie sie auf diesen Vorschlag reagieren sollte. Scott war ein netter, offensichtlich sehr nachdenklicher und ernsthafter junger Mann. Sie spürte, daß sein Interesse an ihr echt war. Er wollte wirklich einen Versuch unternehmen, die Freundschaft zu ihr zu erneuern.
Diese unerwartete Wendung der Situation warf Julie aus dem Gleichgewicht, und sie zögerte, ehe sie ein leises »Ja, gern« murmelte, doch dann lächelte sie, als sie sah, wie seine Augen aufleuchteten. Er versprach, sie am nächsten Abend zum Dinner abzuholen.
Dann bat Scott darum, sie von der Geburtstagsfeier heimfahren zu

dürfen, und Julie willigte ein. Als sie sich von Eunice verabschiedete, verspürte sie einen Stich in ihrem Innern. Eunice würde nicht mehr lange auf dieser Welt sein. Vielleicht sahen sie sich jetzt zum letzten Mal. Doch Eunice war nicht entgangen, daß Julie sich mit Scott unterhalten hatte, und ihre müden Augen funkelten ein wenig wie die einer erfolgreichen Kupplerin. Und Julie fühlte sich besser, als sie dies sah.

Julies Abendessen mit Scott Monteagle war faszinierend und beunruhigend zugleich. Er holte sie mit einem Mietwagen ab – nicht gerade eine Limousine – und führte sie in ein hübsches, bescheidenes Restaurant im Village, das jemand ihres Standes zwar niemals besucht hätte, das sie aber, seltsamerweise, bereits von einigen ihrer nächtlichen Streifzüge mit ihren Verehrern kannte.

Mit Scott jedoch hatte sie das Gefühl, als sei sie zum ersten Mal hier. Er war ein Mann, der ihrem ganzen Dasein so fremd war und dessen Armut ihn wie der Atlantische Ozean von ihrer Welt trennte, so daß ein Zusammensein mit ihm beinahe wie eine Reise in eine andere Zeit war.

Er erzählte von seinem Leben in England, das er fröhlich als »öde« beschrieb – »Fußball, U-Bahn, die BBC« –, und doch klang es eigenartig romantisch.

Julie musterte sein Gesicht, seinen Körper. Er war schlank, aber durchtrainiert. Nicht gerade ein Bodybuildertyp, aber augenscheinlich ein starker Mann mit einer starken Persönlichkeit. Auf ihre Nachfrage antwortete er, daß er Kricket spiele und reiten gehe, wann immer er sich ein Mietpferd leisten könne.

Seine Augen waren grau, sein Haar braun, mit einem Stich Rot, und er hatte einen hellen Teint, der im gedämpften Licht des Restaurants wie Alabaster schimmerte. Julie war fasziniert von seiner Stimme, denn sie erinnerte sie an etwas aus ihrer Vergangenheit, das sie nicht genau benennen konnte, das sie aber gerade wegen dieser Vagheit sonderbar berührte. Scott hatte schmale, sensible Hände, und er trug eine billige alte Armbanduhr, die jedoch in ihrer eleganten Schlichtheit zu seinem Beruf als Rechtsanwalt paßte. In seiner ganzen Erscheinung lag eine stolze Bescheidenheit, die Julie wahrscheinlich mehr als alles andere an ihm gefiel. Er schäm-

te sich seiner stillen Armut nicht im mindesten, sondern wirkte sogar glücklich.
Er versuchte, mehr über sie zu erfahren, doch sie wich ihm beschämt aus. Er drängte sie nicht. Mit Sicherheit hatte er die Gerüchte über sie gehört, doch es schien ihm nichts auszumachen. Er behandelte sie, als wären die zwanzig Jahre zwischen der Gartenparty und diesem Abend nie vergangen. Er zeigte sich ihr gegenüber mit derselben Offenheit, derselben jungenhaften Aufmerksamkeit wie damals. Julie war von seiner angenehmen Persönlichkeit und seiner Wirkung auf sie gefesselt.
Als er sie nach Hause brachte, ließ er den Fahrer warten und begleitete sie bis zur Tür. Im Schatten des Vestibüls nahm er sie in die Arme und küßte sie.
»Darauf habe ich zwanzig Jahre gewartet«, sagte er.
Julie sah ihm überrascht in die Augen und lächelte dann schwach.
»Du hast dich gar nicht verändert«, sagte er. »Dich zu berühren, mit dir zusammenzusein – ich habe sogar den Duft des Grases in Connecticut noch in der Nase. Ich kann das Klappern des Silberbestecks hören und die Stimme meiner Mutter, die nach uns ruft.«
Julie stockte der Atem. Auch sie erinnerte sich. Umarmt hatten sich damals, sogar geküßt, Julie in ihrem Festkleidchen und Scotty, der hübsche kleine Junge in seinem Anzug und Pullover, als die Stimme seiner Mutter über den Rasen schallte: Scotty! Wo ist er denn jetzt schon wieder hin ...?
Dieser Nachmittag aus der Vergangenheit klang in ihr nach. Und dann kehrte auch die Erinnerung an den Abend dieses besagten Tages zurück: wie sie nach Hause gekommen war, auf ihr Zimmer ging, ihre kindlichen Gedanken bei Scotty. Jack und Gretchen waren auf ihren Zimmern. Und Mutter und Vater ...
Vater ...
Julie hatte die Augen geschlossen. Als sie sie wieder aufschlug, blickte sie tief in Scotts Augen. Er legte ihr die Hände auf die Schultern und zog sie an sich.
Ihre Körper berührten einander. Als sie seine Nähe spürte, loderte ein verborgenes Feuer in ihr auf. Ihre Hände wollten ihn berühren, doch sie zögerte, dann fielen ihre Arme kraftlos an den Seiten herunter. Er spürte, wie sie in seiner Umarmung zitterte und ließ sie los.

»Habe ich dich jetzt beleidigt?« fragte Scott.
Sie schüttelte den Kopf. »Nein, Scott, überhaupt nicht.«
Ich bin es, die dich beleidigt hat, dachte Julie.
Diese Worte formten sich mit grausamer Schärfe in ihrem Innern, doch sie schwieg.
»Darf ich dich wiedersehen?« fragte er.
»Natürlich ... Scotty.«
»Ich darf dich also anrufen?«
»Bitte tu das. Wann immer du willst.«

Sie blieb allein im Schatten unter dem Vestibül stehen, am ganzen Körper zitternd, und schaute Scott nach, wie er die Treppen hinunterging und in den Wagen stieg. Als sie ihm zum Abschied winkte, gab sie sich Mühe, sich ihre Verwirrung nicht anmerken zu lassen.
Als er fort war, ging sie mit wackeligen Knien zu einem Sessel im Salon, ließ sich hineinfallen und schloß die Augen. Ihr war schwindlig, als stünde sie an einer Klippe nahe einem Abgrund, voller Angst hinunterzuschauen.
Dann ging sie nach oben, zog das grüne Kleid aus, das sie zu der Verabredung getragen hatte. Einem Impuls nachgebend, klappte sie den großen Spiegel auf, legte auch ihre Strümpfe, das Höschen und den BH ab und betrachtete sich in ihrer Nacktheit. Hinter sich sah sie das Zimmer, in dem sie seit ihrer Kindheit gelebt hatte, das Zimmer, in dem ihre Träume zu Alpträumen geworden waren.
Sie musterte ihr Spiegelbild. Das war also das Fleisch, das Scott in seinen Armen gespürt hatte, das Fleisch, das ihn nicht abgestoßen hatte. Alle sagten, wie schön Julie sei. Die cremig weißen Glieder, die schmalen Fesseln und Handgelenke, der schwanengleiche Hals, das seidige Haar – alles zusammen ergab das, was man ein hübsches junges Mädchen nannte.
Für Julie sah ihr Körper aus wie Innereien, wie ein blutiges Schlachtfeld, wie ein von Krähen zerhacktes Stück Fleisch. Sie empfand ihren Körper so abstoßend wie das faulige Fleisch eines Leprakranken.
Und doch konnte nur sie es so sehen. Wie bei des Kaisers neuen Kleidern waren ihr Schrecken und Entsetzen für die Außenwelt unsichtbar.
Sie sah sich in die Augen, sie waren so voller Schmerz und Haß. Wie

sie diese Augen verabscheute! Wie sie ihren Schmerz haßte und ihre vergeblichen Versuche, ihn mit ihren Exzessen zu betäuben!
Scott Monteagle hatte die Zeit zurückgedreht, hatte in ihr das frische, unschuldige kleine Mädchen gesehen und versucht, zu diesem kleinen Mädchen Kontakt aufzunehmen. Er war blind für all die Jahre, die dazwischen lagen, blind für die Verwesung, die Erniedrigung, den Schrecken.
Er mochte sie noch immer.
Ein Schaudern überzog Julies Körper, als sie an ihre schreckliche Vergangenheit dachte und – was den hübschen Scott betraf – an ihr seltsames stilles Verlangen, die Uhr zurückzudrehen und ihre Schande auszulöschen.
Sie fühlte sich, als würden diese beiden Welten sie zerreißen. Sie mußte diesem Ort und diesen Gedanken sofort entfliehen, sonst würde sich die Erde auftun, schon im nächsten Moment, und sie verschlingen.
Sie lief hinunter in die Bibliothek im Erdgeschoß, fand eine Flasche alten Bourbon und nahm einen tiefen Schluck, der ihr in der Kehle brannte. Dann ging sie zurück auf ihr Zimmer und zog sich ein neues Kleid über, dieses kurze, sehr sexy geschnittene. Sie fand dazu passende Schuhe, löste ihr Haar und trug etwas Lidschatten auf.
Der Alkohol wärmte ihr Inneres, als sie auf Zehenspitzen die Stufen hinuntertrippelte, ihren Mantel schnappte und das Haus verließ.
Die Nacht schloß sie in die Arme, wie Fänge des Bösen, wie eine grausame, aber vertraute Gefährtin, eine alte Freundin, die wußte, wann sie sie brauchte.
Sie zitterte leicht, als sie die Straße hinunterlief, um ein Taxi anzuhalten.
Sie mußte Johnny sehen.

30

Wall Street Journal, 9. Mai 1958
CompuTel Inc. New York wurde mit dem heutigen Tage als Aktiengesellschaft eingetragen; der Aktienpreis beträgt 14.12 Dollar pro Stück.
Die Computer-Beratungsfirma ist in den letzten drei Quartalen

um 600% gewachsen. Sie hat Filialen in Atlanta, Los Angeles und Chicago eröffnet und plant darüber hinaus innerhalb der kommenden sechs Monate die Eröffnung weiterer Filialen in allen Hauptstädten des Landes. Unter den Kunden der Firma finden sich bereits mehrere Dutzend Banken, Beteiligungsfirmen sowie Einzelhandelsketten und auch mehrere Großhändler.
Frances Bollinger, Sprecherin und Präsidentin des dynamischen jungen Unternehmens, gab die Umwandlung ihres Unternehmens in eine Aktiengesellschaft heute morgen auf einer Sondersitzung von CompuTel in San Francisco bekannt.

Die Ausgabe des *Wall Street Journal* lag neben Francie auf dem Boden. Sie saß auf der uralten Couch in Sam Carpenters Loft und beobachtete Sam, der an seinem 9292 werkelte.
Francie war so müde, daß sie kaum die Augen offenhalten konnte. Doch der Anblick von Sam, der sich, wie üblich in Jeans und T-Shirt, die qualmende Zigarette im Aschenbecher auf dem Boden neben sich, mit seinem Baby beschäftigte, war so wohltuend, daß sie den Blick nicht von ihm lassen konnte.
Um fünf Uhr nachmittags war sie aus San Francisco zurückgekehrt. Sam hatte sie vom La Guardia Flughafen abgeholt. Er wollte sie zum Essen einladen, doch sie hatte ihn spontan gebeten, sie hierher zu bringen und mit ihm zusammen selber ein kleines Abendessen zuzubereiten – ganz wie in alten Zeiten. Sie hatten sich Spaghetti gekocht und einen Salat gemacht, und jetzt ging Sam wie so oft seiner Lieblingsbeschäftigung nach. Er spürte, daß es das war, wonach Francie sich sehnte.
Für sie selbst war es nicht weiter verwunderlich, daß sie sich nach den alten Zeiten zurücksehnte. Die vergangenen acht Monate hatten ihr Leben völlig auf den Kopf gestellt und ihr keine Zeit zum Nachdenken oder für Gefühle gelassen.
CompuTel wuchs über sich hinaus, die Anfragen neuer Kunden sprengten den Rahmen der Kapazität des Unternehmens. Da die Firma eine unglaubliche Erfolgsquote aufweisen konnte und ohne echte Konkurrenz war, konnten sie sich vor Aufträgen nicht mehr retten. Anfragen von Unternehmen aus dem ganzen Land, aus Atlanta, San Francisco, Detroit, Chicago und Los Angeles überschwemmten

das Büro. Diese Unternehmen kämpften alle seit Jahren gegen gravierende Probleme in Buchhaltung und Lagerbeständen und betrachteten die Umstellung auf Computer als zeit- und geldsparendes Wundermittel.

CompuTel mußte sich vergrößern. Auf Anraten ihres Rechtsanwaltes, Lee Nugent, hatte sich Francie entschlossen, auf den freien Aktienmarkt zu gehen. Als Privatunternehmen mangelte es CompuTel einfach an finanziellen Ressourcen, um mit dem enormen Wachstum Schritt zu halten.

Francie kümmerte sich jetzt fast ausschließlich um das Management. Ihr blieb kaum noch Zeit zum Programmieren: diesen Part überließ sie Sam, Dana und den Programmierern, die sie von den Universitäten und Technischen Instituten im ganzen Land abgeworben hatte. Die Hälfte ihrer Zeit war sie auf Reisen, eröffnete oder besuchte Filialen im ganzen Land, um sicherzugehen, daß die Geschäftsführer der jeweiligen Tochterfirmen ihr Geschäft verstanden. •

Das rasante Wachstum von CompuTel war ebenso stimulierend wie ermüdend. Es war wundervoll mitanzusehen, wie das Geschäft florierte, doch Francie konnte nicht leugnen, daß sie das Gefühl hatte, in einer Achterbahn zu sitzen, die langsam außer Kontrolle geriet. Als sie damals ihre Firma als »Einfrauunternehmen« gegründet hatte, hatte sie vage Träume vom Erfolg gehegt und sich das Bild einer stabilen, glücklichen Situation ausgemalt. Niemals hätte sie sich erträumt, daß Erfolg zu einer derartig erschöpfenden Jagd ausarten könnte, bei der sie dem lawinenartigen Wachstum ihrer eigenen Firma immer einen Schritt voraus sein mußte, um es kontrollieren zu können.

Der Erfolg forderte seinen Tribut. Sie war zu dünn, die meiste Zeit müde und konnte sich nicht mehr entspannen. Erfolg war ein harter Lehrmeister.

Deshalb war es kein Wunder, daß sie heute abend, am Ende ihrer Kräfte, bei Sam sein wollte. Auf dem Weg zu ihm hatten sie kurz an einem Lebensmittelgeschäft angehalten, und als er dann die Tür zu seinem Loft aufschloß, empfand Francie den Anblick seines Zuhauses wie ein Wiedersehen mit einem guten alten Freund. Drei Monate war sie nicht mehr hier gewesen, und die vertraute Umgebung war Balsam für ihre angespannten Nerven.

Doch die alten Zeiten ihrer stillen Intimität hier im Loft, als der 9292 CompuTels einziger Computer und Sam und Francie die einzigen Mitarbeiter waren, diese Tage waren längst vorüber. 9292 war kein Bestandteil des Unternehmens mehr, da sie inzwischen zwei funkelnagelneue IBM-Geräte geleast hatten. Und Francie kam kaum noch hierher in den Loft, weil sie abends fast immer in ihrem Apartment am Riverside Drive saß und Ferngespräche mit den Filialleitern und Großkunden in den anderen Städten führte.
Es überraschte sie, daß der 9292 auf die Hälfte seiner ursprünglichen Größe geschrumpft war. Seitdem die Dienste der Maschine für CompuTel nicht mehr gefragt waren, hatte Sam sich darangemacht, die unzähligen Vakuumröhren durch integrierte Schaltkreise zu ersetzen. Als Hardware-Experte war er stets auf dem neuesten Stand der Mikroelektronik und wurde nicht müde, gegenüber Francie zu betonen, wie fest seine Überzeugung war, daß die Zukunft der Computer in der Verkleinerung lag.
»Schon heute«, sagte er dann, »gibt es Mikrochips von der Größe deines Fingernagels, die dasselbe leisten wir der ENIAC von 1945. Der Zukunft sind keine Grenzen gesetzt.«
Erst jetzt, als Francie sah, wie weit Sam den Umfang seines Gerätes reduziert hatte, ohne an Leistung einzubüßen, begriff sie, wie recht er gehabt hatte. Sie begutachtete den Computer, der jetzt die Größe von fünf oder sechs aneinandergereihten Geschirrspülmaschinen hatte und nicht mehr von zwölf, wie vor kurzem, und sie verstand, daß der Tag kommen würde, an dem ein Computer vielleicht den Umfang eines Kühlschranks haben würde. Wie einfach würde sich dann die Arbeit für einen Computerfachmann und für alle, die einen Computer brauchten, gestalten.
Doch bis dahin war es noch ein langer Weg.
Nach dem Essen war Francie zu erschöpft, um sich mit Sam zu unterhalten. Er respektierte ihr Schweigen, setzte sie auf die Couch, drückte ihr einen Becher Kaffee in die Hand und ließ sie einfach zuschauen. Hin und wieder sah er von seiner Arbeit auf, lächelte ihr zu, sagte aber wenig. Es war ihr schon immer leichtgefallen, mit ihm zusammen zu schweigen. In seiner Gelassenheit strahlte er etwas aus, das ihr den Zwang zu reden nahm.
Als sie jetzt zu ihm hinüberschaute, drückte er gerade den verges-

senen Zigarettenstummel im Aschenbecher aus. Als er sich vornüberbeugte, rutschte ihm das T-Shirt aus der Jeans. Francie schmunzelte. In dieser Sekunde sah er wie ein kleiner Junge aus, mit seiner hellen Haut, die unter dem abgewetzten Stoff seiner Jeans und seines Shirts hervorlugte.

Aber Sam war kein Junge. Er war ein ganzer Mann, das hatte Francie in den eineinhalb Jahren ihrer Zusammenarbeit gelernt.

Erst wenn man um Sams innere Stärke und unerschütterliches Selbstvertrauen wußte, konnte man die maskuline Präsenz seines Körpers wirklich schätzen. Die groben Arme und Beine mit ihrem hellblonden Flaum, das attraktive Gesicht mit den sanften braunen Augen und der helle Teint, von Sommersprossen überflutet, die ausgeprägten Muskeln – dies alles zusammen ergab ein Bild von Schönheit, das sich radikal von den Idolen des Kinos oder der Werbung unterschied. Sam wirkte auf seine einmalige Art faszinierend und anziehend, um so mehr, da Francic wußte, welch starke Persönlichkeit sich hinter seinem bescheidenen und entspannten Auftreten verbarg.

Er hockte dort auf dem Boden und lächelte Francie zu. Sie erwiderte sein Lächeln und errötete unwillkürlich, denn sie ertappte sich dabei, daß sie ihn auf eine Art und Weise studiert hatte, die sie verunsicherte.

»Müde?« fragte Sam. »Soll ich dich nach Hause bringen?«

Sie schüttelte den Kopf. »Ich bin okay.« Sie wollte heute abend hier sein, und nur hier, ganz gleich wie müde sie war. Sie wollte nicht alleine sein.

Sam widmete sich wieder seiner Arbeit. Francie war erleichtert, daß er sie nicht mehr anschaute, denn es war ihr peinlich, ihm in die Augen zu sehen. Vielleicht lag es an der Erschöpfung oder an etwas anderem, das sich während der letzten Wochen, ohne daß sie sich dessen bewußt war, in ihr aufgestaut hatte. Sams Umarmung auf dem La Guardia hatte ihr nicht nur ein warmes Gefühl des Nachhausekommens beschert, sondern auch ein Gefühl des Schmerzes, von ihm getrennt gewesen zu sein. Sie wollte sich an ihn kuscheln, wie ein kleines Mädchen, und all ihre Sorgen vergessen.

Mit diesem Gedanken fielen ihr langsam die Augen zu. Träume

stiegen in ihr auf und verbannten ihre Grübeleien. Sie befand sich nicht mehr ein paar Meter von Sam entfernt, sondern lang in seinen Armen, als er sie begrüßte. Seine Umarmung war vertraut und zugleich berauschend wie eine Droge, die sie aus ihrem Körper entführte und zu fernen Orten segeln ließ.

Jetzt war sie nicht mehr auf dem Flughafen. Sie waren an seinem See, dem Firefly Lake, den sie nie gesehen hatte, und sie gingen fischen. Sie konnte das leise Zwitschern der Vögel hören und die Morgensonne wärmend auf ihren Wangen spüren. Da war der Duft von frischem Kaffee, von Wasser und von Tannennadeln, die von den dicken Ästen, die den See wie die Arme eines Geliebten umschlossen, auf die Wege hinabrieselten.

Und Sam hielt sie fest. Die süße Morgensonne hatte sie beide in eine zärtliche Stimmung versetzt und Francie in seine Arme gelenkt. Er hielt sie fest und sagte ihr, daß alles gut werden würde. Sie sah, wie ihr Haar über seine Schultern fiel. Sie roch seinen sauberen, männlichen Duft, der sich mit dem Geruch des anbrechenden Morgens vermischte.

Und dann küßte sie ihn plötzlich, schlang die Arme um ihn, zog ihn an sich. Sie hatte Angst, er könne schockiert sein, sie zurückstoßen und ihr sagen, sie wisse ja nicht, was sie da tat. Aber nein – seine Zärtlichkeit gesellte sich zu ihrer Leidenschaft, und seine Lippen öffneten sich, um ihren Kuß zu erwidern. Seine starken Hände strichen über ihren Rücken, streichelten und liebkosten sie. Und ein schrecklicher, verbotener Schauer überflutete ihre Sinne, eine heiße Hingabe, die sich endlich offenbarte ...

Francie schlief tief und fest.

Sam hörte ihren leisen, gleichmäßigen Atem und schaute auf. Francie lag zusammengerollt auf der Couch, den Kopf auf ein Kissen gebettet, die Augen geschlossen.

Genau das hatte Sam befürchtet. Als er sie vom Flughafen abgeholt hatte, war ihm sofort aufgefallen, daß sie erschöpft war und mindestens fünfzehn Pfund Untergewicht hatte. Er war besorgt gewesen, denn sie hatte wie ein verlassenes kleines Mädchen ausgesehen, als sie durch die Schwingtür kam.

Er hätte darauf bestehen sollen, daß sie sofort heimfuhr und sich

ins Bett legte, doch ihre Bitte, mit zu ihm kommen zu dürfen, hatte so etwas Rührendes gehabt, daß er schließlich nachgegeben hatte. Sie war zu lange unterwegs gewesen und brauchte jetzt das Gefühl, irgendwo zu Hause zu sein.
Während des Essens hatte sie todmüde, aber glücklich ausgesehen. Er hatte es nicht übers Herz gebracht, ihr vorzuschlagen, sie nach Hause zu fahren. Und jetzt war sie, wie vorauszusehen, während sie ihm bei der Arbeit zugesehen hatte, eingeschlafen.
Er stand leise auf und ging zu ihr. Dann streichelte er sanft ihre Wange. Sie schnurrte im Schlaf.
Es gab keinen Grund, sie jetzt zu wecken und nach Hause zu bringen, es wäre zu brutal gewesen. Sam ging ins Schlafzimmer, machte sein Doppelbett für sie zurecht und kramte ein altes Deckbett für sich selber hervor. Er würde auf der Couch schlafen und Francie das Bett überlassen.
Er ging ins Wohnzimmer zurück, schlang einen Arm um ihren Nacken, den anderen schob er unter ihre Knie und hob sie so sanft er konnte hoch. Wie leicht sie war! Er war gleichzeitig stolz und traurig, als er daran dachte, welche Intelligenz und Dickköpfigkeit in diesem zerbrechlichen Körper wohnten. Sie arbeitete viel zu hart. Sie trieb sich selbst so gnadenlos an. Mehr als einmal hatte er sich gefragt, was wohl der Grund dafür sein mochte, aber er hatte nie gefragt.
Er trug Francie ins Schlafzimmer und legte sie vorsichtig aufs Bett. Sie hatte die Arme um seinen Hals geschlungen, als er sie trug, und jetzt wollte sie nicht loslassen. Sie hing an ihm, schlafend, und stöhnte leise.
Er atmete den einzigartigen Duft ihres Körpers ein, ein Duft, der ihn stets verzauberte.
Sam versuchte sich aus ihrer Umarmung zu befreien, doch Francie ließ nicht los. Es schien, als hätte ihre verzweifelte Einsamkeit sie selbst im Schlaf nicht verlassen.
Ihr Gesicht war jetzt nahe an seinem. Verlegen lächelnd tätschelte er ihre Schulter. Die ganze Situation kam ihm absurd vor, in dieser merkwürdigen Position über Francie gebeugt, gefangen von ihren Armen und ihren Träumen.
»Mmmm«, hörte er sie murmeln. Ihr Körper drängte sich gefähr-

lich nahe an seinen, doch ihre Seele war hinter den geschlossenen Augen verborgen.
Sam versuchte sich loszumachen, doch seine Abwehr gegen ihren schönen Körper war nicht überzeugend, und er fühlte, wie es ihn zu ihr hinzog. Ihre Lippen berührten seine Wange, eine Berührung, die ihn schwindlig machte. Die sanfte Kurve ihres Nackens wurde von seinen Lippen berührt, und er spürte, wie ein Schauer durch seinen Körper lief.
Sam verspürte einen Stich der Angst. Es war ein gefährliches Spiel. Francie war der einzige wirkliche Freund, den er hatte, und er hatte ihre unabhängige Existenz immer respektiert, auch wenn es ihn Überwindung gekostet hatte. Er hatte seine wahren Gefühle für sie immer verborgen, aus Furcht, er könne den Zauber ihrer Freundschaft zerstören, wenn er sie nur ein einziges Mal preisgab.
Und jetzt lag sie in seinem Bett, hielt ihn fest, wollte ihn nicht gehen lassen. Er konnte ihr nicht länger widerstehen.
»Francie ...«, flüsterte er. »Alles ist gut. Schlaf jetzt.«
Doch sie hörte ihn nicht. Ihre Lippen fanden unbeirrbar seine und versuchten sanft, sie zu teilen.
»Liebling«, flehte Sam, »das willst du nicht wirklich ...«
Sie brachte ihn mit einem Kuß zum Verstummen, der so süß und gewagt war, daß er seinen Körper entflammte. Ihr schlanker Körper lag in seinen Armen. Er spürte ihre kleinen festen Brüste an seinem Brustkorb, ihre wunderschönen Schenkel an seinen Hüften. Und plötzlich streichelten ihre Hände das nackte Fleisch unter seinem T-Shirt, dort, wo es aus der Hose gerutscht war.
In seinem Kopf hatte er schon längst den Widerstand gegen sie aufgegeben. Ihr Bild beherrschte seine Träume, seitdem er sie getroffen hatte. Doch jetzt bot sich ihr wunderschöner Körper an, und sein männlicher Instinkt war überwältigend, drängte ihn, endlich nachzugeben.
Ich darf nicht, dachte er, sie schläft. Sie weiß nicht wirklich, was sie tut.
»Francie«, flehte er, »nicht, bitte ...«
Ihr Kuß wurde sanfter und dadurch noch verführerischer. Ihre Hände ruhten still auf seiner Haut.
»Sag nicht nein«, flüsterte sie.

Und ihm wurde klar, daß sie wach genug war, um zu wissen, was sie tat.
Bei dieser Erkenntnis brach Sams Widerstand zusammen. Er zog Francie an sich, spürte, wie ihr schlanker Schenkel zwischen seine Beine glitt und ihre Zunge in seinen Mund schlüpfte. Und er hörte ihr begehrliches Stöhnen, als sie fühlte, wie seine Männlichkeit sich ihr entgegenreckte.
»Oh«, flüsterte sie, umklammerte ihn mit ihren zarten Armen, die plötzlich neue Kraft gefunden hatten. »Oh ...«
Und Sam gab den Kampf auf.

Zwei Stunden später lag Sam Carpenter wach neben Francie, seine Hand stützte ihren Kopf, sie schlief.
Er spürte eine unheimliche Erregung, ein Gefühl zwischen Furcht und Freude, als sein Blick über ihren zierlichen Körper glitt, dessen geheime Stellen er jetzt kannte. Niemals hatte sie so schön, so unschuldig, so natürlich ausgesehen.
Sie hatte den Körper einer Göttin, ihre schlanken Kurven, die schmalen, mädchenhaften Hüften, der flache Bauch, die festen Brüste und ihr wunderschönes Gesicht, das im Schlaf noch bezaubernder war als sonst.
Sam studierte sie, dachte an all die Monate zurück, in denen er sich der Verwirklichung ihrer Träume verschrieben hatte, und fragte sich, was sie in diese Situation gebracht hatte. Obwohl er mit jeder Faser seines Körpers jubelte, sie besessen zu haben, konnte er nicht umhin, sich wie ein Dieb zu fühlen, der ihr etwas gestohlen hatte, was sie ihm noch nicht hatte geben wollen.
Er dachte an ihre Freundschaft, an ihre Zusammenarbeit. Sie hatten sich als Kollegen nahegestanden, aber als Menschen waren sie sich nie wirklich nahegekommen. Das beschäftigte Sam mehr als alles andere. Er hatte beinahe von Anfang an gespürt, daß sein Herz ihr nicht widerstehen konnte, und deshalb hatte er all seine Willenskraft zusammengenommen, um Distanz zu ihr zu halten und ihre Privatsphäre zu akzeptieren.
Und Francie hatte das ihrige getan. Sie schien exakt die Art Freundschaft zu wollen, die er ihr bot, nicht mehr und nicht weniger. Ihre eigene Distanz schien ihr das Vertrauen zu ihm zu er-

leichtern. Und in seinem Innern hatte er es zugelassen, daß dieses Vertrauen seine tieferen Gefühle und Wünsche ihr gegenüber ersetzte.
Es war all diese Monate nicht einfach für ihn gewesen, sich so zu verleugnen, doch er hatte es um ihretwillen getan. Und – er war sich sicher gewesen, daß es so richtig war.
Doch jetzt, mit einem Schlag, waren seine ganzen Anstrengungen zunichte gemacht.
Er fragte sich, was er morgen zu ihr sagen würde. Würde es Entschuldigen geben? Versprechen, daß es nie wieder vorkommen würde? Oder vielleicht Schweigen, das sich oft zwischen zwei Menschen stellt, die einen Schritt zu weit gegangen waren, den sie dann bedauerten?
Würde sie die gleichen Gefühle für ihn haben wie vorher? Das war die wichtigste Frage. Würde sie ihm weiterhin vertrauen?
Sam wagte es nicht, weiter darüber nachzudenken. Der Schmerz, der ihn bei diesem Gedanken überkam, war so furchtbar wie die Lust, die Francie ihm heute geschenkt hatte, schön gewesen war.
Doch selbst, als er sich sorgte, wie er die Freundschaft zu Francie bewahren konnte, fragte eine verborgene Stimme, ob vielleicht eine neue Ära zwischen ihnen angebrochen war. Empfand Francie vielleicht dasselbe für ihn, wie er von Anfang an für sie empfunden hatte? Kannte sie dieses schmerzliche, wundervolle Gefühl, das ihn seit ihrem ersten Treffen begleitete? Hatte sie sich vielleicht die ganze Zeit genauso versteckt, wie er es getan hatte?
Diese Überlegung raubte Sam den letzten Rest seines Widerstandes. Sein Herz pochte rasend in seiner Brust. Jubel ließ ihm den Atem stocken.
Er setzte sich auf, betrachtete Francie. Er hätte gerne eine Zigarette geraucht, aber er konnte seinen Blick nicht von ihr lösen. Wie hypnotisiert von ihr war er, und in seinem Innern schwollen seine Hoffnungen an.
Als er sie ansah, runzelte sie im Schlaf die Stirn und hob eine Augenbraue. Sie murmelte etwas, es war unverständlich, wie im Schlaf Gesprochenes meist ist. Sie sah aus wie ein kleines süßes, schlummerndes Kind. Ein Gefühl der Liebe durchflutete ihn.
Dann wiederholte sie das Wort, murmelte es in ihrem wirren

Traum. Doch dieses Mal, zu Sams völligem Entsetzen, war es deutlich zu verstehen.
»Jack ...«
Das Wort schnitt wie ein Messer in Sams Herz. Kälte ballte sich in seinem Magen zusammen, erfüllte ihn mit Scham.
»Jack ...« Sie sagte es wieder, bewegte ihre Lippen. Obwohl es nur gemurmelt war, sandte es ein lautes Echo durch Sam, die Glocke einer Realität, schlimmer als er gefürchtet hatte, erklang, und ein Gefühl der Bestrafung, stärker als er ertragen konnte, überkam ihn.
Denn er wußte, wer gemeint war.
Dann drehte sich Francie zur Seite und wurde in eine Welt voller Träume davongetragen, in denen Sam nicht vorkam. Sam betrachtete sie still, es war, als verließe sie ihn für immer.
Nun waren alle seine Fragen beantwortet.

31

Frances Bollinger, Sprecherin und Präsidentin des dynamischen jungen Unternehmens, gab die Umwandlung in eine Aktiengesellschaft auf einer Sondersitzung von CompuTel in San Francisco bekannt.
Jack Magnus saß am Frühstückstisch und las das *Wall Street Journal.*
Er spürte Belindas Blick vom anderen Ende des Tisches auf sich ruhen. Sie trug ein bezauberndes Morgenkleid und sah frisch und weiblich aus. Belinda kleidete sich immer besonders schön für ihn. Sie schwieg. Sie respektierte, daß er das *Journal* allmorgendlich studieren mußte. Erst wenn er es beiseite legte, begann sie mit ihm die Tagesplanung durchzusprechen.
Doch jetzt waren Jacks Gedanken nicht bei Belinda.
Er starrte auf den Artikel über CompuTel, das erfolgreiche Jungunternehmen, das soeben an die Börse gegangen war.
Und er betrachtete die kleine Fotografie von Frances Bollinger, die atemberaubend schön aussah.
Jack hoffte, daß seine Hände nicht zitterten, als er das Foto an-

sah. Er fragte sich, ob Belinda, die ihn fixierte, seine Gefühle erahnte. Er war nicht auf die Wirkung des Bildes und die Nachricht von Francies erfolgreichem neuem Leben vorbereitet gewesen.

Er hatte geglaubt, alles unter Kontrolle zu haben. Er hatte getan, was notwendig war, und er hatte einen hohen Preis dafür bezahlt. Jack hatte Belinda geheiratet, weil die Hochzeit Teil seines Plans war. Er wußte, daß sein Vater keine andere Wahl akzeptiert hätte. Es hieß: Belinda oder keine. Wenn Jack versucht hätte, Francie zu halten, wäre seine Zukunft keinen Pfifferling wert gewesen.

Es war die schwierigste Entscheidung seines Lebens gewesen, doch er hatte sie gefällt und war entschlossen, damit zu leben.

Schon als er Francie zum erstenmal traf und von ihrem Lächeln, ihrer Aufrichtigkeit, ihrer Intelligenz und Schönheit verzaubert worden war, hatte er in seinem Innern gewußt, daß es in seinem Plan keinen Platz für sie gab.

Doch das hieß nicht, daß er ihr widerstehen konnte.

Als sie ihn zum erstenmal geküßt hatte, hoch über den Festgästen im Haus seines Vaters, bei Gretchens Party, war etwas Aufregendes in ihm erweckt worden, etwas, was noch keine Frau in ihm geweckt hatte. Und nachdem er diese verbotene Frucht einmal gekostet hatte, konnte er nicht mehr ohne sie leben.

Er war nach Paris geflogen, weil ihn die Erinnerung an diesen Kuß fast wahnsinnig vor Verlangen gemacht hatte. Er hatte seinen ganzen Charme spielen lassen, um Francie zu bekommen, und als er es geschafft hatte – oh, was für eine Nacht das war! –, setzte er das einzige Mittel ein, das er kannte, um dieses Mädchen als seine Geliebte zu halten: er hatte ihr die Heirat versprochen.

Zu diesem Zeitpunkt war er von ihrem Körper und ihren Reizen zu berauscht gewesen, um an die Folgen zu denken. Er wollte die Affäre mit ihr einfach so lange wie möglich aufrechterhalten. Also hatte er sie gebeten, über ihre Ehepläne Schweigen zu bewahren und den Dingen ihren Lauf zu lassen, bis das Computerprogramm installiert war. Er hatte mit dem Gedanken gespielt, sich später mit ihr zu arrangieren, sie als seine Geliebte zurück in die Staaten zu bringen und sie langsam an den Gedanken zu gewöhnen, daß eine Hochzeit undenkbar war.

Natürlich war ihm bewußt gewesen, daß Francie nicht im Traum

daran denken würde, sich mit der Rolle einer Geliebten abzufinden, während er eine andere heiratete. Dazu war sie viel zu stolz. Aber sie war ihm wirklich zugetan. Der Ausdruck in ihren Augen, wenn sie allein waren, ließ daran keinen Zweifel. Und die Art, wie sie ihn liebte ... Es war klar, daß Jack den Weg zu ihrem Herzen gefunden hatte. Das gab ihm Hoffnung, weiterhin Kontakt zu ihr halten zu können.
Also hatte er sich bemüht, sie nicht aus den Augen zu verlieren, bis er eine Lösung für die Situation gefunden hatte.
Dann griff sein Vater ein.
Anton Magnus führte ein Gespräch mit Jack, in dem er ihm unmißverständlich klarmachte, daß der Moment gekommen war, die Verzögerungstaktik aufzugeben und Belinda zu heiraten. Dieses Mal war es dem alten Mann ernst, daran bestand kein Zweifel. Darüber hinaus verriet das Funkeln in seinen dunklen Augen, daß er wußte, wie Jack zu Francie stand, daß er genug wußte, um sicher zu sein, welch großes Opfer es für seinen Sohn bedeutete, dieses Mädchen aufzugeben. Es war ein klassischer Schachzug seines Vaters. Er vertraute jemandem erst, wenn er ihn gezwungen hatte, etwas aufzugeben, woran ihm viel lag. Nur dann konnte er sich der Loyalität und des Gehorsams der Person sicher sein.
Jack hatte nachgegeben. Ihm blieb keine andere Wahl.
Und als er erfuhr, daß Francie im Zuge dessen entlassen werden würde – eine weitere für Anton Magnus typische Geste, der niemals Gefangene machte, sondern eher noch Salz in die Wunde streute –, hatte Jack nicht protestiert. Er mußte dem alten Mann seinen Willen lassen, sosehr es auch schmerzte.
Doch bei all dem hatte Jack an die Zukunft gedacht, denn eines Tages würde er über Magnus Industries herrschen.
Alles mußte zugunsten seines Planes geopfert werden.
Solange Anton Magnus noch an der Spitze des Imperiums stand, das er errichtet hatte, war Jacks Leben unvollständig.
Es war ein Geduldsspiel. Und Jack hatte alles, was es über Täuschungsmanöver zu wissen gab, von seinem Vater gelernt, aber noch hatte Anton Magnus die Macht.
Jack hatte jedoch den entscheidenden Trumpf auf seiner Seite –

die Zeit. Nicht einmal Anton Magnus konnte Mutter Natur besiegen. So clever und so diabolisch er auch sein mochte – den Lauf der Zeit konnte er nicht aufhalten. Früher oder später würde er das Unternehmen, sein Lebenswerk, seinem Sohn übergeben müssen.

Und war Jack erst einmal an der Macht, dann sahen die Dinge anders aus. Er würde frei sein, allein zu entscheiden, an sein eigenes Glück zu denken, vielleicht sogar die Ehe mit Belinda aufzulösen und umzudenken – wenn und falls er es wünschte.

Diesem weit höheren Ziel mußte er Francie opfern. Sie zu verlieren, hatte ihn beinahe umgebracht, aber er hatte mit diesem Schmerz gelebt, weil es keinen anderen Weg gab. Hätte er Francie geheiratet, hätte er alles verloren.

Sein Plan hatte funktioniert. Heute, als er mit seiner hübschen Frau Belinda hier saß, war er nur noch um Haaresbreite von dem Preis entfernt, auf den er all die Jahre gewartet hatte. Sein Vater war zweiundsiebzig Jahre alt. Bald würde er zurücktreten. Und Jack würde das Imperium regieren.

Doch jetzt gab es einen kleinen Artikel im Journal, der Jack an die einzige Schwachstelle in seinem Plan erinnerte, eine Schwachstelle, die er die ganze Zeit versucht hatte, mannhaft zu ignorieren.

Er konnte nicht ohne Francie leben.

Obwohl Jack gewöhnlich wenig Rücksicht auf seine eigenen Emotionen nahm, ließen sie sich diesmal nicht leugnen. Denn das Verlangen, das ihn überkam, als er die Fotografie von Francie anschaute, war wie eine riesige Flutwelle. Es war, als sei sie das Zentrum der Welt, ein Zentrum, von dem eine magnetische Anziehungskraft ausging, die unendlich stärker war als Jacks Wille.

Die Erinnerung an die Zeit mit ihr in Paris kehrte zurück. Obwohl er in seinem Leben viele Frauen gehabt hatte, gab es doch in seiner Erinnerung kein vergleichbares sexuelles Erlebnis. Sie besaß eine Reinheit, eine sinnliche, weibliche Komplexität, die sie unwiderstehlich machte.

Jack hatte versucht, diese Tage und Nächte zu vergessen, doch die Erinnerung daran verfolgte ihn, beherrschte seine Phantasie, jedesmal wenn er Belinda liebte.

Er hatte versucht, dagegen anzukämpfen, indem er einfach nicht

an Sex dachte, sich in seinen Job stürzte und die Arbeit zur Triebfeder seines Lebens machte.
Und er hatte geglaubt, daß es ihm gelungen war – bis jetzt, als er Francies Bild sah. Er erkannte, daß sie nicht einfach verschwunden war, als er Belinda geheiratet hatte. Sie hatte ihr eigenes Leben fortgeführt. Und jetzt stand sie mitten in der Welt, schöner als je zuvor, unabhängig, verfolgte ihre Ziele, arbeitete erfolgreich, lebte irgendwo in ihrer eigenen Wohnung, trug ihre schlichten, schönen Kleider, schenkte jenen um sie herum ihr Lächeln, vielleicht sogar ihr Lachen.
Diese Gedanken machten Jack blind vor Verlangen. All diese Monate hatte er sich selbst betrogen, im Glauben gelebt, Francie existiere nicht mehr. Jetzt wußte er, daß es sie noch gab.
Und er mußte sie haben.

Aber wie? Das war die Frage.
Jack erkannte, daß er alles, was er hatte, alles, wofür er gearbeitet hatte und noch arbeitete, opfern würde für sein Verlangen nach ihr.
Oder für seine Liebe, wenn das das Wort dafür war.
Nein. Die Mission seines Lebens war eindeutig. Magnus Industries wurde ihm auf einem silbernen Tablett dargeboten und damit die größte Macht, die ein einzelner Mann in der Geschäftswelt haben konnte. Was Anton Magnus mit dieser Macht bewerkstelligt hatte, war enorm, was Jack mit ihr innerhalb von zehn oder zwanzig Jahren anfangen konnte, war unberechenbar. Er würde Einfluß auf Präsidenten haben, dieser Welt seinen Stempel aufdrücken, den Lauf der Geschichte bestimmen.
Das konnte er nicht aufgeben.
Doch er konnte nicht ohne Francie leben, das wurde ihm deutlich, als er den Schmerz des Begehrens spürte, der ihn fast ohnmächtig werden ließ.
Er befand sich in einem schrecklichen Dilemma. Sein Problem erinnerte ihn an die Komplexität von Schachzügen, die Anton Magnus so sehr faszinierten und die er seinem Sohn in den vergangenen Jahren immer wieder erklärte.
Wie war Francie zu gewinnen, ohne dabei den Preis zu verlieren, dem er schon soviel geopfert hatte?

Er konnte sich nicht gegen seinen Vater stellen, nicht zu diesem Zeitpunkt. Sie hatten eine Abmachung, und er mußte sie einhalten. Anton Magnus war nicht der Mann, der Verrat auf die leichte Schulter nahm.
Es gab keine Möglichkeit, den alten Mann zu umgehen. Er war zu clever und zu willensstark.
Aber man konnte, wenn man vorsichtig genug vorging, einen Handel mit ihm abschließen.
Der Preis dafür mußte wertvoll sein. Anton Magnus gab sich niemals mit etwas anderem als dem totalen Sieg zufrieden – oder dem, was er dafür hielt.
Es würde ein harter Handel werden, vielleicht der gefährlichste im ganzen Spiel. Jack würde weit vorausdenken und alle Wahrscheinlichkeiten einkalkulieren müssen, bevor er zur Tat schritt.
Doch jetzt, als er Francies Bild studierte, glaubte er, einen Weg gefunden zu haben.
Er senkte die Zeitung und schaute Belinda an. Sie lächelte, als sich ihre Blicke trafen.
Sie tat ihm leid. Sie war bei all dem die wirkliche Verliererin. Aber es war nicht zu ändern. Belinda war ein Bauernopfer. Die Bauern waren immer die Verlierer.
Jack mußte seinem Plan folgen.
Die Zeit arbeitete für ihn. Wenn er diese Tatsache sinnvoll einsetzte, würde er bald den Lohn ernten.
Und Jack war der Sohn seines Vaters. Es galt alles oder nichts. Ein Magnus gab sich niemals mit dem Zweitbesten zufrieden.

Wäre Jack nicht derart von seinen Gedanken an Francie und das Dilemma, in dem er steckte, absorbiert gewesen, hätte er vielleicht daran gedacht, daß noch ein zweites Paar Augen den Artikel im Journal lasen. Und er hätte vielleicht vermutet, daß jemand seinen langgehegten Plan – zumindest für eine Weile – durchkreuzen konnte.
Wie der Zufall es wollte, studierte in eben diesem Augenblick Anton Magnus bei einer Tasse Kaffee in seinem Schlafzimmer den Artikel über CompuTels sensationellen Aufstieg.
Die Schlußfolgerungen, die der alte Mann daraus zog, unterschieden sich natürlich grundlegend von denen seines Sohnes.

Nachdem er den Artikel aufmerksam durchgegangen war, hob er den Hörer seines Telefons ab und rief seine Chefsekretärin an, die bereits im Büro war.
»Vera«, sagte er, »ich möchte, daß Sie Mister Decker von der Rechtsabteilung für zehn Uhr in mein Büro bestellen. Ich habe da etwas, das ich ihm zeigen möchte.«

32

Es war der erste Juni, eine Woche vor der ersten Aktionärsversammlung von CompuTel, die in San Diego, dem Sitz der jüngsten Filiale des Unternehmens, abgehalten wurde. Es war ein stürmischer Morgen. Von dem Fenster in Sams Loft aus sah die Welt da draußen frisch und ein wenig wild aus.
Francie war als erste aufgewacht. Eine ganze Weile blieb sie im Bett sitzen und betrachtete Sam, der noch schlief. Dann stand sie auf, kochte Kaffee und holte die Zeitungen herein.
Sie durchquerte das große Zimmer, wo der 9292er stand, der im letzten Monat noch weiter geschrumpft war und irgendwie verlassen und winzig wirkte im Vergleich zu früher. Francie schmunzelte, denn sie wußte, daß der Computer trotz seines unscheinbaren Äußeren das Vielfache seiner früheren Kapazität besaß. Das Wunder der Mikroelektronik und Sams großes technisches Talent hatten dies zustande gebracht.
Unwillkürlich warf sie einen Blick ins Schlafzimmer, wo Sam noch immer schlief. Er atmete ruhig, sein starker Arm lag auf der Seite der Bettdecke, unter der sie eben noch gelegen hatte. Sein Körper duftete nach ihrer eigenen Leidenschaft, und während sie in seinem T-Shirt, das ihr als behelfsmäßiges Nachthemd diente, durch den Loft wanderte, nahm sie seinen starken männlichen Duft mit all ihren Sinnen auf.
Sie ließ die letzten Wochen seit ihrer ersten Liebesnacht Revue passieren. Als sie das erste Mal miteinander geschlafen hatten, hatte sich Francie in einer Art Schockzustand befunden. Sie konnte nicht glauben, was sie getan hatte. Welcher Teufel hatte sie geritten?

Sie konnte es nicht sagen. Als es passierte, war sie im Halbschlaf gewesen und völlig erschöpft von monatelanger schwerer Arbeit. Aber sie akzeptierte dies nicht als Ausrede. Ihr Körper hatte gewußt, was er tat, ihr Begehren war der Beweis. Sam hatte mannhaft versucht, ihr zu widerstehen, und sie hatte ihn mit demselben Verlangen überwältigt, das auch sie selbst überwältigt hatte. Woher dieses Verlangen kam und was seine wirkliche Ursache war – das war das eigentliche Rätsel. Ihr war bewußt, daß sie Sam respektierte, ihm vertraute, sich auf ihn verließ, aber liebte sie ihn?

Jetzt, da sie den Liebesakt mit ihm vollzogen hatte, mußte sie sich dieser Frage stellen. Aber sie konnte sie nicht beantworten, und das bereitete ihr Sorgen. Sie erkannte, daß sie sich ohne Sam nicht vollkommen fühlte. Er brachte Wärme, ein Gefühl der Zugehörigkeit und Freude in ihr Leben, etwas, daß ohne ihn nicht zu existieren schien. Und doch waren es nicht ihre Gefühle für Sam, die ihren Ehrgeiz zu immer höheren Zielen anstachelten. Der unausgesprochene Impuls, der sie im Leben antrieb, hatte nichts zu tun mit der Freundschaft, die sie mit ihm verband.

Als Sam an jenem bewußten Morgen erwacht war, hatte sie sich bei ihm entschuldigt für das, was sie getan hatte, und ihm versichert, daß es nie wieder vorkommen würde. Sie haßte sich dafür, daß ihr Verhalten in dieser Situation so konservativ und steif war, aber sie konnte nicht anders. Ihre Einstellung zur körperlichen Liebe war tief verwurzelt und strikt. Darüber hinaus hatte sie schon einmal erfahren müssen, wie tödlich eine sexuelle Verbindung ohne wahre Liebe und Hingabe sein konnte.

Sam hatte ihr versichert, daß es nichts gab, dessen sie sich schämen mußte, und daß er sich wegen dieser einen Liebesnacht keinerlei Illusionen hingebe, was ihre Beziehung betraf. »Es ändert sich gar nichts«, hatte er gesagt. Er würde auch weiterhin ihr Freund und verläßlicher Kollege sein.

Und doch konnte Francie sehen, daß Sam durcheinander war. Er schien unglücklich und voller Schuldgefühle. Ihn so zu sehen, berührte sie, und sie hatte die Arme um ihn geschlungen, ihn zärtlich auf die Wange geküßt und gefragt, ob er ihr dabei helfen würde, das Vergangene vergessen sein zu lassen. Schließlich hatten sie ein Unternehmen zu leiten und sahen einer bewegten Zukunft entgegen.

An diesem Tag fuhren sie zusammen ins Büro und sprachen nicht mehr über das, was geschehen war, aber beiden war nicht wohl dabei. Das, was geschehen war, hatte die Definition ihrer Freundschaft durcheinandergebracht. In den darauffolgenden Tagen umkreisten sie sich nervös, als hätten sie Angst, einander zu nahe zu kommen.

Dann geschah es ein zweites Mal.

Eines abends im Büro besprach Francie mit Sam und Dana die Ereignisse des Tages, und für einen Bruchteil einer Sekunde traf sich ihr Blick mit Sams. Dieser Moment erschütterte sie wie ein Erdbeben – ihr wurde bewußt, daß sie wieder mit ihm zusammensein mußte.

Beschämt fuhr sie nach Hause. Wie eine Tigerin in ihrem Käfig wanderte sie in ihrem Apartment auf und ab und versuchte den Gedanken an Sam zu vergessen, indem sie Arbeit nachholte, doch schließlich konnte sie nicht anders, rief ihn an und fragte, ob sie für einen Moment bei ihm vorbeischauen dürfe.

Als er die Tür öffnete, warf sie sich ihm beinah in die Arme. Noch nie zuvor hatte sie ein so starkes körperliches Verlangen verspürt. Zu ihrer Überraschung schien Sam in derselben leidenschaftlichen Verfassung zu sein. Dadurch, daß sie beide solange versucht hatten, einander zu widerstehen, wurde ihr Liebesakt noch schöner. Francies Seufzer der Ekstase waren gleichzeitig Seufzer der Erleichterung, endlich zu der Nähe zurückgefunden zu haben, die sie in ihrem langen vergeblichen Versuch, Sam fernzubleiben, so sehr vermißt hatte.

Seit damals hatten sie sich viele Male geliebt. Keiner von beiden erwähnte dabei die grundlegende Bedeutung ihrer Beziehung. Doch scheinbar waren sie auch nicht in der Lage, sich dem Verlangen, das sie teilten, zu widersetzen. Sie sprachen nicht über Liebe oder Zukunft, aber ihre Verbindung zueinander vertiefte sich auf beunruhigende Weise. Mit jeder Woche wurde die Situation vertrackter.

Francie wußte nicht, was sie davon halten sollte. Sam war nicht der Mann, von dem sie als Mädchen geträumt hatte. Er war wesentlich rationaler, bescheidener und irgendwie zerknitterter als ihr Traummann.

Die Gefühle, die sie für Jack Magnus gehegt hatte, waren vollkommen anders gewesen. Es war eine Besessenheit, ein wildes Gefühl, sich selbst zu verlieren. Sam gab ihr ganz etwas anderes. Bei ihm spürte sie eine süße, einladende Wärme, die sich nur langsam in ihrer Hitze steigerte und auf ganz natürliche Weise ihr Gefühl von Zuneigung in Leidenschaft verwandelte.
Francie war noch immer ein altmodisches Mädchen, trotz allem, was sie mit Sam tat. Sie machte sich Sorgen und fürchtete, diese Beziehung könne sie in Schwierigkeiten bringen. Aber da war ihr Verlangen nach Sam, dem sie nicht widerstehen konnte. Und das sonderbar verführerische Gefühl, bei Sam zu Hause zu sein, ganz sie selbst zu sein, wurde immer stärker. Die Anziehung zu ihm rührte nicht nur von der Leidenschaft seiner Liebkosungen, sondern von der Zugehörigkeit, die sie in seinen Armen spürte.
Und so balancierte Francie auf einem dünnen Grat zwischen einer Freundschaft, die sie höher als alles andere schätzte, und einer unerwarteten sexuellen Beziehung, die eben die Freundschaft zu bedrohen schien, aus der sie entsprungen war.

All diese konfusen Gedanken schwirrten Francie durch den Kopf, als sie an diesem Morgen den Kessel mit dem Kaffeewasser aufsetzte und die Morgenzeitungen hereinholte.
Zu ihrer Überraschung fand sie einen offiziell wirkenden Brief oben auf den Zeitungen. Er war an Samuel G. Carpenter, stellvertretender Geschäftsführer von CompuTel Inc. adressiert.
Der Absender war die große New Yorker Anwaltskanzlei Coster, Coster & Whitehouse, von der Francie schon gehört hatte.
Sie nahm den Brief mit in die Küche und legte ihn auf den Tisch. Sie konnte die Bedrohung, die von ihm ausging, förmlich spüren. Als sie sich eine Tasse Kaffee eingoß, überkam sie ein großer Drang, den Brief zu öffnen. Aber das durfte sie nicht. Er war an Sam adressiert.

Sie saß am Tisch, in Sams T-Shirt, und nippte nervös an ihrem Kaffee, als plötzlich eine Stimme erscholl, die sie beinahe aufspringen ließ.
»Was ist los? Ich dachte, ich hätte was gehört.« Es war Sam.
Francie stand auf und umarmte ihn. Dann deutete sie auf den Brief.
»Vielleicht spinne ich«, sagte sie, »aber er macht mich ganz nervös. Mach ihn bitte gleich auf, Sam.«
Noch ganz verschlafen öffnete er den Brief. Sein Gesicht verdüsterte sich, als er den Inhalt überflog. Dann reichte er ihn Francie. Sie las ihn schnell durch, hielt inne, begann noch einmal, verwirrt, von vorn.

Coster, Coster & Whitehouse
Rechtsanwälte

CompuTel Inc.
Samuel G. Carpenter
Stellvertretender Geschäftsführer
435 Cedar Street
New York, N.Y.

New York, 31. Mai 1958

betr.: Vertretung des Patentrechts

Sehr geehrter Herr Carpenter,
hiermit zeigen wir an, daß wir Magnus Industries, Inc. anwaltschaftlich vertreten. Wir setzen Sie davon in Kenntnis, daß wir im Namen unserer Mandantin ein Verfahren gegen Sie eingeleitet haben wegen Verletzung des Patentrechtes bezüglich U.S. Patent Nr. 3647576857. Der Patentinhaber ist Magnus Industries, Inc. Unserer Mandantin wurde zur Kenntnis gebracht, daß Sie in Ihrem Beratungsunternehmen Computerprogramme zum Einsatz bringen, die technische Elemente enthalten, auf die unsere Mandantin ein Patent hält. Die Erlaubnis, dieses Material zu nutzen, wurde von Ihnen nicht pflichtgemäß eingeholt. Deshalb fordert unsere Man-

dantin Sie auf, die Nutzung dieser Programme einzustellen, bis das Bundesgericht in diesem Fall entschieden hat.

Hochachtungsvoll
Graham S. Coster
Rechtsanwalt

cc: Frances M. Bollinger, Geschäftsführerin
Martin W. Decker, Rechtsabteilung, Magnus Industries

Francie war leichenblaß.
»Was hat das zu bedeuten, Sam?«
Er schüttelte den Kopf. »Verdammt, wenn ich das wüßte. Ich habe keine Ahnung, was die meinen.«
Francie hatte in ihrem Entsetzen seine Hand ergriffen.
Er legte den Arm um sie.
»Ich habe kein gutes Gefühl bei der Sache«, sagte sie. »Wir sollten besser sofort Lee Nugent anrufen.«
Sam nickte. Lee, CompuTels Anwalt, würde wissen, was der Brief zu bedeuten hatte.
Nervös machte sich Francie von Sam los, eilte ins Schlafzimmer, dann unter die Dusche und zog sich an.

Der Bescheid fiel schlechter aus, als Sam und Francie befürchtet hatten.
Lee Nugent, ein Mann mittlerer Größe mit blondem, schütterem Haar und freundlichen Augen, begrüßte Francie und Sam mit einer Miene, die seine wahre Besorgnis verbarg.
»Francie, Sam, ich möchte Ihnen jemanden vorstellen«, sagte er und deutete auf einen distinguiert aussehenden Herrn mittleren Alters, der mit ausgestreckter Hand auf Francie zukam. »Oliver Meinen von Briggs, Lottman & Meinen, einer bekannten Manhattaner Kanzlei. Olivers Spezialgebiet ist Patentrecht. Er ist hier, um uns beratend zur Seite zu stehen.«
Sie begrüßten einander per Handschlag und nahmen dann an Lees Konferenztisch Platz.
»Ich habe mich telefonisch mit Graham Coster kurzgeschlossen«,

berichtete Lee. »Die Sache sieht so aus: Offensichtlich hält Magnus Industries ein Patent auf ein spezielles Computerprogramm, ein Programm, das Bilanzen, Betriebskosten und Produktivität errechnet. Wenn ich es richtig verstanden habe, Francie, arbeiteten Sie in Ihrer Zeit bei Magnus mit diesem Programm. Nun, um es kurz zu machen: Magnus Industries ist der Ansicht, daß die Programme, mit denen die Klienten CompuTels momentan bedient werden, Elemente des Magnus-Programms beinhalten.«

Francie war außer sich vor Zorn.

»Lee, ich selbst habe dieses Programm, von dem die Rede ist, entwickelt. Ich persönlich. Ich meine, *ich* ganz allein. Ich habe das gesamte europäische Projekt geleitet, das gesamte Masterprogramm ausgearbeitet. Ich stand kurz vor der Beendigung der Installation, als sie mich ... feuerten.«

Lee hörte ihr ruhig zu.

»Und was geschah danach?«

»Nun«, fuhr Francie fort, »ich gründete CompuTel, fand Sam und seinen Computer, und wir begannen mit der Erstellung von Programmen auf einem wesentlich niedrigeren Niveau für Geschäftsleute, die ihre Betriebskosten verringern wollten, und zwar durch computergesteuerte Abrechnungen, Bilanzen etc. Das ist alles.«

Lee räusperte sich. »Würden Sie als Expertin im Bereich Computertechnik sagen, daß Ihre Programme gewisse Elemente des Originalprogramms von Magnus beinhalten?«

Francie runzelte die Stirn. »Na ja, ich denke schon. Es gibt natürlich einige gemeinsame Elemente. Ich habe meine ursprüngliche Idee benutzt und für CompuTels Bedürfnisse abgewandelt.«

Lee hob eine Augenbraue.

»Sie halten kein Patent auf Ihr Originalprogramm, wenn ich recht verstanden habe?«

Francie sah ihn überrascht an. »Nun ... nein. Es ist mir nie in den Sinn gekommen ...«

»Magnus Industries ist es aber in den Sinn gekommen«, unterbrach Lee. »Sie haben das Patent für dieses System am – lassen Sie mich nachschauen – 25. August 1956 beantragt.«

Francie wurde blaß. »Die Woche, in der ich ging ...«, sagte sie leise.

»Dem Antrag auf dieses Patent wurde stattgegeben. Sie halten ein

Patent auf den gesamten logischen Aufbau dieses Programmes. Und wenn die Ihnen jetzt nachweisen können, daß Ihre Programme bei CompuTel auf dem Originalprogramm basieren, sind Sie wegen Patentverletzung dran. Sie werden Entschädigung zahlen und vielleicht von der weiteren Nutzung Ihrer Programme absehen müssen.«

Francie spürte, wie ihre Hände zitterten. Sie konnte nicht glauben, was sie hörte.

»Lee, Sie müssen mir glauben, *ich* habe den Prototyp, auf den Magnus das Patent hält, entwickelt. Sehen Sie, sie haben es mir gestohlen, als sie mich feuerten.«

»Haben Sie damals nie daran gedacht, Magnus zu verklagen oder selbst ein Patent auf den Prototyp anzumelden?« fragte Lee.

Francie schüttelte den Kopf. »Ich habe es immer als meine Arbeit betrachtet, nicht als eine Erfindung. Es kam mir nie in den Sinn, etwas patentieren zu lassen, was ich getan habe. Ich fürchte, ich hatte nicht genug Ahnung von Patenten.«

»Nun«, meinte Lee, »Magnus hatte sie. Ich vermute, Sie besitzen keine Unterlagen mehr, die beweisen könnten, daß Sie die Erfinderin waren? Vielleicht Tagesaufzeichnungen oder etwas in der Art ...?«

Francie dachte an ihre Zeit bei Magnus zurück, hier in New York und in Europa. Sie hatte beinahe ihre gesamten Unterlagen verloren, denn sie hatte sie in der Firma aufbewahrt, in der Woche, in der sie unerwartet entlassen wurde. Was die frühen Aufzeichnungen betraf, zum Beispiel das Exposé zu ihrem Computerprogramm, das sie Jack zu lesen gegeben hatte, bevor er es im Vorstand einreichte, diese Unterlagen hatte sie aus Wut über ihre Kündigung weggeworfen.

Sie konnte nur den Kopf schütteln. »Es ist nichts mehr da, Lee. Alles verlorengegangen.«

»Gibt es Leute bei Magnus, die Ihre Rolle bei der Entwicklung dieser Programme bezeugen könnten?«

Francie dachte an Jack Magnus, den Vorstand, an Roland de Leaumes und ihre anderen Kollegen bei Magnus-Frankreich.

»Alle wußten, daß es meine Idee war und in meiner Verantwortlichkeit stand. Deshalb war es mir doch so peinlich, daß es beim ersten Probelauf nicht funktionierte. Aber ob jemand von denen bereit wäre, meine Rolle zu bezeugen ... Ich weiß nicht.«

Lee wandte sich an Oliver Meinen.

»Ollie, was denken Sie über die ganze Sache?«

»In einem Fall wie diesem«, antwortete Oliver Meinen, »ist das gesamte Gewicht des Gesetzes auf seiten des Patentinhabers. Die Frage, wer eine Berechtigung auf das Patent hat, hätte vor zwei Jahren erörtert werden müssen, damals, als Magnus das Patent anmeldete. Selbst dann hätten Sie stichhaltige Beweise für Ihre Rolle bei der Erfindung erbringen müssen, und es wäre ein harter Kampf geworden, Miss Bollinger, da Sie in dem Unternehmen angestellt waren. Magnus Industries hätte Ihnen das Recht auf ein Patent bestritten, und zwar mit der Argumentation, Sie hätten Ihre Arbeit für das Unternehmen geleistet.«

»Hätte ich die Chance gehabt zu gewinnen?« fragte Francie.

Der Anwalt zuckte die Achseln. »Es ist wahrscheinlich, daß es zu einem Rechtsstreit gekommen wäre, aber Fälle wie diese laufen über Jahre. Ich weiß es nicht.«

Francie lächelte bitter. Sie dachte an die erste Zeit bei Magnus und ihre Arbeit für Ray Wilbur zurück. Schon ihre erste Erfahrung in diesem Unternehmen war die gewesen, daß jemand anders sich mit den Lorbeeren für ihre Arbeit geschmückt hatte. Der Kreis hatte sich geschlossen.

Sie wandte sich an Lee. »Was sollen wir jetzt tun? Ihnen die Patentgebühr bezahlen? Das können wir uns doch leisten, oder nicht? Es kann sich nicht um viel handeln ...«

Lee runzelte die Stirn. »Ich fürchte, das wird nicht so einfach sein. Die Anwälte von Magnus bezichtigen Sie der widerrechtlichen Nutzung des Patentes zu kommerziellen Zwecken. Und sie bestehen darauf, daß Sie unverzüglich von der Nutzung Ihrer Programme, die auf diesem Programm basieren, absehen.«

Francie traute ihren Ohren nicht.

»Sie meinen«, fragte sie und sah dabei Sam an, »daß sie versuchen, uns vom Markt zu drängen?«

Lee warf ihr einen besorgten Blick zu. »Ich fürchte, genau darauf läuft es hinaus.«

Stille. Francie sah Sam an. Sie war voller Wut und gleichzeitig voller Schuldgefühle. Schuldgefühle, weil sie Sam in etwas hineingezogen hatte, das sich – wegen ihr – nun als eine Luftblase entpuppt hatte. Wut, weil sie erkannt hatte, daß sich Böswilligkeit, nichts als unendliche Böswilligkeit hinter dem Vorgehen von Magnus verbarg.

Lee unternahm den verzweifelten Versuch einer Ermutigung.

»Wir können natürlich dagegen angehen. Es gibt klare Beweise für Ihre Rolle bei der Entwicklung des Systems. Wir können die Angestellten vorladen lassen, die damals unter Ihnen gearbeitet haben oder die zu diesem Zeitpunkt mit Ihnen in Kontakt standen. Natürlich können wir nicht wissen, wie sie aussagen werden. Und wir müssen davon ausgehen, daß Magnus Zeugen vorbringen wird, die die gesamte Geschichte anders herum erzählen werden. Letztendlich bleibt das Problem, daß Sie bei der Durchführung des Projekts Angestellte des Unternehmens waren. Das ist unsere größte Schwachstelle, denke ich. Magnus wird schon allein aufgrund dessen das Recht auf das Patent und die daraus entstehenden Gewinne beanspruchen.«

Francie sah von Sam auf die Anwälte vor ihr. Sie dachte an die unglaubliche Machtstellung von Magnus Industries.

»Wir hätten keine Chance, nicht wahr?« fragte sie Lee.

Er lächelte traurig. »Gegen diese hochdotierte Kanzlei und gegen das Recht, das auf ihrer Seite steht? Nein, Francie. Wir können nicht gewinnen. Sie sind einfach zu mächtig. Sie sind es, die die Regeln festlegen, nur um sie dann zu brechen, wann immer es ihnen paßt. Und sie kommen jedesmal damit durch. Das ist Big Business. Tut mir leid.«

Francie saß einen langen Augenblick still da, als würde sie nachdenken. Das Schweigen im Raum wurde unerträglich.

Schließlich stand sie auf und gab Oliver Meinen die Hand. »Ich danke Ihnen für Ihren Rat. Und Lee – danke, daß Sie sich um all dies kümmern.«

Sie wandte sich zum Gehen um.

»Was werden Sie jetzt tun?« fragte Lee.

Francie sah ihn mit einem traurigen Lächeln an.

»Ich weiß es nicht. Ich weiß es wirklich nicht.«

33

An diesem Abend war Francie unauffindbar.
Als sie auf seine Anrufe nicht reagierte, fuhr Sam zu ihrem Apartment. Er klingelte, doch es öffnete niemand.
Er fuhr zum Loft zurück und wartete, daß Francie sich meldete. Es gab so vieles zu besprechen. Lee Nugent plante ein offenes Gespräch mit Magnus Industries, um zu einer Einigung zu kommen. Jemand mußte über das weitere Vorgehen gegenüber CompuTels Kunden entscheiden. Es blieb die Frage des Konkurses.
Es gab wirklich eine Menge zu tun.
Sam machte sich Sorgen um Francie. Er hatte bemerkt, wie sich ihre Miene in Lees Kanzlei verdunkelt hatte, es war das erste Mal, daß er sie so gesehen hatte. Es war ein Ausdruck von Wut und etwas, das noch darüber hinausging.
Er mußte sie finden. Zum erstenmal, seit sie sich kennengelernt hatten, machte Sam sich ernsthafte Sorgen um sie.

Francie verbrachte die Nacht in einem Hotel in der Innenstadt. Sie hatte sich einfach ein Zimmer genommen. Kein Gepäck, nicht einmal eine Zahnbürste. Sie blieb die ganze Nacht wach, saß einfach nur da.
In den ersten Stunden versuchte sie ihre Fassungslosigkeit angesichts der Geschehnisse zu überwinden. Noch nie in ihrem Leben war sie mit einer derartigen Macht und Bösartigkeit konfrontiert gewesen, wie der Magnus-Konzern sie bewiesen hatte, indem man ihr unrechtmäßige Nutzung eines Programmes vorwarf und sie damit aus dem Geschäft katapultierte, wo dieses Programm ganz allein ihre Erfindung war, die man ihr gestohlen hatte.
Zunächst konnte Francie nichts weiter als Entsetzen fühlen. Entsetzen darüber, daß das Magnus-Monster aus dem Nichts auftauchte und ihre Existenz bedrohte, die sie sich mühsam aufgebaut hatte. Die Qual ihrer Hilflosigkeit angesichts dieser Ungerechtigkeit machte sie für alles andere blind.
Dann überkam sie ein eigentümliches Gefühl der Befriedigung. Magnus Industries, in seiner ganzen Macht und Unantastbarkeit, war scheinbar nicht in der Lage, eigene Wege zu gehen und Fran-

cie zu vergessen. Goliath mit seiner ganzen Macht war nicht fähig, David zu vergessen. Und so war er zurückgekehrt, um sie zu verfolgen, so als habe er kein Vertrauen in seine eigene große Macht. Dieser Gedanke faszinierte Francie, und sie kam auf ganz neue Ideen.

Sie begann über ihre Vergangenheit nachzudenken. Sie dachte an Magnus Industries, an Raymond Wilbur, Roland de Leaumes, an Jack Magnus und seinen Vater. Plötzlich sah sie alles ganz klar. Sie erkannte, daß die Wut, die sie verspürte, seit sie den Brief gesehen hatte, nutzlos und eine Schwäche ihrerseits war.

Wut war jetzt fehl am Platze.

Etwas anderes war gefragt.

Am nächsten Morgen fuhr Francie, ohne ein Auge zugetan zu haben, in ihr Apartment, duschte, zog sich um, schminkte sich und nahm dann ein Taxi zum Hauptsitz von Magnus Industries auf der Sixth Avenue.

Erst als sie die Lobby betrat, wurde ihr bewußt, daß sie gar nicht am Sicherheitsposten vorbeikommen würde.

Sie blieb stehen, starrte auf das Direktoriumsschild:

Magnus, Anton 6511
Magnus, Jack 6134

Gegen ihre Müdigkeit ankämpfend fragte sie sich, was sie eigentlich hier gewollt hatte, aber als sie die beiden Namen sah, wußte sie es plötzlich wieder. Die letzte Nacht, in der ihr tausend Gedanken durch den Kopf gegangen waren, hatte zu einer entscheidenden Frage geführt. Es war an der Zeit, die Antwort auf diese Frage herauszufinden.

Sie ging zu einem der öffentlichen Telefone in der Lobby und wählte die Nummer von Magnus Industries an.

»Magnus Industries, kann ich Ihnen helfen?« ertönte die Stimme der Telefonistin.

Erst jetzt entschied sich Francie, welchen der beiden Bosse von Magnus sie sprechen wollte.

»Verbinden Sie mich bitte mit Anton Magnus' Büro«, sagte sie.

»Einen Moment bitte.«
Lange Zeit nichts, dann meldete sich eine andere Stimme.
»Büro Mister Magnus, Miss Ober am Apparat – kann ich Ihnen helfen?«
»Ja, Kanzlei Coster hier. Das Büro von Graham Coster von Coster, Coster & Whitehead. Wir sind in Sachen CompuTel für Mr. Magnus tätig. Ich habe ein dringendes Gespräch von Mister Coster für Mister Magnus anzumelden.«
»Einen Moment bitte.«
Wieder eine Pause.
Eine dritte unbekannte Stimme erklang.
»Büro Mister Magnus. Wen darf ich melden?«
Francie lächelte. Sicher, ein Anrufer von draußen mußte erst mehrere Hindernisse passieren, bevor er zu Anton Magnus' Chefsekretärin vordrang.
Francie wiederholte ihr erfundenes Anliegen.
»Mister Coster sagte, er würde nur eine Sekunde brauchen. Es geht um das letzte Telefonat.«
»Einen Augenblick bitte, Mister Magnus spricht auf der anderen Leitung, aber ich denke, ich kann Sie gleich durchstellen.«
Francie kreuzte die Finger und hoffte, die Sekretärin würde sie nicht mit der Versicherung eines Rückrufes bei der Kanzlei abspeisen.
Doch sie hatte Glück.
Nach einer weiteren Verzögerung meldete sich eine vertraute, tiefe Stimme.
»Graham, was gibt's?« fragte Anton Magnus.
Francie schwieg. Sie lauschte der Stille, die folgte.
»Hallo, Graham, sind Sie dran?«
Francie antwortete nicht. Sie lauschte aufmerksam der Stimme.
Die Pause, die jetzt folgte, war länger. Anton Magnus mußte ungeduldig werden. Francie fragte sich, ob er ihr Atmen hören konnte.
Seltsamerweise hängte er nicht ein. Er wartete.
Vielleicht hatte er eine Ahnung, wer am anderen Ende der Leitung war.
»Mister Magnus«, sagte Francie langsam.

»Ja ... wer spricht denn da? Hallo? Wer ...« Die Stimme verklang. Jetzt war die Stille auf beiden Seiten bedeutungsvoll geladen. Francie konnte spüren, wie Anton Magnus sich fragte, wer der Anrufer war. Sie folgte dem Kurs seiner Gedanken. Seine Sekretärin hatte ihm doch Coster angekündigt ... wegen der Sache mit CompuTel ... irgendwie kam ihm die Stimme, die seinen Namen genannt hatte, bekannt vor ...

Die Stille wurde drückender. Francie spürte förmlich die Anspannung am anderen Ende der Leitung. Wäre sich Anton Magnus seiner selbst und seiner Welt völlig sicher gewesen, hätte er schon längst eingehängt. Sie wußte, daß sie ihn – erstaunlicherweise – in die Defensive gedrängt hatte. Er war neugierig, interessiert und besorgt, wer der Anrufer war.

Sie konnte seine menschliche Verwundbarkeit in seinem Schweigen spüren, die wie ein Raubvogel aus seiner Festung der Macht schnellte.

Er sagte nicht mehr »Hallo«. Jetzt verband sie nur mehr die Stille. Ganz langsam hängte Francie ein.

Sie schaute aus der Telefonbox auf die Besucher in der Lobby. Genau in diesem Moment würde Anton Magnus seine Sekretärin über den Anruf befragen und sie auffordern, bei Coster anzurufen und sich zu erkundigen, was das zu bedeuten hatte. In ein paar Minuten würde ihm seine Sekretärin sagen, daß es nicht Mister Coster gewesen war, der angerufen hatte.

Damit würde Anton Magnus die Bestätigung auf die Vermutung erhalten, die ihm durch den Kopf gegangen war.

Also war seine Festung doch nicht so uneinnehmbar, wie er gedacht hatte. Tief hinter den Wällen verschanzt saß ein menschliches Wesen, ein Mensch mit Instinkten, Nerven und vielleicht auch Ängsten wie alle anderen Menschen auch. Der Minotaurus im Herzen des Labyrinths war auch nur ein Mann.

Was Francie betraf, sie hatte die Antwort, nach der sie gesucht hatte, gefunden, als sie die Lobby betrat und die beiden Namen auf der Tafel las. Anton und Jack. Vater und Sohn.

Nichts ist so, wie es scheint. Die Worte von Jack Magnus stiegen schmerzlich aus ihrer Erinnerung auf. Jetzt hatten sie eine völlig neue Bedeutung erhalten. Und Francie dachte daran, daß die

Wahrheit von gestern durch den Fluß der Zeit zu einer gänzlich neuen und unerwarteten Wahrheit von morgen werden kann.
»Man kann sie nicht besiegen«, hatte Lee Nugent gesagt. »Sie sind einfach zu mächtig.«
Seine Worte klangen unbestreitbar wahr. Und doch hatte Francie letzte Nacht etwas erkannt, was Lee Nugent nicht sehen konnte, und diese Erkenntnis war ihr soeben am Telefon bestätigt worden. Irgendwie fühlte sie sich nicht länger hilflos.

Sie fuhr nicht nach Hause. Statt dessen nahm sie die U-Bahn zu Sams Loft. Sie schloß auf, setzte sich und ließ den Nachmittag langsam verstreichen.
Ein paarmal klingelte das Telefon. Sie nahm den Hörer nicht ab.
Um halb sechs kam Sam. Er hatte den ganzen Tag im CompuTel-Büro verbracht und unruhig auf einen Anruf von ihr gewartet. Ohne ein Wort stürmte er auf Francie zu und umarmte sie.
»Francie.« Er küßte sie auf die Wange. »Ich habe mir solche Sorgen gemacht ...«
Sie sagte nichts. Doch sie umschlang seine Hüften und drückte ihn fest an sich. Dann streichelte sie seine Wange und lächelte ihn leise an.
»Hast nachgedacht, stimmt's?« fragte Sam.
Sie nickte vieldeutig. Der Ausdruck in ihren Augen war beunruhigend, fern und doch so schön.
Lange blieben sie so zusammen, hielten sich, schweigend. Es dämmerte. Langsam wich der Schmerz, den Francie in ihrem Körper spürte, einer Wärme, die Sams Nähe ihr gab. Er konnte ihre Gedanken in diesem ungewöhnlichen Moment nicht erahnen, doch seine Zuneigung war ihr in diesem Moment wichtiger als sein Verständnis. Plötzlich wurde ihr bewußt, daß Sams Existenz der wichtigste Faktor in ihrem Leben war.
Er hielt sie immer noch eng umschlungen, als die Schatten länger wurden. Als es dunkel war, hielt er Francie auf Armeslänge von sich und schaute sie an.
»Ich bin ein sehr glücklicher Mann«, sagte er. »Wer war das Genie, das unsere Wege zusammengeführt hat?«
Francie antwortete nicht, doch ihr Lächeln verriet ihm ihre Gefühle.

»Ich habe eine Idee«, sagte Sam. »Laß uns in das Selbstbedienungsrestaurant auf der Dreiunddreißigsten essen gehen. Auf die alten Zeiten ...«

Francie nickte. »Mit dir gehe ich überall hin ...«

Er umarmte sie und nickte in Richtung 9292, der mittlerweile auf die Größe eines Cola-Automaten geschrumpft war und dessen Innenleben aus Hunderten von Drähten bestand.

»Na ja«, meinte Sam, »vielleicht sehen wir momentan so abgerissen und ulkig wie der da aus, aber wir sind immer noch top auf unserem Gebiet. Ich habe das Gefühl, daß das, was gestern geschehen ist, noch nicht das Ende von Francie Bollinger bedeutet hat ...«

Francie schaute zum Computer, der von Anfang an zu ihrem Schicksal dazugehört hatte. Sie verstand, was Sam meinte. Der 9292 machte äußerlich nicht viel her, aber seine Kapazität war in dem Maße gestiegen, wie seine Größe abgenommen hatte.

Francie fühlte sich wie 9292. Sie war kleiner als früher und reicher an schlimmen Erfahrungen, aber sie wußte, was sie konnte. Und sie konnte wesentlich klarer denken als früher.

Mit dieser Erkenntnis betrachtete sie 9292 genauer. Er war wirklich viel kleiner, als sie ihn in Erinnerung hatte. In den letzten Wochen war sie so beschäftigt gewesen, daß ihr Sams Fortschritte völlig entgangen waren.

»Bald wird er nicht viel größer als ein Kühlschrank sein«, sagte sie.

»Vielleicht noch kleiner«, antwortete Sam. »Es gibt kein Limit, glaub mir.«

Francie setzte sich ruckartig auf. Sie sah vom Computer zu Sam.

»Was meinst du, wie lange du brauchst, bis 9292 so klein wird?«

Sam sah sie überrascht an.

»Ich weiß nicht, vielleicht bald schon. Ein Jahr, vielleicht weniger. Warum fragst du?«

»Wird es sehr teuer sein, ihn weiterzuentwickeln?«

Sam hob eine Augenbraue.

»Das kann ich nicht genau sagen. Weißt du, ich mache ja alles selbst, die Schalttafeln, das Schweißen ... was soll diese Frage?«

Francie tätschelte seine Wange. »Wir wär's jetzt mit unserem Essen? Wir beiden haben etwas zu besprechen ...«

»Okay, laß uns gehen.«
Er nahm sie bei der Hand und geleitete sie zur Tür. Als er ihr in den Mantel half, spürte er, wie energiegeladen ihr Körper war. Nichts konnte sie aufhalten. Er hatte etwas Ähnliches in ihrer Unterhaltung erahnt, doch jetzt war er sicher.
Sam wurde sich langsam bewußt, daß er in einen Zug zu den Sternen gestiegen war, als sich sein Schicksal mit Francies verbunden hatte.

34

12. Juni 1958
Scott Monteagle hielt Julie in seinen Armen.
Sie saßen auf der Rückbank einer Kutsche und fuhren durch den Central Park. Eine warme, wollene Decke lag über ihren Beinen. Der Abend war frostig; sie kuschelten sich eng aneinander.
Julie hatte die Augen seelig geschlossen. Sie fühlte sich warm und sicher in Scotts Armen. Seine Wange ruhte an ihrer Stirn. Wie ein Schulmädchen bei ihrem ersten Rendezvous fühlte sich Julie.
Acht Monate waren seit ihrem ersten Wiedersehen in New York vergangen. Scott hatte die Kosten für diesen Besuch aus eigener Tasche nicht aufbringen können, doch es war ihm gelungen, seine Londoner Kanzlei zu überzeugen, ihn auf eine erneute Geschäftsreise nach Übersee zu schicken. In der Zwischenzeit hatte er Julie wöchentlich geschrieben.
Seine Briefe schilderten ausführlich jeden Aspekt seines Alltags. Durch sie hatte Julie viel über seine Gedanken und seine Persönlichkeit erfahren. Doch darüber hinaus hatten sie ihr bewiesen, wieviel ihm an ihr lag und wie schwer es ihm fiel, von ihr getrennt zu sein.
Mehr und mehr hatte sich der Zauber vertieft, den Julie bei ihrem ersten Wiedersehen letzten Herbst verspürt hatte. Und nun, da Scott wieder da war, merkte sie, daß er sich einen Platz in ihrem Herzen erobert hatte, den es, bis Scott in ihr Leben getreten war, nicht gegeben hatte.
Selbst jetzt, als sich seine physische Anwesenheit zu dem Bild füg-

te, das sie sich in den letzten sechs Monaten von ihm machen konnte, und die Persönlichkeit, die in seinen Briefen durchschien, verwunderte es Julie, welche Gefühle er in ihr wachrief.
Ihr ganzes Leben hatte sie sich innerlich wie tot gefühlt und sich damit abgefunden, wie der Geist eines menschlichen Wesens auf Erden zu wandeln. Doch Scott Monteagles Glauben an sie war so tief und unerschütterlich, daß es ihm gelang, Julie wieder zum Leben zu erwecken. Es war ein Kunststück, das sie mit ihrem Verstand nicht mehr nachvollziehen konnte; ihr kam es vor, als habe ein mit Zauberkräften ausgestatteter Arzt das dicke Narbengewebe über ihren Wunden entfernt und sie gereinigt, damit sie endlich wirklich heilen konnten.
Und doch fürchtete Julie die Verwundbarkeit ihres jetzt ungeschützten Fleisches.
Aber sie spürte, daß Scott ihre Angst ahnte und sich dennoch nicht von seiner Bahn abbringen ließ.
Scott schien eine Julie gekannt zu haben, der sie sich selbst nicht mehr bewußt war, ein natürliches, unschuldiges junges Mädchen, das sich in der Julie verbarg, die Anton Magnus und die Welt aus ihr gemacht hatten. Eine Julie, die sie schon lange aufgegeben hatte. Aber Scott glaubte an diese Julie, und mehr noch – er konnte Kontakt zu ihr aufnehmen, sie auf seine sanfte Art erreichen.
Obwohl es beängstigend war, wie seine Zuneigung den Kampf gegen derart widrige Umstände aufnahm, so war es doch auch aufregend für Julie und weckte eigentümliche Gefühle in ihr, die dem verbotensten aller ähnelten – Hoffnung.
Die Kutsche bog in die Einfahrt zu 59th Street ein. Scott preßte Julie enger an sich, und sie spürte seine weichen Lippen an ihrer Braue.
Sie kuschelte sich wie ein kleines Mädchen an ihn.
»Du fühlst dich gut an«, sagte sie.
»Du auch.« Sein Flüstern besänftigte sie wie eine exotische Droge.
In den letzten Wochen war sie Scotts Körper näher und näher gekommen, denn seine regelmäßigen Briefe hatten seine bloße physische Erscheinung, die sie von vor sechs Monaten in Erinnerung hatte, ergänzt. Sie ging das Wagnis ein, sich in seiner Wärme wohl zu fühlen und ihn mit einem mädchenhaften Verlangen zu begeh-

ren, das sie an die erwachsenen Gefühle eines normalen Mädchens erinnerte, an eine saubere, träumerische Sehnsucht, die sie bis jetzt nie verspürt hatte.
Ihre Umarmung mußte eine Saite in ihren Körpern angeschlagen haben, denn plötzlich trafen sich ihre Lippen zu einem Kuß, der Julie erschaudern ließ. Scott drückte sie noch fester an sich, sie konnte spüren, wie sie mit ihrem eigenen Verlangen seines entflammt hatte.
Trotz all der neuen und wundervollen Gefühle, die er in den vergangenen Wochen in ihr erweckt hatte, schreckte sie vor dem Aufschwall seines Begehrens zurück. Nicht, daß sie es absichtlich tat. Ihre Bewegung kam reflexartig, wie die Verspannung eines Klaustrophobikers, der einen Fahrstuhl betrat. Es geschah zu schnell, als daß sie es verhindern konnte.
Scott spürte es und entließ sie aus seiner Umarmung. Julie schämte sich über das falsche Signal ihres Körpers, das ihn zu dieser Reaktion veranlaßt hatte, und kuschelte sich schnell an ihn, als wolle sie mit ihrem Körper die Ambivalenz ihres gemarterten Herzens erklären. Ihr Benehmen erschien ihr gleichzeitig lächerlich und tragisch. Sie sah sich selbst als eine gemeine Lügnerin und als völlig unattraktive Frau.
Aber Scott schien nicht beunruhigt. Er hielt sie weiter im Arm, behutsam, und sie spürte, wie sich die verbotene Hitze in der Sanftheit seiner Zuneigung zu ihr entspannte.
Sie fühlte sich wieder sicher in seiner Umarmung. Mit einer einzigen, zärtlichen Geste hatte er ihr gezeigt, daß er ihr Unbehagen erkannt und akzeptiert hatte und ihr viel Spielraum gab.
Julie war ihm für sein Verständnis so dankbar, daß sie sich beinah ihre eigene Unwürdigkeit verzieh.
»Samstag ist mein letzter Tag«, sagte Scott.
Julie nickte.
»Ich möchte nicht fort.« Er klang sehr jung, als er dies sagte.
Julie sah ihm in die Augen. Wie schön er war! Jetzt, da sie sein Gesicht betrachten konnte, seine schönen Augen, die maskulinen Züge, wurde ihr bewußt, daß sie seit ihrer Kindheit nie wirklich aufgehört hatte, von ihm zu träumen, obwohl er erst ein kleiner Junge gewesen war, als sie ihren ersten Nachmittag zusammen verbracht hatten.

Jetzt schien sein Gesicht, das Gesicht eines Erwachsenen, ihre Träume zu vervollständigen und sie zum Leben zu erwecken. Die grausamen Jahre, die sie ohne ihn verbracht hatte, schienen ausgelöscht. Scott war realer als alle, die sie je gekannt hatte. Und er hatte die Pforte zu einem Teil ihres Selbst aufgestoßen, der ihr unbekannt war, weil er scheinbar nur für ihn existierte.
Wenn sie Scott einen Gedanken, ein Gefühl, eine Erinnerung mitteilte, unterschied es sich bereits in dem Augenblick, wenn sie es aussprach, von dem Moment davor. Durch ihn, seinen Respekt und seine Aufmerksamkeit für sie, wurden ihre Gefühle natürlicher, menschlicher. Sie war jedesmal, wenn sie sich mit ihm unterhielt, von sich selbst überrascht, denn sie äußerte ihm gegenüber Dinge, derer sie sich selber für unfähig gehalten hatte. Sie sprudelten aus ihr heraus, frisch, funkelnd und faszinierend, so als sei sie ein völlig anderer Mensch.
Ein guter Mensch ...
Und doch lugte der Ozean ihrer Schande hinter diesen zögerlichen Öffnungsversuchen hervor und drohte, sie jeden Moment zu verschlingen. Und sie wäre auf diesem schmalen Grat unweigerlich aus der Balance geraten, wäre Scott nicht dagewesen, der ihr Dilemma zu ahnen schien und es besänftigte, wenn es aus der Tiefe aufsteigen und sie angreifen wollte.
Mit ihm zusammenzusein, war wie ein schöner Traum – oder besser gesagt: wie eine strahlende Realität, die ihr bisheriges Dasein wie einen bösen Traum erscheinen ließ.
Welche dieser zwei Welten war real? War Scott Monteagle zu gut, um wahr zu sein? Die Scham und Furcht ließen Julie zweifeln, doch der Blick in seinen Augen, die Berührung seiner Hände gaben ihr den Mut, an dieses kostbare Abenteuer zu glauben, das sich just in dem Moment eröffnet hatte, als sie dachte, es sei zu spät für sie, jemals irgend etwas zu fühlen.
Die Kutsche näherte sich dem Ende des Parks und damit dem Ende ihres gemeinsamen Abends.
»Was soll ich nur ohne dich anfangen?« fragte Scott.
»Na ja«, antwortete Julie lächelnd, »du wirst zurück an deine Arbeit gehen, weiter an der Vitrine für deine Mutter und dem Laufstall für Lucies Baby basteln, ins Kino gehen und

deinen Shakespeare, deinen Thoureau und Dr. Johnson weiterlesen ...«

»Mein Gott, du weißt ja mehr über meinen langweiligen Alltag als ich. Ich schäme mich, daß ich dich damit so gelangweilthabe ...«

Sie lachte. »Im Gegenteil. Das ist das Beste, was ich seit zwanzig Jahren gehört habe.«

Er sah ihr in die Augen.

»Und was wirst du tun, wenn ich fort bin?«

Julie wurde ernst.

»Wenn du fort bist«, sagte sie, »werde ich auf meine Uhr schauen, fünf Stunden dazurechnen und daran denken, wo du gerade bist und was du wohl tust. Wenn ich morgens aufwache, werde ich daran denken, daß du gerade zu Mittag ißt und danach mit deinen Klienten sprichst. Wenn ich in der Uni bin« – Julie hatte sich entschlossen, wieder aufs College, die NYU, zu gehen und ihren Abschluß zu machen –, »werde ich daran denken, daß du bald Feierabend hast. Wenn ich zum Essen gehe, werde ich so tun, als wärst du bei mir. Und an den Wochenenden werde ich davon träumen, mit dir in deinem kleinen Landhaus zu sein.«

Sie war zu sehr vertieft in das, was sie ihm sagte, um an die sexuellen und anderen Exzesse zu denken, in die sie sich wahrscheinlich nach seiner Abreise stürzen würde. Sie war durch seine Nähe so verzaubert, daß sie ganz vergaß, sich für ihr Leben zu schämen. Sie dachte nur noch an ihn.

Er umklammerte ihr Handgelenk. »Sprich nicht weiter«, fiel ihr Scott von Gefühlen übermannt ins Wort. »Es tut zu weh ...«

Sie schaute ihm lange und fest in die Augen. Was sie sah, brachte das kälteste Eis in ihr zum Schmelzen. Ihre Lippen berührten seine. Der Kuß war zunächst sanft und verhalten, dann zärtlicher. Sie spürte sein Verlangen und wie er es um ihretwillen unterdrückte. Sie nahm sein Gesicht in beide Hände und löste sich dann von ihm.

»Scotty.«

Sie versuchte, den Fluß der Worte zu stoppen – vergeblich. Er bedeutete ihr zuviel, als daß sie verschweigen konnte, was ihr durch den Kopf ging.

»Wir haben über so vieles gesprochen«, sagte sie, »aber nie über

mich. Nie. Das ist nicht fair dir gegenüber. Du weißt nichts über mich.«
Er schaute sie sichtlich überrascht an.
»Gibt es irgend etwas, daß ich über dich nicht wüßte, um dich glücklich zu machen?«
Julies Augen weiteten sich. Seine Worte hatten etwas unleugbar Wahres. Ihr fiel keine Antwort darauf ein.
Scott mißdeutete vielleicht ihr Schweigen und lächelte.
»Ich weiß alles, was ich über dich wissen muß. Wenn du das begreifst, wirst du auch begreifen, daß uns nichts in der Welt trennen kann.«
Julie sah ihm in die Augen. Zum erstenmal wurde sie sich der Stärke in ihm bewußt. Doch sie konnte ihn nicht im unklaren lassen.
»Ich bin nicht das Mädchen, für das du mich hältst.«
»Ich halte dich für gar nichts. Du bist du«, unterbrach er sie. »Du bist meine Julie. Ich habe mein ganzes Leben auf dich gewartet, und jetzt bist du da. In Fleisch und Blut, nahe genug, daß ich dich berühren kann. Nahe genug, um dich zu lieben. Was gibt es mehr dazu zu sagen?«
Ein Schauer überlief Julie bei seinen Worten. Ihre Antwort war ein Kuß. Es war nicht einfach, auf dieser Klippe zu stehen, zu spüren, wie er sie stur ins Leben zurückdrängte, in ein Leben, von dem sie gedacht hatte, daß der einzige Zufluchtsort der Tod sei.
Er langte in seine Brusttasche und zog einen kleinen Umschlag heraus.
»Hätte ich beinah vergessen«, sagte er. »Ich hab' hier eine kleine Überraschung.«
Er gab ihr den Umschlag. Sie konnte erkennen, daß er sehr alt war. Es war ein Brief, der offensichtlich vor langer Zeit geschrieben und abgeschickt worden war. Nach der weichen Konsistenz des Papiers zu urteilen, mußte ihn jemand in seiner Tasche mit sich herumgetragen haben.
In dem Moment, als sie das Papier bereits herausgezogen hatte, spürte sie, wie ein Schauer ihren Rücken überzog, denn sie ahnte, wer diesen Brief geschrieben hatte.
Sie begann die kindliche Handschrift zu lesen.

Lieber Scotty,
dein Brief ist am Samstag angekommen, gerade als wir nach East Hampton wollten, um mit Tantchen zum Reiten zu gehen. Das ist nicht nett von Dir, daß Du so lange gebraucht hast, um mir zu antworten, aber ich vergeb' Dir, weil Dein Brief so toll ist.
Mommy hat gesagt, ich soll den ganzen Nachmittag auf meinem Zimmer bleiben und meine Schulsachen aufräumen. Ich hasse die Schule, weil die anderen Mädchen gemein und die Jungs doof sind. Du mußt mir schreiben, ob Du die Schule auch haßt. Wenn ja, werden wir zusammen weglaufen und nach Kanada oder Australien fahren. Und nie wieder zur Schule gehen.
Kommst Du nie wieder nach Amerika? Bitte sag Deiner Mommy, daß sie Dich bald wieder herbringt, damit wir Schach oder Schwarzer Peter spielen können, so wie bei Deinen Cousins.
Heute geht Gretchen mit Mommy ein Kleid für den Debütantinnenball kaufen. Ich bin dann ganz allein, wenn ich meine Schulsachen aufräumen muß bis Jack wiederkommt. Dann wird Daddy kommen, und wir werden zu Abend essen. Ich hoffe, daß Nanny mich nicht zwingt, heute abend Pfirsiche zu essen. Ich hasse Pfirsiche. Magst Du Pfirsiche, Scotty?

Die kindliche Handschrift verschwamm vor Julies Augen. Sie spürte, wie ihre Tränen das alte Papier, das ihre Initialen und ein ungelenkes Portrait von ihr trug, durchtränkten.
Sie schluchzte, als sie den Brief an die Brust drückte. Plötzlich war ihr ganzes Leben wie ein dunkler Tunnel, in dem das unschuldige kleine Mädchen von damals solange verschollen war.
Und jetzt hatte Scott dieses kleine Mädchen wiedergefunden.
»Habe ich dich traurig gemacht?« fragte er besorgt. »Das tut mir leid, Julie. Ich dachte, du würdest dich darüber amüsieren, nach all den Jahren. Bitte verzeih mir.«
»Es ist nicht deine Schuld.« Sie schüttelte frustriert den Kopf, unfähig auszudrücken, was der Brief in ihr ausgelöst hatte. Sie schien wirklich erschüttert, als sie ihn Scott zurückgab.
»Komisch«, sagte er. »Ich habe diesen Brief bestimmt tausendmal und mehr gelesen. Ich hätte nie damit gerechnet, daß einmal deine Tränen darauf fallen würden. Die Tränen der wunderschönen jun-

gen Frau, die aus dem kleinen Mädchen geworden ist. Die Zeit spielt einem sonderbare Streiche.«

Schluchzend zog Julie Scott an sich. Plötzlich erschien er ihr als ihre einzige Chance.

»O Scotty, bitte, bitte geh nicht fort ...«

Er tätschelte sie sanft, murmelte ihr beruhigend zu.

»Hab keine Angst«, sagte er. »Ich muß fort, aber diesmal wird es anders sein. Wenn zwanzig Jahre uns nicht trennen konnten, dann wird es der Atlantische Ozean auch nicht schaffen. Jedenfalls nicht für lange.«

Sie nickte und schlang die Arme um seinen Hals.

»Versprich mir, daß du mich nach Weihnachten besuchen kommst«, sagte Scott. »Schwöre es.«

»Ich verspreche es.«

Er drückte sie fest an sich. »Ich werde dich schrecklich vermissen ...«

Julie nickte. Ihr fehlten die Worte.

Es wurde Zeit, nach Hause zu fahren. Sie stiegen aus der Kutsche, und Scott fuhr Julie in die Park Avenue. Alles war ruhig. Lediglich der Flügel, den Mutter und Vater bewohnten, war erleuchtet. Der Teil des Hauses, in dem Julie lebte, lag im Dunkeln.

Sie spürte, wie sie sich beim Anblick des Hauses verspannte.

Auch Scott spürte es, und er umarmte sie fest. »Wirst du am Samstag nach Idlewild kommen?« fragte er. »Ich möchte, daß dein Gesicht das letzte ist, was ich sehe, bevor ich ins Flugzeug steige und Amerika verlasse.«

»Ja, ich werde da sein.«

Er brachte sie zur Tür und küßte dann Julie. Ihr zierlicher Körper fühlte sich warm und weich an, und er spürte, wie sie sich ihm öffnete, schon ein wenig mehr als zuvor, so, wie es an jedem Abend seiner Besuche gewesen war. Mit jedem Tag hatte er das Gefühl gehabt, sie ein wenig besser zu kennen und ein wenig mehr zu begehren.

Doch heute abend war es nicht nur die Niedergeschlagenheit wegen des bevorstehenden Abschieds oder Ergriffenheit über den Brief, die Julie beim Betreten des Hauses verspürte – es war Angst, das spürte Scott nur allzu deutlich.

»Dann gute Nacht«, flüsterte er. »Bis morgen.«
Er wartete, bis sie im Haus verschwunden war. Ihre Bewegungen hatten etwas Heimliches, als würde sie ein Schloß betreten, in dem ein Menschenfresser darauf lauerte, sie zu verschlingen, wenn sie nicht leise wie eine Maus war. In diesem kurzen Augenblick hatte sie keinerlei Ähnlichkeit mit der Julie, die er kannte; wie eine Fremde wirkte sie, die in eine unbegreifliche Existenz hinüberwechselte.
Er ging zurück zum Wagen, verharrte und betrachtete das dunkle Haus. Es wirkte geduckt, massiv und bedrohlich im Mondschein.
Scott spürte den tränengetränkten Brief in seiner Brusttasche.
Was haben sie dir nur angetan? fragte er sich stumm. *Was in aller Welt haben sie dir nur angetan?*

35

Julie und Scott Monteagle standen Hand in Hand am Abflugsteig des Idlewild-Flughafens.
Sie waren beide traurig und gleichzeitig aufgeregt. Obwohl sie sich jetzt trennen mußten, wußten sie doch, daß es nicht für lange sein würde. Die letzten Wochen hatten ihre Freundschaft mit einer neuen Intimität erfüllt, die sie mit großen Erwartungen auf die Zukunft blicken ließ.
Julie standen Tränen in den Augen, als sie den jungen Mann anschaute, der für sie in so kurzer Zeit so wichtig geworden war.
Scott schaute auf sie herunter, und in seinem Blick lagen Bewunderung und Zärtlichkeit.
»Wie schön du bist«, sagte er. »Muß ich wirklich Abschied nehmen und dieses Gesicht nur noch in meinen Träumen sehen dürfen?«
Sie lehnte sich an ihn, vergrub ihr Gesicht an seiner Brust. Sie hielten sich bei den Händen.
»Ich wünschte, du würdest bleiben«, sagte Julie mit der Stimme eines kleinen Mädchens, die sie noch nie zuvor an sich vernommen hatte.
»Sag das nicht.« Ihr Haar streichelte seine Wange. »Mach mich nicht schwächer, als ich mich schon fühle. Es kommt noch soweit, daß ich wirklich hierbleibe. Dann werde ich meinen Job verlieren, und wir sitzen ganz schön in der Klemme.«

Sie schmunzelte über seinen Humor. Doch der Trennungsschmerz ließ sie erblassen.
»Ich möchte nicht ohne dich sein«, sagte sie. »Es ist nicht richtig. Ich will da sein, wo du bist.«
»Aber du kommst doch nach Weihnachten.« Er hatte nicht wirklich begriffen, was sie meinte, die Tiefe ihrer Krise nicht erkannt. Doch seine Worte hatten ihre Wirkung nicht verfehlt. Sie fühlte sich ruhiger.
»Ja. Wir werden uns nach Weihnachten wiedersehen.«
Sein Flug wurde ausgerufen. Scott sah ihr in die Augen. Sein Blick wurde ernst.
»Hab keine Angst«, sagte er. »Alles ist möglich. Waren die letzten Wochen nicht Beweis genug?«
Julie nickte.
Er drückte sie fest. »Vor sechs Wochen war ich noch ein ganz gewöhnlicher Mann mit einem gewöhnlichen Leben, ohne etwas, auf das ich hoffen konnte, außer auf ein arbeitsreiches Dasein und eine gewöhnliche Frau. Und – sieh mich an. Ich fühle mich wie ein Yankee aus Connecticut an König Arthurs Hof. Du hast mich in einen Prinzen verwandelt ...«
Du warst bereits ein Prinz, dachte Julie im stillen. Tränen rannen ihr über die Wangen.
»Ich hoffe, der Tag kommt, an dem ich diese Tränen trockne, anstatt sie zu verursachen«, sagte Scott.
»O Scotty ...« Sie umarmte ihn mit aller Kraft. Sie konnte ihm nicht vermitteln, wie wunderbar sich diese Tränen anfühlten und wie köstlich der Schmerz der Trennung war, jetzt, da sie wußte, daß sie ihn wiedersehen und er auf sie warten würde.
Sie küßten sich. Es war ein langer, leidenschaftlicher Kuß, inniger als je zuvor. Eine köstliche Wärme durchflutete ihren Körper, eine Wärme, die ihren Schmerz in Lust verwandelte, eine Wärme, die ihr Sicherheit gab, bevor sie sie erregte.
Schließlich, widerstrebend, ließ Scott sie los.
»Ich werde dir jeden Tag schreiben«, versprach er.
»Und ich werde auf den Postboten warten.« Sie lächelte. »Ich habe das noch nie getan – bis ich dich traf.«
»Sei glücklich«, sagte Scott und rückte von ihr ab.

Dank dir werde ich das sein, dachte Julie. Sie winkte ihm unter Tränen nach.

Sie winkte noch immer, als er schon im Flugsteig verschwunden war. Ihre Gedanken waren derart auf den Abschied von Scott Monteagle fixiert, daß sie nicht auf die Idee kam, sich umzusehen. Hätte sie es getan, hätte sie Johnny Marrante entdeckt, der sie im Schutz einer Säule aus dunklen Augen beobachtete.

36

11. August 1958

Der Sommer in New York hatte seinen Höhepunkt erreicht.

Francie, Dana, Sam und eine Handvoll anderer Leute, die Francies Einladung gefolgt waren, hatten sich an diesem schwülen Abend in Sams Loft eingefunden.

Unter ihnen waren auch Barbara Bettinger, Danas erste Assistentin vor CompuTels Unglück, und Joel Gregg, Verkaufsleiter von CompuTel. Joel war ein erfahrener Manager, der alles wußte, was es über Finanzierung und Verkaufsleitung eines jungen Unternehmens zu wissen gab.

Francie hatte sich gegen den naheliegenden Konkurs der Firma entschieden. Sie hatte Lee Nugent den Auftrag erteilt, gegen die Klage von Magnus Industries anzugehen und in einer Show den Kampf gegen den Giganten aufzunehmen. Das hieß: er sollte jede nur mögliche Strategie anwenden, die eine Verzögerung des Rechtsstreits bedeuten konnte. Momentan befand sich CompuTel in einem Zwischenstadium, die Geschäftsbeziehungen zu den enttäuschten Kunden wurden langsam gelöst. Francie hatte beschlossen, den Namen CompuTel aus bestimmten Gründen beizubehalten, Gründen, die sie heute abend preisgeben wollte.

Barbara und Joel sahen sich verständlicherweise bereits nach neuen Jobs um, während sie die letzten Geschäfte mit den Kunden abwickelten. Das gleiche galt für Dana, die ihren früheren Arbeitgeber in Connecticut angesprochen hatte, aber Francie noch zur Seite stehen wollte, solange diese sie brauchte. Was Sam betraf – er stand, genau wie Francie selbst, im Regen. Doch der Ausdruck in

seinem Gesicht verriet keineswegs Verzweiflung, eher Aufgeregtheit.
Ferner waren zwei Personen anwesend, die den anderen unbekannt waren.
Francie stellte sie vor.
»Ich möchte euch gern Terry Gelman und Quinn Metzler vorstellen«, sagte sie. »Sie sind beide Spezialisten auf dem Gebiet der Computer Hardware und auf Sams Bitten hier. Quinn war mit Sam in Korea. Terry arbeitet zur Zeit mit Quinn zusammen in New Jersey.«
Francie hatte Kaffee gereicht. Die Blicke aller waren erwartungsvoll auf sie gerichtet.
»Ich weiß, ihr fragt euch, weshalb ich euch heute hierhergebeten habe. Nun, die Antwort kommt sofort. Erst will ich jedoch ein paar Anmerkungen zu CompuTel machen.«
Sie hielt inne, betrachtete die Gesichter. Die Gäste saßen auf der Couch, den Sesseln und auf Kissen auf dem Boden; die Versammlung wirkte eher wie eine Weinfete von Künstlern und nicht wie ein Treffen von Technik- und Finanzexperten, die sie waren.
»Aus rechtlichen Gründen«, begann Francie, »mußte CompuTel die Arbeit einstellen, wie ihr wißt. Natürlich wünschen wir uns alle, daß dies nicht geschehen wäre, weil die Firma gut lief. Und trotzdem – wir sollten uns nicht an der Vergangenheit festhalten. Heute abend wollen wir über die Zukunft sprechen.«
Alle sahen sie überrascht an. CompuTel hatte keine Zukunft. Sie fragten sich, wovon Francie sprach.
»CompuTel hat gezeigt, wie die Computertechnologie in die Geschäftswelt gebracht werden kann. Es ist uns innerhalb eines kurzen Zeitraums gelungen, mittlere wie auch große Unternehmen von unserer Arbeit zu überzeugen und ihnen damit Hunderte von Arbeitsstunden einzusparen. Unsere Firma war ein Erfolg, und das ist wahrscheinlich der Grund, weshalb wir uns in einem Rechtsstreit mit einem Konzern befinden, der von sich glaubt, ein Patent auf unsere Programme zu haben.«
In Francies Worten schwang kein Hauch von Bitterkeit, im Gegenteil, sie klang absolut geschäftsmäßig. Tatsächlich hatte ihr Auftreten etwas von einer stahlharten Gelassenheit.

»Trotz CompuTels großem Erfolg«, fuhr sie fort, »hatte unsere Firma doch immer einen entscheidenden Schwachpunkt, der in ihrer Struktur lag. Dieser Schwachpunkt hatte zwei Ursachen. Zum einen: die Hardware ist teuer. Der Kauf oder das Leasing unserer Computer ging als zusätzlicher Kostenfaktor zu Lasten unserer Kunden.«

Francie hielt inne. »Zweitens: da CompuTel – als Beratungsfirma, die wir nun einmal waren – die Hardware hatte, mußten uns unsere Klienten ihre Daten preisgeben und dann auf Resultate warten, ohne selbst mit den Programmen arbeiten zu können. Oder anders gesagt: dem Kunden war es nicht möglich, sich mit Computern anzufreunden, weil der Umgang mit dem Gerät weiterhin in den Händen des Beraters lag. Wenn Probleme auftauchten, mußte sich der Kunde auf die Hilfe des Beraters verlassen. Kurz – wir haben die Benutzer nie wirklich mit den Computern zusammengebracht.«

Francies Zuhörer schienen verwirrt. Dana ergriff als erste das Wort.

»Aber Francie, unsere Kunden waren mit unserem Service immer sehr zufrieden. Wir verfügten über die Hardware und schrieben die Programme, also genau das, was eine Beratungsfirma tun sollte. Die Klienten waren mit uns sehr gut bedient.«

»Sicher, Dana. In diesem Punkt gebe ich dir recht, aber nur angesichts des derzeitigen Entwicklungsstandes. In ein paar Jahren wird die Computertechnologie so weit fortgeschritten sein, daß ein Service wie der unsrige nicht mehr zufriedenstellend wäre. Die Kunden werden ihre Daten nicht mehr Fremden anvertrauen wollen, sondern selbst mit den Computern arbeiten und auch ihre Probleme selbst lösen wollen.«

Dana schwieg. Sie hatte sofort erkannt, worauf Francie hinauswollte.

Lee Nugent, der Anwalt, dessen Kenntnisse über Computer eher gering waren, sprach als nächster.

»Francie, ich komme da nicht ganz mit. Der ganze Sinn von CompuTel bestand doch darin, den Kunden den Zugang zu Computern zu ermöglichen, die sich die Technik selbst nicht leisten konnten. Darauf gründete sich Ihr Erfolg. Ihre Honorare waren angemessen und Ihre Ergebnisse hervorragend. Kann man wirklich noch mehr wollen? Immerhin können sich Ihre Kunden die Hardware nicht leisten ...«

Francie lächelte. »Das ist der Punkt, den wir ändern werden, Lee.«

Lee war perplex. »Wie meinen Sie das?«

»Wir werden dem Geschäftsmann einen Computer anbieten, der erschwinglich ist und den er selbst bedienen kann«, lautete ihre coole Antwort.

Alle im Raum schnappten hörbar nach Luft.

»Ich kann Ihnen nicht ganz folgen«, warf Joel Gregg ein. »Sie meinen, einen Computer, den der Kunde leasen kann?«

»Nein«, sagte Francie. »Ich meine einen Computer, den der Kunde kauft.«

Joel lächelte ungläubig. »Mit allem Respekt, Francie, meinen Sie nicht, daß Sie Ihrer Zeit um ein paar Jahrzehnte voraus sind? Computer kosten schließlich eine Menge, hab' ich recht?«

»Das tun sie, aber sie müssen es nicht«, antwortete Francie.

Sie drehte sich um und deutete in den Raum.

»Denjenigen unter euch, die Sam und seinen Loft kennen, ist vielleicht aufgefallen, daß heute abend etwas anders ist.«

Dana und Joel nickten. Der Hauptraum des Lofts wirkte ungewöhnlich leer. 9292, der Computer, an dem Sam in den vergangenen vier Jahren gebastelt hatte, fehlte.

»Wo ist 9292?« fragte Joel.

»Wenn ihr mir bitte alle folgen wollt«, sagte Francie, »Sam möchte euch etwas zeigen.«

Sam führte die Gruppe in eine Ecke des Raumes, wo ein mit einem Bettlaken verhülltes Etwas von der Größe eines Kühlschranks stand.

Sam grinste. »Ich werde das Laken nicht sofort herunternehmen«, sagte er, »weil ich euch nicht beeinflussen will. Das, was sich darunter befindet, ist nicht hübsch. *Noch* nicht. Aber ich möchte, daß ihr die Größe beachtet.«

Er betrachtete die Gesichter seiner Zuhörer. Alle waren gespannt.

»In den vergangenen Jahren«, fuhr er fort, »habe ich konstant versucht, die Vakuumröhren-Schaltkreise gegen Halbleiterplatten auszutauschen. Wie einige von euch wissen, wurden Transistoren bereits 1947 entwickelt. Aber Transistortechnik im Bereich der Computer ist noch sehr jung. Es gibt aber ein paar kleine Forschungsunternehmen, die Siliziumchips, eben Halbleiter genannt, herstellen, die hervorragende Rechnerqualitäten aufweisen und die beinah stündlich billiger werden, weil sie leicht in Massenproduktion herzustellen sind, wenn der Prototyp erst einmal entwickelt ist.«

Er deutete auf das kastenförmige Ding unter dem Laken. »Das hier ist das, was vom 9292er übriggeblieben ist. Er umfaßt ungefähr ein Zwanzigstel seiner ursprünglichen Größe. Aber seine Rechnerkapazität ist um das Zehnfache gestiegen. Alles dank der Halbleiterschaltkreise und der Siliziumchips.«

Er hielt inne, um die Bedeutung seiner Worte auf seine Zuhörer wirken zu lassen.

»An dieser Stelle möchte ich mich bei Quinn und Terry hier bedanken, die mir in den letzten Monaten geholfen haben. Wir haben unseren Einfluß spielen lassen, um nicht den normalen Marktpreis für die Halbleiter bezahlen zu müssen. Und wir haben neue Freunde im Transistorbusineß gefunden. Freunde, deren Hilfe wir in den nächsten Jahren brauchen werden. Francie und ich haben alles besprochen, und wir sind zu dem gleichen Entschluß gekommen.«

Er wandte sich Francie zu und überließ ihr das Wort.

»Um es kurz zu machen«, sagte sie, »Sam und ich glauben, daß wir mit der richtigen Technik in der Lage sind, einen Minicomputer, gering im Umfang wie auch im Preis, herzustellen, den sich genau die Kunden leisten können, die wir bei CompuTel bisher bedient haben – Banken, Versicherungen, Großhändler, Beteiligungsfirmen und so weiter.«

Für einen Augenblick war alles still. Dann ergriff Joel Gregg, ganz Geschäftsmann, das Wort.

»Wie schnell, glauben Sie, ist das zu verwirklichen?«

»Das ist die große Frage«, antwortete Francie. »Wir wissen, daß es schnell gehen kann. Was wir nicht wissen, ist, ob wir genug Kapital zusammenbringen, um die Arbeit zu finanzieren und die Firma solvent zu halten, bis wir mit dem Produkt auf den Markt gehen können. Das ist das Risiko dabei. Der Grund unseres heutigen Treffens ist der, daß wir euch fragen möchten, ob ihr dieses Risiko mit uns eingehen wollt. Es bedeutet für eine Weile eine Menge Arbeit bei wenig Lohn. Wir würden alle auf etwas hinarbeiten, was sich vielleicht nicht auszahlen wird. Ich möchte, daß ihr das von vornherein wißt und es in Ruhe überdenkt.«

Francie studierte die Gesichter vor sich.

»Ich möchte noch etwas hinzufügen. Der Grund, daß nur ihr heute abend hier seid, ist der, daß ihr die einzigen seid, denen Sam und ich völlig vertrauen. Unser gesamtes Vorhaben muß unter strengster Geheimhaltung durchgeführt werden. Sam, Quinn und Terry werden für die Forschung und Entwicklung zuständig sein. Der Rest von uns wird gemeinschaftlich an der Programmierung, Verkaufsstrategie, Versicherung und der Patentierung arbeiten – kurz gesagt, an allem, was nötig ist, um eine neue Firma aufzubauen. Kein anderer wird zu uns stoßen, bis er nicht von uns allen akzeptiert ist.«

Sie lächelte. »Sollte jemand unter euch sein, der sich schon immer nach einem echten Verschwörerabenteuer gesehnt hat – das ist die Chance ...«

Sie lehnte sich in ihrem Stuhl zurück. »Das war's. Wenn jemand von euch eine Frage dazu hat, ich bin bereit.«

Zu ihrer Überraschung sagte niemand ein Wort.

Francie zog eine Augenbraue hoch. »Wollt ihr euch sofort entscheiden?«

Sie konnte nicht wissen, daß die Leute im Raum ihre Fähigkeiten und das Projekt gar nicht in Frage stellten, da sie schon erlebt hatten, wozu sie bei CompuTel in der Lage gewesen war. Und sie kannten Sam.

»Okay«, sagte Francie. »Wer von euch ist dabei?«

Alle Hände im Raum schnellten hoch.

Francie lächelte. »Gut. Sieht so aus, als wären wir von nun an ein Team. Wenn das Schiff sinkt, gehen wir alle zusammen unter. Wenn es schwimmt, steht uns eine arbeitsreiche Reise bevor.«

Eine Stunde später waren die Detailfragen geklärt. Jeder der Anwesenden würde seinen derzeitigen Job kündigen und ausschließlich für CompuTel arbeiten. Offiziell würde es keine Mitarbeiter geben. Alles würde unter völliger Geheimhaltung geschehen. Francie hatte für das Projekt bereits eine Lagerhalle in Brooklyn angemietet. Das

Büro von CompuTel auf der Cedar Street sollte als Tarnung geöffnet bleiben, als Beweis dafür, wie schlecht es der Firma ging. Soweit es die Außenwelt betraf, war CompuTel eine todgeweihte Firma, ein Geist.
Francie, Sam und Dana wollten ihre gesamten Gewinne aus CompuTel in das neue Projekt investieren. Es war keine große Summe, aber genug, um das Büro auf der Cedar Street und die Miete für die Lagerhalle zu bezahlen.
Was die Finanzierung des Projektes betraf, hatte Francie vor, sobald der Prototyp des Computers entwickelt war, Risikokapitalanleger zu suchen. Sie war davon überzeugt, daß sie ausreichend Kapital auftreiben würde, um das Produkt auf den Markt zu bringen.
Die Sitzung endete um ein Uhr morgens. Als alle gegangen waren, blieben Francie und Sam bei der geschrumpften Version des 9292 sitzen. Francie ließ sich in die Kissen der alten Couch sinken und seufzte.
Sam sah sie an.
»Du bist wunderschön, wenn du wütend bist.«
Sie hob eine Braue, sichtlich überrascht. »Wirke ich wütend?«
»Wütend trifft es noch nicht ganz. Ich würde mich hüten, mich mit dir anzulegen, wenn du diesen Ausdruck hast.«
Francie sah lächelnd zu ihm auf.
»Aber ich bin doch nicht wütend auf dich, Sam.«
Sie stand auf und ließ sich von ihm in den Arm nehmen. Als ihre Körper sich berührten, sprang ein Funke des Verlangens zwischen ihnen über. Sam spürte, wie etwas Gefährliches und Aufregendes von ihr ausstrahlte, wie ein harmlos wirkender Draht, der mit hundert Millionen Volt geladen war.
Er zog sie enger an sich, fragte sich, wie in einem solch zierlichen Körper eine derart konzentrierte Kraft wohnen konnte. Dann berührten sich ihre Lippen, und sein Denken wurde von einem betäubenden Gefühl der Lust fortgespült.
Das Mädchen in seinen Armen war ihm rätselhafter als je zuvor. Doch wer auch immer sie war und wohin sie ging – heute nacht gehörte sie ihm.
Sie schlang die Arme um seine Taille, als er sie sanft in Richtung Schlafzimmer drängte.

37

28. September 1958
Zwei Uhr morgens.
Das Apartment wurde lediglich von den Lichtern der Upper East Side, dreißig Stockwerke tiefer, erleuchtet.
Der dumpfe Verkehrslärm von draußen vermischte sich mit der leisen Musik im Apartment. Die Möbel und Wandbehänge warfen drohende Schatten, beinah wie heidnische religiöse Ikonen, die ein mysteriöses Ritual begleiteten.
Die einzigen anderen Geräusche im Raum waren die Seufzer, die aus der Richtung des Bettes kamen, Seufzer, die nur eine Bedeutung haben konnten.
Das Mädchen war nackt. Sie hatte ihre Kleider kurz zuvor abgestreift, als das Licht von der jetzt gelöschten Lampe golden auf ihrer weichen Haut geschimmert hatte. Er hatte ihr begierig zugeschaut, denn sie verstand sich darauf, sich auf eine einzigartige, verführerische Weise zu entkleiden, ihren Slip mit Anmut an ihren Schenkeln heruntergleiten zu lassen und ein Spiel der Finger dem Aufhaken ihres BHs vorangehen zu lassen.
Mit sinnlichen Bewegungen schmiegte sie ihre Kleider an ihren Körper, bevor sie sie auszog. Ihre Hände zogen mit dem seidenen Slip kleine Kreise über ihre Haut, ehe sie ihn abstreifte, ihre schimmernden Schenkel wirkten im Dunkel wie eine einladende Geste.
Sie hatte ihn gebeten, sich zuerst zu entkleiden, damit sie die Reaktion seines Körpers auf ihren kleinen Tanz sehen konnte. Ihr Blick wanderte über sein Fleisch, voller Bewunderung für seinen muskulösen Körper, aber sie blickte immer wieder fasziniert auf seinen Penis, der aufgerichtet zum Rhythmus ihres verführerischen Tanzes pulsierte.
Als sie vollständig nackt war, war sein Verlangen nach ihrem Fleisch so stark, daß er sie mit Gewalt an sich gezogen hätte, hätte er nicht gewußt, daß es eben die Verzögerung war, die sie erregte. Und er wollte, daß sie die gleiche Befriedigung erfuhr wie er selbst.
Schließlich löschte sie das Licht und kam zu ihm, eine schlanke

Nymphe, die ihm ihre weichen Schenkel wie ein Geschenk darbot.

»Baby«, murmelte sie.

Sie sprach nie viel. Das hatte er mittlerweile über sie gelernt, doch in den wenigen Worten, die sie sagte, schwang soviel purer Sex, daß man sie nicht vernehmen konnte, ohne die ersten Schauer eines Orgasmus tief in seinen Lenden zu spüren.

Sie krabbelte auf ihn und küßte ihn langsam. Ihre lange, schlüpfrige Zunge drang in seinen Mund, schmeckte, erforschte ihn. Sie streichelte seine Schultern, ihre Finger fuhren über seinen Brustkorb, über seinen flachen Bauch, bis sie kurz vor seinem Penis innehielten, nahe genug, um ihn zu reizen, aber noch nicht frech genug, um ihn zu berühren.

Er konnte ihr heißes Geschlecht über seinem pulsierenden Schaft spüren, wie es neckisch in der warmen Luft des Raumes verharrte, während sich ihre Knie über seinen Hüften spreizten. Sie waren nur durch ihre liebkosende Zunge und ihre weichen Hände auf seinen Lenden miteinander verbunden.

»Mmm», schnurrte sie, »wunderbar ...«

Und jetzt senkte sich ihr schlanker, leichter Körper in seiner ganzen Länge auf ihn hinunter. Sie spürte seinen harten Penis heiß und drängend an ihrem Bauch, während sie sich mit kreisenden Bewegungen gegen ihn rieb. Sie küßte seine Augen, seine Wangen und fuhr ihm lächelnd mit den Fingern durchs Haar, als sie sich mit katzenhaften Bewegungen an ihn schmiegte.

»Mmm«, schnurrte sie, und ihre Zunge schlüpfte erneut in seinen Mund, während das erigierte Glied sich gegen sie aufbäumte. Jetzt waren sie beide erregt und bereit für den Liebesakt, aber sie wollte ihn noch ein wenig mehr reizen. Sie schien genau zu wissen, welch mächtige Waffe ihr Körper war. Wenn sie angezogen war, verbarg sie ihn geschickt hinter ihrer kühlen Persönlichkeit. Dann schien sie introvertiert und beinahe verletzlich. Man kannte sie nicht wirklich, bis man sie so erlebt hatte – nackt, provozierend und in ihrer Sinnlichkeit triumphierend.

Jetzt stemmte sie sich hoch, hielt noch immer mit ihrem Geschlecht minimalen Abstand zu ihm, doch ihre Hand fand zu seinem Penis und streichelte ihn. Er hörte, wie sie aufstöhnte, es war

ein langes kehliges Schnurren der Befriedigung, als ihre Finger um seinen pulsierenden Schaft griffen.
Und jetzt spürte er benommen – denn die Lust, die sie ihm verschaffte, ließ ihn die Augen schließen –, wie sie ihn einführte. Jetzt waren es nicht mehr nur ihre Finger, die mit seinem Penis spielten, sondern auch das süße Fleisch zwischen ihren Schenkeln. Sie führte ihn mit gekonnten Bewegungen ihrer Finger, ließ ihn in sie dringen, erst ein wenig, dann mehr, drängte ihn zurück, knetete sanft seine Spitze, neckte ihn mit ihrem geschickten Spiel, so daß es ihm unmöglich wurde zu unterscheiden, welches ihre Finger und welches ihr Geschlecht war.
»Mmm – mmm«, murmelte sie, als sie spürte, daß er heftiger wurde. Er konnte das Lächeln auf ihren Lippen förmlich spüren. »Nicht so schnell ...«
Sie setzte ihr Spiel fort, neckte ihn, schnurrte aufreizend, ließ ihn immer ein wenig weiter vorstoßen, verspottete ihn mit ihrem Körper, der ihn besaß, während er sich ihm verweigerte, bis er es nicht mehr aushielt.
Er ergriff sie, umklammerte ihre Handgelenke und drang tief in sie ein. Sie stieß einen kleinen Schrei aus, voll gespieltem Erschrecken und echter Lust. Das war ebenfalls ein Bestandteil ihres kleinen Spiels, denn sie wußte, daß es ihn erregte.
Sein Penis war gänzlich in ihr vergraben, bahnte sich seinen Weg tief hinein. Sie antwortete mit Seufzern und kleinen Schreien, die immer eigentümlich gedämpft klangen – denn sie war wirklich ein sehr schweigsames Mädchen –, was sie aber noch sinnlicher machte, denn ihre Seufzer waren wie ein schuldvolles, intimes Flüstern, das bis zur Quelle seines Verlangens vordringen und ihn bis zum Siedepunkt erhitzen sollte.
Es war bei ihr nicht schwer, sofort zu kommen. Ihr Vergnügen, ihn zu erregen, war so pervers, daß sein Samen beinah augenblicklich in ihm hochschoß und sich zwischen ihren hungrigen zitternden Lenden ergießen wollte. Er mußte an etwas anderes denken, sich ablenken, um sie genießen zu können.
Das fiel ihm nicht schwer. Er hatte viele Ideen, Pläne, und jeder davon war auf seine Art so aufregend wie eine Frau. Die Welt war ein Ort, der darauf wartete, von ihm erobert zu werden, doch sie

gab sich ihm nicht so leicht und willentlich hin wie dieses sinnliche Mädchen. Die Welt hielt ihren Preis zurück, und der Kampf, ihn zu gewinnen, war weit subtiler und schwieriger als das unmittelbare Vergnügen, sie zu bumsen.
Aber sie war ein Teil seiner Pläne. Das war das Schöne daran. Ihr Körper, ihr Flüstern, ihre Liebkosungen waren alle ein Teil dieser größeren Herausforderung.
Er lenkte sich mit diesen Gedanken so lange er konnte ab. Aber ihre Hände waren überall, fanden die Zonen seiner Lust mit unbeirrbarem Instinkt, und nicht nur die, die sie schon kannte, sondern auch ganz neue Zonen, denen nicht einmal er sich bewußt gewesen war, bis sie sie jetzt berührte.
Eine weiche Hand streichelte die Innenseite seines Schenkels, kraulte schüchtern seine Hoden, bis sie sich an seiner Hüfte, seinem Bauch, seinem Nabel hochstahl und seinen Körper mit einem Schauer überzog. Er hörte ihr verführerisches provozierendes Flüstern.
»Komm ... mehr ... ohhh ... Baby ...«
Er hörte ihr Stöhnen, vermischt mit einem kehligen Lachen, als er härter in sie stieß. Er konnte ihre weichen Brüste im Dunkel erkennen und die hübschen Konturen ihrer Schenkel. Das offene Haar tanzte über den Schultern, als sie ihren hübschen Kopf immer wieder zurückwarf. Jetzt war sie in ihrem Element, spielte mit all ihren Sinnen in der Symphonie des Liebesaktes. Dafür lebte sie.
»Mmm ... oh! Warte ... Mehr ...«
Sie wollte mehr, wollte alles, wollte, daß er die ganze Nacht steif blieb. Aber dies war das Ende. Die letzte Welle kam, stieg heiß und prickelnd in ihm auf, und er wußte, daß er sich nicht länger zurückhalten konnte. Es war einfach zuviel ihrer Nacktheit, ihres Liebesgeflüsters, ihrer Finger, ihrer Lippen, des weichen Fleisches ihres Geschlechts.
Er griff nach ihren Hüften und stieß so tief er konnte in sie hinein. Er wurde von einem gewaltigen Orgasmus geschüttelt, und sie zitterte wie ein Blatt, schnappte nach Luft, als sein Sperma in langen, heißen Wellen in sie spritzte. Ihre Hände flatterten an seinen Schultern, ihre Lenden zitterten, sie stöhnte tief und kehlig in ihrer Lust, ihn zu empfangen.

Als es vorbei war, kuschelte sie sich an seine Brust. Er blieb tief in ihr. Er berührte ihre Pobacken, ihre Hüften, seine Fingerspitzen genossen die glatte Weichheit ihres Fleisches auf seinem eigenen, harten Körper.

So verharrten sie einige Minuten. Dann, als er begann, sich von ihr zu lösen, zog auch sie sich sofort zurück, fand zu ihrem kühlen, gefaßten Äußeren zurück. Sie tätschelte ihn, um sich für das Vergnügen zu bedanken, doch ihre Berührungen waren nicht länger liebevoll oder besitzergreifend. Sie war wieder unabhängig, getrennt von ihm, nur auf sich selber bedacht. Das geschickte Spiel, das sie zuvor gespielt hatte, hatte nur zu seiner Erregung gedient. Es lag keinerlei Zuneigung darin. Lediglich Begierde und vielleicht noch etwas Kälteres als das.

Er sah ihr nach, als sie im Badezimmer verschwand. Das Licht ging an. Als sie zurückkam, war sie noch immer nackt, doch ihre Bewegungen verrieten keine Sinnlichkeit. Sie waren natürlich und forsch.

Sie setzte sich auf die Bettkante und zog ihre Strümpfe an. Als sie aufstand, um ihren Slip zu suchen, erregte ihn der Anblick der Strümpfe auf ihrem nackten Körper beinahe so sehr, daß er sie wieder zu sich herunterzog.

Sie hob den Slip auf, dann den winzigen BH. Sie sah ihn dabei nicht einmal an. Sie war völlig in sich versunken, überlegte wahrscheinlich, was sie noch vorhatte, welche Arbeit sie heute oder morgen noch erledigen mußte. Neuerdings war sie schrecklich beschäftigt. Sie konnte kaum Zeit für die Abende mit ihm finden.

Sie zog den Slip an, danach das hübsche, pastellfarbene Kleid. Sie befühlte ihr Haar nach Haarnadeln, ging ins Badezimmer zurück, stellte sich vor den Spiegel, frischte ihr Make-up auf, steckte das Haar zurück und zog mit kritischem Blick die Lippen nach.

Dann kam sie zu ihm und setzte sich auf die Bettkante. Sie hatte keine Bemerkung darüber verloren, daß er sich noch nicht anzog, denn sie wußte, daß er ihr gerne beim Ankleiden zusah.

Sie lächelte ihn an.

»Wann werde ich wieder von dir hören?« fragte er.

»Wenn ich etwas für dich habe.«

»Nicht schon früher?« Er zog eine Braue hoch.

»Vielleicht. Wenn du ein braver Junge bist ...«
Sie schwiegen einen Augenblick. Dann tippte sie mit dem Finger auf seine Nase, fuhr über sein Kinn, bis zu seiner Brustwarze herunter. Sie umkreiste sie, bevor sie weiter hinunter, zu seinem Penis glitt. Gerade wollte sie ihn umfassen, als er sie davon abhielt.
»Ich wünschte, du würdest dich ein wenig klarer über die Dinge äußern«, sagte er.
»Über welche Dinge?« Die schmale Hand wollte noch immer seinen Penis. Ihr Handgelenk wehrte sich gegen seine Umklammerung.
»Darüber, wann ... wie lange noch.«
»Das ist hart«, antwortete sie lächelnd. Ihre Zweideutigkeit war beabsichtigt, sie spielte sowohl auf ihre Mission als auch auf seinen Penis an, der in ihrer Hand bereits wieder steif wurde.
»Ich weiß.« Er steckte zurück. Es hatte keinen Sinn, sie unter Druck zu setzen.
»Ich kann nicht mehr tun, als ich bereits tue«, sagte sie. »Alles befindet sich in der Schwebe. Alles verändert sich ständig – von Tag zu Tag. Und ich bin nicht in alles eingeweiht.«
Er fragte sich, ob er ihr glauben sollte.
»Sie ist clever, nicht wahr?« fragte er.
»O ja«, seufzte sie. »Das ist sie.«
»Ruf mich am Dienstag an. Ob du Neuigkeiten hast oder nicht.« Er lächelte. »Ich höre immer gerne von dir.«
Ein schweigsames Nicken.
Sie blickte sehnsüchtig auf seinen Penis. Dann, mit einem brüsken Seufzer, stand sie auf.
»Denk dran«, warnte er sie. »Ruf mich nie im Büro an. Niemals.«
Sie zuckte die Achseln. Als ob er nicht wüßte, daß er ihrer Verschwiegenheit trauen konnte.
Sie hob ihre Handtasche auf und nahm ihre Brille heraus. Die Brille war immer das erste, was sie ablegte, und das letzte, was sie wieder anlegte. Mit ihr zog sie sich endgültig von ihm zurück, verbarg sich hinter ihrer kühlen, emotionslosen Maske, die ihr in der harten Geschäftswelt sehr gut stand.
»Gute Nacht«, sagte sie.
Er nickte. Es paßte ihm gar nicht, daß sie so schnell aufbrach, aber

er wußte, daß sie ihrer Arbeit nicht so lange fernbleiben konnte. Eine einzige, unerklärte Abwesenheit könnte ihr Verderben sein – und damit auch seines.
»Gute Nacht, Mata Hari«, erwiderte er.
Mit einem kleinen Schmunzeln über seinen Witz nahm sie ihren Mantel und verließ das Apartment.

38

5. März 1959
Francie war plötzlich hellwach.
Zunächst wußte sie nicht, wo sie war. Ihre Augen, noch trüb vom Schlaf, starrten auf die dunklen Wände um sie herum, ohne sie zu erkennen.
Für einen Augenblick glaubte sie sich zu Hause, in ihrem Schlafzimmer in Pennsylvania. Sie vergaß die Zeit und dachte, die leise Stimme ihrer Mutter zu hören, die sich in der Küche mit ihrem Vater unterhielt.
Mit halbgeschlossenen Augen ließ sich Francie sanft von ihrer Vergangenheit umarmen. Sie spürte die Geborgenheit ihres Zuhauses. Ihr schläfriger Körper war erfüllt von Erinnerungen; sie sah die alten Wände, das Fenster, von dem man auf den Hof hinausschaute, wo das umgekippte Fahrrad neben der Schaukel lag, auf der sie als Kind gesessen hatte. Sie glitt zurück in die Welt der Träume, wohl wissend, daß der Duft von Kaffee und Frühstück in der Küche sie wecken würde, wo Mutter sie mit ihrem Lächeln und ihren sanften Händen erwarten würde.
Doch der Schlaf führte sie an andere Orte, und Francie erinnerte sich, wo sie war.
Sie schaute auf die Wände des Schlafzimmers. Verschwunden waren die gerahmten Bilder und die Teddybären ihrer Kindheit. Diese Wände waren kahl. Verschwunden war der Tisch, an dem sie als Mädchen ihre Hausaufgaben gemacht hatte. In diesem Raum befanden sich lediglich eine Anrichte und eine Garderobe.
Sie drehte sich zu Sam, der tief schlief. Ihre Orientierungslosigkeit hatte sie verwirrt, denn sie war in zwei Welten geraten, die unend-

lich weit voneinander entfernt waren. Sie griff nach Sam, um ihn zu berühren, ihn vielleicht an ihre Brust zu drücken, doch sie wollte seinen Schlaf nicht stören, also blieb sie sitzen, sah ihn einen Moment an, stand dann auf und tapste ins Wohnzimmer.
Keiner von ihnen beiden konnte es sich leisten, auf Schlaf zu verzichten, denn er war eine Kostbarkeit, in deren Genuß sie und ihre Mitarbeiter selten kamen. Alle arbeiteten zur Zeit tagsüber fieberhaft und begnügten sich durchschnittlich mit fünf Stunden Schlaf. Und keiner arbeitete härter als Francie.
Sie war durch die Umstände gezwungen, den größten Teil der geschäftlichen Seite und die Verwirklichung des Projekts an Joel Gregg abzugeben. Sam trug die Verantwortung für alles, was den Computer an sich betraf, für die Technik, Form und Kapazität. Was Francie anging, sie hatte alles andere abgeschüttelt, um sich völlig auf das Betriebssystem konzentrieren zu können, das die Maschine erst arbeitsfähig machen würde.
Dieses Betriebssystem stellte die größte intellektuelle Herausforderung ihres Lebens dar. Sein umfangreiches, subtiles Netz von Detailinformationen und Rechenschritten würde dem Menschen, der das Gerät irgendwann bedienen würde, verborgen bleiben.
Sam und Dana, selbst Spezialisten im Bereich des Programmierens, hatten Francie freiheraus bestätigt, daß ihr Betriebssystem die Arbeit eines Genies war, eine Innovation, die sie weltberühmt machen würde. Doch Francie fehlte die Zeit, sich für das zu loben, was sie bereits bewerkstelligt hatte, denn es gab noch immer eine Menge zu tun. Sie mußte das Betriebssystem verfeinern und einsatzbereit haben, wenn der Computer selbst fertiggestellt war, an einem Tag, der immer näher rückte.
Alle arbeiteten sieben Tage die Woche fast rund um die Uhr. Niemand nahm sich frei. Doch an den Sonntagen tauchte keiner im Team früher als mittags in der Lagerhalle auf. Das bedeutete, daß alle einem relativ normalen Samstagabendvergnügen nachgehen konnten – doch erst ab sechs Uhr abends.
Francie verbrachte jede Nacht mit Sam. Sie fuhren abends gemeinsam in seinen Loft, aßen etwas und liebten sich dann oder lagen einfach still in den Armen des anderen.
Meistens fielen sie früh in einen erschöpften Schlaf. Einen Mo-

ment später, so kam es Francie immer vor, war sie wieder wach. Ihre Träume verblaßten schnell, wenn sie bemerkte, daß die Nacht schon vorbei war. Sie stand fast immer vor Sam auf, kochte Kaffee und beeilte sich mit dem Duschen und Anziehen. Dann war sie wieder ganz Geschäftsfrau, gespannt wie ein Bogen und bereit zu dem wahnsinnigen Wettkampf, mit dem der Tag sie erwartete.
Und das weibliche Wesen, das sich in Sams starke Arme gekuschelt hatte, war dann vergessen, es existierte nicht mehr. Es würde erst wieder zum Vorschein kommen, wenn ein weiterer Tag erschöpfender Arbeit hinter Francie lag, ein Tag, an dem sie ihrem Ziel wieder einmal mit riesigen Schritten entgegeneilte.
So sah Francies Leben momentan aus. Ihr kam niemals in den Sinn, die enormen Anforderungen oder den versteckten Lohn, den es bot, in Frage zu stellen. Ihre Tage wurden von der Arbeit bestimmt, und für das Vergnügen blieb nur ganz wenig Zeit.
Heute nacht hatte etwas Wichtiges sie geweckt. Sie konnte es fühlen. Normalerweise schlief sie tief und fest und wachte nur auf, wenn ihr ein wichtiger Gedanke durch den Kopf ging. Obwohl sie es sich eigentlich nicht leisten konnte, auf eine Sekunde des Schlafes zu verzichten, setzte sie sich jetzt ins Wohnzimmer und dachte darüber nach, was es sein könnte.
Sie starrte auf den alten, abgewrackten Klotz in der Ecke, der einmal 9292 gewesen war. Die Drähte hingen aus dem Kasten wie die Füllung aus einer kaputten Puppe. Das arme Ding war schamlos geplündert worden, um den Prototyp des neuen, noch namenlosen Computers zu vervollständigen.
Und jetzt wußte Francie plötzlich, warum sie aufgewacht war.
Das Produkt, an dem sie und ihre Kollegen bis zur völligen Erschöpfung arbeiteten, hatte noch keinen Namen.
Sie hatte sich schon oft gefragt, wie sie das Gerät nennen sollten. Sie hatte mit Sam und Dana, Joel, Lee und anderen darüber diskutiert, doch ohne zu einem Ergebnis zu kommen. Alle schlugen immer wieder technische Bezeichnungen vor wie ERA 1103 oder Akronyme wie UNIVAC. Doch Francie hatte das dumpfe Gefühl, daß diese Namen schon im Prinzip falsch waren. Sie war überzeugt, daß derartige Bezeichnungen sich eher verkaufshemmend und eben nicht fördernd auswirken würden.

Aber ihr fiel ebenfalls nichts Besseres ein.
Sie saß im Dunkel und zerbrach sich zum tausendsten Mal den Kopf. Wie sollte der Computer heißen? Es mußte ein unwissenschaftlicher, ein freundlicher Name sein. Die Menschen waren auch so schon mißtrauisch genug gegenüber der Computertechnologie. Namen wie ENIAC, IBM Type 702 schreckten sie nur noch mehr und beschwörten die Assoziation von undurchschaubarer, verwirrender Technik herauf.
Francie dachte lange nach, spürte, wie der Schlaf ihren Körper betäubte, während die Anspannung der Arbeit sie erneut überfiel. Aber ihr wollte kein Name einfallen.
Sie streckte sich im Dunkel auf Sams Couch aus und versuchte, ihre Gedanken zu ordnen. Noch immer schläfrig, kehrte plötzlich die Erinnerung an zu Hause zurück, an die Zeit mit Mom und Dad in Pennsylvania, die sie heimgesucht hatte, kurz bevor sie aufgewacht war.
Sie lächelte bei dem Gedanken, daß etwas in ihrem Zusammensein mit Sam sie an die alte Zeit erinnert hatte. Das Gefühl der Geborgenheit und der Zugehörigkeit, das er ihr gab, ließ sie an ihre Kindheit denken, an eine Zeit, in der ihr die Welt wie eine liebende Mutter erschienen war, die sie jeden Tag, wenn sie erwachte, mit offenen Armen empfing.
Ja, es war eine glückliche und sorgenfreie Zeit gewesen. Und sie war Lichtjahre von ihrem jetzigen verrückten Hochspannungsdasein entfernt. Wie hatte sie so weit kommen können? Was hatte sie auf dem Weg hierher verloren? Wann hatte sie der Frieden und die Ruhe der alten Welt für immer verlassen?
Sie dachte an die schlimmen Tage vor Mutters Tod. Helen Bollinger hatte lange leiden müssen, sich aber nie beklagt. Francie erinnerte sich, wie sie still in ihrem Sessel im Wohnzimmer saß, las oder sich mit Dad unterhielt, der seine Qual so gut zu verbergen wußte, daß Francie kaum mitbekam, durch welche Höllen er ging. Sie hatten sich beide an den Gedanken gewöhnt, daß die Tage ihres Zusammenseins mit Mutter gezählt waren. Und Francie tat es ihrem Vater gleich, sie ertrug den Gedanken an das Unvermeidliche, ohne darüber zu sprechen. Die stille Qual, in der sie alle lebten, schweißte sie zusammen, und es erschien ihnen beinahe wie ein

Kampf, der für immer weiterbestehen würde, selbst als sie alle magerer, schwächer und verzweifelter wurden.
Und dann, eines Tages, einfach so, war Mutter gegangen. Der Notarzt kam, dann der Bestattungsunternehmer. Freunde der Familie wurden benachrichtigt, der Pastor hielt eine Rede, sie gingen zum Grab, und Francie fuhr mit Dad allein in ihr leeres Zuhause zurück.
Erst dann traf sie der Kummer mit seiner ganzen Macht. Erst jetzt, als die künstliche Aufregung der Beerdigungszeremonie, der Gäste und der Totenfeier abgeklungen war, waren sie allein mit der Leere, die Mutter hinterlassen hatte. Mehrere Wochen lebten sie in einer schrecklichen Stille, die Francie nie vergessen würde. Der Schmerz, der sie vereinte, war das Schlimmste, das sie je erlebt hatte. Es schien, als sei ein Leben unmöglich.
Dann, wie das Schicksal es wollte, kam jemand zu ihrer Rettung.
Die Maguires, eine der Nachbarfarmfamilien, hatten eine verwitwete Tante, die kürzlich aus Irland emigriert und ohne Arbeit war. Sie war Hausfrau ohne irgendwelche Ausbildung. Ihre Kinder waren erwachsen, verheiratet und lebten an fernen Orten. Ihr Name war Mollie, und sie langweilte sich bei den Maguires zur Untätigkeit verdammt zu Tode.
Irgend jemand machte den Vorschlag, daß sie als Köchin und Haushälterin zu Francie und ihrem Dad ziehen könnte. Da sie einige Ersparnisse hatte und zudem die Lebensversicherung ihres verstorbenen Mannes ausgezahlt bekam, konnte sie es sich erlauben, für den geringen Lohn zu arbeiten, den Mac ihr bieten konnte. Sie mochte seine schweigsame Art und freundete sich auch schnell mit Francie an.
Mollie beklagte sich ständig, sie schimpfte über Amerika, über ihre Verwandten, ihr fortgeschrittenes Alter und über alles, was ihr sonst noch in den Sinn kam. Doch hinter ihren Klagen – die sie mit großem Pathos und mit ihrem unvergleichlichen irischen Akzent losließ – verbarg sich eine starke, unverwüstliche Persönlichkeit. Sie war der einzig denkbare Ersatz für Helen Bollinger, den Francie und ihr Dad sich vorstellen konnten.
Unter Mollies Regiment erwachte das ganze Haus wieder zum Leben. Sie arbeitete im Garten, strickte Pullover für Francie und Mac

und Decken mit Motiven aus der alten Heimat. Sie kochte Roastbeef, Kohlsuppe und Irish Stew und hielt die Küche blitzblank sauber. Sie lernte sehr schnell Helens Trick, Mac aus seiner Lethargie wachzurütteln und ihn zu gewinnbringenden Arbeiten zu drängen. Sie konnte Francie nicht bei den Hausaufgaben helfen, doch das war auch nicht notwendig, denn Francie war eine ausgezeichnete Schülerin. Dafür half sie dem Mädchen, etwas aus ihrem Äußeren zu machen, und Francie entwickelte sich von einer schlaksigen Vierzehnjährigen zu einer wunderschönen, geschmackvoll gekleideten jungen Frau.

Mollie war es auf eine subtile Art gelungen, die riesige Lücke im Leben der beiden kummerbeladenen Menschen auszufüllen. Durch ihren Humor, ihren Arbeitseinsatz und ihr Verständnis für ihre Probleme wurde sie ihnen unentbehrlich. Und obwohl sie es nie zugegeben hätte, linderte die Freundschaft zu Mac und Francie auch ihren Kummer über ihren verstorbenen Ehemann und die räumliche Distanz zu ihren Kindern.

Francie hatte einmal mit dem Gedanken gespielt, Mollie und Mac zusammenzubringen. Sie war zu jung, um die Art ihrer Freundschaft zu verstehen. Macs Liebe zu Helen bestimmte sein gesamtes Leben, und er würde niemals daran denken, eine andere Frau zu heiraten. Mollie hatte das sofort, als sie ihn kennenlernte, begriffen, und sie begegnete ihm mit einer schwesterlichen Zuneigung, die wahrscheinlich mehr als alles andere half, seine Qualen zu lindern.

Als Francie aufs College ging, zog Mollie aus Gründen des Anstands wieder zurück zu den Maguires. Aber sie kam jeden Tag, um für Mac zu kochen, zu nähen und sauberzumachen. Sie lasen gemeinsam Francies Briefe vom College, und einmal, als Mac seine Tochter in Philadelphia besuchte, fuhr sie mit ihm. Sie gaben ein komisches Paar ab. Mac in seinem Anzug, den Mollie im Sonderangebot für ihn gefunden hatte, und Mollie in einem schicken Kostüm, das Francie überraschte, denn sie hatte sie nie in etwas anderem als einer Schürze gesehen.

Francie war froh, daß ihr Vater Mollie hatte. Jetzt, da sie nicht mehr zu Hause wohnte, war Mollie Macs Nabelschnur zum Leben. Oft war es Mollie, die Francie anrief. Die brüske, irische Stimme klang süß in Francies Ohren, sie war der Klang von zu Hause.

Dann starb Mollie.
Ihr Tod war um so unwirklicher, da ihr Vater sie von weit her anrief, um es ihr mitzuteilen. Mollie hatte jahrelang unter einer schweren Form von Diabetes gelitten, ohne Mac oder Francie ein Wort zu sagen. Sie starb plötzlich und ohne Qualen, doch Francie mußte erfahren, daß sie all diese Jahre unter großen Schmerzen gelitten hatte.
Jetzt verstand Francie den wirklichen Grund für Mollies ständige, lyrische Klagen. Sie verdeckte damit den realen Schmerz in ihrem Leben.
Seit Mollies Tod war Mac allein. Er hatte eine Frau angestellt, die putzte, doch er kochte und kaufte auch seine eigene Kleidung von da an selbst. Obwohl er es nie zeigte, trauerte er ebenso um Mollie wie ehedem um seine Frau. Wenn Francie ihn besuchte, sprachen sie oft über Mollie und über die kostbaren Jahre, die sie ihnen geschenkt hatte.
Jetzt saß Francie im Wohnzimmer und lächelte bei den Gedanken an die vielen Gelegenheiten, bei denen Mollie sie mit ihrem Humor, ihrer scharfen Zunge und ihrer unerschütterlichen Loyalität ihr gegenüber und ihrem Vater aufgeheitert hatte. Die Erinnerung an Mollies Tod brachte auch die Erinnerung zurück an die strahlende, tapfere Art, mit der sie in jenem Moment in ihr Leben getreten war, als der Verlust von Helen dieses Leben unwiderruflich hätte verdunkeln können.
Schließlich wurde Francie von Müdigkeit übermannt, und sie stand auf, um wieder zu Bett zu gehen. Sie tapste ins Schlafzimmer und legte sich zu Sam. Obwohl sie der Lösung ihres Problems keinen Schritt näher war, fühlte sie sich jetzt durch die Erinnerungen an Mac und Mollie weniger einsam.
Als Sam spürte, wie sich das Bett bewegte, schlang er seinen Arm um Francie und zog sie an sich. Francie verspürte einen Stich der Dankbarkeit, denn bei Sam sein zu dürfen, gab ihr die gleiche Wärme, die in ihren Erinnerungen lag. Obwohl ihr Alltag mit ihm gehetzt und aufregend war, wie ihr altes Leben nie gewesen war, strahlte er etwas Ruhiges, Beständiges aus; wie ein geheimnisvoller Kristall, wie die Bäume und Weiden in ihrer Kindheit, als wohne in seinem Herzen die Erinnerung an seine eigene Jugend im Hin-

terland New Yorks, mit seinen Wäldern und dem wunderschönen See.
Francie wollte gerade wieder einschlummern, als sie plötzlich den verschlungenen Lauf ihrer Gedanken erkannte. Mollie Maguire war ihr nicht zufällig in den Sinn gekommen. Sie hatte daran gedacht, wie man den Computer vermarkten und an die Menschen verkaufen konnte, die das Vorurteil hegten, Computer seien unpersönliche Elektrohirne, die allem, mit dem sie in Berührung kamen, die Menschlichkeit nahmen.
Francie dachte an den Computer, den Sam baute – an ein bescheidenes Arbeitstier, das den Alltag eines Geschäftsmannes erleichtern würde, ohne daß er selber ein Technikexperte sein mußte. Er sollte eine Maschine sein, an die der Käufer mit Vertrauen und vielleicht sogar Humor denken konnte, wie an ein freundliches Haushaltsgerät.
Und jetzt trafen sich die beiden Schienen, auf denen Francies Gedanken gereist waren. Sie sah den Computer vor sich und sie sah plötzlich den Namen, den sie ihm geben würde. Es war der ungewöhnlichste Name für ein solches Gerät, aber zugleich der menschlichste und freundlichste.
»Mollie ...«, murmelte sie, als sie in Sams Arm einschlief.

39

Der Name Mollie schien der letzte Funken für den Start des neuen CompuTel Computers in eine strahlende Zukunft zu sein. Jeder, der den Namen hörte, verliebte sich sofort in ihn, angefangen von Francies Mitarbeitern bis hin zu den cleveren, skeptischen Finanziers, die sie und Joel für das Projekt zu gewinnen versuchten.
Eine Gruppe von Bankiers, die bereits seit dem Frühling zögernd abgewartet hatte, entschloß sich nun zu einer Investition in Höhe von drei Millionen Dollar in Mollie und CompuTel, im Austausch für Aktienoptionen und einen Sitz im Vorstand des Unternehmens. Fast über Nacht folgten erst ein, dann zwei weitere Investoren.
Während des Sommers machte Mollie sprunghafte Fortschritte.

Am 8. September fand vor einer kleinen Versammlung privater Investoren eine beeindruckende Demonstration statt; Mollies Leistungsvermögen und ihre unkomplizierte Bedienungstechnik führten dazu, daß vier weitere Zusagen über jeweils eine Million Dollar gemacht wurden.
Auf dem Rückweg aus dem Four Seasons, wo sie den Abschluß mit den neuen Investoren mit einem Essen gefeiert hatten, sprach Francie Sam ihre Glückwünsche aus.
»Du bist der Held des Tages«, sagte sie. »Wenn Mollie heute nicht so gut bei der Demonstration funktioniert hätte, könnten wir einpacken ...«
»Du mußt nicht mir danken«, antwortete Sam. »Ich bin nur ein kleines Rad im Getriebe, Francie. Du bist unser Motor.«
Sie lächelte müde. Sie wußte so gut wie Sam, daß sie noch einige Meilen bis zum Ziel zurücklegen mußten. Sie würden das doppelte Kapital brauchen, wenn sie Mollie landesweit effektiv auf den Markt bringen wollten. Es schien, als würde mit jedem erfolgreichen Schritt nach vorn noch mehr auf sie zukommen. Immer mehr Geld war im Spiel, und immer mehr Leute warteten auf den Augenblick der Wahrheit.
Und das schlimmste war, daß CompuTel keinen Pfennig Umsatz machte, denn das Produkt war noch nicht auf dem Markt und würde ihn auch nicht erreichen, wenn nicht noch mehr Geld investiert wurde. Investmentgesellschaften und andere Risikokapitalanleger waren wohl kaum dazu in der Lage, ihre Vorstände davon zu überzeugen, noch mehr Geld in ein Produkt zu investieren, dessen Existenz an sich ein Geheimnis war.
Francie wußte jetzt, wie sich ein Produzent einer Broadway Musicalproduktion fühlen mußte, der Millionen von Dollar und ganze Teams von Schauspielern und Personal investiert hatte und dann in der Furcht leben mußte, die Premiere könnte ein Reinfall werden und damit den Ruin aller Beteiligten bedeuten.
Unwillkürlich bekam Francie Lampenfieber. Sie war mit Mollie zu weit gegangen, als daß sie noch an Rückzug denken konnte. Und sie trug die Verantwortung für all die Leute, die sie in dieses Projekt hineingezogen hatte. Sollte ihr Schiff sinken, würden alle mit ihr untergehen.

Aber jetzt blieb keine Zeit und Energie für Grübeleien. Es blieb ihr nur noch die Flucht nach vorn.
Eine Stunde nach dem Essen waren Francie und Sam wieder in der Lagerhalle, die in Sektionen abgeteilt worden war, wo die verschiedenen Teams an unterschiedlichen Projekten arbeiteten – die Designer, die Hardwarespezialisten, die Techniker und die Marketingstrategen.
Sam wandte sich sofort wieder mit Quinn und Terry dem neuesten Problem in Mollies Schaltkreisen zu. Er mußte bei dem Gedanken lächeln, daß sein geliebter 9292, an dem er so lange herumgebastelt hatte, und seine jetzige Reinkarnation das gesamte Geschäftsleben in Amerika und auf der ganzen Welt revolutionieren würde – wenn Francie sich durchsetzen konnte.
Er war bald so sehr in seine Arbeit vertieft, daß er nicht bemerkte, wie Francie sich aus der Lagerhalle zurückzog.
Niemand hatte es bemerkt. Francie hatte es so geplant. Sie fuhr mit der U-Bahn nach Manhattan, nahm sich dann ein Taxi und gab dem Fahrer eine Adresse in der Innenstadt.
Kurze Zeit später stand sie in einem kargen Büro im zweiten Stock eines Gebäudes vor einem leger gekleideten jungen Mann, dessen Äußeres der Art seiner Tätigkeit entsprach.
Sein Name war Kevin Still, und er war der Besitzer des Elektrofachgeschäfts im Parterre. Sein Spezialservice allerdings war die elektronische Überwachung, ein Service, der zu pikant war, um damit zu werben.
Francie hatte ihn vor zwei Monaten engagiert und sich jede Woche von ihm Bericht erstatten lassen. Bisher hatte er keine Ergebnisse aufzuweisen gehabt. Und erst letzte Woche hatte er ihr gesagt, sie würde ihr Geld verschwenden.
Doch an diesem Morgen hatte er im Lagerhaus angerufen und eine verschlüsselte Nachricht hinterlassen, die in ihrem vereinbarten Code bedeutete, daß er schließlich doch etwas für sie hatte. Deshalb war sie hier.
»Was haben Sie für mich?« fragte Francie.
»Das, wonach Sie gesucht haben, glaube ich. Hier, setzen Sie die Kopfhörer auf und hören Sie mit mir zu.«
Sie setzten beide Kopfhörer auf, und er schaltete ein Tonbandgerät ein.

Francie hörte die Signale einer Telefonverbindung. Dann ertönte die Stimme eines Mannes.
»*Irgendwelche Neuigkeiten?*«
»*Ja*«, antwortete die Stimme einer Frau. »*Sieht aus, als würde Aronsen mit einer Million einsteigen. Sie sahen den neuesten Prototyp, und das war's.*«
Francie erkannte den Namen eines der Investoren, mit denen sie heute zum Essen ausgegangen war.
»*Und, wie lief es?*« fragte die Stimme des Mannes.
»Perfekt. Besser als wir erhofft hatten.«
»Wie sieht der aktuelle Zeitplan aus?«
»Kann niemand genau sagen. Wir hoffen, Start zum Sommeranfang. Die Werbung wird groß aufgezogen, mit riesiger Marketingkampagne.«
»*Keinerlei technische Probleme, he?*« fragte der Mann.
»*Jedenfalls keine größeren. Sam arbeitet an* RAM. *Das Programm, das Francie geschrieben hat, ist genial. Ich wünschte, ich hätte es geschrieben.*«
Dann folgte eine Pause.
»*Wirst du es rüberbringen?*« fragte der Mann.
»Sobald ich Zeit finde, es zu kopieren. Wir haben alle Hände voll zu tun.«
»*Okay. Gute Arbeit. Bring es mir nach Hause.*«
Die Verbindung brach ab.
Francie nahm die Kopfhörer ab. Sie sah bleich aus, aber nicht überrascht.
»Und, war es das, was Sie hören wollten?« fragte Kevin Still.
Francie lächelte. »Nein, nicht das, was ich hören *wollte*. Aber das, wonach ich gesucht habe. Ich danke Ihnen, Kevin.«
»Soll ich meine Leute weiterhin dran lassen?«
»Natürlich. Und nochmals danke.«
»Haben Sie erkannt, wer der Mann war?« Er stand auf.
Francie schien mit der Antwort zu zögern.
»Das ist jetzt nicht wichtig«, sagte sie.
»Aber das Mädchen ...«, meinte Kevin.
»Oh, ja. Das Mädchen«, sagte Francie, »über sie besteht kein Zweifel.«

Sie bedankte sich und ging. Als sie vor dem Haus stand, atmete sie tief ein und sah sich um. Die Luft war nicht besonders sauber, aber sie erschien ihr in diesem Moment äußerst belebend.
Und das galt auch für die Schachpartie, die sie spielte, dachte Francie. Sie war nicht besonders sauber, und die Dinge, die sie lernen mußte, waren nicht gerade appetitlich. Aber sie mußte diese Partie zu Ende spielen – und zwar auf Sieg.
Dana, dachte sie, *auf dich hätte ich nie getippt.*

40

Am nächsten Nachmittag berief Francie eine Sondersitzung für die führenden Mitarbeiter ein, zu denen Sam, Joel, Barbara, Terry, Quinn und Lee Nugent gehörten.
Eine einfache Frage von Quinn erübrigte die Einleitung, die Francie sich zurechtgelegt hatte.
»Wo ist Dana?«
»Ich habe sie heute morgen entlassen«, antwortete Francie. »Sie gehört nicht mehr zum Team. Barbara, das bedeutet Mehrarbeit für dich. Von jetzt an wirst du zusammen mit mir für die Programmierung verantwortlich sein. Ich hoffe, ich überfordere dich nicht damit.«
Es folgte eine gespannte Stille. Alle hatten Dana gut gekannt und sich auf ihre Energie und ihr Fachwissen mehr als einmal verlassen. Ihre Entlassung bedeutete einen bitteren Verlust. Mollie wurde von einem sehr kleinen Spezialistenteam produziert. Der Verlust nur eines Mitarbeiters konnte einen ernsthaften Rückschlag bedeuten.
»Kannst du uns sagen, warum Dana gehen mußte?« fragte Terry.
»Nein, das möchte ich an dieser Stelle lieber nicht tun. Aber ich möchte euch alle noch einmal daran erinnern, daß Geheimhaltung hier oberstes Gesetz ist. Die größte Gefahr für Mollie besteht nicht im technischen Vorsprung, sondern im strategischen. Habe ich mich deutlich genug ausgedrückt?«
Schweigen. Jeder im Raum war von Francies unterkühltem, kontrolliertem Ton und von dem frostigen Effekt ihres ruhigen Lächelns

beeindruckt. Nichts in ihrem Äußeren verriet, daß sie von einem ihrer engsten Freunde verraten worden war. Sie wirkte wie ein Boß, der soeben das Datum für den Betriebsausflug bekanntgab – absolut geschäftsmäßig und beunruhigend gefaßt.

Als das Meeting zu Ende war, nahm Sam sie beiseite.

»Wie hast du es rausgefunden?« fragte er.

»Ich habe ihr Telefon abhören lassen«, antwortete sie schlicht.

Sam sah angegriffen aus. Er hatte Dana persönlich nie sehr nahegestanden, aber er hatte mit ihr in den vergangenen zwei Jahren an Hunderten von Problemen zusammengearbeitet und geglaubt, sie gut zu kennen.

»Und was hat dich ausgerechnet auf ihre Spur geführt?«

»Nichts«, entgegnete Francie.

»Nichts?« Sam zog eine Braue hoch.

»Ich habe die Telefone von euch allen abhören lassen.« Der Ausdruck in ihren Augen war bar aller Emotionen.

Sam sah sie überrascht an. Er schien von ihren Worten schockiert, als betrachte er ihren Grad von Mißtrauen als ungesund. Und doch ließ sich nicht leugnen, daß eben dieses Mißtrauen berechtigt gewesen war.

»Verrate mir noch eins«, sagte er. »Wer hat sie gekauft? War es Magnus?«

Francie zögerte mit der Antwort.

»Sam«, sagte sie schließlich. »Wir brauchen jetzt deinen scharfen Verstand bei der Arbeit, du solltest dir nicht wegen Dana den Kopf zerbrechen. Du mußt diesen Teil mir überlassen. Wenn alles vorbei ist, werde ich dir all deine Fragen beantworten, okay?«

Sam sah ihr tief in die Augen. Jetzt erkannte er die Verletztheit in ihnen. Vor den anderen hatte sie ihren Schmerz verborgen, aber sie beide standen sich zu nahe, als daß sie es auch ihm gegenüber verleugnen konnte.

Er berührte sanft ihren Arm.

»Es tut mir leid, Francie.«

Sie lächelte.

»In der Liebe und im Krieg ist alles erlaubt«, antwortete sie. »Und jetzt laß uns wieder an die Arbeit gehen.«

Einen Moment später bastelte Sam bereits wieder mit Quinn am

Prototyp, und Francie saß in dem abgeteilten Kämmerchen, das ihr in einem Winkel des Lagerhauses als Büro diente.
Sie erlaubte sich einen abschließenden Gedanken an Dana. Dana war der letzte Mensch, dem sie einen Verrat zugetraut hätte. Aber jetzt war sie um diese Erkenntnis froh, denn sie bewies ihr, daß sie noch viel über die menschliche Natur zu lernen hatte – und das innerhalb kürzester Zeit.
Doch ihre innere Sicherheit, die sie durch die vergangenen, hektischen Monate gebracht hatte, kam ihr wieder einmal zu Hilfe. Sie schloß die Augen und konzentrierte sich auf den Job, der vor ihr lag.
Jetzt sind Sie am Zug, Mister Magnus ... dachte sie.

41

In den folgenden Wochen verlor niemand ein Wort über Dana.
Sam jedoch dachte oft darüber nach, was diese Episode für Francie bedeuten mochte.
Er wußte, daß sie und Dana Zimmergenossinnen auf der Universität gewesen waren und sich einmal sehr nahegestanden hatten. Unzählige Male war er in die Firma gekommen und hatte Dana und Francie zusammenarbeiten sehen, in stiller Übereinkunft, fast wie Schwestern.
Und jetzt, einfach so, war Dana fort.
Und Francie hatte sich nicht verändert. Besser gesagt, sie war noch immer dieselbe stille, unnachgiebige junge Frau, die an jenem Tag, als die Sache mit Mollie gestartet wurde, aus dem Nichts aufgetaucht war. Vom ersten Moment an hatte Sam erkannt, daß Francie damals eine unsichtbare Linie überschritten hatte, was in gewisser Weise zu einer neuen Person geführt hatte.
Die Francie, die er jetzt sah, machte Sam manchmal angst, denn sie war so sehr in sich versunken und so geheimnisvoll. Sie war nicht mehr die Francie, die er vor zweieinhalb Jahren kennengelernt hatte. Die Francie, die er am ersten Abend ins Selbstbedienungsrestaurant eingeladen hatte, schien ein Mädchen gewesen zu sein, das tief verletzt worden war, in ihrem Innern aber eine normale, gesunde Person geblieben war, sensibel und freundlich. Als

er bei CompuTel eingestiegen war, war er sich bewußt gewesen, daß er ihr durch eine schwierige Phase in ihrem Leben half und damit auch sich selbst.
Als er allmählich ihr Freund wurde, erfuhr er mehr über den Schmerz in ihrem Inneren und ihre Besessenheit, die sie zum Erfolg trieb. Er betrachtete dies nicht als Hindernis für ihre Beziehung, denn er wußte, daß er sie mit seinem 9292 einen Schritt in diese Richtung unterstützte. Es gab keinen Widerspruch zwischen seiner Freundschaft und ihrem Privatleben.
Und dann folgte seine Bestrafung.
In der ersten Nacht, als ihre Zuneigung zueinander – eine Kraft, die so zerbrechlich und kostbar gewesen war – sie ins Bett geführt hatte und sie die verbotene Grenze als Liebende überschritten, hatte der Zufall ihm einen fatalen Einblick in das gegeben, was er die ganze Zeit vermutet hatte.
»Jack ...«
Dieses Wort auf ihren Lippen, im Schlaf gemurmelt, hatte die Pforte zu einem Alptraum geöffnet, der Sam seitdem verfolgte, im Schlaf wie im Wachsein. Unzählige Male hatte er sich mit dem Gedanken gequält, daß sie sich in ihrer Erschöpfung, in einem Moment, in dem sie für ihr Handeln nicht verantwortlich gewesen war, nicht ihm, Sam, hingegeben hatte, sondern dem Mann, dem ihre Träume galten.
Sam war aufgrund dieses kleinen Wortes durch Höllenqualen gegangen. Seitdem hatte er Francie Hunderte Male im Schlaf beobachtet, sie beinahe besessen studiert, wenn sie träumte – aber sie hatte den Namen niemals wieder ausgesprochen.
Und doch reichte dieses eine Mal aus.
Sam fragte sich, ob er sie ausnutzte, ob er sie – wie auch sich selbst – betrog, indem er mit ihr schlief, während sie, tief in ihrem Innern, an einen anderen dachte.
Er dachte über seine Freundschaft zu ihr nach. Er wußte, daß sie ihm vertraute und sich auf seine Freundschaft, ebenso wie auf seine Arbeit verließ.
Aber war sie, wenn sie sich liebten, ihm im Herzen ebenso nahe wie ihre Körper es waren?
Sam stellte sich diese Frage immer wieder, wenn sie sich liebten.

Und so vermischte sich der größte Schmerz seines Lebens unweigerlich mit der unwiderstehlichsten Lust, die er je erlebt hatte, und ließ ihn benommen zurück.
Sie zu lieben, war wie über den Rand der Welt zu springen. Die Anspannung ihres Körpers war durch die konstante Überarbeitung enorm, und wenn sie sich schließlich entspannte, war es wie ein erlösendes Gewitter nach einem wolkenverhangenen Nachmittag. Die Nacktheit ihres Körpers war ein Wunder, er glühte geisterhaft und sinnlich, wenn ihre Schenkel die seinen liebkosten und ihre süßen, festen Brüste sich an seiner Brust rieben.
Sie liebte mit einer berührenden Natürlichkeit, ihre Knie streichelten seine Hüften, ihre Hände auf seinen Schultern hießen ihn in ihrem Inneren willkommen. Doch ihre Liebkosungen, so warm und zärtlich sie auch waren, entbehrten nie der eigentümlichen Intensität, die sie auch in die Arbeit trieb. Eine Intensität, mit der sie Sam plötzlich zu verschlingen und gleichzeitig zu übergehen schien, als würde sie nicht ausschließlich ihm gelten.
Das schizoide Gefühl, diesem vielschichtigen Mädchen so nahe und doch so fern zu sein, führte Sam direkt auf den Namen zurück, den er aus ihrem Mund gehört hatte.
Schon am ersten Tag hatte er gespürt, daß Magnus Industries sie tief verletzt hatte. Er wußte ebenfalls, daß Jack Magnus eine Wunde in ihr hinterlassen hatte, um derentwillen sie den Kampf gegen sein Unternehmen aufgenommen hatte. Als die Magnus-Krake CompuTel angezeigt hatte, war es, als wäre endgültig der Fehdehandschuh geworfen worden.
Francie würde erst wieder frei atmen und frei leben können, wenn sie diesen letzten Kampf erfolgreich beendet hatte, einen Kampf, der, so vermutete Sam, mehr auf Rache als auf ein Messen der Kräfte basierte.
Und doch sprach sie auch heute, so, wie vor zwei Jahren, niemals über Magnus Industries. Sie hielt den Blick strikt auf Mollie und die Zukunft gerichtet, bestand darauf, das Vergangene ruhen zu lassen. Ihr Schweigen war so tief, daß Sam manchmal die Vermutung hegte, sie würde ihm etwas über Mollie oder das gesamte Projekt, an dem sie arbeiteten, vorenthalten. Das war natürlich unmöglich, da Sam jedes Relais, jede Schraube des Gerätes kannte und auch jedes

Detail ihres Vorhabens. Und trotzdem ließ ihn das Gefühl nicht los. Es schien ihm, als würde er, indem er nicht alles über sie wußte, auch ihre Pläne und Absichten nicht wirklich kennen.
Mehr als das, er nahm Francies Schweigen als den Beweis für seine gerechte Strafe dafür, daß er sie in einem Moment geliebt hatte, in dem er nicht sicher sein konnte, daß sie mit ihrem ganzen Herzen beteiligt war.
Es war eine grausame Strafe, und der Stachel grub sich mit jeder Woche gemeinsamer Arbeit und mit jeder weiteren Liebesnacht tiefer in sein Fleisch, denn es wurde ihm immer unmöglicher, sich ein Leben ohne Francie vorzustellen.
»Jack ...« Das Wort begleitete Sams Leben wie ein teuflischer Talisman, korrumpierte jeden Winkel seiner Intimität zu Francie. Es schien, als würden sich das Magnus-Imperium und sein Erbe, Jack Magnus, wie ein Spinnennetz um Francie legen und sie mit jeder Bewegung von ihm entfernen. Sam fragte sich, ob er nur ein kleines Rad in einer Maschine war, die angetrieben wurde durch Francies Haß auf einen Mann, der sie besaß, mehr als er es jemals tun würde, und dessen Herrschaft durch die Kraft ihrer Feindseligkeit bestätigt war.
Sam widerstrebte es, eine Figur in ihrem Spiel von Haß und Wut zu sein, einem Haß, der von einem Mann hervorgerufen wurde, den sie vielleicht geliebt hatte, vielleicht sogar immer noch liebte.
Andererseits war Sam überzeugt, daß ihr besessener Kampf und die harte, unerbittliche Frau, zu der sie geworden war, nicht wirklich ihrer Persönlichkeit entsprachen. Diese Charakterzüge schienen ihm wie die einer anderen Person, beinah so, als wären sie ihr durch Zufall, Schicksal und Umstände aufgebrannt worden.
Wenn er Francie heute ansah, konnte er noch immer das sanfte Mädchen erkennen, in das er sich damals im Selbstbedienungsrestaurant verliebt hatte – ein energischer, umtriebiger Mensch, zweifelsohne, aber ein Mensch, der eher für das Glück als für den bloßen Erfolg geschaffen schien. Und hinter diesem Image erkannte er das unschuldige Kind, das sie viele Jahre zuvor gewesen war, das schelmische kleine Mädchen, das ihre Familie abgöttisch liebte und bereit war, die Welt zu entdecken. Ein Mädchen, das den Tod der Mutter überwunden hatte und durch eine glückliche Collegezeit gegangen war.

Das war die Francie, die Sams Herz besaß. Es muß sie geben, dachte er. Er konnte sich nicht geirrt haben, besonders nicht, da er sie seitdem unzählige Male in den Armen gehalten und die Unschuldigkeit und Süße in ihrer Hingabe zu ihm gespürt hatte.
Und doch existierte jetzt neben diesem kindlichen Wesen etwas unendlich Gefährliches in Francie. Wenn sie sich liebten, schien es ihm, als gäbe es zwei Frauen – die eine, ein süßes, vertrauensvolles Mädchen, mit dem er den Rest seines Lebens verbringen wollte, und die andere, eine erbarmungslose Kämpferin, deren Besessenheit sich auf ein Ziel richtete, von dem er ausgeschlossen war.
Er mußte herausfinden, welche der beiden real war.
Diese Entscheidung hatte er nach Danas Entlassung gefällt. Er würde warten, bis Mollie fertig war, und Francie dann geradeheraus fragen, woran er bei ihr sei. Wenn das Resultat ihres erbitterten Kampfes vorlag – mochte es gut oder schlecht ausfallen –, mußte sie bereit sein, Stellung zu beziehen, was sie für ihn empfand und was sie mit ihrem Leben anfangen wollte.
Gerade so lange konnte Sam noch warten, doch keinen Moment länger. Er war ein zu stolzer Mann, als daß er sein Herz so bedingungslos einer Frau hätte schenken können, die ihm nicht mit ihrem ganzen Herzen gehörte. Nicht einmal seine Liebe zu Francie machte dieses Gefühl wett.
Es war an der Zeit herauszufinden, wer sie wirklich war – obwohl er ihre Antwort beinah ebenso fürchtete wie ersehnte.

42

15. Dezember 1959
Julie Magnus lag in Scott Monteagles Armen.
Sie befanden sich im kleinen Schlafzimmer des Landhauses in Surrey, das seit fünf Generationen im Familienbesitz war. Es hatte dem Verwalter des großen Anwesens gehört, das die Monteagles während der Depression verloren hatten, und war der einzig übriggebliebene Besitz.
Seit dem Abschluß seiner Ausbildung als Rechtsanwalt kümmerte sich Scott um seine Schwestern und seine Mutter. Er versuchte, das

Beste aus ihrer mißlichen Lage zu machen, und es war ihm gelungen, seine Mutter in einer hübschen Wohnung in der Nähe ihrer Verwandten in London unterzubringen. Zudem hatte er die Ausbildung seiner Schwestern finanziert und die Ehe der älteren Schwester arrangiert.

Jeden Pfennig, den er als Anwalt verdiente, hatte er gespart und davon ein kleines Stück Farmland unweit des ehemaligen Anwesens der Monteagles erwerben können. Er hatte einen Pächter für das Grundstück gefunden, einen jungen Mann namens Ned Templer, der selber Familie hatte. Die beiden Männer hatten sich angefreundet und arbeiteten hart, um die kleine Farm mit Kartoffel- und Zuckerrübenanbau zu einem gewinnbringenden Unternehmen zu machen.

Mit Ausnahme des Landhauses, einem Relikt aus längst vergangenen Zeiten, war die Farm der einzige Besitz der Monteagles. Scotts Wohnung in London war angemietet, ebenso die Wohnung seiner Mutter, und auch Moira wohnte zusammen mit drei anderen Mädchen zur Miete, nahe der Universität.

Die Monteagles waren Lichtjahre von ihrem einstigen Reichtum entfernt, aber sie waren nicht bitter und nicht schlechter dran als andere englische Bürger der Mittelschicht. Und Scott hatte Pläne, was die Verbesserung der Stellung seiner Familie betraf. Er war ein hart arbeitender, brillanter Rechtsanwalt, und seine Arbeiten im Bereich Unternehmens- und Internationales Recht brachten ihm Anerkennung in der Kanzlei ein. Wenn alles glatt lief, konnte er davon ausgehen, in ein paar Jahren Partner in der Kanzlei zu werden.

Doch Scott unterwarf sein Leben nicht der Arbeit. Er betrachtete die finanziellen Engpässe, in denen sich die Familie befand, mit Humor und trug seine Verantwortung als ihr Oberhaupt und Versorger mit Geduld und Kraft. Er witzelte mit Julie über seine Arbeit. Sie bekam das Gefühl, daß er seinen niedrigen Lebensstandard sogar genoß und erleichtert war, die Bürde des großen Reichtums, der der Familie seines Vaters so wenig Glück beschert hatte, los zu sein.

Diese Kombination aus ehrlicher Ernsthaftigkeit und erfrischender Gleichgültigkeit gegenüber den Launen des Schicksals machte ihn

für Julie so anziehend. Scott besaß eine Unabhängigkeit und stellte sich dem Leben auf eine Art, die Julie völlig fremd war, denn sie war in einer Treibhauswelt aufgewachsen, in der der Reichtum ihrer Familie und die gesellschaftliche Stellung ebenso erdrückend waren wie die unmenschliche Macht ihres Vaters.
Gleich nach ihrer Ankunft hatte Scott sie seiner Familie vorgestellt – seiner Mutter, einer erschöpft wirkenden, aber attraktiven Frau in den Sechzigern, die alle Hoffnungen auf ihren Sohn zu setzen schien; sie begrüßte Julie herzlich; seiner älteren Schwester Lucie, die mit einem Börsenmakler verheiratet war und gerade ein Baby zur Welt gebracht hatte; und Moira, einer intelligenten jungen Studentin, die sich mit Julie gleich anfreundete.
Moira war intellektuell, und sie studierte Geschichte und Internationale Beziehungen und hatte linke, feministische Ansichten, die sie und ihren Bruder manchmal aneinandergeraten ließen.
»Du bist so *konservativ,* Scott«, schimpfte sie dann. »Es wird Zeit, daß du aufwachst, was die Situation der Frau in England angeht. Wenn die Frauen nicht endlich ihre Rechte bekommen, werden die übrigen unterprivilegierten Gruppen auch nicht zu ihrem Recht kommen.«
Scott schmunzelte. Insgeheim bewunderte er seine Schwester, wenn sie ihn angriff.
»Ich sage ja gar nicht, daß du im Unrecht bist. Ich meine ja nur, daß Politik im allgemeinen es nicht wert ist, sich – na ja, sich derart aufzuregen. Wir müssen nun einmal in dieser Welt leben, mit all ihren Fehlern. Ich bin ja nicht dagegen, für Veränderungen zu kämpfen, aber wir können schließlich nicht den Atem anhalten, bis die Veränderungen da sind. Wir müssen heute leben und so gut es geht für den anderen sorgen.«
»Genau das ist der Punkt!« triumphierte Moira. Ihre dunklen Augen funkelten unter ihrem kastanienbraunen Haar. »Füreinander sorgen. Wir können diese moralische Verpflichtung nicht einfach abgeben, bis das Leben für uns ein wenig leichter wird, Scotty. Wir müssen es jetzt tun. Warten hat noch nie etwas genützt. Habe ich nicht recht, Julie?« Sie wandte sich mit einem Lächeln an sie. »Sag, daß ich recht hab'. Bring ihn zur Einsicht.«
Julie stammelte eine taktvolle Antwort, die beiden Seiten recht

gab. Sie konnte Moira nicht sagen, wie überrascht sie war, überhaupt nach ihrer Meinung gefragt zu werden, und wie dankbar, in einen freundlich gemeinten Streit innerhalb einer glücklichen Familie einbezogen worden zu sein. Für Julie war Scotts Familie die glücklichste Familie der Welt, Menschen, denen es durch die Umstände gestattet war, menschlich miteinander umzugehen und einander zu lieben. Und mehr noch – sie akzeptierten Julie.

Scott zeigte ihr London, und sie versuchte, so gut es ging, vor ihm zu verheimlichen, daß sie die Stadt schon von mehreren Familienreisen her kannte. Aber das erwies sich als problemlos, denn Scotts London war das bunte, laute London des Portobello Market, des Kensington Gardens und der schlichten Teestuben in Soho, während das London der Magnus aus Sotheby's, Savile Row, Claridge's und Wimbledon bestanden hatte.

Scott zeigte Julie das London der Arbeiterklasse, eine zerstörte Stadt, die sich mühsam mit dem sturen Stolz eines historischen Volkes, dessen Traditionen nichts an Stärke verloren hatten, von den Kriegsjahren erholte.

»Dieses Land ist wie wir Monteagles«, sagte Scott. »Es hat sein Reich und seine Prahlerei verloren, aber die alten Gebräuche bieten noch immer Trost.«

Julie hatte sich noch niemals so gut amüsiert. Jeder stille Moment mit Scotty und seiner Familie war für sie wie ein Weihnachtsmorgen, erfüllt von einer prickelnden, winterlichen Frische, die sie stärkte und belebte. Selbst der dichte Londoner Nebel konnte ihre Laune nicht trüben. Sie wollte alles mit Scotts Augen sehen.

Nachdem sie die Stadt erkundet hatten, zeigte ihr Scott die Landschaft Surreys. Er hielt Julies Hand, als sie durch die Felder streiften, auf denen er als Junge gespielt hatte. Er machte mit ihr Ausflüge in malerische Dörfer wie Shere und Friday Street und zeigte ihr den alten Friedhof in Abinger Common, wo die Gräber der Monteagles bis ins sechzehnte Jahrhundert zurückgingen.

»Wie du siehst, sind wir zu unseren Wurzeln zurückgekehrt«, sagte er zu ihr. »Vielleicht paßte der Reichtum einfach nicht zu uns. Vielleicht hatte die Vorsehung einfach andere Pläne mit uns. Ich finde diesen Gedanken irgendwie reizvoll.«

Julie fand ihn sicherlich reizvoll, denn mit jeder Minute, die sie mit Scotty verbrachte, erkannte sie, wie abgeschottet und übelriechend die Welt ihrer Familie in New York war und wie schön die Alternativen waren, die das Leben bot.

Eine Woche nach ihrer Ankunft brachte Scott Julie in das kleine Landhaus. Es war ein malerisches kleines Haus mit einem Kohleofen, zwei winzigen Schlafzimmern und einem Wohnzimmer mit offenem Kamin und gepolsterten Sesseln. Ahnenporträts und Landschaftsbilder, die Scotts Vater in jungen Jahren gemalt hatte, schmückten die Wände. Wenn sich die einladende Wärme des Ofens in den Zimmern ausbreitete, gab es keinen gemütlicheren Ort.

Scott zeigte Julie, wo sich das Teezubehör befand, und beobachtete dann, wie sie eine Kanne Tee aufbereitete.

»Vielleicht könnten wir hier essen«, schlug er vor. In seinen Worten lag Zurückhaltung.

Julie verstand die Absicht hinter seiner Einladung. Es wäre ihr niemals in den Sinn gekommen, abzulehnen.

Sie unternahmen einen ausgedehnten Spaziergang vor dem Essen und machten dann ein Feuer im Kamin. Sie lauschten dem Wind, dem Flattern der Vögel, dem Trippeln der Feldmäuse, und Julie kuschelte sich unter der Decke eng an Scott.

Sie spürte seine sanften Küsse auf ihrer Stirn und seine Finger, die mit ihrem Haar spielten. Eine verbotene Wärme stahl sich langsam unter ihre Haut. Noch vor wenigen Monaten hätte sie dieses Gefühl mit solcher Scham über sich selbst erfüllt, daß sie es nicht weiter zugelassen hätte, aus Angst, sie könnte Scott mit ihrer eigenen Schuld verseuchen. Doch jetzt, als sie ihn in seiner Heimat erlebt, seine Familie kennengelernt hatte und wußte, wie er für sie empfand, konnte sie das Unmögliche versuchen – die Vergangenheit hinter sich zu lassen und zu wagen, sie selbst zu sein. Es war beängstigend, aber es war gut, es war eine gesunde Art von Furcht.

Als seine Hand auf ihrer Brust zögernd innehielt, wagte es Julie, sie zu der harten Brustwarze unter ihrer Bluse zu führen. Seine Art, sie zu berühren, hatte etwas Schlichtes, Ehrliches, und es dauerte nicht lange, bis sie einen Schauer der Erregung spürte.

Sie wußte, daß auch er erregt war. Sie spürte es in seinen Küssen und der Dringlichkeit seiner Liebkosungen.
Sie wußte, daß sie am Ufer zur letztendlichen Erforschung voneinander standen. Und jetzt, ohne daß sie es wollte, verließ sie der Mut.
Sie löste sich aus seiner Umarmung, gerade so weit, daß sie ihm in die Augen schauen konnte. Sie streichelte seine Wange und zeigte ihm ihren Schmerz.
»Julie«, fragte Scott. »Was ist? Bist du noch nicht sicher?«
Sie lächelte traurig. »Was dich betrifft, schon. Aber ich bin mir nicht sicher, ob ich gut genug für dich bin. Ich möchte dich nicht verlieren.«
Er zog sie in seine Arme und bedeckte ihre Lider mit Küssen.
»Du bist ein wunderschönes Mädchen«, sagte er. »Ein feiner, ehrlicher Mensch – innerlich wie äußerlich. Und ich liebe dich. Ich habe mein ganzes Leben von dir geträumt, und jetzt habe ich dich gefunden. Ich werde dich nie wieder gehen lassen.«
Julie zitterte in seiner Umarmung. Sie hatte sich nie erträumt, einmal solche Worte zu hören. Sie waren wie eine Pforte zu einer anderen Welt.
Scott küßte sie, langsam und zärtlich. Dann zauberte er plötzlich eine kleine Schachtel hervor.
»Mach sie auf.«
Julie tat es und erblickte einen wunderschönen Granatring mit einer verzierten Goldfassung.
»Er gehörte meiner Großmutter«, erklärte Scott. »Es war ihr Ehering. Er stammt aus dem Familienbesitz, aber er ist zu alt, um seine Spur zurückzuverfolgen. Jedenfalls muß er aus einer Zeit sein, lange bevor die Monteagles reich waren. Jetzt, da wir wieder zum gewöhnlichen Volk gehören, ist dieser Ring wie ein Bindeglied zur Vergangenheit. Ich möchte, daß du ihn für mich trägst.«
Er hielt inne.
»Ich möchte, daß du meine Frau wirst, Julie.«
Sie sah auf den Ring, dann in seine Augen. Es war ihm absolut ernst. Es gab keinen Zweifel, daß er sie liebte. So wie der Ring für ihn eine Verbindung zu einer Zeit weit über seine Erinnerung hinaus war, so war Scott für sie die Verbindung zu einer Zeit vor ihrer

Schande, einer Zeit, in der sie noch unverdorben gewesen war. Er hatte sie damals gekannt, und er ermöglichte ihr die Rückkehr zu ihrem verlorenen Selbst.
Einen grausamen Moment lang kehrte Julie zum Abgrund ihrer Vergangenheit zurück, zu der Hoffnungslosigkeit, die so lange ihre einzige Welt gewesen war. Scott Monteagle hatte ihr eine Brücke zum Leben gebaut, die einzige, die ihr erlaubte, ihren eigenen Abgrund zu überqueren, ohne von ihm verschlungen zu werden. Es könnte sein einziges Angebot an sie sein. Das Schicksal gab ihr die Chance, sich selbst zu retten.
Sie lächelte. Das Messer, das in ihr bohrte, schien sich zum erstenmal, seit sie sich erinnern konnte, zurückzuziehen.
»Ja, Scotty. Ich werde dich heiraten.«
Sie schob den Ring auf ihren Finger und sah Scott in die Augen. Dann, unter seinem Blick, zog sie ihre Bluse aus, hakte den BH auf und legte seine Hände auf ihre Brüste. Starr vor Bewunderung betrachtete Scott die goldene Schönheit ihres Körpers. Dann beugte er sich über sie und küßte sie.
Sie liebten sich auf der alten Couch vor dem knisternden Kaminfeuer. Scott war ein zärtlicher, werbender Liebhaber, beinah zu sanft in seinen Berührungen. Doch er konnte nicht ahnen, wie wertvoll sein Respekt für Julie war.
Als es vorbei war, umarmte sie ihn fest.
»Verlaß mich nie«, flüsterte sie. »Versprochen?«
»Versprochen«, murmelte er. »Bis daß der Tod uns scheidet.«

Julie wollte Scott überreden, mit ihr durchzubrennen. Sie wußte, daß ihrer Heirat große Hindernisse im Weg standen. Sie war sicher, daß ihr Vater sie niemals billigen würde, denn die Monteagles waren eine Familie ohne Geld und Ansehen, eine Familie, die sich durch ihre Armut blamierte. Scott Monteagle hegte keinerlei Pläne, reich zu werden oder den alten Glanz der Familie zurückzuerobern. Alles, was er wollte, war ein einfaches Leben – mit Julie.
Doch Scott widersetzte sich der Idee, sie heimlich zu heiraten. Er wollte seine Mutter nicht enttäuschen, die viel Wert auf Tradition legte. Doch das war nicht der einzige Grund – er wollte, daß Julie

ganz offiziell in die Familie aufgenommen wurde. Die Familie hatte sie gleich in ihr Herz geschlossen, und er wollte sie mit einer richtigen Zeremonie willkommen heißen.
Scott gab ihre Verlobung bei einem Fest im kleinen Kreise in der Wohnung seiner Mutter bekannt. Die Hochzeit wurde für Juni geplant. Es sollte eine schlichte Feier werden, an der nur Scotts Freunde und die Monteagle-Verwandtschaft teilnahm.
Die Monteagles wußten nicht, daß Julie ihrer Familie die Verlobung verschwieg. Sie wollte ihre Zukunft vor den Magnus schützen. Sie rief lediglich daheim an, um ihnen mitzuteilen, daß sie ihren Aufenthalt in London um zehn Tage verlängerte.
Ab es gab etwas, das sie sofort mit Scott klären mußte. Die Frage ihres Erbes.
»Mein Vater wird mich enterben, sobald er von unseren Plänen erfährt«, sagte sie zu Scott. »Er hat Pläne mit mir, so wie er sie für meine Schwester und für Jack hatte. Mein Vater akzeptiert kein Nein als Antwort. Das mußt du begreifen, Scotty. Von dem Moment an, in dem er es erfährt, werde ich auf mich selbst gestellt sein. Abgesehen davon, würde ich sein Geld nicht nehmen, selbst wenn er es anbieten würde. Ich hoffe, du kannst meine Entscheidung akzeptieren.«
Zu ihrer Überraschung war Scott begeistert.
»Gott, mir fällt ein Stein vom Herzen. Ich hatte sowieso geplant, daß wir von meinem Gehalt leben. Ich möchte mich gar nicht an den Gedanken gewöhnen, reich zu sein. Es gefällt mir nicht. Ich hab' mir schon den Kopf zerbrochen, wie ich dich davon überzeugen kann, daß ein Leben als arme Engländerin besser ist als das einer New Yorker Millionärin.«
»Oh, ich liebe dich!« rief Julie und umarmte Scott.
Er lächelte, als sie ihn küßte. »Das ist das erste Mal, daß mir eine Frau dafür gedankt hat, sie von ihrem Reichtum zu befreien. Ich finde, das ist ein guter Start in unsere Zukunft.«
Zum erstenmal im Leben fühlte sich Julie Magnus als Herrin ihres eigenen Schicksals. Scott stand wie ein Wall zwischen ihr und den Dämonen ihrer Vergangenheit. Bereits jetzt konnte sie spüren, wie die Monteagles als ihre neue Familie sich um sie sammelten, um sie vor ihrer Vergangenheit zu beschützen. Und jetzt, da sie Anton

Magnus' Geld ausgeschlagen hatte – was konnte sie jetzt noch aufhalten?
Alles wird sich fügen, dachte Julie im stillen. Es mußte einfach so sein.
Der Herr, in seiner Weisheit, konnte eben nur eine bestimmte Menge Unglück auf zwei kleine Lebewesen laden. Scott hatte sein Unglück erlebt, so, wie sie ihres. Zusammen würden sie glücklich sein.
Alles *mußte* sich fügen.
Am Abend ihrer Verlobungsfeier in der Wohnung von Mrs. Monteagle glaubte Julie, ihr Herz müsse zerspringen, wenn sie die gute Neuigkeit nicht irgend jemandem erzählen könnte. Aber sie hatte keine Freunde. Sie konnte sich nur jemandem anvertrauen, der ein Geheimnis gegenüber ihren Eltern bewahren konnte.
Sie dachte an Gretchen. Zwischen den Schwestern bestand ein Band, das ihnen erlaubt hatte, viele Geheimnisse in den vergangenen Jahren auszutauschen. Gretchen würde, da war Julie sicher, es niemandem weitererzählen.
Sie meldete das Ferngespräch an. In New York war es fünf Stunden früher, nachmittags, und Gretchen war allein mit ihrem Baby daheim. Sie freute sich, von ihrer Schwester zu hören.
Als sie die Neuigkeit vernahm, freute sie sich natürlich noch mehr.
»Ach Liebes, ich freue mich so für dich. Wann findet die Hochzeit statt?«
»Im Juni. Ich hoffe, du kannst kommen, Greti«, sagte Julie mit Aufregung in der Stimme.
»Nichts wird mich davon abhalten können, Julie. Aber jetzt hör zu. Hier gibt's auch Neuigkeiten. Du wirst es nicht glauben ...«
»Was ist los?« fragte Julie.
»Es geht um Jack. Er hat sich von Belinda getrennt. Für alle völlig überraschend. Sie haben es bis vor ein paar Tagen geheimgehalten. Zuerst konnte es keiner glauben.«
Julie war schockiert. Sie hatte geglaubt, ihren Bruder gut genug zu kennen, um zu wissen, daß ein solcher Schritt für ihn außer Frage stand.
»Na ja, damit beweist er jedenfalls, daß er Mut hat. Das muß ich

ihm zugute halten«, sagte sie. »Ich wußte gar nicht, daß so was in ihm steckt.«
»Aber das ist noch nicht alles«, fuhr Gretchen fort. »Halt dich fest: er wird wieder heiraten.«
»Was?« rief Julie. »Gleich danach? Ich fasse es nicht.«
»Und nie im Leben errätst du, wen er heiraten wird ...«

43

21. Dezember 1959
Mollie war keine sechs Monate mehr von der Fertigstellung entfernt.
CompuTel glich einem Bienenstock. Bei den letzten vier Demonstrationen war Mollie hervorragend gelaufen, hatte Investoren und finanzielle Gönner mit ihrem Leistungsvermögen und ihrer simplen Bedienung sofort für sich eingenommen.
Das wichtigste Merkmal des Geräts war, wie jeder wußte, Francies Betriebssystem, das sie bis zu einem beinah unglaublichen Level an Effektivität ausgearbeitet hatte. Ihre Mitarbeiter waren baß erstaunt über das, was ihr gelungen war, um so mehr, da sie neuerdings sehr zurückhaltend war und sich bedeckt gehalten hatte. Wenn sie nach seinen technischen Details und Abläufen befragt wurde, antwortete sie ausweichend und sehr allgemein.
Die größte Herausforderung, der sich CompuTel jetzt stellen mußte, war Mollies Preis. Es war von entscheidender Bedeutung, daß sie für ein Unternehmen mittlerer Größe erschwinglich war und daß Garantie und Wartung sehr großzügig angelegt waren, damit die so wichtigen Erstkunden nicht das Gefühl bekamen, beim Kauf des neuen Produktes zuviel zu riskieren.
Doch dieses Problem wurde durch die unglaubliche Opferbereitschaft all derer gelöst, die an der Entwicklung und am Marketing für Mollie beteiligt waren. CompuTels Führungskräfte verdienten absolute Niedriglöhne und investierten darüber hinaus eigenes Kapital in das Projekt. Sie alle hielten Aktienoptionen auf die Firma, und damit hing ein eventueller finanzieller Gewinn durch Mollie von ihrem jetzigen Arbeitseinsatz für das Projekt ab.

Aufgrund dieser Tatsache war Francie in der Lage, den Investoren einen Preis für Mollie zu präsentieren, der durchaus im Rahmen des Erschwinglichen für ein Durchschnittsunternehmen lag. Darüber hinaus konnte sie garantieren, daß dieser Preis nicht steigen würde, bis Mollie in den Handel kam. Die Nation ist bereit für den Computer, versicherte Francie ihnen. Alle Unternehmen im Land arbeiteten im Bereich der Datenverarbeitung mit veralteten Methoden. Deshalb bedurfte es jetzt nur noch der Botschaft, wie einfach und erleichternd die Arbeit am Computer war. Das Eigeninteresse und die Gewinnaussichten würden den Rest dazutun.
Die Investoren waren überzeugt. Sie ließen noch mehr Geld in Mollies Entwicklung fließen und hielten die Daumen angesichts von Mollies näherrückendem Debüt. Das Spiel, auf das sie sich eingelassen hatten, war risikoreich, doch es sah mit jedem Tag vielversprechender aus.
In der Zwischenzeit war das Arbeitstempo bei CompuTel noch weiter gesteigert worden. Alle waren völlig erschöpft, arbeiteten jedoch nach wie vor Tag und Nacht. Wie Soldaten in der Schlacht weigerten sie sich, auf ihre eigene körperliche Verfassung Rücksicht zu nehmen, und preschten automatisch vor.
Erschöpft, blaß, das Lächeln zur Begrüßung am Morgen beinah schon zu anstrengend, arbeiteten sie weiter, achtzehn, zwanzig Stunden täglich, vergaßen ihre Müdigkeit angesichts der immer näherrückenden Premiere.

Es war inmitten dieser angespannten Situation, als sich Francie an einem Abend in der Woche vor Weihnachten mit gemäßigtem Schritt ihrer Wohnung näherte. Sie hatte einen weiteren arbeitsreichen Tag hinter sich, und ihr fehlte die Kraft zu ihrer sonst sehr forschen Gangart. All ihre Bewegungen waren in ihrem Bemühen, die Erschöpfung unter Kontrolle zu halten und sich nicht von der Müdigkeit überwältigen zu lassen, genau bemessen. Sie befand sich in einem Dauerzustand des Betäubtseins, war sich kaum bewußt, was um sie herum geschah, und innerlich nur mit Mollie und der Zukunft beschäftigt.
Sie hatte gerade den Schlüssel ins Schloß der Eingangstür gesteckt, als eine tiefe Stimme hinter ihr ertönte.

»Kann ich dich eine Minute sprechen?«
Sie schnellte herum und sah Jack Magnus.
Unwillkürlich stockte ihr der Atem. Jack gehörte zu dem dunkelsten Kapitel ihrer Vergangenheit. Sie hatte nicht erwartet, ihn jemals wiederzusehen.
Vielleicht erschien er ihr aus diesem Grund so schön.
Nie zuvor hatte er so edel, so elegant ausgesehen. Er war leger gekleidet, in einem Pullover und einer Hose unter dem Trenchcoat. Seine ungezwungene Erscheinung unterstrich seine Ausstrahlung fast übermenschlicher Anmut.
Bei näherer Betrachtung erkannte Francie, daß er zudem müde und überarbeitet wirkte. Doch er hatte dieselbe harte, dynamische Ausstrahlung wie früher. Und seine Augen glühten, barsten beinah in Flammen, als er sie ansah. Seine Gefühle waren offensichtlich. Sie war sich bewußt, daß dies auch für sie galt.
Mit einem Willensschub gelang es ihr, das Zittern in ihrer Stimme zu unterdrücken, ihn klar und autoritär anzusprechen.
»Jack, verschwinde hier. Wir beide haben uns nichts mehr zu sagen.«
»Hör mir nur eine Sekunde zu«, sagte er. Sein Ton war drängend. »Tu mir diesen Gefallen, bleib einfach eine Minute hier stehen und hör mir zu, bevor du reingehst. Ich hab' dir drei Dinge zu sagen.«
Francie zögerte. Sie sah ihm in die Augen und erkannte das Spiegelbild der gesamten Magnus-Welt in ihnen. Sie wußte, daß sie verloren war, wenn sie ihm zuhörte und ihn wie ein menschliches Wesen behandelte.
Und plötzlich erinnerte sie sich an die Nachricht, die er ihr vor drei Jahren hatte zukommen lassen. Eine Nachricht, die sich ihr ins Herz gebrannt hatte.
Nichts ist, wie es scheint.
Was geschehen ist, ist nicht wirklich. Nicht so wirklich, wie wir es waren und sind.
Ich liebe dich mehr als mich selbst, mehr als mein Leben.
Francie blieb stehen, die Schlüssel in der Hand.
»Ich gebe dir zehn Sekunden.«
»Ich habe mich von Belinda getrennt und bereits die Scheidung eingereicht. Ich arbeite nicht mehr für Magnus Industries. Ich

habe vor einem Monat gekündigt. Ich habe mich für immer von meiner Familie losgesagt. Ich bin enterbt. Ich bin frei, Francie. Das sind die drei Dinge.«

Sie sah ihm lange und tief in die Augen. Sie hatte noch niemals einen derart intensiven Blick gesehen. Das Flehen vermischte sich mit etwas unerträglich Wütendem, doch sie wußte, daß sich die Wut nicht gegen sie richtete.

»Du solltest besser mit reinkommen.«

Er folgte ihr in das Gebäude. Schweigend fuhren sie im Fahrstuhl nach oben. Sie ließ ihn in ihre Wohnung. Er legte seinen Mantel nicht ab, setzte sich jedoch, als sie es ihm anbot, in den Sessel bei der Couch.

Sie zog ihren Mantel aus und stellte ihre Aktentasche ab. Sie bewegte sich langsam, versuchte, Zeit zum Nachdenken zu gewinnen.

»Möchtest du etwas trinken?« fragte sie.

»Ja bitte, irgendwas ...«

Sie kochte Kaffee, ihr Verstand arbeitete fieberhaft, als sie in der Küche herumwerkelte. Aus dem Wohnzimmer drang nicht der geringste Laut. Sie spürte, daß er ihr Zeit ließ, das Gesagte zu verarbeiten.

Ohne sich zu entschuldigen, ging sie ins Bad. Die Augen ihres Spiegelbilds machten ihr angst, denn sie bargen eine Gefaßtheit, die sie sich nicht erklären konnte. Sie erkannte sich beinahe nicht wieder.

Schließlich kehrte sie mit einem Tablett ins Wohnzimmer zurück. Sie stellte den Kaffee vor ihm ab und setzte sich auf eine Sesselkante.

»Warum erzählst du mir das alles? Was hat das mit mir zu tun? Du und ich, wir sind schon seit langem miteinander fertig, Jack. Es freut mich für dich, und ich denke, du hast die richtigen Entscheidungen gefällt, aber es geht mich nichts an. Ich lebe mein eigenes Leben, weißt du.«

Sie sah den Effekt, den ihre Worte auf ihn hatten. Er sah aus, als hätte sie ihm einen Dolchstoß versetzt. Sie erkannte in diesem Bruchteil einer Sekunde, daß er sich fragte, ob sie einen anderen liebte.

Dann faßte er sich. Er sprach sehr besonnen.
»Belinda und ich haben uns im beiderseitigen Einvernehmen getrennt. Ich habe sie nie geliebt. Natürlich ist das für dich nicht neu. Wir haben nicht freiwillig geheiratet. Eine Zeitlang haben wir uns Mühe gegeben, die Farce aufrechtzuerhalten, doch dann haben wir festgestellt, daß es uns beide ruinierte. Komischerweise sind wir inzwischen fast Freunde geworden. Wir haben beide einen hohen Preis für diese Entscheidung bezahlt. Höher, als du denkst.«
Francie musterte ihn mit einem kühlen, abschätzenden Blick.
»Was sind das für Menschen, die unfreiwillig, ohne sich zu lieben, heiraten?« fragte sie.
»Wir taten es – ich tat es –, um zu überleben. Es ist nicht leicht, es jemandem, der aus einer normalen Familie kommt wie du, zu erklären, gegen welche Macht wir uns auflehnen mußten. Ich erwarte nicht, daß du mir vergibst. Ich will nur, daß du es von meinem Standpunkt aus betrachtest, um es zu verstehen.«
Francie sah ihm in die Augen und erkannte echte Qual. Sie begann zu schwanken, nicht nur, weil sie müde war, sondern auch aufgrund seiner eigentümlichen Logik. Heute kannte sie die Welt der Familie Magnus besser als vor drei Jahren. Sie wußte, wie gnadenlos diese Welt gegenüber ihren Opfern war.
Aber sie blieb standhaft.
»Nein, ich verstehe es nicht.«
Seine dunklen Augen flackerten auf. Er wußte, daß sie ihn ausschloß, und er wußte, daß er es verdiente.
»Sieh dich an«, sagte er. »Du bist jung, schön. Du bist frei. Du hast deine Intelligenz, deine Fähigkeiten und deine eigene Zukunft. Du kannst tun und lassen, was du willst.«
Er hielt inne, als suche er nach den richtigen Worten. Francie unterbrach ihn. Was sie sagte, überraschte sie selbst.
»Und, soll ich jetzt etwa deinem Vater dafür danken? Er stahl mir meine Arbeit und feuerte mich, weil ich meinen Job zu gut gemacht habe. Dann, als ich glaubte, ich sei ihn endlich los – und damit auch dich –, verklagte er mich wegen meiner eigenen Erfindung! Er ruinierte die Firma, die ich aus dem Nichts aufbaute. Soll ich ihm dafür dankbar sein?«
Jack richtete sich plötzlich auf.

»Hör mir zu, Francie. Versuch zu verstehen. Wenn ich vor Jahren nicht das getan hätte, was er von mir verlangt hat, wäre alles noch schlimmer gekommen. Für dich und für mich.«
Sie lachte verächtlich auf. »So? Was sollte denn noch schlimmer sein als das?«
Er schüttelte den Kopf.
»Du kennst ihn nicht. Du weißt nicht, wozu er fähig ist. Du ahnst nicht, was er bewirken kann. Seine Macht kennt keine Grenzen. Glaub mir, du kannst froh sein, daß du mit diesen Narben davongekommen bist. Für diejenigen von uns, die gezwungen waren, mit ihm zu leben, war es nicht ganz so einfach.«
Francie zog sich in sich selbst zurück, versuchte, Jack mit Distanz zu betrachten, um sich ein klareres Bild von ihm machen zu können. Seine Worte verwirrten sie. Sie wußte, daß in seiner Beschreibung der Macht und der unendlichen Bosheit seines Vaters etwas Wahres lag. Aber diese Wahrheit entschuldigte nicht sein Verhalten. Im Gegenteil. Sie wußte, daß sie an diesem Gedanken festhalten mußte, ihn niemals außer acht lassen durfte.
»Trotzdem«, sagte Jack, »es ist vorbei. Belinda hat eine eigene Zukunft. Sie wird klarkommen. Was mich betrifft – ich bin jetzt wesentlich ärmer, aber ich bin frei. Ich habe Jahre für diesen Moment gespart. Ich habe genug Geld, um meine eigene Firma zu gründen. Vielleicht nichts Großartiges – aber mein Eigentum.«
Er hielt inne. Dann sah er Francie mit quälender Zärtlichkeit an.
»Ich will dich zurück, Francie. Ich liebe dich. Du bist alles, was ich jemals wollte.«
Stille. Francie fixierte ihn aus zusammengekniffenen Augen.
Als sie schließlich sprach, überraschte sie der Haß in ihrer Stimme.
»Du Teufel«.
Sie sah die Wirkung des Wortes. Jack wirkte, als sei er geschlagen worden.
»Sag das nie wieder zu mir«, entgegnete er leise.
»Du Teufel«, wiederholte Francie. »Du glaubst, du kommst hierher, unschuldig wie frischer Schnee, und meldest dein Recht auf mich an. Ich glaube, das denkst du wirklich. Aber du hast eines gesagt, was wirklich wahr ist. Jack – ich bin eine freie Frau. Kein

Mann hat die Macht, daran etwas zu ändern. Dein Vater nicht, und du schon gar nicht. Und jetzt verschwinde von hier.«
»Du verstehst mich nicht. Ich habe alles für dich aufgegeben. So, wie ich es dir schrieb an dem Tag, als er dich hinauswarf. Ich konnte nicht zurück, solange ich nicht frei war. Ich habe diese Welt hinter mir gelassen, Francie! Du wirst sie nie wiedersehen! Wir haben die ganze Zukunft vor uns.«
»Ich habe gesagt, du sollst verschwinden!« schrie sie mit plötzlicher Heftigkeit. »Du glaubst, Frauen sind etwas, das du benutzen und dann wieder wegwerfen kannst. Nun, hier ist ein Spielzeug, das du nicht zurückkriegst, Jack.« Sie wußte, daß ihre Wut mit ihr durchging, daß sie zuviel gesagt hatte. Aber die Worte kamen wie von selbst.
Plötzlich sprang Jack auf, kam zu ihr und nahm sie in seinen eisernen Griff.
»Denkst du das wirklich von mir?« zischte er ihr ins Ohr. »Nach allem, was zwischen uns geschehen ist? Daß ich mit dir gespielt habe? Denn, wenn ja – wenn du das auch in Paris geglaubt hast –, bin ich erledigt. Sag mir die Wahrheit. Sag es!«
Seine Stimme war wutentbrannt, aber auch fast flehend. Francie begriff, wie tief sie ihn jetzt verletzen konnte.
Langsam lockerte er seinen Griff. Sie sah ihn an, mit Augen, in denen sich Schmerz und Enttäuschung spiegelten.
Ganz langsam schüttelte sie den Kopf. Sie konnte die Wahrheit nicht leugnen. Sie konnte in diesem Moment nicht schauspielern.
Aber damit hatte sie sich verletzbar gemacht. Er umarmte sie plötzlich, zu plötzlich, als daß sie sich wehren konnte. Und da war der Kuß, der einmal in ihrem kindlichen Kopf tausend Phantasien ausgelöst hatte, so intim, so voller Magie und Geheimnis, daß er eine Welle der Hingabe in jeder Faser ihres Körpers aufsteigen ließ, bevor sie es verhindern konnte.
Dann befreite sie sich aus seinen Armen und stieß ihn weg.
»Du glaubst, das würde etwas ändern ...«, zischte sie, »dem ist nicht so ...«
»Du hast unrecht«, sagte er, umklammerte ihre Handgelenke und spürte, wie sie versuchte, sich aus seinem Griff zu winden. »Nichts hat sich verändert. Nichts hat sich je zwischen uns geändert. Es ist

keine Sekunde in diesen drei Jahren vergangen, in der ich nicht an dich gedacht habe. Die Erinnerung an dich holte mich in Momenten ein, in denen ich am wenigsten damit gerechnet habe: bei der Arbeit, auf der Straße, beim Essen, im Schlaf. Ich habe Tag für Tag mit dieser Qual gelebt. Und du auch. Das spüre ich. Versuch nicht, es zu leugnen. Sag das Gegenteil, los, versuch es, sag es ...«

Er küßte sie wieder, ehe sie antworten konnte. Sie wand sich heftig in seiner Umklammerung, wehrte sich mit jeder Faser ihres Körpers gegen ihn. Doch in ihre Gegenwehr mischte sich unweigerlich Erregung, und der Protest in ihrer Stimme klang dem Stöhnen der Ekstase nicht unähnlich. Das Gefühl, sie in den Armen zu halten, in ihrer Zartheit, Wut und Abwehr, machte Jack vor Verlangen fast wahnsinnig.

Ein Stöhnen schwoll in seiner Kehle an, während er Francie umklammert hielt. Seine Sinne waren von ihrem Duft überwältigt, von ihren köstlichen Lippen, der wilden kleinen Zunge, die ihm trotz ihrer Anstrengung, ihn weiter hassen zu wollen, antwortete. Er spürte, wie sich ihre festen Brüste gegen seine Brust rieben, spürte ihre wunderschönen schlanken Schenkel, die im Kampf gegen ihn seine streichelten, und er konnte ihre Erregung förmlich riechen, diesen magischen Duft weiblichen Verlangens, das sich mit Wut und Frustration vermischte. Beinah verlor er die Kontrolle. Er hatte Angst, er könne sie mit Gewalt nehmen, selbst wenn er sie damit für immer verlieren würde, denn die Leidenschaft, die in ihm aufstieg, war zu groß, als daß er ihr widerstehen konnte.

Doch irgendwie, trotz der Kraft des Verlangens, die sie vereinte, gelang es Francie, sich mit einem Ruck von ihm zu befreien. Sie wand sich aus der Umklammerung, schlüpfte aus seiner Umarmung und schnellte von der Couch hoch. Sie stand vor ihm, groß und schlank, das Haar zerzaust, ihr Busen wogte von dem Kampf, und sie starrte auf Jack hinunter. Ihr Blick war hypnotisch, wild. Sie war noch nie so schön gewesen. In diesem Moment erkannte Jack, daß er die Macht über ihre Sinne behalten hatte, aber auch, daß sich ihre Macht über sein Herz durch die Jahre der Trennung noch verstärkt hatte.

»Ich liebe dich«, sagte er. »Mein Gott, wie sehr ich dich liebe.«

Ihr Blick verschleierte sich. Sie wirkte verwirrt. Ihre Wut war

nicht abgeschwächt, doch etwas anderes, etwas nicht weniger Heftiges, ließ sie zögern.
»Heirate mich«, sagte Jack.
»Verschwinde«, erwiderte Francie. »Verschwinde aus meinem Leben.« Aber ihr Ton war nicht überzeugend.
»Ich kann nicht ohne dich leben«, sagte er. »Sieh mich an. Siehst du nicht, daß es wahr ist?«
Der flehende Ton in ihrer Stimme hatte Jack auf eine verzweifelte Idee gebracht.
»Hör mir zu. In sechs Wochen werde ich geschieden sein. Wenn ich verspreche, dich nicht anzurühren, bis wir verheiratet sind – wirst du dann ja sagen? Ich werde dich nicht anrühren, bis wir vor aller Welt in einer Kirche getraut worden sind, bis wir für immer frei von Magnus sein werden. Ich schwöre es. Wirst du ja sagen, wenn ich es verspreche? Keine Unsicherheiten, keine Zweifel. Werde meine Frau, Francie. Ich gebe alles für dich auf, ich werde mein ganzes Leben für dich aufgeben.«
Sie starrte auf ihn hinab, zitternd, erschüttert durch eine unsichtbare Macht, stärker als ein Erdbeben.
»Du schwörst es?« fragte sie.
Er beugte sich vor, seine Leidenschaft verlieh ihm den wilden, gefährlichen Ausdruck eines Panthers.
»Ich schwöre. Sag ja, Francie. Bitte. Mein Leben liegt in deinen Händen.«
Sie sah ihn lange und prüfend an. Tausend verschiedene Gefühle spiegelten sich in ihrem Gesicht, kaleidoskopisch, schwindelerregend. Er konnte sehen, wie sie sie schüttelten, sie buchstäblich vor seinen Augen durchtränkten. Dann glätteten sich ihre Züge und ein beinah kalter, distanzierter Ausdruck trat in ihr Gesicht.
Dann, ganz behutsam, spiegelte sich so etwas wie Zärtlichkeit in ihren Augen. Zärtlichkeit und Einwilligung.
Sie sank auf den Teppich vor ihm. Ihr Haar war noch immer zerzaust, ihr schöner Körper kauerte sich auf dem Boden, sie sah zu Jack auf, wie das schönste weibliche Tier, das jemals auf der Erde existiert hatte. Und die Worte, die sie sprach, machten ihn schwindelig.
»Gut. Ich werde dich heiraten.«

Sein Herz stand still.
»O Francie ...«
»Aber dein Schwur gilt. Es wird so sein, wie du gesagt hast ...«
»Alles«, sagte er, »alles, was du willst. Ich würde mein Leben für dich geben.«
»Und ich muß erst noch etwas zu Ende bringen. Es wird ein paar Monate dauern.«
»Alles ...«, antwortete er.
Sie verharrten beide in einer Art Schockzustand und schauten einander in die Augen. Durch unzählige quälende und freudige Erinnerungen waren sie vereint und nun auch noch durch ein Versprechen, das ihrer beider Leben verändern würde, ein Versprechen, das gestern noch undenkbar gewesen war.
Dann zog er Francie an sich und umarmte sie fest. Er hoffte, sie würde seinen stockenden Atem, sein Verlangen nach ihr nicht spüren. In den vergangenen zwei Jahren, selbst in der wachsenden Erkenntnis, ohne sie nicht leben zu können, hatte er vergessen, wie unwiderstehlich sie war.
Aber heute, endlich, hielt er sie in seinen Armen. Sein Herz überschlug sich.
Jetzt gehört sie mir, dachte er.
Das Gefühl ihres Körpers, eng an seinen gepreßt, machte ihn trunken vor Glück. Er konnte ihre Augen nicht sehen, weit und klar, die über seine Schulter, über die Schatten des Apartments hinaus, in eine Zukunft blickten, auf die sie bis zu diesem Augenblick nicht zu hoffen gewagt hatte.

Buch III

Schachmatt

44

New York, 19. Januar 1960

Scott Monteagle saß Anton Magnus an dessen glänzendem Mahagonitisch gegenüber.

Sie befanden sich in der Bibliothek des Hauses in der Park Avenue. Ein etwas steifes, aber erträgliches Dinner mit Julie und ihrer Mutter lag hinter ihnen. Die beiden Frauen hatten sich in den unteren Salon zurückgezogen, und Anton hatte Scott hier heraufgeführt, um das entscheidende Gespräch zu führen.

Julies Gefühle in bezug auf das Gespräch zwischen Scott und ihrem Vater waren gemischt. Einerseits war sie stolz, Scott ihren Eltern vorstellen zu können, andererseits erschreckte und entsetzte sie der Gedanke, den Mann, den sie liebte, mit ihrem Vater in Kontakt zu bringen. Die Angst vor ihrem Vater war ihr so selbstverständlich wie das Atmen. Sie wollte nicht, daß Scott in seine Einflußsphäre gelangte.

Ihr Haß auf die Magnus saß so tief, daß sie versucht hatte, Scott davon zu überzeugen, einfach in London auf sie zu warten. Sie hatte sich bereits mit der unvermeidlichen Enterbung abgefunden und wollte ihrer Familie lediglich eine Einladung zu ihrer Hochzeit zukommen lassen. Wenn sich ihre Eltern entschließen sollten zu kommen, dann war das ihre Entscheidung.

Das wäre für Julie der einfachste Weg gewesen. Aber Scott war in dieser Beziehung altmodisch und wollte bei ihrem Vater in aller Form um ihre Hand anhalten.

Nach einigem Überlegen fühlte sich Julie geschmeichelt, daß Scott darauf bestand, ihrem Vater gegenüberzutreten, und war stolz auf seinen Mut. Anton Magnus hatte sich mit Sicherheit eine bessere Partie für sie gewünscht und würde niemals ein Nichts wie Scott akzeptieren. Aber da Scott keinerlei Wert auf den Reichtum der Magnus legte, war die Zustimmung ihrer Familie lediglich eine Formsache. Julie genoß die Vorstellung des Unbehagens ihres Vaters, wenn er erkennen mußte, daß seine Wünsche und seine Macht ignoriert wurden.

Darüber hinaus war ihr bewußt, daß Scotts Aufrichtigkeit und Liebe für sie den Widerstand des alten Mannes lächerlich wirken lassen würde. Scott besaß ein starkes, unbeugsames Rückgrat, das ihn zu einem ebenbürtigen Gegner für Anton Magnus machte. Er war unberührbar für die altbewährte Magnus-Waffe der Bestechung.

In jedem Fall, ganz gleich, wie sich die Dinge auch entwickeln mochten – würde sie ihn heiraten. Nichts konnte sie daran hindern. »Wenn du mich willst«, hatte sie zu Scott gesagt, »gehöre ich dir.«

Es war eine Situation, in der sie nicht verlieren konnte, und trotzdem war sie ihr unangenehm. Es schien, als beschmutze sie Scott, indem sie ihn in die Welt ihres Vaters brachte, sei es auch nur für einen kurzen Augenblick. Während des Essens hatte sie sich zurückgehalten, als ihre Eltern Scott über seine Herkunft und sein Leben ausgefragt hatten.

»Es kommt alles so plötzlich«, hatte ihre Mutter immer wieder mit einem Ausdruck der Besorgtheit gesagt; sie mochte Scott, aber sie wußte sehr wohl, daß seine Armut ihrem Mann ganz und gar nicht passen würde. Sie benahm sich, als wisse sie nicht, ob sie eine Kupplerin oder ein verängstigtes Kaninchen war.

Scott begegnete ihrem aufgeregten Geschwätz mit der Höflichkeit eines zuvorkommenden Schwiegersohns in spe. Er machte ihr Komplimente über ihren guten Geschmack, befragte sie über ihr Leben und fand sogar heraus, daß sie einem gemeinsamen Hobby nachgingen: der Aquarellmalerei.

»Wir werden zusammen durch den Hyde Park spazieren«, versprach er ihr, »sobald Sie uns besuchen kommen.«

»Wir könnten doch in den Central Park gehen«, erwiderte ihre Mutter mit einem ängstlichen Seitenblick auf ihren Mann. »Wir könnten ein Picknick veranstalten. Nur wir drei ...«

Anton Magnus sagte während des Essens wenig. Der Moment der Wahrheit würde erst später kommen, das war klar. Als Kaffee und Brandy serviert wurden, blieben die beiden Frauen unten, während

Scott Anton in die obere holzgetäfelte dunkle Bibliothek folgte, von der aus man den rückwärtigen Park überblicken konnte.
Der Raum war überraschend schlicht eingerichtet. Neben den Familienfotografien auf dem Bücherregal wies lediglich ein handsigniertes Foto des Präsidenten auf die Bedeutsamkeit des Hausherrn hin.
Scott gratulierte Anton Magnus zu seinem großartigen Anwesen, so, wie zuvor seiner Frau. Sein Ton war höflich, respektvoll, wenn auch ein wenig unpersönlich.
Anton Magnus saß hinter seinem Tisch und strahlte die väterliche Mildheit aus, die seinen Freunden und Feinden im Geschäftsleben nur allzu vertraut war. Er musterte Scott abschätzig.
»Würden Sie es mir übelnehmen, wenn ich Ihnen eine Frage stelle, Mr. Monteagle?«
»Natürlich nicht, Sir.« Scott lächelte. »Fragen Sie nur.«
»Wie fühlten Sie sich, als Ihr Vater sein Vermögen verlor?«
Scott überlegte. »Sie meinen, als er Selbstmord beging?«
Magnus hielt inne und schaute dem aufsteigenden Zigarrenrauch nach.
»Na gut«, meinte er. »Wie fühlten Sie sich, als er sich umbrachte?«
Scott wurde ernst. »Traurig. Traurig und wütend. Traurig, daß ich ihn verloren hatte, und wütend, daß ein Mann sich das Leben nimmt wegen einer derart unwichtigen Sache wie Geld.«
Scott war mit seiner Antwort zufrieden. Seine eigene Abneigung gegen Geld gründete sich auf jenen Tag, an dem er vom Tod seines Vaters erfuhr.
Magnus wirkte interessiert. »Sie machen sich nicht viel aus Geld, nicht wahr?«
Scott schüttelte den Kopf. »Stimmt. Mit Geld kann man Glück nicht kaufen.«
Magnus sah ihm in die Augen. »Millionen von Menschen auf der ganzen Welt leben in schlimmster Armut und wollen nichts von Glück, Gerechtigkeit oder Wahrheit hören, solange sie kein anständiges Essen auf dem Tisch stehen haben. Ihnen bedeutet Geld sehr wohl etwas. So, wie auch meinen Vorfahren, wenn ich das hinzufügen darf.«
Scott nickte nachdenklich. Er erkannte, worauf der alte Mann hinauswollte.

»Diese Menschen hungern«, antwortete Scott. »Sie sind Opfer von Ungerechtigkeit und Gleichgültigkeit. Wenn sie genug Geld für Essen hätten und gesund wären, würden sie dennoch nach Glück, nach Erfüllung streben, so, wie der Rest von uns, wie wir Glücklicheren. Und dabei würde ihnen Geld nicht helfen. Es stimmt, daß man ohne eine Mindestsumme an Geld sowie ohne Gesundheit nicht existieren kann. Aber Gesundheit ist nicht der Sinn des Lebens, genausowenig wie Geld.«

Jetzt war es an Anton Magnus, eine passende Erwiderung zu finden. Julies junger Mann war offensichtlich nicht dumm.

»Wie würden Sie sich fühlen, wenn Julie ihr Erbe aufgeben müßte, wenn sie Sie heiratet?«

»Erleichtert«, sagte Scott. »Um ehrlich zu sein, Sir, ich möchte nicht, daß ihr Vermögen zwischen uns steht. Ich habe großes Vertrauen in mich, was Julies Versorgung betrifft. Ich kann ihr durch eigene Kraft ein gutes Leben bieten. Mehr als das verlange ich nicht, und das gilt auch für Julie. Wir würden es beide vorziehen, wenn Sie das Geld für etwas Sinnvolleres einsetzen würden.«

Magnus zog eine Augenbraue hoch. »Sind Sie immer so geradeheraus?«

Scott lächelte. »Mein Anliegen ist sehr simpel. Ich liebe Ihre Tochter. Und ich möchte mein Leben mit ihr verbringen.«

Magnus erwiderte das Lächeln. »Die Liebe ist Ihnen wohl sehr wichtig?«

Scott war überrascht. »Nun, ja. Sie ist das einzige, was wirklich zählt.«

Es folgte ein Schweigen. Magnus schaute ins Leere. Ein nachdenklicher Ausdruck überzog seine Züge, flackerte auf, verschwand. Er wandte sich wieder Scott zu.

»Was ist das Schlimmste, das Ihnen in dieser Welt zustoßen könnte?«

»Julie zu verlieren«, antwortete Scott, ohne zu zögern.

»Soviel bedeutet sie Ihnen?«

»Ja, Sir.«

»Und was wissen Sie über sie?«

»Alles, was ich wissen muß.«

»Sie wissen also, daß sie eine ziemlich stürmische Jugend hatte?«

»Ja, Sir.«
»Und das macht Ihnen nichts aus?«
»Warum sollte es, Sir?«
Scott erwiderte mit einigem Unbehagen den Blick des alten Mannes. Die Augen hatten allen Ausdruck väterlicher Freundlichkeit verloren. Ihre Tiefen wurden undurchdringlich, leer, wie die Augen eines Raubtiers. Kein Anzeichen menschlichen Interesses, menschlicher Schwächen oder Verletzbarkeit spiegelte sich in ihnen.
Scott spürte instinktiv, daß etwas zwischen Julie und ihrem Vater nicht stimmte, daß etwas grausam falsch war. Ihm wurde bewußt, daß ihre wilde Jugendzeit ihre Ursache in der Beziehung zu ihrem Vater hatte. Ein Abend in der Gesellschaft ihrer Familie machte das mehr als deutlich.
Die Zeit war gekommen, sie für immer von Anton Magnus fortzubringen. Deswegen war Scott hier. Und er würde nicht zurückschrecken. Er konnte spüren, wie gefährlich Magnus war. Doch er war sich sicher, daß seine Liebe zu Julie allem standhalten konnte, was auch immer sich hinter diesen schwarzen Augen abspielte.
Stille. Magnus schien den jungen Mann zu mustern. Scott hielt dem stechenden Blick, ohne mit der Wimper zu zucken, stand.
Schließlich erhob Magnus das Wort. »Juliet bedeutet mir sehr viel«, sagte er. »Auf eine Weise ist sie die außergewöhnlichste meiner drei Kinder. Ich fühle mich besonders verantwortlich für sie, Mr. Monteagle. Ihr Leben ist bis jetzt nicht ganz einfach verlaufen. Ich will, daß es von nun an glücklich und zufrieden ist.«
»Dann wollen wir dasselbe«, sagte Scott mit einem zuversichtlichen Lächeln auf den Lippen.
Danach folgte eine lange Pause. Der Blick, der Scott durchbohrte, war hypnotisierend, unsagbar intensiv.
Plötzlich, unvermittelt, schob Anton Magnus seinen Stuhl zurück, stand auf und bot Scott lächelnd seine Hand an. »Willkommen in unserer Familie. Ich denke, Sie werden ein wunderbarer Schwiegersohn und Ehemann für Juliet sein.«
Die beiden Männer schüttelten sich die Hände und gingen zur Tür.
»Und für wann haben Sie die Hochzeit geplant?«
»Im Juni.«
»Hm, Ende Mai muß ich mich einer kleineren Operation unterzie-

hen. Nichts Ernstes, nur ein altes Rückenleiden. Aber ich werde für einige Wochen außer Gefecht sein. Ich nehme an, Sie könnten die Hochzeit nicht um einen Monat oder so verschieben? Ich würde sie nur ungern verpassen.«

»Ich sehe keinen Grund, der dagegen spräche«, antwortete Scott. »Ich werde mit Julie darüber sprechen. Ich bin sicher, sie hat nichts dagegen.«

»Und wenn es Ihnen keine allzu große Last bedeutet«, fuhr Magnus fort, »werde ich Ihrem Wunsch in bezug auf das Erbe nicht entsprechen. Ich fühle mich meiner Tochter tief verbunden. Ich möchte, daß es ihr an nichts fehlt. Ich möchte sie nicht durch eine Enterbung ausgrenzen. Ich möchte, daß sie sich immer als Teil der Familie begreift und weiß, daß ich immer für sie da sein werde.«

»Das bleibt Ihre Entscheidung, Sir. Ich hoffe, Sie haben unseren Wunsch, auf eigenen Füßen zu stehen, nicht als Respektlosigkeit gewertet. Wir ziehen es einfach vor.«

Er hatte diesen Moment vorhergesehen, obwohl er mit Julie nicht darüber gesprochen hatte. Sie konnten das Magnus-Geld noch immer als Treuhandvermögen für ihre eigenen Kinder anlegen. Scott selbst würde keinen Pfennig davon anrühren. Und er wußte, daß für Julie das gleiche galt.

Dennoch erkannte Scott Anton Magnus' Geschick als Verhandlungspartner. Er hatte das Thema Geld in dem Moment wieder auf den Tisch gebracht, als er und Julie sich gerade entschlossen hatten, es zu vergessen. Und er hatte es geschafft, Scott die Zustimmung für einen Aufschub der Hochzeit abzuringen, wenn auch nur für einen kurzen Zeitraum.

Scott dachte an Julies Warnung vor ihrem Vater. Er war ein verschlagener und gefährlicher Mann.

Aber er hatte seine Einwilligung zu der Heirat gegeben. Vielleicht weil er erkannt hatte, daß seine Waffen, mit denen er leicht jeden anderen jungen Mann in die Flucht geschlagen hätte, bei Scott nicht wirkten. Vielleicht sogar, weil er erkannt hatte, wie sehr Scott Julie liebte, und weil er wirklich glaubte, Scott sei der richtige Mann für sie.

In jedem Fall – er hatte nachgegeben.

Als sie hinuntergingen, um den Frauen die gute Neuigkeit mitzuteilen, hatte Scott das Gefühl, seine Sache gutgemacht zu haben. Anton Magnus war gar nicht so hart, wie er vorgab zu sein.

45

The New York Times, 21. Januar 1960
Magnus-Bollinger Verlobung bekanntgegeben

Heute wurde die Verlobung zwischen Miss Frances M. Bollinger, Tochter von Mr. Marcus Bollinger und seiner verstorbenen Frau Helen Bollinger, und Mr. Johan F. Magnus aus New York bekanntgegeben. Die Hochzeit ist für Juni geplant.
Miss Bollinger ist Absolventin der Universität Pennsylvania und leitet heute ihr eigenes Unternehmen, CompuTel Inc., New York. Mr. Magnus, Absolvent von Harvard und Yale, war bis zu Jahresbeginn Vizepräsident im Bereich Internationale Entwicklung bei Magnus Industries, Inc.

Francies und Jacks Körper glühten in einer intensiven Umarmung. Sie lagen auf der Couch in Jacks Apartment. Genau hier hatte Francie Jack vor langer Zeit zum erstenmal ihren Plan zur Computervernetzung der europäischen Tochterfirmen von Magnus Industries unterbreitet. Wie weit sie beide seit damals gekommen waren! Es schien bereits Geschichte zu sein.
Die Anziehung von Jacks hartem männlichen Körper war nie überwältigender gewesen als jetzt. Er hielt Francie in seinen starken Armen, und sie spürte seinen gespannten Körper in seiner ganzen Länge gegen ihre weichen Gliedmaßen. Der Geschmack seiner Lippen war betörend. Die Zunge, die mit ihrer spielte, entsandte Schauer des Verlangens durch sie.
Gerade als sich ihre Brustwarzen gegen den Stoff aufrichteten, der sie trennte, gelang es ihr, sich aus seiner Umarmung zu befreien.
»Huuu ...«, keuchte sie mit einem kleinen Lächeln. »Bitte, Jack, hör auf.«
Er schaute sie mit einer Mischung aus Begierde und Qual an.

»Es ist nicht leicht, dir zu widerstehen«, sagte er. »Es ist mir noch nie so schwergefallen, mich zu beherrschen.«
Sie sah ihn lächelnd an. »Nicht mehr lange ...«
Sie kannten beide die Regeln. Sie würden frühestens in fünf Monaten heiraten, obwohl Jacks Scheidung bereits vor zwei Wochen planmäßig rechtsgültig geworden war. Mollie befand sich im Endstadium der Entwicklung und würde erst im Juni auf den Markt kommen. Francie hatte Jack unmißverständlich klargemacht, daß sie um keinen Preis heiraten würde, bevor das große Experiment nicht abgeschlossen war.
Und Jack hatte es akzeptiert, wenn auch widerwillig.
»Ich werde dir etwas verraten, Mrs. Magnus-in-spe«, sagte Jack. »Niemand hat sich je so nach einem Abschluß eines Projekts gesehnt wie ich nach der Fertigstellung von Mollie. Manchmal glaube ich, ich werde platzen, wenn diese verrückte Maschine nicht endlich auf den Markt kommt.«
»Ich tue mein Bestes«, antwortete Francie. Sie lehnte sich zurück und lächelte ihm zu. Er betrachtete ihren schlanken sinnlichen Körper, den sie heute abend in Hosen und einen Pullover gehüllt hatte, was sie wärmer und schmusiger wirken ließ als jemals zuvor.
»Das weiß niemand besser als ich«, sagte Jack. »Du verbringst achtzehn und mehr Stunden täglich in deinem verdammten Lagerhaus. Du bist schwerer zu erreichen als Anton Magnus selbst.«
»Aber weniger erfolgreich«, witzelte sie.
»Nicht mehr lange«, gab Jack zurück. »Ich habe ein gutes Gefühl, was die Zukunft betrifft. Aus dir wird noch was, Mädchen. Glaub mir, ich kenne das Geschäft.«
Da ihre Arbeit zu zeitraubend war, daß sie sich kaum sehen konnten –, zum Glück, denn ihre gemeinsamen Abende endeten unvermeidlich in Momenten dieser Frustration –, hatte Francie ihm genug über Mollie, ihr Konzept und ihr Design erzählt, um ihn bei der Stange zu halten.
Jack selbst hatte sich entschlossen, ein eigenes Investmentunternehmen aufzubauen. Er hatte Francie erklärt, daß Mollie geradezu ideal für sein neues Unternehmen sein würde.
»Ich werde nicht nur persönlich dein Kunde sein, ich habe darüber hinaus einigen Einfluß in dieser Stadt, und nicht nur in der Stadt

– im ganzen Land. Ich könnte dir einige Geschäftskontakte vermitteln, und das werde ich auch tun.«
»Ich glaube, ich brauche jede Unterstützung, die ich kriegen kann.«
Francie hatte die Möglichkeit, daß Mollie ihrer Zeit voraus sein könnte, die Kosten für das Gerät zu hoch und die Scheu der Menschen vor der Elektronik noch zu groß, schon öfter mit Sam diskutiert.
Doch Jack ermutigte sie immer wieder.
»Das wichtigste dabei ist, daß du in eine Marktlücke stößt«, erklärte er. »Jedes einzelne Unternehmen in diesem Land arbeitet mit veralteten Methoden und Mitteln. Alles schreit danach, den Kostenfaktor durch Einsparung von Arbeitsstunden zu verringern. Mollie ist genau das, was der Doktor verordnen würde. Natürlich ist sie ihrer Zeit voraus, aber das waren das Telefon und der Fernschreiber damals auch. Das ist doch das Schöne an dem, was du tust, Francie: du überschreitest die Schwelle zur Zukunft.«
Sie war ihm für seine Unterstützung dankbar und verriet ihm sogar einige technische Details von Mollie. Er lauschte ihren Ausführungen interessiert, gab aber ohne Umschweife zu, daß ihr technisches Wissen seines bei weitem übertraf.
»Wenn wir verheiratet sind und die Leute mich fragen, was meine Frau tut, werde ich sagen: Sie ist eine Computerexpertin. Das klingt doch gut, oder? Andererseits könnte ich ebensogut sagen, sie ist Geschäftsfrau mit einem eigenen Unternehmen. Das gefällt mir eigentlich noch besser.«
Aber wann immer das Gespräch auf die Hochzeit kam, verspürte er unwillkürlich den Drang, Francie zu umarmen und zu fragen: »Wie lange noch? Ich habe noch nie in meinem Leben so lange auf etwas warten müssen.«
Dann versicherte sie ihm: »Nicht mehr lange, Jack.« Doch ihr Flüstern an seinem Ohr, die unmittelbare Nähe ihrer Lippen an seinen, durchbrach seine Selbstkontrolle, und er zog Francie an sich, für einen weiteren der betörenden verrückten Küsse, die sie beide so sehr erregten.
Wenn sie sich nicht über Mollie oder über Jacks neugegründete Investmentfirma unterhielten, sprachen sie von ihrer Hochzeit. Sie diskutierten, wo sie wohnen würden und wohin sie die Hochzeitsreise unternehmen wollten. Jack hatte ein Apartment auf der Fifth

Avenue gefunden mit wunderschöner Aussicht auf den Park. Schon jetzt richteten sie es zusammen ein und lernten dabei viel über den Geschmack des anderen. Sie stimmten überein, daß die Wohnung schlicht, modern und weitläufig sein sollte. Sie verbrachten viele Stunden in Galerien, suchten Bilder und Möbel aus. Für ihre Hochzeitsreise planten sie eine Kreuzfahrt auf die Virgin Islands, mit einem Zwischenaufenthalt auf einer karibischen Insel, wo Jack eine Villa gemietet hatte, die ihm zehn Tage völlige Ungestörtheit mit seiner frischangetrauten Braut garantieren würde.

Alles, was sie jetzt noch tun mußten, war zu warten, bis Mollie auf den Markt kam. Dann endlich würden sie ihre langersehnte gemeinsame Freiheit als Mann und Frau genießen können.

Jack hatte Francies Bedingungen anstandslos akzeptiert, doch die eigentümliche Tatsache, dieser wunderschönen Frau so nahe sein zu dürfen, ohne ihr die Kleider vom Leib reißen zu können und ihren anmutigen Körper zu besitzen, warf ihn permanent aus dem Gleichgewicht. Darüber hinaus schien er in seine Jugend versetzt, in die längst verlorene Zeit, als die Mädchen durch ihre Jugend und Jungfräulichkeit noch magische Wesen für ihn waren. Eine Zeit, in der ein junger Mann Mädchen idealisiert und sich in Phantasien von ihnen verliert.

Genau das empfand er momentan für Francie. Obwohl er einstmals die Sinnlichkeit ihres Körpers in seiner ganzen Intimität genossen hatte, schien ihm diese Erfahrung jetzt wie von einem Schleier verhüllt. Francie war jetzt voller Mysterien für ihn. Wenn er sie endlich heiraten und besitzen würde, dann würde es sein, als liebten sie sich zum erstenmal.

Das lange Warten brachte ihn beinahe um den Verstand. Jeden Tag erreichte sein Verlangen nach ihr eine höhere, unerträglichere Stufe. Doch ihre Schönheit wuchs proportional dazu, und er beglückwünschte sich selbst immer wieder zu der fast unglaublichen Tatsache, daß dieses talentierte, wunderschöne, brillante Wesen bald seine Frau sein würde.

Vielleicht hatte er es aus diesem Grund nicht vermeiden können, sie nach ihrem Liebesleben in der Zeit nach ihrer Trennung zu befragen.

»Ich weiß, daß ich eigentlich kein Recht habe, dich danach zu fragen, Francie, aber: gab es da jemanden in deinem Leben ...?«

Sie hatte ihm daraufhin mit einer Offenheit in die Augen geschaut, die ihn verblüffte. »Ich bin eine freie Frau, Jack.«
»Sicher. Tut mir leid. Vergiß, daß ich danach gefragt habe«, entschuldigte er sich leise.
»Aber um deine Frage zu beantworten – es gab niemanden.«
Sein Züge erhellten sich.
»Schließlich«, fügte sie lachend hinzu, »bleibt mir nicht besonders viel Zeit, wenn Mollie mich achtzehn Stunden am Tag beschäftigt hält, oder?«
Jack nahm sie fest in die Arme. Allein der Gedanke, daß ein anderer Mann sie begehrte, verlieh ihm ein sonderbares Gefühl für den schlanken Körper in seinen Armen. Sie fühlte sich exotischer und mysteriöser als je zuvor an. Sie war jetzt älter und introvertierter als früher. Selbst ihre Küsse verrieten eine Komplexität, die sie um so attraktiver machte. Er wußte, was sie in den vergangenen Jahren durchgemacht hatte, und er konnte sehen, wie sehr sie an diesen Erfahrungen gereift war.
Als er sie kennengelernt hatte, war sie eher Mädchen als Frau gewesen. Gescheit und selbstbewußt, aber noch unschuldig. Jetzt versprühte sie einen rätselhaften Charme, der von wirklicher Fraulichkeit zeugte. Es machte sie unendlich sinnlicher und begehrenswerter als früher.
Jack sagte sich, daß er sicher noch vor Verlangen platzen würde, wenn dieser verdammte Computer nicht bald vom Zeichenbrett auf den Markt kam.
Und so warteten sie, hielten sich fest, lediglich getrennt durch den Faktor Zeit und die unvermeidliche Kluft zwischen den Gedankenwelten zweier menschlicher Wesen.

46

Belinda Devereaux saß allein am Küchentisch und hielt die Verlobungsanzeige von Jack und Francie in den Händen.
Sie blickte gebannt auf die Annonce, ohne sich ihrer Tränen, die ihr über die Wangen rannen, bewußt zu sein.
Belinda lebte jetzt allein. Nach ihrer Trennung von Jack hatte sie

eine Stelle als Englischlehrerin an einer Privatschule auf der East Side gefunden. Sie hatte sich eine hübsche Wohnung in einem Backsteinbau nahe der Schule gemietet und sich an der Columbia Universität eingeschrieben, wo sie an ihrer Dissertation über Romantische Literatur arbeitete.

Ihre geschäftigen Tage teilte sie zwischen ihrer Lehrtätigkeit und Recherchen in der Universitätsbücherei auf und verbrachte die Abende und Wochenenden mit der Arbeit an ihrer Dissertation.

Belinda fragte sich immer wieder, ob sie sich derart in die Arbeit stürzte, um den Schmerz ihres Verlustes zu vergessen. Sie lebte praktisch von Tag zu Tag und überließ ihre Zukunft sich selbst.

Als Jack sie um die Scheidung gebeten hatte, war sie nicht überrascht gewesen. Ihre Ehe war so steril geworden, daß es für beide zu einer Qual wurde, die Fassade aufrechtzuerhalten. Belinda war einfach erleichtert, daß ihr gesamtes Leben nicht diesem unerträglichen Dilemma gewidmet sein sollte.

Natürlich war ihr Herz gebrochen, denn sie hatte Jack geliebt, seit sie ihm zum erstenmal begegnet war, und sie liebte ihn noch immer. Ihn zu verlieren, war, als würde sie einen Teil von sich selbst verlieren. Aber sie hatte schon lange begriffen, dag ihre Heirat mit ihm nicht die Lösung des fatalen Leidens, ihn zu lieben, war. Sie konnte ihn ebenso gehenlassen. So oder so würde sie lernen müssen, allein zu leben. Dann, so erschien es ihr, war es immer noch besser, sich ein Leben ohne ihn einzurichten.

Und mitten in ihrem geschäftigen, leeren Treiben war ihr plötzlich die Verlobungsannonce in der Times in die Hände gefallen. Daß Jacks Wahl auf die schöne Francie Bollinger gefallen war, überraschte sie nicht. Ihre weibliche Intuition hatte ihr schon lange gesagt, daß Francie einen besonderen Platz in Jacks Herzen einnahm.

Gut, er würde endlich glücklich werden. Darin lag für eine Frau, die ihn so sehr liebte wie Belinda, ein gewisser Trost. Wenn sie ihn nicht haben konnte, so wollte sie, daß er mit der Frau glücklich wurde, die ihm geben konnte, was er brauchte.

Das war das erste, was ihr in den Sinn kam, als sie die Annonce sah. Aber es war nicht das einzige.

In den vergangenen drei Jahren hatte sie viel über Jack erfahren,

über seine Beziehungen zu seinem Vater, über Magnus Industries im allgemeinen. Belinda war eine intelligente junge Frau - weit intelligenter als sie selbst glaubte. Sie war in der Lage, die verschlungensten Inhalte der kompliziertesten Novellen zu analysieren und die versteckten Motivationen der komplexesten Charaktere zu erkennen.
Und nun sagte ihr Gefühl ihr, daß sich hinter dieser Verlobung mehr verbarg als auf den ersten Blick zu erkennen war.
Aber was?
Belinda erinnerte sich an ihre Begegnung mit dem Bollinger-Mädchen auf Gretchens Fest in Anton Magnus' Haus. Das beeindruckendste an Francie Bollinger war ihre Aufrichtigkeit und ihr Selbstbewußtsein gewesen. Sie war eine stolze Frau.
Und Jack hatte sie tief verletzt, so tief, wie eine Frau nur verletzt werden kann, wenn sie zugunsten einer anderen – in diesem Fall Belinda selbst – fallengelassen wird.
Francie war bei Magnus Industries entlassen worden, als Belinda und Jack heirateten. Und danach – wie Belinda wußte – war ihre eigene Firma CompuTel von den hochkarätigen Anwälten des Magnus- Imperiums wegen eines Patentvergehens verklagt worden. Das hatte Belinda nicht durch Jack erfahren, sondern durch ihre sorgfältige Lektüre des *Wall Street Journals* – eine der Angewohnheiten, mit denen sie versucht hatte, zu dem Leben ihres Ehemannes Anschluß zu bekommen.
Francie Bollinger konnte keinen bösartigeren Feind als Magnus Industries haben und keinen tieferen Groll als den, den sie gegen Jack Magnus hegen mußte.
Warum also hatte sie Jack zurückgenommen?
Das war die Frage.
Mit diesem Gedanken legte Belinda die Zeitung beiseite. Später, das war ihr bewußt, würde sie die Annonce ausschneiden und als abschließende Eintragung über ihre Beziehung zu Jack in ihr Tagebuch heften. Es sollte für den Rest ihres Lebens als eine Art tragischer, aber notwendiger Meilenstein in ihrem Leben stehen.
Doch jetzt schloß sie die Augen und rief sich das Bild von Francie Bollinger, wie auch Jacks vor Augen.
Belinda mußte dringend nachdenken.

47

Sam Carpenter saß alleine in seinem Loft.
Das riesige Wohnzimmer war jetzt leer und der Platz, den zuvor 9292 beansprucht hatte, war jetzt leer, denn Sam hatte seinen alten Computer für Mollie geplündert und die Überreste fortgeräumt. Überreste, die jetzt nicht mehr zu gebrauchen waren – wie auch Sams Träume.
Er sah sich im Loft um und dachte an die Lücke, die hier entstanden war.
Francies wenige Dinge im Badezimmerschränkchen – eine Bürste, ein Lippenstift, ein Eau de toilette – waren weggeräumt. In der Küche stand noch die neue Kaffeekanne, die sie ihm geschenkt hatte, eine schmerzliche Erinnerung an so manchen Morgen, den sie hier gemeinsam verbracht und schweigend eine Tasse Kaffee getrunken hatten, nachdem sie in den Armen des anderen aufgewacht waren, um dann gemeinsam zur Arbeit aufzubrechen.
Auf dem alten zerkratzten Tisch im Wohnzimmer lagen nicht länger die vielen Akten und Berichte, die Francie in ihren wenigen freien Momenten durchgesehen hatte. Nichts war geblieben außer Sams Aschenbecher und einer Flasche Bier, aus der er gerade trank.
Die beiden Bügel an der Garderobe, auf denen Francies Mäntel gehangen hatten, der Trenchcoat für den Frühling und der wollene Wintermantel, baumelten leer.
Und am schlimmsten war, daß auch ihr Duft im Apartment verflogen war. Noch Tage nachdem sie gegangen war, hatte er in der Luft gelegen und Sam beinah getötet in seiner betörenden Süße. Dann war er plötzlich verschwunden.
Jetzt gab es nur noch Sam hier, sein leeres Leben und seine Erinnerungen.

Francie hatte ihm ohne Umschweife und ganz offen von ihrer Verlobung erzählt. Er hatte still zugehört, seinen Schmerz im Innern verborgen. Dann hatte er ihr gratuliert und ihr dabei geholfen, ihre wenigen persönlichen Dinge zusammenzupacken. Sie wußten beide, daß sie ihre letzte Nacht hier verbracht hatte und niemals zurückkommen würde.

Sam hatte Francie gefragt, ob es ihr lieber sei, wenn er aus der Firma ausschied. Das war sein erster Gedanke gewesen. Er wollte so weit wie möglich von ihr fort. Der Gedanke, sie bei der Arbeit zu sehen, ohne sie jemals wieder in die Arme schließen zu können, war mehr, als er ertragen konnte.

Doch sie hatte ihn gebeten zu bleiben.

»Natürlich steht es dir frei zu gehen«, hatte sie gesagt. »Aber bitte bleib, bis Mollie fertig ist. Sie gehört ebenso dir wie mir. Ich könnte es nicht ertragen, daß du nicht an meiner Seite stehst, wenn sie endlich präsentiert wird.«

Sie sah den Ausdruck in seinen Augen und ergriff seine Hand. Diese Berührung zerriß ihm das Herz.

»Bleib bitte noch, Sam. Ich weiß, daß du deinen eigenen Weg gehen willst, aber ich werde so oder so nicht heiraten, ehe Mollie nicht fertig ist. Laß uns solange zusammenbleiben. Danach kannst du tun, was immer du für das beste hältst.«

Und Sam hatte eingewilligt.

Er hatte die Qual auf sich genommen, in dieser für ihn schlimmen Zeit in Francies Nähe sein zu müssen. Er mußte ihren Anblick jeden Tag während der Arbeit ertragen, das hochgesteckte Haar, wenn sie den Kittel über Bluse und Jeans trug, die wunderschönen Hände, die von der Arbeit am Computer schmutzig waren, ihre kleine Marotte, den Stift hinter ihr hübsches Ohr zu klemmen ... Sie war eine Vision von Schönheit, beinahe zu blendend, als daß man sie anschauen konnte. Und Sam wurde in jeder Sekunde daran erinnert, daß er einmal einen Teil von ihr besessen und daß er sie für immer verloren hatte.

Ganz instinktiv hatte er über ihre Verlobung Stillschweigen bewahrt. Er war überzeugt davon, daß sie sich nichts Schlimmeres hätte antun können. Er wußte genug über Jack Magnus, auch wenn er ihm nie begegnet war, um zu wissen, daß er der falsche Mann für Francie war, der falsche Mann für jede Frau. Und Jack hatte Francie bereits schon einmal, direkt und indirekt, großen Schaden zugefügt.

Aber kein Mensch kann das Herz einer Frau ändern. Wenn Francie Jack wollte, sollte sie ihn haben.

Sam blickte auf die Zweifel zurück, die er gegen Francie gehegt hatte, und er erkannte, daß er die ganze Zeit recht damit gehabt hatte. In ihrem Haß auf die Familie Magnus, in ihrem höllischen Kampf um Erfolg, der sich nur auf Rache gründen konnte, hatte in ihrem Inneren stets eine Glut geschwelt, die nicht auf Haß, sondern auf Liebe basierte. Sie hatte Jack niemals wirklich verbannt. Und als er zurückgekommen war, frei, um sie zu heiraten, hatte sie nicht nein sagen können.

Vielleicht beging sie einen fatalen Fehler. Aber sich zu verlieben, ist ein Fehler, der niemals korrigiert werden kann, es ist eine unheilbare Krankheit. Niemand verstand dies besser als Sam selbst, dessen Herz Francie gehören würde, solange er lebte. Liebe ist für immer. Man kann sie nicht mit Vernunft, Willen oder sogar gesundem Menschenverstand angehen. Wenn ein Herz sich erst einmal gegeben hat, gibt es kein Zurück. Der fatale Schritt wurde bereits getan.

Sam würde also als Fußnote im Buch von Francies Leben auftauchen. Er war ihr Freund, ihr Helfer, ihr Ersatzliebhaber gewesen, in jener Periode ihres Lebens, in der Jack nicht vorkam. Doch als Jack wieder auftauchte, konnte ihr Herz nicht anders, als zu ihm zurückzukehren, wie ein Magnet, der sich immer dem Nordpol zuwendet. Während Sam in Vergessenheit geriet ...

Neuerdings arbeitete er noch härter als früher, er machte Überstunden, versuchte, das Messer, das sich in sein Herz bohrte, zu vergessen, indem er sich in die Arbeit an Mollie stürzte. Wenn er nachts nach Hause kam, trank er schnell ein paar Biere, starrte auf die Schatten und fiel dann erschöpft ins Bett. Der Schlaf kam meistens schnell, doch er verließ ihn beinah ebenso schnell wieder, so daß er sich in den dunkelsten Stunden der Nacht hin und her warf, gequält von den Gedanken an Francie und der Erkenntnis des Dilemmas, sein Leben weiterführen zu müssen, obgleich seine Seele gestorben war.

Um fünf Uhr morgens schleppte er sich aus dem Bett, stürzte sich auf einen weiteren Arbeitstag, einen Tag des Vergessens, einen Tag, von dem er schon jetzt wußte, daß er in der Einsamkeit seines Apartments enden würde.

Er hatte sich nie eine derartige Qual vorstellen können. Jeden Tag fragte er sich aufs neue, ob er damit leben konnte.

Doch Francie hatte ihm das Versprechen abgerungen zu bleiben. »So lange, bis Mollie fertig ist«, hatte sie gesagt. »Danach bist du frei. Tu es mir zuliebe, Sam. Bitte ...«
Er würde es ihr zuliebe tun.
Und wenn es getan war, würde er sich dem zwecklosen Versuch widmen, Francie zu vergessen.

48

Am 23. Januar verließ Scott Monteagle sein Hotel, um sich mit dem New Yorker Geschäftspartner und Vertreter seiner Kanzlei zu treffen. Sie beabsichtigten, einige internationale Verträge durchzugehen und über die Kunden zu sprechen, die sowohl die britische als auch die New Yorker Vertretung beanspruchten. Danach wollte er sich mit Julie im Rockefeller Plaza zum Essen treffen.
Scott hatte den Portier des kleinen Hotels gebeten, ihm ein Taxi zu rufen. Als er die Lobby betrat, wartete der Fahrer bereits auf ihn. Es war ein großer, schlanker junger Mann mit ansprechenden Zügen und langem dunklem Haar.
»Morgen«, begrüßte er Scott. »Fünfundfünfzigste und Madison, richtig?«
Scott nickte. Der Fahrer geleitete ihn zu dem gelben Taxi, das vor dem Hotel geparkt war. Der Portier beobachtete gelassen, wie der Fahrer Scott die Tür aufhielt.
Einen Augenblick später waren sie bereits unterwegs.
Sie schwiegen, während der Fahrer den Wagen durch den dichten Manhattaner Verkehr um den ersten Block manövrierte.
»Sehen Sie sich diesen Verkehr an«, sagte der Fahrer schließlich mit einem Blick in den Rückspiegel. »Wird mit jedem Monat schlimmer, können Sie glauben.«
»Sie kommen anscheinend ganz gut klar damit«, entgegnete Scott höflich. Er hatte bemerkt, wie geschickt der Mann ein- und ausfädelte.
»Na ja, Übungssache, aber auch eine Frage von guten Nerven. Wenn man die ganzen Busse und Taxis erst mal vorläßt, wird man alt und grau, bevor man durch die Stadt kommt.«

Danach folgte wieder ein Schweigen. Das Taxi bahnte sich hupend seinen Weg durch die Blechschlange.
»Kommen Sie aus England?« fragte der Fahrer schließlich. »Ich hab'n ziemlich gutes Gehör für Akzente.«
»Ja, stimmt.« Scott schmunzelte.
»Nur zu Besuch?« Der Fahrer warf ihm erneut einen Blick im Rückspiegel zu. »Oder geschäftlich?«
»Nun, im Moment eher geschäftlich«, antwortete Scott. »Ich bin auf dem Weg zu einem Treffen mit ein paar Anwälten. Aber das ist Zufall. Ich habe vor, mich zu verloben und zu heiraten.«
»He, meinen Glückwunsch.« Der Fahrer klang plötzlich interessiert. »Das nenne ich einen freudigen Anlaß.«
»Ja, das ist es wirklich«, entgegnete Scott eher amüsiert als alles andere ob der Neugierde des Fahrers. Er hatte davon gehört, daß die New Yorker Taxifahrer ziemlich redselig waren.
»Man könnte sagen, ich bin so was wie'n Romantiker«, fuhr der Fahrer mit einem Grinsen fort. »Bin selber schon seit neuneinhalb Jahren verheiratet. Hab' zwei kleine Mädchen. Glauben Sie mir, es gibt nichts besseres als eine liebende Frau, zu der man nach Hause kommt. Werden Sie Ihre Frau mit nach England nehmen?«
»Ja«, sagte Scott. »Wir werden in London leben. Dort arbeite ich auch.«
Es entstand eine Pause, als der Fahrer laut hinter einem LKW her hupend die Spur wechselte. Er kurbelte gerade das Fenster herunter und wollte etwas hinausbrüllen, doch dann schien er seine Meinung zu ändern.
»Manche Leute glauben wirklich, daß ihnen die Straße gehört. Ich wette, in London läuft's nicht ganz so irre.«
»Das kommt darauf an, wohin man fährt«, erwiderte Scott lächelnd. »Im Mayfair-Viertel hält die Polizei alles in Schach, aber wenn man mittags versucht, über den Picadilly zu kommen, kann man gleich Selbstmord begehen.« Er hielt inne. »Allerdings fahre ich nie selbst in London. Ich nehme immer die U-Bahn.«
»Ist Ihre Verlobte Amerikanerin?«
»Ja, das ist sie.«
»Haben Sie sie hier oder drüben kennengelernt?«
Als er bemerkte, daß Scott zögerte, zuckte er entschuldigend die

Achseln. »Tut mir leid, Kumpel. Ich sollte meine Nase nicht überall reinstecken. Aber – kann ganz schön einsam sein, den ganzen Tag in diesem Taxi zu hocken.«
»Nein, nein, ist schon in Ordnung«, sagte Scott. »Also, eigentlich haben wir uns schon als Kinder gekannt.« Er lächelte bei dem Gedanken an Julie. »Unsere Familien kannten sich. Dann ist meine Familie – na ja, wir sind sozusagen in die wirkliche Welt abgestiegen, und ich habe sie eine lange Zeit aus den Augen verloren. Aber ich erinnerte mich noch sehr gut an sie. Dann haben wir uns, zufällig, vor einiger Zeit wiedergetroffen. Ich stellte mich vor, erinnerte sie an unsere Vergangenheit, und wir freundeten uns aufs neue an. Eins führte zum anderen, und – nun, und jetzt werden wir heiraten.«
»Das ist wirklich eine nette Geschichte«, meinte der Fahrer lächelnd. »Ich liebe Geschichten mit Happy-End. Aber verraten Sie mir: was sagt denn ihre Familie dazu, daß sie das Land verlassen will? Wissen Sie, manche Leute halten nichts davon, daß ihre Kinder zu weit wegziehen.«
»Ach, Sie wissen doch, wie Familien so sein können. Ich denke nicht, daß sie von der Idee begeistert sind. Vor allem ihr Vater nicht. Er ist daran gewöhnt, sie in seiner Nähe zu wissen und seinen Willen durchzusetzen. Aber er hat die Heirat gebilligt. Ich glaube, er ist letztendlich doch mehr um das Glück seiner Tochter besorgt, als immer seinen Willen zu bekommen.«
»Gut zu hören«, meinte der Fahrer. »Ich sage immer: man muß seine Kinder ziehen lassen, wenn die Zeit gekommen ist, daß sie das Nest verlassen. Wann werden Sie heiraten?«
»Im Juli.«
»Wird die Hochzeit hier oder in England stattfinden?«
»Hier.« Scott mußte erneut über die Neugierde seines Chauffeurs lächeln.
»Nun, das ist echt eine nette Geschichte«, ertönte die Stimme von vorn. »Wissen Sie, ich wollte schon immer einmal nach England. England ist schließlich unser Mutterland und so. Daran denkt man nun mal, wenn man Amerikaner ist.«
»Sie sollten einmal rüberfahren und es sich anschauen. Natürlich – es ist nicht ganz so aufregend und riesig wir Ihr Land, aber es hat

seinen ganz eigenen Charme. Und nicht zu vergessen – Tradition.«
»Ja, Tradition«, sagte der Fahrer. »Kommen die Leute Ihrer Frau ursprünglich aus England?«
»Na ja, noch ist sie nicht meine Frau.« Scott lachte. »Aber sehr nett, daß Sie es so ausgedrückt haben. Ihre Vorfahren väterlicherseits kommen aus der Schweiz. Aber die Familie ihrer Mutter stammt, wenn ich mich nicht irre, aus England und Irland.«
Der Fahrer wurde plötzlich schweigsam. Er schleuste den Wagen durch den Verkehr auf ein großes Bürogebäude mit einer ganzen Reihe Drehtüren zu.
»Da wären wir. Fünfundfünfzigste und Madison.«
»Ich danke Ihnen vielmals.« Scott gab dem Mann ein kleines Extratrinkgeld.
»War nett, sich mit Ihnen zu unterhalten«, sagte der Fahrer. »Ich wünsch' Ihnen noch einen angenehmen Aufenthalt. Und nochmals Glückwunsch zu Ihrer Verlobung. Ich bin sicher, daß Sie sehr glücklich werden.«
»Danke für die guten Wünsche«, antwortete Scott und stieg aus dem Wagen.
Als er sich dem Bürogebäude zuwandte, lächelte er. Die gute Laune und die Glückwünsche des Fahrers hatten ihm wirklich gutgetan. Heute schien ihm sowieso ganz Amerika ein Lächeln zu schenken.
Er ging durch eine der Drehtüren.
Draußen im Wagen rückte Johnny Marrante den Spiegel zurecht, um sich darin zu betrachten.
»Bist ein cleveres Bürschchen«, sagte er zu sich selbst. »Wirklich clever.«
Es war nicht schwer gewesen, den Portier zu bestechen und sich von einem Kumpel das Taxi für diesen kleinen Ausflug auszuleihen. Johnny wollte sich Scott Monteagle ein wenig aus der Nähe anschauen, nachdem er ihn schon unzählige Male in Gesellschaft von Julie beobachtet hatte.
Er sah zu der Drehtür des Gebäudes hinüber.
»Genieße deinen Aufenthalt, Bruder«, sagte er. »Wir sehen uns noch.«
Sein Mund war verzerrt von Haß. Voller Verachtung dachte er an

die schlanke Statur des Engländers, an seinen dunklen Anzug, die Aktenmappe. Er entsprach genau dem Bild des Schickibubis, das er sich so oft von dem Mann gemacht hatte, den Julies Eltern für sie auswählen würden. Johnny brodelte innerlich, wenn er sah, wie Julie den Typ küßte.

Er sonnte sich in der mörderischen Energie, die seine Adern durchströmte, als sich ihm ein Polizist näherte und ihn aufforderte, weiterzufahren.

Mit einem Nicken startete Johnny den Motor. Besser jetzt nichts riskieren, dachte er im stillen. Jetzt war ganz und gar nicht der Zeitpunkt, daß ein neugieriger Bulle vielleicht auf die Idee kam, seine Lizenz zu überprüfen.

Johnny hatte noch etwas zu erledigen. Und nichts durfte ihm dabei im Wege stehen.

49

18. Februar 1960

Viktoria Wetherell-Magnus saß im oberen Salon ihres Anwesens auf der Park Avenue und beobachtete ihren Mann und ihre Tochter.

Es war einer der sehr raren Momente in den vergangenen acht oder neun Jahren, den sie, abgesehen von den Mahlzeiten, zu dritt verbrachten. An den meisten Abenden saß Viktoria häkelnd im Sessel, während Anton, wenn er nicht oben in seinem Arbeitszimmer war, las, Musik hörte oder gelegentlich mit einem amüsierten Ausdruck auf dem Gesicht Fernsehen schaute.

Julie beehrte sie so gut wie nie mit ihrer Anwesenheit. Obwohl sie nicht mehr zu ihren gefährlichen nächtlichen Abenteuern aufbrach, seit sie sich in Scott Monteagle verliebt hatte, blieb sie doch meist auf ihrem Zimmer und schloß wie immer die Familie aus ihrem Privatleben aus.

Viktoria Magnus hatte sich mit dem Zerfall ihrer Familie abgefunden, so, wie es jede Mutter tun muß, denn sie war Schlimmeres gewöhnt.

Sie erinnerte sich an die turbulenten Tage in Gretchens Jugend, als

diese ihren ganzen Verstand und Schläue eingesetzt hatte, um ihre Familie zugunsten ihres eigenen Glücks zu hintergehen, und an die Zeit danach, als Gretchen nur noch eine leere Hülse war, nachdem Anton die Ehe mit dem Jungen aus Chicago, den Gretchen liebte, verhindert hatte.
Und sie erinnerte sich an die Zeit davor, als sich ihre muntere, etwas pummelige Tochter zu einem launischen, introvertierten und offensichtlich unglücklichen Teenager entwickelt hatte.
Sie dachte auch über Julie nach, aus der beinah von heute auf morgen aus einem quicklebendigen, hübschen Baby ein wildes, selbstzerstörerisches Wesen geworden war, dessen Leben seitdem ständig bergab ging – bis Scott Monteagle auf der Bildfläche erschienen war.
Lediglich Jack schien verschont geblieben von den Schrecken des Erwachsenwerdens. Kam es, weil er ein Junge war? Oder weil Anton und er sich scheinbar so gut verstanden?
Was auch immer der Grund sein mochte, Jack war intelligent, athletisch und vollkommen normal geblieben, hatte die Schule, das College, die Business School mit links absolviert und war mit brillanten Zukunftsaussichten bei Magnus Industries eingetreten.
Natürlich, auch Jack hatte seine Probleme. Seine Ehe mit Belinda war gescheitert. Tatsächlich war sie von Anfang an dazu verurteilt gewesen, wie alle in der Familie gewußt hatten. Aber Anton hatte diese Hochzeit gewünscht, also hatte sie stattgefunden.
Und jetzt, als es vorbei war, schien Jack wieder so glücklich und aufgeregt wie ein kleiner Junge, jetzt, da er sich mit Francie Bollinger verlobt hatte.
Viktoria Magnus gefiel es gar nicht, daß ihr Sohn sich mit seinem Vater entzweite. Auf der anderen Seite hatte sie Francie gleich gemocht, als sie sie zum erstenmal gesehen hatte. Um die Wahrheit zu sagen, hatte sie Francie Bollinger sogar Belinda vorgezogen, denn Francie strahlte eine Aura von Helligkeit und Glück aus, während Belinda von einem Schleier von Sorgen umgeben wurde, der auch ihren beiden Töchtern zu eigen war.
Selbstverständlich war Jack aus dem Unternehmen ausgetreten, bevor er sich mit Francie verlobt hatte. Und zu all dem hatte sein Vater ihn enterbt. Und doch schien Versöhnung in der Luft zu lie-

gen. Anton Magnus hatte plötzlich darauf bestanden, die Hochzeit auszurichten. Das gab Viktoria Anlaß zur Hoffnung, die Zeit könne die alten Wunden heilen und Anton könne Jack und seine neue Frau in die Familie aufnehmen.

Und Anton Magnus hatte großherzig seinen Segen zur Hochzeit zwischen Julie und Scott Monteagle, ihrem verarmten, aber hingebungsvollen Freier, gegeben. Dieser Zug hatte alle überrascht. Anton Magnus hatte den Monteagles in England seine herzlichsten Grüße ausrichten lassen, und er schien wirklich begeistert von der Partie.

Deshalb saß Julie heute abend hier, sah fern und blätterte in ihrem Buch, wenn das Programm sie langweilte.

Offensichtlich hatte sie das Bedürfnis, mit ihrer Familie zusammenzusein, jetzt, da Scott Monteagle sie bald mit nach England nehmen würde. Sie hatte nun die Freiheit, die sie wollte, und brauchte sich nicht mehr auf ihrem Zimmer zu verschanzen.

Viktoria betrachtete ihre Tochter. Eine Unschuld, eine neue Frische lag in Julies Zügen. Beinah so, als sei die Uhr zurückgedreht worden, als sei die Maske des bitteren Zynismus, die ihr schönes Gesicht so lange Jahre entstellt hatte, von ihr gefallen.

Das Herz der Mutter krampfte sich zusammen, als sie sah, wie das Glück nach so vielen Jahren der Abwesenheit wieder zurückkehrte zu ihrer Tochter.

Anton las im *Wall Street Journal,* und Viktoria blickte über ihre Häkelarbeit auf ihre kleine Familie.

Sie wollte heute abend wirklich glücklich sein. Schließlich würde Jack bald wieder heiraten, noch dazu ein nettes Mädchen. Und Julie hatte den idealen jungen Mann gefunden, einen jungen Mann, der sie liebte und vergötterte, und scheinbar nicht im geringsten von ihrer turbulenten Vergangenheit beeindruckt war. Es schien, als würde eine neue Ära anbrechen, eine Ära, die der Magnus-Familie etwas Glück und Nähe zurückbringen würde. In nur wenigen Monaten würden zwei Hochzeiten das Elend der Vergangenheit vergessen machen.

Doch Viktoria Magnus, obwohl im Grunde eigentlich eine ewige Optimistin, befürchtete, daß dies alles zu schön war, um wahr zu sein.

Sie kannte Anton Magnus seit vierzig Jahren. Ihre erste Erfahrung mit ihm war, als er, der rücksichtslose und clevere Jungunternehmer, ihren Vater soweit bedrängt und ausgespielt hatte, bis er seine Tochter für ihn freigab. Niemand in der Gesellschaft hatte sich vorstellen können, daß eine Wetherell einen Niemand heiratete, einen Immigranten. Doch Anton hatte diese Regel durch die grausame Macht seines Willens und seiner Schläue außer Kraft gesetzt und damit ihren Vater in gewisser Weise getötet.

Seit dieser ersten Schändung ihrer Person hatte Viktoria Magnus es vorgezogen wegzuschauen, wenn es um die Affären ihres Mannes ging. Sie ließ ihn gewähren, wie er wollte, und lebte wie ein Vogel in einem goldenen Käfig in seinem Haus. Er war bei weitem zu stark für sie.

Doch sie kannte ihn. Jahrzehnte der Ehe hatten Vertrautheit geschaffen und ihre Intuition geschärft.

Und sie wußte, daß er nicht der Mann war, der seinem Sohn so einfach gestatten würde, sich von der Frau scheiden zu lassen, die er für ihn erwählt hatte, und statt dessen eine einfache Person aus einer Kleinstadt in Pennsylvania zu heiraten.

Und er war auch nicht der Mann, der Juliet, seinem Augapfel, seinem ein und alles, erlauben würde, einen verarmten Engländer zum Mann zu nehmen, der vorhatte, sie außer Landes zu entführen.

Die Dinge waren nicht so, wie sie schienen.

Viktoria Magnus schaute auf ihre gequälte Tochter, die sie so sehr liebte. Sie hatte Julie immer für ihre Haltung bewundert, ganz gleich wie rücksichtslos sie gewesen war. Und obwohl sie wußte, daß Julie ihr Verachtung, wenn nicht gar Haß entgegenbrachte, liebte sie sie noch immer.

Jack konnte für sich selber sorgen. Aber Julie war wie ein verletzter kleiner Vogel, dessen Narben so tief saßen – und Scott Monteagle war ihre einzige Chance auf Freiheit. Eine Freiheit, die Viktoria Magnus vor vierzig Jahren verloren hatte.

Deshalb zitterte sie bei dem Gedanken an die Zukunft.

Wären die Monate doch nur schon vorbei und Julie verheiratet! Und Jack ...

Doch die Zeit ließ sich nicht drängen. Sie bewegte sich in ihrem eigenen Takt, ließ es zu, daß Männer wie Anton Magnus auf das Schicksal anderer Menschen Einfluß nahmen.
Viktoria Magnus hatte Angst. Sie wußte nicht nur, wozu Anton Magnus in der Welt der Männer fähig war, sie hatte auch eine vage Ahnung – so sehr sie sich auch bemühte, es zu leugnen –, was sich in den vergangenen zwanzig Jahren unter diesem Dach abgespielt hatte; etwas, das ihre beiden Töchter, lebendige, intelligente Kinder, die sie einst waren, in verängstigte, verletzte junge Frauen verwandelt hatte.
Sie wußte, wie gefährlich ihr Mann war.
Und sie vermutete, daß er den letzten Tribut von seiner Familie noch nicht verlangt hatte. Sie wagte nicht daran zu denken, wie schrecklich dieser Tribut sein würde.
Hätte sie noch einen Rest an Rückgrat gehabt, dann wäre jetzt der Zeitpunkt für Viktorias Magnus gekommen, aufzustehen – um ihrer Kinder willen. Der Moment, um sich gegen Anton aufzulehnen.
Doch die Fähigkeit dazu hatte sie schon lange verloren.
Sie konnte nur noch dasitzen und zusehen, wie das Schicksal der Familie, die sie liebte, seinen fatalen Lauf nahm; dasitzen und sich fragen, was sie dagegen nur tun könnte.

50

7. März 1960
Es war Sonntagmorgen.
Francie stand mit Jack in dem riesigen Raum in der Mitte des Lagerhauses in Brooklyn, wo Mollie zusammengebastelt wurde.
Sie waren allein. Die gesamte Belegschaft genoß die Samstagabend- Sonntagmorgenpause, die einzige Pause, die sie sich in der Woche gönnten. Am Nachmittag würden sich wieder alle zur Arbeit versammeln, einschließlich Francie.
Den gestrigen Abend hatte sie mit Jack verbracht. Sie waren essen gegangen und danach ins Theater – *My Fair Lady*. Es war das erste Mal seit fast einem Jahr, daß Francie ins Theater gegangen war,

ganz zu schweigen vom Kino. Die Arbeit hatte ihre gesamte Freizeit verschlungen.

Sie hatte Jack versprochen, heute morgen mit ihm zusammen zu frühstücken, und einer plötzlichen Laune folgend, hatte sie ihn hierhergebracht.

»Schließlich hast du das Recht, das Monster zu sehen, das mein Leben auffrißt«, hatte sie gesagt.

Sie benutzte den Schlüssel an ihrem Bund, um ins Lagerhaus zu gelangen. Der Ort war ein Wunder an kontrolliertem Chaos. Überall Arbeitsecken und Tische, die Montagezonen wirkten schlampig und unaufgeräumt. Und doch arbeiteten hier die besten Experten auf ihrem Gebiet. Experten, die in wenigen Monaten ein ausgefeiltes, blitzsauberes Produkt auf den Markt bringen würden.

Francie zeigte Jack den letzten Prototyp von Mollie, der inmitten der Werkbänke der Techniker stand. Das Gerät war von einem emaillierten Aluminiumgehäuse umgeben, das ihm ein modernes und schlichtes Aussehen verlieh. Sein Umfang war, wie Sam vorausgesehen hatte, mehr oder weniger auf die Größe eines Kühlschrankes reduziert worden.

Ausgestattet war Mollie mit einem Monitor, einer Magnetbandeingabe, einem Drucker und einer Tastatur, die der einer gewöhnlichen Schreibmaschine ähnelte.

Der Computer sah ansprechend aus und auf eigentümliche Weise häuslich.

»Wir haben uns bemüht, ihr ein freundliches Design zu geben, kein einschüchterndes«, erklärte Francie, als sie Jack die Hauptfunktionen erklärte. »Wenn ein Unternehmer Mollie kauft, wird er in der Lage sein, einen Angestellten in weniger als einem Tag an Mollie einzuarbeiten Dann kann dieser sein Wissen an die anderen weitergeben. Wir bieten auch einen kostenlosen Einarbeitungskurs an, als Teil unseres Service sozusagen. Und die Programme, die wir geschrieben haben, sind selbst für einen absoluten technischen Laien leicht zu handhaben. Der Hauptgedanke dabei ist, den Computern das Mysteriöse zu nehmen.«

Sie zeigte Jack das Werbematerial, die Anzeigenentwürfe und ein paar der Broschüren.

»Wir arbeiten gerade an einem Abschluß mit zwei der Elektrogroßhandelsketten«, fuhr sie fort. »Zwischenzeitlich werden wir unsere eigenen Verkaufs- und Servicezentren an den strategisch wichtigsten Punkten in den größeren Städten im ganzen Land eröffnen. Es wird alles gleichzeitig anrollen. Du kannst dir vorstellen, wie kribbelig wir sind.«

»Na ja, einen Kunden hast du ja schon mal«, antwortete Jack lächelnd. »Ich kann's kaum erwarten, selbst einmal an Mollie zu sitzen.«

»Willst du's mal probieren?«

Sie hockten sich vor das Gerät, und Francie zeigte ihm einige der Hauptfunktionen. Sie ließ ihn sogar an die Tastatur.

»Der ganze Trick an Mollie ist das Betriebssystem«, erklärte sie Jack. »Das erlaubt es ihr, die simpelsten Kommandos umzusetzen. Darüber hinaus haben wir einzelne Programme entworfen, die direkt auf die speziellen Bedürfnisse der Kunden zugeschnitten sind – Lagerbestand, Versand, Buchhaltung und so weiter. Soll ich mehr ins Detail gehen?«

»Nein, danke.« Jack lachte. »Computer sind dein Metier. Das ist viel zu hoch für mich. Ich würde lieber einfach davor sitzen, wie die Sekretärinnen, an nichts denken und Knöpfe drücken, nachdem ihr hier die ganze Arbeit gemacht habt.«

Jack sah auf die Uhr.

»Ich fürchte, wir müssen los«, sagte er. »Es ist spät geworden«.

Er schloß Francie in die Arme. Die Leidenschaft seiner Umarmung war von Traurigkeit getrübt, denn er würde sie bis zum nächsten Wochenende höchstens für ein paar Stunden zu Gesicht bekommen.

»Ich bin so stolz auf dich«, sagte er. »Das hier hast du alles ganz alleine geschafft. Weißt du, du hast ein ganz schönes Rückgrat unter deiner hübschen Haut.«

»O nein, ich hab's nicht ganz alleine gemacht. Ich hatte viele Helfer.« Sie lächelte.

»Da meinte ich nicht. Für einen Mann wie mich ist es leicht, etwas zu erreichen. Ich hatte alle Privilegien, die besten Schulen, die beste Ausbildung. Mein Platz bei Magnus war mir sicher, noch ehe ich die Schule überhaupt abgeschlossen hatte. Ich habe lediglich getan, was von mir erwartet wurde. Aber du, Francie, du bist aus dem Nichts gekommen und hast dein Glück selbst in die Hand genommen. Und sogar die Macht des Magnus-Konzerns konnte dich nicht bremsen. Du ahnst gar nicht, wie sehr ich dich dafür bewundere.«

Er umarmte sie fester und küßte sie. Sie spürte, wie ihr Körper unwillkürlich reagierte. Als würde sie neben sich stehen, bemerkte sie, wie ihr Fleisch sich unter seiner Berührung in eine heiße Flamme verwandelte. Zum erstenmal in ihrem Leben hatte sie das Gefühl, diese Flamme unter Kontrolle halten zu können und nicht von ihr verbrannt zu werden.

Jetzt war sie es, die die Fäden in der Hand hielt.

»Komm, laß uns gehen«, sagte Jack widerwillig. »Wenn ich noch eine Minute länger hierbleibe, werde ich mich in ein reißendes Tier verwandeln, und dann werden wir dein Lagerhaus noch mehr in Unordnung bringen als es schon ist.«

Francie nahm seine Hand und ging mit ihm zum Ausgang.

Sie konnte nicht sehen, wie sein Blick rasch über die Winkel der Halle streifte und das Schloß an der Haupttür betrachtete.

Einen Augenblick später waren sie im Wagen und auf dem Weg zurück nach Manhattan.

51

2. April 1960

Lächelnd zog Julie Magnus Scott Monteagles Gesicht an ihres und küßte ihn sanft mit der Vertrautheit, die der Intimität mit ihrem Geliebten erwachsen war.

Sie saßen in seinem Mietwagen, der vor dem Eingangstor des Anwesens ihres Vaters geparkt war. Sie hatten einen wunderschönen gemeinsamen Abend verbracht, hatten in einem bescheidenen Restaurant im Theaterviertel gegessen und sich danach einen Film angeschaut, dessen Inhalt sie wegen der Nähe zu Scott kaum wahrgenommen hatte.

Julie fühlte sich wie im siebten Himmel. Der heutige Abend war für sie ein Vorgeschmack auf Hunderte von Abenden mit ihrem attraktiven Ehemann in der Zukunft. Sie würden zusammen die einfachen Freuden der Welt genießen, sich bei den Händen halten, wie heute abend. Und für den Rest des Lebens würde sie in seine Augen schauen und genau diesen Blick vollkommenen Vertrauens und Zuversicht erkennen und den Schutz durch seine Liebe spüren.

»Mmmm«, murmelte sie, als ihre Lippen sich voneinander lösten. »Ich wünschte, wir könnten ... du weißt schon.«

Er lächelte an ihrer Wange. »Ich auch. Das gilt für uns beide, wie ihr Amerikaner sagt.«

»Ach, wir werden bald alle Zeit der Welt haben«, sagte sie. »Ich hasse nur diese Warterei.«

»Du wirst nicht mehr lange warten müssen«, antwortete Scott. »Nur noch ein paar Wochen, Darling. Nur ein paar kurze Wochen ...«

Sie umarmte ihn fest. Selbst der Schmerz ihres Verlangens nach ihm machte sie glücklich, denn sie wußte, daß sie in seiner Liebe ein Zuhause gefunden hatte.

»Dann bis morgen?« fragte Scott und nahm ihre Hände.

»Ja, komm nicht so spät. Ich werde die ganze Nacht an dich denken.«

»Nun, dann denk wenigstens im Schlaf dran. Ich möchte, daß du dich ausruhst.«

»Na gut. Dann träume ich eben von dir.«

»Wir werden beide voneinander träumen. Ich frage mich, ob wir uns im Traum miteinander unterhalten können. Sollen wir es einmal versuchen?«

»Ja, Darling. Ich werde dir alles erzählen.« Unwillkürlich traten ihr die Tränen in die Augen, als sie in sein Gesicht schaute und ihr eigenes Glück darin wiederfand. »Gute Nacht, Scotty.«

»Gute Nacht, Julie.«

Er wartete, bis sie das Tor geöffnet hatte und in den Schatten, die das Haus umgaben, verschwunden war. Dann wies er den Fahrer seufzend an, ins Hotel zurückzukehren.

Julie betrat das Haus und durchquerte die Eingangshalle. Sie wirkte düster und unheimlich, denn die Bediensteten waren schon zu Bett gegangen. Um diese Uhrzeit schloß sie das Haus immer selber auf, um niemanden zu wecken.

Sie spürte, wie sie plötzlich von einer Nachdenklichkeit überfallen wurde, ließ sich für einen Moment auf den teppichbezogenen Stufen nieder und betrachtete die Möbel im Salon. Dies war einmal der Raum gewesen, wo sie vor längst vergessener Zeit als Kind gespielt und Unfug getrieben hatte.
Bald würde sie für immer von hier fortgehen. Sie würde an diesen Ort wie an einen Alptraum zurückdenken, dem sie nur durch Glück lebendig entkommen war. Die Bösartigkeit der Magnus-Welt war tatsächlich ausreichend, um einen Menschen zu töten, zumindest ihn in den Tod zu treiben. Julie war auf dem besten Weg gewesen, sich mit Alkohol und ihren Männern umzubringen, bevor Scott aufgetaucht war.
Doch jetzt, da ihre Freiheit in greifbare Nähe gerückt war, konnte sie auf ihr Leben mit mehr als nur Schrecken und Übelkeit zurückblicken. Sicher, in diesem Haus waren schreckliche Dinge geschehen. Und doch war dies auch der Ort, an dem sie die Entdeckungslust eines Kindes gespürt, die Phantasien eines Teenagers geträumt, das intellektuelle Heranwachsen einer jungen Frau erfahren und all die anderen Lektionen und Unfälle, die das Leben eines kreativen, intelligenten jungen Menschen ausmachen, erlebt hatte.
Und sie hatte überlebt. Der Beweis für diese wundervolle Tatsache war, daß sie Scotty gefunden hatte und durch ihn eine Tür aus diesem Moloch zu einer ganz eigenen Zukunft.
Irgendwie, jetzt, da es vorbei war, würde sie ihr Zuhause vermissen. Sie würde die Tage vermissen, in denen Gretchen ihr eine große Schwester gewesen war, sie zum Shopping für den Grosvenor-Ball mitgenommen hatte, und Jack, der ihr beim Puzzeln geholfen, der ihr ihre Lieblingspuppe gekauft, sie zum Schwimmen und Reiten mitgenommen und ihr das Tennisspielen beigebracht hatte. Und selbst Mutter, die ihr immer vorgelesen und manchmal, wenn sie sich von ihrer migräneartigen Siesta erhoben hatte, zusammen mit ihr Lebkuchen gebacken hatte.
Ja, das Leben in der Park Avenue war vielschichtig gewesen, auf seine Art manchmal sogar schön. Es war nicht alles furchtbar gewesen.
Es hatte nicht nur Vater gegeben.

Mit diesem Gedanken stieg Julie die Treppe hinauf. Die dunklen Flure des Hauses zogen an ihr vorbei. Sie mied den Fahrstuhl, denn sie wollte nicht, daß das Summen die anderen aufweckte.
Als sie ihr Zimmer im vierten Stock, dem obersten Stockwerk, erreichte, war sie müde. Es mußte beinahe zwei Uhr sein. Sie konnte noch immer Scotts Kuß auf ihren Lippen spüren. Sie genoß das Gefühl, das nur er ihr vermitteln konnte, das Gefühl rein, jung und hübsch zu sein. Sie konnte es kaum erwarten, ins Bett zu kommen und wie ein Schulmädchen von ihm zu träumen, bis der Schlaf sie einholte. Nur noch neun Stunden trennten sie vom nächsten Morgen, bis sie ihn wiedersehen sollte. Dieses Wissen war wie Balsam und erfüllte sie mit einer fast religiösen Ehrfurcht gegenüber ihrem großen Glück. Die Fangarme der Magnus-Welt wurden immer schwächer. Die Freiheit winkte ihr bereits zu.
Sie öffnete ihre Zimmertür, betrat das Dunkel und schloß die Tür hinter sich. Sie wünschte, sie hätte einen Riegel gehabt, aber Vater hatte ihn jedesmal entfernt, wenn sie einen hatte anbringen lassen. Natürlich aus gutem Grund. Er benutzte die Ausrede, sie sei zu unstabil und schwierig, und die Bediensteten müßten jederzeit Zugang zu dem Raum haben.
Doch heute nacht dachte Julie nicht an ihren Vater.
Im Schimmer des Nachtlichts zog sie ihr Kleid, den Slip und den BH aus und tastete dann nach dem Lichtschalter, um ihr Nachthemd zu finden.
Bevor sie ihn fand, legte sich eine Hand um ihren Nacken und auf ihren Mund. Ihr Schrei wurde erstickt.
Sie wußte sofort, daß es Johnny war. Sie kannte seinen wilden, männlichen Geruch so gut, wie sie den ihrer eigenen Leidenschaft kannte.
Während der letzten Wochen hatte sie alles versucht, nicht an ihn zu denken, so sehr, daß der Gedanke an ihn natürlich zur Gewohnheit geworden war. Sie hatte dafür gesorgt, daß sie niemals alleine ausgehen mußte, und sie hatte den Sekretär bestochen, Mr. Marrante zu sagen, sie sei im Ausland, wenn er anrief.
In ihrem Kopf gehörte Johnny der Vergangenheit an. Und je näher ihr Abschied kam, desto näher rückte auch die Trennung von Johnny durch einen riesigen Ozean, eine andere Kultur und ihre

soziale Stellung. Gott sei Dank würde er dann nur noch in ihrer Erinnerung existieren, genau da, wo er auch hingehörte.
Aber sie hatte ihn unterschätzt. Und sie erkannte zu spät, daß er sie nicht vergessen hatte.
Julie wehrte sich im Dunkel, wand sich hin und her. Sie sah die Klingel für das Hauspersonal und versuchte sie zu erreichen. Aber ihr zierlicher Körper war natürlich Johnny nicht gewachsen. Er hielt sie mit nur einem Arm umklammert, doch sein Griff war so fest wie ein Schraubstock. Er hätte sie mit einer Drehung dieses Armes töten können, wenn er gewollt hätte.
Sie konnte nichts sagen. Sie hatte kein Mittel, ihren Protest gegen ihn auszudrücken, außer hilflos und wild um sich zu schlagen.
Johnny schien ihre erzwungene Unbeweglichkeit und ihre Stummheit zu genießen. Sie konnte seinen Triumph, hier mit ihr in ihrem eigenen Zimmer, im Herzen der Magnus-Bastion, von der sie behauptet hatte, er würde ihr nicht einmal auf eine Meile nahe kommen können, förmlich spüren.
Sie dachte an seine Intelligenz, an seinen Einfallsreichtum. Kein Wunder, daß er es geschafft hatte. Sie hätte damit rechnen und Vorsorgemaßnahmen treffen müssen.
Sie versuchte ihn zu beißen. Aber seine große Hand umschloß ihren Mund zu fest, als daß ihre Zähne ihn verletzen konnten.
Und jetzt, plötzlich, veränderte sich sein Griff. Er hielt sie mit der ihm eigenen anzüglichen Sinnlichkeit fest, seine Umklammerung wurde zu einem sexuellen Angriff. Sie spürte, wie er sie fest an seine Brust preßte, wieder und wieder, wie bei ihrem ersten Treffen, sie spürte, wie sich sein hartes Geschlecht gegen ihre Pobacken rieb.
Diese brutale Umklammerung war wie eine Verführung. Und trotz seiner eisernen Finger über ihrem Mund, trotz ihres Bedürfnisses zu schreien und sich zu befreien, selbst wenn das ganze Haus aufwachen sollte, spürte sie unwillkürlich, wie das Verlangen und die Leidenschaft in ihr aufstiegen, als er sie enger und enger an sich drückte. Johnny spürte, wie sich Erregung in ihren Schrecken mischte, und ein tiefes kehliges Lachen verriet Julie, wie sehr er die Situation genoß.
Mit seiner linken Hand hielt er ihre Handgelenke fest umklammert,

doch jetzt ließ er los, denn sie standen mitten im Zimmer, wo sie nichts berühren und nichts erreichen konnte. Seine Hand glitt sanft über ihren Bauch, hoch zu ihren Brüsten, spielte mit ihnen. Seine Hand erreichte leicht ihre Brustwarzen, denn sie war so zierlich und die Hand so groß.
Die Bewegung, mit der er seinen Penis gegen ihren Po rieb, war jetzt drängender, intimer. Die drängende Nähe seines Körpers war verbunden mit dem alten Spürsinn dieser besonderen Ahnung Johnnys, Julies Reaktionen abzuschätzen, noch bevor sie sich ihrer selber bewußt war. Und jetzt wanderte seine Hand an ihrem Bauch hinab, fand unbeirrbar den Weg in ihr Höschen, das ihr letzter Schutz gegen ihn war.
Eine unheimliche Lähmung überfiel sie. Ihr wurde bewußt, daß sie ihn irgendwie hier rausschaffen mußte, ohne das Haus aufzuwekken. Sie konnte es sich nicht leisten, ihn mit ihren Eltern zu konfrontieren, denn die Auswirkungen einer solchen Szene wären fürchterlich gewesen.
Johnny schien ihre Gedanken im selben Moment zu lesen und ergötzte sich an ihrer Furcht, entdeckt zu werden. Die enorme Macht seiner Umklammerung lockerte sich. Seine Berührungen wurden sanfter, sinnlicher.
Jetzt spürte Julie seine Küsse an ihrem Ohr, er fand den Punkt kurz unter ihrem Ohrläppchen, der ihr immer die ersten Schauer der Leidenschaft entlockte.
Und sie hörte sein Flüstern, während seine Zunge rauh an dieser süßen Stelle leckte.
»Was ist los, Cinderella? Hattest du heute schon ein Rendezvous?«
Seine Finger waren unter den Stoff des Höschens geglitten, und er streichelte sie jetzt, spürte seine Wirkung zwischen ihren Beinen, obwohl sie vor Angst zitterte.
»Jaaaa«, murmelte er. »Das ist mein Mädchen ...«
Julie keuchte und versuchte, sich zu befreien. Aber es hatte keinen Sinn, er war zu stark für sie. Sie konnte weder schreien noch sich aus seiner Unklammerung lösen. Alles, was sie tun konnte, war, in seinem unglaublichen Griff zu schmoren, wie in einem Dampfkochtopf und zu spüren, wie ihre Temperatur unter seinen wissenden Berührungen stetig stieg; zu spüren, wie er sie neckte, wie er

sie mit seinem schrecklich harten Glied von hinten bedrängte und wie sie immer hilfloser in seinen Armen wurde.
Langsam zog er ihr das Höschen aus. Noch immer hielt er sie fest und drängte sie zum Bett. Zentimeter für Zentimeter ließ er sie auf das Laken hinunter, drückte sie dabei gegen seinen eigenen Körper, seinen Penis gegen sie gepreßt.
Julie spürte, wie ihr Speichel ihre Wangen benetzte, während seine Hand weiter auf ihrem Mund ruhte. Und sie erinnerte sich an die schreckliche Nacht, in der sich der Geschmack von Blut unter ihre Küsse gemischt hatte. Sie mußte daran denken, daß Johnny alles, von Zärtlichkeit über Ärger zu Gewalt, in Sex verwandelte.
Das war seine Begabung, und er benutzte sie jetzt auf seine grausamste und triumphierendste Weise.
»Du dachtest wohl, du könntest mich loswerden, was?« murmelte er. »Ganz so einfach ist das aber nicht, Prinzessin? Johnny ist ziemlich clever, nicht wahr?«
Sie lag auf dem Bett wie eine winzige Nymphe in seinen Armen, das Höschen bis über die Knie heruntergezerrt.
Sie fühlte, wie er seine Kleidung ablegte. Sie konnte seinen unverkennbaren Geruch wahrnehmen, diese Mischung aus Alkohol, Tabak und seinem starken, aber sinnlichen Eau de toilette – und über allem schwelte das Verlangen.
Und irgendwo unter all diesem verbarg sich wie ein Überbleibsel aus einer anderen Welt der Duft von Scott Monteagle, der jetzt überdeckt, aber nicht ganz ausgelöscht wurde von dem grausamen, tierischen Sex des Johnny Marrante.
Diese Vielschichtigkeit, dieser Widerspruch war zuviel für Julie. Sie gab auf. Hilflos spürte sie, wie seine kräftigen Hände sie streichelten, sie überall betasteten. Sie fühlte, wie ihre Beine gespreizt wurden, spürte, wie seine Finger an den Innenseiten ihrer Schenkel auf und ab glitten, an ihren Knien innehielten, um ihr Zittern zu bemessen. Und seine Zunge war an ihrem Ohr, neckte, kitzelte.
»Das ist mein Mädchen«, flüsterte er. »Daddy weiß noch ziemlich gut, wo was zu holen ist, hab ich recht?«
Kein Mann auf der Welt kannte sie so gut wie Johnny. Kein Mann würde sie jemals so gut kennen. Selbst als sie ihr Leben ohne ihn geplant hatte, war sie sich dessen bewußt gewesen. Und tief in ih-

rem Inneren wußte sie, daß sie die Erinnerung an ihn, so pervers es auch schien, bewahren und genießen würde. Denn jede Frau, wie ihr Schicksal auch sein mochte, war für einen Mann wie Johnny bestimmt, einen Mann, der sie in jedem Winkel ihrer Leidenschaft kennt, der sie als seine Sklavin kennt, der ihre geheimsten Stellen zum Leben erweckt.

Also war es nicht gleichgültig, daß sie für dieses andere Leben kämpfte, daß sie darum kämpfte, ihn loszuwerden. Er wußte, daß sie ihm in diesem Augenblick und auf diese Art gehörte und immer gehören würde. Ihr Protest, ihre Gegenwehr waren nur Abwandlungen ihrer Hingabe.

Und jetzt, noch immer in der grausamen Umklammerung gefangen, spürte sie, wie seine harte Rute an ihre Pforte drängte. Er hielt inne, hatte keine Eile, um dann lautlos und triumphierend in sie einzudringen. Der Pfad war ihm durch ihre eigene Leidenschaft geebnet. Sie keuchte in Ekstase, bekämpfte ihn noch immer, jedoch nicht mehr mit ihrem Körper.

Und er genoß das Gefühl ihres rebellischen Herzens inmitten dieses flehenden weiblichen Fleisches. Langsam stieß er tiefer in sie, seine Lippen an ihrem Ohr, sein Geschlecht wurde heiß und heißer, während sie von verbotenen Wellen der Lust ergriffen wurde. Ihr Körper erschien in der Stellung, in der Johnny sie hielt, kindlich, und ihre Leidenschaft war rührend unschuldig, während sie sich ihm mit jeder Windung ihrer Gegenwehr mehr und mehr hingab.

Sie spürte förmlich sein Lächeln der Genugtuung an ihrer Wange. Er wußte, wie immer, wie nahe sie dem Orgasmus war, wie sehr er sie erregt hatte. Und jetzt, während er langsam in sie stieß, mit jedem Mal ein wenig mehr und wissender, spürte er ihre Zuckungen, eine nach der anderen, süß, weiblich und hilflos.

Und erst als er sicher war, daß sie keine Gegenwehr mehr besaß, daß all ihre Barrieren zusammengebrochen waren, erst jetzt grub er sich so tief in sie, bis sie von einem letzten Schauer geschüttelt wurde, erst dann kam auch er. Ein verzweifelter ekstatischer Schrei brach über ihre Lippen. Tränen stiegen ihr in die Augen, rannen ihr über die Wangen und benetzten seine Finger.

Als es vorbei war, wurde er zärtlich; jetzt konnte er es sich leisten, zärtlich zu sein. Er lockerte seinen Griff und hielt nur mehr ihren Bauch umschlungen. Seine Finger liebkosten ihre Brüste, ihren Hals, die Schultern, während der harte Schaft in ihr vergraben blieb.

Julie zeigte keinerlei Gegenwehr. Johnny hatte sein Ziel erreicht. Er war in ihrem Haus, in ihrem Schlafzimmer, in ihrem Körper, direkt unter den Augen der Magnus-Palastwache, unter dem Dach ihres allgegenwärtigen Vaters.

Julie versuchte gefaßt zu klingen.

»Du mußt jetzt gehen. Man wird uns erwischen.«

Er schüttelte den Kopf.

»Du hast mich lange genug gemieden, Prinzessin. Ich hab' 'ne Menge riskiert, um hier reinzukommen, Ich werde vor Sonnenaufgang verschwinden. Aber bis dahin wirst du deine Schulden begleichen.«

Julie verließ der Mut. Also verlangte er den vollen Tribut für das, was sie ihm angetan hatte. Er wollte sich mit ihr vergnügen, und er wollte, daß sie das Ausmaß seiner Macht über sie begriff.

Nackt in seinen Armen gab sie jeden Gedanken an Flucht auf. Das schreckliche männliche Ding zwischen ihren Beinen sollte also seinen Spaß haben. Und Johnny mußte den absoluten Beweis haben, daß sie ihm gehörte.

Die warme Hand tätschelte ihre Hüfte, und die Finger glitten ihre Schenkel hinab, während sein Griff wieder fester wurde. Die Uhr zeigte an, daß Julie noch viele Stunden der Dunkelheit bevorstanden.

»Keine Angst«, sagte Johnny. »Ich werde schon lange weg sein, bevor jemand auf den Gedanken kommen könnte, nach dir zu sehen. Wie du siehst, komme und gehe ich, wann es mir paßt. Aber ich werde nicht versuchen, dich in Schwierigkeiten zu bringen, Baby. Ich bin auf deiner Seite. Das mußt du endlich begreifen.«

Plötzlich, gewalttätig, riß er sie an den Haaren und zwang ihr Gesicht hart auf das Kissen.

»Verstehst du, was ich sage, Süße?«

Sie nickte verzweifelt. Alles, wenn sie ihn nur ohne eine Szene hier rauskriegen konnte.

»Das ist gut. Dann werden wir beide jetzt eine kleine Party veranstalten, und wenn ich fertig bin, werde ich gehen. Niemand wird uns auf die Schliche kommen.«

Sie nickte erneut.

»Aber da ist noch eine Kleinigkeit, Prinzessin«, sagte er in dunklerem Ton.

Julie sah fragend zu ihm auf.

»Du gehörst mir«, sagte Johnny. »Niemandem sonst. Schon gar nicht deinem kleinen Freund, dem Engländer Monteagle. Ihm zu allerletzt.« Er lachte ein tiefes, kehliges beängstigendes Lachen.

»Du wirst nicht heiraten. Du wirst nicht nach England gehen, Honigspatz. Du wirst genau hier bleiben, hier, wo ich dich finden kann, wenn ich dich will, kapiert?«

Ihre Augen waren vor Schreck geweitet. Sie schwieg. Die Finger in ihrem Haar verstärkten ihren Griff, er schüttelte sie hin und her.

»Weißt du, Baby, du kannst mir nicht entkommen. Ich bin dein Märchenprinz. Ich bin dein Romeo, Süße. Und jeder Mann, der mir in die Quere kommt, ist ein toter Mann. Verstehen wir uns?«

Julie war zu geschockt, um auf diese krankhafte Äußerung zu antworten.

»Was ist?« fragte er und drückte ihr Gesicht in das Kissen.

Sie nickte schwach, konnte ihren Kopf kaum bewegen.

Zu spät, viel zu spät, erkannte Julie, was sie Johnny bedeutete und wie gefährlich er tatsächlich war. Die Tür zu der neuen Welt, die eben noch offengestanden hatte, wurde durch die riesigen Hände um ihren schmalen Körper, durch die enorme Kraft seines Willens und vielleicht auch durch seine Liebe zugeschlagen.

Nachdenklich verharrte Julie in Schweigen, während die Hand ihres Liebhabers ihren Nacken streichelte.

52

20. April 1960

Francie saß ihrem Vater am Schachtisch auf der Veranda gegenüber.

Es war ein wunderschöner Frühlingstag, ungewöhnlich warm für die Jahreszeit, und die Knospen sprossen an den Zweigen. Die Luft

war so angenehm, daß Francie und ihr Vater hier draußen spielten anstatt drinnen im Wohnzimmer.
Francie sah vom Schachbrett auf und bemerkte, daß er sie intensiv musterte. Sie lächelte.
»Warum schaust du mich so an?«
»Aus zwei Gründen«, antwortete er. »Zunächst einmal hast du noch nie so schön ausgesehen. Und in diesem Licht erinnerst du mich so sehr an deine Mutter.«
Er seufzte und paffte an seiner Pfeife, die erloschen war. Francie fiel der abgewetzte Ärmel seines kariert gemusterten Flanellhemdes auf, und sie beschloß, ihm ein neues zu kaufen. Er sieht älter aus, dachte sie im stillen. Ihr Vater war grauer geworden, und um seine Augen lagen kleine Falten. In den vergangenen fünf Jahren war Francie mit ihrer eigenen Entwicklung und den hektischen Veränderungen ihres Lebens so beschäftigt gewesen, daß ihr entgangen war, daß die Zeit auch an Mac Bollinger nicht spurlos vorbeiging.
»Sie und ich, wir beide saßen oft hier draußen und schauten dir beim Schaukeln auf dem Hof zu. Helen saß mir immer gegenüber, so, wie du jetzt, und ich behielt dich im Auge. Ich wünschte, du könntest sehen, wie sie dich immer angeschaut hat ...«
Dann schwieg er, erfüllt von Erinnerungen. Die leidenschaftliche Liebe zu seiner verstorbenen Frau spiegelte sich rührend in seinem faltigen Gesicht. Francie wußte, wieviel Helen Bollinger ihm bedeutet hatte , sowohl vor als auch während ihrer Ehe.
Francie ergriff seine Hand. »Daddy, ich liebe dich.«
»Ich liebe dich auch, Francie.«
Einen Moment lang blickten sie einander schweigend in die Augen. Sie schienen ihr gegenseitiges Verständnis abzuwägen, wie auch die kürzlich geschehenen Ereignisse, die irgendwie zwischen sie getreten waren.
»Du bist zu dünn«, sagte er. »Ich kann mir vorstellen, wie hart du arbeitest. Ich war nie der Mann, der so hart arbeitete. Hab' nicht an Arbeit geglaubt. Ich weiß nicht, ob das gut oder schlecht ist, aber du hast soviel von deiner Mutter. Sie war auch ständig am Arbeiten, am Machen. Hat sich nie 'nen ruhigen Moment gegönnt.«

Der Stolz, mit dem er sie ansah, erzählte von der Erinnerung an seine Frau. Nach dem Tod ihrer Mutter war es Francie zugefallen – zunächst allein, dann mit der Hilfe Mollie Maguires – ein Auge auf die verträumte Ader ihres Vater zu haben und dafür zu sorgen, daß für die praktischen Dinge in seinem Leben gesorgt war. In diesem Punkt hatte Francie die dickköpfige, verantwortungsvolle Art ihrer Mutter vollauf übernommen.

Doch jetzt betrachtete sie ihn und erkannte, wie sehr er mit sich und seinem Leben im Einklang war, und sie fragte sich, ob ihre Sorge um ihn wirklich jemals notwendig gewesen war. Vielleicht war sogar Helens verhätschelnder, beschützender Umgang mit Mac eher für sie selbst als für ihn notwendig gewesen.

Jetzt verdunkelte sich seine Miene.

»Das, was du vorhast – bist du sicher, daß es wirklich das ist, was du willst?«

Sie drückte seine Hand und nickte. »Ja, Daddy«, versicherte sie ihm. »Es ist genau das, was ich will.«

Sie wußten beide, was er wirklich dachte. Seit sie gegangen war, um bei Magnus Industries zu arbeiten, und die Schmerzen erlitten hatte, die sie vor ihrem Vater verbarg, war sie eine andere Frau. Diese Veränderung konnte sie vor ihrem Vater nicht verstecken, auch wenn sie sich noch so sehr bemühte zu verbergen, wie tief sie verletzt worden war.

Sie war jetzt wesentlich schlanker und auch intensiver, als würde sie von dem Kreuzzug, den sie begonnen hatte und der bald beendet sein sollte, aufgezehrt werden.

Er sah ihr tief in die Augen, während sie seine Hand hielt.

»Dein junger Mann – Jack. Wann werde ich ihn mal kennenlernen?«

»Bald, Daddy. Wir haben beide soviel zu tun. Jack muß seine eigene Firma aufbauen, und ich stecke bis zum Hals in der Arbeit an Mollie. Aber ich verspreche es dir, du lernst ihn bald kennen.«

»Ich würde ihn wirklich gerne kennenlernen«, antwortete Dad. »Ich fühle mich ziemlich außen vor ...«

Francie erkannte die Wichtigkeit dieser Bemerkung. Dad kannte sie gut genug, um zu wissen, daß sie, wenn sie eine ernsthafte Beziehung hatte, eine, die zur Ehe führte, keinen Moment zögern würde, ihren jungen Mann mit nach Hause zu bringen, damit er ihn kennenlernte. Es hätte tatsächlich ihr erster Gedanke sein müssen.

Die Tatsache, daß sie Jack nicht mitgebracht hatte, hing mit der Unnahbarkeit und dem Ruhm der Magnus-Familie und ihres Imperiums zusammen. Mac Bollinger war ob dieser Wendung der Ereignisse unwillkürlich mißtrauisch. Seit zwei Jahren beobachtete er, wie seine Tochter tiefer und tiefer in etwas verwickelt wurde, was außerhalb seiner Welt lag, etwas, das für ihn unverständlich war. Und jetzt sollte sie den Erben eines der größten Imperien der Welt heiraten – einen jungen Mann, den er noch nicht einmal kannte.

Francie hatte ihm natürlich ein Märchen aufgetischt. Sie sei glücklich bei Magnus Industries gewesen, bis sie sich entschloß, ihr eigenes Unternehmen zu gründen. Seit damals sei sie bedingt erfolgreich gewesen, doch jetzt stünde sie kurz vor dem großen Durchbruch im Computergeschäft. In der Zwischenzeit habe sie niemals den jungen Jack Magnus, mit dem sie bei Magnus Industries zusammengearbeitet hatte, vergessen können. Jack habe sich von seiner ersten Frau im gegenseitigen Einvernehmen scheiden lassen und Francie gebeten, ihn zu heiraten. Sie hatte angenommen.

Die Geschichte war halbwegs überzeugend. Sie wäre vollends überzeugend gewesen, wenn sie ihren jungen Mann mitgebracht hätte.

Mac ließ ihre Hand los, lehnte sich zurück, und musterte Francie.

»Deinen Freund Sam«, sagte er, »siehst du ihn gar nicht mehr?«

»Doch, jeden Tag.« Sie lächelte forsch. »Wir sehen uns so oft in diesem Lagerhaus, daß wir uns bald nicht mehr sehen können.«

Ihre Vorstellung war gekonnt, aber Mac erkannte, wie nervös sie dabei war.

Er hatte Sam Carpenter nur einmal getroffen. Francie hatte ihn zu einem Wochenendurlaub mitgebracht. Sie waren Freitagabend angekommen, und am Samstag war er mit ihnen zum Fischen gefahren. Sam war ihm als ein höflicher, natürlicher Bursche in Erinnerung, und er hatte selbstverständlich im Gästezimmer übernachtet. Mac wußte, wie weit Sam an Francies Geschäften beteiligt war, und er fragte sich, ob ihre Verbindung auch tiefer ging.

Mac hatte Francies Augen beobachtet, wie sie den jungen Mann im Boot angesehen hatte. Es hatte ein Blitzen in ihnen gelegen, eine Art amüsierter Besitzerstolz, der ihn an den Blick erinnerte, mit dem Helen ihn selbst oft angesehen hatte.
Aber er konnte nicht wissen, was dies für Francie bedeutete.
Was Mac betraf, er hatte die Art, wie Sam fischte, bewundert. Sam war ein geduldiger junger Mann, der wußte, wie man seinen Spaß am See, an den kleinen Wellen, die gegen das Boot schlugen, mit seinen Gefährten haben konnte. Und es war Sam gewesen, der den einzigen großen Fisch des Tages gefangen hatte – vielleicht wegen seiner bemerkenswerten Geduld. Mac mochte den jungen Mann. Es fiel ihm leicht, sich mit ihm unterhalten.
Er sah seine Tochter an. Die Erwähnung von Sam hatte sie aus dem Gleichgewicht gebracht. Das war ganz offensichtlich.
Er schnitt das Thema nicht mehr an. Er würde sich nicht in ihr Privatleben mischen.
Doch er kannte Francie gut genug, um zu spüren, daß sie heute einsamer war als damals an dem Wochenende mit Sam. Es war leicht am fest entschlossenen Blick in ihren Augen zu erkennen. Sie war nicht wirklich sie selbst. Sie war angespannt, mißtrauisch und mehr durch ihre ständige Wachsamkeit erschöpft als durch die Last der Arbeit.
»Diese Mollie-Sache«, fuhr er fort. »Du hast soviel darin investiert, Liebling. Wenn sie fertig ist, bist du dann glücklich?«
Francie lächelte ihn an. Es war ein rätselhaftes Lächeln, teilweise vielleicht beabsichtigt, teilweise aber auch in der Vielschichtigkeit ihres Charakters begründet.
»Ich war immer glücklich«, antwortete sie. »Und wenn es vorbei ist, werde ich auch glücklich sein.«
Danach folgte ein langes Schweigen. Er musterte ihr hübsches Gesicht, es war so schmal geworden, und er betrachtete die schlanke Hand, die ihr Kinn stützte, während sie aufs Schachbrett hinuntersah. Er hörte das Rascheln der Zweige. In der Ferne klang das Pfeifen eines Zuges. Ein Hauch von Frühling lag in der Luft. Francie war ein Teil dieser Umgebung, ein wunderschöner Teil, und würde es immer bleiben, soweit es Mac betraf.
Doch jetzt entglitt sie in ihr eigenes Leben, weiter und weiter. Er

konnte nur hoffen, daß es das richtige Leben für sie war. Er wußte, sie war ein starkes Mädchen. Aber war sie stark genug, um in der Welt der Magnus-Familie und ihresgleichen zu bestehen?
Seine Möglichkeit, sie zu beschützen, gehörte der Vergangenheit an. Sie hatte mit Francies Erwachsenwerden geendet, und vielleicht hatte er diese Möglichkeit auch nie wirklich gehabt. Wir können unsere Kinder nicht vor dem Leben beschützen, dachte er. Wir können sie nur lieben.
Und während er dies dachte, sah er, wie ihre Hand den Springer auf dem Brett bewegte.
»Schach«, sagte Francie.
Er schmunzelte. »Ich schlage dich ja doch nie. Du trägst ein schlaues Köpfchen auf deinen Schultern.«
»Siehst du ...«, antwortete sie lächelnd, als ob diese Beobachtung seine Befürchtungen lindern könnte, wenn er seinen eigenen Worten glaubte. »Und jetzt komm mit hinein. Ich mach' uns Fischsuppe. Ich muß bald wieder los. Wenn ich nicht auf dich aufpasse, löst du dich bald in Nichts auf.«
Er sah ihr nach, wie sie das Fliegengitter aufstieß und durch die Tür ging. In diesem Moment sah sie wie das kleine Mädchen aus, das er früher so sehr geliebt und vergöttert hatte. Doch jetzt war sie eine Frau voller Geheimnisse und unsichtbarer Narben. Sie verbarg etwas vor ihm, mit ihrem ganzen Mut und ihrer neugefundenen Reife.
Aber was?
Mac Bollinger schüttelte den Kopf. Er kam nicht darauf. Sie war eine zu gute Schachspielerin für ihn.

53

Während Francie ihrem Vater auf der Terrasse in Pennsylvania am Schachtisch gegenübersaß, thronte Anton Magnus hinter seinem Schreibtisch in Manhattan und schaute seinen Sohn an.
Jack wirkte ruhig und zuversichtlich. In den letzten Jahren war er reifer geworden, wie Anton Magnus zufrieden feststellte. Jack war zu einer Persönlichkeit geworden, die man nicht unterschätzen durfte.

Geduld spiegelte sich in diesen dunklen Augen, eine Geduld, mit der Anton geboren war, und die er versucht hatte an seinen Sohn weiterzugeben. Eine Geduld, die ihm sagte, wann die Zeit zum Handeln gekommen war und wann es besser war, zu warten. Und jetzt setzte Jack diese Geduld ein.

Aber auch Leidenschaft spiegelte sich in Jacks Augen, obwohl er sein Bestes gab, sie hinter seiner gefaßten Maske zu verbergen. Francie Bollinger hatte diese Leidenschaft ausgelöst, Anton hatte sie nie an Jack bemerkt, bevor diese Frau in sein Leben getreten war.

Und das war auch der Grund, warum Jack – wie groß seine Fähigkeiten auch sein mochten – seinem Vater heute nicht das Wasser reichen konnte.

Anton verbarg diese Erkenntnis, als er sprach.

»Alles unter Kontrolle, vermute ich?«

Jack Magnus lächelte seinen Vater an. »Völlig. Ist nicht ganz einfach gewesen. Sie schirmt alles hermetisch ab. Aber ich hatte einiges an Informationen von Dana für den Anfang, und meine Leute haben den Rest zusammengetragen. Wir überwachen jeden Schritt des Projekts und sind auf dem laufenden. Alles unter Kontrolle.«

»Können wir sie im Zeitplan schlagen?«

»Leicht.« Jack schmunzelte. »Ich kenne ihren Plan. Wir sind ihr um das Zehnfache voraus. Ich lasse meine Leute in sechs Werkstätten rund um die Uhr arbeiten. Die Werbeagentur hat die Kampagne fertig vorbereitet. Der Handel sitzt ebenfalls in den Startlöchern. Jetzt muß ich nur noch grünes Licht geben.«

Anton Magnus' Lächeln war dünn, vorsichtig.

»Hegt sie irgendeinen Verdacht gegen dich?«

»Sie will mich schließlich heiraten, oder?« Jack lachte. »Kann man sich näherstehen?« Er faltete die Hände. »Soweit es sie betrifft, war die Sache mit Dana beendet. Seit ich wieder in ihr Leben getreten bin, geht es nur noch um Liebe, nicht mehr um Computer. Sie weiß nicht einmal, daß ich noch hier arbeite. Sie glaubt, daß Magnus Industries für mich der Vergangenheit angehört.«

Anton nickte bedächtig.

»Was den Hochzeitstermin angeht – willst du sie noch immer heiraten, bevor wir das Produkt auf den Markt bringen?« Die Frage

hatte einen sonderbaren Unterton, als wolle er seinen Sohn irritieren.
Jack zog eine Augenbraue hoch. »Glaubst du denn, sie würde mich sonst noch heiraten? Das Mädchen hat ein Rückgrat aus Stahl. Sie würde kein Wort mehr mit mir reden.«
»Und was veranlaßt dich zu der Annahme, daß sie bleiben wird, wenn das alles passiert ist?« fragte Anton.
»Weil sie nie etwas über meine Rolle bei der Sache erfahren wird«, antwortete Jack. »Ich werde alles auf dich schieben. Und das wird sie auch tun. Du weißt, was sie von dir hält. Ich denke, du wirst danach nicht allzu oft Besuch von uns kriegen. Aber sie wird zu mir halten. Die Ehe verändert eine Frau. Frauen brauchen Liebe. Sieh dir Mutter an. Glaub mir, Francie wird sich auf meine Seite schlagen.«
»Ich bin sicher, daß du recht hast, mein Sohn.«
Dann schwiegen sie.
»Also gut«, sagte Anton Magnus schließlich. »Du hast deinen Teil eingehalten. Ich werde mich auch an unser Abkommen halten. Ich hätte dir eine bessere Partie gewünscht, aber wenn es das ist, was du willst, werde ich dir nicht im Weg stehen.«
Jack nickte. Er war zufrieden mit sich. Ihm war schon vor langem klar gewesen, daß sein Vater niemals in die Scheidung von Belinda und die Heirat mit Francie eingewilligt hätte, wenn er nicht einen Vorteil für sich darin gesehen hätte. Anton Magnus hatte die Macht, alles zu erreichen, was er wollte, auch wenn es noch so grausam und pervers war. Der einzige Weg, ihn auszuspielen, war, nach seinen Regeln zu spielen.
Und so hatte Jack einen Handel geschlossen. Er hatte versprochen, Francies Computer zu liefern, im Gegenzug für Francie selbst.
Er hatte sich von Belinda getrennt, offiziell das Unternehmen verlassen und war untergetaucht. Er hatte sogar tatsächlich begonnen, seine eigene Firma aufzubauen und alle finanziellen Verbindungen zu Anton Magnus offiziell abgebrochen.
Zwischenzeitlich hatte er heimlich natürlich weiterhin für Magnus Industries gearbeitet und die hübsche Dana Salinger überredet, für ihn zu spionieren. Dana war eine sonderbare Persönlichkeit; ihr Kopf war voller Formeln und Gleichungen, ihr Herz erfüllt von

nichts anderem als vom Hunger nach Macht. Er hatte sie geschickt ausgenutzt und sich währenddessen zudem mit ihrem sinnlichen kleinen Körper vergnügt.
Durch Dana hatte er das Wichtigste über das neue Computerprojekt erfahren – ohne Zweifel ein revolutionäres Projekt und unzählige Millionen Dollar wert, wenn es erst einmal auf dem Markt war. Er hatte den Werdegang bis zur Fertigstellung verfolgt. Schritt für Schritt.
Als Danas Tarnung aufflog – ein Umstand, den er hätte einberechnen müssen, aber nicht getan hatte –, mischte sich Jack mit seinem Märchen über die angeblich neugewonnene Unabhängigkeit und mit seinem Heiratsantrag selbst ins Spiel ein. Es hatte anstandslos funktioniert. Francie hatte angenommen. Jetzt war er ihr nahe genug, um die Lücken in ihren Sicherheitsvorkehrungen zu kennen und seinen Leuten die Details und Baupläne von Mollie zukommen zu lassen. Details, die sorgfältig bei der Konstruktion des neuen Magnus-Computers berücksichtigt wurden, der kurz vor Mollie auf den Markt kommen sollte.
Jack hatte sich bestens vorbereitet. Er würde einen Weg finden, Francie den Diebstahl des Computers zu erklären, nachdem sie verheiratet waren. Er würde es auf einen Spion schieben, einen Maulwurf, von dem er nichts gewußt hatte, auf die unberechenbaren Krakenarme des Magnus-Imperiums, auf alles mögliche ...
Nach der Premiere des Magnus-Computers, eben jenem Produkt, an dem Francie so hart gearbeitet hatte, würde CompuTel einen stillen Tod sterben. Jack würde Francie trösten und zusammen mit ihr die Bösartigkeit seines Vaters verfluchen. Er könnte vielleicht sogar etwas Extravagantes einwerfen ... die Drohung, seinen Vater zu töten ... Francie würde ihn sicher besänftigen, ihn überzeugen, doch Vernunft zu bewahren und an sein eigenes Glück zu denken.
Er könnte ihr helfen, eine Klage gegen Magnus aufzusetzen. Das würde ihr seine Loyalität beweisen.
Aber sie würde mit dieser Klage niemals durchkommen. Die Anwälte von Magnus waren für einen Neuling wie Francie zu mächtig. Darin war sich Jack vollkommen sicher.
Jack würde ihre Hand halten, ihr Mut machen, für sie sorgen und sie vielleicht an seinem neuen Unternehmen beteiligen. Solange, bis sie über den Verlust von Mollie hinweg war.

Und dann würde er sie bald schwängern. Kinder waren wichtig für Frauen. Wenn Francie erst einmal ein Baby hatte, das sie liebte und das sie umsorgen konnte, würde sie den Gedanken ans Geschäft sowieso ganz aufgeben.
Mehr Zeit würde verstreichen. Dann, wenn der richtige Zeitpunkt gekommen war, würde Jack zu Magnus Industries zurückkehren. Bis dahin würde Francie sich an ihre Rolle gewöhnt haben, an die Rolle der liebenden Ehefrau und Mutter. Sie würde nicht mehr in der Position sein, protestieren zu können. Sie würde mitziehen.
Und sie würden für immer glücklich zusammenleben.
Das war Jacks Plan.
Und es würde funktionieren. Denn er würde die gesamten Ressourcen der Magnus Corporation hinter sich haben, genau in dem Moment, in dem er sie brauchte.
Dank Jacks Bemühungen würde Magnus Industries in der Lage sein, die revolutionärste technische Entwicklung seit dem Telefon auf den Markt zu bringen. Die von Francie entworfenen Minicomputer würden das Gesicht der ganzen Welt verändern, nicht nur das der Geschäftswelt. In bezug auf Geld war diese Erfindung von unschätzbarem Wert. Und noch unschätzbarer war die damit verbundene Macht.
Und alles würde Magnus Industries gehören.
Und in ein paar Jahren würde Magnus Industries Jack gehören.
Es war unmöglich, den Lauf der Zeit aufzuhalten. Der Tag würde kommen, an dem Anton Magnus zu alt war, zu müde und vielleicht zu krank, um das Unternehmen zu führen; er würde zurücktreten oder sterben. Dann würde Jack übernehmen.
Was Francie betraf – sie würde ihrem Ehemann sicher nicht im Weg stehen, wenn er endlich die Chance erhielt, das Ziel zu erreichen, auf das er sein ganzes Leben ausgerichtet hatte. Sie würde nachgeben. Ihr Wille würde gebrochen sein.
Jack kannte die Frauen. Der Plan würde funktionieren.
Und somit würde er seinen Vater besiegen, auf diese äußerst kluge und geschickte Weise; indem er ihm einen Preis gab – den Computer – im Gegenzug für Francie.
Jack lächelte bei dem Gedanken, wie primitiv der Alte war, wie unbedeutend. Er war so einfach mit Geld zufriedenzustellen, wie ein

ungehobelter Bauer. Man mußte ihm nur einen Köder hinwerfen, der groß genug war, und er schnappte zu.
Der Preis, den Jack mehr als alles andere auf der Welt wollte, war greifbar nahe: freie Hand bei Magnus zu haben und mit der schönsten Frau der Welt verheiratet zu sein.
Was Francies Computerprojekt betraf–, es würde natürlich ihm gehören, wenn er Magnus erst einmal übernommen hatte. Jack würde die besten Früchte ernten, so, wie er es immer vorgehabt hatte.
»Nun«, sagte er und stand auf, um zu gehen. »Wir bleiben in Verbindung. Sollte es in letzter Minute irgendwelche Änderungen geben, werde ich es dich wissen lassen.«
»Danke, Sohn.«
Die Selbstgefälligkeit stand Jack ins Gesicht geschrieben, als er das Büro verließ.
Als Anton Magnus allein war, schüttelte er amüsiert den Kopf.
Was für ein Narr Jack doch war! Schrieb sich selber so viel Verstand und Rückgrat zu. Dabei hatte er nichts von beidem, denn im Herzen war er eine Frau.
Anton Magnus stand auf und ging zum Schachbrett am Fenster. Er blickte auf die stummen Figuren hinunter. Sie waren jede für sich so still und würdevoll, doch sie alle verkörperten Macht in ihrer grausamsten und reinsten Form.
Anton Magnus lächelte. Sein größter Sieg war zum Greifen nahe.

54

New York, Daily News *2. Mai 1960*

Magnus und Monteagle schließen im Sommer
den Bund fürs Leben

Juliet Baker Magnus, lange Zeit für ihre wilden Eskapaden in der Gesellschaft bekannt, wird nun doch heiraten. Der Mann, dem es gelungen ist, sie zu zähmen, heißt Scott Monteagle und ist Anwalt in London. Seine illustre Familie ist schon seit Jahrzehnten mit der Familie Magnus bekannt. Der Hochzeitstermin ist für Juli angesetzt, danach werden die schöne Julie und ihr frischgebacke-

ner Ehemann nach London übersiedeln. Wir wünschen Ihnen alles Glück der Welt, Julie, doch unsere Stadt wird Ihr tollkühnes Tun und Ihr joie de vivre vermissen ...

Johnny hatte die Ausgabe der *Daily News* auf dem Teetischchen in seinem Apartment liegenlassen.
Auf der Zeitung lag ein geladener, stumpfnasiger 38er Revolver.
Johnny starrte auf die Pistole, ein Glas Bourbon in der Hand.
Es war bereits sein dritter Drink. Johnny war kein Gewohnheitstrinker, doch die Meldung war ihm an die Nieren gegangen. Der kühle Alkohol vermittelte ihm das Gefühl der Gelassenheit, und er glaubte, sich völlig im Griff zu haben.
Er dachte an Scott Monteagle. Was für eine Schwuchtel... ein schlaffer, dekorativer Engländer. Was für ein Waschlappen. Genau die Sorte Idiot, die in seine Vorstellung von einem Ehemann für Julie paßte.
Ein spöttisches, haßerfülltes Grinsen umspielte seine Lippen, das jedoch verging, als er an Julie dachte.
Er hatte sie gewarnt. Er hatte ihr klar und deutlich gesagt, wie die Dinge lagen. Und jetzt – der Beweis war die Zeitungsmeldung – hatte sie seine Warnung mißachtet.
Das war der Grund für die drei Drinks heute abend. Weil er begriffen hatte, daß Julie glaubte, sie sei ihm nichts schuldig. Nicht einmal sein Auftritt in ihrem Schlafzimmer vor einem Monat hatte sie überzeugen können. Sie war eine Magnus und glaubte tun und lassen zu können, was sie wollte.
Es war an der Zeit, ihr zu zeigen, daß dem nicht so war.

Gegen neun Uhr klopfte sie an der Tür.
Er lächelte bitter, als er aufstand, um sie hereinzulassen. Wie gewöhnlich erschien sie zu später Stunde, wenn ihre feine Gesellschaft sich nicht mehr darum scherte, wo sie war. Sie kam, um sich unters gemeine Volk zu mischen ... und heute abend war sie nicht einmal freiwillig hier. Er hatte sie vor ernsthaften Konsequenzen gewarnt, falls sie nicht auftauchen sollte. Sie war lediglich hier, um ihn durch ihren Gehorsam zu beschwichtigen.
Lächelnd öffnete er ihr die Tür. Als sich die Tür wieder geschlossen hatte und Julie eingetreten war, schlug er ihr ins Gesicht.

Die Kraft seines Schlages warf sie rückwärts auf die Couch. Sie richtete sich auf, sah ihn an, hielt sich die Wange. Dann blickte sie nach unten und entdeckte die Ausgabe der *Daily News*. Und den Revolver.

Sie sah schuldbewußt aus, verängstigt.

»Du hast es also gesehen.«

»Ja, Liebling, ich habe es *gesehen*«, fauchte er zwischen zusammengepreßten Zähnen hervor und ging auf Julie zu.

Sie wußte nicht, was sie sagen sollte. Der Ausdruck in Johnnys Augen machte ihr angst. Sie wußte, wie sehr er von ihr besessen war. Sie selbst hatte den Artikel bereits heute morgen gelesen und sich gefragt, ob er ihn entdeckt hatte.

Jetzt empfand sie Panik beim Anblick des Revolvers auf dem Tisch und Johnnys Blick. Sie mußte sich schnell etwas einfallen lassen.

»Hör zu, Johnny«, sagte sie. »Wir gehen nicht nach England. Das ist bloß Klatsch. Mein Vater will nicht, daß ich das Land verlasse. Er wird Scott eine Position bei Magnus anbieten, eine, die zu wichtig ist, als daß er sie ablehnen könnte. Scott ist ein stolzer Mann, er wollte mich mitnehmen – aber er wird einschlagen. Er muß. Mein Vater wird schon dafür sorgen. Wie du siehst, werde ich mich nicht von der Stelle rühren. Ich werde genau hier bleiben, in New York, wo ich dich sehen kann.«

Ihr gelang ein schwaches Lächeln. Sie hatte diesen Augenblick geprobt und wollte fröhlich und unbeschwert wirken, als würde sie ihr Zusammensein mit Johnny genießen. Aber in Wirklichkeit war sie so verängstigt und der Tatsache nach England zu gehen so gewiß, daß ihre Vorstellung kaum glaubwürdig erschien.

Johnny schaute mit skeptischem, lauerndem Blick auf sie herab. Sie konnte sehen, daß er getrunken hatte.

Dann, ruckartig, änderte sich der Ausdruck seiner Augen. Jetzt war er wieder der alte Johnny, der ihr zulächelte. Diese abrupte Metamorphose warf aus dem Gleichgewicht.

»Sicher, Kindchen«, sagte er. »Wie du meinst. Tut mir leid, daß ich eben ausgeflippt bin. Hab' in letzter Zeit etwas Streß. Busineß, du weißt.«

Er setzte sich zu ihr und küßte sie. Er umfaßte sie mit ungewohnter Zärtlichkeit.

»Wir unterhalten uns später«, sagte er.
Er hob sie hoch wie eine Puppe und trug sie ins Schlafzimmer. Dort legte er sie aufs Bett und begann sie behutsam auszuziehen. Erst das Kleid, die Strümpfe und schließlich den Slip. Er wirkte beinah wie ein fürsorglicher Vater mit seinem Kind. Er ging langsam vor, genoß den Anblick des mädchenhaften Körpers, der sich Stück für Stück vor seinen Augen entblößte. Er roch ihr teures Parfüm.
Dann fing er an sie zu streicheln. Seine großen, trockenen Finger glitten wärmend über ihren Körper, voller Sinnlichkeit, zärtlich, als wolle er ihr nacktes Fleisch bedecken und beschützen. Sie sah zu ihm auf, bemühte sich, ihre Angst zu verbergen. Doch nicht einmal die Angst konnte verhindern, daß sie erregt wurde. Als er aufhörte, zitterte sie vor Verlangen.
Sie konnte an der Ausbeulung seiner Hose sehen, wie sehr auch er erregt war, und sie ließ ihre Hand in seinen Schritt gleiten. Er stand auf und begann sich auszuziehen. Sie betrachtete seinen großen Penis, der sich stolz und bereit aufrichtete, als er seinen Slip abstreifte. Was für ein wundervolles Tier er doch war! Sein Körper war wie gemeißelt, der Inbegriff männlicher Sexualität, wie eine Statue.
Er beugte sich vor, um sie zwischen die Beine zu küssen. Julie schloß die Augen, keuchend in Ekstase. Die Zunge, die sie so gut kannte, ergötzte sich an ihr, auf die Art, die nur er kannte.
Irgendwie erregte sie die Angst. Beinahe augenblicklich kam sie zu ihrem ersten Orgasmus, dann zum nächsten und noch einmal. Sie konnte spüren, wie ihn ihre Lust erregte.
Er erhob sich in die Grätsche, spreizte ihre Beine, um in sie einzudringen. Sie sagte nichts, lehnte sich zurück und beobachtete ihn.
Er hob sie mit seinen großen Händen an sich. Sein Geschlecht drängte neckend an ihrer Pforte und glitt dann Zentimeter für Zentimeter in sie hinein. Irgendwie fühlte er sich größer als je zuvor an, gefährlicher. Sie schnappte unwillkürlich nach Luft.
Er begann sich langsam in ihr zu bewegen, sein muskulöser Körper drückte ihren Rücken in die Kissen, als er in sie stieß. Ihre Ekstase war so intensiv, daß sie die Augen halb geschlossen hielt.
»So ist es gut, Baby«, murmelte er.

Sie begann sich unter ihm zu winden, seufzend, als sich plötzlich seine Hände um ihren Hals schlossen.
Völlig überrascht, reagierte sie nicht schnell genug.
Sie bekam keine Luft mehr. Sein Griff wurde fester.
»Du gehst also nicht, he? Du bist nicht besonders gut im Lügen, Prinzessin. Dein Freund, Scott, verschwindet, das ist sicher. Und du gehst mit ihm. Ich hab's rausgekriegt. Johnny hat's rausgekriegt. Johnny hat seine Mittel und Wege. Sag jetzt die Wahrheit, wenn du wieder atmen willst. Ich hab' recht, stimmt's?«
Der Druck auf ihrer Kehle ließ sie beinahe ohnmächtig werden. Schwärze stieg vor ihren Augen auf. Sie war kurz davor, das Bewußtsein zu verlieren. Verzweifelt deutete sie ein Nicken an.
»Du wolltest mit ihm abhauen, stimmt's?« raunzte er sie an. »Du hast mich angelogen, sag es ...«
Wieder nickte sie. Ihre Augen waren schreckengeweitet, sahen flehend zu ihm auf.
»Aber ich weiß alles, nicht wahr? Jetzt hast du begriffen, daß du dich nicht vor mir verstecken kannst, nicht wahr, Baby? Hast du? Hast du?« Er schlug sie rhythmisch gegen die Kissen, als er seine Frage immer wiederholte.
Sie nickte verzweifelt, ihre Hände krallten sich in die Laken. Das Dröhnen in ihrem Kopf machte seine Worte beinahe unverständlich.
Urplötzlich, als wäre es ein Zeichen seines Triumphes, kam er in ihr, und sie spürte den heißen Strahl seines Samens. Es war ein Höhepunkt puren Zorns, ohne Liebe, ohne Lust.
Sein Griff lockerte sich. Sie begann stockend zu atmen. Er starrte noch immer auf sie herunter, aber sie wagte es nicht, seinem Blick zu begegnen.
Er zog sich grob aus ihr zurück, sein riesiges Geschlecht hinterließ eine schmerzende Leere in ihr. Er stand auf, sein Penis war noch immer steif, und ging ins Wohnzimmer. Als er zurückkam, hielt er ein Glas Bourbon in der einen, den Revolver in der anderen Hand. Er schien ein wenig unsicher auf den Beinen. In Panik sah Julie zu ihm auf.
»Was hast du vor?« fragte sie heiser, mit dem Blick auf die Waffe.
Er ignorierte ihre Frage. Einen Moment lang schwieg er und starrte in sein Glas.

»Willst du 'nen Drink?«
Sie brauchte lange, um eine Antwort zu finden. Der Anblick des Revolvers lähmte sie.
»Ja, egal, irgendwas«, erwiderte sie schließlich in der Hoffnung, Zeit zu gewinnen.
Er ging mit dem Revolver in der Hand hinaus und kam mit einem Glas für sie zurück. Sie nahm einen Schluck. Der Alkohol kratzte in ihrem Hals, sandte aber einem wohltuenden Schauer durch ihren Körper. Noch immer nackt, blickte sie zu ihm hoch.
Sie wiederholte ihre Frage.
»Was hast du vor?«
Nachdenklich nippte er an seinem Drink und sah auf sie herunter. Dann legte er den Revolver auf den Nachttisch und massierte mit der rechten Hand ihre Brüste.
»Nun, Prinzessin, das ist nicht so einfach zu beantworten. Ich hab's mir noch nicht überlegt. Um die Wahrheit zu sagen: ich mag deinen kleinen Freund. Ist kein übler Bursche.«
Julies Augen weiteten sich. »Du meinst ... du meinst, du hast ihn gesehen?«
»Sicher, wir hatten sogar einen netten kleinen Plausch. Er hält große Stücke auf dich, Baby. Du weißt es wahrscheinlich gar nicht zu schätzen ...«
Julie errötete. Die plötzliche Wut, die sie überkam, war ebenso mächtig wie ihre Furcht. Irgendwie hatte sie nie damit gerechnet, daß sich die beiden Pfade ihres Lebens kreuzen könnten. Allein der Gedanke, daß Johnny mit Scott gesprochen hatte, ließ Empörung und Abscheu in ihr aufflammen.
Johnny sah ihre Reaktion und grinste.
»Keine Angst, Schätzchen. Ich habe ihm nichts von uns beiden verraten. Ich habe mich allerdings gefragt, wie er wohl reagieren würde ...«
»Das würdest du nicht wagen.« Die Worte waren ihr entschlüpft, ehe sie sie aufhalten konnte. Sie sah in seinen Augen, wie die Wut in ihm aufstieg. Seine Hand auf ihrer Brust drückte plötzlich so fest zu, daß Julie aufschrie.
Dann ließ seine Wut nach, wurde von weiterer trunkener Tollkühnheit überschwemmt.

»Wär' wirklich schade, wenn ich ihn töten müßte ...«
Julie erbleichte. Aus den Augenwinkeln sah sie den Revolver auf dem Tisch.
»Was?« flüsterte sie.
»Ihn umbringen«, wiederholte Johnny. »Ihn auspusten. Ihn abschmieren lassen. Hast du's, Baby? Ihn auslöschen. Kein Mr. Monteagle mehr. Kannst du mir folgen?«
»Das meinst du nicht ernst.«
Er zuckte die Achseln. »Dein Vater wär' mir wahrscheinlich sogar dankbar.«
Sie spürte die Macht der Intelligenz, die sich hinter dieser Bemerkung verbarg. Er hatte recht, was die finanzielle Seite betraf. Sogar Julie selbst, die sich blind daran klammerte, daß Anton Magnus seinen zukünftigen Schwiegersohn akzeptiert hatte, wagte nicht darüber nachzudenken, was die wirklichen Beweggründe ihres Vaters sein mochten.
Aber Johnny, so betrunken und wütend er auch war, hatte es perfekt durchschaut.
Julie versuchte einen klaren Gedanken zu fassen. Sie kannte Johnny und verstand seine Gefühle für sie. Sie mußte versuchen, ihn zur Vernunft zu bringen, bevor es zu spät war.
»Johnny, überleg doch, was du da sagst. Du wirst in Teufels Küche kommen. Ich würde dich vielleicht nie wiedersehen. Das will ich nicht ...«
Sie beobachtete die Wirkung ihrer Worte auf ihn. Er hörte ihr aufmerksam zu, wenngleich auch durch einen Nebel von Wut und Trunkenheit.
»Hör auf mich, Johnny«, flehte sie ihn an. »Du mußt es begreifen. Du würdest es nicht vermasseln wollen, wenn du es begreifen würdest. Scott ist der beste Weg ... für uns beide. Ich werde eine Möglichkeit finden, hierzubleiben. Ich werde nicht nach England gehen. Ich kriege Scott dazu, daß er tut, was ich will. Aber du mußt mir glauben, Johnny: Scott ist der einzige Ausweg für mich. Natürlich wird er nie das für mich sein, was du für mich bist. Aber er ist der einzige Ausweg – ich kann es dir nicht erklären. Du mußt mir glauben, bitte ...«
Johnny schüttelte den Kopf.

»Das genau ist dein großer Irrtum, Baby. Ich bin dein einziger Ausweg. *Johnny* ist dein einziger Ausweg. Kapiert?«
Sie sah ihn an. Es hatte keinen Sinn. Haß und Besessenheit hatten ihn vollkommen überwältigt.
»Willst du mich heiraten?« fragte sie einer plötzlichen Eingebung folgend.
Er sah sie sonderbar an.
»Keine Chance, Kindchen!« Er lachte böse auf. »Ich könnte nie mit dir zusammenleben. Du würdest meinen Stil umkrempeln wollen. Ihr reichen Bräute seid alle gleich.«
Julie runzelte verblüfft die Stirn.
»Warum kann ich dann nicht Scott heiraten?«
Angesichts dieser Ahnungslosigkeit schüttelte er den Kopf.
»Ich will nicht, daß du mit irgendeinem anderen verheiratet bist«, erklärte er. »Kapierst du, Zuckerschnäuzchen? Niemand außer Johnny wird mit deiner kleinen süßen Pussy seinen Spaß haben. Niemand wird da Kinder reinpflanzen. Nicht, solange ich noch da bin.«
Jetzt verstand sie, was er wollte. Er wollte sie ganz alleine für sich. Ihm war es völlig egal, ob sie jemals heiratete, jemals glücklich wurde. Es war ihm egal, daß New York, daß das Haus ihres Vaters die Hölle für sie waren. Er dachte nur an sein eigenes Vergnügen und an seine Eifersucht.
Es hatte keinen Sinn, ihm erklären zu wollen, was Scott Monteagle wirklich für sie bedeutete. Scott war ihre einzige Chance auf ein menschenwürdiges Dasein. Johnny bot ihr eine unbestimmte Zukunft voller Horror und Erniedrigung an – mit einem Lächeln auf den Lippen. Und, wie er nicht wissen konnte, eine Zukunft, in der er sie mit Anton Magnus teilen mußte. Johnny konnte nicht wissen, daß ihm von ihrem eigenen Vater Hörner aufgesetzt wurden. Bei diesem Gedanken wanderte ihre Hand wie von selbst zu dem Revolver auf dem Nachttisch. Sie nahm ihn hoch und drückte ihn Johnny an die Brust.
»Du wirst mir nicht alles kaputtmachen«, sagte sie. Ihr Ton war dunkel, warnend.
Johnny grinste.
»Du verwöhntes kleines Biest«, zischte er. »Ich wette, du glaubst,

du kommst mit allem durch. Na los. Mach schon. Drück ab, ich denke, du bist so smart.«
Er war schlau. Er stachelte sie an, die größte Chance ihres Lebens zu nutzen. Seinetwegen war sie monatelang auf einem Hochseil balanciert. Er bot ihr an, herunterzusteigen.
»Mach«, reizte er sie, »beweis, was du wirklich drauf hast. Ich wette, dein Vater wäre stolz auf dich. Drück ab, oder bist du zu feige?«
Er hockte über ihr, preßte seinen Brustkorb schwer auf die Waffe.
»Ich werde sichergehen, daß dein kleiner Monteagle-Liebling alles über uns erfährt, Baby. Alles, jedes noch so winzige Detail. Ich werde dafür sorgen, daß er weiß, wer unsere kleine Cinderella in Wirklichkeit ist. Schließlich kann das ja nur zu seinem Vorteil sein. Wie soll er dich dann sonst glücklich machen, wenn er nicht weiß, was dich anmacht, he?«
Julies Augen weiteten sich. Die Waffe in ihrer Hand zitterte.
»Und ich wette, dein Vater wird mir danken ...«, fügte Johnny hinzu.
Bei diesen letzten Worten ging der Revolver los, wie von selbst. Die Explosion war laut, aber kurz. Sie hallte in dem stillen Apartment nicht nach. Sie hatte sich schnell im Gepolter und Gehupe der Lastwagen und in den Sirenen draußen verloren. Doch in Julies Kopf hallte sie wie eine Bombe nach, als sie Johnny anstarrte.
Er sah auf sie herunter, überrascht. Etwas in seiner Haltung sagte ihr, daß er schwer getroffen war. Aber seine Tollkühnheit hielt ihn aufrecht.
»Sieh mal an«, sagte er jetzt mit Bewunderung in der Stimme. »Ich hab' dich unterschätzt. Du bist tatsächlich die Tochter deines Vaters, stimmt's, Prinzessin? Du bist ziemlich ...«
Plötzlich zuckte er zusammen. Sein Körper spannte sich im Dunkel. Dann hustete er. Blut spritzte aus seinem Mund, ergoß sich auf Julies nackten Körper und die schmutzigen Laken.
Johnny stemmte sich hoch. Er grinste noch immer, aber in seinem Gesicht spiegelte sich Panik, er wirkte beinahe kindlich unschuldig in seinem Schmerz. Er sah auf das Loch in seiner Brust.
Er wollte etwas sagen, aber das Blut gurgelte in seiner Kehle, und seine Augen wurden glasig. Er griff nach Julie, als würde eine letzte Berührung den Beweis erbringen, wie recht er hatte, wie unentschuldbar sie

ihn hintergangen hatte, wie dringend sie die Bestrafung durch ihn brauchte.
Doch in diesem Moment trat der Tod in seine Augen, löschte alle menschlichen Absichten mit seiner Leere. Er fiel auf sein Gesicht, seine Hände zuckten, das Blut aus seiner Kehle breitete sich auf die Laken und über Julies Schenkel aus.
Sie starrte ihn an, noch immer die Waffe in der Hand.
Mein Gott, ich habe ihn umgebracht.
Unwillkürlich kam ein Schluchzen der Panik und des Kummers über ihre Lippen. Johnny war immer so voller Leben gewesen. Und jetzt grinste der Tod sie aus seinem blutüberströmten Gesicht mit einer Grauenhaftigkeit an, die ihr bisher unvorstellbar gewesen war.
Sie wich von dem toten Körper zurück, kauerte sich in die Kissen. Als sie dies tat, sah sie, wie sie durch ihre Bewegung mit ihrem Schenkel sein Blut auf den Laken weiter verschmierte.
Dieser plötzliche Impuls des Selbstschutzes durchbrach die Mauer ihres Schreckens, und sie überdachte ihre Situation.
Sie hielt die Waffe in der rechten Hand, ihre linke hielt sie an die Brust gepreßt.
Ihre Fingerabdrücke waren auf dem Revolver und am Glas auf dem Nachttisch. Und natürlich überall sonst im Apartment.
Aber sie waren nicht auf den blutverschmierten Bettlaken. Noch nicht.
Und sie würden dort auch nicht hinkommen, wenn sie vorsichtig war.
Ihr Verstand arbeitete schnell.
Alles, was sie tun mußte, überlegte sie, war, hier rauszukommen und die Waffe mitzunehmen. Die Polizei würde Johnny erst nach einer guten Weile entdecken. Vielleicht erst nach Tagen. Sie würden Alkohol in seinem Blut nachweisen. Sie würden Spuren einer Frau im Bett finden. Sie würden annehmen, es wäre zu einem Streit zwischen einem betrunkenen Brooklyn-Casanova und einem seiner Frauenzimmer gekommen. Ein Streit, der in einem Schuß endete.
Die Waffe würden sie nicht finden.
Die Polizei würde das Apartment nach Fingerabdrücken untersuchen. Sie würde jede Menge finden. Johnny hatte viele Frauen hier gehabt. Darunter würden auch Julies Fingerabdrücke sein.
Aber ihre Fingerabdrücke waren in keiner Polizeiakte. Das war Anton Magnus' Einfluß zu verdanken, er hatte dafür gesorgt, trotz ihrer vielen

Festnahmen wegen Trunkenheit und Erregung öffentlichen Ärgernisses.
Niemand hatte sie heute abend kommen sehen. Es gab hier natürlich auch keinen Pförtner. Die anderen Mieter des Hauses hatten sie vielleicht ein paarmal gesehen, aber niemand hier wußte, wer sie war.
Die Polizei würde sich auf seine anderen Geliebten konzentrieren; einige dieser Mädchen waren sicherlich registriert. Die Polizei würde diese Mädchen finden und befragen. Sie würden logischerweise die Hauptverdächtigen sein.
Die Polizei würde keine ausreichenden Anhaltspunkte finden, eine von ihnen zu verhaften. Irgendwann würde sie dann schulterzukkend zu der Überzeugung kommen, daß ein Hallodri aus Brooklyn bei einer Auseinandersetzung mit einer Freundin oder einem Kumpel das bekommen hatte, was er verdient hatte. Ihr fehlten sowohl Zeit und Geld, um die Suche nach dem Mörder zu veranstalten, denn Johnny war als Opfer einfach nicht bedeutend genug. Nach ein paar Tagen oder Wochen würde die ganze Sache endgültig im Sand verlaufen sein.
Mit diesen Gedanken zog sich Julie langsam von der Leiche auf dem Bett zurück. Sie sah nach, ob sich Abdrücke ihrer Zehen im Blut auf dem Laken befanden. Es gab keine.
Langsam und vorsichtig stieg sie aus dem Bett. Auf Zehenspitzen ging sie ins Badezimmer, um sich das Blut von den Beinen zu waschen. Dabei achtete sie darauf, keinerlei Fingerabdrücke auf der Einrichtung des Badezimmers zu hinterlassen.
Dann ging sie zurück ins Schlafzimmer, nahm ihr Glas mit dem Bourbon vom Nachttisch und trug es in die Küche.
Dort entdeckte sie mehrere benutzte Gläser auf der Anrichte neben der Spüle. Das brachte sie auf eine Idee.
Mit einem Taschentuch umfaßte sie die Flasche Bourbon und schüttete die Flüssigkeit in zwei der Gläser. Die anderen ließ sie leer, mit den Resten dessen, was auch immer darin gewesen sein mochte. Vorsichtig nahm sie die Gläser am Boden hoch, um nicht die Fingerabdrücke desjenigen zu verwischen, der als letzter aus ihnen getrunken hatte, trug eines ins Schlafzimmer, das andere ins Wohnzimmer, um den Eindruck zu erwecken, es hätten sich mehrere Leute im Apartment aufgehalten.
Dann leerte und säuberte sie ihr eigenes Glas. Sie gab acht, keine

neuen Fingerabdrücke zu hinterlassen, als sie es ins Regal zu den anderen Gläsern und Tellern stellte.
Sie ging zurück ins Schlafzimmer und begutachtete alles. Der Anblick von Johnnys Leiche bereitete ihre Übelkeit, doch ihr kühler Verstand verhinderte, daß sie die Kontrolle verlor. Sie nahm die Waffe und steckte sie in ihre Handtasche. Dann hob sie vorsichtig ihre Kleider vom Boden, wo Johnny sie hingeworfen hatte, und zog sich an. Gott sei Dank war kein Blut auf ihnen.
Die Polizei würde sich auf die Gläser konzentrieren, die sie in den Räumen verteilt hatte. Sie würde nach den Benutzern suchen. Die einzigen Beweisstücke, die hätten verraten können, wer heute abend wirklich hier gewesen war, hatte sie beseitigt – das Glas und den Revolver.
Julie dachte an Scott Monteagle. Sie hatte heute abend einen Menschen für ihn getötet. Sie hatte den ersten Schritt gemacht, um ihr Leben mit ihm und ihr gemeinsames Glück zu sichern. Jetzt mußte sie die Sache auch beenden.
Ein letztes Mal blickte sie auf Johnny. Er lag da wie ein totes Tier, die Augen glasig, sein muskulöser Körper verrenkt, die Beine von sich gestreckt wie die eines Kindes. In der Mitte seines Rückens klaffte die Austrittswunde der Kugel wie ein zerklüfteter, aufgerissener Krater.
Sie spürte noch immer seine Berührungen auf ihrem ganzen Körper. Vor zehn Minuten war er noch lebendig gewesen, besessen von seiner Liebe zu ihr.
Eine Art Urinstinkt half Julie, die Sache zu Ende zu bringen, die sie begonnen hatte. Mit eisiger Gelassenheit durchstreifte ihr Blick ein letztes Mal den Raum. Überall waren Spuren von ihr. Aber die Polizei würde diese Spuren niemals zurückverfolgen können, denn sie kamen aus einer Welt, die Lichtjahre von diesem schmierigen Apartment entfernt war.
Da Julie nicht hierhergehörte, würden sie sie auch niemals mit diesem Ort in Verbindung bringen.
Sie war aus dem Schneider.
Sie öffnete die Tür, doch plötzlich verharrte sie. Ihr Blick wanderte zum Teetisch, wo die Ausgabe der *Daily News* mit dem Artikel über ihre Verlobung mit Scott Monteagle aufgeschlagen lag. Sie

hetzte zurück ins Zimmer, schnappte sich die Zeitung, faltete sie unter ihrem Arm und ging zur Tür zurück.
Vorsichtig spähte sie auf den Hausflur, um sicherzugehen, daß niemand sie sah. Ohne Fingerabdrücke auf dem Knauf zu hinterlassen, schlüpfte sie aus der Tür, dann aus dem Gebäude, ohne daß jemand sie sah. Einige Häuserblocks ging sie zu Fuß, um festzustellen, ob ihr jemand folgte. Dann stieg sie in einen Bus, ohne auf das Fahrtziel zu achten.
Eine Meile später stieg sie aus und wechselte in die U-Bahn Richtung Lexington Avenue. Dort nahm sie ein Taxi und ließ sich am Pierre absetzen, um von dort die fünf Häuserblocks zu Fuß nach Hause zu gehen.
Als sie ihre Handtasche öffnete, um den Fahrer zu bezahlen, fühlte sie den Revolver.
Sie wurde von plötzlicher Panik überfallen, doch sie dachte an Scott, und ihre Hände hörten auf zu zittern. Jetzt kämpfte sie für ihn. Sie kämpfte für ihre gemeinsame Zukunft.
Sie schlich hinauf in ihr Zimmer und nahm eine ausgiebige heiße Dusche. Dann versteckte sie den Revolver. Schließlich kroch sie unter die Laken und lag lange Zeit zitternd da.
Sie war jetzt eine Mörderin. Das war es, wohin ihr ganzes verkorkstes Leben geführt hatte.
Doch am Ende dieses dunklen Tunnels wartete Scott Monteagle mit einem Lächeln und seiner Liebe auf sie. Sie würde es nicht zulassen, daß irgend etwas sie von ihm fernhielt.
Mit diesem Gedanken fiel Julie Magnus in einen tiefen, traumlosen Schlaf.

55

15. Mai 1960
Die Wanduhr zeigte 3:15 Uhr morgens an.
Francie saß an ihrem Schreibtisch in einer der abgeteilten Kabinen im Lagerhaus von CompuTel. Sie war allein hier und überprüfte die Programminstruktionen im Herzen von Mollies Speicher. Sie hielt einen Stift in der Hand und war so in ihre Arbeit vertieft,

daß sie ihre Müdigkeit und ihre Umgebung völlig vergessen hatte. Francie arbeitete an ihrem bisher kompliziertesten Computerprogramm. Die Schwierigkeiten, denen sie sich bei der Installierung des Computernetzes bei Magnus-Europa gegenübergesehen hatte, waren ein Kinderspiel gewesen verglichen mit der Herausforderung, die sich ihr jetzt stellte.
Mehr als einmal hatte sie ihre Fähigkeiten angezweifelt, die Sache durchzuziehen. Sie hatte eine kurze Reise nach Boston unternommen, wo sie sich mit dem Computerspezialisten Nummer eins des Landes, Karl Eccles, unterhalten hatte. Und sogar der große Eccles, den sie hatte schwören lassen, kein Wort über das Programm zu verraten, an dem sie arbeitete, war verblüfft gewesen. Er hatte Francie lediglich mit ein paar allgemeinen Ratschlägen und seinen besten Wünschen helfen können. Es blieb ihr also nur wieder die Idee und ihre eigene Vorstellung der Verwirklichung.
Doch jetzt war Francie überzeugt, daß ihr Plan funktionieren würde. Sie hatte ihn zu Hause zu Papier gebracht und setzte ihn nun, in den dunkelsten Stunden der Nacht, Schritt für Schritt in ihrer Werkstatt um. Sie hatte festgestellt, daß er nicht nur auf dem Papier funktionierte, sondern auch in der Praxis.
Das einzige, worunter sie litt und was wirklich noch etwas ausmachte, war ihre Einsamkeit. Sie hatte niemanden, der ihr bei ihrem Vorhaben helfen konnte. Kein Sam, keine Dana, die ihr Mut machten und ihr einen Rat geben konnten.
Francie war völlig auf sich allein gestellt.
Die Müdigkeit übermannte sie. Sie lehnte sich zurück, streckte den schmerzenden Rücken und schloß die Augen. Beinah augenblicklich schwirrten die Zahlen und Buchstaben, mit denen sie gearbeitet hatte, vor ihrem inneren Auge. Mit letzter Anstrengung zwang sie sich, wach zu bleiben und sich erneut auf ihre Arbeit zu konzentrieren. Sie nahm nach dem Plan, den sie zu Hause ausgearbeitet hatte, die winzigen Veränderungen an Mollie vor.
Dann ging sie einige der Basisfunktionen durch, zunächst die Routineaufgaben, dann versuchte sie es mit komplexeren Rechenvorgängen, die von Mollie später im täglichen Einsatz gefordert werden würden. Immer wieder checkte sie die Speicherfähigkeit sowohl für Zahlen als auch für Befehle.

Alles lief perfekt. Mollie arbeitete einwandfrei.
Jetzt wurde Francie von der Erschöpfung überwältigt. Sie stand auf, schaltete das Licht aus und tapste auf Strümpfen zu der kleinen Schlafnische, die sie vor einem Monat eingerichtet hatte, als sie feststellte, daß sie öfter nachts hier sein würde. Es war ein Bett mit einer Decke. Sie zog ihre Jeans und die Bluse aus, streifte ein Baumwollnachthemd über und schlüpfte unter die Decke.
Den Wecker stellte sie auf sieben. Francie wußte, das Lagerhaus würde bereits vor Aktivität summen, wenn sie aufwachte, denn ihre Mitarbeiter arbeiteten unter Zeitdruck.
Keiner ihrer Kollegen war sich bewußt, daß Francie in den letzten Monaten zusätzliche Arbeitsstunden eingelegt hatte. Sie hatten lediglich bemerkt, daß sie nicht mehr mit derselben Regelmäßigkeit wie früher erschien. Nur einer oder zwei – Sam und Quinn vielleicht – wußten, daß sie manchmal hier schlief. Aber auch sie glaubten, es geschehe vor Erschöpfung.
Niemand ahnte den wirklichen Grund für das, was sie hier tat.
Nicht einmal der Chef der Sicherheitsmannschaft, den Francie vor drei Monaten zur Seite genommen und spezielle Anweisungen für die Überwachung des Gebäudes erteilt hatte, Anweisungen, die sich von seinen bisherigen Aufgaben unterschieden und ihm das Gefühl gaben, eher ein Spion als ein Wachmann zu sein.
Und auch nicht Kevin Still, der Abhörspezialist, der Dana im letzten Herbst ertappt hatte. Francie hatte ihn beauftragt, das Lagerhaus regelmäßig auf Wanzen und andere Spionageinstrumente zu untersuchen, jedoch nicht zu entfernen, falls er fündig wurde.
Francies Anweisungen waren ebenso präzise und deutlich wie verwirrend. Niemand in ihrer Umgebung wußte, was sie vorhatte. Und niemand wußte, woran sie hier des Nachts und in den stillen Morgenstunden arbeitete.
Genauso hatte sie es gewollt. Noch nie in ihrem Leben hatte sie sich so einsam gefühlt – aber sie hatte auch noch nie so perfekt alles unter Kontrolle gehabt.
Jetzt lag sie im Halbschlaf, sah Traumbilder vor ihrem inneren Auge. Es waren Bilder von Jack, wie er sie anlächelte, und auch von Sam, in seinen geliebten Jeans und dem T-Shirt, wie er vor einem Jahr an dem Computer gearbeitet hatte, an dem nun sie saß.

Dann tauchten Bilder von ihrem Vater auf, wie er sie mit seinem besorgten Blick angesehen hatte, als sie ihn vor ein paar Wochen besucht hatte – dann welche von ihm vor zwanzig Jahren, als sie ein kleines Kind gewesen war und er sie in seinem Lieferwagen auf Ausflüge mitgenommen hatte, und wie sie den Amish-Leuten in ihren Kutschen zuwinkte.
Die letzten Bilder waren von ihrer Mutter, die still im Wohnzimmer saß, mit ihrem ernsten Ausdruck im Gesicht. Als die Krankheit ihren Körper zerstört hatte, sah sie Francie mit liebendem, gequältem Blick an. Dieser stille Ausdruck von Liebe im Angesicht des Todes tröstete Francie jetzt, und sie schien über den Abgrund des Todes selbst hinüberzugleiten, hin zu Helen Bollinger, als der Schlaf sie auf seinem fliegenden Teppich herumwirbelte, hinaus aus dem dunklen Lagerhaus zu einem Ort, an dem niemand starb, niemand verletzt oder verraten wurde, niemand verloren war.
Nur noch ein paar Wochen, dachte Francie. Ein paar Dutzend Nächte wie diese, ein paar weitere Korrekturen im Herzen von Mollie, wovon niemand außer ihr selbst wußte – und dann würde alles bereit sein.
Dann konnte sie sich ausruhen. Die Achterbahn würde anhalten. Dann würde sie ...
Der Gedanke starb mit dem Erwachen ihres Unterbewußtseins. Francie schlief.

56

20. Mai 1960
Scott Monteagle befand sich auf dem Flug nach England.
Er steckte mitten in den letzten Vorbereitungen für die neue Wohnung, die er für sich und Julie gemietet hatte Julie hatte – das Angebot ihres Vaters, ihr eine luxuriöse Villa am Hilton Place zur Hochzeit zu schenken, ausgeschlagen –, und in den Vorbereitungen ihrer geplanten Hochzeitsreise an einen versteckten Ort an der englischen Küste.
Die Hochzeit selbst würde groß gefeiert werden, da Anton Magnus

sie ausrichtete. Die Zeremonie sollte in der St. Bartholomäus-Kirche in Manhattan stattfinden, und jeder, der Rang und Namen hatte, wurde erwartet. Das war Anton Magnus' Art, die Gerüchte über seine wilde, nicht zu verheiratende Tochter ein für allemal zum Verstummen zu bringen. Anton schien von Scotts Standhaftigkeit tatsächlich beeindruckt, und die Tatsache, daß der Name Monteagle alt und respektiert war, tat dem sicherlich keinen Abbruch.

Scott und Julie würden die Gala Julies Eltern zuliebe über sich ergehen lassen, weil die Tradition es gebot, daß die Familie der Braut die Hochzeit ausrichtete. Aber danach würde Scott Julie ganz für sich allein haben. Sie würden in London leben und die Magnus-Familie nur sporadisch bei Familienfesten sehen, so wie es bei vielen anderen Paaren auch war, die ein nicht gerade herzliches Verhältnis zu ihren Eltern beziehungsweise Schwiegereltern hatten. Sie würden den Rest ihres Lebens in Freiheit verbringen.

Daß Anton Magnus darauf bestanden hatte, Julie ihr Erbe auszuzahlen, machte Scott nichts aus. Er und Julie hatten darüber gesprochen. Sie wußten beide, daß Anton das Gefühl brauchte, auf ihre Zukunft Einfluß nehmen zu können. Sie würden das Geld nehmen, aber den Einfluß ablehnen. Sie würden damit einfach einen Treuhandfonds für ihre Kinder und Kindeskinder einrichten – und es vergessen.

Die Bedeutung dieser Hochzeit war klar und sehr traditionell: Julie würde die Magnus-Familie verlassen, um mit Scotts Familie zu leben. Und nicht umgekehrt.

Das Flugzeug hatte vor zwanzig Minuten abgehoben. Unter sich sah Scott nichts als den kalten, rauhen Ozean und ein paar weiße Gischtkämme. Er spürte förmlich, wie er sich England näherte, denn es trennte ihn nichts mehr von seiner Heimat als dieses arktische graue Wasser, das ein fester Bestandteil der britischen Inseln war.

Er stellte gerade seine Rückenlehne zurück und schloß die Augen, als die Stewardeß ihn ansprach. Sie hielt einen großen Umschlag in den Händen.

»Das wurde uns in Idlewild für Sie gegeben«, sagte sie. »Per Boten. Wir haben es in der Hektik vergessen. Tut mir leid wegen der Verzögerung.«

Scott zog überrascht eine Braue hoch. »Vielen Dank.«

Auf dem Umschlag stand nichts als sein Name, der mit dunkler Tinte geschrieben war.

Er öffnete ihn.

Seine Hände zitterten, noch ehe er den ganzen Inhalt gesehen hatte.

Es waren Fotos von Julie.

Sie war auf allen Bildern nackt. Der Mann, mit dem sie zusammen war, war aus einem Dutzend verschiedener Positionen aufgenommen, doch es war ganz klar immer derselbe Bursche. Ein großer, starker Mann mit muskulösem Körper und längerem dunklen Haar. Und, wie Scott erkennen konnte, mit einem sehr großen Geschlechtsorgan.

Die Fotos zeigten ihn und Julie in den verschiedensten sexuellen Positionen. Sein Geschlecht schien überall in sie einzudringen. Julie begehrte es und ihn mit einem ekstatischen Blick in den Augen. Es lag mehr als nur pure Lust in diesem Blick. Es war eine Art Entzücken an der Erniedrigung. Es war, als sei sie seine Sklavin.

Die vielsagendsten Bilder waren die, auf denen sie auf dem Bauch lag und er sie von hinten nahm. Ihr Körper, der so winzig unter seinem wirkte, wurde in die Kissen gepreßt. Ihre kleinen Fäuste waren geballt, ihre Züge vor Lust verzerrt, während der Mann auf ihr kauerte.

Scott hatte von Julies wilder Vergangenheit gewußt, aber er hatte sich darunter niemals etwas derartig Groteskes, Alptraumhaftes wie dieses vorgestellt. Es war gar nicht so sehr die physische Realität dessen, was sie mit ihrem Geliebten, einem Mann, der – seiner Tätowierung nach zu urteilen – aus einer Schicht weit unter ihrer stammte, tat, sondern ihre Ekstase, ihre offensichtliche Hingabe, ihre Erniedrigung durch das männliche Fleisch, das sie beherrschte.

Für einen Moment glaubte Scott den Mann zu kennen, dann verwarf er diesen Gedanken. Ihn trennten Welten von einem Kerl wie diesem. Es war völlig unwahrscheinlich, daß sich ihre Wege gekreuzt hatten.

Aber von nun an würde er dieses Gesicht nie mehr vergessen. Nicht, nachdem er diese Bilder gesehen hatte.

Scott legte die Fotos beiseite und schloß die Augen. Die Julie, die all diese Jahre in seiner Vorstellung gelebt hatte, die er geliebt und von der er geträumt hatte, verblaßte und wurde von dem grauenhaften Bild des cremigen weiblichen Fleisches ersetzt, das sich auf perverseste, willige Art dem lüsternsten aller Männer hingab, einem brünftigen Tier, das sein Sperma in sie spritzte. Und Julie, die Augen halb geschlossen, genoß es, ergötzte sich daran.

Scott suchte nach einer Nachricht in dem Umschlag. Er war nicht überrascht, als er keine fand.

Die Fotos selber waren die Nachricht.

Er zwang sich, sie ein letztes Mal anzuschauen. Für einen kurzen Augenblick lang empfand er Mitleid mit dem kleinen Mädchen, das er einst im Park am Haus seiner Tante auf Long Island gekannt hatte, das Mädchen, dessen Leben von Mächten verdunkelt wurde, denen er in seinem Leben glücklicherweise entgangen war. Er verspürte einen Funken Verständnis für dieses Mädchen, das im Herzen ihres Selbst so tief verletzt worden sein mußte, daß sie sich auf diese perverse Art bestrafen mußte.

Doch Scotts Mitleid wurde durch die Übelkeit ausgelöscht, die ihn beim Anblick ihrer sklavischen Lust, die sich in ihren Augen spiegelte, überkam. Dies war nicht die Julie, die er zwei Jahrzehnte lang und über einen Ozean hinweg gesucht hatte, die Julie, in die er all seine Hoffnungen gesetzt hatte. Dies war eine Hure. Scott würde sie nie wieder lieben können, nachdem er diese Bilder gesehen hatte, die ihm für immer im Gedächtnis bleiben würden.

Das Flugzeug ließ die Vereinigten Staaten mehr und mehr hinter sich. Scott kam es vor wie eine Tür, die für immer hinter ihm zuschlug, eine Tür zu einem Glück, das jetzt nicht mehr möglich war. In seinen schlimmsten Träumen hatte er sich nicht vorstellen können, daß sein Traum so gründlich, so gewalttätig in einem einzigen Moment zerstört werden könnte. Und doch war es so. Was er auf den Fotos gesehen hatte, war ihm ins Gedächtnis gebrannt und würde nie wieder gelöscht werden können. Und mit diesem

Gift in seinem Herzen konnte er Julie niemals ein guter Ehemann sein.
Niemals.
Der schwarze Atlantik breitete sich unter ihm aus, entfernte ihn immer weiter von Julie. Scott weinte.

57

5. Juni 1960
Noch zehn Tage bis zur Hochzeit.
Francie erhielt unerwarteten Besuch. Die Stimme, die aus der Gegensprechanlage ertönte, überraschte sie derart, daß sie, ohne nachzudenken, auf den Türsummer drückte.
Als sie auf das Klopfen an der Tür hin öffnete, sah sie sich Belinda Devereaux gegenüber.
Belinda sah schlanker aus, als Francie sie von ihrem ersten Treffen auf Gretchens Party in Erinnerung hatte. Schlanker und älter. Doch sie strahlte eine attraktive Unabhängigkeit aus. Sie trug einen schlichten Rock und eine Bluse, den Trenchcoat hatte sie über den Arm gehängt.
Francie lächelte ihr wachsam zu.
»Ich hoffe, ich komme nicht allzu ungelegen«, sagte Belinda. »Ich weiß, daß Ihnen mein Erscheinen hier ungewöhnlich erscheinen muß, aber ich mußte einfach kommen. Darf ich hereinkommen?«
Francie trat zurück, um ihren Gast in die Wohnung zu lassen. Belindas überraschende Anwesenheit lähmte sie für einen Moment. Vielleicht weil sie Belinda so sehr mit Jack in Verbindung brachte. Sie war die erste Besucherin aus seinen Kreisen außer Jack selber, die sie hier empfing. Wie bescheiden und lässig sich Belinda auch gab, man sah ihr unwillkürlich ihre Abstammung und gesellschaftliche Zugehörigkeit an; in der Art, wie sie Platz nahm, die Hände im Schoß verschränkte und Francie anlächelte.
Und doch war es Belinda, von der er sich hatte scheiden lassen, und es war Francie, die er heiraten wollte. Darin lag eine gewisse Ironie, die auch Francie nicht entging.
»Darf ich Ihnen etwas zu trinken anbieten?«

Belinda schüttelte den Kopf. Sie hielt noch immer ihren Trenchcoat auf dem Schoß und legte ihn jetzt auf das Sofa neben sich. Es war klar zu erkennen, daß sie nicht lange bleiben wollte.
»Sie sind eine schöne Frau«, sagte sie zu Francie. »Sogar noch schöner als damals, als wir uns kennengelernt haben. Kein Wunder, daß Jack verrückt nach Ihnen ist.«
Francie schwieg. Ihr Lächeln war neutral, ohne Feindseligkeit oder Triumph.
»Irgendwie ist es amüsant«, fuhr Belinda fort. »Sie sind meine Nachfolgerin, aber gleichzeitig waren Sie auch schon meine Vorgängerin. Ich weiß alles darüber, wissen Sie? Ich weiß von Ihrer ... Romanze mit Jack, bei Magnus, vor unserer Ehe. Ich wußte, oder ich nahm an, daß sie sich getrennt hatten. Ich nehme an, ich wußte mehr darüber, als ich hätte sollen und als mir gut tat.«
Francie schwieg noch immer.
»Aber irgendwie war ich doch schon vor Ihnen da«, sagte Belinda. »Jack und ich waren lange Zeit inoffiziell miteinander verlobt. Natürlich war es eine Verlobung, gegen die er sich mit Händen und Füßen sträubte, aber es war nun mal eine Beziehung, und durch diese Beziehung habe ich viel über ihn und über die Magnus-Familie erfahren.«
Danach folgte eine Pause. Belinda wirkte ruhig und gefaßt. Offensichtlich war sie hergekommen, um Francie etwas Wichtiges mitzuteilen, und jetzt suchte sie nach dem richtigen Ansatz. Und dennoch konnte sie eine Träne nicht zurückhalten, die aus dem Nichts auftauchte und ihre Wange hinunterkullerte. Sie nahm ein Taschentuch aus ihrer Tasche und wischte sich errötend über die Wange.
»Ich schätze, es geht mich eigentlich nichts an«, sagte sie. »Aber ich möchte nicht, daß ich die einzige bleibe, die von meiner eigenen bitteren Erfahrung profitiert. Sie stehen an der Pforte zu Anton Magnus' Welt, Francie, und ich bin hier, um Sie zu fragen, ob Sie sicher sind, wirklich in diese Welt eintreten zu wollen.«
»Sicher? Natürlich bin ich mir sicher, Miss ...«
»Sagen Sie Belinda zu mir.«
»Gut, Belinda. Natürlich bin ich mir sicher. Sonst wäre ich wohl kaum mit Jack verlobt.«

»Und Sie wissen, was Sie wollen, nicht wahr?«
Francie nickte langsam. »Das ist etwas, das ich lernen mußte, das jeder lernen muß.«
Belinda seufzte.
»Ich bin hier, um Ihnen eines zu sagen«, fuhr Belinda fort. »Es klingt vielleicht nicht sehr nobel, und es sollte sicher nicht von mir kommen ... Aber ich möchte, daß Sie sich daran erinnern, daß ich hier war, wenn der Zeitpunkt kommt. Ich möchte es einfach getan haben. Verstehen wir uns?«
Francie nickte. »Was wollen Sie mir sagen?«
»Es mag so aussehen, als würde sich Jack von seinem Vater unterscheiden. Aber das, was einen Magnus ausmacht, geht tiefer. Sie sind aus ein und demselben Holz geschnitzt. Ich möchte, daß Sie sich dessen bewußt sind. Ich möchte, daß Sie mit offenen Augen in diese Welt eintreten.«
Belinda errötete. Sie schien sich ihrer eigenen Worte zu schämen und doch erleichtert zu sein, so als hätten sie schon eine ganze Weile in ihr gebrannt, bevor sie sie ausgesprochen hatte.
Francie bedachte ihre Besucherin mit einem harten und prüfenden Blick. Die dunklen Augen ruhten so eindringlich auf Belinda, daß sich deren Röte in Blässe wandelte.
Dann ergriff Francie das Wort. Was sie sagte, kam überraschend für Belinda.
»Angenommen, ich würde Jack nicht heiraten, würden Sie ihn dann zurückwollen?«
Belinda wich ihrem Blick erst aus, sah ihr dann aber direkt in die Augen. Sie hob zu einer Antwort an, zögerte, dachte einen langen Moment nach, ehe sie schließlich sprach.
»Jack hat mich niemals geliebt. Nicht so, wie ein Ehemann seine Frau lieben sollte. Er erweckte lediglich den Anschein dessen – sicher, auf sehr elegante, vielleicht sogar großzügige Art. Aber für mich war jede einzelne Minute eine Qual. Würde ich ihn zurückwollen? Es wäre verrückt. Ich würde mein ganzes Leben lang leiden, ein Leben voller Qualen leben. Und dennoch, um ganz offen zu sein: ja, ich würde ihn vielleicht zurückwollen. Nicht weil es richtig wäre, sondern weil – weil die Liebe manchmal verschlungene Wege geht.«

Sie hielt inne. »Aber bitte, glauben Sie mir«, sagte sie mit flehender Stimme. »Ich bin nicht hier, um Ihnen die Hochzeit auszureden, damit ich ihn wiederbekomme. Er würde so oder so nicht zu mir zurückkommen. Da können Sie ganz sicher sein.«
»Warum sind Sie dann gekommen?« fragte Francie.
Belinda dachte nach. »Um mein eigenes Gewissen zu beruhigen. Ist das ehrlich genug für Sie?«
Francie lächelte. Es lag Sympathie und Entschlossenheit in diesem Lächeln.
»Ich bezweifle, daß Sie Grund haben, sich um Ihr Gewissen sorgen zu müssen. Aber wenn Sie sich dann besser fühlen, Belinda, lassen Sie mich eines dazu sagen: ich weiß alles über Jack Magnus, was ich wissen muß.« Sie hielt inne. »Ist damit zwischen uns alles geklärt?«
Belinda nickte. Sie dachte an die Mappe, die zu Hause in ihrem Schreibtisch lag. In dieser Mappe befanden sich intime Fotos von Jack und einer jungen Frau namens Dana Salinger, die ein Detektiv in ihrem Auftrag geschossen hatte. Dana hatte mit Francie bei CompuTel gearbeitet und war unter mysteriösen Umständen plötzlich gekündigt worden.
Belinda war drauf und dran gewesen, diese Fotos mitzubringen, doch irgend etwas hatte sie davon abgehalten. Jetzt sah sie ein, wie recht sie gehabt hatte, sie Francie Bollinger nicht zu präsentieren. Einerseits wollte sie nicht Überbringerin einer derartigen Nachricht sein, und andererseits, rein intuitiv, spürte sie, daß Francie diesen Beweis nicht brauchte, denn offensichtlich wußte sie genau, was sie tat.
Mit einem eigentümlichen Lächeln erhob sich Belinda, ging zur Tür und reichte Francie die Hand.
»Ich wünsche Ihnen Glück«, sagte sie. »Ich meine es ernst und wenn Sie jemals einen Freund brauchen, werden Sie in mir einen finden. Zögern Sie nicht, dieses Versprechen auf die Probe zu stellen. Glauben Sie mir?«
»Ja«, antwortete Francie. »Und vielen Dank.«
Sie öffnete die Tür und sah der anderen Frau nach.
Belindas Schritte waren fest trotz ihrer Gefühle. Irgend etwas sagte Francie, daß Belinda schon weiter über Jack hinweg war, als sie selber ahnte.

Als sich die Türen des Fahrstuhls schlossen, trafen sich die Blicke der Frauen ein letztes Mal. In Belindas Augen spiegelte sich Erleichterung und ein unterschwelliger Schmerz. Francies Blick war ruhig, wachsam, aber nicht ohne Sympathie.

Als die Tür sich geschlossen hatte, verspürte Francie plötzlich eine Welle der Erschöpfung in sich. Sie legte sich sofort ins Bett und schlief acht wohlverdiente Stunden durch. In ihren Träumen tauchte immer wieder das Bild von Belinda auf und vermischte sich mit denen von Jack und seinem Vater.

Francies Träume waren nicht angenehm. Aber als sie aufwachte, fühlte sie sich erfrischt.

Sie hatte eine Menge zu tun.

58

11. Juni 1960

Es war zwei Uhr morgens.

Anton Magnus saß auf der Kante des Bettes seiner Tochter.

Julie wirkte benommen. Tränen standen ihr in den Augen, doch es war kein Kummer, der auf ihrem Gesicht lag. Es war ein Ausdruck völliger, blanker Hoffnungslosigkeit.

Auf ihrem Nachttisch lag ein am Nachmittag eingetroffener Brief von Scott Monteagle. Darin teilte Scott ihr mit, daß er die Verlobung löste. Auch wenn sein Ton höflich und voller Sympathie war, so ließ er doch keinen Zweifel daran, daß sein Entschluß endgültig war. Julie wußte, daß sie Scott niemals wiedersehen würde.

Anton Magnus redete leise auf sie ein.

»Wenn du älter bist, wirst du verstehen, daß mir keine andere Wahl blieb. Ich konnte die Hochzeit nicht zulassen, Juliet. Es wäre verheerend gewesen, nicht nur für unsere Familie, sondern auch für dich und Scott. Eines Tages wirst du es begreifen.«

Sie schwieg.

»Ich habe mich immer bemüht, dir freie Hand bei deinen Entscheidungen zu lassen«, fuhr ihr Vater fort. »Das ist das mindeste, was ein Vater tun kann. Und auch wenn es schwülstig klingen mag, ich habe den Preis dafür mit deinem Benehmen zahlen müs-

sen. Es war dieses Benehmen, Juliet, das dich soweit gebracht hat. Du selber bist daran schuld.«
Sie sah ihn nicht an, sondern starrte auf die Wände.
»Es ist noch nicht zu spät für dich, eine neue Seite aufzuschlagen. Denk daran, daß du aus einer der besten Familien des Landes kommst. Es gibt Dutzende junger Männer, die glücklich wären, dich ...«
Plötzlich beugte sich Julie vor und spuckte ihrem Vater ins Gesicht.
Diese Geste überraschte Anton Magnus, denn Julie hatte, seit er das Zimmer betreten hatte, apathisch dagelegen.
Er nahm ein Taschentuch und wischte sich sorgfältig das Gesicht ab.
Dann steckte er das Tuch weg und sah Julie mit einem gefährlichen Leuchten in seinen dunklen Augen an.
»Jetzt hör mir mal zu«, sagte er warnend. »Die Polizei weiß vielleicht nicht, wer Johnny Marrante in seinem Apartment getötet hat, aber ich weiß es sehr wohl.«
Er spürte ihre Reaktion auf diese Worte. Der Ausdruck des Hasses in ihrem Gesicht mischte sich mit dem der Angst.
»Glaubst du wirklich, ich hätte dich in den letzten Jahren bei deinem unverschämten Benehmen aus den Augen gelassen? Nur wenige Minuten nach deinem Abgang war in meinem Auftrag ein Mann in diesem Apartment. Deine lächerlichen Bemühungen, deine Spuren zu verwischen, waren es bestimmt nicht, was dich vor der Polizei gerettet hat. Nur dank der gründlichen Arbeit meines Mannes gab es keine Spuren, die auf dich hinwiesen.«
Er spürte förmlich, wie ihr Widerstand in sich zusammenbrach.
»Ich habe Beweise, die auf deine Anwesenheit am Tatort schließen lassen. Darüber hinaus habe ich Material über deine Beziehung zu unserem armen dahingeschiedenen Mr. Marrante. Auch wenn die Waffe verschwunden ist – es reicht, um dich an den Galgen zu liefern, meine Liebe. Bevor du dich also entschließen solltest, etwas Albernes zu tun, solltest du vielleicht über die Alternative von zwanzig Jahren Zuchthaus nachdenken.«
Stille.
»Ich denke, du solltest mir besser sagen, was du mit der Waffe gemacht hast.«
Julie schwieg. Haß spiegelte sich in ihrem Blick, aber auch Ergebenheit.

Sie seufzte. »Ich hab sie weggeschmissen.«
Anton Magnus musterte sie. Väterliche Zuneigung trat in seine Augen.
»Wann wirst du endlich einsehen, daß dein Vater nur um deine Sicherheit und dein Glück besorgt ist? Alles was ich tue, meine Liebe, tue ich nur für dich.«
Er ergriff ihre Hand. Sie ließ sie in seiner ruhen. Er spürte den Triumph seines Willens über ihren. Wie gewöhnlich hielt er alle Trümpfe in der Hand.
»Und jetzt«, fuhr er fort, »versuch dich zusammenzureißen. Ich möchte, daß du bald wieder anfängst, mit deiner Mutter auszugehen, damit du wieder unter Leute kommst. Unter die richtigen Leute. Ich habe da einen jungen Mann, der dich sehr gern kennenlernen würde. Er kommt aus einer der besten Familien des Ostens, und die würde eine Verbindung zwischen euch beiden sehr begrüßen. Ich habe mich schon mit ihm unterhalten. Er ist mehr als gewillt, über deine Vergangenheit hinwegzusehen. Er hat begriffen, was er mit dir gewinnen würde, wenn er dich heiratet.«
Er sah auf seine Tochter hinunter. Seine Züge wurden sanfter.
»Gib auf Juliet. Gib es endlich auf, gegen mich zu kämpfen. Gib auf gegen etwas anzukämpfen, das unbesiegbar ist.«
Julie sagte nichts. Er sah, wie eine Träne über ihre Wange rann.
»Hör auf, dich wie ein kleines Mädchen zu benehmen. Es ist an der Zeit, daß du zu einer Frau wirst.«
Seine Hände streichelten ihr Pyjamaoberteil, fanden unbeirrbar ihren Weg zu der weichen Haut, die er so gut kannte. Julie leistete keinen Widerstand. Der Wille seiner Tochter war gebrochen, genau, wie er es beabsichtigt hatte.
Für Anton Magnus war dies das süßeste Vorspiel von allen.

59

13. Juni 1960
Noch achtundvierzig Stunden bis zur Hochzeit.
Die St.-Bartholomäus-Kirche war für den historischen Anlaß vorbereitet. Journalisten aus vierzig Ländern wurden erwartet. Der

Empfang würde im Waldorf-Astoria stattfinden. Die Aufsicht führte Peter Dyson, der bereits Galas im Buckingham-Palast und im Elysee-Palast ausgerichtet hatte. Das Dekor stammte von Henri Descombes, für das Catering sorgte Jack Mercier. Jack Magnus' Hochzeit würde sowohl was den Stil als auch die Gästeliste betraf, in die Geschichte eingehen. Da er der begehrteste Junggeselle der Nation war, mußte seine Hochzeit auch in pompösester Weise gefeiert werden.

Jack befand sich in seinem Apartment an der 68th Street, schaute hinaus auf die Skyline Manhattans und bemühte sich, ruhig zu bleiben.

Der Aufruhr seiner Sinne war schlimmer als alles, was er bisher erlebt hatte. In achtundvierzig Stunden würde Francie Bollinger Mrs. Jack Magnus sein. Endlich würde sie ihm gehören, und die quälende Frustration der letzten Monate, ihr nahe zu sein, sie zu berühren, zu küssen, ohne sie jedoch zu besitzen, würde ein Ende haben.

Jack konnte kaum einen klaren Gedanken fassen. Noch nie im Leben hatte er etwas so sehr begehrt wie diese junge Frau. In diesen letzten Monaten hatte sie etwas an sich gehabt, etwas Geheimnisvolles, Weibliches, daß ihn vor Verlangen wahnsinnig machte.

Er war begierig wie ein Schuljunge. Es war schwer gewesen, das zu verbergen, als er heute mit seinem Vater gesprochen hatte.

Nach vielen Diskussionen hatte Jack Francie endlich die Zustimmung abgerungen, ihn jetzt zu heiraten und nicht bis zur Markteinführung ihres neuen Computers zu warten. Er hatte die Eile damit begründet, daß sie ihre Hochzeitsreise in die Karibik genießen sollten, bevor sie sich in die Vermarktung ihrer Neuerung stürzte. Und Francie hatte, wenn auch nach anfänglichem Zögern, eingewilligt.

Innerlich hatte Jack erleichtert aufgeatmet. Die vorgezogene Hochzeit war der essentielle Bestandteil seines Planes, wie auch des Planes von Anton Magnus.

Sobald Jack und Francie außer Landes und sicher auf ihrem Kreuzfahrtschiff waren, sollte der kleine Computer, den Magnus nach dem Vorbild von CompuTels Mollie gefertigt hatte, der Öffentlichkeit präsentiert werden.

Der Magnus-Computer sollte MC 2000 heißen, und er würde in einer noch nie dagewesenen Blitzaktion landesweit in den Vertrieb gehen, sobald Jack und Francie den Hafen New Yorks verlassen hatten.
Innerhalb von achtundvierzig Stunden würde die weltweite Revolution im Bereich Computertechnologie ihren Anfang nehmen, eingeleitet durch die Ingenieure von Magnus Industries und unter der Schirmherrschaft von Anton Magnus selbst, doch erst ermöglicht durch Jacks Vorarbeit – seinen Verrat an Francie.
An Bord des Kreuzfahrtschiffes würde Jack die Neuigkeit als erster erfahren. Die Nachricht würde über Funk kommen, und er würde Francie ein paar Tage nach Reisebeginn davon unterrichten.
Jack würde in diesem Moment die wichtigste Rolle seines Lebens glaubhaft spielen müssen. Er würde drohen, seinen Vater umzubringen. Er würde darauf bestehen, die Reise sofort abzubrechen und nach New York zurückzukehren, um Francie unterstützend zur Seite zu stehen.
Es würde ihm nicht schwerfallen, diesen Gefühlsausbruch vorzutäuschen, denn er haßte seinen Vater beinahe ebenso sehr wie Francie es tat. Seine Vorstellung mußte jedoch glaubhaft wirken, denn sie würde auf der Hut sein.
Die folgenden Wochen würden unangenehm werden. Jack würde alles tun, um Francie mit ihren geringen Mitteln bei ihrem Kampf gegen das Magnus-Imperium zu helfen. Die Klage würde sich Monate, vielleicht sogar Jahre hinziehen. Das Resultat war natürlich absehbar – Magnus würde gewinnen.
Aber Francie würde die ganze Zeit an seiner Seite sein.
Alles hing von der jetzigen Phase ab. Waren sie erst einmal untrennbar verheiratet, und hatte sich Jack als ihr Verbündeter im Kampf gegen seinen Vater bewiesen, dann hatte er freies Spiel.
Doch über all diese Eventualitäten konnte er jetzt kaum nachdenken. In achtundvierzig Stunden würde Francie in seinen Armen sein. Dieser Gedanke machte Jack blind für alles andere.

Anton Magnus in seinem Büro jedoch konnte sehr klar über alles nachdenken. Sein Verstand war niemals klarer gewesen.
Die Markteinführung des MC 2000 würde eines der wichtigsten Er-

eignisse in der Geschichte der amerikanischen Geschäftswelt sein. Umfassende Anzeigenkampagnen in Fernsehen, Rundfunk und den Printmedien würden der Welt den revolutionären, erschwinglichen Kleincomputer für mittlere und kleine Unternehmen anpreisen. Die Eröffnung von Verkaufs- und Servicezentren würde augenblicklich folgen, und jede Eröffnung würde von großzügig angelegten örtlichen Anzeigenkampagnen begleitet werden.

Zweihundert Mitarbeiter aus der Forschungsabteilung von Magnus Industries hatten in den vergangenen sechs Monaten unter strengster Geheimhaltung unermüdlich an dem Computer gearbeitet. Die Spezialisten hatten Anton Magnus versichert, daß dieser Computer das Werk eines Genies war, das auf dem neuesten Stand der Mikroelektronik und auf einem unglaublich komplizierten Betriebssystem basierte.

Anton Magnus hatte seinen Einfluß bei den führenden amerikanischen Geschäftsleuten geltend gemacht und dafür gesorgt, daß sie den neuen Computer für ihre Unternehmen und Tochterunternehmen kaufen würden. Die Vorbestellungen für den MC 2000 gingen bereits in die Tausende.

Zusätzlich hatte Magnus seine versteckte Macht bei Dutzenden von Zeitungen sowie Fernseh- und Rundfunkanstalten spielen lassen, um die Premiere des MC 2000 durch landesweite Berichterstattung zu vervollständigen.

Ein epochales Ereignis stand bevor, ein Ereignis, das das Gesicht der Geschäftswelt über Nacht verändern würde – und Anton Magnus hatte dies alles bewerkstelligt.

Er studierte das Schachbrett, auf dem er die Weltmeisterschaftspartie von 1937 zwischen Alekhine und Euwe nachspielte, aber er konnte sich nicht so recht konzentrieren, so sehr war er in sein eigenes meisterhaftes Spiel vertieft, ein Spiel, das nicht auf einem winzigen Brett mit unbeweglichen Figuren ausgetragen wurde, sondern auf einer weltweiten Bühne mit unzähligen Leben und Millionen von Dollar.

Das war der Meisterzug seines Lebens, der Zug, der Magnus Industries zum mächtigsten Unternehmen auf diesem Planeten machen würde.

Heute abend war Anton Magnus glücklich. Glücklicher als je zuvor.

Julie war nach Beendigung ihres kleinen Abenteuers mit Scott Monteagle wieder in den Schoß der Familie und der Gesellschaft zurückgekehrt, wo sie hingehörte. Sie würde keinen Ärger mehr machen. Ihr Wille war durch das, was ihr mit Scott widerfahren war, gebrochen. Die wilden Tage gehörten jetzt der Vergangenheit an. Zum angemessenen Zeitpunkt würde Anton Magnus einen passenden Ehemann für sie finden.

Was Jack anging – für seinen cleveren und dickköpfigeren Sohn hatte sich Anton Magnus einen weit subtileren Plan zurechtgelegt. In wenigen Wochen würde Jacks Heirat mit Francie Bollinger nur noch Geschichte sein.

Anton würde die Hochzeit natürlich zulassen. Jack hatte seine Aufgabe bezüglich des Computers gut erledigt, und jetzt sollte er seine Francie haben.

Doch wenn der richtige Zeitpunkt gekommen war, würde Anton Magnus dafür sorgen, daß Francie alles über die Rolle seines Sohnes bei diesem Spiel erfuhr.

Es würde einfach sein. Er war im Besitz einer umfangreichen Dokumentation über Jacks – übrigens nicht sehr feinfühlige – Spionagetätigkeit bei CompuTel. Anhand dieser Dokumentation ließ sich belegen, daß Magnus Industries dank Jack die Entwicklung von »Mollie« Schritt für Schritt nachvollziehen und in seinen eigenen Werkstätten duplizieren konnte.

Anton Magnus beabsichtigte, Francie Bollinger diese Information persönlich zukommen zu lassen. Er wollte ihren Gesichtsausdruck sehen, wenn sie erfuhr, daß ihr Ehemann der Verräter war, der ihre Firma ruiniert und ihr ihre beste Idee gestohlen hatte.

Wenn Francie erst die Wahrheit kannte, würde sie sich trotz Herzschmerz und Erniedrigung unverzüglich von Jack scheiden lassen. Daran hatte Anton Magnus keinen Zweifel.

Er kannte die Menschen besser als sein Sohn. Und deshalb kannte er auch das Mädchen seines Sohnes besser als sein Sohn selbst, und das, ohne in den Genuß ihres hübschen kleinen Körpers gekommen zu sein. Er kannte sie mit der speziellen Intimität, die durch seinen jahrelangen Kampf gegen sie entstanden war, den er mit all seiner Macht ausfocht. Diese Francie hatte einen eisernen Willen und ein untrügbares Gespür für Recht und Unrecht. Wenn

sie herausfand, daß Jack sie betrogen hatte, würde sie ihn fallen lassen wie eine heiße Kartoffel.
Und das würde Jack das Herz brechen. Denn daß er sie liebte, davon war Anton Magnus absolut überzeugt.
Wenn die erste Phase des Spiels vorüber war, würde Magnus Industries das größte Unternehmen der Welt sein. Das würde die zweite Phase einleiten – das mittlere Spiel.
Jack würde der Verlockung dieser Macht nicht widerstehen können. Eine Weile lang würde er seine Wunden lecken und seinen Vater zweifelsohne mit so großer Leidenschaft hassen, wie er jetzt Francie liebte, doch irgendwann würde er angekrochen kommen. Das lag einfach in seiner Natur.
Anton würde ihm großzügig seine alte Position anbieten. Doch als letzten Triumph würde er selbst ein neues Mädchen für Jack auswählen. Jemanden aus der richtigen Familie.
Und Jack würde nachgeben. Denn wenn er es nicht tat, würde er Magnus Industries verlieren.
So würde Anton Magnus seinen Sohn matt setzen. Ein für allemal.
Es war alles so simpel und anmutig wie die großen Partien, die Anton so gern auf seinem Marmorbrett im Arbeitszimmer nachspielte. Doch in diesem Spiel waren die Bauern Francie Bollinger – mit ihrer Energie, ihrem Verstand und ihrem Ehrgeiz – und Jack mit seiner Gier und Leidenschaft für Francie.
Sie waren hübsche Figuren, schön anzusehen und voller Überraschungen. Aber sie waren eben nur Figuren, die von einer geschickten Hand bewegt wurden. Der Hand von Anton Magnus.
Bald würde es vorbei sein.
Mit diesem Gedanken verscheuchte Anton Magnus das Bild seines Sohnes und widmete sich anderen wichtigen Dingen.

Ein Stockwerk tiefer saß seine Frau allein in ihrem Zimmer und sah auf den laufenden Fernseher.
Viktoria Magnus saß auf glühenden Kohlen. Seit Julies Verlobung zerbrochen war, wußte sie, daß etwas Schreckliches geschehen war, aber wahrscheinlich etwas weitaus Schrecklicheres noch bevorstand.

Sie kannte ihren Mann, und sie wußte, wozu er fähig war. Sie hatte gewußt, daß er gegen Julies Hochzeit mit Scott Monteagle gewesen war. Und aus diesem Grund, so wie die Nacht auf den Tag folgt, hatte sie auch nicht stattgefunden.
Das war eine traurige Wendung der Dinge, denn Viktoria Magnus hatte Scott aufrichtig gemocht und sich auf ihn als Schwiegersohn gefreut. Mehr als das – sie hatte gespürt, daß Julie den jungen Mann liebte. Er war ihre einzige Chance auf Glück gewesen.
Doch aus diesem traurigen Stand der Dinge ließ sich noch mehr schließen, wenn man Anton Magnus kannte. Denn Anton hielt auch nichts von der Heirat zwischen Jack und Francie Bollinger. Er hatte es nie getan. Er hatte sie beim ersten Versuch verhindert und dafür gesorgt, daß Jack Belinda Devereaux heiratete. Und jetzt, obwohl er vorgab, die Wahl seines Sohnes zu akzeptieren, wußte Viktoria genau, daß er Francie Bollinger, das Mädchen, das er in der Vergangenheit so sehr verletzt hatte und deren Heirat mit seinem Sohn ein Schlag für ihn ins Gesicht bedeutete, mehr denn je ablehnte.
Anton würde sie nicht zulassen.
Aber wie wollte er sie verhindern? Das war die Frage.
Schließlich und endlich war Jack ein freier Mann.
Viktoria Magnus konnte ihrem Mann in bezug auf Schläue, geschweige denn Macht, nicht das Wasser reichen, deshalb konnte sie nicht abschätzen, wie er vorgehen würde. Aber er würde Francie Bollinger niemals in die Familie aufnehmen. Davon war sie absolut überzeugt.
Und damit würde er Jacks Glück zerstören, so, wie der Verlust von Scott Monteagle Julie und die Ehe mit Elliot Trowbridge Gretchen zerstört hatte. Denn Jack war verrückt nach Francie, absolut verrückt, das war für jeden sichtbar.
Anton schien nie zufrieden, bis er alle unter seiner Knute hatte. Und er schien es vorzuziehen, daß dabei alle unglücklich wurden, denn das war ein noch größerer Beweis seiner Macht. Anton war nicht nur ein Tyrann – er war ein sadistischer Tyrann.
Viktoria Magnus rang die Hände. Sie vermutete die Absichten ihres Mannes, aber es gab keine Möglichkeit, ihn aufzuhalten, keine Möglichkeit, diejenigen vor der Gefahr zu warnen, in der sie sich befanden.

Und so starrte Viktoria Magnus weiter auf die bedeutungslosen Bilder im Fernsehen und wartete die Ereignisse ab, die das letzte, was ihr in ihrer kleinen Welt geblieben war, wahrscheinlich zerstören würden.

Oben in ihrem Zimmer saß Julie Magnus still in ihrem Bett und starrte auf die Waffe in ihrer Hand.
Es war Johnnys Revolver, der Revolver, mit dem sie ihn getötet hatte. Die Mündung zielte in ihren Mund. Sie hielt ihn ohne zu zittern. Die Beruhigungsmittel, die sie heute abend so wie immer genommen hatte, seit sie den Brief von Scott erhalten hatte, machten ihre Hand ruhig.
Sie war froh, die Waffe behalten zu haben. Es würde eine Art poetische Gerechtigkeit darin liegen, wenn sie sich damit das Leben nahm. Es würde sie Johnny näherbringen, der auf perverse Art der einzige Mann gewesen war, der sie in- und auswendig gekannt hatte. Zu schade, daß sie nicht neben ihm beerdigt werden konnte. Das wäre der beste Witz überhaupt gewesen.
Doch die Waffe würde sie aus ihrem Elend befreien und sie davor bewahren, tagtäglich mit der Tatsache in einer Welt leben zu müssen, die sie von Scott Monteagle trennte.
Ihr Tod würde die letzte Peinlichkeit sein, die sie ihren Eltern bescherte. Aber sie würde nicht mehr da sein, um es zu genießen. Doch über solch kindliche Rachegelüste war sie ebenfalls erhaben.
Sie wollte es einfach zu Ende bringen.
Aber als sie auf die Mündung der Waffe starrte, ließ ein Gedanke sie plötzlich zögern.
Der Zeitpunkt war nicht richtig. Es war zu früh. Die folgenden Tage würden für die Magnus-Familie voller bedeutender Ereignisse sein. Jacks ganze Zukunft stand auf dem Spiel.
Julie wollte wissen, wie sich alles entwickeln würde.
Also würde sie noch ein wenig weiterleben, aus reiner Neugier.
Mit diesem Gedanken und einem bitteren Lächeln auf den Lippen legte Julie die Waffe wieder in ihren Schoß.

Francie war ihrem Büro im Lagerhaus. Es war spät und außer ihr war kaum noch jemand in der Halle.

Sie nahm den Hörer des Telefons und wählte. Es läutete dreimal. Eine Männerstimme meldete sich.
»Sam Carpenter.«
»Sam ...« Für einen Moment wurde Francie schwach. Ihre Stimme versagte.
»Hallo? Wer ist da?« Sams Stimme klang hohl und irritiert.
»Ich bin's, Francie. Tut mir leid, dich zu Hause zu stören ...«
»Du störst nicht«, sagte Sam. »Was kann ich für dich tun?«
Er sprach im selben geschäftsmäßigen, ruhigen Ton, den er sich angewöhnt hatte, seit Francie ihm von ihrer Verlobung mit Jack erzählt hatte. Es lag keine Spur von Feindseligkeit in seiner Stimme, auch keine Traurigkeit. Lediglich blanke Neutralität, die Francie das Herz zusammenschnürte.
Doch sie war solange stark geblieben. Sie mußte noch ein wenig durchhalten.
»Sam, ich wollte mich nur versichern, ob du morgen abend zu Hause bist. Wir haben noch einige Details zu besprechen, bevor ich ... bevor ich abreise. Ich möchte nicht alle zu einem Meeting zusammentrommeln. Wenn du nichts dagegen hast, werde ich dir die notwendigen Instruktionen geben. Du kannst sie dann weiterreichen.«
»Kein Problem«, sagte Sam. »Ich werde hier sein.«
Dann folgte ein Schweigen. Sams kühle, knappe Antwort hing im Äther, der sie quer durch die Stadt miteinander verband. Francie fragte sich, ob er spüren konnte, wie traurig sie war. Sie selbst spürte es an ihm so sehr. Es brach ihr fast das Herz.
Doch heute, mehr denn je, mußte sie ihre wahren Gefühle verbergen.
»Danke, Sam« sagte sie. »Wir sehen uns dann morgen.«
»Genau. Mach's gut, Francie.«
Ihr Blick verschwamm, als sie einhängte. Irgendwie fühlte sie sich in diesem Augenblick einsamer als je zuvor in ihrem Leben. So viele lange Wochen und Monate hatten ihre einsame Mission, ihr Plan und die erschöpfende Arbeit sie im Gleichgewicht gehalten, sosehr sie dabei auch aufgerieben wurde. Doch heute abend fühlte sie sich wie ein schutzbedürftiges kleines Mädchen, das sich verzweifelt nach Liebe sehnt.
Francie holte tief Luft, um ihre Gedanken zu sammeln.

Nur noch ein winziges Stück, sagte sie zu sich selbst. *Halte durch, du wirst es schaffen.*
Dann nahm sie den Hörer erneut auf, zwang sich zu einem Lächeln und wählte Jacks Nummer.

60

15. Juni 1960
Der Tag der Hochzeit von Jack Magnus brach vielversprechend an. Es war ein prächtiger Junimorgen, voller Vorboten des nahenden Sommers.
Jack lag nach dem Aufwachen noch lange im Bett; er empfand eine beinah kindliche Aufgeregtheit, als wäre es Weihnachtsmorgen, und gleich würde er nach oben laufen, um die Geschenke unter dem Baum zu öffnen.
Schließlich stand er auf, rasierte sich und machte sich sorgfältig zurecht, zog Cut, graue Weste und dunkle Nadelstreifenhosen an und ließ sich zum Haus seiner Eltern chauffieren. Auch hier, in den hochherrschaftlichen Räumen, herrschte eine gewisse prickelnde Atmosphäre.
Jack ging nach oben, um seine Schwester Julie zu begrüßen. Er machte sich Sorgen um sie, denn seine Mutter hatte angedeutet, Julie könne möglicherweise zu durcheinander sein, um an der Trauung teilzunehmen.
Doch Julie wirkte ruhig, sogar gut gelaunt.
»Warte, bis du mein Hochzeitsgeschenk siehst«, sagte sie. »Du wirst es gut für deine Hochzeitsreise brauchen können.«
Das Zwinkern in ihren Augen war ein wenig übertrieben. Jack fragte sich, ob sie schon irgend etwas eingenommen hatte zu dieser frühen Stunde, doch sie hatte ein wunderschönes Kleid angezogen und versprach ihrem Bruder, nicht aus der Rolle zu fallen. Ihre gelassene und bestimmte Art beruhigte ihn.
Seine Mutter flirrte nervös durchs Haus, schien durch jede Kleinigkeit beunruhigt und bemühte sich, freudig zu wirken.
Eine Hochzeit ihres Sohnes hatte sie bereits miterlebt und war der Aufregung eines zweiten Mals nicht gewachsen. Sie war, wie ge-

wöhnlich, völlig überreizt, als sie die Kirche und den Empfangschef des Waldorfs anrief, um sich zu vergewissern, daß alles für die Zeremonie um elf Uhr und die anschließende Feier bereit war.

Jack klopfte an die Tür zum Zimmer seines Vaters. Anton Magnus begrüßte ihn mit einer Umarmung und einem Zwinkern. »Heute ist der große Tag«, sagte er zu seinem Sohn. Auch er schien ungewöhnlich aufgeregt.

Jack wünschte, er könnte mit Francie telefonieren, erinnerte sich jedoch an das strikte Verbot, das sie ihm erteilt hatte.

»Es bringt Unglück, vor der Hochzeit miteinander zu sprechen«, hatte sie gesagt. »Wir sehen uns vor dem Altar, mein Hübscher.«

Jacks Aufgeregtheit wuchs mit jedem Moment. Heute abend würde Francie in seinen Armen liegen, an Bord des Kreuzschiffes zu den Virgin Islands. Die Lust, von der er während der letzten Monate mit steigender Spannung geträumt hatte, würde endlich Wirklichkeit werden. Und er würde der glücklichste Mann auf Erden sein.

Je näher elf Uhr rückte, mit jeder Minute, die verrann, glaubte Jack mehr und mehr zerspringen zu müssen.

An diesem Morgen legten im Magnus-Hauptquartier einhundert Spezialisten letzte Hand an den größten Blitzstreich in der Geschichte des Unternehmens.

In den Versandfilialen von New York, Chicago und San Diego warteten Hunderte von MC 2000 auf die Auslieferung. Ein ganzes Heer von Verkaufsrepräsentanten stand in den Startlöchern für die wichtigste und geheimste Kampagne ihrer beruflichen Laufbahn.

Morgen früh würden ganzseitige Anzeigen in der *Times*, der *Chicago Tribune* und der *Los Angeles Times* erscheinen, ganz zu schweigen von der Kampagne in den Fachzeitschriften. Sowohl in den kommenden Ausgaben des *Time Magazin* als auch *Newsweek* und *Look* würde die Computerisierung der amerikanischen Wirtschaft angekündigt und die epochale Neuerung des Magnus-Konzerns analysiert werden. Die wichtigsten Auslandspublikationen würden bald darauf nachziehen.

Innerhalb weniger Wochen würde die ganze Welt den MC 2000 ken-

nen. Niemals zuvor war ein Produkt derart lange geheimgehalten worden, um dann wie eine Bombe einzuschlagen.
Und genauso wollte es Anton Magnus haben.
Um zehn Uhr versammelte sich die Familie im unteren Salon. Flankiert von zwei Pressesekretären durchschritten sie den Vordereingang, passierten Hunderte von Reportern, bestiegen den bereitstehenden Rolls-Royce und machten sich durch den dichten Verkehr auf den Weg zur St.-Bartholomäus-Kirche.
Im Wagen wurde wenig gesprochen. Sie alle wußten, was ihnen bevorstand. Dies war Jacks Tag, der Tag, für den er gekämpft und schließlich gesiegt hatte.
Anton Magnus hielt die Hand seiner Frau. Jack hielt Julies, und Julie starrte schweigend aus dem Fenster.

Sam Carpenter saß in seinem Loft in der Spring Street am Tisch und las die Morgenausgabe der Times, eine Tasse Kaffee in der Hand und einen erloschenen Zigarettenstummel im Mundwinkel.
MAGNUS HEIRATET HEUTE lautete die Schlagzeile der Gesellschaftsrubrik. Darunter folgte ein ausführlicher Bericht über die Beziehung zwischen dem attraktiven Junggesellen und der intelligenten und schönen Frau, deren Bilderbuchromanze schließlich in den Hafen der Ehe geführt hatte.
Sam starrte zum hundertsten Mal auf den Artikel und die begleitenden Fotos.
Heute war also der Tag.
Er hatte ihn all diese Monate erwartet und gefürchtet, wie ein Patient, der unheilbar erkrankt ist und ungläubig seinen Todestag erwartet. Er hatte versucht, sich einzureden, daß irgend etwas dazwischenkommen oder Francie endlich zur Besinnung kommen würde. Er hatte sich niemals wirklich der Wahrheit gestellt, denn der Schmerz in seinem Herzen hatte ihn davon abgehalten, den Gedanken anzunehmen, er würde sie für immer verlieren.
Sam sah sich in seinem Loft um. Noch nie hatte er so leer gewirkt. Er erinnerte sich an seinen ersten Tag in New York, vor sieben Jahren, als die Wunde, die durch das Scheitern seiner Ehe verursacht worden war, noch frisch gewesen war und er sich völlig allein gefühlt hatte. Damals hatte er diesen Loft gemietet und ihn mit

Computereinzelteilen, die später die Basis für Mollie bildeten, vollgestellt, einfach, um nicht gänzlich wahnsinnig zu werden.
Doch der Kummer, den er damals erlebt hatte, war nichts im Vergleich zu der Leere, die jetzt in ihm klaffte.
Gestern abend hatte Francie ihn angerufen, um ihm die letzten Instruktionen für CompuTel durchzugeben. Sam hatte den teilweise recht sonderbaren Anweisungen geduldig gelauscht und versucht, sich auf ihre Worte zu konzentrieren und nicht auf die Tatsache, daß sie eine verheiratete Frau sein würde, wenn sie ihn das nächste Mal anrief.
Er dachte an Francie und ihren neuen Ehemann, an den Mann, der vor Sam und nach ihm dagewesen war, den Mann, mit dem er niemals wirklich konkurrieren konnte. Was für ein Mann war Jack Magnus? Konnte er so böse sein, wie Sams Instinkt es ihm sagte. Oder war dieser Eindruck einfach nur das Resultat der schrecklichsten Eifersucht, die er je an sich erlebt hatte?
Sam zuckte die Achseln, denn das war jetzt egal. Er wollte nicht mehr gegen Windmühlen kämpfen. Das Spiel war vorbei.
Werde glücklich, Francie, dachte er, als er ihr Foto in der *Times* betrachtete.

Die Orgel hallte leise in der Kirche wider, die bis zu den Dachbalken besetzt war mit Gästen, deren unbezahlbare Designerkleider ihren illustren Damen alle Ehre machten. Jeder einzelne war der Einladung von Anton Magnus gefolgt; niemand hatte es gewagt, abzulehnen. In der Empfangshalle waren unschätzbar kostbare Geschenke von Präsidenten, Angehörigen der Königshäuser und den Größen der Geschäftswelt und der Gesellschaft aufgetürmt. Draußen vor der Kirche warteten ein Dutzend Limousinen und unzählige Journalisten.
Die Magnus-Familie hatte in den ersten Reihen Platz genommen. Jack und sein Trauzeuge, ein Kollege bei Magnus Industries und ehemaliger Studienfreund aus Yale, standen in Position.
Jemandem fiel auf, daß der freigehaltene Platz für Francies Vater leer geblieben war. Mr. Bollinger hatte der Probezeremonie vor vier Tagen wegen eines plötzlichen Krankheitsfalles in der Familie nicht beigewohnt. Keiner aus der Familie Magnus hatte ihn kennengelernt.

Es war zehn Minuten vor elf. Anton Magnus wurde langsam unruhig.
»Hat irgend jemand mit Francie gesprochen?« fragte er seine Frau.
Viktoria Magnus stammelte, daß sie von nichts wisse.
»Juliet«, befahl Anton seiner Tochter, »geh und frag deinen Bruder, ob er etwas von Francie gehört hat.«
Julie entschuldigte sich und ging zu Jack. Er wartete nervös im Seitenflügel.
»Julie«, sagte er aufgeregt, »du kommst gerade richtig. Finde Francie für mich. Finde heraus, was sie aufgehalten hat.«
Julie verschwand. Jack wartete und versuchte, peinlich berührt, mit seinem Trauzeugen Konversation zu betreiben.
Fünf Minuten später war Julie zurück. Ihr Gesichtsausdruck war unergründlich.
»Sie ist nicht hier.«
Jack erbleichte.
»Nicht hier?« fragte er. »Was zum Teufel soll das heißen? Sie muß hier sein. Was geht hier vor?«
Julie zuckte die Achseln. »Ich habe mit dem Pfarrer und mit dem Zeremoniendirektor gesprochen. Sie ist nirgends zu finden. Und ihre Brautjungfern sind auch noch nicht erschienen.«
Jacks Lippen verengten sich zu einem Strich. »Vielleicht ist ihr etwas zugestoßen«, sagte er. »Jemand muß sie suchen. Das ist doch alles nicht wahr.«
Anton Magnus war zu ihnen gekommen. Er hatte die Unterhaltung mitangehört und begleitete Jack jetzt zum nächsten Telefon. Julie schlenderte mit einem eigentümlich wachsamen Gesichtsausdruck hinter den beiden Männern her. Jack wählte die Nummer von Francies Wohnung und lauschte nervös dem Klingeln auf der anderen Seite. Julie beobachtete ruhig die Miene ihres Vaters.
Schließlich hängte Jack ein. Er wählte Francies andere Nummer. Jemand nahm fast augenblicklich ab.
»CompuTel, kann ich Ihnen helfen?«
»Hier spricht Jack Magnus. Ich möchte gerne Frances Bollinger sprechen oder wissen, wo sie sich aufhält. Es ist dringend.«
»Mrs. Bollinger ist leider nicht erreichbar«, antwortete die Sekretärin in neutralem Ton. »Es tut mir leid.«

»Himmel noch mal! Es ist ihr Hochzeitstag!« schrie Jack in den Hörer. »Sie muß erreichbar sein. Dies ist ein Notfall. Wo kann ich sie erreichen, verdammt?«
»Mrs. Bollinger ist nicht im Büro«, sagte die Sekretärin. »Möchten Sie vielleicht eine Nachricht hinterlassen, Mr. Magnus?«
Jacks Blässe war einer Schamesröte gewichen. Seine Hand mit dem Telefonhörer zitterte. Er spürte die Blicke seiner Familie im Rükken. Langsam dämmerte ihm die Wahrheit.
»Und Sie wissen nicht, wo sie sich aufhält?« fragte er jetzt leiser.
»Mrs. Bollinger ist heute nicht in der Stadt«, antwortete die unbeeindruckte Stimme. »Sie ist nicht zu erreichen. Aber ich werde ihr gern Ihre Nachricht zukommen lassen ...«
Jack schlug den Hörer auf.
Als er sich umdrehte, sah er, daß seine Schwester ihn angrinste.
»Bruderherz«, sagte sie, »sieht so aus, als seist du versetzt worden.«
Sie sah ihren Vater an.
»Jemand sollte es besser den Gästen sagen«, schlug sie vor. Der Triumph in ihrer Stimme war nicht zu überhören.
Anton Magnus errötete. Erst jetzt keimte in ihm die Ahnung, daß ihn jemand böse ausgespielt hatte.
»Du kümmerst dich mit deiner Mutter zusammen um das hier«, sagte er zu Jack mit einem sauren Lächeln auf den Lippen. »Ich bin in meinem Büro.«
Dafür bringe ich sie um, dachte er auf seinem Weg aus der Kirche. Er dachte daran, wie lächerlich er und seine Familie jetzt vor den Leuten dastanden, von der Presse ganz zu schweigen.
Die Zeitungen im ganzen Land würden heute abend über nichts anderes berichten, als daß Jack Magnus von einem Niemand, einem Mädchen vom Lande, vor dem Traualtar versetzt worden war. Noch nie in seinen dreißig Jahren als Chef eines gigantischen Unternehmens war Anton Magnus jemals derart beschämt worden. Dafür würde er sich an diesem Bollinger-Mädchen rächen, und sollte es das letzte sein, was er auf dieser Welt tat.
Als er sein Büro in der Magnus-Zentrale erreichte, wartete bereits ein Telegramm auf ihn.
»Ich dachte, Sie möchten das hier sofort lesen«, sagte seine Chef-

sekretärin und reichte ihm das Telegramm. »Es ist ... nun, vielleicht sehen Sie selbst ...«
Anton Magnus schnappte sich das Telegramm und riß es auf.

WERTER MR. MAGNUS,

KÖNIGIN SCHLÄGT BAUER. ICH DENKE, SIE SIND AM ZUG.

Eine Unterschrift fehlte auf dem Telegramm.
Anton Magnus zerknüllte es und warf es auf den Boden. Seine Sekretärin starrte ihn hilflos an, ihr Blick wanderte von seinem festlichen Anzug zu seinem dunkelroten Gesicht.
Anton Magnus machte keine Bewegung in Richtung seines Büros. Regungslos stand er da und blickte aus dem Fenster auf die Skyline von Manhattan. Das Telegramm lag zu seinen Füßen. Sein Verstand arbeitete fieberhaft. Er begriff, daß er es mit einem verdammt schlauen Gegner zu tun hatte, jemandem, dem es gelungen war, seinen Sohn zu verführen und ihn in diese groteske Situation zu bringen, nur um Anton Magnus selbst zu treffen. Der stille Triumph in diesem Telegramm ließ keinen Zweifel daran.
Doch Anton Magnus gewann langsam seine Fassung und damit seine Macht zurück. Es war Jack, der sitzengelassen worden war, nicht er selbst. Die junge Frances Bollinger, eine Frau, die verschmäht worden war, als Jack Belinda geheiratet hatte, hatte sich gerächt. Die Rache einer Frau. Nun gut.
Doch morgen früh würde Magnus Industries seine Rache an Francie nehmen – in der einzigen Arena, die wirklich zählte. Auf dem Markt. Morgen werden keine Gefangenen gemacht, sagte er zu sich selbst. Das Spiel beginnt.
Er ließ seine Sekretärin mit offenem Mund dastehen, marschierte in sein Büro und schlug die Tür hinter sich zu.

61

Am Morgen nach der verhinderten Hochzeit schlug der MC (Magnus Computer) 2000 wie eine Bombe in der Geschäftswelt ein. Die Werbeabteilung hatte ausgezeichnete Vorarbeit geleistet, so

daß nun simultan auf sämtlichen Rundfunkstationen des Landes über die Einführung des Computers berichtet wurde und die drei Fernsehanstalten seine enorme Leistung und blendenden Zukunftsaussichten priesen. Der MC 2000 war die bedeutendste Neuerung seit der Erfindung des Fernsehens. Anton Magnus selbst wurde in der Sendung »Meet the Press« interviewt, und die Mitarbeiter der MagnusForschung und Entwicklungsabteilung, die am MC 2000 gearbeitet hatten, wurden über Nacht zu Berühmtheiten.
Inmitten dieses Pressewirbels fiel nur wenigen Beobachtern auf, daß zwei Wochen nach der erstaunlichen Premiere des MC 2000 ein kleines Unternehmen namens CompuTel Inc. mit Sitz Brooklyn, New York, mit einem konkurrierenden Produkt auf den Markt kam, das den sonderbaren Namen »Mollie« trug.
Anton Magnus quittierte dieses Ereignis lediglich mit einem Schmunzeln. Mollie hatte keine Chance gegen den MC 2000, der bereits in Hunderten von Firmen installiert war und dessen Vorbestellungen in die Tausende gingen. CompuTel war am Boden zerstört. Er hatte seine Rache.
Was Anton Magnus dennoch stutzen ließ, war der Umstand, daß CompuTel keine Klage wegen Verstoßes gegen das Patentrecht und wegen Diebstahls angestrengt hatte. Er war überrascht. Auch seine Rechtsabteilung war überrascht, denn dort arbeitete man bereits seit Monaten an einem unschlagbaren und perfekt ausgefeilten Widerspruch gegen eine solche Klage.
Anton Magnus versuchte die Situation wie ein Schachgroßmeister anzugehen. Wenn das Bollinger-Mädchen hinter Jacks Verrat gekommen war und ihn deshalb hatte auflaufen lassen, wieso verklagte sie dann Magnus nicht? Das war der erste Zug, den Anton von ihr erwartet hatte. Schließlich war eine Klage ihre einzige finanzielle Überlebenschance, da das alberne Ding namens Mollie niemals mit dem MC 2000 würde konkurrieren können.
Welchen Trumpf konnte sie noch in der Hand haben?

Anton Magnus sollte es, sehr zu seinem Verdruß, bald herausfinden. Was mit dem Magnus-Konzern in den kommenden drei Monaten geschah, sollte als Meilenstein in die Geschichte der amerikanischen Wirtschaft eingehen.

Der MC 2000 wurde ein augenblicklicher Erfolg. Firmen in der ganzen Welt kämpften darum, zu den ersten zu gehören, die mit dem preiswerten Computer ausgerüstet wurden. Der Computer wurde als die »moderne« Art der Geschäftsführung angesehen, und kein Unternehmen wollte als rückständig gelten. Der MC 2000 wurde mit genauen Bedienungsanweisungen und einigen Grundprogrammen geliefert, wodurch die Kunden in der Lage waren, sofort mit dem Gerät zu arbeiten und auf die Einstellung professioneller Programmierer zu verzichten.

Innerhalb eines Monats nach der Markteinführung war der MC 2000 bereits in mehr als tausend Unternehmen landesweit im Einsatz. Darüber hinaus wurden Geräte nach Europa, Südamerika und Australien verschifft, die Produktion lief auf vollen Touren. Fünftausend Geräte waren bereits verkauft, und Anton Magnus ordnete die Herstellung weiterer zehntausend Stück an, um der Nachfrage nachkommen zu können. Dank des MC 2000 konnte das Unternehmen bereits für die nächsten drei Quartale Rekordumsätze melden.

Magnus Industries wurde als der Welt größter Büromaschinenhersteller gefeiert, da selbst IBM im Handstreich geschlagen worden war.

Von CompuTels bescheidener »Mollie« hatte in der Zwischenzeit niemand Notiz genommen.

Doch dann lief plötzlich etwas schief.

Ungefähr sechs Wochen nach der Einführung des MC 2000 beschwerte sich eine kleine Firma in Virginia bei den Magnus-Spezialisten, weil der Computer die Daten der Buchhaltung sowie die Umsatzzahlen völlig durcheinanderwarf. Da die Garantie für den MC 2000 extrem großzügig angelegt war, eilten die Spezialisten an den Schauplatz des Geschehens, um nach der Ursache des Versagens zu forschen und den entstandenen Schaden für das Unternehmen zu begleichen.

Aber der Computer konnte nicht repariert werden. Die Spezialisten saßen drei Tage an dem Gerät, überprüften wieder und wieder die Programme und den Speicher. Sie nahmen die Maschine auseinander und setzten sie wieder zusammen. Doch sie konnten weder einen Fehler in der Hardware noch in der Software finden.

Alles war in Ordnung. Und dennoch waren die Ergebnisse katastrophal.
Die Verkäufer von Magnus boten der Firma in Virginia ein nagelneues Ersatzgerät an, das diese auch akzeptierte.Das defekte Gerät wurde verschrottet, und sein Versagen schob man auf einen Zufall, einen fehlerhaften Schaltkreis, einen durchgebrannten Transistor.
Aber kaum daß diese Episode beendet war, kam eine neue Beschwerde von einer Bekleidungsfirma in Chicago, die das gleiche Problem hatte. Wochenlang hatte der MC 2000 einwandfrei funktioniert und war dann plötzlich »ausgeflippt«. Völlig wahllos würfelte er Zahlen und Daten durcheinander, druckte falsche Lohnabrechnungen aus und verursachte auch im Bereich Lagerbestand und Verkaufszahlen ein heilloses Durcheinander.
Als das Spezialistenteam Chicago erreichte, waren bereits Beschwerden von Firmen im ganzen Land eingetroffen. Die Ursache war stets die gleiche. Der MC 2000 versagte nach wenigen Wochen völlig, und kein Techniker konnte das Problem lösen.
Als Magnus Industries in Beschwerden zu ertrinken drohte, trafen auch schon neue Meldungen von den Firmen ein, denen ein Ersatzgerät zur Verfügung gestellt worden war – auch die Ersatzgeräte waren defekt.
Die Entwicklungs- und Forschungsabteilung von Magnus berief eine Krisensitzung ein.
Spezialisten wurden angewiesen, rund um die Uhr nach der Ursache des Problems zu forschen. Es war kein einfacher Job. Das Innenleben des MC 2000 war äußerst kompliziert. Dasselbe galt für das Betriebssystem, das die Maschine zum Laufen brachte.
Noch ehe die Experten zu einem Ergebnis gelangt waren, verklagte eine Bank in Ohio Magnus Industries bereits auf Schadensersatz. Dies wurde zum Präzedenzfall. Die Bank klagte, die Versprechungen von Magnus seien irreführend und der Verkauf des Geräts verstoße nach Bundes- und Landesgesetz gegen die Verkaufsbedingungen; außerdem hätte der Computer der Bank ernsthaften finanziellen Schaden zugefügt.
Weitere Klagen folgten. In einem Wirbelsturm alptraumhafter Aktivität wurde Magnus Industries nicht nur gezwungen, den MC 2000 gleich zu Tausenden zurückzunehmen und damit einen enor-

men finanziellen Verlust zu fahren, sondern die Rechtsabteilung sah sich gezwungen, Klagen in Höhe von mehreren hundert Millionen Dollar abzuwehren.

Der MC 2000 war ein riesiges Desaster. Im dritten Monat nach der Markteinführung war die Computerabteilung gezwungen, den Kunden das Geld für jeden einzelnen Computer zurückzuerstatten, und die Rechtsabteilung ertrank in Klagen. Überall erschienen Artikel – die Presse hatte Blut geleckt und verhöhnte den »Esel der Computerwelt«.

Magnus Industries wurde zur Witzfigur. Die Wirtschaftspresse war voll von Artikeln über die vorzeitige Vermarktung eines Produkts, das nur unzulänglich getestet worden war. Manche Publikationen wagten sogar die Behauptung, Magnus habe »das Computerzeitalter um zwanzig Jahre zurückgeworfen«.

Doch diese Behauptung sollte sich überraschenderweise als falsch herausstellen.

Denn ganz behutsam und leise hatte sich die bescheidene »Mollie« ihre Lücke im Markt gesucht, der soeben durch den MC 2000 verwüstet worden war.

Trotz des Desasters mit dem MC 2000 war man sich in der Geschäftswelt, nachdem man erst einmal Einblick in die Computertechnologie erhalten hatte, darüber klar geworden, daß damit das Leben wesentlich erleichtert werden konnte. Als die von Magnus geschädigten Kunden von den freundlichen und hilfsbereiten Verkäufern von CompuTel aufgesucht wurden, die ihnen erklärten, daß sie Mollie zu einem geringeren Preis erstehen könnten und darüber hinaus eine umfassende Garantie für das Gerät sowie kostenlose Wartung anboten, war so mancher bereit, Mollie eine Chance zu geben.

Und sie funktionierte reibungslos. Kein einziger Kunde von Mollie hatte Anlaß zur Klage. Am Ende des dreimonatigen Mißerfolgs des MC 2000 waren von Mollie 7500 Geräte verkauft, und die Nachfrage stieg täglich.

In der verbrannten Erde, die der MC 2000 hinterlassen hatte, begann die Saat von Mollie aufzugehen.

Jetzt, da die Verkaufszahlen eine großangelegte Werbekampagne für Mollie rechtfertigten, plazierte CompuTel Hochglanzanzeigen

in allen führenden Wirtschaftspublikationen mit dem vielsagenden Werbeslogan: MOLLIE – DER COMPUTER, DER FUNKTIONIERT.
Ein vielsagender Fernsehwerbespot wurde landesweit ausgestrahlt; sein Star war eine resolute, etwas schrullige, aber durchaus kompetent wirkende Wirtschafterin in mittlerem Alter, die die Unterlagen ihrer Arbeitgeber in Ordnung bringt. Die sympathische alte Frau – eine brillante Schauspielerin, die nach langer Suche von Francie und ihren Leuten ausgewählt worden war – sprach vor der Kamera über die Tugenden altmodischer Zuverlässigkeit und schlug in ihrem bodenständigen Ton vor, jeder kluge Geschäftsmann täte gut daran, sich eine Mollie zulegen, denn die würde ihm helfen, sein Unternehmen zu rationalisieren und seine Angestellten vom langweiligen Papierkram zu befreien.
Die Kampagne war ein durchschlagender Erfolg. Der Name Mollie betonte die Harmlosigkeit des neuen Produktes und gab dem Computerzeitalter einen menschlichen Anstrich.
CompuTels Aktien stiegen täglich, wurden gesplittet und stiegen weiter. Die Verkaufszahlen schossen in schwindelnde Höhen.
Und jetzt nahm auch die Fachpresse Notiz von dem bescheidenen Neuling, der da Erfolg hatte, wo der Gigant Magnus gescheitert war. Bald erschienen Artikel über die neue Firma und ihr erfolgreiches Management. CompuTel wuchs über Nacht zu einem angesehenen Unternehmen heran.

Am 17. September wurde Anton Magnus von seinem Vorstand in Kenntnis gesetzt, daß ihm nur eine Alternative blieb, nämlich die Produktion des MC 2000 einzustellen, Vergleiche mit den Klägern anzustreben und die gesamte Computerabteilung von Magnus Industries mit sofortiger Wirkung aufzulösen. Der Versuch des Unternehmens im Bereich Computertechnologie war fehlgeschlagen. Hunderte Millionen von Dollar waren in den Sand gesetzt worden. Die Aktien des Imperiums waren ins Bodenlose gefallen, denn der Mißerfolg des MC 2000 traf das gesamte Unternehmen. Es war an der Zeit, die Verluste zu begrenzen.
Zögernd willigte Anton Magnus ein. Seine Kapitulation sorgte in der nationalen und internationalen Geschäftswelt für Schlagzeilen. Anton Magnus las die entwürdigenden Artikel, manche von ihnen

erschienen direkt neben den glanzvollen Anzeigen für Mollie, deren Verkaufszahlen in immer neue Höhen schossen. WER HOCH STEIGT, FÄLLT TIEF lautete eine der Schlagzeilen, ANTONS FLOP MACHT MOLLIE TOP eine andere.
Der Kampf war verloren. Ihm blieb nichts übrig, als so würdevoll wie möglich den Rückzug anzutreten und auf den Tag der Rache zu hoffen. Rückzug lag nicht in Anton Magnus' Natur, doch diesmal blieb ihm keine Wahl.
Anton Magnus erkannte, daß er geschlagen war.
Aber er erkannte nicht, wie gründlich dieser Schlag war. Die schlimmste Neuigkeit stand ihm noch bevor.

Am 1. Oktober erschien in der Zeitschrift *Fortune* ein Exklusivinterview mit Francie Bollinger. Es war eine solche Sensation, daß es auszugsweise in den führenden Rundfunksendungen, Zeitschriften und Zeitungen zitiert wurde. Es folgten Portraits über Francie in *Time Magazin, Newsweek, Journal* und einem Dutzend ausländischer Publikationen.
Die Story war unglaublich.
Frances Bollinger, Vorstandsvorsitzende und Geschäftsführerin vom CompuTel, hatte Mollie mit der Hilfe ihrer Mitarbeiter entwickelt, hieß es. Im Laufe der Entwicklung war ihr bewußt geworden, daß einer ihrer Hauptkonkurrenten – dessen Identität preiszugeben sie sich geweigert hatte – versuchte, ihr Produkt zu stehlen. Dabei seien die neuesten Techniken der Industriespionage eingesetzt worden. Die finanziellen Mittel des Angreifers übertrafen CompuTels unzulängliche Abwehrmöglichkeiten bei weitem.
»Also entschlossen wir uns«, erzählte Francie dem Reporter, »dafür zu sorgen, daß sie sich ihr eigenes Grab schaufelten. Wir wußten, daß Mollie noch immer einige eklatante Fehlfunktionen aufwies, die jedoch, wenn überhaupt, nur einem Experten auffallen würden. Und so trafen wir besondere Sicherheitsvorkehrungen für das Endprodukt und ließen den überholten Prototyp mehr oder weniger unbewacht im Lagerhaus stehen. Tatsächlich«, so fuhr sie fort, »stahl das Konkurrenzunternehmen unsere Arbeit und kam selbst mit einem Produkt auf dem Markt – vor uns. Aber das Gerät versagte nach wenigen Wochen aufgrund seiner noch vorhandenen Fehler. Glückli-

cherweise waren die Kunden im ganzen Land auch danach noch an einem Computer interessiert und versuchten es mit unserer Mollie. Zwischenzeitlich hatten wir natürlich die Fehler beseitigt und unser Gerät perfektioniert. Wir hatten das Glück auf unserer Seite und konnten so auf unkonventionelle Art einen finanziell übermächtigen Gegner erfolgreich bekämpfen – und damit natürlich auch dessen zweifelhafte Geschäftsmoral.«

Francie konnte selbstverständlich nicht die ganze Wahrheit berichten – nämlich daß sie allein es war, die Mollie derart manipuliert hatte, daß der Computer anfänglich fehlerfrei lief, nach einer gewissen Zeit jedoch versagte. Ihre größte und ausgefeilteste Leistung als Programmiererin sollte niemals ans Tageslicht kommen.

Aber die Auswirkungen gingen bereits in die Geschichte ein.

Das Interview war eine Sensation. DAVID SCHLÄGT GOLIATH, lautete eine der Schlagzeilen, MAGNUS-MACHENSCHAFTEN MIT COMPUTER AUFGEDECKT, eine andere. FRANCIE, DIE KILLERIN DES RIESEN, eine dritte.

Keiner der Wirtschaftsjournalisten hatte den geringsten Zweifel, wen Francie öffentlich des Diebstahls ihres Geheimnisses und ihres Patents bezichtigt hatte. Von nun an hing Magnus Industries der Ruf eines Monster-Konzerns an, der versucht hatte, einen kleinen und ehrlichen Konkurrenten zu fressen, und dafür seine angemessene Strafe erhalten hatte.

Als Anton Magnus all diese Artikel las, sah er rot.

Er berief eine Sondersitzung des Vorstands und der Rechtsabteilung ein. Die Rechtsabteilung wurde angewiesen, eine Klageschrift gegen CompuTel aufzusetzen, mit der das kleinere Unternehmen zu einer Schadensersatzzahlung für das mit dem MC 2000 erlittene Fiasko gezwungen werden sollte. Denn schließlich war CompuTel indirekt für die Verluste verantwortlich.

Doch die Rechtsanwälte reagierten kopfschüttelnd.

»Wir können CompuTel nicht für die Entwicklung eines defekten Produkts verklagen, von dem sie wußten, daß wir es stehlen würden«, meinte einer. »Wenn wir das täten, müßten wir zugeben, daß wir es *tatsächlich* gestohlen haben – und das ist, wie Sie einsehen werden, unmöglich.«

»Nun«, fragte Anton Magnus, »können wir CompuTel wenigstens

für dieses denunzierende Interview verklagen, das in der Presse erschienen ist? Damit müßten wir doch durchkommen.«
Der Leiter der Rechtsabteilung schüttelte den Kopf.
»Mrs. Bollinger hat sich geweigert, Namen zu nennen«, meinte er. »Sie hat uns nicht direkt beschuldigt. Und wenn wir versuchen würden, es drauf ankommen zu lassen, würden wir ihre Anschuldigungen nur bestätigen. Sie würde vor Gericht gegen uns gewinnen.«
Anton Magnus zeigte auf einen seiner Assistenten, der jetzt das Wort ergriff.
»Könnten wir nicht die Sache umdrehen und behaupten, sie hätten *unser* Produkt gestohlen?« fragte der junge Mann, den Blick auf die Unterlagen vor sich geheftet. »Es mag sich gewagt anhören, aber schließlich haben wir die führenden Leute im Gericht auf unserer Seite. Und – wir waren mit unserem Produkt zuerst auf dem Markt.«
Wieder schüttelte der Anwalt den Kopf. »Zum einen funktioniert ihr Gerät, wohingegen unseres versagt hat. Unsere Klage würde fadenscheinig wirken und uns der Lächerlichkeit preisgeben. Abgesehen davon muß ich wohl kaum erwähnen, daß uns die Entwicklungsunterlagen fehlen, mit denen wir beweisen könnten, daß es unsere Idee war. Und dies«, fügte er räuspernd hinzu, »um so mehr, weil es tatsächlich nicht unsere Erfindung war.«
Er seufzte. »Um ganz offen zu sein, Sir, ich denke, wir würden so oder so verlieren. Das einzige, was uns meiner Meinung nach bleibt, ist, nichts zu tun und zu warten, bis Gras über die Sache gewachsen ist. Und, soviel darf ich noch sagen, wir sollten froh sein, daß CompuTel uns nicht wegen unfairer Geschäftsmethoden und Patentdiebstahls verklagt.«
Anton Magnus blickte ärgerlich in die Runde.
Er hatte verloren.
Er ließ den Vorstand und seine Rechtsberater gehen.
Die Wut, die in ihm brannte, würde niemals verlöschen. Die kleine Francie Bollinger, dieses Nichts, das er wie eine Mücke hatte zerquetschen wollen, hatte das gesamte Magnus-Unternehmen ausgetrickst – und auch Anton Magnus persönlich.
Und was noch weit erniedrigender war – sie hatte den armen dummen Jack als Bauernopfer in ihrem cleveren Spiel benutzt. Sie hat-

te es zugelassen, daß er sich erneut in ihr Leben mischte, sie hatte ihm den Diebstahl ihres Geheimnisses für Magnus leichtgemacht und alles so arrangiert, daß der Computer bei Magnus versagte, für sie jedoch funktionierte. Dafür war ein enormes technisches Wissen notwendig gewesen.
Aber auch ein untrüglicher Instinkt für menschliche Schwächen und eine unermüdliche Konzentration auf ihre Rache. Francie Bollinger war ihm die ganze Zeit einen Schritt voraus gewesen. Sie hatte Magnus Industries benutzt, selbst als sie dessen perfekt ausgelegten Pläne zerstörte. Und heute konnte sie ruhig zusehen, wie ihr neues Produkt immer größeren Erfolg erzielte, und konnte sich daran freuen, daß Magnus nichts weiter tun konnte, als im Aus zu sitzen und im eigenen Saft zu schmoren.
Als Schachspieler hatte Anton Magnus endlich eine gleichwertige Gegnerin gefunden. Seine größten Stärken waren in Schwächen verwandelt worden. Die Mauern seiner Macht waren wie ein Kartenhaus zusammengestürzt.
Und deshalb überraschte es ihn nicht wirklich, als bald nach der Bekanntgabe der Verschrottung des MC 2000 ein weiteres anonymes Telegramm eintraf.

WERTER MR. MAGNUS,

SCHACH – UND MATT.

Nur Anton Magnus selbst war das volle Ausmaß dieser Erniedrigung bewußt.
Goliath war besiegt worden.

62

Sam war ganz allein auf dem See.
Es war spät am Nachmittag, den ganzen Tag war er hier draußen gewesen, scheute sich aber, ans Ufer zurückzukehren.
Er hatte nichts gefangen, aber er genoß das leise Plätschern des Wassers und das wiegende Auf und Ab des Bootes.
Sam war wieder daheim. Der See und das Land waren noch dieselben.

Die Fische unter dem Boot kannten ihn. Er konnte es spüren an der Art, wie sie an seinen Ködern knabberten und das Boot umkreisten. Ihr Willkommensgruß hatte etwas Beständiges, so, wie auch der See selbst.

Zum zweiten Mal in seinem Leben war Sam hierher zurückgekehrt, nachdem er in der anderen Welt auf seiner Suche nach dem Glück gescheitert war. Beim ersten Mal war er verbittert heimgekehrt mit der Erkenntnis, daß seine Ehe nicht einmal den Namen wert gewesen war.

Diesmal kam er mit einer tieferen Wunde, die es zu heilen galt, zurück, denn er wußte, daß sein Herz immer dort bleiben würde, wo Francie war.

Noch nie im Leben hatte sich Sam leerer und müder gefühlt. Er wünschte, sich für immer an diesem Ort verstecken zu können und sich nie wieder in die ungleichen Kämpfe der Welt stürzen zu müssen.

Doch das Wasser unter ihm sagte ihm, daß er noch nicht am Ende war. Er würde leben, irgendwie. Es gab noch immer viel zu lernen, und es gab Herausforderungen, die auf ihn warteten.

Und die Narbe, die Francie in ihm hinterlassen hatte, war ein Mal, das ihn adelte. Es war alles wert gewesen. Das Glück haben zu dürfen, einer Francie sein Herz zu schenken, war so selten, daß man es nicht ausschlagen durfte, selbst wenn daraus kein Happy-End wurde.

Sam erinnerte sich daran, wie ihn das Schicksal vor fast vier Jahren über die winzige Annonce in der Zeitung hatte stolpern lassen – COMPUTEL INC. COMPUTERBERATUNG – und seine Schritte unbeirrbar zu jenem schmuddeligen kleinen Laden gelenkt hatte, in dem Francie an ihrem Tisch saß und aufgeschaut hatte, als er durch die knarrende alte Tür trat. Welch ein merkwürdiger Beginn für die wichtigste Erfahrung seines Lebens! Selbst jetzt noch mußte er bei dieser Erinnerung schmunzeln.

Sam hing seinen Gedanken nach, als ihn plötzlich etwas aufschrekken ließ. Es war das Geräusch von Rudern auf dem Wasser, eintauchenden Rudern ...

Er schaute auf und sah, wie sich ihm ein Boot näherte. Auf diese Entfernung war es schwer auszumachen, wer in dem Boot saß, zumal allmählich Nebel aufzog.

Doch als das Boot näher kam, erkannte er Francie. Sie trug Jeans und ein kariertes Wollhemd und hatte eine Angel bei sich, was gar nicht zu ihr paßte.

Sam traute seinen Augen nicht. Die Vision, die er hatte, raubte ihm den Atem und das, was von seiner Fassung noch übrig war. Er konnte nur noch dasitzen und zuschauen, wie Francie näher kam.

Sie ruderte an seine Längsseite und langte mit dem Ruder in sein Boot, um es näher heranzuziehen. Dann hielt sie sich am Schandeck fest und sah Sam lächelnd an.

»Ist das die Stelle, wo sie beißen?« fragte sie.

Sam starrte sie durch den plötzlichen Schleier vor seinen Augen an. Sie war nie schöner gewesen. Das Lächeln auf ihrem Gesicht ließ keinen Zweifel daran, weshalb sie gekommen war.

»Bis jetzt haben sie nicht gebissen«, antwortete er. »Aber ich habe noch Hoffnung. Der Tag ist noch lang.«

»Das ist er«, pflichtete Francie ihm bei. »Wir haben alle Zeit der Welt, du und ich. Stimmt's nicht? Ein guter Angler weiß, daß die Fische zu ihm kommen, wenn er nur lange genug wartet ...«

Sam nickte. Die schweren Boote wurden lediglich durch Francies zarte Hand zusammengehalten, aber es gab keine Strömung, die sie hätte trennen können.

Er beugte sich vor und ergriff ihre Hand.

»Willst du an Bord kommen?« fragte er.

»Das bin ich doch schon, Skipper.«

63

Wall Street Journal vom 1. November 1960

Magnus-Aktien auf Rekordtiefstand

Magnus Industries in Schwierigkeiten. Unter dem Druck von unzähligen Klagen im Zusammenhang mit dem MC 2000 Business Computer sowie in Erwartung der Anklageerhebung durch die U.S. Justizbehörde wegen Verstößen gegen das Wettbewerbsgesetz und wegen Betrugs sind die Aktien des Unternehmens auf den

tiefsten Stand seit zwanzig Jahren gesunken. Sie wurden heute an der Börse mit $ 77.82 gehandelt.
Die Widrigkeiten, mit denen der Gigant zu kämpfen hat, haben bei den Aktionären zu einer Kettenreaktion geführt – die ehemals als absolut stabil geltenden Aktien wurden in großen Mengen abgestoßen. In den letzten drei Wochen kam es überall zu tumultartigen Reaktionen auf die rapide fallenden Aktien.
Ein Sprecher des in Schwierigkeiten geratenen Unternehmens versicherte den Aktionären gestern, daß der Rückschlag durch den MC 2000 nur temporär sei und daß die stabile wirtschaftliche Basis des Unternehmens auf eine vielversprechende Zukunft hinweise. Und dennoch existieren Gerüchte über Umbesetzungen im Führungsstab des Unternehmens wie auch darüber, daß der Vorstand den Rücktritt des Vorsitzenden und Chef des Konzerns, Anton Magnus, fordert. Er soll von Anbeginn an die treibende Kraft hinter der Entwicklung des MC 2000 gewesen sein.
Ob Magnus Industries sich wieder erholen wird, läßt sich nur schwer vorhersagen. Doch es scheint, als seien die ruhmreichen Tage des berühmten Konzerns vorbei.

Ein großer Tropfen alten Armagnacs fiel auf die Zeitung und sikkerte langsam in das poröse Papier. Ein etwas unsicherer Finger strich einen Moment über den Fleck, berührte ihn nachdenklich und sank dann wieder auf den Tisch.
Anton Magnus saß allein zu Hause in seinem Arbeitszimmer.
Er war betrunken. Bereits am frühen Abend hatte er begonnen, den dreißig Jahre alten Armagnac zu trinken. Als er auf die Zeitung hinuntersah, verschwammen die Buchstaben vor seinen Augen. Er konnte kaum noch richtig sehen.
Magnus wußte nicht, wie es war, betrunken zu sein. Es war eine Schwäche, die er sich in seinem Leben niemals erlaubt hatte. Doch heute abend, als er mit ansehen mußte, wie der Abstieg seines Unternehmens in die ganze Welt hinausposaunt wurde, war etwas in ihm ausgerastet. Er hatte sich geweigert, zu Abend zu essen, und war mit der Flasche Brandy nach oben gestürmt, wo er sich eingeschlossen hatte, um nachzudenken.
Doch die Gedanken wollten nicht fließen. Sein Zorn war so über-

mächtig, daß er an seinem Tisch saß und den Alkohol gläserweise in sich hineinschüttete. Er brannte innerlich. Doch er kam dem scharfen Verstand, der ihn sein Leben lang begleitet hatte, keinen Schritt näher.

Zum erstenmal in seinem Leben hatte sich Anton Magnus nicht unter Kontrolle.

Als er sich anstrengte, seine Situation zu analysieren, kreisten seine Gedanken immer wieder darum, daß er von diesem Mädchen – einer Anfängerin, die er schon vor Jahren hätte zerstören sollen –, ausgerechnet von ihr – so vernichtend geschlagen worden war.

Nicht in seinen schlimmsten Alpträumen hatte er sich vorgestellt, einmal von einem Gegner mit derart kärglicher Macht geschlagen zu werden. Und dennoch war es geschehen, und die ganze Welt wußte es. Er war die Zielscheibe von unzähligen gehässigen Witzen, einmal die Wall Street hoch und wieder runter. Heute war der Tag, an dem er von den unzähligen Feinden, die er sich in den letzten Jahren gemacht hatte, verhöhnt wurde.

Und das hatte er Frances Bollinger zu verdanken.

Als er spürte, wie die Wut wieder in ihm aufstieg, ertränkte er sie schnell mit einem großen Schluck Brandy. Dabei fiel sein Blick auf die Uhr auf dem Schreibtisch. Zwei Uhr morgens. Dann war er also schon seit sieben Stunden in seinen trunkenen Träumen verloren.

Das Haus war in Stille getaucht. Die Familie war eingeschüchtert durch seinen Wutausbruch, und niemand hatte es gewagt, ihm gute Nacht zu sagen.

Er nahm die Zeitung und warf sie in Richtung des Papierkorbs. Er verfehlte ihn um einen halben Meter, obwohl der Behälter nur wenige Schritt von ihm entfernt stand. Seine Wut verstärkte sich. Selbst die fügsamsten Objekte verweigerten ihm den Gehorsam.

Plötzlich dachte er an Julie.

Seit der Nacht ihres Gesprächs über ihren kleinen Engländer hatte er sie nicht mehr berührt. Er hatte ihr Zeit gegeben, über die Sache hinwegzukommen, bevor er wieder zu ihr ging. Seitdem war er durch Jacks verhinderte Hochzeit und die schreckliche Wendung der Ereignisse bei Magnus Industries abgelenkt gewesen. Er hatte so vielen Vorstandssitzungen beigewohnt und sich oft bis spät in die Nacht gegen die Flut des Desasters gestemmt, daß er nicht die Zeit gefunden hatte, an seine Tochter zu denken.

Doch jetzt hatte er die Zeit.

Er stand auf. Er lehnte sich gegen die Tischplatte, das Glas Armagnac in der einen, die Flasche – die fast leer war – in der anderen Hand. Obwohl er in der Stille spürte, daß sein Körper ein wenig schwankte, hatte er das Gefühl, im Vollbesitz seiner Kräfte zu sein.

Er verließ das Arbeitszimmer, schwankte hinunter in die Halle und nahm den Fahrstuhl in den vierten Stock. Er war sich bewußt, daß er torkelte, aber es gelang ihm, leise zu sein, und die anderen im Haus nicht zu wecken.

Er erreichte Julies Tür. Sie war verschlossen. Er kramte nach dem Schlüssel, seinem Lieblingsschlüssel, dem Schlüssel, der ihm immer ein Symbol für ihre mädchenhaften Reize gewesen war. Doch es bereitete ihm größere Mühe, ihn zu finden, als er angenommen hatte, und das machte ihn noch wütender.

Schließlich steckte er den Schlüssel in das Schloß und drehte ihn um.

Die Tür öffnete sich.

Er ging hinein. Er machte die Tür so leise wie möglich hinter sich zu und drehte den Knauf herum, um sie von innen zu verriegeln. Er sah zum Bett. Das Wesen darin war in der Dunkelheit nicht auszumachen. Kein Licht fiel ins Zimmer.

»Juliet«, lallte er.

Im Bett regte sich etwas.

»Komm mir nicht zu nahe«, warnte ihn ihre Stimme.

»Juliet, sei vernünftig.« Er versuchte einschmeichelnd zu klingen.

»Raus hier. Ich warne dich ...«

Diese Auflehnung war zuviel. Anton Magnus sah rot. In den vergangenen Monaten hatte er die schlimmste Schmach seines Lebens erfahren müssen. Dieses Mädchen würde ihm nicht im Wege stehen bei dem, was er heute Nacht wollte.

Er bewegte sich auf seine Tochter zu.

»Spiel heute nacht nicht die Unberührbare, junge Dame. Noch ein Wort, und ich breche dir dein süßes Genick.«

Er setzte sich auf die Bettkante. Er langte nach Julie, um sie zu streicheln. Plötzlich tauchte eine Hand aus dem Nichts auf und

schlug ihm ins Gesicht. Wütend, aufgebracht, schlug er zurück. Julie schlug ihn erneut. Er schlug noch härter zurück.
Plötzlich schien es, als sei ihr letzter Kampf ausgebrochen. Er konnte die geballte Kraft ihres Hasses in der Dunkelheit spüren, und er spürte auch die volle Wucht seiner eigenen Frustration und seines Wahnsinns. In der Stille des Raumes schlugen sie aufeinander ein. In ihrem Kampf lag eine Intimität, die sein Verlangen erhitzte und ihn auf den sonderbaren Gedanken brachte, daß er seine Tochter, trotz allem, sehr liebte.
Von irgendwoher hörte er ein Geräusch, aber er war nicht mehr bei Sinnen. Er griff Julie mit der geballten Wucht seiner Wut an, riß an den Knöpfen ihres Nachthemdes, langte nach ihren Brüsten, betatschte wie wild jeden Zentimeter nackter Haut, den er sehen konnte.
Er war jetzt erregt und bereit, sie zu nehmen. Er begann auf das Bett zu klettern. Er glaubte, irgend etwas in ihrer Hand zu sehen. Eine Waffe? Unmöglich. Frauen ihrer Herkunft besitzen keine Waffe.
In diesem Bruchteil einer Sekunde dachte er plötzlich an den jungen Kerl, den sie ermordet hatte, diesen Marrante. Sie hatte gesagt, sie hätte die Waffe weggeworfen. Konnte es sein, daß sie gelogen hatte?
Dieser Gedanke kam einen kurzen Moment zu spät.
Er spürte eine grelle, heiße Explosion irgendwo in der Mitte seines Körpers, und dann hörte er einen lauten Knall.
Sein Körper wurde schlaff. Er sah Julies Gesicht, von einem Licht eingerahmt, dessen Quelle er nicht ausmachen konnte. Ihre Augen waren vor Schrecken und einer Art Triumph weit aufgerissen.
Sein Körper wurde schwerelos, taub. Er sackte auf seine Tochter.
Mit einem letzten haßerfüllten Blick sah er sie an. Dann verlor er das Bewußtsein.
Hinter ihm, im Türrahmen, stand Viktoria Magnus-Wetherell und starrte über seinen regungslosen Körper in die Augen ihrer Tochter.

Epilog

Die Kugel, die Anton Magnus traf, verfehlte glücklicherweise die lebenswichtigen inneren Organe, beschädigte jedoch das Rückenmark – ein irreversibler Schaden. Die sofortige Operation ergab, daß Anton Magnus für den Rest seines Lebens vom Hals abwärts gelähmt und an den Rollstuhl gefesselt sein würde.

In Anbetracht seiner Verletzung, die ihn zum Krüppel gemacht hatte, war Anton Magnus gezwungen, von seiner Position als Vorstandsvorsitzender von Magnus Industries zurückzutreten. Er blieb zwar Mitglied im Aufsichtsrat, doch seine Verfassung erlaubte es ihm weder an den Sitzungen teilzunehmen, noch irgendeine andere aktive Rolle in dem Unternehmen zu spielen, das er selbst gegründet hatte.

Jack Magnus trat die Nachfolge an. Er heiratete ein Jahr danach Priscilla Knowlton, Tochter einer angesehenen Industriellenfamilie.

Francie Bollinger wurde Mrs. Sam Carpenter, einen Monat nachdem CompuTel in die »Fortune 500«-Liste aufgenommen wurde. Sie blieb Geschäftsführerin von CompuTel und wurde zu einer der meistgefeierten Frauen in Amerikas Geschäftswelt. CompuTel entwickelte sich zum bedeutendsten Computerhersteller der Nation und eröffnete im Laufe der Zeit Tochterunternehmen in fünfzehn Ländern.

Anton Magnus lebte nach seinem Unfall völlig zurückgezogen; die Hälfte des Jahres verbrachte er in seinem Haus auf Hilton Island, die andere in New York. Versorgt wurde er ausschließlich von seiner Tochter Juliet, die nie heiratete.

Der Unfall selbst wurde nie Gegenstand einer offiziellen Untersuchung.

Die mit dem Fall betrauten Polizeibeamten waren der Überzeugung, daß die Wunde an Anton Magnus' Wirbelsäule von einem Revolver stammte, der aus allernächster Nähe abgefeuert worden war. Der Umstand einer handgreiflichen Auseinandersetzung im Schlafzimmer seiner Tochter und die blauen Flecke auf Juliet Magnus' Gesicht und Armen ließen den dringenden Verdacht zu, daß ein Streit zwischen Vater und Tochter Ursache des Unfalls gewesen sein mußte.

Die fragliche Waffe wurde jedoch nie gefunden. Und nachdem von einflußreicher Seite Druck ausgeübt wurde, stellte man die Nachforschungen schließlich endgültig ein.